Jahr 3000, die Erde. Die Menschheit wurde vor zehn Jahrhunderten fast vollständig von den Psychlos ausgelöscht. Die Psychlos sind eine außerirdische Rasse, die mehr als 200 000 Planeten geplündert hat und alle anderen Rassen in Angst und Schrecken versetzt, da ihre Macht und Grausamkeit keinen Vergleich findet.

Aber Raffgier zahlt sich nicht aus. Als Terl, der Psychlo-Sicherheitsdirektor für die Erde, einen geheimen Plan ausheckt, um die letzten Überlebenden der Menschheit einzufangen und dazu zu benutzen, Gold für ihn zu fördern, gibt er ihnen damit die letzte Chance, sich wieder zusammenzuschließen und sich den Mächten entgegenzustellen, die sie vor Jahrhunderten vernichtet hatten. Unter der Leitung des jungen Jonnie Goodboy Tyler, angestachelt von dem drohenden Untergang und bewaffnet mit tausend Jahre alten Waffen, haben sie sich für den letzten verzweifelten Kampf für die Freiheit gerüstet. Der Tag der endgültigen Konfrontation ist gekommen und es darf keine Fehler geben. Aber selbst wenn ihr Angriff auf der Erde Erfolg hat, wie können sie hoffen, die Herausforderung an ein Imperium zu überleben, welches sich über 16 Universen erstreckt?

"Einer der packendsten Erzähler." Philip Jose Farmer

Der Autor:

L. Ron Hubbard ist neben Isaac Asimov, George Orwell, Aldous Huxley und Robert A. Heinlein international als einer der Begründer des Goldenen Zeitalters der Science Fiction bekannt. Als ein Bestseller-Autor seit seinem neunzehnten Lebensjahr schrieb er über 100 Romane und annähernd 200 Kurzgeschichten. Er machte sich einen Namen in vielen verschiedenen Gattungen, u.a. Detektivromane, Abenteuer, Reisen, Mystery, Fantasy, Western und natürlich Science Fiction - man denke an solche Meilensteine wie *Return to Tomorrow* oder *Final Blackout*. *Kampf um die Erde* schrieb er zur Feier seines fünfzigjährigen Berufsjubiläums als professioneller Schriftsteller, und es wurde ein unmittelbarer Erfolg mit über drei Millionen seither verkauften Exemplaren.

[illegible] Vergleich nicht. [illegible]

Der Kampf [illegible]

[illegible]

DIE SAGA AUS DEM JAHR 3000

KAMPF UM DIE ERDE

GEHEIMNIS ENTHÜLLT

Unter den vielen klassichen Werken von L. Ron Hubbard sind:

In Deutsch:

Kampf um die Erde - Band 1: Menschheit in Gefahr
Kampf um die Erde - Band 3: Die Vergeltung

*Die Mission Erde Dekalogie**:
Band 1 Die Verschwörer planen
Band 2 Der Anfang vom Untergang
Band 3 Der Feind im Innern

in Vorbereitung:
Band 4 Eine bizarre Affäre
Band 5 Vermächtnis aus Angst
Band 6 Tödlich verrückt
Band 7 Drang zur Vergeltung
Band 8 Das Verhängnis
Band 9 Abscheulicher Triumph
Band 10 Der verdammte Planet

In Englisch:

Buckskin Brigades
Fear
Final Blackout
Mission Earth Band 1 bis 10
Ole Doc Methuselah

in Vorbereitung:
Masters of Sleep/Slaves of Sleep
The Kingslayer
Return to Tomorrow

* Dekalogie: eine Serie von zehn Bänden

DIE SAGA AUS DEM JAHR 3000

KAMPF UM DIE ERDE

TEIL II

GEHEIMNIS ENTHÜLLT

L. RON HUBBARD

new·era Publications Deutschland GmbH

Verlag:
NEW ERA Publications Deutschland GmbH
Bahnhofstr. 40
D-2153 Neu Wulmstorf

mit Genehmigung durch die Mutterfirma
NEW ERA® Publications International ApS
Store Kongensgade 55, 1264 Copenhagen, Denmark

KAMPF UM DIE ERDE - Menschheit in Gefahr
Originaltitel: *Battlefield Earth: A saga of the year 3000*

Umschlaggestaltung: Shun Kijima

Übersetzung aus dem Englischen von Lisa Jota und Klaus Eff für
NEW ERA Publications International ApS.

Druck in Dänemark 1993.

1. Auflage der deutschen Taschenbuchausgabe

ISBN 3-929284-01-4 (Taschenb.)

ISBN 87-7336-488-6 (geb.)
Originalausgabe: ISBN 0-312-06978-2
St. Martin's Press, New York

Dieses neue Buch ist Robert A. Heinlein, A.E. van Vogt, John W. Campbell Jr. und all denen* gewidmet, die in den 30er und 40er Jahren, dem Goldenen Zeitalter der Science-fiction und der Fantasy, mit dazu beigetragen haben, daß diese beiden Genres heute so beliebt und anerkannt sind.

*Zu den Starautoren dieser Zeit gehören unter anderem: Forrest J. Ackerman, Poul Anderson, Isaac Asimov, Harry Bates, Eando Bender, Alfred Bester, James Blish, Robert Bloch, Nelson Bond, Anthony Boucher, Leigh Brackett, Ray Bradbury, Fredric Brown, Arthur J. Burks, Edgar Rice Burroughs, Karel Čapek, E.J. Carnell, Cleve Cartmill, Arthur C. Clarke, Hal Clement, Groff Conklin, Ray Cummings, L. Sprague de Camp, Lester del Rey, August Derleth, Ralph Milne Farley, Hugo Gernsback, Mary Gnaedinger, H.L. Gold, Edmond Hamilton, Robert E. Howard, E. Mayne Hull, Aldous Huxley, Malcolm Jameson, David H. Keller, Otis Adelbert Kline, C.M. Kornbluth, Henry Kuttner, Fritz Leiber, Murray Leinster, Willy Ley, Frank Belknap Long, H.P. Lovecraft, R.W. Lowndes, J. Francis McComas, Laurence Manning, Leo Margulies, Judith Merril, Sam Merwin Jr., P. Schuyler Miller, C.L. »Northwest Smith« Moore, Alden H. Norton, George Orwell, Raymond A. Palmer, Frederik Pohl, Fletcher Pratt, E. Hoffman Price, Ed Earl Repp, Ross Rocklynne, Eric Frank Russell, Nathan Schachner, Idris Seabright (Margaret St.Clair), Clifford D. Simak, C.A. Smith, E.E. »Doc« Smith, Olaf Stapledon, Theodore Sturgeon, John Taine, William F. Temple, F. Orlin Tremaine, Wilson Tucker, Jack Vance, Donald Wandrei, Stanley G. Weinbaum, Manly Wade Wellman, H.G. Wells, Jack Williamson, Russell Winterbotham, Donald A. Wollheim, Farnsworth Wright, S. Fowler Wright, Philip Wylie, John Wyndham, Arthur Leo Zagat; was sie geschrieben haben, jeder einzelne von ihnen, sollte man noch einmal lesen. Und ich will bei meiner Widmung auch nicht die Illustratoren ihrer Bücher vergessen.

CHARAKTERE UND GLOSSAR

ANGUS MacTAVISH: ein Schotte mit großem Talent für Mechanik und Elektronik.
ARGYLLS: einer der wenigen überlebenden schottischen Clans.
ATEMGAS: das atmosphärische Gemisch des Planeten PSYCHLO (die PSYCHLOS sind keine Sauerstoffatmer). Es explodiert bei Kontakt mit radioaktiven Stoffen.
BROWN LIMPER STAFFOR: der Sohn des ALTEN STAFFOR, ein eifersüchtiger Feind JONNIE GOODBOY TYLERS.
CHAMCO-BRÜDER: hochintelligente PSYCHLO-Ingenieure.
CHAR: eine PSYCHLO-Führungskraft der irdischen Bergbauzentrale, die in den Vorhügeln der Rocky Mountains liegt, im Gebiet der einstigen USA.
CHINKOS: eine intelligente und bildungsbeflissene Rasse, die von den PSYCHLOS erobert und schließlich ausgerottet wurde.
CHINKO-SPRACHTRAINER: eine superschnelle Lernmaschine. Als Teil seines Plans, gefangene Menschen heimlich zum Goldabbau für sich einzusetzen, benutzt TERL die Maschine, um JONNIE die Sprache und Technologie der PSYCHLOS beizubringen.
CHIRK: TERLS Sekretärin.
CHRISSIE: JONNIES Liebste. Sie und ihre Schwester wurden von TERL gefangengenommen und als Geiseln in einem Käfig eingesperrt gehalten, um JONNIE zum Goldabbau zu nötigen.
DANCER: eines von JONNIES Packpferden.
DOKTOR MacDERMOTT: ein schottischer Historiker, der JONNIES Geschichte für die kommenden Generationen aufzeichnet.
DOKTOR MacKENDRICK: ein angesehener schottischer Arzt.
DROHNE: Als die PSYCHLOS vor tausend Jahren durch eine irdische Raumsonde die Position der Erde entdeckten, wurde dieser riesige, unzerstörbare Flugkörper mit vorprogrammiertem Kurs auf die Erde TELEPORTIERT, wo er die Menschheit nahezu ausrottete, indem er sein »Killer-Gas« verströmte.
DUNNELDEEN: einer der Schotten, die TERL aus Schottland herübergebracht hat, um JONNIE beim Goldabbau in den Bergen zu helfen. Ein enger Freund und beinahe ein Doppelgänger von JONNIE.
FEARGHUS: einer der überlebenden schottischen Clans.

HALBJÄHRLICHE TELEPORTATION: Nach einem präzisen Zeitplan werden zweimal im Jahr Personal- und Erzsendungen mit Hilfe der TELEPORTATION zu dem Planeten PSYCHLO geschickt.

I.B.I. (IMPERIAL BUREAU OF INVESTIGATION): die Nachrichtendienst- und Sicherheitsorganisation der PSYCHLOS.

IMPERIAL CITY: die Hauptstadt von PSYCHLO.

INTERGALAKTISCHE ROHSTOFF COMPANY: die Firma, von der die DROHNE geschickt wurde, durch deren tödliches Gas die Bevölkerung der Erde fast vollständig ausgerottet wurde. Durch ihre grausamen Taktiken und ihr Monopol auf die TELEPORTATION hat diese Firma eine beherrschende wirtschaftliche Stellung erreicht und kontrolliert die ganze Metallbranche in all den Universen.

JAYED: ein Arbeiter, der als I.B.I.-Agent verdächtigt wird, weil er den falschen Namen »Snit« benutzt hat; von TERL ermordet.

JONNIE GOODBOY TYLER: ein tapferer Mensch, der sein winziges Bergdorf verlassen hat, die Entdeckung machte, daß es einstmals eine menschliche Zivilisation auf der Erde gegeben hat, und den Beschluß faßte, die übrigen Menschen zu finden und sie von der Tyrannei der PSYCHLOS zu befreien.

KER: ein kleinwüchsiger PSYCHLO, Bergbauexperte und Ex-Verbrecher. Von TERL als Planetarischer Direktor eingesetzt, nachdem TERL den Amtsvorgänger ermordet hat.

KERBANGO: Lieblingsgetränk der PSYCHLOS mit stark berauschender Wirkung.

KREATUREN: Die Psychlos bezeichnen die Menschen als »Kreaturen«.

NUMPH: Planetarischer Direktor; TERL hat ihn ermordet, als er feststellen mußte, daß NUMPHS geldgierige Machenschaften TERLS eigene Pläne zum Diebstahl an der Firma gefährdeten.

OLD PORK: eines von JONNIES Pferden.

PATTIE: CHRISSIES jüngere Schwester, auch von TERL als Geisel festgehalten.

PSYCHLO: der Planet, von dem aus die PSYCHLOS ihre Herrschaft und Tyrannei über 16 Universen ausüben. JONNIE hofft sie angreifen zu können, indem er bei der halbjährlichen TELEPORTATION in der Ladung versteckte Kernwaffen zu ihnen schickt. Auch: die Sprache der PSYCHLOS oder ein einzelnes Mitglied ihrer Rasse.

PSYCHLOS: eine grausame Rasse, die auf Tausenden von Planeten die Bodenschätze und die natürlichen Hilfsmittel ausgeplündert hat.

ROBERT DER FUCHS: Führer der schottischen Clans und JONNIES engster Verbündeter in seinem Kampf, die Menschheit von den PSYCHLOS zu befreien.

STAFFOR, DER ALTE: unlängst verstorbener Pfarrer in JONNIES Dorf und Vater von BROWN LIMPER.

TANTE ELLEN: JONNIES Tante und einzige noch lebende Verwandte.

TELEPORTATION, TELEPORTIEREN: eine ausschließlich von den PSYCHLOS beherrschte Technologie, mit der sich Material und Personen augenblicklich von einem Planeten zu einem anderen befördern lassen. Das Geheimnis der TELEPORTATION wird eifersüchtig gehütet.

TELEPORTATIONSMOTOR: ein Raumschiff- und Flugkörperantrieb, der nach den gleichen Prinzipien wie das Verfahren der TELEPORTATION funktioniert.

TERL: Sicherheitschef der PSYCHLOS auf der Erde, besessen von seinem Plan, die Company zu bestehlen, indem er »Menschendinger« dazu ausbildet, heimlich für ihn Gold abzubauen. Indem er JONNIE Bildung verschafft, erschließt er den Menschen die Möglichkeit, sich zu wehren.

WINDSPLITTER: JONNIES Lieblingspferd, hochdressiert und furchtlos.

ZZT: leitender Angestellter im Bergbau-Unternehmen der PSYCHLOS.

Teil XII

1

Im strahlend hell erleuchteten Kasino herrschte drangvolle Enge. Die meisten Psychlos waren betrunken und johlten derart, daß man sein eigenes Wort nicht verstand. Das rauschende Fest fand am Vorabend der halbjährlichen Teleportation statt, und diesmal gab es einen besonderen Grund zu feiern – es war die Abschiedsparty für Char und zwei weitere leitende Angestellte der Company.

Endlich diesen verdammten Planeten verlassen und nach Psychlo heimkehren zu können ... das mußte kräftig begossen werden! Die Stewards konnten gar nicht schnell genug die Krüge mit Kerbango heranschleppen, manchmal trugen sie sechs oder gar acht in den Pranken. Die weiblichen Bürokräfte, normalerweise auf strenge Disziplin und Unterordnung getrimmt, konnten hier auch einmal einen Scherz wagen und sich aufs Hinterteil klapsen lassen. Raufereien waren ebenfalls schon vom Zaun gebrochen worden, ohne jeden ersichtlichen Grund. Verschiedene Psychlos befaßten sich mit Glücks- oder Geschicklichkeitsspielen, was das allgemeine Durcheinander hoffnungslos steigerte.

Unmut und Neid machten sich Luft, über die scheidenden Psychlos ergoß sich eine wahre Flut von gehässigen und schlüpfrigen Bemerkungen. »Trinken Sie auch mal auf mich, wenn Sie sich in Imperial City vollaufen lassen!« Oder: »Kaufen Sie sich nur so viele Weiber, wie Sie in einer Nacht verkraften können!« Oder: »Stoßen Sie den aufgeblasenen Armleuchtern in der Zentrale mal tüchtig Bescheid, was hier wirklich Sache ist!«

Der Suff schuf eine solche Kumpanei, daß selbst Ker einbezogen wurde. Der kleinwüchsige neue Planetarische Direktor betätigte sich mit gespreizter Würde als Schiedsrichter in einem Wettstreit, wieviel Schluck Kerbango man in der Minute trinken könne, ohne den Krug anzufassen. Er paßte scharf auf, daß die Teilnehmer die Pranken auf dem Rücken gekreuzt hielten.

Fünf leitende Angestellte grölten ununterbrochen Kampfparolen, die ihnen in der Schulzeit eingehämmert worden waren: »Psychlo, Psychlo, killt sie, killt sie, Psychlo, Psychlo ...«

Draußen im Gelände hinter der Plattform bewegte sich ein Zug Packpferde, die Hufe mit Fellen umwickelt, geräuschlos aus der Schlucht zum unbeleuchteten Leichenschauhaus. Ein leises Klirren von Metall, als Angus MacTavish die Tür mit einem Nachschlüssel aufsperrte ...

Char war schwerbetrunken und torkelte zu Terl herüber – der angesäuselt tat, dabei aber eiskalt und stocknüchtern war.

»Is 'ne gute Idee«, lallte Char. Je mehr er trank, desto unangenehmer wurde er, und jetzt hatte er bereits das aggressive Stadium voll erreicht.

»Was meinen Sie damit?« fragte Terl lautstark zurück.

»Denen in der Zentrale mal so richtig Bescheid stoßen«, grunzte Char.

Terl erstarrte. Char, benebelt, wie er war, bemerkte nicht mehr, daß sich Terls Augen zu Schlitzen verengten und bedrohlich zu funkeln begannen. »Hab'n kleines Abschiedsgeschenk für Sie, Char. Kommense doch mal eben mit nach draußen«, forderte Terl ihn auf und täuschte jetzt auch im Tonfall geschickt den Betrunkenen vor.

Char zog die Augenknochen hoch. »Hab keine Maske nich.«

»Vorn beim Ausgang sind welche«, nuschelte Terl.

Niemand im Kasino achtete darauf, als er Char hinaus zur Halle dirigierte, wo sie sich umständlich Atemmasken aufsetzten. Terl ging durch die Luftschleuse, zerrte Char hinter sich her.

Er führte ihn zu den Käfigen. Dort brannte um diese späte Stunde kein Feuer mehr. Es lag auch kein Bündel vor der Tür.

In der kühlen Frühlingsnacht kam Char wieder etwas zu sich, und schon kehrte die Aggressivität zurück. »Pah, Kreaturen ... Sie haben's mit diesen jämmerlichen Menschendingern, Terl. Widerlich ... Ich hab Sie noch nie ausstehen können, Terl.«

Terl hörte überhaupt nicht zu. Was war denn das da unten beim Leichenschauhaus? Er spähte schärfer in die Richtung. Ja, tatsächlich – das waren irgendwelche Kreaturen, die sich dort unten herumtrieben ...

»Sie sind schlau, Terl, sehr schlau sogar. Aber eben nicht schlau genug, um mich zum Narren zu halten – mich nicht, Terl!«

Terl ging ein paar Schritte auf das Leichenschauhaus zu, bemüht, in der Dunkelheit etwas zu erkennen. Er zog einen Leuchtstab aus der Tasche – fiel der Lichtstrahl auf ein braunes Fell? Schwer zu sagen bei der Entfernung.

Jetzt sah er es deutlicher: eine kleine Büffelherde. Seit Tagen schon zogen sie nordwärts. Aha – ein paar Pferde waren auch dazwischen. Er schaltete den Leuchtstab aus. Das Hufgetrappel war kaum hörbar, die malmenden Kaugeräusche der grasenden Tiere dagegen deutlich zu unterscheiden. Irgendwo schrie eine Eule. Na ja, die übliche Nachtmusik auf diesem verwünschten Planeten. Er wandte sich wieder Char zu.

Terl legte ihm den Arm um die Schulter und führte ihn zurück zu einer Nische zwischen den Gebäudekomplexen, wo sie jedem Blick entzogen waren.

»Was konnte Sie nicht zum Narren halten, Freund Char?« fragte Terl.

Die Eule schrie wieder laut durch die Nacht.

Terl schaute sich um. Nein, hier konnte man sie von keinem Punkt aus sehen.

Char grinste höhnisch. »Der Rauch«, sagte er und kam mit dem Kopf so dicht heran, daß sich ihre Atemmasken beinahe berührten. Er torkelte, und Terl stützte ihn.

»Was ist mit dem Rauch?« wollte Terl wissen.

»Na, das war doch keine Handfeuerwaffe, die da im Büro vom alten Numph losgegangen ist. Das war 'ne Sprengkapsel. Glaubense denn wirklich, so'n alter Grubenboß wie ich kann den Unterschied zwischen 'nem Handfeuer-Killer und 'ner Sprengkapsel nicht riechen?«

Terl schob die Pranke unter der Jacke bis ins Kreuz. Da hatte er nun so lange an einem plausiblen Vorwand herumgetüftelt, unter dem er die Bomberdrohne am übernächsten Tag starten könnte, und plötzlich bekam er ihn geliefert. Und die sogenannten übernatürlichen Kräfte blieben dabei ganz aus dem Spiel.

»Und Ker nur 'n paar Stunden vorher zu ernennen, mit so 'ner faulen Ausrede. Das war 'n Ding!« geiferte Char. »Für manche sind Sie vielleicht schlau genug, Terl, aber nicht für mich! Mich können Sie nämlich nicht einseifen, ich durchschaue Sie, mir machen Sie nichts vor!«

»Und was haben Sie sich nun gedacht?« fragte Terl.

»Gedacht! Als ob ich Zeit zum Denken gehabt hätte! Aber nach meiner Rückkehr, da kann ich denen auf Psychlo 'n paar Dinge erzählen, verlassen Sie sich drauf. Sie halten sich wohl für sehr gerissen, was? Sind Sie aber gar nicht, Terl. Glauben Sie im Ernst, ich kann einen Rauch nicht vom anderen unterscheiden? Und die zu Hause, die werden mir alle recht geben, alle!«

Terl stieß Char die fünfundzwanzig Zentimeter lange Klinge aus rostfreiem Stahl mitten ins Herz. Es war das Messer, das Chrissie von Jonnie bekommen und das er, Terl, ihr weggenommen hatte.

Er legte den zusammensackenden Körper auf die Erde, deckte ihn mit einer herumliegenden Plane zu.

Dann ging er zum Käfig zurück und sah hinein. Die beiden weiblichen Menschendinger schliefen.

Die Büffelherde zog immer noch friedlich am Leichenschauhaus vorbei.

Terl kehrte ins Kasino zurück. Er hatte zwar noch allerhand Arbeit vor sich, aber zunächst mußte er sein Alibi untermauern. Niemand drinnen durfte merken, daß er eine Weile weggewesen war. Er gesellte sich wieder zu den grölenden Psychlos, die inzwischen alle stockbesoffen waren.

Unten beim Leichenschauhaus lief alles geräuschlos weiter. Die Männer waren bestrebt, die Büffel, die sie von der Ebene hereingetrieben hatten, durch keine unvorsichtige Bewegung aufzuscheuchen. Die Pferde waren bereits abgeladen und verschwunden.

Von dem Mord an Char hatte keiner etwas bemerkt. Man hätte ja gar nicht nahe genug heranschleichen können, ohne selber gesehen zu werden. So arbeiteten sie weiter im Leichenschauhaus, ahnungslos, daß es jetzt einen neuen Faktor gab, der ihren Plan bedrohte – einen Tatbestand, den sie weder kannten noch vorausgesehen hatten.

Die Abschiedsparty nahm ihren Fortgang, wurde immer lauter und turbulenter, wobei es keinem mehr auffiel, daß der Ehrengast fehlte.

2

Jonnie lag in einem Sarg, der an der Frontseite des Leichenschauhauses stand. Der Deckel war einen Spalt breit angehoben, damit er atmen und das Innere im Auge behalten konnte. Was sich draußen abspielte, übermittelte eine auf dem Dach installierte Minikamera dem winzigen Empfangsgerät, das er neben sich hatte. Er trug einen blauen Chinko-Anzug und dazu Mokassins, in denen er am schnellsten laufen konnte.

Denn heute mußte er innerhalb von genau zwei Minuten genau bemessene Strecken zurücklegen. Mit der gleichen Genauigkeit mußte er dabei bestimmte Dinge tun, und zwar nach einem exakt festgesetzten Zeitplan. Die geringste Panne, und sei es auch nur der Bruchteil einer Sekunde, würde den ganzen Plan zum Scheitern und ihm den Tod bringen. Chrissie und Pattie müßten dann ebenfalls sterben. Und alle Schotten sowie sämtliche anderen Menschen, die es noch auf Erden gab.

Er hörte das Signalhorn auf dem Teleportationsterminal röhren. Die Landephase begann.

»Motoren abstellen! Zurücktreten!«

Das Summen schwoll an. Die Erde erbebte. Der Sargdeckel vibrierte. Ein Dröhnen erhob sich, wurde immer stärker.

Plötzlich nahmen zweihundert Neuankömmlinge auf der Plattform Gestalt an, umgeben von ihren Gepäckstücken.

Das Dröhnen verstummte. Nur noch ein leichtes Nachbeben war zu spüren.

»Koordinaten stabil, Stufe zwei hält!«

Jetzt wurde es überall auf dem Gelände lebendig. In einer Stunde und dreizehn Minuten fand dann der intergalaktische Rücktransfer nach Psychlo statt.

Angestellte der Personalabteilung dirigierten die Neuankömmlinge zur Seite und ließen sie eine Warteschlange bilden.

Terl musterte die Versammelten prüfend. Einen ähnlichen Schock wie beim letzten Mal wollte er unter keinen Umständen noch einmal erleben. Halb rechnete er damit, einen neuen Planetarischen Direktor unter der Menge vorzufinden, einen Ersatz für Ker, und das würde schnelles Reaktionsvermögen erfordern. Er schritt die Reihe ab, ohne das Gepäck auf Konterbande zu untersuchen. Um so genauer sah er sich die Gesichter unter den helmartigen Atemgeräten an, hakte die Namen auf einer Liste ab. Zweihundert Psychlos. Noch so eine Hinterlassenschaft vom alten Numph, der ja alles getan hatte, um die Zahl der Angestellten hochzudrücken und dadurch immer mehr Profit für sich herauszuschlagen. Am Ende der Schlange angelangt, atmete er erleichtert auf. Keine Ablösung für Ker darunter, nur der übliche Abschaum aus den Gossen der Elendsviertel von Psychlo, außerdem ein überkandidelter Jungmanager und ein paar Absolventen der Bergbau-Akademie. Routine. Nicht einer darunter, der sich als Planetarischer Direktor qualifizieren könnte. Alle etwas lethargisch. Auch keine Agenten vom I.B.I. – ein völlig normaler Transfer ohne unliebsame Überraschungen!

Terl gab den Vertretern der Personalabteilung ein Zeichen mit der Pranke, woraufhin sie einen Teil der Neuankömmlinge in die wartenden Transportflugkörper verfrachteten, die sie in andere Außenstationen bringen sollten, und die übrigen zu den Unterkünften dirigierten. Sie wurden mit ihrem Gepäck in flache Transportfahrzeuge verladen und verschwanden von der Bildfläche.

Das bedeutete eine Entlastung für Terl. Er stapfte in Richtung Leichenschauhaus. Dieses verdammte Pferd, das dem Menschending gehörte und sich ständig auf dem Campgelände herumtrieb, graste auch jetzt hinter dem Gebäude. »Scher dich weg!« brüllte Terl und fuchtelte wild mit den Pranken, um das Tier zu verscheuchen.

Das Pferd sah ihn gleichgültig an und kam sogar noch näher, als er sich anschickte, die Tür zu öffnen.

Terl schloß auf. Beide Flügel standen sperrangelweit offen.

Ordentlich aufgereiht standen zehn Särge dort für die Gabelstapler bereit. Er überprüfte noch einmal die kleinen Markierungen auf den Deckeln. Lieber eine Vorsichtsmaßnahme zuviel als eine zuwenig! Er konnte beruhigt sein – auf jedem Deckel fand sich das kleine X.

Liebevoll tätschelte er einen und holte tief Atem. In acht bis zehn Monaten etwa würde er in einer dunklen Psychlo-Nacht den abgelegenen, trostlosen Friedhof aufsuchen und sie ausbuddeln. Und dann wäre er reich und mächtig! Er hatte sich das hart verdient. Um so leichter würde es sein, die Früchte dieser Anstrengungen in vollen Zügen zu genießen!

Der erste Gabelstapler kam, schob die Greifvorrichtungen unter einen Sarg. Terl ging nach draußen, hakte den Namen auf seiner Liste ab. Der zweite Sarg, der dritte, der vierte ... Terl sah den vierten an, war leicht verwirrt. Wieso hatte er den falschen Namen von Jayed auch noch falsch geschrieben? Wieso stand da nicht »Snit«, sondern »Stni«? Er suchte nach dem X – da stand es, einwandfrei. Also was soll's? Er würde eben die Unterlagen entsprechend abändern. Eine Fälschung zog meist die zweite nach sich. Der ehemalige Agent war jedenfalls tot. Und nur diese Tatsache zählte, sonst gar nichts ...

Die Gabelstapler ließen die Särge kreuz und quer auf die Plattform poltern. Terl registrierte die unsanfte Behandlung mit einiger Besorgnis. Immerhin landete keiner auf dem kostbaren Deckel.

Neun Särge befanden sich bereits draußen auf der Plattform. Der Gabelstaplerfahrer stoppte neben Terl, der den zehnten und letzten abhaken mußte.

»Die Särge kommen mir reichlich schwer vor«, bemerkte der Fahrer.

Terl blickte auf, verbarg geschickt seine Bestürzung. Das Übergewicht betrug nicht mehr als rund hundert Pfund, war also nicht der Rede wert. Wie konnte man das überhaupt registrieren? Und für den Gabelstapler waren doch diese insgesamt sechzehnhundert Pfund ein Klacks ...

»Vermutlich ist Ihre Energie-Batterie halbleer«, kommentierte Terl sachlich.

»Kann schon sein«, entgegnete der Fahrer. Ihm schien es, als wögen die Särge mindestens dreitausend Pfund. Doch er ratterte los und ließ den zehnten auf die Plattform fallen.

Der Transporter für die heimkehrenden Angestellten erschien. Der Fahrer machte einen leicht beunruhigten Eindruck. Fünf Psychlos samt Gepäck befanden sich im Fahrzeug, zwei davon leitende Angestellte und die anderen drei gewöhnliche Grubenarbeiter. Der Fahrer übergab Terl die Liste.

»Sie werden sie ändern müssen«, sagte er. »Char steht mit drauf. Er war für den heutigen Transfer vorgesehen. Wir haben ihn überall gesucht und konnten ihn nirgends finden. Die ganze Personalabteilung war auf den Beinen. Sein Gepäck ist da, aber von Char keine Spur.«

»Welches ist sein Gepäck?« fragte Terl. Der Fahrer wies auf einen Stapel, und Terl fegte alles mit einer Armbewegung herunter.

»Wir haben wirklich überall nachgesehen«, beteuerte der Fahrer. »Sollen wir nicht den Transfer stoppen?«

»Sie wissen genau, daß das nicht geht«, entgegnete Terl rasch. »Haben Sie auch in den Betten der weiblichen Angestellten nachgeschaut?«

Der Fahrer wieherte vor Lachen. »Da haben Sie recht – das hätten wir unbedingt machen müssen. Nach der Party ... Junge, Junge, heute nacht ging's vielleicht rund!«

»Wir schicken ihn mit dem nächsten Transfer in sechs Monaten zurück«, sagte Terl und schrieb hinter Chars Namen: »Teleportation verschoben.« Dann unterzeichnete er das Dokument.

Der Transporter fuhr weiter und lud die Passagiere an der Plattform ab. Sie gruppierten sich in einiger Entfernung von den Särgen und überprüften noch einmal den Sitz ihrer Schutzhelme.

Terl sah auf die Uhr. Dreizehn Uhr elf. Noch zwei Minuten ...

»Koordinaten stabil, Stufe zwei hält!« dröhnte es aus dem Lautsprecher. Der weiße Scheinwerfer auf der Kuppel begann aufzublinken.

Terl wandte sich ab und ging in Richtung Leichenschauhaus. Das verdammte Pferd trieb sich immer noch vor dem Eingang herum. Terl versuchte es abermals, das Tier mit wild fuchtelnden Pranken zu verscheuchen. Es entfernte sich ein paar Schritte und begann, friedlich weiterzugrasen.

Wirklich eine Wohltat, die Särge nicht mehr hier drin zu wissen! Er bedachte sie mit einem zärtlichen Abschiedsblick. Noch knapp eine Minute ... dann wären sie in Sicherheit.

Da – plötzlich – schienen sich ihm sämtliche Haare zu sträuben. War das eine Sinnestäuschung? Nein – aus dem Leichenschauhaus, aus diesem leeren, verlassenen Leichenschauhaus kam eine Stimme ...

3

Als der letzte Sarg durch die offene Tür verschwunden war, hatte Jonnie geräuschlos sein Versteck verlassen. In seinem Gürtel steckten drei Keulen, die vierte und schwerste hielt er in der Hand. Mit einer flinken Bewegung stellte er einen Bildrecorder nebst Tonträger mitten auf den Boden und verbarg sich hinter der Tür. Ein riesiger Schatten fiel von draußen herein – Terl.

Der Tonträger begann abzulaufen – es war eine Bandaufzeichnung von Terls Stimme, die sagte: »Na, Jayed, du lächerliche Figur, du warst wohl die größte Flasche, die das I.B.I. je gehabt hat ...«

Die Lautstärke reichte aus, um draußen gehört zu werden.

Terls Schatten zog sich zusammen, wendete.

Die Stimme auf dem Band sprach weiter: »Wie kommt so ein lausiger Agent dazu, hier einfach aufzukreuzen und einem, der dir turmhoch überlegen ist, auf die Nerven zu fallen ...«

Terl stürmte herein, schmetterte die Tür wütend hinter sich ins Schloß. Er holte weit mit dem Fuß aus, um den Recorder unter den Stiefelsohlen zu zermalmen.

Jonnie hechtete vorwärts und ließ die Keule auf Terls Schädel herabsausen – mit einem wohlgezielten Schlag, den er immer und immer wieder an einer Attrappe geübt hatte.

Noch im Fallen riß Jonnie ihm mit der anderen Hand die Taschenklappe auf und entnahm das für den Käfig bestimmte Fernbedienungsgerät.

Draußen röhrte der Lautsprecher: »Koordinaten stabil auf Stufe eins. Motoren abstellen!«

Jonnie versetzte Terl einen neuerlichen Schlag, der ihm den Rest gab. Dann riß er ihm die Atemmaske vom Gesicht und schleuderte sie quer durch den Raum bis zur Rückwand, wo sie klirrend auf dem Boden landete. Er beugte sich über Terl. Aus der Kopfwunde rann grünes Blut an der Seite hinunter. Er trommelte noch eine Weile mit den Füßen, ehe er sich nicht mehr regte. Kein Atemzug ... Glasige Augen ... Am liebsten hätte Jonnie einen Schuß hinterhergejagt. Er zog den Handfeuer-Killer aus dem Gürtel. Doch er wagte es nicht abzudrücken. Bis die Drähte draußen zu summen anfingen, konnten sie den intergalaktischen Transfer stoppen. Er wußte:

Sobald die Drähte zu summen anhoben, gab es kein Zurück – erst dann ...

Der Lautsprecher dröhnte: »Zurücktreten!«

Jetzt hatten die Drähte zu summen begonnen.

Und damit waren auch für Jonnie die zwei Minuten angelaufen, die sehr wohl zu den letzten seines Lebens werden konnten. Er hatte die Stoppuhr, die er am Handgelenk trug, eingeschaltet.

Er stürzte nach draußen und schloß die Tür hinter sich zu. In diesen zwei Minuten würde niemand einen Schuß abfeuern, da das die Drähte treffen oder die Koordinaten destabilisieren könnte.

Rasch orientierte er sich. Windsplitter war nur drei Schritte von der vorgesehenen Stelle entfernt. Jonnie schwang sich hinauf, drückte ihm die Fersen in die Flanken, und sie sausten dahin.

In rasendem Tempo näherten sie sich der Plattform.

Das Summen schwoll an. Alles, was sich auf der Plattform befand, war für den Transfer nach Psychlo bestimmt – diesen fernen Planeten, auf dem ein menschliches Wesen nicht einmal atmen konnte. Und wenn alles nach Wunsch lief, würde die Ankunft dort katastrophale Folgen mit sich bringen.

Das Metall klirrte unter Windsplitters Hufen, als sie auf der Plattform landeten. Er blieb ruckartig stehen, und Jonnie stürzte sich auf den ersten Sarg.

Seine Finger tasteten nach dem kleinen Ring, der unter dem Deckel am Kopfende fast unmerklich hervorstand. Er zog daran, bis er eine Schnur in der Hand hielt. Nummer eins!

Der zweite Sarg ... Ring gefunden ... Schnur herausgezogen ... Nummer zwei!

Der dritte Sarg. Ring. Schnur. Nummer drei!

Eine hysterische Psychlo-Stimme gellte aus dem Lautsprecher: »Räumen Sie die Plattform! Bitte die Plattform räumen!«

Das kleine Grüppchen Psychlos hinter den Särgen wurde aus seinem Dahindämmern wachgerüttelt und schien langsam zu bemerken, daß etwas Ungewöhnliches vor sich ging. Sie gafften fassungslos zu den Särgen hinüber. Einer der leitenden Angestellten, noch schwer verkatert von der Abschiedsparty, hob träge den Arm und zeigte auf Jonnie.

Nummer vier, fünf und sechs!

In den Särgen lagen zehn sogenannte Planetenknacker, Flugkörpergeschosse mit einer solchen nuklearen Sprengkraft, daß ihr Einsatz durch Sperrverträge untersagt war, weil sie die Erdkruste aufzubrechen und weltweit radioaktiven Niederschlag zu verbreiten vermochten.

Darum herum waren die schmutzigsten Atombomben aus den

frühen Tagen des Atomzeitalters, die man wegen ihres extremen Potentials radioaktiver Verseuchung geächtet hatte.

Der siebente Ring war verbogen. Nervös machte sich Jonnie daran zu schaffen.

»Packt ihn!« kreischte der leitende Angestellte auf der Plattform.

Die fünf Psychlos rückten zum Angriff vor.

Jonnie schleuderte eine Keule auf den leitenden Angestellten, der zu Boden ging.

Blitzschnell zog Jonnie zwei weitere Keulen aus dem Gürtel. Sie zischten durch die Luft und setzten zwei Psychlos außer Gefecht.

Darauf wandte er sich wieder Sarg Nummer sieben zu. Es gelang ihm, den Ring geradezubiegen und die Schnur herauszuziehen.

Nun kam Nummer acht an die Reihe. Geschafft.

Ein Selbstmordkommando der Schotten hatte sich im Gebüsch versteckt, um einzugreifen, falls im letzten Augenblick etwas schiefging. Jonnie hatte dagegen Einspruch erhoben, sich aber nicht durchsetzen können. Seine Hinweise auf den exakt berechneten Zeitablauf fruchteten nicht. Sie wollten ihn nicht allein das Risiko tragen lassen. Und so mußte er widerstrebend in Kauf nehmen, daß möglicherweise einige Schotten ums Leben kamen, was er unter allen Umständen hatte vermeiden wollen.

Jonnie hatte es strikt abgelehnt, einfach im voraus einen Zeitzünder für die Bomben einzustellen. Wäre die Teleportation abgeblasen worden, hätten sie die Erde in die Luft gejagt. Sie mußten unbedingt sicher sein, daß der Transfer angelaufen war und nicht mehr gestoppt werden konnte, bevor die Zündschnüre herausgezogen wurden.

Neun Schnüre!

Die zwei verbliebenen Psychlos hatten sich abseits gehalten, kamen aber jetzt heran.

»Ausschlagen!« schrie Jonnie Windsplitter zu.

Das Pferd bäumte sich auf und traf den am nächsten stehenden Psychlo mit dem Huf.

Das letzte Monster grabschte mit der Pranke nach Jonnie.

Zehn!

Jonnie schlug mit der Keule zu und zertrümmerte den Schutzhelm des Psychlos.

Dessen Klauen zerrissen Jonnies Ärmel. Er schlug abermals zu.

Mit einem Satz saß er auf dem Pferderücken.

»Los, lauf!«

Auf der Brüstung des Kontrollturms war ein Psychlo mit dem Handfeuer-Killer erschienen, wagte jedoch nicht zu schießen.

Das Summen der Drähte schwoll allmählich zu ohrenbetäubendem Lärm an.

Jonnie hatte die Plattform hinter sich gelassen und raste die Anhöhe hinauf zum Käfig. Die Stoppuhr sagte ihm, daß noch zweiundvierzig Sekunden an den zwei Minuten fehlten. Daß die Zeit so langsam verstrich, hätte er nie gedacht. Oder so schnell?

Er war also nicht nach Psychlo katapultiert worden.

Dafür warteten hier Handfeuer-Killer nur darauf, ihn niederzumähen.

Mit dem erbeuteten Fernbedienungsgerät hatte er bereits den Strom in den Sperren abgeschaltet. Das Werkzeug, mit dem man Metall durchschneiden konnte, hielt er parat, um die Mädchen von den Halseisen zu befreien.

Vor der Käfigtür blieb Windsplitter abrupt stehen, und Jonnie sprang ab.

Eine Sekunde hielt er inne.

Die Käfigtür war offen! Die Holzschranke aufgerissen!

Wo waren die beiden Mädchen? Ihre Habseligkeiten lagen alle noch drin.

Doch da – unter dem Kleiderhaufen ... Aha, sie schliefen offenbar noch und hatten sich mit den Sachen zugedeckt.

Er stürmte hinein, das Werkzeug zum Aufschneiden der Halseisen in der Hand, rief ihre Namen.

Unter dem Kleiderberg rührte sich nichts.

Er riß die Sachen beiseite ...

Und starrte auf eine Leiche – Char! Er lag auf dem Rücken, und als er ihn umdrehte, sah er das Messer aus rostfreiem Stahl, das er Chrissie gegeben hatte, tief in Chars Kreuz stecken.

Zum Herumrätseln hatte er keine Zeit. Er eilte hinaus und blickte sich überall um. Keine Spur von Old Pork und Dancer. Könnte es möglich sein, daß die Mädchen Char tatsächlich getötet hatten und dann entflohen waren? Unwahrscheinlich! Nicht, solange Terl das Fernbedienungsgerät in der Tasche hatte.

Die Sekunden verstrichen. Die Handfeuer-Killer warteten.

Er schwang sich auf Windsplitter und galoppierte zum Rand der Klippe. Er stürmte darüber hinweg. Als sie dann mitten auf dem Abhang stoppten, löste sich eine kleine Geröllawine.

Jonnie sprang ab und vergewisserte sich, daß sie voll in Deckung waren.

Das Summen der Drähte erreichte den Höhepunkt. In der Luft war wieder jenes seltsame Vibrieren zu spüren, das er kannte.

Der Transfer war beendet.

4

Jetzt würde dieser leichte Rückstoß kommen, der unmittelbar nach der halbjährlichen Teleportation einsetzte – die nachhallende Schallwelle und das Vibrieren in den Drähten.

Jonnie zählte die Sekunden. Er keuchte schwer. Windsplitter neben ihm schnaubte und zitterte nach der Anstrengung.

Plötzlich schwankte der Boden. Ein lautes splitterndes Geräusch zitterte durch die Luft. Am Himmel zuckte ein Blitz auf.

Rückstoß? Nein, das hörte sich eher so an, als sei alles in die Luft geflogen.

Jonnie kletterte den Hang hinauf und spähte über den Klippenrand.

Viel zu heftiger Rückstoß ...

Die Kernwaffen hätten erst in zehn Sekunden auf Psychlo gezündet werden sollen, so jedenfalls war der Mechanismus eingestellt worden.

Die Kuppel des Operationsfeldes segelte immer noch flammensprühend durch die Luft.

Das Leitungsnetz um die Plattform zerschmolz.

Die Maschinen im ganzen Areal gerieten ins Rutschen. Die Psychlos, die sie bedienten, wurden zu Boden geworfen.

Über dem Umschlagterminal blitzte, fast wie eine Aura, grelles Wetterleuchten.

Die Gebäude im Camp schwankten, schienen aber intakt.

Die Erschütterung pflanzte sich über die Ebenen fort.

Es war zu früh für die geplante Explosion der Bomben auf Psychlo. Was war geschehen? Hatten sie ihr Ziel verfehlt und die tödliche Fracht auf nähergelegenen Gestirnen gelandet? Bedeutete dies, daß der Heimatplanet der Psychlos immer noch Geschwader von Kampfflugzeugen ausschicken konnte, die plötzlich am Himmel auftauchten und sie alle vernichteten?

Im Augenblick aber mußte er sich fragen, ob dies alles ihre Angriffspläne über den Haufen geworfen hatte.

Besorgt blickte er zu den aufgereihten Kampfflugkörpern. Hier sollte das Stichwort unmittelbar nach der Rückstoßphase fallen.

Dann schaute er zu den nahen Schluchten, wo schottische

Teams in Deckung lagen. Sie trugen Strahlenschutzanzüge in Tarnfarben, bereit, loszustürmen und mit ihren Waffen in Stellung zu gehen.

Ihm fiel ein, daß die Nachwirkungen der Detonation auch radioaktiven Niederschlag mit sich gebracht haben könnten ... Und er stand hier – ohne Strahlenschutzanzug ...

Da – die Kampfflugkörper hoben ab! Sechzehn davon waren bemannt: Pilot und Copilot. Sie hatten sich drin versteckt gehalten. Die erforderlichen Schlüssel lagen auf den Schalensitzen. Rasant schnellten die Kampfflugkörper in die Höhe, die schweren Triebwerke dröhnten. Zweiunddreißig schottische Piloten und Copiloten in wohlkoordinierter Aktion!

Fünfzehn Flugkörper drehten ab und steuerten mit Überschallgeschwindigkeit ihre Ziele an: jeweils einer für jede Erzabbaustation auf dem Planeten. Der Auftrag lautete, sie zu bombardieren und zu zerstören und so einen Gegenangriff zu verhindern. Der sechzehnte Flugkörper war für die Luftsicherung der hiesigen zentralen Außenstation bestimmt. Die Losung hieß: Funkstille. Bloß kein Warnsignal geben!

Jonnie suchte zu ergründen, ob die restlichen Flugkörper etwas abbekommen hätten. Er stellte fest, daß sie ein wenig verbogen waren, aber sonst völlig in Ordnung schienen ...

Halt! Irgendwas stimmte nicht! Dort müßten doch vier Flugkörper stehen, denn sie hatten ja nur zweiunddreißig Piloten und Copiloten zur Verfügung. Es waren aber nicht vier, sondern nur drei Flugkörper verblieben!

Er beugte sich vor und ließ den Blick nochmals über das ganze Gelände wandern.

Ja – dort mußte die Lösung liegen.

Die gesamte Seitenmauer des Leichenschauhauses war herausgebrochen worden, und der Sarg, der dazu benutzt worden war, lag im Geröll.

Also war Terl irgendwie wieder zum Leben erwacht und hatte sich gewaltsam den Weg ins Freie gebahnt.

Jonnie blickte nach oben.

Anstelle des einen zur Luftsicherung bestimmten Flugkörpers waren zwei am Himmel!

Jonnie packte Windsplitter und merkte sofort: Das Pferd lahmte. Das mußte vorhin passiert sein, als es den Steilhang hinunterstürmte. Bis zum Standplatz der Flugkörper waren es dreihundert Meter ...

Jonnie raste, so schnell er nur konnte, den Hang hinunter, und behielt dabei stets die beiden Flugkörper am Himmel im Auge.

Vom Camp spuckte ein Handfeuer-Killer seine Munition herüber, und um Jonnie spritzte die Erde in dichten Wolken auf.

Wo steckten die Angriffsteams? Hatte man sie niedergemacht?

Schwer atmend rannte Jonnie auf den ersten Kampfflugkörper zu, während immer mehr Killerwaffen vom Camp her auf ihn feuerten.

Er schaffte es bis zur Tür, hatte sie schon halb geöffnet, als sie von einem gezielten Schuß wieder zugeschlagen wurde. Er robbte unter dem Flugkörper durch und stieg auf der anderen Seite ein.

Der Schlüssel ... Wo war denn nur der Schlüssel geblieben? Wo hatte Angus den Schlüssel für diesen Flugkörper hingetan? Er suchte die Schalensitze ab – bei dem Rückstoß mußte der Schlüssel weggerutscht sein. Vor der Kanzel detonierte ein Schuß aus einem Handfeuer-Killer. Da lag ja der Schlüssel! Auf dem Boden ...

Er wollte gerade starten, als er eine Bazooka losballern hörte. Gleich darauf begannen die Sturmgewehre zu rattern.

Die Flugmotoren liefen dröhnend an, Jonnies Finger rasten fieberhaft über das Instrumentenbrett. Der Flugkörper hob ab und war im Nu auf sechshundert Meter Höhe.

Er konnte die Angriffstrupps noch anrücken sehen. Zwei mit Bazookas, vier mit Sturmgewehren ausgerüstete Mannschaften. Sie hatten die ganze Nacht in den Senken gehockt, die gute Deckung boten. Außerdem trugen sie natürlich den Hitzeschutz.

Jonnie schaltete die Bildschirme ein. Wo war Terl?

5

Ein paar Kilometer nördlich waren Terl und der zur Luftsicherung bestimmte Flugkörper noch damit beschäftigt, sich gegenseitig zu belauern.

Jonnie nahm Kurs auf die beiden. Plötzlich drehten sie weiter nach Norden ab. Der eine Flugkörper hatte offensichtlich die Flucht ergriffen, der andere nahm die Verfolgung auf. Zwei Schotten auf der Flucht? Nein – ausgeschlossen! Plötzlich wurde Jonnie klar, was da vor sich ging. Einer von Terls schmutzigen Tricks! Er tat so, als wolle er fliehen, um die Schotten dadurch in eine Falle zu locken und auszumanövrieren.

Funkstille. Warum hatten sie nur diese verdammte Losung ausgegeben?

Die Schotten fielen tatsächlich auf das Scheinmanöver herein.

Bevor Jonnie sie einholen konnte, hatte Terl eine Schleife gedreht und eröffnete nun das Feuer auf den Flugkörper der beiden Schotten.

Getroffen! Die lichterloh brennende Maschine stürzte ab.

Links und rechts sprangen Pilot und Copilot ab. Ihre Düsenantriebe rauchten, als sie zündeten und begannen, den Sturz abzubremsen. Sie schwebten in einiger Entfernung voneinander durch die Luft.

Wenn Jonnie sich von hinten an Terls Flugkörper heranmanövrieren könnte, solange der sich noch ganz auf die brennende Maschine konzentrierte ... ja! Terls sadistische Ader veranlaßte ihn, im Sturzflug auf einen der Piloten zu schießen.

Der Schotte wurde getroffen und wieder nach oben abgetrieben.

Jonnie war jetzt unmittelbar hinter Terl. Er betätigte den Bordwaffenauslöser und eröffnete das Feuer ... Schüsse durchschlugen den Rumpf des Flugkörpers.

Und dann – plötzlich – war er verschwunden!

Ein rascher Blick auf die Bildschirme – Terl befand sich jetzt über ihm.

Doch Terl dachte gar nicht daran zu schießen.

Blitzartig erkannte Jonnie, was Terl im Schilde führte: Er wollte ihn ignorieren, zum Camp zurückjagen und die Bodentruppen abknallen.

Die Taktik der Psychlos beruhte im wesentlichen darauf, den Gegner mit Hilfe der Schaltbrettsteuerung zu überlisten. Die Flugkörper waren so schnell und so variabel im Tempo, daß man ihre Absichten erraten und ihnen dann zuvorkommen mußte.

Jonnie brachte seinen Kampfflugkörper direkt vor Terls. Eine Sekunde lang konnte er den Psychlo mit der Atemmaske durch das Panzerglas sehen. Es war wirklich Terl! Ein Terl, der mit wilder Entschlossenheit und Umsicht handelte, ein Terl, der zwar wahnsinnig sein mochte, sich aber seine Meisterschaft als Flieger und als Schütze bewahrt hatte. Jonnie fragte sich, ob er sich wohl mit diesem Verrückten messen könnte.

Terl drehte nach rechts. Jonnie hatte es richtig vorausgesehen und das gleiche getan. Terl drehte weiter nach rechts. Wieder war Jonnie ihm zuvorgekommen und erwartete ihn, die Bordwaffen schußbereit.

Terl zog den Kampfflugkörper nach oben. Diesmal hatte es Jonnie nicht geschafft, ihn auf dieselbe Weise auszutricksen. Um ein Haar wäre es Terl gelungen, an ihm vorbeizuzischen und zum Camp zurückzukehren ... Jonnie korrigierte seinen Kurs und hätte

Terl beinahe von unten gerammt.

Warum hatte er dem Monster im Leichenschauhaus nicht den Kopf weggeblasen? Zu spät – die Gelegenheit war verpaßt ...

Terl ging tiefer, drehte nach rechts. Dann nach links. Und wieder nach rechts. Ein leicht vorauszusagender Rhythmus. Jonnie konnte ihm jedesmal mühelos zuvorkommen.

Zu spät erkannte er, daß Terl ihm eine Falle gestellt hatte. Beim vierten Mal feuerten Terls Bordwaffen genau auf die Stelle, an der Jonnie hätte auftauchen müssen. Nur ein Fehlgriff auf dem Instrumentenbrett rettete ihn davor, abgeschossen zu werden.

Plötzlich schien Terl seine Bemühungen, zum Camp durchzustoßen, aufzugeben und nahm Kurs nach Norden.

Aus dem brennenden Flugkörper unten am Boden quollen dicke schwarze Rauchwolken.

War das wieder einer von Terls Tricks? Wollte er ihn von hier weglocken?

Das gequälte Aufjaulen der übertourten Motoren zerriß Jonnie fast das Trommelfell. Ein rascher Blick auf die Bildschirme. Wohin wollte Terl, und warum hatte er nach Norden abgedreht? Plötzlich überfiel Jonnie eine Vorahnung, und er schaltete ein Wärmesuchgerät ein.

Der Bildschirm bestätigte es: Chrissie und Pattie ritten nach Norden. Die Pferde jagten in weitausgreifendem Galopp dahin, so daß ihre Bäuche fast den Boden streiften.

Das Druckmittel ... Schlagartig wurde Jonnie klar, daß Terl sein Druckmittel zurückzubekommen suchte. Sollte es ihm gelingen, sich seine Geiseln wiederzuholen, könnte er Druck auf Jonnie ausüben.

Jonnie schaltete auf die Funkfrequenz der örtlichen Kommandostelle.

»Wenn du nicht runtergehst und landest, Kreatur, töte ich beide!«

Terl zog direkt vor ihm den Flugkörper auf etwa eintausendzweihundert Meter herunter.

Jonnie hämmerte auf das Instrumentenbrett ein. Er schätzte Terls Position genau ab.

Und dann setzte Jonnies Kampfflugkörper krachend auf dem Heck von Terls Maschine auf. Jonnie betätigte den Schalter für die elektromagnetische Greifvorrichtung. Die Gleitkufen hafteten nun fest auf dem Heck von Terls Kampfflugkörper.

Noch halbtaub von dem donnernden Aufprall steigerte Jonnie auf Überschallgeschwindigkeit. Die Motoren heulten. Er speiste die Koordinaten ein – Durchschlagstiefe einen Meter achtzig, direkt unter ihnen.

Mit einem Seitenblick überzeugte er sich, ob die beiden Reiterinnen weit genug entfernt wären. Ja, sie waren außerhalb der Gefahrenzone.

Die Motoren der beiden Flugkörper kreischten mißtönend, setzten ihre Kraft unter schrillen Dissonanzen gegeneinander ein. Fest verhakt hingen sie im Raum, suchten sich irgendwie aus dieser Fesselung zu befreien – ein hoffnungsloses Ringen. Die Motoren begannen heiß zu werden. In Kürze würden sie in Flammen stehen und explodieren.

Jonnie holte sich den Tornister mit dem Düsenantrieb vom Rücksitz. Die Schulterriemen waren bereits gekürzt worden. Er schlüpfte hinein. Dann vergewisserte er sich, daß er Terls Handfeuer-Killer noch hatte.

Ein letzter prüfender Blick auf das Instrumentenbrett. Alles einprogrammiert. Durchschlagstiefe einen Meter achtzig, eintausendzweihundert Meter tief in direkter Ziellinie, Überschallgeschwindigkeit ...

Jonnie öffnete die Tür und sprang aus dem Flugkörper. Im Sturz war ihm, als wollten ihn die Luftmassen zerdrücken, sie hielten ihn im Würgegriff ...

Die Düsen begannen zu arbeiten, und die Fallgeschwindigkeit verringerte sich. Durch Schwingen der Beine gewann er wieder an Höhe.

Er betrachtete die aneinandergeketteten Flugkörper, die sich vergeblich zu befreien trachteten.

Er hatte erwartet, daß Terl abspringen würde. Denn das Ende war unvermeidlich – die Flugkörper würden explodieren. Da Terl keinen Handfeuer-Killer hatte, wollte er ihn entweder in der Luft oder auf dem Boden zur Strecke bringen. Doch Terl sprang nicht ab. Jonnie konnte ihn deutlich sehen, wie er besessen auf seinem Instrumentenbrett herumhämmerte.

Während Jonnie mit Hilfe des Düsenantriebs im Raum schwebte, quälte ihn das Gefühl, einen Fehler gemacht zu haben. Wenn jemand sämtliche Taktiken der Psychlos in- und auswendig kannte, dann doch Terl ...

Der war in dem heftigen Gerangel der gegeneinander ankämpfenden Motoren bemüht, irgendwie die Programmierung des zweiten Flugkörpers, dieses unerwünschten Anhängsels, auszutricksen. Sollte ihm das gelingen, wären beide Motoren harmonisiert. Dann könnte er möglicherweise mit einer raschen Rolle und umgekehrter Programmierung den anderen Flugkörper abschütteln.

Der Rauch, der sich bei dieser Gegenwirkung entwickelte,

begann bereits in den Kampfflugkörper einzuströmen, aus dem Jonnie abgesprungen war.

Plötzlich hatte Terl die Kombination gefunden! Die Motoren in beiden Flugkörpern hatten sich beruhigt und erdröhnten jetzt in harmonischem Gleichklang.

Aber Jonnies Kombination hieß – Durchschlagstiefe einen Meter achtzig in direkter Linie und Überschallgeschwindigkeit ...

Und so stürzten beide Flugkörper mit dreitausendsechshundert Stundenkilometern auf die Erde zu.

Terl erkannte offenbar sofort, daß das bei diesen Koordinaten das unausweichliche Ende hieß – jäher Tod ...

Jonnie sah ihn hektisch im Pilotensitz agieren.

Nur noch hundertfünfzig Meter ... wie besessen speiste Terl die umgekehrte Kombination ein. Die Motoren seines Flugkörpers kämpften lautstark.

Durch die Trägheit der Masse kam der Sturz erst sechs Meter über dem Boden zum Halt.

Doch die heißgelaufenen Motoren vermochten der Überlastung nicht mehr standzuhalten.

Beide Flugkörper zerbarsten zu einem orangefarbenen Feuerball!

Terl wurde zur Tür herausgeschleudert und durch den Aufprall weitergerollt.

Die Flugkörper schlugen auf!

Mit kräftigen Beinstößen steuerte Jonnie im Steilflug nach unten. Das Düsenventil regulierte er mit dem Daumen, so daß er etwa dreißig Meter vom lichterloh brennenden Wrack entfernt landete.

Terl rollte immer noch weiter über den Boden.

6

Jonnie warf den Tornister ab. Er war sowieso fast verbraucht. Ohne Terl aus den Augen zu lassen, zog er den Handfeuer-Killer und entsicherte ihn.

Terl war von den Flammen erfaßt worden, jedoch nur kurzfristig. Er hatte sie erstickt, als er sich im feuchten Frühlingsgras wälzte. Er lag fünfzehn Meter entfernt. Regungslos. Die Atemmaske auf dem Gesicht.

Jonnie näherte sich mit der gebotenen Vorsicht. Das Monster

war bösartig und heimtückisch. Er ging bis auf zwölf Meter heran. Neun Meter ... Terl lag bloß da, ohne sich zu rühren.

Ein Leitsatz, den Robert der Fuchs einmal ausgesprochen hatte, ging Jonnie durch den Kopf: »Plane alles gut voraus, doch wenn der Kampf erst begonnen hat, rechne stets mit dem Unvorhergesehenen! Und zeige dich dem gewachsen!« Terls Flucht hatte ihre Pläne durcheinandergebracht. Für das Camp war keine Luftsicherung vorhanden. Gott allein wußte, was dort vor sich ging. Von ferne hörte man Geschützdonner. Und hier das Prasseln der Flammen, die aus den brennenden Wracks schlugen.

Jonnie sah nicht hin. Er hatte ein wachsames Auge auf Terl. Jetzt blieb er stehen. Siebeneinhalb Meter war nahe genug. Der Sichtschutz behinderte ihn etwas. Terl hatte leichte Verbrennungen. Auf seiner Jacke waren eingetrocknete grüne Blutflecken.

Plötzlich bewegte er rasch die Pranke und wie durch Zauberei hielt er dann eine kleine Waffe umklammert.

Jonnie warf sich sofort hin und schoß.

Mit einem grellen Blitz explodierte die Waffe in Terls Pranke. Dann erhob er sich und begann zu laufen.

Es gab Fragen, auf die Jonnie unbedingt eine Antwort haben wollte. Mit seinem ersten Schuß hatte er einen Volltreffer gelandet. Er zielte sorgfältig auf Terls rechtes Bein. »Das ist für die Pferde«, murmelte er vor sich hin. Er drückte ab.

Das Bein knickte ein, und Terl fiel zu Boden. Der Fuß hatte sich verdreht.

Jonnie ging hinüber, um sich die explodierte Waffe anzusehen. Für Psychlo-Verhältnisse war sie geradezu winzig. Ob dies eine sogenannte Killerwaffe war?

Terl lag reglos da.

»Laß das Theater, Terl«, sagte Jonnie.

Terl begann schallend zu lachen und setzte sich auf.

»Ich dachte, du wärst tot. Vorhin im Leichenschauhaus sah es ganz so aus. Wie hast du das angestellt?«

Terl rückte den verdrehten Fuß wieder zurecht und saß dann trotz der schußbereiten Waffe, die auf ihn gerichtet war, ganz ruhig da. »Das ist einfach zu erklären, Rattenhirn«, belehrte er Jonnie, »ich kann nämlich vier Minuten lang den Atem anhalten.«

Irgendwie war der Kerl zu gutgelaunt, fand Jonnie. Die Beinwunde hatte durchgeblutet und die Hosen grün verschmiert. Leichte Brandwunden hatte er auch. Aber er war geradezu heiter gestimmt. Da mußte noch etwas sein, Jonnie wußte das. Er wich zurück.

Während er Terl aus dem Augenwinkel im Blick behielt, sah er sich prüfend um. Das Camp lag hinter ihnen, ungefähr fünfunddreißig Kilometer entfernt. Aus der Richtung ertönten Schüsse. Er sollte sich wirklich bemühen, den anderen zu Hilfe zu kommen.

Wo waren die Mädchen? Höchstwahrscheinlich weitergeritten. Nein, dort waren sie! Damit hatte Jonnie nicht gerechnet. Sie kehrten tatsächlich zurück. Sie ritten langsam, vorsichtig, waren nur noch knappe zwei Kilometer entfernt.

Es traf Jonnie wie ein Schock. Eine Last, die er die ganze Zeit mit sich herumgetragen hatte. Den Schreck, als er sie nicht mehr im Käfig fand. Die Angst, sie könnten noch irgendwo dort unten in diesem Hexenkessel sein. Ungeheure Erleichterung durchströmte ihn. Sie lebten und waren gesund!

Jonnie winkte sie mit dem Arm heran.

Ohne Terl aus dem Auge zu lassen, versuchte er, sich einen Überblick über das Gelände zu verschaffen. Einer der Piloten, die aus dem Flugkörper abgesprungen waren, hatte sich in diese Richtung gewandt. Er spähte angestrengt. Ja, es stimmte! Etwa sieben Kilometer südlich ging jemand – schwer zu erkennen wegen des Tarnanzugs –, aber Jonnies geschultes Auge orientierte sich an Bewegungen, nicht nur an Farbkontrasten.

Terl lachte wieder los. »Damit kommst du nie durch, Rattenhirn! Hier wird es bald von Psychlos nur so wimmeln!«

Jonnie antwortete nicht. Er winkte die Mädchen näher. Die Pferde scheuten vor dem brennenden Wrack. Chrissie saß auf Old Pork, Pattie auf Dancer. Offenbar waren sie nicht besonders schnell geritten, denn die Pferde schnaubten nicht.

Die Mädchen konnten es einfach nicht glauben, daß Jonnie leibhaftig vor ihnen stand. Chrissie blieb in einigem Abstand, ohne abzusteigen. Sie war erschreckend blaß. Das Halseisen hatte häßliche rote Schürfwunden hinterlassen. »Jonnie? Bist du's wirklich, Jonnie?« Er sah so anders aus in der blauen Kleidung. Pattie hatte keinerlei Zweifel. Sie sprang von Dancers Rücken und raste auf Jonnie zu, umarmte ihn stürmisch. Sie reichte ihm knapp bis zur Brust. »Siehst du? Hab ich dir's nicht gesagt?« schrie sie über die Schulter Chrissie zu. »Ich hab dir doch gesagt, daß Jonnie kommt! Immer wieder hab ich's dir gesagt!«

Chrissie saß auf dem Pferd, unfähig, sich zu rühren. Sie begann zu weinen.

»Du hast das Monster erwischt!« jubelte Pattie aufgeregt und zeigte auf Terl.

»Vorsicht – komm ja nicht zwischen ihn und mich!« mahnte Jonnie, während er ihr zärtlich übers Haar strich und zugleich die Waffe auf Terl gerichtet hielt. Er durfte nicht länger hier herumtrödeln, sein Platz war jetzt im Camp.

Er wollte die Mädchen keinesfalls zu nahe herankommen lassen, falls Terl eine unerwartete Bewegung machte und er, Jonnie, reagieren mußte. Plötzlich hatte er die rettende Idee. »Chrissie! Sieh doch mal ungefähr sieben Kilometer weit nach Süden.«

Chrissie riß sich zusammen und trocknete die Augen. Jonnie hatte sie um etwas gebeten, also spähte sie in die angegebene Richtung. Sie versuchte zu sprechen, räusperte sich, versuchte es von neuem. »Ja, gut, Jonnie.« Sie sah schärfer hin. »Da bewegt sich was.«

»Das ist ein Freund«, erklärte Jonnie. »Du reitest jetzt dorthin, so schnell Old Pork es schafft, und bringst ihn hierher.«

Chrissie straffte sich. Sie lenkte Old Pork in großem Bogen um Terl herum und sprengte dann nach Süden. Ihr Haar flatterte im Wind, als das Pferd davongaloppierte.

Das Artilleriefeuer verstärkte sich nach Süden zu. Jonnie führte Pattie behutsam mit, als er sich, Terl immer im Schußfeld, seitwärts zu einer Stelle manövrierte, von der aus er das Camp sehen konnte.

Sie standen hier etwas höher, und er konnte im klaren Nachmittagslicht alles zwar winzig klein, aber deutlich erkennen.

Eine weiße Säule spritzte sechzig bis neunzig Meter hoch in die Luft, eine Art umgekehrter Wasserfall. Was mochte da geschehen sein? Dann fiel ihm die Erklärung ein: Das automatische Feuerlöschsystem hatte sich eingeschaltet.

Die Schotten dort unten kämpften in Wasserfluten!

Er befürchtete, daß die Psychlos einen Panzer oder weitere Kampfflugkörper einsetzen würden. Ein prüfender Blick zum Himmel – keine Flugkörper weit und breit.

Er sah etwas aufblitzen, und dann hörten sie von ferne das dumpfe Bummern der Bazookas. Ob die Bazookas wohl einen Psychlo-Panzer durchschlagen konnten? Er war sich da nicht sicher.

Die dort unten brauchten dringend Luftunterstützung! Und er stand hier rund fünfunddreißig Kilometer weit weg! In den Sturmtrupps gab es keinen einzelnen Piloten mehr. Sie hatten alles, was verfügbar war, eingesetzt.

Ungeduldig drehte er die Waffe – da saß dieser Terl und wieherte wieder vor Lachen. Eigentlich sollte er ihn jetzt kurzerhand am hellichten Tage erschießen. Aber dieses unbestimmte Gefühl, daß Terl etwas wußte und weiteres im Schilde führte, hielt ihn davon ab.

»Wie sind die Mädchen losgekommen?« wollte Jonnie wissen.

»Na, hör mal, Rattenhirn, wie kannst du an mir zweifeln? Ich hab dir versprochen, sie freizulassen, sobald du das Gold abgeliefert hast. Und heute früh hab ich eben mein Wort gehalten, das ist alles.

Ich hatte ja nicht den leisesten Verdacht, daß du so falsch und hinterhältig ...«

»Schluß mit den Sprüchen, Terl«, unterbrach ihn Jonnie. »Also sag's jetzt rundheraus – warum hast du sie freigelassen?«

Wieder brüllendes Gelächter.

Pattie hatte Dancer, der sich selbständig machen wollte, zurückgeholt. »Ich weiß nicht, warum dieses gräßliche alte Ungeheuer das gemacht hat. Aber kurz vor Morgengrauen hat er uns die Halseisen abgenommen und gesagt, wir sollten uns auf die Pferde setzen und wegreiten. Nach ungefähr fünfzehn Kilometern haben wir uns versteckt, weil wir dachten, du kommst vielleicht. Wir wußten ja nicht, wohin. Und dann sah's am Nachmittag plötzlich so aus, als ob das ganze Ding da in die Luft fliegt – peng, peng –, und wir sind schleunigst in Richtung Gebirge geritten.«

Auf einmal rundete sich für Jonnie das Bild, und er wandte sich an Terl: »Du hast also Char ermordet, stimmt's? Und ihn im Käfig liegengelassen mit dem Messer im Rücken, um den Verdacht auf Menschen zu lenken, weil ja die Tatwaffe von Menschen stammte. Die Frage ist jetzt, Terl – wie wolltest du die Menschheit auslöschen?«

Terl hatte auf die Uhr gesehen. Als er in seine Tasche langen wollte, stoppte ihn Jonnie.

»Nur mit zwei Klauen«, schlug Terl vor.

Jonnie nickte zustimmend, war aber weiterhin auf der Hut. Terl zerrte einen etwa dreißig mal dreißig Zentimeter großen Gegenstand aus der Seitentasche, mit ungewohnt langsamen, vorsichtigen Bewegungen angesichts der auf ihn zielenden Waffe. Es war ein Fernbedienungscomputer. Schmal. Den bekannten Geräten sehr ähnlich, nur etwas größer und verschmutzter als üblich.

Lachend warf Terl ihn Jonnie zu, der zurückwich, falls er explodierte.

»Du hast mir das falsche Fernbedienungsgerät abgenommen, Rattenhirn.«

Jonnie starrte das Ding verständnislos an. Auf dem Schaltbrett befanden sich nur mit Datum, Uhrzeit und Start bezeichnete Bedienungsknöpfe. Es gab weder eine Stop- noch eine Korrekturtaste.

»Das ist unwiderruflich«, grinste Terl. »Einmal programmiert und geschaltet, kann man das Ding wegwerfen, dann läuft alles von selber. Heute morgen vor der Teleportation hab ich's zum letztenmal benutzt, und nun hat es seinen Zweck erfüllt.«

Ein Blick auf die Uhr. »In etwa zehn Minuten bekommt ihr alle euren Lohn, egal, ob ihr Psychlo versaut habt oder nicht!« Er wollte sich ausschütten vor Lachen. »Du hast das falsche Fernbedienungsgerät erwischt, Rattenhirn!«

Er prustete so heftig in die Atemmaske, daß er nicht weitersprechen konnte. »Und hier stehst du nun«, brachte er schließlich heraus, »fünfunddreißig Kilometer entfernt und kannst nichts dran ändern, gar nichts! Das wäre übrigens auch sonst unmöglich!«

Er trommelte mit den Pranken auf dem Boden herum und drohte vor Lachen zu bersten.

7

Zum gleichen Zeitpunkt befand sich Zzt in den unterirdischen Hangars im Zustand hochgradiger Erregung – er war fast von Sinnen.

Seitdem es am Ende der Teleportation diesen heftigen, unerklärlichen Rückstoß gegeben hatte, war ein Totalchaos ausgebrochen.

Im Nu schwirrten Gerüchte umher, da draußen seien Menschendinger am Werk. Menschen – lachhaft! Zzt ließ sich doch nicht für dumm verkaufen. Was könnten diese hirnlosen Nullen schon ausrichten? Gar nichts. Nein, es handelte sich zweifellos um Tolneps, die von ihrer Galaxis hier gelandet waren. Zzt hatte darüber nachgedacht, zwischendurch freilich alle paar Sekunden wilde Verwünschungen gegen Terl ausgestoßen, und das Gesamtbild Stück um Stück zusammengesetzt. Sie hatten an den Frequenzen der Teleportation manipuliert und dadurch den Gegenangriff paralysiert. Und wozu das Ganze? Sie waren scharf auf die immer noch beträchtlichen Bodenschätze dieses Planeten. Scherereien mit den Tolneps hatte es schon früher gegeben, und der letzte Krieg war ergebnislos verlaufen. Die Tolneps waren kleinwüchsig, etwa halb so groß wie die Psychlos, und konnten unbeschadet so gut wie alles einatmen. Und zu allem Überfluß waren sie auch noch gegen das Killer-Gas der Psychlos immun. Deshalb richtete er jetzt einen Mark 32 her, unter den Hunderten von Flugkörpern in diesen Hangars der mit den meisten und schwersten Bordwaffen ausgerüstete, der für Angriffe auf Bodenziele im Tiefflug bestimmt war.

Zum Teufel mit diesem verdammten Terl! Er war derjenige, der die Verteidigung organisieren und leiten sollte! Und wo befanden sich die zum Soforteinsatz gedachten alarmbereiten Kampfflugkörper? Draußen im Freien, der Witterung ausgesetzt. Und wo waren die Panzer? Die rosteten gemütlich im unterirdischen Arsenal vor sich hin! Und wo waren die Reserven der anderen Rohstoffcamps? Hierher abgezogen!

Zum Teufel mit Terl! Innerhalb des Camps gab es keinerlei Vorräte an Energiebatterien oder Munition. Es war unlogisch von Zzt, Terl daran die Schuld zu geben, denn eine solche Lagerung hätte gegen die Vorschriften der Company verstoßen. Das Depot befand sich etwa achthundert Meter entfernt, und zwei Trupps Psychlos, die es zu erreichen versucht hatten, waren hingemetzelt worden. Ein weiterer Beweis dafür, daß es sich um Tolneps handelte. Die getroffenen Psychlos waren einfach explodiert ... ein blaßgrünes Aufblitzen und aus. Solche Waffen konnten nur die Tolneps erfinden!

So mußte er in den alten Flugkörpern und Landfahrzeugen nach halbverbrauchten Energiebatterien und Munition fahnden. Sicher, da ließ sich schon etliches finden, aber darauf konnte man nicht bauen.

Zwischen ihm und den beiden Chamco-Brüdern war es zu Tätlichkeiten gekommen. Diese Rabauken machten sich an einem schweren Panzer zu schaffen. Zwei Panzer, die an diesem Schreckenstag ausgerückt waren, hatten sich in nichts aufgelöst. Deshalb richteten die Chamcos eins von den alten Ungetümen aus der schweren Sturmpanzer-Serie her. Es gab nichts, was diesen Panzer durchschlagen konnte, und seine Geschütze legten meilenweit alles in Schutt und Asche. Die Chamcos organisierten Energiebatterien und Munition für diese Dampfwalze, und sie besaßen doch tatsächlich die Unverfrorenheit, steif und fest zu behaupten, bei den Angreifern handle es sich um Hockner von Duraleb, einer Galaxis, die Psychlo vor zweihundert Jahren restlos erledigt hatte.

Bei der Rauferei war es um die Patronen gegangen, und dieser aufgeblasene, kleinwüchsige Ker war heruntergekommen und hatte jeder Partei die Hälfte zugesprochen. Auch diese Niete ging auf Terls Konto – so ein Schwachkopf als Planetarischer Direktor!

Die Patronen paßten nicht für den Mark 32. Zzt hatte kostbare Zeit damit verbracht, die entsprechenden Hülsen herzustellen.

Vor zwei Stunden hatte er seinen Mechanikern gesagt, sie sollten diese verdammte Bomberdrohne aus dem Weg räumen.

Jetzt war er endlich soweit. Er hatte einen Copiloten gefunden – einen der leitenden Angestellten unter den Neuankömmlingen, mit Kampferfahrung auf einem Mark 32, namens Nup. Ein Dussel – aber was kriegt man schon auf einem derart entlegenen Planeten –, der es für einen typischen Bolbod-Angriff hielt, weil er kürzlich in einem der Kerbango-Läden in Imperial City ein Gerücht gehört hatte, die Unterwerfung der Bolbods sei geplant.

Zzt hatte alles Notwendige beisammen: Kampfmaske, Schultertasche mit zusätzlichen Atemgasflaschen, Seitenwaffen, Reserverationen und nicht zuletzt seinen Lieblingsschraubenschlüssel, den er sich in den Stiefel gesteckt hatte; der konnte sich in manchen Kampfsituationen als durchaus nützlich erweisen.

Die Motoren des Mark 32 liefen reibungslos und gleichmäßig. Im Handumdrehen würde er draußen sein, und damit wäre dieser Angriff dann ein für allemal beendet.

Zzt löste die Gleitkufen und rollte den Mark 32 zum Tor. Die Mechaniker sprangen beiseite, um ihm Platz zu machen. Überall wimmelten Psychlos herum, die sich bemühten, Flugkörper ohne Werkzeuge und Hilfsmittel einsatzbereit zu bekommen. Und da vorn stand doch immer noch diese verdammte Drohne.

Normalerweise konnten drei Flugkörper gleichzeitig durch das Tor starten. Es war so hoch, daß es sogar noch für einen vierten reichte. Aber dieses Relikt von einer Killer-Gas-Drohne hatte solche Ausmaße, daß es das ganze Tor blockierte. Genau das hatte er Terl immer wieder gesagt. Dieser verdammte Terl! Es gab nirgends eine Möglichkeit, den Mark 32 daran vorbeizumanövrieren.

Zzt lehnte sich aus der Tür und schrie nach dem Schichtführer, der sofort herbeieilte. Zzt fuhr auf ihn los: »Schaffen Sie diese verdammte Drohne weg! Ich habe Ihnen doch schon vor zwei Stunden gesagt, daß ...«

»Die läßt sich nicht abschieben«, japste der Vorarbeiter. Er deutete auf vier Transporter, die versucht hatten, die Drohne wegzuschieben. »Die rührt sich nicht vom Fleck!«

Zzt schulterte seine Werkzeugtasche und sprang hinunter. »Sie dämlicher Stümper! Das Ding hat innen nur einen einzigen Funktionsschalter, den für die Magnetkufen. Wieso haben Sie den nicht gelöst? Die mordsmäßigen Gleitkufen haften magnetisch an der Plattform! Wieso lernen Sie nicht endlich mal ...«

»Die Drohne ist ... na, die ist eben uralt«, stammelte der Vorarbeiter, dem unter Zzts finsteren Blicken Hören und Sehen verging.

Zzt hastete zur Tür der Drohne. Sie hatte gewaltige Ausmaße, so daß man mühelos ein Dutzend Gaskanister auf einmal einladen könnte. Jemand hatte eine Leiter herangerollt, die Zzt rasch hinaufstieg. Seine Werkzeugtasche klapperte, als er die Tür inspizierte. Sie war verschlossen! Eine gepanzerte Tür von der Größe eines Flugkörpers!

»Wo ist der Schlüssel?« kreischte Zzt.

»Terl hatte ihn!« schrie der Vorarbeiter herauf. »Wir haben alles abgesucht nach Terl. Wir können ihn nirgends finden!«

Da sollte doch ... »Haben Sie in seinem Quartier nachgesehen?« brüllte Zzt, der wutschnaubend auf der Leiter stand.

»Ja. Na klar!« schrie der Vorarbeiter. »Wir ...«

In diesem Augenblick übertönte eine hohe, schrille Stimme das Getöse im Hangar. »Juuuhuuu!« Chirk. Zzt durchbohrte sie mit giftigen Blicken. Dieses billige Miststück!

Aber Chirk hielt einen riesengroßen Schlüssel in der Pranke. »Den hab ich in seinem Schreibtisch gefunden«, jubilierte sie.

»Wo sind die anderen Schlüssel für das Ding?« polterte Zzt. »Die für den Bordcomputer.«

»Im Schreibtisch war nur der eine«, trällerte Chirk.

Zzt brauchte eine kurze Denkpause. Unter keinen Umständen durfte sich das verdammte Relikt im Hangar selber starten ... Aber er mußte die Drohne irgendwie fortbewegen. Das war der Türschlüssel, den sie ihm zugereicht hatten.

Er starrte ihn düster an. Drei Bartzacken. Eingekerbt. Das Rohr beinahe gespalten. Terl hätte wenigstens einen neuen Schlüssel anfertigen können! Aber nein, mit so was machte der sich doch nicht die Pranken schmutzig!

Er schob das zwanzig Pfund schwere Ding ins Schlüsselloch, drehte es fluchend um.

Die verrostete magnetische Zuhaltung gab nach. Der Schlüssel fiel auseinander.

Zzt schleuderte ihn auf die Plattform hinunter, haarscharf an Chirk vorbei. Na ja, zumindest war die Tür aufgesperrt.

Er rackerte sich ab, sie aufzustemmen. Sogar die Angeln waren eingerostet und unbeweglich. Endlich öffnete sie sich und gab den Blick frei in den enormen Innenraum.

Zzt nahm einen Leuchtstab. In dem Ding gab es keine Beleuchtung, es war ja auch nicht für Piloten gedacht. Es bestand nur aus unzähligen Tonnen von Gaskanistern, Motoren und Panzerung.

Zu spät fiel ihm ein, daß er hier einiges an Treibstoff hätte entwenden können. Die Gelegenheit hatte er verpaßt.

Er rumpelte nach vorn zum Bordcomputer. Den sollte er am besten umschalten. Kein Gedanke daran – das Ding war mit Panzerplatten abgedeckt. Ohne Schlüssel konnte er nicht an den Computer herankommen. Da half auch kein Werkzeug, gegen die Panzerplatten war er machtlos. Wenn er diesen verdammten Terl erwischte ...

Er leuchtete überall umher. Dort war der magnetische Auslöser für die Gleitkufen, der einzige Funktionsschalter im Innern. Zzt wollte ihn gerade betätigen ... streckte den Arm aus ...

Noch ehe er den Hebel berührt hatte, bewegte er sich von allein ...

Wie versteinert stand er da, starrte voller Entsetzen auf den Hebel. Ja, jetzt hörte er das Klicken im Bordcomputer ganz deutlich ... Er hechtete in Richtung Tür.

Die Motoren erdröhnten, es verursachte einen so starken Ruck, daß Zzt der Länge nach hinfiel. Er kroch auf allen Vieren zum Ausgang.

Zu spät!

Das Tor zum Hangar sauste vorbei, schon mehrere Meter unter ihm. Er wagte es nicht, in die Tiefe zu springen.

Die Drohne hob ab, die verrostete Seitentür schwang im Wind hin und her.

Zzt ächzte schaudernd auf. Das auch noch! Dieser Terl ...

Na, wenigstens bekamen sie jetzt die Kampfflugkörper nach draußen und konnten mit dem Angriff der Tolneps Schluß machen.

Und all das bei halbem Gehalt und gestrichenen Zuschlägen.

Höchstwahrscheinlich hatte dieser elende Terl auch da seine dreckigen Pranken drin ...

8

Fünfunddreißig Kilometer entfernt sah Jonnie die Drohne abheben. Ein Riesending. Die Gasdrohne? Ihm lief es eiskalt den Rücken hinunter.

An der Rumpfseite ein greller Blitz, gefolgt von einer Detonation. Jonnie wußte – die Bazookas hatten das Feuer eröffnet. Ein Trupp Schotten war postiert worden, um den Start von Flugkörpern zu verhindern. Ein zweiter greller Blitz ... Beide Schüsse zeigten nicht die leiseste Wirkung auf die Drohne. Sie schraubte sich auf sechshundert Meter hoch, drehte dann ab, weiterhin steigend, nach Nordosten.

Rund drei Kilometer östlich zog das Ungetüm an ihnen vorbei, so riesenhaft, daß es zum Greifen nah wirkte. Die Außenhaut wies zahlreiche Schrunden und Beulen und Brandflecke auf, Kampfspuren aus längst vergangenen Zeiten. Jonnie stoppte die Fluggeschwindigkeit ab – rund vierhundertachtzig Stundenkilometer. Ein Kampfflugkörper hatte gleich nach der Drohne abgehoben, wurde von Bazookageschossen getroffen, die in zwei grellen Blitzen explodierten. Unbeschadet folgte der Kampfflugkörper weiter dem Kurs der Drohne. Als er über ihnen hinwegzog, sah Jonnie, daß es sich um einen anderen Typ handelte. Auf der Seite standen die Psychlo-Zahlen 32 und dann eine ihrer Tarnbezeichnungen. Geleitschutz?

Das Dröhnen der schweren Motoren ließ die Erde vibrieren.

Als es verstummt war, fragte Terl: »Warum gibst du's denn nicht zu, Rattenhirn? Du bist geschlagen. Wenn die Psychlos vom Heimatplaneten aus den Gegenangriff starten, seid ihr längst alle erledigt. Also warum wirfst du nicht die Waffe rüber, dann können wir ein Abkommen treffen?«

Jonnie ignorierte ihn. Er verfolgte aufmerksam den Kurs der Drohne, orientierte sich am Sonnenstand. Er beobachtete jede Einzelheit genau, bis die Drohne in nordöstlicher Richtung seinen Blicken entschwand. Sie hatte nicht noch einmal abgedreht. Bleib ruhig, redete er sich zu. Bloß keine Panik.

»Wohin fliegt sie zuerst?« fragte er Terl. Ein Kampfflugkörper schaffte mühelos dreitausendzweihundert Stundenkilometer. Also kannst du die Drohne einholen, sagte er sich. Nur die Ruhe bewahren ...

»Wirf die Waffe rüber, dann erzähle ich dir alles, was du wissen willst«, entgegnete Terl.

Sein Verhalten alarmierte Pattie. »Glaub ihm kein Wort«, beschwor sie Jonnie. »Er hat uns was zu essen versprochen und nichts gebracht. Er hat uns sogar zwei- oder dreimal vorgeschwindelt, du wärst tot!«

»Entweder sagst du mir jetzt alles, oder ich schieße dir als erstes die Füße weg!« Jonnie legte die Waffe an.

»Tu's doch!« rief Pattie. »Er ist ein widerliches altes Scheusal! Ein richtiger Teufel!«

Jonnie blickte in die Richtung, in die Chrissie davongeritten war. Sie brauchte furchtbar lange für die Rückkehr. Er konnte die beiden Mädchen nicht allein hier draußen lassen, und schon gar nicht, solange Terl am Leben war. Bleib ganz ruhig, ermahnte er sich. Du kannst die Drohne einholen.

»Also gut«, brummte Terl, als habe er resigniert. »Ich werde dir die Gegenden nennen, die sie ansteuert.«

»Und zwar in der genauen Reihenfolge«, antwortete Jonnie und hob drohend die Waffe.

»Das wäre ein wahres Fest für dich, mich abzuknallen, stimmt's?« fragte Terl.

»Mir macht das nicht die geringste Freude, irgendwem Schmerzen zuzufügen, so wie ...«

»Weil du ein Rattenhirn bist«, lachte Terl.

Das ganze Gerede in Psychlo zwischen Terl und Jonnie machte Pattie überaus nervös. »Hör nicht auf ihn, Jonnie, erschieß ihn einfach«, forderte sie und packte Jonnies Arm, der die Waffe hielt.

»Von mir aus«, begann Terl. »Das erste Ziel ist der unterste Teil von Afrika. Das nächste ist China. Danach kommt Rußland. Dann fliegt sie nach Italien und von da aus direkt hierher zurück.«

Gut, dachte Jonnie. Schottland hat er nicht erwähnt. Also nimmt sie über die Arktis Kurs nach Schottland. Das ist das erste Ziel. Sehr einleuchtend, weil die Psychlos nicht dorthin konnten oder vielmehr meinten, es nicht zu können. Besten Dank, Terl.

Chrissie tauchte plötzlich auf. Sie war durch eine Bodensenke geritten, so daß er sie nicht früher entdecken konnte. Das Pferd ging im Schritt. Als sie näherkam, erkannte er den Grund dafür.

Thor. Er saß, von Chrissie gestützt, vor ihr. Sie hatte ihre Wildlederjacke ausgezogen und Verbände daraus gemacht. Thors Strahlenschutzanzug war an der linken Schulter blutbefleckt. Sie hatte eine mit Gras gefüllte Auflage aus Leder darübergebunden, um das Blut zu stillen. Thors linker Arm war gebrochen, mit Stecken notdürftig geschient. Es war also Thor, den es beim Absprung aus dem Kampfflugkörper erwischt hatte.

Mit Chrissies Hilfe ließ er sich vom Pferd gleiten. Er war aschgrau im Gesicht vom Blutverlust und unsicher auf den Füßen. Er sah Jonnie reumütig an. »Tut mir leid, Jonnie.«

»Es war meine Schuld, nicht Ihre«, entgegnete Jonnie. »Setze ihn vorsichtig auf den Felsen drüben, Chrissie.«

Thor blickte Terl an. Er hatte das Monster nur zweimal aus der Nähe gesehen. Thor trug einen Smith and Wesson Revolver Kaliber .457 aus dem Arsenal der ehemaligen Hauptverteidigungsanlage bei sich, die Patronen waren mit radioaktivem Material angereichert. Plötzlich erkannte er Terl und griff nach der Waffe, um ihn zu erschießen.

»Nein, nein«, wehrte Jonnie ab. »Halten Sie den Revolver auf ihn gerichtet, aber schießen Sie erst, wenn er sich irgendwie bewegen will. Achten Sie vor allem auf die Pranken. Sitzen Sie dort einigermaßen?«

Thor war ungefähr fünfzehn Meter von Terl entfernt. Er setzte sich zurecht und hielt die Waffe auf Terl gerichtet.

»Hör gut zu, Terl«, sagte Jonnie, »mit der Waffe, die er da auf dich zielt, kann er dir ein Loch in den Kopf verpassen, durch das bequem ein Pferd käme. Es ist mit Spezialkugeln geladen, die haben mehr Sprengkraft als dein Handfeuer-Killer. Kapiert?« Du mußt auf alle hier ganz ruhig wirken. Nur keine Nervosität zeigen. Du kannst die Drohne einholen, vergiß das nicht ...

Er wandte sich zu Pattie um und gab ihr die große Waffe zum Halten. Er zeigte ihr, wo der Abzug war, und sie marschierte energisch hinter einen Felsen, auf den sie die Waffe aufstützen konnte.

»Ist die Zielrichtung so in Ordnung?«

»Ja, und du läßt sie auf ihn gerichtet.« Du hast Zeit, sagte er sich. Vor allem mußt du dafür sorgen, daß hier nichts schiefgeht.

»Warum sollen wir ihn nicht töten?« fragte Thor.

»Er hält Informationen zurück, die wir brauchen«, erwiderte Jonnie.

Terl konnte nicht verstehen, was sie sagten, ahnte aber, worum es ging.

Jonnie zog ein Messer heraus und veranlaßte Terl, sich umzudrehen, wobei er sich aus jeder denkbaren Schußlinie heraushielt. Er setzte das Messer an Terls Kragen an und schlitzte den Stoff an der Rückseite auf. Dann ging er nach vorn und zog ihm die Jacke an den Ärmeln vom Leib, sehr vorsichtig und immer darauf gefaßt, daß Terl irgend etwas Unvermutetes tat. Sobald er das erledigt hatte, schlitzte er ihm die Hosenbeine an der Seite auf. Er brachte Terl eine nicht sehr tiefe Schnittwunde bei, als dieser zum Sprung ansetzte. Terl gab es wieder auf, und Jonnie zog ihm Stiefel und Hose aus. Er nahm ihm die Uhr ab, danach die Kopfbedeckung. Die Atemmaske war das einzige, was ihm blieb, und selbst aus der entfernte Jonnie die Reserve an Atemgasflaschen. Terl blickte finster vor sich hin.

Da hockte er nun, die dichte Körperbehaarung mit Schweiß verklebt, die zuckenden Klauen verrieten ungezügelte Angriffslust.

Jonnie ließ Terl die Pranken auf dem Rücken zusammenlegen und schnallte ihm den Gurt um die Gelenke, so fest er konnte. Dann nahm er Old Porks Zügel, verschnürte damit das Ganze und führte ihn unter dem Schlauch der Atemmaske durch, wo er ihn verknotete. Sollte Terl versuchen, die Pranken aus den Fesseln zu befreien, würde er sich selbst ersticken. Bring das hier sorgfältig zu Ende, ermahnte sich Jonnie. Nur nicht in Panik geraten. In einem Kampfflugkörper kannst du die Drohne einholen.

Er hatte sehr schnell gearbeitet. Jetzt trat er beiseite, um Terls Kleidungsstücke zu untersuchen. Wie nicht anders zu erwarten, hatte Terl zwei weitere Waffen versteckt. Ein Messer und noch eine Killerwaffe.

Jonnie feuerte einen Schuß damit ab. Geräuschlos, keine Detonation. Der Strauch, auf den er gezielt hatte, begann zu brennen. Er gab Pattie die leichte Waffe und nahm dafür die andere zurück.

»Laß ihn mich doch jetzt endlich erschießen«, bettelte Pattie.

Thor erklärte Terl auf Psychlo: »Das kleine Mädchen dort drüben bittet darum, Sie erschießen zu dürfen.«

»Ich verhalte mich ganz ruhig«, entgegnete Terl.

»Geht ja nicht in seine Nähe. Hol dir aus dem Wrack drüben brennbares Material, Chrissie, und mach daraus hier an der Seite ein Feuer, damit Thor es warm hat und du das Gelände überblicken kannst.« Er wandte sich an Thor: »Wer war mit Ihnen zusammen?«

»Glencannon«, antwortete Thor. »Er ist irgendwo da drüben in den Hügeln. Ich glaube, er hat versucht, sich näher an die Basis heranzupirschen. Ich hab zweimal versucht, ihn über das Funksprechgerät zu erreichen. Er hat eins, aber antwortet nicht. Die Reichweite beträgt ja nur acht Kilometer.« Er machte ein neugieriges Gesicht. »Wohin gehen Sie?«

Im gleichen Augenblick flammte ein greller Blitzstrahl im Camp auf. Ein Kampfflugkörper war aus dem Hangar gekommen und offenbar von einer Bazooka getroffen worden. Er wurde wie ein riesiger Feuerball in die Luft geschleudert, stürzte jäh zu Boden, und erst dann hörten sie ihn explodieren. Ein zweiter Kampfflugkörper kam aus dem Hangar und erlitt das gleiche Schicksal.

»Habt ihr gesehen?« fragte Jonnie. »Ich schicke euch einen Grubentransporter her.« Bleib ruhig. Mit dreitausendzweihundert Stundenkilometern kannst du die Drohne einholen ...

Die Mädchen sahen Jonnie wie betäubt an.

Was konnte, was sollte er denn tun? Er hatte eigentlich vorgehabt, sie zur Akademie zurückzuschicken, aber Thor war keinesfalls transportfähig. Warum Terl nicht töten, was hinderte ihn denn? Nein, damit wäre gar nichts gelöst. Du mußt ganz ruhig und gelassen auf die anderen wirken. Die Fluggeschwindigkeit der Drohne betrug 487,6 Stundenkilometer, daran erinnerte er sich genau. Er hatte es aus den Berichten an einen Präsidenten, der seit tausend Jahren tot war. Ein Kampfflugkörper schaffte mit Überschallgeschwindigkeit dreitausendzweihundert Stundenkilometer. Selbst wenn die Drohne schon auf halbem Weg nach Schottland war, konnte er sie noch Stunden vor der Ankunft einholen.

Er schwang sich auf Dancer. Zum Camp waren es rund fünfunddreißig Kilometer. Ungefähr eine Stunde, wenn er zügig ritt.

»Wir können immer noch ein Abkommen treffen, Rattenhirn«, sagte Terl. »Wenn ihr wirklich Uran nach Psychlo geschickt habt, seid ihr ganz schön angeschmiert. Das ist nämlich schon früher versucht worden. Sie haben ein Kraftfeld um die Plattform für den ankommenden Transfer, das sich sofort verdichtet und die Plattform abriegelt, wenn sich auch nur die kleinste Menge Uran Psychlo nähert. Der Rückschlag erfolgt dann am Startpunkt der Teleportation, wie du's ja heute selber gesehen hast. Psychlo wird hier angreifen, Rattenhirn. Und du wirst mich als Vermittler brauchen.«

Jonnie sah ihn stumm an. Er winkte den Mädchen und Thor einen Abschiedsgruß zu und trieb Dancer mit den Fersen an, der wie der Blitz dahinraste in der milden nachmittäglichen Sonne.

Vor ihm wogte der Kampf um das Camp. Er hatte Zeit verloren. Aber was hätte er tun sollen? Laß dich nicht aus der Ruhe bringen, redete er sich immer wieder zu. Nur keine Panik. Ein Kampfflugkörper konnte die Drohne einholen.

Während er über die Ebene galoppierte, bemühte er sich, einen Gedanken aus seinem Kopf zu verbannen, der hartnäckig immer wiederkehrte. In den Tagen der Macht waren sämtliche Streitkräfte der Vereinigten Staaten nicht imstande gewesen, auch nur das geringste gegen die Gasdrohne auszurichten. Weder mit Flugzeugen, noch mit Raketen, Atombomben und nicht einmal mit Selbstmordkommandos ...

Laß dir Zeit ... Du kannst sie einholen. Nur keine Panik ...

Teil XIII

1

Immer nur eine Sache auf einmal tun, ermahnte sich Jonnie. Und jede muß gründlich erledigt werden. Jedes Ding zu seiner Zeit. Er hatte diese Regeln in einem Buch gelesen, das aus der alten Bücherei der Menschen stammte. Er war auf der Suche nach Heilbehandlungen gegen Strahlungsschäden gewesen und hatte auch einige Methoden gefunden. Bei der Gelegenheit war er auf ein Buch mit Ratschlägen gestoßen, wie man Verwirrung überwinden konnte. Verwirrung entstand, wenn zu viele Dinge auf einmal passierten. Und das war im Augenblick ja nun zweifellos der Fall! Die Gasdrohne ... ein möglicher Gegenangriff der Psychlos ... der immer noch ungewisse Ausgang der Schlacht im Camp ... Über die Angriffe auf andere Außenstationen lagen noch keine Berichte vor. Bei alldem konnte man nur allzu leicht in Verwirrung geraten, einen Fehler machen, in Panik ausbrechen. Ganz ruhig bleiben. Immer nur eins auf einmal tun ...

Dancer war bis jetzt ununterbrochen in atemberaubendem Tempo in Richtung Süden gerast. So durfte das nicht weitergehen! Er konnte die Stute auf diese Weise zuschanden reiten. Mit einem lahmenden Pferd würde er womöglich alles ruinieren. So begann er, abwechselnd im Trab und im scharfen Galopp zu reiten. Dancers Atem ging ruhiger, Trab, Galopp, Trab, Galopp ... Es wurde allmählich dunkel. Fünfunddreißig Kilometer. Sie würden es schaffen.

Er hatte ein Funksprechgerät in der Tasche, wie sie es in der Grube benutzten, für Psychlo-Verhältnisse ein kleines Ding. Nach fünfzehn Kilometern begann er Glencannon zu rufen, Thors Piloten.

Er war etwa zwei Kilometer weiter, als er Glencannon antworten hörte. »Sind Sie's, MacTyler?« Es hörte sich ein wenig müde an.

»Können Sie von Ihrem Standort aus ein galoppierendes Pferd sehen?« fragte Jonnie.

Lange Pause. Dann: »Ja, Sie sind ungefähr fünf Kilometer nordöstlich von mir. Haben Sie Terl erwischt?«

»Ja, im Augenblick ist er allerdings gefesselt und gut verschnürt.«

Schweigen, danach ein kurzes, rauhes Auflachen. Glencannons Stimme klang jetzt wesentlich entspannter, als er sich erkundigte: »Hinter was war er denn da oben her?«

Eine zu lange Geschichte. Dafür war jetzt keine Zeit. Nur die Ruhe bewahren. Laut sagte Jonnie: »Die Mädchen sind in Sicherheit. Thor ist verletzt, aber sonst in Ordnung.«

Ein Seufzer der Erleichterung.

»Sind Sie trotz allem noch imstande, einen Flugkörper zu steuern?« fragte Jonnie.

Pause. »Meine Rippen sind ein bißchen geprellt, außerdem habe ich einen verrenkten Knöchel. Deshalb brauche ich auch so lange für die Rückkehr zum Camp. Aber abgesehen davon, MacTyler, natürlich kann ich trotzdem einen Flugkörper steuern, klar.«

»Gehen Sie weiter in Richtung Camp. Und halten Sie einen Leuchtstab bereit. Ich schicke Ihnen einen Grubentransporter. Unsere Leute brauchen dringend Luftsicherung.«

»Einen Leuchtstab hab ich. Tut mir leid wegen der Luftsicherung.«

»Das war mein Fehler«, entgegnete Jonnie. »Viel Glück!«

Dancer trabte und galoppierte im Wechsel. Bleib ganz ruhig. So hoffnungslos sah die Lage gar nicht aus. Im Kampf hatten sie durchaus eine Chance. Es gab Lichtblicke. Sie waren sich alle darin einig, daß sie nicht das ganze Camp in die Luft jagen würden. Der Historiker war an der Bibliothek, Angus an den Maschinenwerkstätten interessiert. Offensichtlich hatten sie die betreffenden Gebäude auch nicht mit radioaktiv angereicherter Munition beschossen. Abgesehen von der Drohne und ihrem Geleitschutz beherrschten sie augenscheinlich nach wie vor den Luftraum.

Als er bis auf neun Kilometer ans Camp herangekommen war, begann er Robert den Fuchs über Funk zu rufen, in der Hoffnung, daß jemand das Empfangsgerät abhörte. Zu Jonnies Überraschung meldete sich der Lehrer; laut Beschluß sollten eigentlich mehrere Schotten nicht an den Kampfhandlungen teilnehmen: der Pastor, die alten Frauen, der Historiker und – der Lehrer. Kurz darauf hörte Jonnie die erleichtert klingende Stimme von Robert dem Fuchs.

»Die Mädchen sind in Sicherheit«, berichtete Jonnie. Es folgte eine Pause am anderen Ende, in der Robert der Fuchs offenbar die Freudenbotschaft weitergab. Als sie wieder auf Sendung schalteten, war im Hintergrund deutlich Jubel zu hören. Die Nachricht schien allgemeine Begeisterung auszulösen.

»Wir halten die Stellung«, versicherte Robert der Fuchs. »Ich muß etwas Wichtiges mit Ihnen besprechen, sobald Sie hier sind. Über Funk kann ich Ihnen das unmöglich sagen.«

Dancer wich einer Baumgruppe aus. Es wurde jetzt ziemlich dunkel.

»Die Monster sprechen doch kein Englisch«, wandte Jonnie ein.

»Spielt keine Rolle, ich kann trotzdem nicht darüber reden. Wann werden Sie hier sein?«

»In ungefähr fünfzehn Minuten.«

»Kommen Sie durch die Senke im Norden. Beim Camp wird heftig zurückgeschossen.«

»In Ordnung. Sind die Flugkörper unbeschädigt?«

»Wir haben sie in die Senke gebracht, dort ist die Deckung besser. Uns fehlen Piloten.«

»Ich weiß. Hören Sie gut zu. Lassen Sie jemand folgende Gegenstände in einen Flugkörper schaffen: warme Kleidung, eine Felldecke, Fausthandschuhe für mich; außerdem etwas zu essen: ein paar einfache, nichtradioaktive Haftminen; ein Sturmgewehr; eine Schutzmaske mit einem ausreichenden Vorrat an Preßluftflaschen – ich fliege nämlich in fünfundvierzigtausend Meter Höhe.«

Schweigen. »Haben Sie das mitgekriegt?« drängte Jonnie.

»Ja, wird gemacht«, lautete die knappe Antwort. Sehr begeistert hörte sich das nicht gerade an.

»Schicken Sie zwei Grubentransporter los«, sagte Jonnie und machte die genauen Ortsangaben. »Lassen Sie besser einen oder zwei Mann mitfahren, damit sie helfen, Terl herzuschaffen.«

»Terl?« wiederholte Robert der Fuchs.

»Ja, das ist die nackte Wahrheit, in jeder Beziehung«, entgegnete Jonnie. »Sorgen Sie dafür, daß der Flugkörper startbereit ist. Ich will wieder los, sowie ich dort bin.«

Schweigen. Dann: »Wird erledigt.« Er schaltete sein Gerät aus.

Etwa fünf Minuten später fuhr ein Grubentransporter an ihm vorbei nach Norden. Im Zwielicht erkannte er den Pastor, eine der alten Frauen und einen Schotten, der den Arm in der Schlinge trug. Der Pastor hob die Hand – segnend? Nein, zum Gruß! Sie wollten Thor, die Mädchen und Terl holen. Jonnie blickte ihnen nach – die alte Frau hielt einen Handfeuer-Killer.

Der Gefechtslärm wurde zunehmend lauter. Der Strahl der Feuerlöschanlage schoß sechzig Meter hoch in die Luft. Unter diesem Wasservorhang das blaugrüne Mündungsfeuer der Handfeuer-Killer. Die orangefarbenen Salven der Sturmgewehre waren im Flutlicht, das den gesamten Komplex anstrahlte, deutlicher auszumachen.

Jonnie trieb Dancer in die Senke hinunter und hielt neben den beiden verbliebenen Flugkörpern. Das Pferd schnaubte heftig, es war über und über mit schäumendem Schweiß bedeckt, lahmte aber nicht. Immer nur eine Sache auf einmal, ermahnte sich Jonnie. Du kannst die Drohne einholen ...

2

Robert der Fuchs hatte seinen alten Umhang über den Strahlenschutzanzug geworfen. Das graue Haar war auf einer Seite angesengt. Sein Gesichtsausdruck wirkte gefaßt, verriet jedoch eine Spur Besorgnis. Er ergriff Jonnies Hand und schüttelte sie herzlich.

Jonnie fragte mit einem Blick auf das versengte Haar: »Wie sieht's mit Verwundungen aus?«

»Nicht schlimm«, antwortete Robert der Fuchs. »Sogar erstaunlich wenig. Die Dämonen wollen sich uns nicht direkt stellen. Die Feuerlöschanlage ist ja auch sehr hinderlich. Als ob man bei strömendem Regen kämpft! Aber Sie haben ja gar keinen Strahlenschutz ...«

»Bei den Wassermengen wird sowieso alles gleich wieder runtergewaschen«, beruhigte ihn Jonnie. »Ich muß etwas erledigen. In der Drohne gibt's kein Atemgas. Also brauche ich auch keinen Strahlenschutz.«

»Jonnie, hat das mit der Drohne nicht solange Zeit, bis die anderen Außenstationen niedergeworfen sind? Die Drohne braucht immerhin achtzehn Stunden, um ihr Ziel in Übersee zu erreichen. Wir haben das durch Radarpeilung ermittelt. Das heißt, wir haben den Geleitschutz angepeilt. Die Drohne selbst hat eine Anlage, die sämtliche Ortungswellen absorbiert.«

Jonnie öffnete die Tür des Flugkörpers. Es lag alles bereit, auch Brot und Fleisch auf dem Schalensitz. Eine alte Frau brachte ihm einen Becher dampfenden Kräutertee, der verdächtig nach Whisky roch. Er sah sie an und fragte sie, was sie denn hier im Kampfgebiet zu suchen habe; sie erklärte und lachte dabei gackernd: »Von Patronen können die Leute schließlich nicht satt werden!«

Robert hielt ihn zurück. »Mit der Funkstille im Luftraum klappt's immer noch einwandfrei.« Sie hatten den Piloten, die zum Angriff auf die fernen Außenstationen eingesetzt waren, zwölf Stunden Funkstille auferlegt, um ihnen durch das Überraschungsmoment die Durchführung ihrer Aufgabe zu erleichtern. »Es ist mehr Zeit, als sie brauchen. Wir können das doch abkürzen und sie alle auf die Drohne ansetzen ...«

»Die steuert Schottland an«, sagte Jonnie. »Das ist ihr erstes Ziel.«

»Ich weiß.«

Jonnie hatte den Becher geleert und wollte den Flugkörper besteigen.

Wieder hielt ihn Robert zurück. »Ich muß Ihnen noch etwas mitteilen.« Als Jonnie innehielt und sich ihm zuwandte, fuhr Robert fort: »Kann sein, daß wir Psychlo nicht getroffen haben.«

»Ich weiß«, nickte Jonnie.

»Das bedeutet, daß wir vielleicht sämtliche Flugkörper und Ausrüstungsgegenstände brauchen, die wir hier kriegen können. Sie befinden sich in Hangars, direkt unter uns. Wir haben nicht genug Leute, um das Areal im Sturm zu nehmen, und wir dürfen es keinesfalls zerstören.«

»Sie können sich das zusammen mit Glencannon genau überlegen. In etwa einer halben Stunde haben Sie einen Piloten zur Verfügung. Dann können Sie einen Luftangriff starten.« Er wollte in den Flugkörper klettern, und wiederum hielt ihn Robert am Ärmel zurück.

»Hier ist eine merkwürdige Sache passiert, unmittelbar vor Sonnenuntergang«, berichtete Robert. »Ein Panzer hat kapituliert!«

Jonnie machte kehrt. Er konnte die Verzögerung dazu nutzen, die warmen Sachen überzuziehen, die er in der geplanten Flughöhe brauchte. »Fahren Sie fort!«

Robert holte tief Luft, doch noch ehe er weiterreden konnte, erschien ein Melder und berichtete, der Historiker habe eine neue Ladung Munition aus der Akademie abgeliefert. Er solle veranlassen, daß sie sofort verteilt würde, entgegnete Robert. Über ihnen flammten weiterhin Feuerstöße auf. Es war inzwischen ganz dunkel geworden.

»Es war ein schwerer Sturmpanzer vom Typ ›Wir knallen uns durch, dem Ruhm entgegen‹. Er steht dort unten am anderen Ende der Senke. Nein, kein Grund zur Aufregung. Er ist in unserer Hand. Er kam aus dem Garagentor direkt auf uns zu. Wir haben ihn mit Bazookas unter Feuer genommen und ihm nicht mal einen Kratzer beigebracht. Aber er hat überhaupt nicht zurückgeschossen, sondern ist schnurstracks bis zum Ende der Senke dort gerollt, hat dann durch eine Luftschleuse ein Funksprechgerät ausgefahren und mitgeteilt, er wolle mit dem ›Hockner-Führer‹ sprechen. Er wünschte eine Sicherheitsgarantie als Gegenleistung für Kooperation.«

Jonnie zog warme Stiefel an. »Bitte weiter.«

»Eine irgendwie unheimliche Szene«, fuhr Robert fort. »Sobald sie eine Sicherheitsgarantie bekamen, kletterten sie aus dem Panzer.

Sie seien die Chamco-Brüder, erklärten sie. Wir begannen dann mit der Befragung. Sie wüßten, daß Terl Verrat begangen habe, sagten sie. Ein Freund von ihnen, ein leitender Angestellter namens Char, scheint spurlos verschwunden zu sein, wie sich bei der Teleportation herausgestellt hat. Na ja, dieser Char hat den Chamco-Brüdern erzählt, es habe einen Mord gegeben. Terl habe den Planetarischen Direktor umgebracht, um einen gewissen Ker zum Nachfolger ernennen zu können. Und eben dieser Ker habe ihnen heute nachmittag Munition für den Panzer verweigert. Die Chamcos behaupten, Terl und Ker hätten die Psychlos an die sogenannten Hockner von Duraleb verraten und sogar die Drohne gestartet, um sämtliche Außenstationen zu vernichten.«

»Meiner Meinung nach stimmt das weitgehend«, erwiderte Jonnie. »Bis auf die Sache mit den Hocknern und der Drohne. Die Psychlos haben eine Menge Feinde, aber laut ihrer Geschichtsschreibung sind die Hockner vor zweihundert Jahren besiegt worden. Hören Sie, Sir Robert, bei allem schuldigen Respekt ... ich muß jetzt unbedingt los!«

»Es geht noch weiter«, fuhr Robert der Fuchs unbeirrt fort. »Sie haben im Camp keine Energiebatterien für Panzer und Flugkörper und vier Ausfälle gemacht, um zu den Depots drüben zu gelangen, die jedesmal von uns verhindert wurden. Aber mit Munition für die Handfeuer-Killer sind sie reichlich versorgt. Wir haben nicht genug Leute für einen Sturm ...«

»Was sonst noch?« unterbrach Jonnie. »Hört sich doch alles gut an, gar nicht nach Hiobsbotschaften.«

»Also durchweg gute Nachrichten sind's nicht. Anscheinend gibt es hier sechzehn unterirdische Stockwerke. Jedes erstreckt sich über zigtausend Quadratmeter. Unterkünfte, Arbeitsräume, Garagen, Hangars, Büros, Werkstätten, Bibliotheken, Ersatzteillager ...«

»Daß es diesen Umfang hat, ahnte ich nicht, aber auch das sind doch keine schlechten Nachrichten.«

»Warten Sie nur. Wenn der ganze Komplex radioaktiv verseucht werden sollte, würde das gesamte Angriffspotential mit zerstört. Wir kämpfen auf einer tickenden Bombe. Wir müssen die Flugkörper und die Ausrüstung retten, um die Erde verteidigen zu können. Und wir brauchen sie für den Wiederaufbau, falls wir Psychlo wirklich in die Luft gejagt haben.«

»Sie bekommen in Kürze Luftunterstützung«, sagte Jonnie. »Sie können ...«

»Die Chamco-Brüder wissen angeblich genau, was da drin passieren wird – daß wir nämlich alles mit Luft überfluten! Sie wüßten schon, wie ›wir Hockner‹ das Duraleb-System zurückgewonnen haben. Sie sagen, es seien nicht genügend Atemgasmasken und Atemgasflaschen vorhanden, aber in der Wiederaufbereitungsanlage gäbe es reichlich Atemgas. Die Chamco-Brüder sind hochspezialisierte Ingenieure. Sie versprachen, uns zu helfen, wenn wir sie dafür bezahlen. Auf dem ganzen Planeten sollen die Gehälter auf die Hälfte gekürzt und sämtliche Zulagen gestrichen worden sein. Außerdem wollen sie nicht in einer ›Luftflut‹, wie sie es nennen, umkommen.«

Jonnie hatte sich inzwischen warm eingemummt und stärkte sich mit Haferbrot und getrocknetem Wildbret. »Sir Robert, sobald Sie Luftunterstützung haben, können Sie doch irgend etwas planen ...«

»Die Chamco-Brüder sagten uns, die Atemgas-Wiederaufbereitungsanlage liege außerhalb des Camps und arbeite mit Luftkühlung. Wir haben ihnen den Tip entlockt, daß man nur die Zuführungsrohre vom Kühlsystem wegzuschießen braucht, und schon wird das ganze Camp mit Luft vollgepumpt.«

»Damit haben Sie doch das Problem gelöst«, meinte Jonnie.

»Freilich, aber die Zuführungsrohre müssen auf große Entfernung aus der Luft abgeknallt werden.«

»Das dürfte nicht lange dauern. Sobald Glencannon herkommt ...«

»Nun, ich meine, Sie sollten das tun«, entgegnete Robert. »Es ist nicht besonders gefährlich, und wenn Sie aus etwa achthundert Meter Entfernung schießen ...«

»Ich kann das gleich nach dem Start erledigen.«

»Besser, Sie kommen noch mal zurück und überzeugen sich ...«

Plötzlich wurde Jonnie klar, worauf Robert hinauswollte. Robert der Fuchs spielte auf Zeit – er wollte warten, bis alle vorhandenen Flugkörper sich zum Angriff auf die Drohne zusammenschließen konnten. Und das hieß zweifellos ein Risiko eingehen. Die auf die anderen Stationen angesetzten Flugkörper könnten ja selber in Schwierigkeiten stecken. »Sir Robert, versuchen Sie etwa, mich von einem Alleingang beim Angriff auf die Drohne abzuhalten?«

Der alte Mann breitete die Hände aus. »Jonnie, mein Junge, Sie haben schon zuviel getan, um jetzt Ihr Leben aufs Spiel zu setzen!« In seinen Augen lag ein flehender Ausdruck.

Jonnie schwang sich in den Flugkörper.

»Dann komme ich mit!« rief Robert der Fuchs.

»Sie werden hübsch hierbleiben und diesen Angriff leiten!«

Ein Grubentransporter kam auf die Senke zugebraust und stoppte am anderen Ende. Der Fahrer packte ein Sturmgewehr und rannte hinauf zur Kampflinie. Glencannon kletterte langsam aus dem Wagen und humpelte auf sie zu.

»Verdammt!« knirschte Robert der Fuchs.

»Was ist denn los?« fragte Glencannon etwas verblüfft. »Ich bin ganz in Ordnung. Wenn mir jemand die Rippen verpflastert und den Knöchel bandagiert, kann ich fliegen.«

Robert der Fuchs legte Glencannon den Arm um die Schulter. »Es ging um was anderes«, erklärte er. »Ich bin heilfroh, daß Sie wohlbehalten zurückgekommen sind. Wir haben Arbeit für Sie. Massenhaft sogar. Die Scharfschützen bei den alten Chinko-Quartieren ...«

»Leben Sie wohl, Sir Robert«, sagte Jonnie und schloß die Tür.

»Viel Glück«, erwiderte Robert betrübt. Er wußte genau, daß Jonnie notfalls bereit war, sich selbst zu opfern, um die Drohne unschädlich zu machen. Er rechnete nicht damit, ihn wiederzusehen. Dann drehte er sich um und begann, zwei wartenden Meldern Anweisungen zu erteilen. Klar sehen konnte er sie freilich nicht ...

Jonnie ließ den Flugkörper steil aus der Senke abheben und zog ihn so schnell hoch, daß er nicht entdeckt und getroffen werden konnte. Nun war er unterwegs zu einem Versuch, der nicht einmal den vereinigten Streitkräften der Erde gelungen war. Und er würde dabei ganz allein auf sich gestellt sein.

Abzuwarten, bis die Drohne – was, fünf Stunden? – von Schottland entfernt war, dürfte etwas knapp bemessen sein. Wenn die Angriffe Erfolg hätten, würden dabei vielleicht auch die Gaskanister getroffen, und der Wind könnte dann das Killergas bis nach Schottland oder sogar nach Schweden tragen und beide Länder auslöschen. Vieles sprach für einen gewaltsamen Angriff. Doch selbst das bedeutete keine Erfolgsgarantie. Und es hatte noch nie jemand versucht, sich frontal gegen eine Drohne zu stürzen mit einem Psychlo-Kampfflugkörper, der mit Höchstgeschwindigkeit dahinraste und dessen sämtliche Bordwaffen im Augenblick der Kollision losballerten. Als letzter Ausweg würde das so gut wie alles vernichten. Sir Robert gegenüber hatte er davon kein Wort erwähnt. Und der alte Mann wäre auch sicher nicht auf solche Gedanken gekommen ...

3

Dunneldeen war überaus glücklich und zufrieden. Unmittelbar vor ihm lag die Station Cornwall auf den Britischen Inseln, hellerleuchtet, wie es einst die Städte gewesen sein mußten.

Sie hatten Strohhalme gezogen, als es um Cornwall ging. Denn von den dortigen Gruben aus fanden die Jagdausflüge statt, die für Schotten jeden Weg nach Süden zur Todesfalle machten. Die Psychlos auf dieser Station hatten im Lauf der Jahrhunderte an ihren freien Tagen zahllose Menschen einfach zum Vergnügen abgeknallt. Man erzählte sich sogar von einer Gruppe Schotten, die bei einem Überfall gefangengenommen und an Bäumen festgebunden worden waren, wo man sie dann Zentimeter um Zentimeter und Mann um Mann zusammengeschossen hatte – achtzehn qualvolle Tage lang. Und ähnliche Geschichten gab es zuhauf.

Er und sein Copilot Dwight hatten zum Leidwesen ihrer Kameraden den langen Strohhalm gezogen. Kein Schotte war in über tausend Jahren auch nur auf zweihundert Kilometer an diese Gruben herangekommen, von denen kaum etwas bekannt war. Doch sie hatten sich sämtliche greifbaren Informationen eingeprägt und sich gründlich auf die Ortung vorbereitet.

Die ganze Nacht hatten sie durchaus entspannt und warm angezogen für den Stratosphärenflug dagelegen, dann die Signalhörner gehört, die vor der Schlußphase der Teleportation ertönten, und sich in den Schalensitzen aufgerichtet, die Hände auf den Instrumentenbrettern.

Mit weit aufgerissenen Augen hatten sie Jonnies unglaublichen Sprint aufgeregt verfolgt. Irgend etwas war schiefgegangen, als er zum Käfig kam, und das sah gar nicht gut aus. Keine Rettung ... Doch Jonnie hatte sich unter den Klippenrand geduckt, wo er sicher und geschützt wie ein Kind in der Wiege lag, bevor die Handfeuer-Killer losballerten.

Der Rückstoß war ein bißchen beunruhigend gewesen, denn durch die Erschütterung hatte sich der Flugkörper gedreht. Trotzdem lief alles glatt. Sie hatten ihren Flugkörper genau nach Plan gestartet und blitzschnell hochgezogen. Von oben konnten sie beobachten, wie die riesigen Funkmasten umstürzten und ein Gewirr von Leitungsdrähten hinterließen. Die Erschütterung durch den Rückstoß und das Feuer der Bazookas hatten zusammengewirkt, so daß die zwölfstündige Funkstille auf dem ganzen Planeten pünktlich beginnen konnte. Das gab reichlich Zeit, selbst die entlegenste Station ohne Vorwarnung zu erreichen.

Bei einer Geschwindigkeit von dreitausendzweihundert Stundenkilometern und dreißigtausend Metern Flughöhe hatten sie eine solche Zeitverschiebung erreicht, daß sie sich jetzt auf der für Psychlos üblichen Höhe im Anflug auf eine Außenstation bei Nacht befanden. Geschafft!

Auf den Radarschirmen und Monitoren waren keinerlei Anzeichen für gegnerische Aktionen zu entdecken, keine Luftsicherung weit und breit.

Aus einigen Schächten in den Hügeln, die wohl etwa acht Kilometer tief waren, stiegen helle Dampfwolken auf. Aus den Schornsteinen der Schmelzereien kräuselte grünlicher Rauch hoch. Die Lagerhäuser zeichneten sich deutlich ab. Und dort waren die leuchtenden Kuppeln des Camps! Ziel Nummer eins.

Doch Dunneldeen brachte es nun einmal nicht fertig, sich unverhoffte Gelegenheiten entgehen zu lassen, auch wenn sie in der Planung nicht vorgesehen waren.

Die dämlichen Affen dort unten hatten eigens für ihn den gesamten Landeplatz erleuchtet. Strahlend helles Scheinwerferlicht. Sie nahmen wohl an, es handle sich einfach um einen außerplanmäßigen Psychlo-Flug. Ein wahres Glück, daß Funkstille herrschte.

Und Dunneldeen entdeckte noch etwas: die massiven Leitungsmasten, an denen sie von Norden ihre Energieversorgung bezogen. Und direkt vor ihm, im gleißenden Licht von der Landefläche, stand unzweifelhaft der Hauptmast. Daß ihm durch mögliche Navigationsfehler irgendwelche Gefahr drohen könnte, kam diesen Monstern offenbar überhaupt nicht in den Sinn. Denn es war der Hauptmast – die Leitungen von Norden führten sämtlich zu ihm. Und das Leitungsnetz für die Stromversorgung des ganzen Komplexes nahm ebenfalls dort seinen Ausgang. In der Mitte dieses Gespinstes befand sich ein weiträumiges freies Gelände für Start und Landung.

Das riesige Rad rechts neben der Landefläche erkannte Dunneldeen auf den ersten Blick. Wenn es sich drehte, wurde der Hauptleitungsträger aus dem Stromkreis ausgeschaltet.

Für einen Opportunisten wie Dunneldeen war das einfach unwiderstehlich. Warum sollte man ihnen auch noch jede Menge Licht gönnen, während sie sich hastig bemühten, das Bedienungspersonal für die Verteidigungswaffen bereitzustellen und nach draußen zu den Flugkörpern zu gelangen? Warum nicht gleich das Ganze ins Totalchaos stürzen? Und dann von oben, mit Infrarotabschirmung, alles in Trümmer legen. Ihr Flugkörper besaß einen Wellenneutralisator, den sie einem aus einem Erdaufklärer gestohlenen Gerät nachgebaut hatten; wenn sie den einschalteten, wüßten diese Idioten nicht einmal mehr, worauf sie schießen sollten. Außerdem würde beim Abheben dieses Kampfflugkörpers jeder zunächst denken, es handle sich um einen Verteidigungsflugkörper.

Dunneldeen übersprudelte sich fast, als er das alles dem verblüfften, aber durchaus verständnisvollen Dwight auseinandersetzte. Ganz zwanglos, als handle es sich um einen Freundschaftsbesuch, setzten sie unmittelbar neben dem großen Rad auf. Dunneldeen schnallte den Riemen seines Sturmgewehrs über der Schulter fest, öffnete die Tür, kletterte hinaus, ging zum Rad und versetzte es in Drehung.

Bis zu diesem Moment lief alles reibungslos. Doch nun trat ein Psychlo aus einem kleinen Wachhaus, das sie nicht gesehen hatten und das knapp drei Meter vom Hauptleitungsträger entfernt stand, und starrte Dunneldeen an.

»Die Tolneps!« brüllte er.

Ehe noch Dunneldeen das Sturmgewehr anlegen konnte, hatte der Wachposten die Tür wieder geschlossen und eine Sirene ausgelöst. Ein Lautsprecher dröhnte ohrenbetäubend: »Tolnep-Angriff! Alles in Stellung gehen! Tolneps! Waffen gefechtsbereit!«

Ohne sich weiter darum zu kümmern, was wohl mit Tolneps gemeint sein könnte, drehte Dunneldeen das Rad so schnell, daß es zu quietschen begann. Jetzt wurde ihm klar, weshalb es so dicht an der Landefläche war. Im Fall eines Angriffs konnten sie das Gelände durch sofortige Verdunklung schützen, und zu diesem Zweck hatten sie auch das Wachhaus gleich daneben errichtet.

Dunneldeen raste zum Flugkörper zurück, schwang sich hinein. Dwights Sturmgewehr eröffnete das Feuer, als Wachposten aus einem Treppenschacht auftauchten. Grünliche Flammenblitze leuchteten auf ... von den Psychlo-Wachen keine Spur mehr ...

Der Kampfflugkörper hob ab und schraubte sich pfeilschnell hoch. Dunneldeen schaltete den Wellenneutralisator und die Infrarotschirme an.

Sie operierten jetzt wieder nach dem ursprünglichen Plan.

Mit Bordwaffen, die so programmiert waren, daß sie – ohne Flammenentwicklung – mit maximaler Wucht wirkten, steuerten sie im Sturzflug auf das Camp zu.

Die Kuppeldächer schrumpften zusammen wie angestochene Ballons.

Sie fegten über die Lagerhäuserzeile hinweg und zertrümmerten die Dächer.

Um unten aufzuräumen, machten sie einen zweiten Anflug und warfen diesmal Splitterbomben ohne radioaktives Material.

Eine Waffe eröffnete das Feuer auf sie, und der Flugkörper wurde heftig durchgerüttelt. Sie brachten sie, wiederum im Sturzflug, mit einem einzigen Treffer zum Schweigen.

Und das war das Ende der Außenstation. Die Intergalaktische Rohstoff Company hielt offensichtlich nichts davon, Geld für Sicherheitsvorkehrungen in ihren Zweigstellen zu verschwenden. Und hatte nicht Jonnie auch so etwas erwähnt, daß Terl die gesamte Kampfausrüstung aus den Außenstationen abgezogen habe?

Aus den Beobachtungen von oben, wo sie sich in Bereitschaft hielten, ließ sich folgern, daß die Psychlos es vor dem Einsturz der Kuppeldächer nicht mehr geschafft hatten, die Atemmasken anzulegen, denn es kam zweifelsfrei keiner von ihnen heraus.

Sie blieben noch eine Weile, nahmen sich von Zeit zu Zeit noch einen umherirrenden Wachposten oder ein vereinzeltes Fahrzeug vor.

Mittlerweile herrschte wirklich Ruhe dort unten.

Dann sahen sie plötzlich etwas auf ihrem Radarschirm. Ein Transportflugkörper schwebte ein. Richtig, jetzt fiel es ihnen ein – nach dem ersten intergalaktischen Transfer von Psychlo hatten sie den Motorenlärm der Transportflugkörper gehört. Dieser hier war offenbar im Schneckentempo über den Atlantik gezuckelt, so daß sie ihn überholt hatten. Gut!

Sehr zu Dwights Mißfallen setzte Dunneldeen neben dem Hauptleitungsträger auf und schaltete ihn ein.

Sie blieben einfach sitzen und warteten. Die Lichter im Camp brannten jetzt wieder. Es zeigte sich kein Psychlo ... falls überhaupt einer der Angestellten am Leben geblieben sein sollte ...

Der Transportflugkörper setzte auf. Die Psychlos stiegen aus, suchten ihre Gepäckstücke zusammen. Dann kam der Pilot und folgte der Gruppe in Richtung Camp. Auf einmal schienen sie zu merken, daß irgend etwas nicht stimmte, und blieben stehen. Der Pilot griff nach seinem Handfeuer-Killer im Gürtel.

Dunneldeen und Dwight mähten sie mit den Sturmgewehren nieder.

Dunneldeen flog Dwight zum Depot hinüber. Sie wußten, welche Energiebatterien der Transportflugkörper brauchte, denn er war vom gleichen Typ wie der damals, der Jonnie nach Schottland gebracht hatte. Dwight holte die Energiebatterien. Dunneldeen setzte ihn neben dem Transportflugkörper ab, wo er die alten Energiebatterien gegen die neuen austauschte. Dunneldeen schoß ein Landfahrzeug mit einem Wachposten zusammen, als es auf sie zugerast kam. Es explodierte ...

Dann hob Dunneldeen ab. Dwight folgte ihm im Transportflugkörper. Eine funkensprühende Flammensäule stieg auf, als Dunneldeen den Hauptmast unter Feuer nahm.

Nachdem er sich überzeugt hatte, daß Dwight außerhalb der unmittelbaren Gefahrenzone war, flog Dunneldeen einen etwa drei Meter über dem Atemgas-Depot gelegenen Punkt an, warf eine radioaktive Mine mit Bleischutz und Zeitzünder ab, zog den Flugkörper wieder steil hoch und sah mit Vergnügen, wie das Depot, von einem prachtvollen Farbenspiel in Grünblau begleitet, in die Luft flog.

Wiederum vergewisserte er sich, ob Dwight in Sicherheit war, bevor er sich auf dreitausend Meter hinaufschraubte, den Flugkörper vornüberkippte, zielte und das Sprengstoff-Depot unter Beschuß nahm. Es gab eine Art Vulkanausbruch – einfach großartig ...

Er ging weiter nach unten, um genau festzustellen, ob das Camp nicht explodiert war. Das gehörte zu ihren strikten Anweisungen. Der Maschinenpark und die Flugkörper waren offensichtlich intakt.

Ohne Atemgas und ohne Energiebatterien, mit einer Verlustquote von schätzungsweise neunzig Prozent unter dem Personal, konnte man die Außenstation in Cornwall glatt abschreiben. Das war die Quittung für eine Unzahl von Verbrechen.

Dunneldeen flog jetzt neben Dwight. Sie hatten sich bereits auf einen neuen fabelhaften Plan geeinigt, der natürlich von Dunneldeen stammte. Ihnen blieben noch fast sechs Stunden Funkstille zur freien Verfügung, da sie ja ihren Auftrag ausgeführt hatten.

Dunneldeen war mit dem Clanchef der Fearghus verwandt, und außerdem gab es da noch ein Mädchen, das er seit fast einem Jahr nicht mehr gesehen hatte.

Sie hofften nur, daß die anderen vierzehn Flugkörper ihre Angriffe auf die Außenstationen der Psychlos ebensogut durchgeführt hatten wie sie. Natürlich konnte man vielleicht nicht von jedem den gleichen eleganten Stil erwarten ...

Und so flogen sie in Richtung Schottland.

4

Zzt war in tiefe Apathie versunken.

Die Gasdrohne rumpelte stur weiter, lautstark, kalt und finster.

Was war doch dieser Nup für ein alberner Dummkopf!

Anfangs hatte Zzt angenommen, die Motorengeräusche, die er hörte, stammten von diesem vorsintflutlichen Relikt, doch nach einer Weile konnte sein geübtes Ohr deutlich unterscheiden, daß es neben dem Rattern und Scheppern hier drin noch etwas gab. Er inspizierte das trostlose Innere der Drohne genau, lauschte überall, bis er schließlich zur hin und her schlagenden Tür kam. Aha – der Mark 32! Der Mark 32, Serienname »Haut se, haut se, immer auf'e Schnauze«, dieser schwer gepanzerte Flugkörper, der für Angriffe auf Bodenziele im Tiefflug bestimmt war.

Flog dieser dämliche Nup etwa als Geleitschutz für die Drohne?

An dieser Frage hatte Zzt endlos herumgerätselt und sonst so gut wie nichts unternommen. Zuerst war er noch voller Hoffnung gewesen. Er dachte nämlich, Nup sei ihm aus dem Hangar gefolgt mit der Absicht, eine Strickleiter zur offenen Tür hinunterzulassen und ihn damit herauszuholen. Doch Nup schien nicht die leiseste Ahnung davon zu haben, daß es hier eine offene Tür gab, und flog stur auf der anderen Seite neben der Drohne her.

Zugegeben, Zzt hatte ihm keinerlei Anweisungen erteilt. Der Volltrottel hatte unentwegt von den Bolbods gefaselt und von irgendwelchen Gerüchten auf Psychlo, daß man sie demnächst angreifen würde. Was für ein Unsinn! Zzt dachte noch einmal genau über alles nach. Nein, als er in dem Durcheinander versucht hatte, nach draußen zu gelangen und den Angriff der Tolneps mit einem Mark 32 abzuwehren, war er einfach überall rumgerannt, um jemand aufzutreiben, der sich mit diesem Flugkörpertyp auskannte, hatte dann schließlich Nup auf den Copilotensitz gezerrt und sich endlich mit der Drohne befaßt.

Er erinnerte sich noch dunkel an die letzten Worte, die er zu Nup gesprochen hatte: »Los, kommen Sie!« Und zu seinem größten Erstaunen war Nup nicht hinter ihm hergerannt zur Drohne.

Anstatt mit den Tolneps aufzuräumen, flog Nup draußen in einem Mark 32 als Geleitschutz. Vielleicht war er sogar wirklich daran ausgebildet worden, aber von der eigentlichen Bestimmung dieses Flugkörpers hatte er garantiert keinen Schimmer. Zum Beispiel, daß man mit dem Mark 32 eine ganze Stadt in Trümmer legen konnte! Und daß die Außenhaut jedem Geschoß standhielt. Es war zur Unterstützung der Bodentruppen bestimmt, gegen sämtliche Bodengeschütze immun. Kein Abfangjäger konnte ihm auch nur einen Kratzer zufügen. Und was tat Nup jetzt damit? Flog Geleitschutz für eine Drohne, die ihn gar nicht brauchte. Zzt wurde immer verbitterter. Zum Teufel mit Terl und mit Nup!

Und während dieses Ungetüm unter ohrenbetäubendem Motorenlärm wer weiß welchem Ziel entgegenrumpelte, begann es Zzt allmählich zu dämmern – Nup hatte keine Ahnung, daß er, Zzt, sich an Bord der Drohne befand ...

Bei einem Blick auf die Uhr wurde Zzt kurz darauf klar, daß der Mark 32 seine Energiebatterien nahezu erschöpft hatte. Wo immer sie sich auch in dieser stockfinsteren Nacht befinden mochten, der Mark 32 würde in Kürze abschmieren. Er hatte nicht genügend Energiebatterien gehabt, um ihn für einen solchen Flug auszustatten, und außerdem war die Reichweite des Mark 32 ohnehin begrenzt, weil er auf Nahziele angesetzt wurde.

Immerhin besaß Zzt reichliche Vorräte an Atemgas, außerdem eine Waffe und einen Schraubenschlüssel ...

Eine Zeitlang fummelte er an der Panzerung des Bordcomputers herum, in der Hoffnung, doch an ihn heranzukommen und ihn umzuprogrammieren. Doch ohne Schlüssel oder die Werkzeuge, mit denen er welche herstellen konnte, wäre nicht einmal ein Sprengsatz imstande gewesen, die Panzerplatte aufzubrechen.

So hatte er sich schließlich im vorderen Teil der Drohne auf die kalten Bodenplatten gelegt – wohl oder übel würde er eben die weitere Entwicklung abwarten. In einem oder zwei, vielleicht auch erst in drei Tagen würde das Ding landen, verdammt hart, aber Zzt redete sich ein, auch das überleben zu können. Was blieb ihm anderes übrig?

Einfach dasitzen und abwarten ... Das war alles, was er tun konnte.

Verdammter Terl! Verdammter Nup! Verdammte Company!

Und das alles bei halbem Gehalt und ohne Zulagen!

5

Jonnie suchte angestrengt nach der Drohne.

Alle Bildschirme flimmerten.

Tief unten die unendliche Weite der Arktis, auf den Monitoren sichtbar, nicht aber mit bloßem Auge. Daran erinnerte er sich noch vom letzten Flug. Eine bedrohliche Eiswüste. Dort lauerte der sichere Tod – entweder durch Erfrieren oder durch Ertrinken.

Soweit er es abschätzen konnte, flog die Gasdrohne jetzt nur noch wenige Minuten entfernt vor ihm. In Kürze müßte er sie auf dem Schirm sehen.

Um die Mädchen und Thor machte er sich etwas Sorgen. Er hatte sie beim Vorbeiflug nicht auf den Monitoren gehabt. Sicher, er befand sich da schon in sehr großer Höhe. Der helle Fleck, den er ausgemacht hatte, konnte von ihrem Lagerfeuer stammen, aber ebenso auch von den immer noch brennenden Flugkörpern. Er hatte schon zuviel Zeit vergeudet, und Hilfe für sie war unterwegs. Immer wieder mußte er an die erstarrten Gesichter denken, als sie gemerkt hatten, daß er sie dort zurückließ. Doch sie mußten jetzt in Sicherheit sein. Höchstwahrscheinlich waren sie inzwischen in der Akademie oder beim Camp. Wenn der Pastor sehr schnell gefahren war ... So ein Grubentransporter schaffte immerhin über hundert Stundenkilometer auf holprigem Gelände ...

Hoffentlich hatten die anderen Flugkörper die verschiedenen Außenstationen erreicht und ihren Auftrag durchgeführt! Noch weitere fünf Stunden Funkstille ... Wenn er doch sein Gerät einschalten und Funkkontakt mit ihnen aufnehmen könnte! Etwa so: »Achtung, an alle, die mit ihrer Außenstation fertig sind! Bitte steuern Sie sofort folgende Koordinaten an und helfen Sie, diese verflixte Drohne zu vernichten.« Aber das wagte er nicht. Es könnte einige das Leben kosten oder eine Vorwarnung für die Angriffsziele sein. Alle hatten Energiebatterien in Reserve und noch vieles mehr, insbesondere Munition. Doch sollte es für einige zwingende Gründe gegeben haben, den Zeitplan abzuändern oder den optimalen Augenblick für die Zerstörung einer Außenstation abzuwarten, könnte er sie durch einen solchen Funkspruch aufs höchste gefährden. Er war nicht bereit, auch nur einen Schotten zu opfern, um die eigene Haut zu retten. Wenn die Funkstille beendet war und Robert nichts von ihm hörte, würde der alte Haudegen die anderen zur Drohne dirigieren. Das wäre vielleicht etwas spät, aber immerhin eine zweite Chance. Hoffentlich würde es nicht dazu kommen, denn dann wären ihre Freunde in Schottland gefährdet ...

Womöglich suchte er vergebens auf den Bildschirmen, weil die Drohne einen Wellenentkoppler besaß? Allerdings war da ja der Geleitschutz ... Ob er abgedreht hatte und ein anderes Ziel ansteuerte? Sein Leuchtfleck müßte doch auf dem Radarschirm zu sehen sein!

Aha, dort ... Was war das für ein winziges grünes Fünkchen auf dem Schirm? Ein weiterer Eisberg? Nein, der Höhenmesser zeigte knapp zwölfhundertsiebzig Meter an. Geschwindigkeit?

Vierhundertdreiundachtzig Stundenkilometer!

Er hatte den Geleitschutz auf dem Schirm.

Seine behandschuhten Finger rasten über das Instrumentenbrett. Er schaltete rasch von der Überschallgeschwindigkeit herunter und ließ den Flugkörper jäh auf fünfzehnhundert Meter abwärts sausen – einer Rakete gleich. Er wurde in den Schalensitz gedrückt und fühlte sich einen Augenblick wie benommen. Nur keine Aufregung, behalte die Ruhe ... Der Geleitflugkörper muß genau abtaxiert werden ...

Mit Infrarot bekam er ein helles, deutliches Bild. Daneben war die Drohne ... Immer nur eins auf einmal. Das erste Ziel war der Geleitschutz ...

Was war das nur für ein Flugkörper? So einen hatte er noch nie gesehen. Flach, Gleitkufen im Miniaturformat ... er schien hauptsächlich aus Panzerung zu bestehen!

Vielleicht könnte er den mit seinen Bordwaffen nicht einmal ankratzen ... Immerhin hatte er beim Start erlebt, daß die Seite dieses Flugkörpers von Bazookas getroffen wurde – ohne die geringste Wirkung. Ihm wurde flau zumute. Nicht nur die Drohne, die für ihre Unverwundbarkeit berüchtigt war, nein, da hatte er es auch noch mit einem Geleitschutzflugkörper zu tun, der ...

Er überlegte fieberhaft. Robert der Fuchs pflegte gelegentlich zu sagen: »Wer an Waffen unterlegen ist, muß an Verstand und List überlegen sein.« Was wußte dieser Geleitschutz zum Beispiel über ihn, Jonnie?

Er schaltete das Funkgerät auf Nahverkehr; die Reichweite betrug nur etwa fünfunddreißig Kilometer.

Eine Schimpfkanonade auf Psychlo schallte ihm entgegen: »Allerhöchste Zeit, daß endlich jemand auftaucht! Seit Stunden hätte ich abgelöst werden müssen! Wo haben Sie denn bloß gesteckt?« Wütend. Völlig außer sich ...

Jonnie drückte die Sendetaste und bemühte sich, möglichst tief und gedämpft zu sprechen. »Wie sieht's aus?«

»Mit der Drohne ist alles in Ordnung, warum auch nicht? Schließlich habe ich ihr ja Geleitschutz gegeben, oder etwa nicht? Auf dem Planeten hier klappt ja wirklich nichts! Unglaublich! Auf Psychlo wäre so was undenkbar! Zumindest hoffe ich das! Sie kommen reichlich spät! Wie heißen Sie?«

Jonnie grub hastig in seinem Gedächtnis nach einem Namen, der bei den Psychlos häufig vorkam. »Snit. Darf ich fragen, mit wem ich spreche?«

»Nup. Abteilungsleiter Nup! Reden Sie mich gefälligst so an – Abteilungsleiter Nup! Keine Manieren auf diesem Planeten!«

»Sind Sie erst kürzlich eingetroffen, Herr Abteilungsleiter Nup?«

»Erst heute, Snit. Und was empfängt mich? Ein lausiger Bolbod-Angriff, mit dem jeder spielend fertig werden kann! Moment mal«, unterbrach er sich mißtrauisch, »Sie haben einen sehr merkwürdigen Akzent. Wie ... Wie ... ja, wie ein Chinko-Sprachtrainer! Genau das ist es. Sie sind doch nicht etwa ein Bolbod, oder?« Ein Klicken – der Schalter für die Bordwaffen wurde auf Schußbereitschaft gestellt.

»Ich bin hier geboren worden«, entgegnete Jonnie wahrheitsgemäß.

Ein scharfes, unangenehmes Auflachen. »Oh, ein Kolonist!« Kurzes Schweigen. »Wurden Sie für diese Mission eingewiesen?«

»Flüchtig, Herr Abteilungsleiter Nup. Aber die Weisungen wurden geändert. Deswegen hat man mich losgeschickt, um Ihnen das zu übermitteln.«

»Sie lösen mich nicht ab?« Sehr feindselig.

»Das Flugziel wurde geändert!« erklärte Jonnie. »Es herrscht Funkstille. Daher mußte man mich beordern, die Nachricht zu überbringen.«

»Funkstille?«

»Auf dem ganzen Planeten, Herr Abteilungsleiter Nup.«

»Aha, also doch ein Bolbod-Angriff! Die operieren ausschließlich über Funk! Ich hab's ja gewußt!«

»Stimmt leider, Herr Abteilungsleiter Nup.«

»Also wenn Sie mich nicht ablösen, was soll ich dann tun? Meine Energiebatterien sind fast aufgebraucht! Wo ist die nächste Außenstation?«

Jonnie überlegte blitzschnell.

»Herr Abteilungsleiter Nup, für den Fall, daß Sie mit Ihren Energiebatterien am Ende sind, lauten die Anweisungen ...« Du lieber Himmel, wohin sollte er ihn nur schicken? Dieser Mark 32 war das einzige, was man bei einer Suche hier anpeilen konnte! »Ich sollte Ihnen sagen, Sie möchten bitte mit den Magnetgreifern auf der Drohne landen ... direkt auf dem Vorderteil.«

»Was?« Ungläubig.

»Und sobald wir uns der nächsten Außenstation nähern, gehen Sie nach unten. Haben Sie eine Karte?«

»Nein. Hier drin ist keine Karte. Auf diesem Planeten funktioniert nichts richtig. Ganz anders als auf Psychlo. Das muß gemeldet werden.«

»Es ist ein Angriff im Gange, Herr Abteilungsleiter Nup!«

»Am Mark 32 kann nichts und niemand auch nur kratzen! Der ist auf Bodenangriffe im Tiefflug spezialisiert. Ich verstehe gar nicht, weshalb man ihn als Geleitschutz beordert hat!«

»Wie lange reichen Ihre Energiebatterien noch, Herr Abteilungsleiter Nup?«

Pause. Dann: »Verdammter Mist! Nur noch zehn Minuten! Mit Ihrer Trödelei hätten Sie mich beinahe umgebracht!«

»Bitte landen Sie jetzt einfach ganz vorn auf der Drohne ...«

»Warum vorne? Ich sollte in der Mitte aufsetzen. Wenn ich auf dem Vorderteil lande, gibt das eine empfindliche Gewichtsverlagerung.«

»Die Ladung ist diesmal anders verteilt. Die Order lautet ausdrücklich, Sie sollen auf dem vorderen Teil aufsetzen, weil sich dort keine Ladung befindet.«

»Der Mark 32 hat aber ein ganz schönes Gewicht!«

»Doch nicht für die Drohne. Sie sollten jetzt besser zu manövrieren anfangen, Herr Abteilungsleiter Nup! Das Wasser dort unten ist kalt. Und es gibt jede Menge Eis! Außerdem brauchen Sie noch Energie fürs Abheben. Bis zur nächsten Außenstation sind's nur ein paar Stunden.«

Jonnie beobachtete sämtliche Schirme in höchster Spannung. Mit bloßem Auge konnte er den Flugkörper nicht sehen. Etwas besorgt schaltete er auf Weitwinkel, so daß er auch dieses Ungetüm von einer Drohne ins Blickfeld bekam.

Ihm wurde ganz schwach vor Erleichterung, als der Mark 32 vorn auf der Drohne aufsetzte und die Magnetgreifer ausfuhr. Sie hielten!

Am Wärmeanzeiger des Bildschirms war abzulesen, daß der Mark 32 seine Motoren abgestellt hatte.

Jonnie rechnete damit, daß die Drohne vornüberkippen, möglicherweise sogar abstürzen würde. Sie sackte ab. Dann begannen die Motoren zu kompensieren, und sie rumpelte weiter mit Donnergetöse. Nup hatte nicht direkt auf der Mittelachse aufgesetzt und dadurch bewirkt, daß sie ständig hin und her schwankte, von rechts nach links, von links nach rechts. Sobald sie nach rechts rollte, kompensierten die Motoren die Bewegung zu stark, so daß sie nach links abkippte, und dann wieder umgekehrt ... Die Abweichung betrug jedesmal nur etwa zehn Grad. Doch der Kurs, den die Drohne stur einhielt, wurde davon in keiner Weise beeinträchtigt. Ein sehr gemächliches Schwanken – irrte er sich, oder driftete sie tatsächlich auch ein wenig zur Seite ab?

6

Sobald Nup ihm wenigstens für den Augenblick nicht mehr im Weg war, widmete sich Jonnie der Frage, wie er die Drohne anhalten könnte.

Er blieb etwas zurück, um sie besser auf die Schirme zu bekommen. Sie sah wirklich wie ein Wrack aus! Die Delle dort stammte von der Druckwirkung einer Atombombe, jene Schramme hatte vermutlich ein Flugzeug beim Zusammenstoß hinterlassen – die verschmierten Spuren von Öl und Treibstoff waren noch deutlich zu erkennen. Da war eine ganze Reihe von Einkerbungen, die von Boden-Luft-Raketen oder von Flugkörpermunition herrührten. Aber es handelte sich bei allem nur um ein paar äußerliche Merkmale, die zwar die Oberfläche angekratzt, aber keinerlei wirkliche Schäden verursacht hatten.

Er flog jetzt unterhalb der Drohne, sah sich die mächtigen Gleitkufen an. Auch nicht gerade tröstlich ...

Dann zog er den Kampfflugkörper wieder nach oben neben das Ungetüm. Er kam sich vor wie ein Kolibri, der um einen Bussard herumflattert.

Er versuchte sich vorzustellen, wie das damals wohl abgelaufen sein mochte. Als die Drohne ihre letzte Mission vollendet und beim Herunterkrachen die Stadt Colorado-Springs zerstört hatte, war sie dort wahrscheinlich einfach liegengelassen worden, bis die Company Hangars gebaut hatte. Dann war man wohl auf den Gedanken gekommen, sie von Flugkörpern aus mit Wassertanks gründlich zu säubern, um radioaktive Reste wegzuschwemmen, bevor sie untergestellt wurde.

Bei der Frage nach den möglichen Beweggründen wurde ihm eiskalt. Den Psychlos fehlte jeder Sinn für irgendwelche emotionalen oder künstlerischen Werte. Nichts hätte sie veranlassen können, die

Drohne aufzubewahren, außer der schlichten Tatsache, daß sie außerstande waren, sie auf diesem Planeten zu demontieren. Die dafür erforderlichen riesigen Werkstätten gab es nur auf Psychlo. Zurückhaben wollten sie die Drohne mit Sicherheit nicht. Sie hatte ihre Aufgabe erfüllt. Und sie durfte nirgends hinkommen, wo sie irgendein feindlicher Agent ausspionieren könnte! Sie hatten sie aufbewahrt, weil die Company sie auf diesem Planeten nicht zerstören konnte. Woraus dieses Ungetüm bestand, das wußte allein der Teufel!

Na, immerhin hatten die Gleitkufen von Nups Flugkörper auf der Drohne gehaftet - mit diesem Gedanken versuchte er sich zu trösten. Diese magnetischen sogenannten Gleitkufen waren eigentlich Kraftfelder zur Umorientierung ganzer Moleküle. Sie bewirkten, daß die Moleküle an der Oberfläche der einen Substanz sich mit denen der anderen Substanz fest verbanden, eine Art Verschweißung auf Zeit. Das Ding war also aus einem vermutlich auf diesem Planeten unbekannten molekularen Metall gebaut, das sich mit einem anderen ebenfalls fremdartigen vermischt hatte. Es wäre sogar denkbar, daß eine Legierung solcher Metalle unauflösbar war und sich weder durch Schmelzen noch durch mechanische Prozesse wieder trennen ließ. Vielleicht hatten die Psychlos eine Methode, die es absolut unmöglich machte, eine Mischung bestimmter Elemente hinterher wieder zu trennen - weder durch Erhitzen noch durch Lichtbogen, Bestrahlung oder sonst etwas. Vielleicht waren diese Metalle auch in dünne Schichten aufgespalten, von denen jede die darunterliegende schützte.

Eine recht entmutigende Vorstellung. Jonnie wußte sehr wohl, daß er in Metallurgie noch nicht einmal die erforderlichen Grundkenntnisse besaß, aber er erinnerte sich genau an das strikte Verbot der Psychlos, irgendeiner fremden Spezies auch nur das Geringste auf diesem Gebiet beizubringen. Und da saß er nun und versuchte, das Problem während eines Nachtflugs zu lösen - ohne Lehrbücher, ohne Taschenrechner, den er überdies nicht einmal benutzen könnte, weil ihm ja auch die mathematischen Kenntnisse fehlten.

Was würde diese Drohne zerstören? Und zwar noch ehe sie die Küste Schottlands erreichte ...

Als er den ersten Psychlo sah, hatte er ihn für ein Monster gehalten. Jetzt aber erblickte er ein echtes Monster. Ein wahrhaft unzerstörbares Unding ...

Aus dem Augenwinkel glaubte er eine Bewegung auf dem Bildschirm wahrzunehmen. Er schaute genau hin. Da war es wieder. Ein rhythmisches Schlagen auf der Unterseite der Drohne. Er zählte es aus. Alle zwanzig Sekunden ein Schlag, regelmäßig wie eine Uhr.

Plötzlich wurde ihm klar, daß er sich ja nur mit der einen Seite der Drohne beschäftigt hatte. Eine etwas verwirrende Erkenntnis – nun, dem ließ sich mühelos abhelfen. Er hämmerte rasch auf dem Instrumentenbrett herum und war im Nu auf der anderen Seite.

Eben diese Seite war auch abgewandt gewesen, als er die Drohne nach dem Start das erste Mal von der Ebene aus gesehen hatte. Nup war ebenfalls auf der anderen Seite geflogen.

Er regulierte die Bildschirme.

Unglaublich! Die hohe Ladetür war offen. Und seitdem Nup vorn auf der Nase aufgesetzt und dadurch die Drohne zum regelmäßigen Schwanken und Gegensteuern gebracht hatte, schwang die Tür auf und zu.

Eine Tür.

Offen.

Mit zitternden Fingern holte er sich das Bild näher heran. Im Schloß steckte der Rest eines abgebrochenen Schlüssels.

Er betrachtete die gesamte Riesentür eingehend. Sie klappte auf, wenn der Flugkörper sich zu dieser Seite neigte, und wurde bei der Gegenbewegung durch die Luftströmung und die Schwerkraft zugeschlagen.

Alle zwanzig Sekunden.

Unvermittelt bedauerte er, daß er aus Weichherzigkeit jede Begleitung auf diesem Flug abgelehnt hatte. Die Idee war zwar gefährlich, aber mit Hilfe einer Drahtseilleiter könnte man sich herunterlassen und im richtigen Moment durch die offene Tür in die Drohne gelangen. Das ginge freilich nur mit einem Piloten, der den Kampfflugkörper steuerte, während der andere nicht nur körperliche Gewandtheit, sondern auch die notwendigen Kenntnisse besitzen mußte, um die Drohne – falls möglich – lahmzulegen. Und Piloten hatten sie keine mehr zur Verfügung – bis auf Glencannon, der jedoch anderweitig dringend benötigt wurde, also unentbehrlich war.

Auf ... zu ... auf ... zu ...

Größe? Er taxierte die Tür ab, verglich ihre Maße mit Spannweite und Tiefe seines Flugkörpers. Ja, er könnte tatsächlich damit durch die Tür hineinfliegen! Oben und unten wäre der Spielraum zwar äußerst knapp, dafür an beiden Seiten um so reichlicher.

Heißa! Mit vierhundertdreiundachtzig Stundenkilometern seitwärts fliegen? Und dann durch die Tür hinein?

Nun, es gehörte zur normalen Psychlo-Kampftaktik, mit der Antriebskraft dieser Teleportationsmotoren seitwärts zu fliegen. Man brauchte keine Stabilisierungszone durch Tragflächen. Wenn diese Motoren abgestellt wurden, glitt der Flugkörper nicht irgendwohin weiter, sondern fiel senkrecht abwärts wie ein Stein. Die Stabilisierung erfolgte durch kleine Teleportationsmotoren, nicht durch ein Leitwerk.

Ja, theoretisch konnte man seitwärts fliegen und dann den Flugkörper rasch vorwärts hineinsteuern.

Aber das Zeitmoment! Oje! Bei jedem Rollen hob und senkte sich die Öffnung um etwa neun Meter.

Egal – er würde es versuchen.

Doch zuerst mußte diese Tür weg. Mit ihrem Schwingen verbarrikadierte sie immer wieder die Öffnung.

Jonnie beschloß, es zunächst mit dem Wegschießen der Angeln zu versuchen. Er blieb etwas zurück, programmierte den Bordwaffen-Computer auf »Nadelbreit«, »Flamme« und »Einzelschuß«.

Er koordinierte Position und Visierebene, die Finger rasten über das Instrumentenbrett, ein Fuß ausgestreckt nach dem Bodenpedal, mit dem das Feuer ausgelöst wurde – es war stets schwer zu erreichen in diesem für Psychlos mit einer Körperlänge von zwei Meter siebzig bis drei Meter konstruierten Flugkörper. Selbst Ker tat sich schwer mit den Bodenpedalen.

Koordiniert, Tür offen, Angel exponiert. Durchtreten!

Eine Stichflamme traf die Angel. Sie rührte sich nicht. Die Tür begann wieder zuzuschlagen.

Über Bordfunk krächzte eine aufgeregte Stimme: »Was treiben Sie denn da, verdammt noch mal?« Nup.

»Ich habe keinen Copiloten, Herr Abteilungsleiter Nup. Ich muß die Tür aufschießen, damit ich den Bordcomputer umprogrammieren kann.«

»Aha.« Und dann, als Jonnie den zweiten Versuch vorbereitete: »Passen Sie gefälligst auf, Snit, gehen Sie vorsichtig mit dem Eigentum der Company um, verstanden? Vorsätzliche Beschädigung ist ein Vergehen, das mit Auslöschung bestraft wird, vergessen Sie das nicht.«

»Ja, Herr Abteilungsleiter Nup.« Jonnie feuerte zum zweitenmal.

Die Angel glühte kurz auf. Dann wurde sie wieder durch die Tür verdeckt, die sich keine Spur gesenkt hatte. Sie wurde vermutlich von der Angel gehalten. Jonnie sah auf den Infrarot-Zielschirm. Ja, es gab zwei Angeln, eine oben und eine weiter unten.

Er visierte die untere an. Tür offen, Angel auf dem Schirm. Durchtreten! Feuer!

Abermals Fehlanzeige – die Tür dachte gar nicht daran, sich aus den Angeln zu lösen.

Vielleicht sollte er abwechselnd auf die Angeln schießen – erst die obere, dann die untere und so weiter.

Er blieb ein Stück zurück, um die Finger zu lockern. Auf den anderen Schirmen nichts als die endlose Eiswüste unten ... Am Himmel kein Flugkörper – nichts ...

Wieder ans Werk! Obere Türangel. Durchtreten! Feuer! Untere Türangel. Durchtreten! Feuer! Nicht nachlassen. Aber nur alle vierzig Sekunden war ein Schuß möglich ...

Was das Zeit kostete! Nun, so sehr in Zeitnot war er nicht. Jedenfalls noch nicht ...

Durchtreten! Feuer! Warten ... Durchtreten! Feuer! Warten ...

Die Türangeln wurden zwar rotglühend, lösten sich aber nicht.

Jonnie brach die erfolglosen Bemühungen ab. Dann kam ihm die erleuchtende Idee, die Position zu ändern – oberhalb der Drohne und etwas weiter herüber zur anderen Seite, so daß er die Rückseite der Tür beim Aufschwingen unter Feuer nehmen konnte. Er programmierte die Bordwaffen um in »Salve«, »Keine Flamme« und »Dauerfeuer«.

Er zielte sorgfältig. Als die Tür das nächste Mal aufschwang, trat er das Bodenpedal durch und eröffnete den Dauerbeschuß auf die Innenseite. Während die Tür immer weiter aufklappte, brachte er seinen Kampfflugkörper langsam in Schräglage und feuerte dabei ununterbrochen. Trotz der gegenläufigen Rollbewegung wurde die Tür aufgezwungen und sprang dann, ungeachtet der durch die Fluggeschwindigkeit erzeugten starken Luftströmung, unter dem Geschoßhagel auf. An die Außenhaut gepreßt – weit offen ...

Jonnie stellte das Feuer ein.

Die Tür blieb offen. Weit offen – wie festgenagelt.

Er programmierte die Bildschirme auf Fernbeobachtung und überprüfte die Türangeln. Sie waren etwas verbogen, höchstwahrscheinlich durch den Beschuß. Durch sie wurde die Tür zunächst einmal offengehalten. Würde sie wieder zuschlagen? Vielleicht. Der Wind rüttelte kräftig an ihr.

Jonnie suchte in Windeseile die entsprechenden Knöpfe und Hebel auf dem Instrumentenbrett, um die Flugrichtung zu korrigieren. Endlich fand er die richtige Kombination und brachte den Flugkörper in die gewünschte Position – direkt gegenüber der Türöffnung.

Und da bewegte sie sich nun vor ihm ... nach oben, nach unten ... Heißa, das mußte zeitlich haarscharf abgepaßt werden, es ging um Bruchteile von Sekunden ...

Das Beste wäre wohl, vorerst nichts zu tun und die Sache eine Weile zu studieren. Er schaltete die Scheinwerfer ein, denn dazu brauchte er auch die Augen – mit Instrumenten allein war es nicht zu schaffen.

Jetzt konnte er hineinsehen. Ja, direkt hinter der Tür befand sich eine flache Plattform. Vermutlich beim Einladen von Kanistern erforderlich. Und was war das? Tatsächlich - unmittelbar vor der Plattform waren Kanister aufgestapelt. Würden sie explodieren, wenn er nicht rechtzeitig stoppen konnte und dagegenstieß?

Er rechnete alles durch - Entfernung und Kombination auf dem Instrumentenbrett. Dann setzte er, einer Eingebung folgend, den Fuß gegen den Hebel, der die magnetischen Greifer auslöste. Durch den Ruck des Aufpralls würde er dann automatisch die Gleitkufen einschalten.

Er holte tief Luft. Mit einem Rundblick vergewisserte er sich, daß nirgends lose Gegenstände herumlagen. Er verschob den Revolver am Gurt, damit das Halfter ihm nicht in den Magen drückte, wenn er vornüberkippte. Die Trageschnur des Revolvers trug er um den Hals. Er zog sie etwas zur Seite, um zu verhindern, daß sie sich im Instrumentenbrett verfing, während er nach vorn schleuderte, denn sonst könnte sie ihn erwürgen. Oben auf das Instrumentenbrett legte er eine weiche Kartentasche, falls er beim plötzlichen Stopp mit dem Kopf aufschlagen sollte.

Jonnie holte nochmals tief Luft, regulierte seine Schutzmaske.

Er behielt die Tür im Blick, während seine Finger über das Instrumentenbrett rasten, um den Flugkörper in die exakte Position zu bringen, justiert auf die Türöffnung. Rechnen, immer wieder nachrechnen ... Um wieviel würde sich die Türöffnung nach oben bewegen, nachdem er gestartet war?

Die weit gespreizten vier Finger der rechten Hand lagen über den vier Knöpfen für den Start. Vier Finger der linken Hand spreizten sich über den Knöpfen, die den Flugkörper zum Halten bringen würden.

Achtung ... Rechte Hand bereitmachen ... Fest eindrücken!

Der Kampfflugkörper stieß durch die offene Tür nach innen.

Ein Knirschen. Herunter mit den Fingern der linken Hand. Stop ...

Ein Krachen!

Er hatte den oberen Rand der Türöffnung gestreift und dabei ein breites Stück Metall abgeschürft.

Sein Fuß wurde auf den Bodenhebel gepreßt und löste die Greifer aus.

Jonnies Kopf prallte auf die Kartentasche.

In seinem Schädel entzündete sich ein wahres Feuerwerk.

Dann - tiefe Dunkelheit ...

7

Während dieser ganzen Zeit hatte Zzt ständig zwischen Hoffnung und Mißtrauen geschwankt.

Das Verwirrspiel mit dieser Drohne brachte ihn aus der Fassung. Er wußte, daß er keine Freunde besaß. Wer könnte wohl ernsthaft den Wunsch haben, ihn zu retten? Er vermochte sich jedenfalls keinen vorzustellen. Char hatte mit ihm zusammengearbeitet, und Char war spurlos verschwunden, zweifellos tot – denn wer würde sich wohl die Gelegenheit zur Heimkehr nach Psychlo entgehen lassen? Char aber war zur Teleportation nicht erschienen. Terl ... Höchstwahrscheinlich hatte Terl ihn umgebracht. Also fiel Char aus. Wen gab es sonst noch? Niemanden. Wer war nun tatsächlich daran interessiert, ihn zu retten? Eine höchst verdächtige Geschichte, das Ganze ...

Dieser dämliche Nup hatte den Mark 32 offenbar auf der Drohne aufgesetzt, um nicht im Eis zu ertrinken – denn das dort unten war Eis, man spürte die furchtbare Kälte der Arktis sogar durch die Atemmaske. Ein gräßlicher Planet ... Aber dieses Manöver durfte man Nup nicht vorwerfen. Das war gang und gäbe, einen Flugkörper auf dem anderen aufzusetzen, wenn man angeschossen worden war oder leere Energiebatterien hatte, und sich damit in Sicherheit zu bringen. Insofern war es auch keine besondere Leistung gewesen, daß Nup daran gedacht hatte. Aber der Volltrottel hatte nicht in der Mitte aufgesetzt und dadurch die Drohne zum Gegensteuern, vor allem aber zum Rollen gebracht. Und dieses Rollen drehte Zzt den Magen um.

Als er merkte, daß sich jemand offensichtlich für die Tür interessierte, hatte er in seinem Beutel nach einem Molekularmetallschneider gesucht und zu seinem Schrecken festgestellt, daß keiner darin war. Bei dieser lamellierten Molekularpanzerung wäre damit zwar sowieso kaum etwas zu machen gewesen, aber er hätte es zumindest versuchen können.

Und dann hatte die Schießerei angefangen – irgend jemand, egal wer, nahm das Innere der Drohne unter Feuer...

Jemand versuchte, ihn umzubringen! Es stimmte eben doch – er besaß keine Freunde.

Die Rumpfaußenhaut war im Innern durch mächtige Rahmen versteift, und Zzt hatte sich schutzsuchend flach an die Rumpfwand gepreßt.

Aus dieser nischenartigen Vertiefung spähte er vorsichtig umher. Dann entspannte er sich ein wenig, als er merkte, daß die Schüsse den Türangeln galten. Da versuchte doch jemand, die Tür loszubekommen. Zzt wußte, daß die Angeln nicht abbrechen würden, fand es aber zugleich hochinteressant, daß igendwer einen solchen Versuch unternahm. Wozu? Wieso wollte jemand die Tür entfernen? Das ergab doch überhaupt keinerlei Sinn.

Für jeden Flugkörper galten von jeher die gleichen Regeln, auch wenn er nicht im Zusammenhang mit Rohstoffgewinnung und Erztransport eingesetzt wurde. Denn jeder Angestellte der Company war zunächst Bergbau-Experte. Ob es sich um Techniken, Verfahren oder Ausrüstung handelte – das alles gehörte ebenso selbstverständlich zu ihnen wie der Kerbango im Blut, nur weitaus nachhaltiger. Aufzüge, Förderkörbe, Drahtseilleitern, Rettungsseile, Haken, Netze ... sogar zur Beförderung von Akten benutzten sie Geräte, die Grubenschaufeln glichen. Völlig unvorstellbar, daß der Flugkörper da draußen keine Drahtseilleiter und Rettungsseile mitführte.

Warum also ließ er nicht einfach Leiter und Seil zu ihm herunter, so daß er den richtigen Zeitpunkt abpassen und dann schnell in den Flugkörper klettern konnte? Man könnte ja auch einen Düsentornister zu ihm abseilen und ihn sogar aus der Luft heraufholen.

Dies alles war für Zzt eine solche Routine, daß ihm der Gedanke, durch Entfernen der Tür Platz zu schaffen, wie eine überflüssige Vorsichtsmaßnahme erschien.

Versuchte da jemand, einen Kanister zu stehlen? Das war unmöglich. Sie waren fest eingeschlossen. In diesem verdammten Ungetüm war innen wie außen alles gepanzert. Die Dinger zu reparieren, erforderte einen Mordsaufwand, und er hatte sich wahrhaftig genug geärgert über Terls Zeitverschwendung. Das brachte überhaupt nichts. Diese Drohnen waren für den einmaligen Gebrauch gebaut worden, danach konnte man sie eigentlich wegwerfen. Also gab es hier nichts zu stehlen.

Ob sie versuchten, die Drohne anderswohin zu schicken? Aber das ging nicht ohne Schlüssel, und die hatte er nicht.

Was war nun wirklich los?

Das Sperrfeuer hatte die Tür geöffnet, und daß sie offenblieb, erleichterte es, eine Drahtseilleiter herunterzulassen. Na und? Wo waren Leiter und Seil? Nichts baumelte vor der riesigen Türöffnung – gar nichts ...

Zzt hatte sich gerade etwas vorgewagt, um Ausschau zu halten, als aufflammende Scheinwerfer ihn blendeten – im Lichtkegel schwirrten Staub- und Rostteilchen.

Er hörte einen Flugkörpermotor laufen.

Ihm blieb nicht einmal mehr Zeit, in der Vertiefung Schutz zu suchen.

Vor seinen noch halb geblendeten Augen schoß ein Flugkörper durch die Türöffnung herein!

Die Bodenplatten bebten. Metall kreischte.

Der Flugkörper war auf der Ladeplattform direkt hinter der Tür aufgekracht.

Zzt stolperte rückwärts, rechnete jede Sekunde mit der Explosion. Doch plötzlich verstummten die Motoren, und das eigentümlich scharfe Knirschen, das durch die molekulare Kohäsion entstand, überlagerte penetrant das ersterbende Jaulen. Die Maschine hatte ihre Gleitkufen-Greifer mit einer Präzision aufgesetzt, wie Zzt sie nie zuvor erlebt hatte.

Zzt, dem bereits von den Rollbewegungen speiübel war, taumelte bei der Erschütterung hin und her, so daß er sich kaum auf den Füßen halten konnte. Die Scheinwerfer des Flugkörpers brannten immer noch. Er bemühte sich, im gleißenden Licht den Piloten auszumachen. Unmöglich. Er torkelte vorwärts, die Pranke am Handfeuer-Killer im Gurt. Den Piloten vermochte er nach wie vor nicht zu erkennen. Die Tür aus Panzerglas ... jetzt sah er verschwommen, daß der Pilot sich aufsetzte.

Ein kleiner Kerl! Mit Maske! Und der fremdartige Kragen der Pelzjacke!

Zzt kreischte fast hysterisch auf: »Ein Tolnep!«

In seiner totalen Verwirrung zog Zzt die Waffe und feuerte, blindwütend immer und immer wieder.

Die Schüsse trafen das Panzerglasfenster. Er versuchte, ein Fenster aus Panzerglas zu zertrümmern! Gleichzeitig war er bestrebt, den Rückzug anzutreten und sich in Sicherheit zu bringen ...

Die Drohne rollte ... Zzt stieß gegen einen Gaskanister, stolperte über das Kabel, fiel vornüber und streckte die Klauen aus, um sich abzustützen. Seine Waffe flog klirrend auf die Bodenplatten, schlitterte weiter und fiel durch die Türöffnung hinaus ins Leere.

Rutschend und stoßweise Atem schöpfend fand Zzt weiter hinten in einer Vertiefung Schutz. Er war fest davon überzeugt, mit ihm sei es ein für allemal aus...

8

Jonnie kam wieder zu sich. Der Schock des heftigen Aufpralls hatte ihn einen Moment lang betäubt. Vermutlich war er vor Anspannung und Kälte allmählich erschöpft. Normalerweise hätte ihn ein solcher Stoß nicht die Besinnung verlieren lassen.

Dann stellte er fest, daß er sich das linke Knie am Instrumentenbrett aufgeschlagen hatte, daß die Finger der linken Hand vom Hämmern auf den Tasten bluteten und daß ihm die Stirn weh tat. Der Aufprall mußte wohl doch stärker gewesen sein, als er dachte.

Der Hebel für die magnetischen Greifer war angezogen, aber richtig sehen konnte er ihn nicht. Er nahm die Schutzmaske ab und stellte fest, daß ihm der Rand des Sichtschutzes eine Stirnwunde beigebracht hatte und das Blut in die Augen rann. Er langte nach hinten und packte ein Stück Segeltuch, mit dem er das Blut stillte und den Sichtschutz auswischte. Jetzt konnte er wieder sehen.

Das Aufsetzen hatte geklappt. Ihm fiel eine alte Karikatur ein, die sie in der Akademie gefunden hatten. Unter der Zeichnung stand: »Eine Landung hat geklappt, wenn man hinterher aussteigen und heimgehen kann.« Nun, laufen konnte er – hoffentlich ...

Der Flugkörper hatte sich leicht gedreht. Beim Einflug war die Nase nicht mehr dem Druck des Windes ausgesetzt, das Heck jedoch weiterhin. Es ragte durch die Türöffnung, wurde aber seitwärts gegen den Rahmen gedrückt. War der Flugkörper beschädigt?

Er schaute sich drinnen um. Die Motorgehäuse schienen alle in Ordnung zu sein. Als er die Tür zum Aussteigen öffnen wollte, begann sich etwas in seinem Gedächtnis zu regen. Etwas, das mit dem Aufprall zu tun hatte. Was war es nur? Aha, irgend etwas mußte in der Drohne explodiert sein. Er erinnerte sich dunkel, eine ganze Serie von Detonationen gehört zu haben. Als er das Fenster neben dem Pilotensitz abwischen wollte, weil es beschlagen war, spürte er – es faßte sich heiß an! Ja, in der Drohne war tatsächlich etwas explodiert.

Nun, das war vielleicht sogar ein gutes Zeichen. Es bedeutete, daß immerhin etwas in diesem gepanzerten Ungetüm in die Brüche gehen konnte.

Er betrachtete die Gaskanister, die im Scheinwerferkegel gut zu sehen waren. Sie wirkten intakt. Sie waren ebenfalls gepanzert, wie er feststellte, und die Zuführungskabel desgleichen. Entgeistert starrte er durch die Fenster.

Der Innenraum der Drohne war genauso gepanzert wie die Außenseite!

Ein wirklich unerquicklicher Anblick. Wuchtige Rahmenverstrebungen mit nischenartigen Vertiefungen. Bodenplatten nur zum Einladen, mit Spalten an beiden Seiten des Ganges. Querverstrebungen. Zum Heck hin eine Reihe von wabenförmigen Löchern – aha, Zusatzraum für Gaskanister; das Ding war nur zu etwa einem Drittel voll. Aber mehr als genug, um jeden Ort, den die Drohne ansteuerte, auszulöschen.

Wieviel Zeit hatte er? Er blickte auf seine Uhr – sie war in Stücke gegangen. In diesen Kampfflugkörpern gab es keine Uhren, also würde er auch nicht wissen, wann die Funkstille endete. Er versuchte, es anhand des Sonnenaufgangs zu errechnen, aber er kannte ja auch seine Position nicht genau, wußte nur, daß er wenige Stunden vor Schottland war. Da wurde ihm jäh klar, daß er konfus dachte und handelte. Immer noch etwas benommen?

Er setzte die Schutzmaske auf und vergewisserte sich, daß sie fest anlag, falls ein Gaskanister bei dem Aufprall geborsten sein sollte, was er allerdings bezweifelte. Er schaute nach Terls Handfeuer-Killer – war er noch da? Ja, auf den Boden gefallen. Vielleicht brauchte er ihn zum Durchtrennen von Kabeln. Er steckte ihn in den Gürtel und stieg aus.

Die Motoren dröhnten ohrenbetäubend laut. Durch die Türöffnung fegte der arktische Wind herein. Unter ihm gähnte tiefschwarze Nacht.

Er untersuchte die Gaskanister. Nein, der Kampfflugkörper hatte sie nicht einmal berührt. Dem Äußeren nach konnte ihnen nichts und niemand etwas anhaben. Die Kruste, die sie überzog, mußte sich vor Urzeiten gebildet haben. Er entdeckte ein halb verwischtes Datum, das von den Psychlos stammte. Das ganze Zeug stammte noch von dem Angriff damals, vor tausend Jahren ... Reserven? Bei jenem Angriff nicht mehr gebraucht? Nein, es war ein anderes Datum. Sie waren etwa fünfundzwanzig Jahre später nachgefüllt worden. Die Hoffnung, es handle sich um leere Kanister, mußte er also aufgeben.

Wo befanden sich die Funktionsschalter dieses Ungetüms? Aha, weiter vorne. Die sollte er sich wohl am besten mal genauer ansehen. Vielleicht gab es doch eine Chance, die Programmierung zu ändern oder äußerstenfalls die Drähte herauszuziehen ...

Er ging über die Bodenplatten nach vorn. Die Scheinwerfer

seines Flugkörpers reichten bis hierher.

Da war der Kasten zum Vorprogrammieren, und dort war die Konsole, wo die vorprogrammierten Chips eingespeist wurden. Ein Mordsapparat, diese Konsole. Wie eine Stempelmaschine. Er betrachtete den Kasten. Üblicherweise wurden die vorprogrammierten Chips an der Seite eingegeben und dann der Kasten zugesperrt. Hier auch. Aber dieser Kasten ...

Er war gepanzert.

Er hatte ein Schlüsselloch. Jonnie schaute sich um, konnte aber keinen Schlüssel entdecken.

Kabel? Alle unter Panzerung. Selbst die Verbindung, die in den Kasten führte.

Alles hier war verkrustet. Himmel, was für eine uralte Kiste! Nur um den Kasten herum war es sauber. Das hatte man wohl gemacht, als er programmiert wurde.

Ihn beschlich ein unbestimmtes Gefühl der Beklommenheit, das ihn sehr beunruhigte. Ganz abgesehen von seiner Entschlossenheit, die Drohne zu stoppen, hatte das Ganze hier etwas Merkwürdiges an sich. Er blickte hinüber zu seinem Kampfflugkörper. In den Vertiefungen zwischen den Streben herrschte völlige Dunkelheit.

Zzt, keine zwei Meter entfernt in einer dieser Nischen verborgen, duckte sich voller Verzweiflung zusammen. Sein Verstand arbeitete fieberhaft. Was wußte er über die Tolneps? Kurz nach dem Abschlußexamen an der Technischen Hochschule auf Psychlo hatte er eine Dienstreise nach Archiniabes gemacht, wo die Company Gruben betrieb. Das lag in dieser Galaxis. Das Hauptsternbild jenes Systems war der Doppelstern, den er manchmal im Winter von diesem Planeten aus sehen konnte; der kleinere Stern der »Hantel« hatte ein enorm hohes spezifisches Gewicht, so daß acht Kubikzentimeter hier auf diesem Planeten etwa eine Tonne wiegen würden. Ein Rohstoffcamp war bei einem Überfall der Tolneps vernichtet worden. Sie kamen irgendwo aus der Nähe des Sternhaufens, den er häufig von hier aus sah. Sie hatten die Herrschaft über die Zeit errungen und konnten sie nach Belieben zum Stillstand bringen, und ihre Flugkörper konnten lange Raubzüge unternehmen. Die Company hatte mehrere Leichen der Tolneps genau untersucht. Woran erinnerte er sich? Was hatten sie für Schwächen? Ihm fielen nur Stärken ein. Ihr Biß war tödlich, die Dichte ihrer Körper war mit Eisen vergleichbar. Gegen Psychlo-Gas waren sie immun. Man konnte sie mit einem normalen Handfeuer-Killer nicht töten. Schwächen, Schwächen, Schwächen? Wenn er sich nicht an irgendwelche Schwachpunkte erinnerte, würde er hier nie mit dem Leben davonkommen. Niemals.

Dieser Tolnep ging jetzt an ihm vorbei nach hinten. Er drückte sich noch enger an die Rumpfhaut. In dieser Finsternis blieb er ungesehen ...

Und dann erinnerte er sich. Ihr Sehvermögen! Deshalb trugen sie stets Gesichtsmasken. Sie sahen nur in Infrarot und mußten deshalb einen Filter aus Plattenglas tragen. Wenn sie Licht mit kürzerer Wellenlänge ausgesetzt waren, wurden sie total blind, und töten konnte man sie nur mit Waffen, die ultraviolette Strahlen abgaben. Sie waren in höchstem Maß allergisch gegen Kälte, ihre Körpertemperatur betrug rund fünfundneunzig Grad, oder waren es hundertfünfzig? Spielte ja keine Rolle, er hatte die Lösung gefunden – das Sehvermögen. Ohne den Sichtschutz wäre dieses Wesen blind.

Zzt plante sorgfältig. Sobald die Gelegenheit günstig war, würde er ihm den Sichtschutz zertrümmern, einen Satz nach vorn machen und dem Tolnep die Augen auskratzen, wobei er gut aufpassen mußte, daß er den Giftzähnen entging. Zzt ließ die Pranke am Bein hinuntergleiten und zog seinen bewährten großen Schraubenschlüssel aus dem Stiefel. Er konnte ihn wie ein Wurfgeschoß schleudern. Nicht auf den Körper, sondern auf die Seite der Maske zielen!

Darauf zog Zzt den kleinen runden Spiegel mit dem langen Stiel aus der Brusttasche; er benutzte ihn, wenn er sich Verbindungsteile von hinten oder Lager von unten genauer ansehen wollte. Vorsichtig schob er die Pranke mit dem Spiegel seitwärts um die Rahmenkante ... Wenn bloß dieser Tolnep nichts merkte! Er begann ihn intensiv zu beobachten.

Jonnie fand es äußerst schwierig, in der rollenden Drohne zu gehen. Die Bodenplatten waren nicht dafür gedacht, und man konnte nur allzu leicht in eins der Löcher an beiden Seiten stolpern und sich darin verfangen.

Er gelangte unbeschadet bis zum anderen Ende der Drohne, an sich schon eine beachtliche Strecke. Er betrachtete das seltsame wabenartige Gebilde. Es waren Flaschengestelle, in denen weitere Ladungen untergebracht werden konnten. Er kroch durch die Öffnung. Vielleicht gab es dort drin Kabel oder sonst irgend etwas, das man übersehen hatte. Er konnte sich kaum durch die Öffnung zwängen und fragte sich, wie das erst einem Psychlo gelingen mochte, bis ihm klar wurde, daß sie ja nur dazu diente, die Gestelle mit Kanistern zu beladen. Plumpe Gestelle, weiter nichts. Unförmig und häßlich. Die Öffnungen lagen in der Mitte, und zu beiden Seiten gab es nichts als kahle Schutzwände. Das war alles.

Er ging zum Vorderende zurück, blieb direkt neben dem Kampfflugkörper stehen, überlegte angestrengt. Da war nichts zu sehen, was man zerreißen, nichts, was man auseinandersprengen konnte.

Selbst wenn er seinen Flugkörper hier drinnen in die Luft jagte, würde nichts, aber auch gar nichts passieren ...

Keine Funktionsschalter. Die Drohne war nicht für gesteuerte Flüge gemacht, sie wurde nur programmiert und gestartet. Nicht einmal mit dem Fernbedienungsgerät, das Terl ihm gezeigt hatte, ließe sich jetzt irgend etwas ausrichten.

Schwankend wie ein tolpatschiger, volltrunkener Riese setzte das Ungetüm seinen Weg fort, führte den Tod mit sich – brutal, unverwundbar ...

Seine Sicht war abermals getrübt. Als er hinten in das Loch gekrochen war, hatte er sich den Kopf angestoßen und wieder zu bluten angefangen. Er griff nach der Maske, drehte sich dabei zur Seite, um die heftigen Windstöße von der Türöffnung her etwas abzufangen. Er packte den Saum seiner Jacke, um das Blut wegzuwischen.

Da wurde die Maske getroffen – mit der Wucht eines Geschosses!

Sie flog ihm aus der Hand.

Sein linker Daumen wäre um ein Haar gebrochen worden.

Etwa zehn Meter entfernt regte sich etwas.

Durch Bergsteigen und Jagen von Jugend auf geschult, war Jonnie reaktionsschnell geblieben.

Er brauchte nur eine Drittelsekunde, um sich auf ein Knie fallenzulassen, die Waffe zu ziehen und abzufeuern.

Er schoß auf das Gebilde, das sich ihm zu nähern begonnen hatte und nun wieder zurückgetrieben wurde.

Wieder und wieder feuerte er ...

Das Gebilde, was immer es auch sein mochte, zog sich in den Schutz der Rahmenvertiefungen nahe dem Computer zurück.

Es war also außer ihm noch jemand hier drin. Er war zweimal an ihm vorbeigegangen auf dem Weg nach hinten zu dem gepanzerten Kasten ...

9

Jonnie ärgerte sich etwas über sich selbst, weil er nicht früher auf seinen Instinkt gehört hatte. Gespürt hatte er es sehr wohl, daß außer ihm noch jemand hier war. Das störte am meisten an den Schutzmasken – sie nahmen den Geruchssinn. Jetzt konnte er es riechen. Trotz der eisigen Luft und der Rostpartikel konnte Jonnie einen Psychlo riechen ...

Er stand vorsichtig auf und schlich, die Waffe in der Hand, rückwärts zum Flugkörper, um etwas mehr Distanz zwischen sich und den Psychlo zu legen. Mit so einem Brocken in ein Handgemenge zu geraten, sollte er besser vermeiden. Er hatte ja auch auf Thor warten müssen, ehe er sich Terl auf Armeslänge nähern konnte. Die Psychlos konnten einen Menschen mühelos zerschmettern. Welcher Psychlo war das hier? Kannte er ihn?

Zzt, flach an die Rumpfhaut gepreßt, kämpfte gegen den Drang, sich vor Verachtung und Ekel zu erbrechen. Nur der Gedanke, was das in seiner Atemmaske anrichten würde, hielt ihn zurück.

Es lag nicht an den Schüssen, die der Handfeuer-Killer abgegeben hatte. Ja, die Treffer hatten ihm ein paar Quetschungen und Prellungen eingetragen und ihn zurückgetrieben, wenige Schritte näher hätten sie ihn vielleicht sogar kampfunfähig gemacht.

Zunächst galt es, seine Reaktionsweise umzustellen. Da hatte er nun Todesängste ausgestanden, und vor wem? Vor einem lächerlichen Menschending! Die ganze Zeit hatte er es nur mit Terls Menschending zu tun gehabt!

Dem Gefühl der Übelkeit folgte eine Welle von Haß und Wut. Er wäre beinahe aus der Vertiefung hervorgekommen und hätte sich in Bewegung gesetzt – direkt auf den Gegner zu. Doch die Schüsse stachen. Und dieser Vollidiot hatte den Handfeuer-Killer noch nicht einmal auf Durchschlagskraft eingestellt, sondern nur auf normales Feuer. Typisch ...

Daß diese Kreatur ihn solchen Schrecken ausgesetzt hatte, konnte er nicht verzeihen. Damals, auf dem Frontschaufler, hätte er das Menschending um ein Haar mit dem Fernbedienungsgerät getötet. Wenn er es doch nur wirklich getan hätte! Er hätte an jenem Tag einen Handfeuer-Killer ziehen sollen. Wem wäre das schon bei dem Getöse aufgefallen?

Weiter nichts als dieses Menschending! Eine saft- und kraftlose, zu klein geratene, bläßliche, dumme Kreatur hatte ihn derart eingeschüchtert! Er bebte vor Zorn. Die Übelkeit verging.

Das Verlangen nach Information war in diesem Augenblick stärker als die Lust am Töten. Vielleicht war das Ganze ja auch ein neues Komplott von Terl! Dieser verdammte Terl!

Zzt hatte sich wieder soweit in der Gewalt, daß er sprechen konnte. »Hat Terl dich geschickt?«

Jonnie versuchte, die Stimme einzuordnen. Schwierig, da der Psychlo eine Gesichtsmaske trug. Die Masken hatten zwar an beiden Seiten Lautverstärker, aber die sowieso tiefen Stimmen wurden dadurch gedämpft. Er konnte immerhin fragen – Psychlos waren sehr eingebildet.

»Wer bist du?« erkundigte sich Jonnie.

»Da hast du nun die Geschichte mit dem Frontschaufler hinter dir und erinnerst dich nicht mal mehr, wer ich bin? Dussel! Antworte mir! Hat Terl dich geschickt?«

Zzt! Wie oft hatte Terl auf Zzt geschimpft und geflucht. Jonnie hatte selber eine alte Rechnung mit ihm zu begleichen.

Er konnte nicht widerstehen, Zzt eins auszuwischen, und sagte: »Ich bin gekommen, um sämtliche Maschinen kaputtzumachen.«

Ein anderer Psychlo hätte vielleicht gelacht. Nicht so Zzt. »Daran besteht nicht der leiseste Zweifel, Kreatur! Antworte mir, oder ich werde ...«

»Was wirst du?« konterte Jonnie. »Herauskommen und dich töten lassen? Die Waffe ist jetzt auf volle Durchschlagskraft eingestellt.« Jonnie ging langsam rückwärts zum Flugkörper, schob sich herum, stieg die Stufen hinauf und öffnete die Tür, um das Sturmgewehr mit den radioaktiv angereicherten Patronen zu holen. Er machte es schußbereit, steckte dann den Handfeuer-Killer in den Gurt und ging wieder langsam auf Zzt zu.

Zzt war völlig verstummt.

Jonnie versuchte, sich soweit seitlich zu halten, daß er in eine Vertiefung zielen konnte, sobald Zzt wieder zu sprechen begann. Dann stockte er. Zzt war schließlich der erste Mechaniker im Camp, praktisch der Transportchef. Er mußte weitaus mehr über die Drohne wissen als jeder andere.

»Wie bist du denn an Bord gekommen?« fragte Jonnie.

»Terl!« Ein richtiger Aufschrei. »Dieser ...« Und dann folgte eine Serie von wüsten Flüchen auf Psychlo, die minutenlang andauerte.

Jonnie wartete ab. Als die Lautstärke allmählich abebbte und Zzt nur noch vor sich hin grollte, stellte Jonnie fest: »Du willst also hier raus. Sag mir nur, wie das Ding gelandet wird, und du kannst abhauen.«

Darauf ergoß sich eine neue Flut von unflätigen Verwünschungen, die so heftig war, daß sie Jonnie allmählich überzeugte. Sie schloß: »Es gibt einfach keine Möglichkeit, sie umzuprogrammieren oder zu landen ...« Und nach kurzer Pause, fast hoffnungsvoll: »Hat Terl dir die Schlüssel für den Computer gegeben?«

»Nein. Kann man den Kasten denn nicht aufsprengen?«

Apathisch: »Nein.«

»Kannst du nicht die Kabel herausreißen?«

»Damit würde man das Ding zum Absturz bringen, und das kann man auch nicht machen. Sie sind alle mit lamelliertem Molekularmetall gepanzert. Er hat dir also die Schlüssel nicht gegeben.« Das war ein deutliches Ächzen. Dann tobte er wieder: »Du Dussel! Warum hast du dir nicht die Schlüssel geben lassen, bevor du hergekommen bist?«

»Ihm waren im Augenblick die Hände gebunden«, entgegnete Jonnie. »Sag mir lieber, was ich nicht tun darf, damit ich nicht versehentlich die Motoren abstelle?«

»Da gibt's auch nichts weiter«, brummte Zzt unwirsch. Ihm wurde wieder übel vom ständigen Rollen der Drohne.

Jonnie schob sich ganz weit zur Seite. Er überlegte, ob er von den Verstrebungen aus ein paar Abprallschüsse in die Vertiefung abfeuern könnte. Unmöglich, er kam nicht an den vorspringenden, scharfkantigen Versteifungen vorbei.

Zzt war also keine Hilfe. Jonnie ging rückwärts zum Flugkörper, um sich die Schutzmaske des Copiloten zu holen. Die arktische Kälte ließ sein Gesicht erstarren. Er betrachtete die Reste seiner Maske, die ihm aus der Hand geschlagen worden war. Der Daumen tat noch höllisch weh.

Halt – Zzt hatte doch einen Schraubenschlüssel geworfen. Da lag er ja noch im Seitenteil der Maske. Wenn der ihn am Kopf getroffen hätte ...

Ein Schraubenschlüssel? Moment mal. Was konnte man mit einem Schraubenschlüssel anfangen?

Jonnie nahm ihn heraus. Typisch Psychlo, schwer wie Blei. Er konnte eine Schraubenmutter von dreißig Zentimeter Durchmesser fassen, was bei den Maschinen der Psychlos noch zur kleinen Ausführung zählte. Eine ganz schöne Waffe ...

Sowie er sich aufzurichten begann, versuchte Zzt anzugreifen.

Die Waffe war nicht zielgerichtet. Jonnie drückte ab, im Durchgang flammten Schüsse auf. Zzt hechtete zurück. Er war nicht getroffen worden, sonst hätten die radioaktiven Patronen eine blaßgrüne Explosion verursacht.

Jonnie schlich zum Flugkörper zurück und nahm die andere Schutzmaske, überprüfte die Ventile und setzte sie auf. Sie funktionierte einwandfrei.

Zzt kroch auf dem Boden herum auf der Suche nach seinem Spiegel. Er hatte sich in einer losen Platte verkeilt. Eine lose Platte?

Zzt suchte mit Hilfe des Spiegels nach dem Standort der Kreatur. Dann machte er sich mit den Klauen und einem kleinen Metalllineal, das er stets bei sich trug, daran, die fünfzig Pfund schwere Platte herauszustemmen. Ein mühsames Unterfangen, aber was gäbe das für ein Wurfgeschoß!

Die todbringende Drohne rumpelte weiter in Richtung Schottland ...

10

Jonnie hielt den Schraubenschlüssel in der Hand, wog ihn nachdenklich ab. Keine Frage – bevor die Drohne losgeschickt wurde, mußten ja Vorbereitungen getroffen werden, das hieß also, die Mechaniker mußten auch an bestimmte Teile im Innern herankommen. Und ebenso mußten sie die Drohne auch warten, wenn sie jemals wieder losgeschickt werden sollte.

Der verschlossene, gepanzerte Kasten. Ja, aber der enthielt ja nur die Funktionsschalter. Außerdem hatte er nichts entdeckt, wofür man einen Schlüssel brauchte.

Das Denken bereitete ihm Schwierigkeiten. Es war so kalt! Diese uralten Fliegeranzüge der Air Force sollten zwar elektrisch heizbar sein, aber sie waren natürlich nicht dafür gemacht, tausend Jahre in Regalen zu lagern, und entsprechende Batterien anzufertigen, hatten sie nicht geschafft. Seine Stirnwunde blutete immer noch und verschmierte den Sichtschutz, der sowieso ständig beschlug.

Dieser Schraubenschlüssel ...

Da vorn – eine schattenhafte Bewegung ... Er gab einen Warnschuß ab.

Zwei Probleme. Nein, eigentlich drei – Zzt, Nup und ein Mark 32 oben und vor allem die Frage, wie er diese Drohne unschädlich machen konnte.

Old Staffor pflegte zu sagen, Jonnie sei einer von diesen Superschlauen. Viele Leute im Dorf hatten das ebenfalls gedacht. Sehr schlau fühlte er sich jetzt wahrhaftig nicht.

Er sollte sich Zzt vom Halse schaffen, das wußte er. Aber in diesem gepanzerten Innenraum Schüsse abzufeuern, war nicht bloß für Zzt gefährlich, sondern auch für ihn selber. Bei all den vielen Verstrebungen wurden die Geschosse leicht zu Abprallern – schon zweimal war eins an seinem Ohr vorbeigepfiffen, und ein anderes hatte den Kampfflugkörper getroffen.

Angenommen, Zzt wäre ein Puma. Wie würde er vorgehen, wenn er ihn erlegen wollte? Na ja, einem Puma trat man nicht so mir nichts dir nichts entgegen, sondern wartete, bis er sprang. Nein, stell dir lieber vor, Zzt wäre ein Bär in einer Höhle. Das Beispiel paßte eher. In eine Höhle gehen, in der ein Bär lauerte? Selbstmord ...

Er dachte daran, einen Zeitzünder an einer Haftmine anzubringen und sie dort hinüberzuwerfen, in seinen Flugkörper zu steigen und sich darauf zu verlassen, daß dessen Panzerung ihn schützte. Doch diese magnetischen Greifer hielten auch nicht unbegrenzt, und er könnte mit einer solchen Explosion auch seinen eigenen Kampfflugkörper unbrauchbar machen. Er wünschte, er hätte eine Handgranate, aber alle, die sie gefunden hatten, waren Blindgänger und ließen sich, trotz aller Bemühungen, nicht mehr verwenden. Er erwog sogar, eine Patrone hinüberzuwerfen und dann darauf zu schießen. Sie würde explodieren, garantiert. Eine Patrone wäre jedoch vielleicht nicht ausreichend für Zzt. Psychlos waren überaus zäh, wirklich nicht so leicht umzubringen. Zzt hatte einmal Terl zusammengeschlagen, hieß es, und Zzt haßte ihn ehrlich – er hatte ihn ja sogar einmal beinahe getötet. Nein, er würde sich an keinem Bravourstück versuchen und nicht einmal mit ballerndem Sturmgewehr nach vorn gehen. Er wußte ja nicht, wie tief diese Nische war, geschweige denn, in welcher genau Zzt sich versteckt hatte, und überdies könnte Zzt immer noch eine Waffe in Reserve haben.

Nup hatte er vorerst von der Problemliste gestrichen.

War das eine Kälte!

Immer nur eine Sache auf einmal. Seine Aufgabe hieß weder Zzt noch Nup. Er hatte diese Drohne aufzuhalten, und zwar schleunigst. Dafür mußte er sich jetzt zusammenreißen und zeigen, daß er wirklich schlau war. Superschlau – und blitzschnell ...

Wegen des beschlagenen und blutverschmierten Sichtschutzes hatte er den winzigen Mechanikerspiegel, der ihn beobachtete, nicht wahrgenommen. Er machte sich jetzt daran, das Problem mit der Drohne zu entwirren.

Wo die Psychlos kein Gerät einsetzen konnten, das molekular trennte und wieder band, benutzten sie Schraubenmuttern und -bolzen. Und er war sicher, daß diese Panzerung keinem »Metallmesser« nachgeben würde, wie das Werkzeug im Fachjargon der Psychlo-Mechaniker hieß. Von Zzt hatte er erfahren, daß es sich hier um molekulare Lamellierung handelte, um dünne Schichten verschiedener, aber bindender Metalle. Gut. Also hatten sie hier irgendwo Schraubenmuttern benutzt.

Er nahm eine winzige Bewegung wahr und feuerte abermals. Das Geschoß prallte dreimal auf und zurück und zischte hinaus durch die Türöffnung.

Vielleicht eine von diesen Bodenplatten ... Plötzlich lachte er auf. Direkt vor dem Flugkörper, zwischen den Gleitkufen, hatten die Scheinwerfer eine schattige Stelle ausgespart, auf der sich eine mit Schraubenmuttern befestigte Bodenplatte befand!

Er verstellte die Klemmbacken des Schraubenschlüssels und hockte sich zwischen die Gleitkufen. Noch eine leichte Regulierung, dann stimmte die Größe. Es waren acht Schraubenmuttern. Sie ließen sich sehr leicht aufdrehen - die hier waren erst kürzlich herausgeschraubt worden. Er legte die Muttern in die Hohlkehle der einen Gleitkufe. Sie waren so schwer, daß sie trotz des Rollens liegenblieben.

Eine der Gleitkufen stand auf dem anderen Rand der Platte. Er schlug mit dem Kopf des Schraubenschlüssels dagegen, bis sie heruntergerutscht war. Dann stemmte er die Platte mit der Schraubenschlüsselkante hoch. Als er sie gelöst hatte, geriet die Drohne wiederum ins Rollen; er konnte die Platte nicht einfach - wie beabsichtigt - beiseite legen; sie entglitt seinen klammen Händen und schlitterte durch die Türöffnung hinaus in die winddurchtoste Eiswüste. Wen kümmerte das schon?

Er holte einen Leuchtstab hervor und inspizierte damit die nun freigelegte dunkle Höhlung.

Er blickte auf die Abdeckung des Haupttriebwerks.

Das Gehäuse hatte die Größe eines einstöckigen Gebäudes. Das machte ihm klar, daß die ganze Unterseite der Drohne aus Motoren und weiterem Lagerraum für Gaskanister bestand. Unvorstellbar, welche Unmengen von Tonnen des tödlichen Gases hier mitgeführt wurden! Die Kanister leuchteten in der Dunkelheit wie Riesenfische. Doch das Gehäuse!

Jonnie kannte diese Triebwerke im Kleinformat. Es waren Elemente zur räumlichen Übersetzung, hauptsächlich hohl, aber gespeist durch unzählige spitz zulaufende Punktkontakte. Jede dieser Spitzen übermittelte eine Koordinateninformation, und eben diese Informationen mußten gelöscht werden.

Irgendwo auf diesem Gehäuse mußte sich doch eine Tafel mit Vorschriften für Inspektion und Wartung befinden!

Mit einem wachsamen Blick auf den langen Durchgang ließ er sich hinuntergleiten und setzte den Fuß haltsuchend auf die tragenden Teile des Gehäuses. Er ließ den Leuchtstab kreisen.

Aus dieser Position konnte er den Durchgang schwer im Auge behalten, und so schaute er abwechselnd nach oben und nach unten. Vielleicht sollte er sich wirklich genau überlegen, wie er Zzt loswerden konnte, bevor er hier weitermachte. Er mußte sich bücken, um das Gehäuse zu betrachten. Doch wenn er etwas gegen Zzt unternahm, könnte das auch zugleich sein eigenes Ende bedeuten, und er vergegenwärtigte sich, daß zu viele Leben - nämlich die aller noch verbliebenen Menschen auf der Erde - von ihm und seinem Handeln abhingen. Es war nicht einfach eine Frage des persönlichen Mutes – er durfte nicht Kopf und Kragen riskieren. Der Bär in der Höhle ... Er kam zu dem Schluß, daß er dieses Wagnis eingehen könne, und bückte sich.

Da war es!

Eine riesige Inspektionstafel.

Befestigt mit vier Schraubenmuttern, dreißig Zentimeter Durchmesser.

Aber sie war mehr als unpraktisch angebracht ... Für einen Psychlo-Mechaniker vielleicht nicht – der konnte mit seinen gewaltigen langen Armen bequem hinunterlangen. Für Jonnie jedoch sah es anders aus.

Er gab einen neuerlichen Warnschuß auf den Durchgang ab. Dann bückte er sich, verstellte den Schraubenschlüssel und setzte ihn an.

Verflixt, die Schraubenmutter war ganz schön fest angezogen. Mit diesem wuchtigen Schraubenschlüssel und bloß mit einer Hand ließ sich da nichts ausrichten. Die Psychlos merkten gar nicht, mit welchem Kraftaufwand sie so etwas machten.

Abermals überprüfte er den Durchgang, wobei er das Sturmgewehr hinlegen mußte. Er vergewisserte sich, daß die Stelle ausreichend Halt bot und die Waffe nicht durch die Türöffnung rutschen konnte. Außerdem hatte er ja noch den Revolver im Halfter.

Entspannt machte er sich mit beiden Händen, die Füße aufgestützt, an der Schraubenmutter zu schaffen.

Sie drehte sich!

Er besaß genügend Kenntnisse in Mechanik, um sie nicht einfach loszuschrauben und herauszunehmen. Dann würde die letzte so festgekeilt sein, daß er sie nicht mehr bewegen konnte. Deshalb alle vier etwa um eine halbe Drehung lockern ...

Er hatte jetzt die zweite lose gedreht.

Nun plagte er sich mit der dritten ab.

»Was treibst du da?« brüllte Zzt.

Jonnie richtete sich auf. Zzt versteckte sich immer noch in seiner Nische.

»Du schwachsinnige, dämliche Kreatur!« schrie Zzt. »Wenn du an den Motoren rumpfuschst, stürzt das Ding glatt ab!«

Vielen Dank, Zzt, sagte Jonnie im stillen.

»Wenn du es in Ruhe läßt, wird das Ding in zwei bis drei Tagen von allein landen!« kreischte Zzt.

Zzt bekam es tatsächlich mit der Angst zu tun. An den Schüssen, die das Menschending ständig auf den Durchgang abgab, war etwas nicht geheuer. Gerade eben hatte es am Auslaßventil seiner Atemmaske ein paar Fünkchen gegeben. Seit einigen Minuten war ihm bewußt, daß ringsum winzige Funken sprühten. Zuerst hatte er sie für Staubteilchen gehalten und dann gedacht, es müsse an seinen Augen liegen. Doch beim letzten Ausatmen ... das waren eindeutig Funken gewesen. Gab es hier irgendwo radioaktive Strahlung? Warf diese Kreatur mit Uranstaub um sich? Waren etwa diese Patronen oder die Waffe der Kreatur radioaktiv?

Er hatte sich zum Handeln entschlossen, ohne Rücksicht auf die Folgen. Ja, da war wieder ein winziger Blitz, als verbrauchtes Atemgas aus der Maske in die Luft strömte.

»Du hast doch eine Schutzmaske!« brüllte Zzt. »Das Killer-Gas wird nicht in die Drohne zurückgeweht! Du brauchst bloß zu warten, bis sie aufsetzt!« Diese dämliche, hinterhältige Kreatur! Verdammter Terl!

»Wie steht's mit den anderen Menschen unten?« fragte Jonnie

Das verschlug Zzt einen Augenblick die Sprache. Was jemand anders widerfuhr, sollte irgendwelche Bedeutung für das haben, was man für sich selbst tat? Da kam er nicht mit ...

»Laß die Motoren in Ruhe!« kreischte Zzt.

Der Psychlo wurde hysterisch. Vielleicht würde er angreifen. Jonnie wartete, das Sturmgewehr in der Hand. Nein, Zzt hatte offenbar keine solchen Absichten. Also machte er sich besser wieder an die Arbeit. Er legte das Sturmgewehr beiseite und bückte sich, um die erste Schraubenmutter einmal ganz zu drehen. Dann richtete er sich auf und vergewisserte sich, daß Zzt sich ruhig verhielt.

Die fünfzig Pfund schwere Bodenplatte segelte mit der Geschwindigkeit einer Kanonenkugel durch die Luft, schlug gegen eine Gleitkufenstütze, prallte ab und landete krachend in Jonnies Hinterkopf.

Das Sturmgewehr flog ihm aus der Hand und hinaus in die Dunkelheit. Verbissen kämpfte er gegen die Bewußtlosigkeit an, tastete nach dem Revolver. Vor seinen Augen lag nichts als Finsternis – tiefschwarzes Dunkel ...

Teil XIV

1

Sie hatten das Camp!

Mit einem letzten Sturzflug hatte Glencannons schwer mitgenommene Maschine die Luftkühlungsanlage getroffen, so daß jetzt über die Atemgaspumpen die gesamten unterirdischen Bezirke des Camps mit Luft überflutet wurden.

Glencannon hatte den Flugkörper sicher aufgesetzt, obwohl Instrumentenbrett samt Funkgerät aus dem Hinterhalt zusammengeschossen worden waren. Er selber hatte jedoch keine Brandwunden davongetragen, die Funktionsschalter arbeiteten noch, und so konnte er den Flugkörper in die Senke zurückbringen.

Unter lautem Freudengeschrei hatten ihn die Schotten herausgezogen und ihm anerkennend auf den Rücken geklopft, bis sie der Pastor streng an Glencannons gebrochene Rippen erinnerte.

Ein paar verbliebene Heckenschützen wurden mit wenigen Sturmgewehrsalven unschädlich gemacht.

Der erste Dudelsackpfeifer hatte losgelegt, worauf der zweite und der Trommler ihre Waffen beiseite warfen und zu den Instrumenten griffen. Das Camp war erfüllt von Pfeiftönen und dumpfen Trommelschlägen.

Die letzten verbliebenen Psychlos stolperten aus den unterirdischen Stockwerken – mit erhobenen Pranken. Merkwürdigerweise entpuppten sie sich bald als hochqualifizierte Absolventen der verschiedenen Hochschulen der Company, nebst Assistentinnen. Atemmasken waren knapp geworden, da man die Vorräte an die ausrückenden Kampfgruppen ausgeteilt hatte. Doch Robert der Fuchs fand rasch heraus, daß diese zur Oberschicht zählenden Psychlos eigene Masken gehabt hatten. Etwa dreißig derart Privilegierte waren am Leben geblieben.

Hunderte von Psychlos hatten in den Feuergefechten den Tod gefunden und weitere Hunderte durch die einströmende Luft. Die Zählung ergab, daß sich in diesem Camp neunhundertsechsundsiebzig Psychlos befunden hatten.

Ker versuchte, sich durch einen leeren Schacht zu verkriechen, und wurde gefangengenommen.

Sie fanden die Ventile der Feuerlöschanlage und schlossen sie. Eine Gruppe sauste mit offenen Atemgasflaschen durchs Gelände, um nach radioaktiver Strahlung zu fahnden, und stellte fest, daß die Restbestände vom Wasser in unterirdische Abzugskanäle gespült worden waren. Das Terrain war relativ ungefährlich.

Die Schotten hatten Chrissie entdeckt, und die zuvor über sie umlaufenden Gerüchte wurden nun bestätigt, als sie dem Pastor half, verwundete Schotten in einem instand gesetzten Tieflader zu bergen. Die Begeisterung, die ihr allseits entgegengebracht wurde, überraschte sie etwas. Sie war es nicht gewohnt, als Berühmtheit behandelt zu werden. Und sie begriff auch nicht, daß sie für diese Männer eine Art Märchengestalt verkörperte, etwas, wonach sie sich alle sehnten. Wo immer sie auftauchte, ließen die Schotten alles stehen und liegen und kamen angelaufen, sahen sie mit glücklich leuchtenden Augen an und eilten dann wieder an die Arbeit. Der Krieg war immer noch im Gange, doch das hinderte sie nicht, ihrer Freude lautstark Ausdruck zu verleihen und die Dudelsäcke erklingen zu lassen. Und sie konnten jubeln vor Entzücken, daß ein so schönes Mädchen vor den Dämonen errettet worden war. Chrissie dagegen stürzte sich zwar in die Arbeit und pflegte die Verwundeten hingebungsvoll, vermochte aber trotzdem die quälende Angst, die sie verfolgte, kaum zu verbergen. Jonnie war nicht da, und irgendwie spürte sie, daß ihm Gefahr drohte.

Unter der Anleitung von Angus bemühten sich die Schotten, das Durcheinander zu beseitigen und die Gabelstapler wieder funktionstüchtig zu machen. Das riesige Tor zum Hangar war restlos blockiert durch Flugkörperwracks, so daß sie unmöglich starten konnten. Sie erklärten dem besorgten Robert, daß sie Stunden brauchten, um die Gabelstapler wieder flott zu bekommen und dann den Schrotthaufen wegzuschaffen.

Terl versuchte, ein letztes Täuschungsmanöver einzufädeln. Unter dem Vorwand, er habe ihm etwas Dringendes zu sagen, gelang es ihm, zu Robert dem Fuchs vorzudringen. Sie schleppten Terl an – fest mit Windenketten verschnürt und von vier stämmigen Schotten gehalten, während zwei andere Sturmgewehre auf ihn richteten.

Er teilte Robert dem Fuchs mit, er habe die Schlüssel für den Bordcomputer der Drohne und sei bereit, sie auszuhändigen, wenn man ihm dafür eine baldige Teleportation zurück nach Psychlo zusichere.

Robert der Fuchs erklärte sich einverstanden unter der Bedingung, daß Terl die Schlüssel tatsächlich beibringen könne. Daraufhin bat Terl um seine Stiefel.

Inzwischen hatte man eine weibliche Angestellte, die ihren Namen mit Chirk angab und eine Atemmaske trug, unter dem Bett in Terls ehemaligem Quartier entdeckt. Robert der Fuchs ging zu ihr. Man hatte sie zu einem schrottreif zerschossenen Grubentransporter geführt, dessen Scheinwerfer aber noch funktionierten und sie anstrahlten. Robert der Fuchs fragte sie, ob sie Terls Sekretärin sei, was sie prompt bejahte. Daraufhin teilte ihr Robert mit, er habe eine Nachricht für sie von Terl – sie solle die Schlüssel für den Bordcomputer der Drohne herausgeben.

Chirk hatte genügend Zeit zum Nachdenken gehabt, seitdem Zzt aus unerfindlichen Gründen mit der Drohne entschwunden war, und sich schließlich auch an die Schlüssel erinnert. Sie wurde sehr aufgebracht und ließ Terl ausrichten, er halte sie wohl für völlig unzuverlässig – er wisse doch genau, daß er ihr einen Satz Schlüssel gegeben habe mit dem Auftrag, sie in den Behälter für die Wiederaufbereitungsanlage zu werfen. Das lag Ewigkeiten zurück, und die Schlüssel waren längst dahin, wie sie erbittert bemerkte. Und falls Terl etwa versuchen wollte, ihre Personalakte bei der Company mit dem Eintrag zu versauen, sie habe Anweisungen nicht befolgt, könnte sie ihm auch einiges unterjubeln. Da war ja immerhin ein Versprechen, das was mit einer tollen Riesenvilla zu tun hatte. Chirk war wirklich stocksauer.

Robert der Fuchs ließ sich nun Terls Stiefel bringen, untersuchte sie und entdeckte eine falsche Sohle, unter der er einen sehr schmalen, kleinen Handfeuer-Killer herausholte.

Gleich darauf wurde Terl an einer hellerleuchteten Stelle vierfach angekettet und ein Wachposten aufgestellt, der ein Sturmgewehr auf ihn gerichtet hielt. Terl knurrte unentwegt vor sich hin – irgendwelche bissige Bemerkungen über die Weiblichkeit im allgemeinen und im besonderen ...

Im Camp herrschte ein wildes Durcheinander – es ging zu wie in einem Tollhaus. Hunderte von toten Psychlos lagen herum. Alles war triefend naß.

Die Chamco-Brüder hatten mit Vergnügen einen Vertrag abgeschlossen, der ihnen 15.000.- Galaktische Währungseinheiten im Jahr zusicherte und GW 500.- Zulage für jede wichtige Sonderleistung. Sie waren zwar etwas besorgt wegen eines möglichen Gegenangriffs von Psychlo, aber Geld war schließlich Geld. Gemeinsam mit einem schottischen Team bemühten sie sich, den Funkbetrieb wieder in Gang zu bekommen, doch es hatte nicht den Anschein, als würden sie demnächst GW 500.- einstreichen. Ein Großteil der Installationen war durchgefeuchtet, und den Umschlagterminal konnte man abschreiben. Kein einziger Flugkörper ließ sich ins Freie bringen, wo es möglich gewesen wäre, sein Funkgerät zu benutzen, und die Funkanlage in Glencannons Flugkörper war nur noch ein geschmolzener Metallklumpen.

Robert der Fuchs wanderte auf und ab, sein alter Umhang flatterte. Er beantwortete unumgängliche Fragen und gab die notwendigen Anweisungen. Aber in Gedanken war er weit fort.

Die zwölfstündige Funkstille war abgelaufen, und er hatte keine Verbindung auf der Planetenfrequenz. Keine Möglichkeit, den Flugkörpern, die Angriffe auf die entfernten Außenstationen durchgeführt hatten, Anweisung zu geben, nach der Drohne zu suchen. Und hier hatte er keine Flugkörper zur Verfügung, die er hätte losschicken können, und ebensowenig Piloten ...

Er ging hinüber zu einem Feld, auf dem rund zwanzig verwundete Schotten lagen. Sie wurden gepflegt vom Pastor, vom Lehrer und von vier alten Frauen. Und von Chrissie.

Roberts und Chrissies Augen trafen sich.

Robert der Fuchs fühlte sich miserabel.

Jonnie hatte recht gehabt. Es wäre sinnlos gewesen, so lange abzuwarten, bis die Flugkörper von den Außenstationen die Drohne angreifen konnten. Sie waren längst unterwegs, als sie abhob, und hatten keine Ahnung von dieser neuen Bedrohung. Und er konnte sie nicht einmal darüber informieren ...

Er hatte das unbestimmte Gefühl, daß Jonnie in Schwierigkeiten steckte.

Robert der Fuchs schüttelte kaum merklich den Kopf. Chrissie sah ihn unverwandt an, schluckte schwer und machte sich dann wieder an die Arbeit.

2

Zzt fühlte sich als Sieger.

Die Kreatur war verwundet, schwer verwundet. Es hätte besser laufen können. Durch das Rollen der Drohne war seine Treffsicherheit etwas beeinträchtigt worden, so daß die Platte nicht – wie beabsichtigt – den Schädel der Kreatur völlig gespalten, sondern erst eine Gleitkufenstütze des Flugkörpers und danach den Kopf des Menschendinges getroffen hatte.

Doch die Ergebnisse waren überaus zufriedenstellend. Ströme von rotem Blut hatten sich über alle Bodenplatten dort hinten ergossen.

Die Kreatur hatte eine neue kleine Waffe auf den Durchgang abgefeuert. Doch im Spiegel konnte Zzt deutlich erkennen, daß sie ohnmächtig wurde, kurz wieder zu sich kam und abermals die Besinnung verlor. Zzt hatte erwartet, daß die Ohnmacht lange genug anhalten würde, damit er vorstürzen und die Kreatur vollends erledigen konnte.

Es war jedoch nicht ganz nach Plan gegangen. Die Kreatur war zum rückwärtigen Ende der Drohne gekrochen, hatte Halt gemacht und einen Schuß abgefeuert, war weiter zurückgewichen, hatte wieder einen Schuß abgefeuert.

Dann hatte sie sich in einer Ladeluke im hinteren Frachtraum verkrochen. Die Luke war fast zu klein, aber das Menschending zwängte sich durch und verschwand.

Zzt wartete eine ganze Weile, ohne daß irgend etwas geschah. Schließlich kam er aus seinem Versteck hervor und schlich sich vorsichtig nach hinten, wobei er von einer Vertiefung zur nächsten Schutz suchte und immer wieder seinen Spiegel benutzte.

Mit ihm versuchte er auch, durch die Luke nach unten zu spähen. Doch es war viel zu dunkel da drin.

Er probierte es mit dem Leuchtstab. Nichts. Die Kreatur mußte sich irgendwo an der Seite verkrochen haben.

Zzt befestigte den Leuchtstab am Spiegel und schaute nach rechts. Er erhaschte einen flüchtigen Blick auf die Kreatur, und dann traf ein Geschoß den Leuchtstab samt Spiegel, so daß sie ihm aus der Pranke flogen. Ein Glück, daß er nicht versucht hatte, selber hinunterzulangen.

Er lauschte angestrengt. Die Drohne machte einen solchen Lärm, daß man Atemzüge unmöglich hören konnte.

Eine Weile rechnete er fest damit, daß die Kreatur auftauchen und schießen würde. Doch nichts dergleichen geschah. Daraus folgerte er schließlich, daß die Kreatur sich dort verkrochen hatte, um zu sterben. Blut gab es jedenfalls genug. Höchstwahrscheinlich war sie verblutet. Zzt strahlte vor Zufriedenheit.

Genug davon! Zzt fand es angezeigt, jetzt an die Arbeit zu gehen.

Er öffnete die Tür des Kampfflugkörpers, schaltete das Funkgerät ein und versuchte, Nup zu wecken. Der Trottel mußte doch da oben sein. Vermutlich fest eingepennt. Ungeduldig schaltete Zzt sämtliche Frequenzen ein. Das würde den Einfaltspinsel schon aufschrecken. Die Planetenfrequenz brachte aus dieser Entfernung erfahrungsgemäß auch die lahmsten Ohrknochen auf Touren.

»Nup, Sie Blödian! Wachen Sie auf!«

Nups Stimme fragte zurück: »Wer ist da? Wer spricht?«

»Hören Sie mal zu, Nup«, sagte Zzt, um Geduld bemüht. »Ich

weiß ja, daß Sie Schlaf brauchen. Ich weiß auch, daß man Ihnen auf der Bergbau-Akademie die Musterlösung für Probleme dieser Art nicht beigebracht hat. Aber ich fände es unter den gegebenen Umständen angezeigt, wenn Sie versuchen würden, sich kooperativ zu verhalten.«

»Zzt, sind Sie das?«

Was war das bloß für ein Idiot, bei dem waren aber sämtliche Schrauben locker! »Natürlich bin ich's – Zzt!«

»Und Sie sind da unten in der Drohne? Aha, hab ich mir doch gleich gedacht. Aber hat Sie Snit denn nicht rausgeflogen? Wenn Sie ...«

»Ruhe!« donnerte Zzt. »Ich erkläre Ihnen jetzt genau, was ich von Ihnen will. Sie heben ab und landen mit Ihrem Flugkörper genau über dieser Türöffnung. Bringen Sie ihn ganz dicht an die obere Kante, damit er den Wind abfängt.«

Nup wollte wissen, wovon er den Wind abfangen sollte.

Zzt klärte ihn höchst unwirsch auf. Nup, dessen Energiebatterien ja nur noch für zehn Minuten ausreichten, willigte schleunigst ein.

Zzt beabsichtigte, aus dem beschädigten Kampfflugkörper die Energiebatterien zu entwenden. Denn ihn durch diese Türöffnung hinauszusteuern, würde ein solches Geschick erfordern, daß er den Gedanken schleunigst verworfen hatte. Dann war ihm zum Glück eingefallen, daß er vielleicht ein paar Reservebatterien finden könnte.

Er kletterte auf den Sitz, begann, hinten nach Batterien zu wühlen. Ein ganzer Sack voll! Dutzende!

Doch er sah noch etwas anderes. Vor den Auslaßventilen seiner Atemmaske blitzte es auf! Auf dem Zeug hier lag radioaktiver Staub! Das war natürlich kaum verwunderlich, wenn in der Nähe radioaktive Geschosse abgefeuert wurden. Viel war es zwar nicht, aber trotzdem bekam Zzt es mit der Angst zu tun. Er schleuderte den Beutel mit Energiebatterien in den Durchgang und sprang mit einem Satz hinterher, um zu verhindern, daß alles nach draußen flog. Er hielt den Beutel auf Armeslänge von sich und schüttelte ihn. Dann hauchte er ihn mit Atemgas an. Kein Aufflammen. Sehr gut ...

Er öffnete beide Türen des Kampfflugkörpers. Zu nahe durfte er dem rückwärtigen Teil nicht kommen. Besser von nun an alles mit ausgestreckten Armen tun.

Er leuchtete das Gehäuse von Haupttriebwerk und Stabilisationsmotoren ab. Im rechten Stabilisierungsmotor entdeckte sein geschultes Auge einen Haarriß. Vielleicht würde er trotzdem funktionieren, vielleicht auch nicht. Der Aufprall hatte jedenfalls nicht ausgereicht. Er packte mit der Pranke ein Bündel darunterliegender Drähte, riß sie heraus, brachte sie durcheinander und legte sie zurück, ohne sie wieder anzuschließen, außer Sichtweite ... Ein Kampfflugkörper, der sich nicht stabilisieren ließ ... Gut.

Er kauerte sich hin und schaute nach unten zum Haupttriebwerk der Drohne. Aha, da lag ja sein Schraubenschlüssel. Und die Kreatur hatte die Inspektionsplatte nicht abgeschraubt. Gut. Er steckte den Schraubenschlüssel wieder in den Stiefel, wohin er gehörte.

Die Neigungsschwingung und das Rollen der Drohne änderten sich jetzt auffallend, nachdem Nup zu manövrieren begonnen hatte. Von der Neigungsschwingung merkte man nichts mehr, dafür hatte das Rollen erheblich zugenommen. Doch bei allem gab es auch gute Seiten. Die Drohne schützte nun die Türöffnung durch Gegensteuern vor dem Seitenwind.

Zzt angelte sich lässig das Mikrophon, wobei er sich in gebührendem Abstand vom Kampfflugkörper hielt. »Sind Sie in Startposition?« erkundigte er sich.

»Es brauchte ein paar Ansätze, aber ...«

»Na gut. Können Sie sehen, wo die Drahtseilleiter ist?«

Nup bemühte sich, ihm zu erklären, daß er als Abteilungsleiter und qualifizierter Pilot natürlich in der Lage sei ...

»Befestigen Sie Ihr Ende der Leiter an den Klemmen gegenüber dem Sitz. Lassen Sie das beschwerte Ende hier runter. Dann seilen Sie einen Förderkorb ab. Und danach ein Rettungsseil. Alles in die Türöffnung. Kapiert?«

Nup erwiderte, selbstverständlich habe er das begriffen, aber gab es denn Erz in der Drohne? Er verstehe nicht recht ...

»Energiebatterien! Ich schicke Ihnen Energiebatterien rauf!«

»Oh, das ist eine große Hilfe! Passen Sie denn auch?«

Zzt machte sich gar nicht erst die Mühe, darauf zu antworten. Natürlich paßten sie! Alle Energiebatterien für Flugkörper waren austauschbar. Die für Panzer bestimmten paßten nicht für Flugkörper. War das ein Quatschkopf, dieser Nup! Eine hirnrissige Null, und so was nannte sich Abteilungsleiter!

Das beschwerte Ende der Leiter bewegte sich schaukelnd abwärts, fiel auf die falsche Seite des Flugkörperhecks, das aus der Türöffnung herausragte, und wurde festgekeilt.

Zzt kam sich außerordentlich mutig vor, als er nach innen langte und die magnetischen Greifer löste, sobald die Drohne zur richtigen Seite rollte. Dann hievte er den Flugkörper mit wuchtigem Ruck, wie ihn nur ein Psychlo zustande brachte, in die gewünschte Position und setzte die magnetischen Greifer wieder in Gang. Gut, nun konnte er das Ende der Leiter richtig plazieren, es gab genügend Spielraum. Er verzurrte es in einer Bodenhalterung.

Beim Hinunterlassen des Rettungsseils gab es Schwierigkeiten, weil es in der Luftströmung ständig wegflatterte. Zzt erteilte Nup über Funk Anweisung, es wieder einzuholen. Zum Teufel damit, er brauchte es nicht!

Zzt holte aus dem Kampfflugkörper ein aufgerolltes Rettungsseil. Er überlegte angestrengt, wie er es benutzen sollte. Er befestigte es in dem dafür bestimmten Ring im Kampfflugkörper, doch die Vorstellung, hier angebunden zu sein, behagte ihm wenig. Gesetzt den Fall, der Flugkörper haftete nicht fest an den Bodenplatten, sondern bewegte sich irgendwie ... So ließ er das Rettungsseil liegen. Bloß kein unnötiges Risiko eingehen ...

»Förderkorb!« befahl er.

Da kam er schon. Er war schwer genug, um nicht von Windstößen erfaßt zu werden. Als Zzt den Beutel mit den Energiebatterien darin festband, merkte er, daß er den Inhalt nicht untersucht hatte. Vermutlich enthielt er auch Munition. Na ja, wer weiß, vielleicht konnten sie beides gebrauchen.

Sobald sie abflogen, würde er den Innenraum unter Feuer nehmen, den Kampfflugkörper in Trümmer schießen und dabei ganz auf Nummer Sicher gehen. Verdammte Kreatur. Verdammter Terl ...

Plötzlich fiel ihm ein, daß sie ja ziemlich hoch flogen. Er sollte vorsorglich den Düsentornister anschnallen. Sehr behutsam langte er hinein, um ihn zu holen. Es lagen zwei dort drinnen. Er nahm beide, warf den einen über Bord und legte den anderen an. Jetzt konnte die Kreatur nicht mehr abspringen. Aber die Kreatur war ja tot, kein Zweifel. Ein Glück! Verdammter Terl ...

»Sind Sie soweit?« erkundigte er sich über Funk.

Nup bejahte, wollte aber wissen, wo die Energiebatterien blieben.

Zzt veranlaßte ihn, den Förderkorb heraufzuziehen.

»Haben Sie ihn?« fragte er.

»Ja, ich versuche zu prüfen ... Ich will nur eben die leeren herausnehmen und mich vergewissern, daß die Größe ...«

»Einen Dreck werden Sie. Halten Sie sich bereit, die Leiter zu sichern. Ich habe es endgültig satt, in dieser verfluchten, mistigen Drohne zu hocken! Ich kümmere mich um die Energiebatterien, sobald ich oben bin. Und ich komme gleich, kapiert?«

Doch genau das tat er nicht, sondern zog nach einem Blick auf die Funkanlage den Schraubenschlüssel aus dem Stiefel und zertrümmerte sie damit in tausend Stücke. Natürlich hätte er sie auch sekundenschnell zerschießen können, aber Vorsicht war stets der beste Ratgeber.

Zzt umklammerte die Sprossen der Drahtseilleiter und begann den Aufstieg. Er schaute nach oben – kein kurzer Weg ... Der Mark 32 fing zwar die Windströmung ganz gut ab, doch es wehte immer noch recht kräftig. Er hielt inne, vergewisserte sich, daß seine Atemmaske fest saß und nicht weggerissen werden konnte, und kletterte die Leiter hinauf.

3

Jonnie lag auf den Querverstrebungen im Frachtraum der Drohne, in einem Alptraum befangen. Er befand sich wieder im Käfig, trug ein Halseisen, und ein Dämon drückte ihm den Hinterkopf ein. Er versuchte immer wieder, dem Dämon zu sagen, daß er ihn erschießen würde, wenn er nicht aufhörte, doch er bekam kein Wort heraus.

Unter Aufbietung aller Kräfte befreite er sich aus dem Alptraum. Was auf seinen Kopf einhämmerte, waren die mächtigen Motoren der Drohne. Er erkannte, wo er war. Nein, er trug kein Halseisen – das war die Abzugsleine des Revolvers; die schwere Waffe hing zwischen den Querverstrebungen herunter. Mühsam holte er sie heraus. Es war ziemlich dunkel hier. Er öffnete die Patronenkammer.

Nur noch ein Schuß...

Er suchte im Gurt nach Reservepatronen. Nichts. Der Handfeuer-Killer war auch weg...

Bevor er ohnmächtig wurde, hatte er das Verbandpäckchen aufgemacht und am Kopf und unter der Schutzmaske Wundpflaster aufgelegt. Das war alles, woran er sich erinnerte, nachdem er Zzt den Leuchtstab aus der Pranke geschossen hatte. Er sah ihn noch glühen, über einer Querverstrebung. Nein, das war doch kein Leuchtstab. Es lag etwa einen Meter entfernt, aber ihm erschien es wie zehn Meter. Was war das bloß?

Ein Mechanikerspiegel. Damit also hatte Zzt ihn beobachtet.

Wovon war er wach geworden? Wie lange war er bewußtlos gewesen? Sekunden? Minuten? Es fühlte sich an, als habe man ihm den Hinterkopf eingeschlagen, weich und schwammig. Schädelbruch? Oder war es nur eine Beule und blutdurchtränktes Haar?

Er hörte etwas scheppern. Laute Geräusche in der Umgebung des Kampfflugkörpers hatten ihn geweckt.

Plötzlich überkam ihn das drängende Gefühl, unbedingt etwas unternehmen zu müssen, ehe es zu spät war. Er spannte alle Kräfte an und schaffte es auch, den Spiegel zu holen. Vorsichtig ließ er sich an der Querverstrebung entlanggleiten und hielt den Spiegel in das Lukenloch.

Es war Zzt ...

Sein erster Impuls war, die Flucht nach vorn anzutreten und die letzte Patrone abzufeuern. Dann sah er das Ende der Leiter. Und der Förderkorb wurde heraufgezogen. Sie versorgten den Mark 32 mit neuen Energiebatterien!

Bei dem Gedanken, was sie mit dem Mark 32 im Camp anrichten konnten, wurde er wieder hellwach. Er wußte, was er tun mußte. Jetzt unmittelbar – abwarten!

Das war eben die schwierige, weil unberechenbare Seite. Er versank immer wieder in Bewußtlosigkeit, wie in einem dunklen, unergründlichen Meer. Zwar konnte er eine Zeitlang durchhalten, aber stets aufs neue in diesen Strudel gerissen werden ...

Zzt war am Funkgerät. Nein, er zertrümmerte die Anlage mit dem Schraubenschlüssel.

Jonnie sammelte sich, straffte die Muskeln, um durch das Lukenloch nach oben zu schnellen. Sorgfältig paßte er den geeigneten Augenblick ab, beobachtete alles genau im Spiegel. Zzt ging zur Leiter hinüber, begann hinaufzuklettern. Dann hielt er inne, unter der Türöffnung waren nur noch seine Beine zu sehen.

Vor Schmerz fast von Sinnen kam Jonnie aus der Ladeluke heraus. Auf den Bodenplatten lag ein Rettungsseil. Er packte es und zog daran. Es war in seinem Flugkörper befestigt. Rasch schlang er es sich um die Taille, sicherte es mit einer Schlinge.

Zzts Beine waren verschwunden.

Jonnie überprüfte den Revolver, um sicherzugehen, daß die letzte Patrone sich auch wirklich reibungslos abfeuern ließ.

Er zog sich auf die Leiter hinauf. Der Wind fegte sie von der Drohne weg ins Freie. Das untere Ende war hinter der Türöffnung befestigt, doch er befand sich jetzt draußen über der gähnenden Tiefe, durch das Heck seines Kampfflugkörpers vor der Windströmung geschützt. Er kletterte ein paar Sprossen hoch.

Jonnie konnte den Mark 32 deutlich sehen. Das Cockpit war erleuchtet, die Tür hielt Nup mit dem Fuß auf. Zzt hatte ein Drittel des Weges geschafft.

Einen flüchtigen Augenblick lang dachte Jonnie, er sei zu spät gekommen. Er meinte, Nup habe die Energiebatterien irgendwo außer Sichtweite verstaut. Doch nein – Nup hielt eine in der Pranke und untersuchte sie von vorn und hinten. Wegen der Seriennummern? Und auf dem Schoß hatte er den vollen Förderkorb!

Zzt brüllte etwas zu Nup herauf, er solle die Tür weiter aufmachen und das Kabel fester zurren. Dann kletterte er weiter. Die Leiter wurde zwar durch den Anstellwinkel des Mark 32 geschützt, dennoch rüttelte der Wind heftig an ihr. Er riß Zzts Jacke auf. Daraufhin schrie er wieder etwas wegen der Tür, doch seine Worte wurden vom Lärm der Drohne und vom Heulen des Windes übertönt.

Jonnie entsicherte den Revolver. Die Maske schützte seine Augen. Er hätte entweder Zzt oder Nup erschießen können, tat es jedoch nicht. Sorgfältig kalkulierte er Wind und Richthöhe ein. Die ohnehin hohe Mündungsgeschwindigkeit einer Smith and Wesson .457 Magnum wurde durch die in die Patronen eingebauten Sprengkapseln nochmals gesteigert. Deshalb mußte er alles genau berücksichtigen. Er hatte nur einen Schuß ...

Nup stieß die Tür weiter auf, so daß der Förderkorb auf seinem Schoß hervorragend sichtbar wurde. Dann bemerkte er Jonnie, stieß einen gellenden Schrei aus und zeigte auf ihn, worauf auch Zzt nach unten schaute.

Jonnie schoß!

Er versuchte, sich sofort danach wieder in die Drohne zurückzuziehen, war aber nicht schnell genug.

Energiebatterien und Munition, die für zwanzig Kampfflugkörper ausgereicht hätten, wurden in die Luft gejagt, und außerdem krachte die Explosion auch in die offenen Treibstoff- und Munitionsbehälter hinunter!

Die Detonation und die unmittelbar folgende Erschütterung trafen Jonnie wie ein Schlägel. Er wurde nach draußen in dunkle Leere geschleudert.

Das Rettungsseil hielt und schnappte ihn durch die Türöffnung zurück.

In dieser flüchtigen Sekunde sah er – wie auf einem Standfoto – Zzt brennend in den Raum hinausfliegen. Und er sah den Mark 32 wie einen Feuerball in die Luft emporschießen.

Jonnie schlug auf den Bodenplatten auf und war so weit hinten gelandet, daß er nicht mehr nach draußen rutschen konnte.

Die Detonation war zuviel für seinen Kopf gewesen, er hatte abermals das Bewußtsein verloren.

Bevor er wieder in den dunklen Wassern versank, fiel ihm ein dummer Satz ein. »Old Staffor hatte unrecht, ich bin eben doch keiner von den Superschlauen. Gerade eben habe ich mich um das einzige Ziel gebracht, das mit Peilstrahlen geortet werden kann.«

Die Drohne rollte jetzt nicht mehr, seitdem sie den Mark 32 losgeworden war.

Der Körper, der direkt hinter der Türöffnung auf dem eisigen Boden lag, rührte sich nicht.

Die tödliche Fracht näherte sich unbeirrt ihrem Ziel – in Schottland und den übrigen Teilen der Welt die Reste der Menschheit zu vernichten und damit das zu vollenden, was ihr vor tausend oder mehr Jahren nicht ganz gelungen war ...

4

Der kleine Junge sauste wie der Blitz durch die unterirdischen Verliese der Burg. Er war völlig durchweicht vom Regen, der draußen fiel. Seine Mütze saß schief. Seine Augen leuchteten vor Aufregung, denn es war eine dringende Botschaft, die er – nach einem Dauerlauf über vier Kilometer im Zwielicht der Morgendämmerung – überbringen sollte.

Vor sich erkannte er eine Tür, riß sie auf und stürmte laut rufend in den Raum: »Prinz Dunneldeen! Prinz Dunneldeen! Wacht auf! Aufwachen!«

Dunneldeen hatte sich gerade häuslich eingerichtet, sich in seine karierte Wolldecke eingewickelt, um in seinem Zimmer ein hübsches, gemütliches Nickerchen zu machen, zum ersten Mal seit geraumer Zeit.

Die Hände des kleinen Jungen zitterten vor Erregung, als er sich bemühte, das Rädchen zu drehen und aus dem Feuerstein Funken zu schlagen, damit er die gezogene Kerze anzünden konnte.

So nannte man ihn jetzt: »Prinz« Dunneldeen. Diese Anrede benutzten sie nur an Festtagen, oder wenn er jemandem einen Gefallen tun sollte. Sein Onkel, der Clanchef der Fearghus, war der letzte Stewart und berechtigt, als König tituliert zu werden, wovon er freilich nie Gebrauch machte.

Die Kerze brannte jetzt und erhellte den spärlich möblierten Raum mit den nackten Steinwänden. Sie zeigte den tropfnassen, aufgeregten schwarzäugigen Jungen – Bittie MacLeod.

»Euer Knappe Dwight ... Euer Knappe Dwight, der hat nämlich 'ne Botschaft geschickt ... Und die ist sehr wichtig, hat er gesagt!«

Aha, das war etwas anderes. Dunneldeen stand auf und griff zu seinen Sachen. »Knappe« ... Höchstwahrscheinlich hatte Dwight diese Bezeichnung benutzt, weil der Junge den Begriff »Copilot« nicht kannte und daher das Wort auch nicht behalten würde.

»Eure Diener sind schon dabei, ein Pferd zu satteln. Es ist ganz dringend ... das hat Euer Knappe gesagt!«

Dunneldeen schaute auf die Uhr. Das hieß, die Funkstille war beeendet, weiter nichts. Vermutlich gab es jetzt eine wahre Flut von Meldungen. Dunneldeen konnte sich gar nicht vorstellen, daß es bei den anderen Außenstationen nicht ebenfalls erfolgreich gelaufen sein könnte, desgleichen im Camp. Er zog wieder seine Fliegerkleidung an. Nur nichts überstürzen. Er ließ sich Zeit.

Was war das doch für eine ereignisreiche Nacht gewesen! Nach seinem und Dwights Plan wollten sie die Clanchefs zusammenrufen, um den Sieg zu feiern. Sie hatten ihre beiden Flugkörper vier Kilometer entfernt auf einem ebenen Platz aufgesetzt, um die Leute nicht zu erschrecken. Dann hatte er sich von einem verdutzten Bauern, den er kannte, ein Pferd geborgt und war losgeritten.

Er hatte seinen Onkel, den Clanchef der Fearghus, aus dem Bett geholt, und die Diener waren davongeeilt, um auf den Hügeln Feuer zu entzünden und die Clans zusammenzurufen, damit sie die guten Nachrichten gleich erfuhren. Die Außenstation in Cornwall gab es nicht mehr. Jetzt könnten sie ungehindert in ganz England umherstreifen!

Der Clanchef liebte seinen Neffen Dunneldeen sehr, der auch sein Erbe war. Ihm gefiel Dunneldeens Art. Ein echter Schotte. Er hatte hingerissen gelauscht, als Dunneldeen ihm eine ebenso knappe wie temperamentvolle Schilderung all ihrer Unternehmungen gab. Dunneldeen redete zwar ein bißchen unbedacht daher, aber der Clanchef hörte ihm trotzdem aufmerksam zu und enthielt sich – weise, abgeklärt und darauf bedacht, Dunneldeen nicht zu verletzen – aller Kritik. Er hatte Anweisung gegeben, die Leuchtfeuer zu entzünden. Er war auf seine maßvolle Weise erregt.

Dunneldeen hatte anschließend sein Mädchen aufgesucht. Auf die Frage, ob sie ihn heiraten wolle, hatte sie geantwortet: »O ja, Dunneldeen!«

Nachdem auch das zur Zufriedenheit geregelt war, hatte er sich daheim zu einem Nickerchen hingelegt.

Bittie schien sich krampfhaft an noch etwas erinnern zu wollen. Er hüpfte von einem nackten Fuß auf den anderen, verdrehte die Augen, rieb sich die Nase. Dann gab er offenbar seine Bemühungen auf. Dunneldeen war fast fertig angezogen.

Da fiel Bitties Blick auf das Schwert an der Wand. Ein Zweihänder, der in Schlachten und bei Zeremonien benutzt wurde. Ein echtes *claid heamh mōr*, wie es die Schotten nannten, anderthalb Meter lang, nicht nur ein einfacher Säbel mit Korbgriff. Bittie gestikulierte heftig, wollte Dunneldeen begreiflich machen, er solle die Waffe anlegen. Dunneldeen schüttelte den Kopf, bedeutete ihm – nein, diesmal nicht.

Als er sah, wie der eifrige Ausdruck in Bitties Augen erlosch, ließ sich Dunneldeen erweichen. Er nahm das Schwert von der Wand und gab es dem Jungen. »Na schön, aber du trägst es!« Bittie nahm das Schwert, das gut einen Kopf länger war als er, voll ehrfürchtiger Scheu und Freude entgegen und legte sich das Gehenk um den Hals.

Dunneldeen kontrollierte, ob er alles beisammen hatte, und verließ das Zimmer. In den Korridoren und Sälen der Burg wimmelte es von Dienern. Sie trugen Äxte im Gürtel und waren emsig beschäftigt, hunderterlei Vorbereitung für die Clan-Versammlung zu treffen. Dunneldeen hatte wirklich alles auf Trab gebracht. Niemand war informiert worden. Sie wußten alle nicht, was eigentlich los war. Gut, Dunneldeen war zurückgekehrt, und dann hatte es Anweisungen gehagelt. Einer erzählte, die Abbauanlage der Psychlos existiere nicht mehr. Fest stand nur, daß es eine Unmenge zu tun gab.

Die alte Ruine war unverändert geblieben, so daß sie von den seit Jahrhunderten darüber hinwegfliegenden Drohnen kaum beachtet wurde. Es hieß, hier sei früher die Residenz der schottischen Könige gewesen. Man hatte die Verliese ausgebaut, kurz – das Ganze war eine natürliche Festung.

Zwei Diener hatten Dunneldeens eigenes Pferd gesattelt, das ungeduldig tänzelte. Die beiden begrüßten ihn mit breitem Lächeln.

Er stieg auf, gab ihnen einen Wink, woraufhin sie den Jungen samt Schwert hinter ihn setzten.

Es regnete. Offenbar war ein Sturm aufgezogen. Als sie landeten, herrschte klares Wetter, aber jetzt war der Himmel wolkenverhangen.

Just in diesem Moment fiel Bittie MacLeod auch die restliche Botschaft wieder ein. »Euer Knappe hat noch was gesagt – was von Krabbeln«, teilte er Dunneldeens Rücken mit.

Der Junge hatte einen schauderhaften Akzent, nicht den eines gebildeten Schotten. »Was war das?« fragte Dunneldeen.

»Ich hab's vergessen, ich konnte mich nicht an das Wort erinnern«, entschuldigte sich der Junge. »Aber es hat sich so ähnlich wie krabbeln angehört.«

»Aufrappeln?« Das war das Codewort für Start wegen Notfall.

»Ja, das war's, das war's!«

Dunneldeen raste wie ein Pfeil dahin, und das Pferd legte die drei Kilometer im Rekordtempo zurück.

Mit einem Ruck hielten sie an der Hügelplatte. Dunneldeen blickte sich erregt um. Dort stand nur noch der Transportflugkörper. Er schwang sich vom Pferd und warf Bittie die Zügel zu. Er riß die Tür auf, war mit einem Satz im Flugkörper, griff zum Funkgerät.

Und dann setzte Dwight in der Nähe auf, woraufhin das Pferd heftig zu scheuen begann und den Jungen samt Schwert jedesmal mit hochriß.

Dunneldeen raste zu Dwight hinüber.

»Jetzt ist es verschwunden«, begrüßte ihn Dwight. Und begann, nun alles der Reihe nach zu berichten.

Vom Camp war nichts über Funk gekommen. Dwight hatte, wie vereinbart, getreulich Wache gehalten. Er hatte gewartet, ob die Funkstille durch irgendwelche Meldungen unterbrochen würde, und danach auf Berichte über den Ablauf der Operation oder auf weitere Anweisungen. Als die vorgesehene Frist verstrichen war, hatten die Piloten den Funkverkehr nicht wiederaufgenommen, weil sie weder vom Camp noch von Robert dem Fuchs etwas hörten.

Doch es hatte etwas anderes höchst Merkwürdiges gegeben. Dwight hatte ein Gespräch zwischen Psychlos auf der Planetenfrequenz abgehört, sehr laut und deutlich. Der Lautstärke nach dürfte es im Umkreis von etwa fünfzehnhundert Kilometern stattgefunden haben, vielleicht etwas weiter, schwer zu sagen.

»Was haben sie denn gesprochen?« wollte Dunneldeen wissen.

»Ich hab alles auf Band genommen«, entgegnete Dwight und ließ es abspielen. Es begann: »Nup, Sie Blödian! Wachen Sie auf!«

Er habe daraufhin sofort den Jungen zu Dunneldeen geschickt und sei anschließend gestartet. Ja, das Motorengeräusch war auf dem Band deutlich zu hören.

Es lief weiter ab.

»Drohne?« sagte Dunneldeen. »Zzt? Da gab's doch einen Transportchef namens Zzt.«

»Na ja, der war irgendwo unterwegs in einer Drohne«, antwortete Dwight. Er war so hoch aufgestiegen, wie er nur konnte. Ungefähr sechzigtausend Meter. Und er war so schnell geflogen wie nur irgend möglich. »Mir hat's fast Herz und Lunge zerrissen durch die Schwerkraft«, stellte er trocken fest.

Dann hörte er ausführliche Anweisungen auf Psychlo – ein Flugkörper, der auf einer Drohne aufgesetzt hatte, sollte abheben und vor einer Türöffnung erneut landen, so daß Zzt aus der Drohne herauskommen konnte.

»Eine so riesenhafte Drohne gibt es gar nicht«, erklärte Dunneldeen. »Meines Wissens jedenfalls nicht.«

Dwight hatte sämtliche verfügbaren Suchinstrumente eingeschaltet. Das aufgefangene Gespräch war aus Nordwesten gekommen. Er hatte schleunigst Kurs in diese Richtung genommen. Und er hatte das Ding auch auf dem Radarschirm gesehen. Ein ganz deutlicher Leuchtfleck, Geschwindigkeit vierhundertdreiundachtzig Stundenkilometer. Auf der Position herrschte klares Wetter, die Wolkendecke und Regenfront lagen noch vor dem Objekt.

Er spielte das Band weiter ab. Jemand namens Snit befand sich noch in der Drohne, der Grund wurde nicht erklärt. Das klang völlig verrückt, denn Drohnen wurden ja nicht von Piloten gesteuert. Aber wie konnte irgendwer irgend jemanden aus einer Drohne herausfliegen? Und dann bekam jemand Energiebatterien in einem Förderkorb aus der Drohne, und der andere Psychlo sagte, er werde jetzt die Drohne verlassen.

»Wieso sind Sie hier?« erkundigte sich Dunneldeen, zum Passagierflugkörper gewandt. »Warum haben Sie nicht angegriffen?«

»Es ist explodiert«, entgegnete Dwight. »Ich hab's mit meinen eigenen Augen gesehen! Ein toller Anblick – wie tausend Gewitter! Es ist abgestürzt, liegt vermutlich irgendwo im Meer. Ich hab die ganze Gegend abgetastet. Da war nur noch ein winziger Leuchtfleck, wahrscheinlich Wrackteile. Und dann war es ganz verschwunden. Auf keinem Radarschirm ist da draußen noch irgendwas zu sehen. Deshalb bin ich hierher zurückgeflogen.«

Dunneldeen spielte das Band noch einmal ab. Er überprüfte sämtliche Daten, die in den verschiedenen Such- und Meßgeräten registriert waren. Auch diese Informationen besagten das gleiche. Starke Hitze ... und dann – aus, verschwunden.

Dunneldeen blickte zum Himmel. »Steigen Sie besser wieder auf und machen Sie einen Erkundungsflug in der Richtung!«

»Da gibt's garantiert keinen Leuchtfleck«, wandte Dwight ein. »Und dann die hohe Wolkendecke. Das Ding flog ungefähr in fünfzehnhundert Meter Höhe, und da kann man mit bloßem Auge nichts sehen. Die Wolkendecke reicht bis mindestens dreitausend Meter. Und kein Leuchtfleck auf dem Schirm«, schloß Dwight.

Dunneldeen wandte sich um und schaute hinüber zur Burgruine, diesem uralten Gemäuer, das verlassen und öde im morgendlichen Regen und Nebel lag. Knapp vier Kilometer entfernt und nur verschwommen sichtbar, manchmal auch gar nicht mehr zu erkennen ...

Was hatte das Ganze zu bedeuten? War der Kampf auf dem Camp verloren? Was war das für eine Drohne? Und wieso war sie explodiert? Die Clanchefs versammelten sich, und er hatte heute alle Hände voll zu tun ...

5

Jonnie tauchte aus dunklen Tiefen voll quälender Schmerzen empor. Er versuchte, sich zurechtzufinden. Die Motoren der Drohne lärmten unerträglich, machten ihn fast taub. Seine Arme hingen in einer Spalte, die zwischen den Bodenplatten klaffte. Blut war über die Ärmel geronnen und getrocknet.

Schrecken durchfuhr ihn, als er plötzlich an Zzt dachte. Er tastete nach dem Revolver. Er war verschwunden, der Riemen bei der Explosion gerissen. Die Explosion! Zzt war ebenfalls verschwunden, und der Mark 32 desgleichen. Und damit alles, wodurch dieses uralte Monstrum auf einem Schirm zu orten wäre.

Mit erheblicher Anstrengung richtete er sich auf. Er war immer noch an das Rettungsseil gebunden. Es fiel ihm schwer, zusammenhängend zu denken, und er fragte sich leicht erstaunt, weshalb er denn bloß an diesem Seil hing. Sein Rücken schmerzte - nein, alles tat ihm weh, an seinem geschundenen Körper gab es keine einzige schmerzfreie Stelle. Allmählich wurde ihm bewußt, daß er ja vom Rettungsseil wieder nach innen gezogen worden war.

Es war unglaublich anstrengend zu denken, und dabei merkte er, daß es ihm immer schlechter ging - nicht besser. Ihm war speiübel. Hunger. Die Übelkeit mußte vom Hunger kommen.

Er rappelte sich auf die Knie hoch. Die Drohne rollte nicht mehr. Eine wahre Erleichterung! Er drehte sich um und erstarrte.

Durch die Türöffnung quollen helle Nebelschwaden herein. Ein Sturm. Er flog durch einen Sturm. Einen Augenblick ... Draußen war es hell. Tageslicht. Hellichter Tag ...

Wie lange war er ohnmächtig gewesen? Es mußten Stunden sein.

Er rutschte auf den Knien weiter nach vorn, weil er etwas gesehen zu haben meinte. Ließen die Gaskanister ihren tödlichen Inhalt hinabströmen? Er besaß keine Möglichkeit, das genau festzustellen. Lag Schottland bereits hinter ihnen? Hatte die Drohne ihr Teufelswerk zum Teil schon vollbracht?

Er schleppte sich bis zur Türöffnung und versuchte, im Unwetter den Stand der Sonne auszumachen. Unmöglich, durch diese dichte Wolkendecke hindurchzusehen. Er konnte seine Gedanken nicht beisammen halten; er erkannte, daß er wieder ein Mann aus den Bergen war. Es gab doch Kompasse an Bord. Er öffnete die Tür seines Kampfflugkörpers und entdeckte die Verwüstung, die Zzt angerichtet hatte. Die zertrümmerte Funkanlage nahm seine Aufmerksamkeit in Anspruch. Dann fiel ihm ein, daß es ihm ja eigentlich um die Kompasse gegangen war. Als er sich darüberbeugte, war ihm, als habe er mit dem Schlägel eins über den Kopf bekommen. Er langte nach der Kompresse am Hinterkopf. Sie war noch da. Nein, er wollte doch auf den Kompassen nachsehen ...

Er befand sich auf Kurs nach Südosten. Die Flugroute nach Schottland wäre so verlaufen. Ganz sicher konnte er allerdings nicht sein. Er ging zurück zur Türöffnung und versuchte, nach unten zu schauen. Er schwankte bedenklich und wäre um ein Haar hinausgefallen. Sehen konnte er nichts - nur Regen und Nebel.

Dann erinnerte er sich, daß es an der Unterseite der Drohne Auslaßöffnungen für das Gas gab. Mühsam kroch er zu der Stelle, an der er die Bodenplatte entfernt hatte, und schaute am Motorgehäuse vorbei nach unten. Stockdunkel - kein Schimmer von Tageslicht fiel hier herein.

Ihm war, als ersticke er unter der Schutzmaske. Ach ja, beim Aufwachen hatte er festgestellt, daß sie verrutscht war.

Natürlich! Die Drohne konnte bisher gar kein Gas abgeladen haben - sonst wäre er längst tot!

Gut, er war also nicht tot. Viel fehlte zwar nicht mehr daran, wenn er an seinen Kopf dachte, aber noch lebte er. Folglich hatte die Drohne bis jetzt kein Gas abgeladen ...

Seine Preßluftflasche war leer, das machte ihm zusätzlich zu schaffen. Er holte sich Nachschub und tauschte die leere Flasche aus. Danach fühlte er sich etwas frischer, weniger lethargisch. Er bekam sich wieder in die Gewalt - Schluß mit dem Herumtrödeln! Womit war er gerade beschäftigt gewesen, als er diesen Schlag - von wem und mit was auch immer - bekommen hatte?

Vielleicht hatte er gar nicht mehr viel Zeit!

Sein Eifer erlahmte, als er merkte, daß er den Schraubenschlüssel nicht mehr hatte. Er zwang sich zum Denken, er mußte diese gräßlichen Schmerzen einfach überwinden ... Er kletterte nach unten und überprüfte die Schraubenmuttern an der Inspektionsplatte. Sie waren gelockert, aber es würde eine Ewigkeit dauern, jede einzelne aufzudrehen - zu viele Gewinde!

Er stieg in den Flugkörper und stöberte dort herum, fand einen Beutel mit Sprengstoffen und leerte ihn. Sechs Haftminen, eine lange Rolle Zündschnur, ein paar Schachteln mit Sprengkapseln. Er suchte nach Zeitzündern. Nichts. Er inspizierte die Haftminen. Keine

Zeitzünder, nur Kontaktschalter, die sie bei heftiger Erschütterung hochgehen lassen würden. Keine Zündleitung.

Es kostete ungeheure Anstrengung zu denken, sich auf eine Sache zu konzentrieren. Was konnte er mit diesem Durcheinander anfangen? Direktschaltung? Glatter Selbstmord!

Er untersuchte seine eigene Gurttasche. Ein paar Feuersteine, Glasscherben ... aha, eine Rolle aus langen Lederriemen. Wenigstens konnte er die Schraubenmuttern lösen.

Ermutigt schaffte er es irgendwie, wieder nach unten zur Inspektionsplatte zu gelangen. Er knüpfte zunächst eine festsitzende Schlinge und wickelte dann den Riemen um die Schraubenmutter. Das verbliebene Ende verknüpfte er zu einer Schlaufe. Er straffte sich und zerrte mit einem heftigen Ruck daran. Die Schraubenmutter drehte sich, sprang ab und verschwand im Dunkel.

Bei dem Ruck wäre ihm zwar beinahe der Schädel zersprungen, trotzdem wiederholte er die Prozedur mit den restlichen drei Schraubenmuttern. Geschafft!

Mit einer weiteren Kraftanstrengung versuchte er, die Platte abzuheben. Er wollte sie beiseite legen, doch sie glitt ihm aus den behandschuhten Fingern und polterte in die unermeßliche Tiefe. Dieses Monstrum von einer Drohne konnte auch das mühelos schlucken!

Jetzt blickte er ins schwarze Innere des Gehäuses, in dem sich ein paar kleine Funken in Bogen bewegten. Daß man an einem laufenden Motor nicht arbeiten durfte, wußte er sehr wohl. Und anfassen sollte man ganz gewiß nichts. Das könnte glatt die Pranke kosten, hatte Ker gesagt.

Mühsam zog er sich wieder nach oben, holte aus dem Kampfflugkörper einen Reserveleuchtstab und betrachtete damit das Innere des Gehäuses.

Da ragten die Koordinatenspitzen zu Tausenden von der Innenhaut hinein, bildeten gleichmäßig Lichtbogen, während sie die räumliche Progression übertrugen. Eigentlich war dabei Elektrizität nicht im Spiel – es handelte sich vielmehr um bis zum Scheitelpunkt hochgetriebene kinetische Energie. Und dann bewirkten diese Punktkontakte eine Umwandlung in Raumkoordinaten in Form von absolutem Raum. Mit Elektrizität wurden lediglich hinter den Kontakten gelegene kleine Motoren in Gang gehalten, von denen es Tausende geben mußte. Und die konnten beschädigt werden. Dort drinnen war nichts durch Panzerung geschützt.

Das einfallende Licht erschien irgendwie seltsam – mal zuckte es auf, dann verschwand es wieder und so fort. Nun, durch eine Explosion ließen sich die Übertragungsmotoren und die Spitzen zertrümmern. Da mochte es flackern oder auch nicht. Ein kleiner Submotor war eben ein kleiner Submotor, weiter nichts. Und durch eine Explosion würden sie außer Betrieb gesetzt. Der Raumkonverter würde nicht mehr funktionieren, und das Ding wäre ohne Antriebskraft und – würde abstürzen. Daß die Stabilisationsmotoren allein die Energieversorgung dieses Ungetüms übernehmen könnten, hielt er für ausgeschlossen. Ja, sie würde abstürzen ...

Er wich zurück. Hätte er sich vorgebeugt, wäre ihm wieder schwarz vor Augen geworden. Er durfte nicht mehr ohnmächtig werden. Endgültig ... Er durfte nicht mehr das Bewußtsein verlieren.

Mit zusamengebissenen Zähnen schaffte er es, in seinen Kampfflugkörper zu klettern und etwas auszutüfteln. Er brauchte ja nichts weiter als irgend etwas für die Kontaktzündung. Was könnte er dazu nehmen?

Die Bordwaffen!

Er würde es so einrichten, daß er sie abfeuerte und gleichzeitig den Flugkörper rückwärts durch die Türöffnung hinauskatapultierte.

Eine Überprüfung der Funktionsschalter für die Bordwaffen ergab, daß sie nicht beschädigt waren. Die Konsole war intakt. Er inspizierte die Gehäuse von Haupt- und Stabilisationsmotoren. Lag da ein Drahtknäuel auf dem Boden? Doch als er sich bückte, um es näher zu betrachten, wurde ihm wieder schwarz vor Augen, und er richtete sich auf.

Die Zeit ... Er mußte sich unbedingt beeilen. Womöglich war er sogar schon zu spät dran und würde die Drohne in den Hügeln zum Absturz bringen, so daß sich das tödliche Gas überall ausbreiten konnte ...

Seine Übelkeit war nichts weiter als Hunger. Er nahm sich ein Stück getrocknetes Wildbret und zog die Maske ab. Doch das Kauen kostete Anstrengung – er fühlte sich noch schlechter.

Was trieb er eigentlich? Er mußte sich konzentrieren! Er war nicht nur fahrig im Denken, sondern auch in jeder seiner Handlugen.

Er nahm sich ein Rettungsseil vor und machte sich daran, die Minen damit aufzureihen. Sie hatten magnetische Aufsätze, mit deren Hilfe sie auf dem Rumpf eines Flugkörpers haftenblieben. Sein Plan war ursprünglich gewesen, sie so auf die Oberseite der Drohne abzuwerfen, daß sie einen Kreis bildeten und er sich ein Einstiegsloch sprengen konnte. Das hatte sich zwar als undurchführbar erwiesen, aber jetzt würde er sie wirkungsvoll einsetzen.

Eine Girlande. Als kleines Mädchen hatte Chrissie Blumenkränze gewunden und sie seinem Pony um den Hals gelegt. Sie ... schon wieder schweiften seine Gendanken ab. Er riß sich zusammen und arbeitete weiter.

Im Handbuch hatte er gelesen: »Beim Verpacken von Minen mit Kontaktzündung ist unbedingt darauf zu achten, daß der Zündkreis nicht durch Gewichtsbelastung geschlossen werden kann ...«

Auf einmal sah er die Gürtelschnalle der Psychlos vor sich, die Terl ihm so oft vor Augen geführt hatte. Die Gaswolken am Himmel ... Wie er diesen Anblick gehaßt hatte!

Eine Girlande ...

Die Minen waren jetzt am Rettungsseil aufgereiht. Dann schob er eine lange Zündschnur durch die Ösen der Haftplatten an der Unterseite der Minen.

Meter um Meter führte die Zündschnur an der Kontaktzündung der einzelnen Minen vorbei, parallel zum Rettungsseil an der Oberseite. Das alles fiel ihm so schwer, unsagbar schwer ... Er drohte schon wieder ohnmächtig zu werden.

Doch er konnte sich gerade noch zusammenreißen. Es gelang ihm, das lange Ende des Rettungsseils durch eine obere Lukenhalterung zu ziehen, was sich als Bremsfaktor auswirkte, als er die Minenkette über die Inspektionsöffnung brachte und vorsichtig in das Gehäuse herabließ, immer tiefer. Es ging glatt, denn zum Glück rollte die Drohne nicht, sonst wären die Minen womöglich durch die Pendelbewegung an der Innenwand des Gehäuses haftengeblieben. Vorsichtig, ganz vorsichtig ließ er sie in die Tiefe gleiten.

Plötzlich gab es einen Ruck. Die unterste Mine war auf den Boden im Gehäuse gestoßen. Gut.

Nein, so gut nun auch wieder nicht. Hörte sich das Motorengeräusch jetzt nicht anders an, höher, schriller? Oder war es nur wieder eine jener Sinnestäuschungen, wenn er neuerlich wie in einem dichten Nebelmeer umherirrte und zu versinken drohte? Veränderten die Minen etwas an der Raumstruktur im Innern, beeinträchtigten sie die Antriebskraft der Motoren? Er wußte es nicht. Aber für derartige Überlegungen war keine Zeit. Er befestigte das Rettungsseil an einem Pfosten.

Das lose Ende der Zündschnur warf er über die oberen Querverstrebungen. Wieder dieser stechende Schmerz im Kopf ... War es auch in Zielrichtung der Bordwaffen? Ja, das mußte stimmen.

Er nahm sich die Schachtel mit den Sprengkapseln vor.

Zunächst befestigte er eine an der Zündschnur direkt vor den Bordwaffen. Dann faßte er plötzlich den endgültigen Entschluß und tat das gleiche mit der ganzen Schachtel.

Er überprüfte sein Werk, bemühte sich angestrengt, alles noch einmal zu durchdenken. Wenn er die Bordwaffen abfeuerte, würde es eine Art Kettenreaktion geben – erst die Sprengkapseln, dann die

Zündschnur und zum Schluß die Minen. Ihm wurde klar, daß es klüger gewesen wäre, das Gehäuse mit der Inspektionsplatte zu verschließen. Er spähte hinunter, nahm den Leuchtstab zu Hilfe. War es überhaupt möglich, die Platte samt den dazugehörigen Schraubenmuttern hier herauszuholen?

Doch als der Lichtstrahl direkt auf den Deckel der Brennstoff-Einlaßöffnung fiel, dachte er nicht länger darüber nach.

Nein, es waren zwei Deckel. Falsch, fünf Röhren! Hier waren die Energiebatterien zu Hunderten eingefüllt, eine hinter der anderen. Eine Drohne wie diese mußte Unmengen von Energiebatterien brauchen, keine Frage.

Abermals wurde ihm übel und schwarz vor Augen. Er durfte eben nicht den Kopf vorbeugen und nach unten blicken. Dann ging es einigermaßen ...

Ob sich die großen Deckel auf den Röhren wohl lösen würden? Normalerweise waren sie nur aufgeschraubt.

Mühsam langte er hinunter, drehte mit beiden Händen an einem der Deckel. Es ging ganz leicht.

Innerhalb einer Minute hatte er alle fünf Röhren aufgeschraubt und die Deckel in die dunklen Tiefen geworfen. Kurzfristig würde das der Drohne nichts anhaben, doch wenn die Sprengwirkung die offenen Röhren erreichte und die Energiebatterien erfaßte ... Kaum vorstellbar!

Er überprüfte nochmals alles.

Die Drohne setzte ihren Flug unbeirrt fort. Aber nicht mehr lange, dachte Jonnie erbittert.

6

Bis dahin hatte Jonnie noch keinen Gedanken daran verschwendet, was mit ihm geschehen würde. Er hatte das Gefühl, das sei eigentlich nebensächlich. Er wußte um seinen eingeschlagenen Schädel, um den enormen Blutverlust. Doch er sollte wenigstens sagen können, er habe *versucht*, sich zu retten. Aber wem? Er hatte keinen Funkkontakt. Die Drohne war wegen des Wellenneutralisators auf keinem Schirm zu erfassen. Und daß sie jemand in diesem Unwetter mit bloßem Auge sah, dafür bestand auch nicht die geringste Chance. Falls sein Flugkörper durch die Explosion ernstlich in Mitleidenschaft gezogen würde, gäbe es nur zwei Alternativen – entweder ins Meer oder – noch unangenehmer – auf einen Berghang abzustürzen.

Kampfflugkörper waren zwar recht gut gepanzert, doch die Bordwaffen in einem geschlossenen Raum abzufeuern, dazu die Minen, dazu die Energiebatterien der Drohne – das ergäbe schon eine Explosion von erheblichem Ausmaß ...

Seine Düsentornister waren verschwunden. Vergeblich stöberte er im Heck herum. Bloß nicht vorbeugen, dabei verlor er jedesmal die Besinnung. Ein kurzes Aufflackern von Hoffnung. Ein Rettungsfloß ... Er zog es heraus. Die Batterien für die automatische Aufblasvorrichtung waren leer. Doch da war ja eine kleine Handpumpe. Er begann sie zu betätigen. Das Ding war orangefarben, mit Flittergold übersprüht. Dann machte er sich klar, daß dieser Versuch sinnlos war. Wenn er das Rettungsfloß aufblies, bekam er es nicht mehr in den Flugkörper. Der Flugkörper würde sinken, das wußte er. Er wäre außerstande, das zu verhindern. Der Wind zerrte an dem halb aufgeblasenen Rettungsfloß. Ihm schwanden die Sinne, und die Sogwirkung riß ihm das Floß aus den Händen. Es segelte hinaus in den Sturm. Auf Nimmerwiedersehen. Das Ganze war reine Zeitverschwendung ...

Er kletterte in den Flugkörper. Da waren ein paar Decken. Schon zuvor beim ersten Aufprall hatte er sich verletzt, die Kartenmappe hatte den Stoß nicht abfangen können. Deshalb polsterte er Knie und Windschutzscheibe mit Decken ab.

Er hatte vergessen, nachzusehen, ob es hier drin irgendwelche lose herumliegenden Gegenstände gab. Das konnte tödlich sein. Er nahm die Decken wieder von den Knien und schaute sich im rückwärtigen Teil um. Da war massenhaft alles mögliche Zeug verstreut. Wenn der Flugkörper ruckartig nach hinten geschleudert worden wäre, hätte es jede Menge Projektile gegeben ...

Erschöpft stieg er aus und machte sich daran, die Sachen durch die Tür hinauszuschleudern. Einen Ladestreifen für die Sturmgewehre nach dem anderen. Eine Schaufel – was hatte die wohl hier zu suchen? Eine Haue. Krimskrams. Er legte die Drahtseilleiter und die Erznetz-Ausrüstung des Flugkörpers griffbereit. Den Beutel mit Eßvorräten und seinen eigenen verstaute er unter dem Sitz.

Er fühlte sich noch elender als zuvor, setzte sich wieder hinein und legte die Decken über die Knie. Die für Psychlos gemachten Sicherheitsgurte konnte er zweifach umschnallen und auch den Kopf damit abstützen, damit er nicht nach vorne schnellte.

Alles in Ordnung.

Er stellte die Funktionsschalter für die Bordwaffen auf »Sperrfeuer – maximal«, »Flamme« und »Feuerbereit«. Sie zielten auf die Schachtel mit den Sprengkapseln.

War die Drohne in Schräglage, oder wurde ihm nur wieder

schwindlig? Er konnte es in seinem benommenen Zustand nicht sagen. Er sah auf das Statoskop. Ja! Die Drohne war in Schräglage, die Tür hinter ihm hatte sich gesenkt. Etwas hatte die Koordinaten durcheinandergebracht. Die Magnetfelder der Haftminen?

Doch eins stand jedenfalls fest – die Türöffnung lag nicht mehr waagrecht hinter ihm, sondern nach unten geneigt. Und das bedeutete, daß er sich, sobald er abfeuerte, selbst ins Meer oder in die Berge katapultieren würde.

Er durfte nicht länger zögern.

Er löste die magnetischen Greifer. Der Flugkörper begann rückwärts zur Türöffnung hin zu rutschen.

Hastig drückte er die Starter. Der Flugkörper rutschte noch schneller rückwärts.

Er hieb mit der Faust auf den Knopf für die Bordwaffen.

Der Kampfflugkörper schoß mit voller Feuerkraft.

Doch was folgte, war weit mehr als ein Rückstoß.

Vor seinen Augen flammte der ganze Innenraum der Drohne auf – loderte und waberte in grellem Orange und Grün.

Der Kampfflugkörper wurde wie ein Projektil rückwärts hinauskatapultiert.

Ihm zersprang beinahe der Schädel bei dieser plötzlichen, heftigen Bewegung.

Er sah es noch, nahm es noch wahr. Die Drohne sah aus, wie er sich die alten Raketen vorstellte. Sie schoß nach oben, als sei die nächste Stufe gezündet worden.

Jonnie tastete nach dem Instrumentenbrett.

Er gab Koordinaten ein, um den Sturz nach hinten zu stoppen.

Ruckartig verlangsamte sich die Fallgeschwindigkeit.

Doch es geschah noch etwas – der rechte Stabilisationsmotor reagierte nicht ...

Langsam rollend begann der Flugkörper zu rotieren, immer schneller.

Der linke Stabilisationsmotor konnte ihn nicht allein halten.

Jonnie hämmerte wie rasend auf dem Instrumentenbrett herum.

Der Flugkörper torkelte jetzt radschlagend durch den Sturm ...

7

Jonnie kämpfte verzweifelt ... Ihm war sterbenselend zumute, in diesem defekten Flugkörper, Wind und Wetter preisgegeben. Irrte er sich – oder flaute der Sturm tatsächlich ein wenig ab?

Es machte ihm immer mehr Mühe, einen klaren Gedanken zu fassen. Vielleicht sollte er den linken Stabilisationsmotor abstellen? Ob dann der angeschlagene Flugkörper das unerträgliche Rollen einstellte? Er schaffte es. Dann fiel ihm ein, daß die Bordwaffen offenbar immer noch feuerten. Er zog die Decke weg, die ihm die Sicht versperrte, und reckte sich hoch, um den Schalter für die Bordwaffen zu erreichen. Und da sah er sie ...

Die Drohne!

Sie stürzte durch die Luft – fast direkt auf ihn zu. Aus der Türöffnung züngelten Flammen, und sie zog eine dicke Rauchfahne hinter sich her.

Wenn er nicht auswich, war der Zusammenstoß unvermeidlich ...

Seine Hände jagten über das Instrumentenbrett. Ja – der Flugkörper reagierte, er spürte es deutlich.

Die Drohne raste so nahe vorbei, daß die starke Luftströmung den Kampfflugkörper abermals ins Trudeln brachte.

Plötzlich schoß ein Geysir empor, eine sechzig Meter hohe Wassersäule.

Der Druck war so heftig, daß der Flugkörper aufs neue zu schlingern begann.

Wasser? Ja – Wasser!

Eine Welle der Erleichterung durchströmte ihn. Sie waren noch nicht über Schottland, sondern nach wie vor über dem Meer.

Wasser – der Flugkörper würde ins Wasser stürzen. Er wußte, daß es der Außendruck unmöglich machen würde, die Türen zu öffnen. Und schwimmen würde dieser Kampfflugkörper niemals – ausgeschlossen.

Er hieb mit der Faust auf die Knöpfe, mit denen sich die Fenster öffnen ließen, beide, links und rechts.

Er starrte auf die Konsole. Was konnte er tun, um den Absturz aufzuhalten?

Der Kampfflugkörper schlug krachend im Wasser auf.

Durch den Aufprall versank Jonnie wieder in tiefe Bewußtlosigkeit. Doch gleich darauf kam er zu sich, als ein Schwall Wasser - so eiskalt, wie er es noch nie erlebt hatte - durch die offenen Fenster hereinschwappte. Eisig kaltes Wasser - nein, es fühlte sich kälter als Eis an. Und es stürzte von allen Seiten auf ihn ein.

Er kämpfte mit dem riesigen, zehn Pfund schweren Auslöser für den Psychlo-Sicherheitsgurt. Alles schien sich in Zeitlupe abzuspielen. Er wickelte sich aus dem Gurt.

Das Wasser wurde dunkler. Offenbar versank der Kampfflugkörper sehr rasch. Oder wurde er neuerlich ohnmächtig?

Die Wucht der hereinpeitschenden Wassermassen ebbte ab. Wenigstens trudelt der Flugkörper nicht mehr, dachte er zerstreut.

Plötzlich hatte er eine Anwandlung von Energie. Er kniete sich auf den Sitz und zerrte eine schwimmende Wolldecke beiseite. Gleich darauf die jähe Erkenntnis - es hatte doch alles keinen Sinn ... Es gab weit und breit niemanden, der ihn retten würde ... Und in diesem eiskalten Wasser konnte er nicht überleben - unmöglich ...

Es war mehr eine Reflexbewegung denn eine bewußte Willenskundgebung, als er sich durch das Fenster zwängte und zur Oberfläche hinaufzuarbeiten begann. Die Preßlufttanks seiner Schutzmaske trugen ihn nach oben. Wasser drang in die Maske, wusch das angetrocknete Blut vom Sichtschutz. Das Meer wurde heller - ein immer helleres Grün.

Dann prasselten ihm Regentropfen auf den Kopf. Regen! Eine Wohltat ...

Er trieb auf dem Rücken. Die sturmgepeitschte See, der prasselnde Regen, heftiger Wellengang, ein wüstes Schauspiel ...

Die Kälte drang ihm bis ins Mark.

Während die Wogen unablässig über ihn hinwegrollten, glaubte er, eine Stimme zu hören. Wieder eine Sinnestäuschung ... Es hieß, daß Sterbende oft Engelsstimmen vernehmen, die sie zu sich rufen. Und er war an der Schwelle des Todes, das wußte er.

Noch eine Sinnestäuschung. Eine durch Wunschdenken entstandene Vision. Er sah, was er brennend gern sehen wollte, nicht, was wirklich da war ... Doch die Vision blieb - zwar durch die tosenden Wassermassen etwas verwischt, aber sie blieb, kein Zweifel.

Etwas schlug an die Schutzmaske. Ein Rettungsseil?

Das elektrisierte ihn förmlich. Vor ihm, etwa einen Meter entfernt - war das nicht Dunneldeen auf einer Drahtseilleiter? Dunneldeen ... die Wellen schlugen über ihm zusammen, gaben ihn wieder frei.

Jonnie fühlte, wie ihm jemand die Arme durch die Schlaufen des Rettungsseils steckte. Es straffte sich. Das Wasser floß ihm aus den Ohren, er konnte wieder hören. Ja – da war Dunneldeen ... Dunneldeen, wie er leibte und lebte, breit lächelnd, obwohl er bei dem hohen Wellengang immer wieder untergetaucht wurde.

»Kommen Sie, Junge«, sagte Dunneldeen. »Nur gut festhalten, dann ziehen wir Sie schon nach oben in den Flugkörper. Zum Schwimmen ist's wirklich ein bißchen zu kalt.«

Teil XV

1

Verwehte Erinnerungen, halb verborgen hinter einem dichten Schleier aus Dunkelheit und Schmerz ... Irgendwo im Grenzbereich zwischen Wissen und Vergessen: daß er sich in einem Flugkörper befand und daß es um eine Landung ging ... Und die Wahrnehmung, daß irgend jemand ihm löffelweise heiße Brühe reichte ... daß er auf einer Krankentrage lag, eingehüllt in Decken, auf die der Regen fiel ... daß da ein Raum mit steinernen Wänden war ... Gesichter ringsum ... Worte, Gespräche, nur geflüstert ... Und dann noch eine Krankentrage. Ein anderer Flugkörper. Schmerz, der in seinem Arm pochte. Er sank zurück in Dunkelheit. Er bildete sich ein, wieder in dieser riesigen Drohne zu sein. Er öffnete die Augen. Er sah Dunneldeens Gesicht. Er mußte noch im Meer treiben. Nein, doch nicht ... er spürte keine Kälte, es war warm ...

»Er kommt wieder zu sich«, sagte jemand leise. »Wir werden ihn bald operieren können.«

Er schlug die Augen auf. Er sah Stiefel. Und Kilts. Viele Stiefel und viele Kilts. Er lag irgendwo, und Männer standen zu beiden Seiten.

Ein Flugmotor? Er befand sich in einem Flugzeug.

Er wandte den Kopf ein wenig. Es schmerzte. Aber da war Dunneldeens Gesicht.

Jonnie sah, daß er auf einer Art von Tisch lag. In einem Flugkörper, in einem Personaltransporter. Links von ihm stand ein hochgewachsener grauhaariger Mann, der einen weißen Kittel trug. Rechts von ihm hatten sich viele von den älteren Schotten versammelt. Vier junge Schotten saßen auf einer Bank. Und hinter dem Doktor stand noch ein anderer Tisch, auf dem ein paar schimmernde Gegenstände lagen.

Dunneldeen saß neben ihm. Und da war ein Schlauch ... und es gab so etwas wie eine Pumpe ... und der Schlauch verband Dunneldeens Arm mit seinem Arm ...

»Was ist das?« fragte Jonnie flüsternd. Er deutete auf den Schlauch. Oder er versuchte es wenigstens.

»Wir machen eine Bluttransfusion«, antwortete Dunneldeen. Er hielt es für besser, seine Worte vorsichtig abzuwägen. Und irgendwie brachte er ein Lächeln zustande, obwohl er eigentlich sehr besorgt war und sich hundsmiserabel fühlte. Er versteckte alles hinter einer strahlenden Miene. »Junger Freund, Fortuna meint es wirklich gut mit Ihnen. Gerade jetzt nehmen Sie das königliche Blut der Stewarts in sich auf, und das heißt schon was, denn von nun an gehören Sie in direkter Linie zu den Anwärtern auf den Thron von Schottland, allerdings liegen Sie in der Rangfolge hinter mir, versteht sich!«

Der Doktor machte Dunneldeen ein beschwichtigendes Zeichen. Sie alle wußten, daß Jonnie möglicherweise sterben mußte und daß seine Genesungschance nicht einmal dreißig Prozent betrug, nicht bei diesen zwei schweren Schädelbrüchen, von den anderen Verletzungen und der Schockwirkung ganz zu schweigen. Sein Atem ging zu flach. Der Doktor hatte seine Erfahrungen. Kein Wunder in einem Land, in dem Schädelverletzungen an der Tagesordnung waren. Er hatte in dem unterirdischen Nothospital, in dem sie nun schon seit Jahrhunderten Operationen durchführten, manch einen dahinsterben sehen, dessen Widerstandskraft nur von viel leichteren Verletzungen beeinträchtigt war. Und als er jetzt herunterschaute auf diesen prächtigen jungen Burschen, lag unverkennbar Mitleid in seinem Blick.

»Das ist Dr. MacKendrick«, sagte Dunneldeen zu Jonnie. »Er wird Sie schon wieder zurechtflicken. Sie müssen's eben auch immer übertreiben, Jonnie. Die meisten wären schon mit einem Schädelbruch ganz gut bedient, aber Sie nicht, junger Freund. Sie haben's auf zwei gebracht!« Dunneldeen lächelte. »Aber Sie werden im Nu wieder auf den Beinen sein!« Er wünschte sich, an seine eigenen Worte glauben zu können. Jonnies Gesicht war vom Grau des Todes gezeichnet.

»Wenn Sie so dicht bei mir waren, wäre es vielleicht besser gewesen, ich hätte in meinem Flugkörper auf Sie gewartet«, flüsterte Jonnie mühsam.

Die älteren Schotten konnten es einfach nicht fassen, ein Raunen des Erstaunens ging durch ihre Reihen. Der Clanchef der Fearghus trat einen Schritt vor. »Nein, nein, MacTyler, das höllische Ding hat seine Bruchlandung kaum eine Meile nördlich von Cape Wrath gemacht! Es war schon beinahe über uns!«

»Wie habt ihr mich gefunden?« fragte Jonnie mit Flüsterstimme.

»Ganz einfach, junger Freund!« antwortete Dunneldeen. »Wenn Sie ein Signalfeuer entzünden, um die Clans zusammenzurufen, dann leisten Sie wirklich ganze Arbeit! Die Drohne stieg wie eine flammende Rakete ein paar tausend Meter hoch, als hätte sie ganz Schottland ausleuchten müssen! Daran lag's, daß wir Sie so rasch gefunden haben.«

Der Chef der Argylls knurrte ärgerlich vor sich hin. »Dunneldeen, dein Begleiter hat uns etwas ganz anderes erzählt. Er hat gesagt, euer Dingsbums habe ein kleines Objekt im Meer ausgemacht, und dann habt ihr den Flugkörper entdeckt und dann erst das Feuer gesehen.«

Dunneldeen nahm es gelassen hin. »So wie ich es geschildert habe, gibt's die bessere Geschichte ab, und so wird's der Historiker auch aufschreiben. Er entzündete hoch oben am Himmel ein Signalfeuer!«

Die anderen Clanchefs nickten eifrig. So sollte es aufgeschrieben werden.

»Was haben wir heute für einen Tag?« fragte Jonnie.

»Es ist der Tag 95.«

Jonnie fühlte sich verwirrt. Irgendwie fehlte ihm ein Tag. Oder zwei Tage? Wo war er die ganze Zeit über gewesen? Und wo war er jetzt? Und warum war er hier?

Der Doktor bemerkte Jonnies Grübeln. Er kannte das von früheren Fällen, bei denen es sich auch um Kopfverletzungen gehandelt hatte. Dieser junge Mann hatte die zeitliche Orientierung verloren. »Es lag daran, daß sie erst auf mich warten mußten«, sagte er zu Jonnie. »Ich war, als es geschah, gerade nicht in Aberdeen. Und dann mußten wir erst die Blutbestimmung durchführen und jemanden mit der gleichen Blutgruppe finden. Es tut mir leid, daß alles so lange gedauert hat. Andererseits, zuerst mußten wir den Schock bekämpfen und Sie wieder auf normale Körpertemperatur bringen.« Er schüttelte traurig den Kopf. »Ich hätte die ganze Zeit über bei Ihnen sein sollen. Aber sobald wir am Ziel angekommen sind, werde ich auch den anderen helfen.«

Das versetzte Jonnie etwas in Aufregung. »Sind denn viele Schotten verletzt worden? Wenn ihr schon einen Arzt hattet, dann hättet ihr nicht meinetwegen die anderen auf Hilfe warten lassen dürfen.«

»Nein, so ist das nicht«, beruhigte ihn der Clanchef der Camerons. »Schon vor zwei Tagen ist Dr. Allen hingeschickt worden. Er ist ein Spezialist für Verbrennungen.«

»Es sind einundzwanzig Verletzte, Sie schon mitgerechnet«, sagte Dunneldeen. »Nur zwei Tote. Die anderen sind alle leichte Fälle, sie werden sich erholen.«

»Wer sind die da?« Jonnies Stimme war fast nur ein Hauch.

Mit einer schwachen Handbewegung zeigte er, daß er die vier jungen Männer auf der Bank meinte.

Dunneldeen erklärte es ihm. »Nun, die vier sind Mitglieder der Föderation. Oder, um es genauer zu sagen: der Weltweiten Föderation für den Zusammenschluß der Menschheit. Der erste da, das ist einer von den MacDonalds, er hat Russisch gelernt. Der zweite gehört zu den Argylls, und er spricht jetzt Deutsch ...« Was Dunneldeen erzählte, war nicht der wahre Grund, warum die vier jungen Männer hier saßen. Man hatte sie hergeholt, weil sie auch dieselbe Blutgruppe hatten wie Jonnie und weil man sie in der Nähe haben wollte, falls noch weitere Transfusionen notwendig wurden.

»Und warum bin ich in einem Flugzeug?« fragte Jonnie.

Das war genau die Frage, die sie ihm nicht beantworten wollten. Der Doktor hatte ihnen eingeschärft, den jungen Mann auf keinen Fall zu beunruhigen. Sie waren mit dem Flugkörper unterwegs, um ihn in die weitläufige unterirdische Verteidigungsbasis in den Bergen zu bringen. Denn sie mußten in gewissem Grade mit einem Gegenangriff der Psychlos rechnen. Sie hatten nicht die geringste Ahnung, ob die Bomben, die sie auf den Planeten Psychlo geschickt hatten, wirksam gewesen waren oder versagt hatten. Von den Chamco-Brüdern hatten sie etwas über die Kraftfeldanlage erfahren, die beim Teleportations-Zentrum auf Psychlo als Abschirmung eingerichtet war. Und sie wußten – ebenfalls aus Äußerungen der Chamcos – daß der frühe Rückstoß als Anzeichen für eine wirksame Feldverdichtung gelten konnte. Die Chamco-Brüder waren es auch gewesen, die ihnen erzählt hatten, daß man mit ganz gewöhnlichem Salz das Killer-Gas völlig neutralisieren konnte. Und so hatte Angus Grubenventilatoren in die frühere Basis schaffen und Salz für die Luftfilter auftreiben lassen. Gerade jetzt war der Pastor dabei, dort in der Basis die Toten zu beerdigen. Und eine Gruppe eingeflogener Russen, die außerordentlich aufgeregt und beeindruckt waren, tat ihr Bestes, die alte Basis wieder in Ordnung zu bringen. Und sie alle hatten nur den einen Gedanken: Jonnie MacTyler durfte nirgendwo sein als dort in der Geborgenheit der unterirdischen Anlage.

Dunneldeen setzte schließlich zu einer Antwort auf Jonnies Frage an. »Meine Güte, warum sollten Sie nicht in einem Flugzeug sein? Wollen Sie etwa die Siegesfeier verpassen? Das können wir nicht zulassen.«

Ein Schotte, der Dwight vorn im Cockpit unterstützt hatte, kam nach hinten und flüsterte Dunneldeen etwas ins Ohr. Er hatte ein Mikrofon dabei und schleifte ein langes Kabel hinter sich her. Sie hatten es auf die Wellenlänge der Planeten-Rundspruch-Frequenz eingestellt.

Dunneldeen wandte sich an Jonnie. »Sie wollen Ihre Stimme hören, damit sie auch wirklich glauben können, daß Sie noch leben.«

»Wer?« fragte Jonnie.

»Alle. Die Menschen, wo sie auch sind. Sagen Sie irgend etwas. Sagen Sie, wie es Ihnen geht.« Dunneldeen hielt ihm das Mikrofon dicht an den Mund.

»Ich bin wohlauf«, flüsterte Jonnie. Und dann sagte ihm eine innere Stimme, daß er sich mehr anstrengen mußte. Er versuchte, lauter zu sprechen. »Mit mir ist alles in Ordnung.«

Dunneldeen gab dem Schotten das Mikrofon zurück, aber der blieb zögernd stehen, weil er nicht sicher war, ob die Botschaft überhaupt in den Äther hinausgegangen war. Dunneldeen gab ihm einen Wink, zu verschwinden.

»Ich höre die Geräusche von anderen Flugkörpern«, hauchte Jonnie.

Dunneldeen warf dem Doktor rasch einen Seitenblick zu, ihn um Erlaubnis zu bitten, und dann half er Jonnie, den Kopf seitwärts zu drehen. Jonnie schaute durch die Ausblickluken.

Er sah fünf Flugkörper, lang aufgereiht, in Staffelformation. Er wandte den Kopf zur anderen Seite. Und auch *dort* sah er fünf Flugkörper, ebenfalls zur Begleitstaffel formiert.

»Das ist Ihr Begleitschutz«, erklärte ihm Dunneldeen.

»Begleitschutz? Für *mich?*« fragte Jonnie. »Aber warum denn? Es haben doch alle geholfen.«

Der Clanchef der Fearghus sagte: »Tja, junger Freund, Sie sind eben der eine, auf den's ankommt. Sie sind unser Goldjunge!«

Der Doktor löste die Schlauchverbindung. Er fühlte Jonnie den Puls. Dann nickte er kurz und machte den anderen ein Zeichen, endlich Ruhe zu geben. Er hatte das alles schon viel zu lange geduldet. Die Maschine flog sehr ruhig, ohne starke Vibrationen. Der Schock des Patienten war überwunden. Ihm wäre es lieber gewesen, er hätte Jonnie bei sich im Nothospital behalten können, aber die anderen hätten es nie und nimmer geduldet, den jungen Mann dort zu lassen. Und nach allem, was er bis jetzt über Jonnie gehört hatte und was sicherlich nur ein ganz kleiner Teil dessen war, was man landauf, landab über den jungen Mann zu erzählen wußte ... Nun, er hatte Verständnis für ihre Ehrerbietung und für ihren grenzenlosen Respekt vor all dem, was er geleistet hatte.

»Trinken Sie das, es wird Ihnen guttun«, sagte der Doktor.

Sie hielten Jonnie einen Becher an den Mund. Es war Whisky, vermischt mit Bitterkräutern. Jonnie zwang sich, das Zeug herunterzuschlucken. Und nach kurzer Zeit klangen die Schmerzen ab, er hatte das Gefühl, sanft auf einer Woge dahinzugleiten.

Der Doktor beschwor alle durch eindringliche Gesten, jetzt völlig still zu sein. Das Instrument, das er in der Hand hielt, war ein Rundlochbohrer zur Aussägung eines kreisförmigen Knochenstücks aus dem Schädel. Drei Druckstellen wirkten auf Jonnies Hirnmasse ein, und es war dringend notwendig, diesen permanenten Druck zu lindern.

Dunneldeen verschwand nach vorn in das Cockpit, um Dwight zur Hand zu gehen. Er schaute nach links und rechts zu den Begleitflugkörpern, von denen die meisten nur einen Piloten hatten.

Diese Männer hatten die ihnen zugewiesenen Außenstationen der Psychlos zerschlagen, und als Dunneldeen dann über Funk eine starke Patrouille nach Nordschottland angefordert hatte, waren sie angebraust gekommen, als wäre der Teufel hinter ihnen her. Sie hätten alle längst auf ihrer Heimatpiste landen und sich eine Ruhepause gönnen sollen, aber davon wollte keiner etwas hören, nachdem sie erfahren hatten, was mit Jonnie passiert war. Sie waren mit einer schottischen Einsatzgruppe zur Psychlo-Station in Cornwall geflogen und hatten ein paar Psychlos niedergemacht, die dort noch herumstolperten, und dann hatten sie alle Flugkörper erbeutet, deren sie habhaft werden konnten. Und wer nicht auf der Stelle für einen dringenden Einsatz zurückgerufen worden war, hatte dort ausgeharrt und auf neue Nachrichten über Jonnie gewartet. Und nun gaben sie ihm Geleitschutz nach Hause.

»Sag ihnen lieber, daß es ihm gut geht«, schlug Dwight vor. »Sie löchern mich alle zwei, drei Minuten mit ihren Fragen. Und Robert der Fuchs will auch dauernd wissen, was es Neues gibt. Ich bräuchte geradezu jemanden, der sich nur ums Funkgerät kümmert.«

»Es geht ihm nicht gut«, sagte Dunneldeen leise. Und er schaute nach hinten, den schmalen Gang entlang, zum Rumpf der Maschine, wo der Doktor mit der Operation begonnen hatte.

Dwight warf Dunneldeen einen scheuen Blick zu. Standen dem jungen Prinzen Tränen in den Augen? Ihm selber war auch zum Weinen zumute.

2

Drei Tage lang hatte Jonnie im Koma gelegen.

Sie hatten ihn in die alte unterirdische Verteidigungsanlage in den Rocky Mountains gebracht, wo sofort die Salzfilter in das Belüftungssystem eingeschaltet werden konnten, falls sich irgendwann ein Gegenangriff vom Planeten Psychlo materialisieren sollte.

Das Lazarett war eine sehr ausgedehnte Anlage, überall weiß gefliest, und kaum eine der Kacheln war zerbrochen. Die Russen hatten alles tadellos in Schuß gebracht. Und die Toten, die dort halbzerfallen gelegen hatten, waren inzwischen vom Pastor beigesetzt worden.

Auch fünfzehn der verwundeten Schotten waren hier untergebracht, darunter Thor und Glencannon. Sie lagen in einem separaten Trakt des Hospitals, aber mitunter wurde einem ihre Anwesenheit unüberhörbar bewußt, besonders nachmittags, wenn der Spielmajor seine Dudelsackpfeifer zu einem Ständchen aufmarschieren ließ. Dr. Allen und Dr. MacKendrick hatten bereits fünf Patienten entlassen, die schon wieder so obenauf waren, daß sie es einfach nicht mehr aushielten, nur herumzuliegen und Däumchen zu drehen, während sich draußen große Dinge taten.

Chrissie, die sich ständig in Jonnies Nähe aufhielt und nicht von seinem Bettrand wich, stand auf, als Dr. MacKendrick und Angus MacTavish den Raum betraten. Sie schienen sich irgendwie in die Haare geraten zu sein, und Chrissie hoffte, sie würden bald wieder gehen. MacKendrick legte die Hand auf Jonnies Stirn, stand eine Weile so da und betrachtete Jonnies aschgraues, fahles Gesicht. Dann wandte er sich zu Angus um, und die Geste, die er machte, schien zu bedeuten: »Sehen Sie's nicht selber?« Jonnies Atem ging schwach.

Vor drei Tagen war Jonnie erwacht und hatte Chrissie flüsternd gebeten, irgend jemanden zu rufen. An der Tür stand ständig eine schottische Wache mit Sturmgewehr, um von vornherein die vielen, nein, die allzu vielen abzuschrecken, die kommen wollten, um Jonnie zu besuchen. Chrissie hatte den Wachposten hereingeholt und dann sehr beunruhigt miterlebt, daß Jonnie in das

Mikrofon, das der Posten ihm dicht vor die Lippen hielt, eine schier endlose Nachricht für Robert den Fuchs geflüstert hatte. Bei dieser Nachricht handelte es sich um eine Idee, die Jonnie gekommen war: Falls wieder so eine Drohne mit tödlichem Gas am Himmel auftauchte, konnten sie den Angriff vielleicht aufhalten, indem sie dreißig Aufklärungsdrohnen losschickten, die so programmiert waren, daß sie sich mit ihren magnetischen Gleitkufen auf dem feindlichen Luftfahrzeug festklammerten. Und wenn die Drohnen dann gleichzeitig mit voller Maschinenkraft auf entgegengesetzte Koordinaten geschaltet wurden, würde das Antriebsaggregat des vorprogrammierten Psychlo-Flugkörpers ausbrennen. Chrissie hatte zwar den Sinn der Nachricht nicht verstanden, konnte aber um so besser beurteilen, daß das alles Jonnie viel zu sehr anstrengte. Er war gleich danach wieder in tiefe Bewußtlosigkeit gefallen. Und als dann später der Posten noch einmal hereinkam, um Sir Roberts Dank zu übermitteln und zu melden, daß alles genauso ausgeführt werden würde, war sie zornig auf ihn losgegangen.

Jetzt, als Dr. MacKendrick und Angus hereingelassen wurden, stand wieder derselbe Mann auf Posten. Chrissie nahm sich vor, ein ernstes Wort mit ihm zu reden. MacKendrick durfte er hereinlassen, das war in Ordnung. Aber Angus – auf keinen Fall!

MacKendrick und Angus verließen den Raum, der Posten schloß die Tür hinter ihnen.

MacKendrick führte Angus nacheinander in verschiedene Seitenräume, er drängte ihn förmlich hinein. »Sehen Sie sich das an«, sagte er, »Maschinen, Maschinen und noch einmal Maschinen. Das ist einst ein erstklassig ausgestattetes Hospital gewesen. Diese großen Apparate da ... ich kenne sie aus alten Büchern ... wurden Röntgengeräte genannt. Die Fachwissenschaft hieß Radiologie.«

»Irgendwas mit Strahlung?« fragte Angus entsetzt. »Mann, doch nicht für Jonnie! Das Zeug ist doch dazu da, die Psychlos abzumurksen. Sie sind wohl nicht ganz dicht, Mann?«

»Das sind Geräte von unschätzbarem Wert, man kann damit ins Innere eines Körpers schauen und die Ursache eines Übels feststellen.«

»Immerhin sind es Maschinen, für die man Elektrizität braucht«, sagte Angus ärgerlich. »Und was glauben Sie wohl, warum wir hier unten Grubenlampen brennen haben?«

»Irgendwie *müssen* Sie es schaffen, daß ich die Geräte in Betrieb nehmen kann«, verlangte MacKendrick.

»Selbst wenn mir das gelänge ... Hier, bei der Maschine sehe ich doch schon, daß sie mit Röhren bestückt ist. Das Gas in diesen Röhren ist über tausend Jahre alt. Wir können das heute nicht mehr herstellen, und wenn wir es hätten, wüßten wir nicht, wie wir's in die Röhren bringen sollten. Ich sag ja, Sie verrennen sich in eine verrückte Idee!«

MacKendrick sah ihn fest an. »Irgend etwas übt ständig einen starken Druck auf seine Hirnmasse aus! Ich kann nicht einfach anfangen, mit dem Skalpell draufloszustochern. Ich kann mich nicht auf Vermutungen verlassen. Nicht, wenn es um Jonnie MacTyler geht! Die Leute würden mich in Stücke reißen!«

»Ach so, Sie wollen ihm in den Kopf schauen? Na schön, warum haben Sie das nicht gleich gesagt?« Angus brummelte etwas von Elektrizität und solchem Kram vor sich hin, während er loszog.

Er wandte sich an einen der Bereitschaftspiloten auf dem ehemaligen Helikopter-Flugfeld. Er brauche dringend einen Flug zum Camp, sagte er, und zwar rasch. Es gab nur sehr wenige Piloten, und denen wurde wirklich eine Menge aufgebürdet. Sie schwirrten in allen Winkeln der Welt herum. Sie hatten so eine Art internationale Fluggesellschaft aufgezogen und damit angefangen, von den kleinen Gruppen der Menschheit, die übriggebliebenen waren, jede mindestens einmal in der Woche anzufliegen. Sie übernahmen den Lufttransport für die Koordinatoren der Weltweiten Föderation, für die Clanchefs und die Stammesältesten, und was ihnen auch an Aufträgen aufgebürdet wurde, sie erledigten es so rasch wie möglich. Inzwischen war die Ausbildung zusätzlicher Piloten angelaufen, aber bis jetzt hatten sie nur dreißig, die zwei im Hospital nicht mitgerechnet. Bei solchen Verhältnissen war es nicht verwunderlich, daß ein Allerweltsauftrag keine besondere Beachtung fand, nicht einmal wenn er von einem Schotten erteilt wurde, der zu den Veteranen der ersten Kämpfe zählte. Für Transportanforderungen von der unterirdischen Basis zum Camp standen normalerweise erdgebundene Fahrzeuge zur Verfügung.

Angus mußte dem Piloten sagen, daß es sich um Jonnie handelte, und da war das plötzlich etwas ganz anderes. Warum er das denn nicht gleich gesagt habe, fragte der Pilot, schubste ihn ins Flugzeug und versprach sogar, am Zielort zu warten.

In grimmiger Entschlossenheit marschierte Angus sogleich in den Teil des Camps, in dem sie die gefangenen Psychlos untergebracht hatten. In einem kleinen Teil des Gebäudetraktes, in dem früher die Schlafräume gelegen hatten, war die Atemgasanlage hergerichtet worden. Die Psychlos, die dort unter schwerer Bewachung gehalten wurden, gehörten alle zu der Sorte, die ihren alten Überzeugungen treu geblieben war. Ungefähr sechzig waren es jetzt. Zum Teil waren sie, nachdem sie die Waffen gestreckt hatten, von entlegenen Außenstationen hergebracht worden. Terl wurde allerdings getrennt von ihnen gefangengehalten.

Angus nahm sich eine Atemmaske, und die schottische Wache ließ ihn ein. Das Gefängnis war ein düsterer Ort, die Psychlos saßen verdrossen herum, manche sahen verzweifelt aus. Es war nicht ratsam, sich hier ohne den Schutz einer Geleitwache aufzuhalten. Die Gefangenen rechneten immer noch mit einem Gegenangriff von Psychlo, und sie zeigten daher wenig Neigung, sich den Menschen gegenüber kooperativ zu verhalten.

Der schottische Ingenieur fand Ker und rüttelte ihn aus seiner gedankenverlorenen Teilnahmslosigkeit auf. Er wollte von ihm wissen, ob es unter den Gruben- und Abbaugeräten der Psychlos irgendeines gäbe, mit dem man durch feste Gegenstände hindurchsehen könnte. Ker reagierte bloß mit einem Achselzucken. Angus sagte ihm, wofür das Gerät gebraucht wurde, und dann saß Ker eine Weile da, stierte vor sich hin und dachte nach. Plötzlich wollte er noch einmal wissen, wofür das Ding gebraucht würde, und Angus versicherte ihm, daß man es für Jonnie brauche. Ker saß da und drehte einen kleinen goldenen Ring zwischen den Klauen ... Und auf einmal sprang er auf und verlangte eine Atemmaske und eine Wache, die ihn begleiten sollte.

Ker ließ sich hinunter zu den Werkstätten bringen. In einem Lagerraum zog er schließlich unter allerlei Gerümpel eine merkwürdige Maschine heraus. Er erklärte Angus, daß es ein Gerät sei, mit dem man die innere Struktur von Mineralproben analysieren könne, zum Beispiel um verborgene Risse im kristallinen Aufbau von Metallen festzustellen. Er zeigte Angus, wie das Gerät bedient wurde. Man mußte die Röhre, von der die durchleuchtenden Strahlen ausgingen, unterhalb des Objekts anbringen, das untersucht werden sollte, und dann konnte man das Ergebnis oben auf einem kleinen Bildschirm ablesen. Es gab auch einen automatischen Kurvenschreiber, aus dessen Aufzeichnungen man erkennen konnte, ob und welche Metalle in Felsbrocken oder in Gemischen enthalten waren. Das Gerät arbeitete auf einer Wellenlänge, die Ker als »subprotone Feldausstrahlung« bezeichnete; diese wurde von einer zweiten, etwas tiefer angebrachten Röhre verstärkt, und dann floß die Strahlenwirkung durch die Gesteinsprobe, und man brauchte sich nur noch das Ergebnis auf dem Schirm anzusehen. Das Gerät war ein riesiger Apparat, natürlich, es war ja von und für Psychlos gebaut. Ker trug die Maschine für Angus zum Transporter, der immer noch auf dem Flugfeld wartete. Die Wache führte Ker ab, Angus machte sich auf den Rückweg zur unterirdischen Basis.

Sie erprobten das Gerät an einigen Katzen, die sie dort hielten, um der Rattenbrut Herr zu werden. Den Katzen schien die Behandlung in keiner Weise zu schaden. Auf dem Bildschirm sah man die Schädelstruktur ganz klar und deutlich. Für einen weiteren Versuch meldete sich einer der verwundeten Schotten freiwillig. Auch bei ihm zeigte die Behandlung keinerlei nachteilige Folgen, im Gegenteil, man fand sogar bei dieser Gelegenheit heraus, daß sich - noch von einer Verletzung beim Bergbau her - ein Steinsplitter in seiner Hand festgesetzt hatte.

Es war nachmittags, etwa vier Uhr, als sie anfingen, Jonnies Schädel zu untersuchen. Und eine halbe Stunde später hatten sie das dreidimensionale Bild als Ergebnis der Durchleuchtung und zusätzlich die exakten Aufzeichnungen des Kurvenschreibers.

Dr. MacKendrick wirkte wie erlöst, er zeigte beides Angus. »Ein Metallstück, sehen Sie es? Ein Splitter. Er sitzt genau unter einer der Stellen, an denen ich bereits die Bohrungen vorgenommen habe. Jetzt noch die übliche Vorbereitung, und dann hole ich das Ding mit dem Skalpell ziemlich schnell raus.«

»Ein Metallstück? Mit dem Skalpell?« rief Angus aus. »Und das bei Jonnie? Das werden Sie nicht tun! Sie werden es nicht wagen, ihn anzurühren! Warten Sie, ich komme gleich wieder zurück.«

Das Papierband mit den Kurvenaufzeichnungen flatterte wie ein Wimpel hinter ihm her, als er fünfzehn Minuten später bei den Chamco-Brüdern hereinstürmte. Die beiden arbeiteten in einem separaten Kuppelbau auf dem Camp, der mit Atemgas befüllt war; sie waren sehr fleißig bemüht, Robert den Fuchs beim allgemeinen Wiederaufbau zu unterstützen. Angus hielt ihnen die Aufzeichnungen unter die wulstigen Nasenknochen. »Um was für ein Metall handelt es sich hier?«

Die Chamcos studierten den Verlauf der Kurven. »Eisendaminit«, lautete die Antwort. »Eine sehr widerstandsfähige Legierung, die für Trägerkonstruktionen benutzt wird.«

»Magnetisch?« wollte Angus wissen, und sie bestätigten das.

Pünktlich um sechs traf Angus wieder im Hospital ein. Er brachte einen schweren Elektromagneten mit, den er gerade persönlich angefertigt und mit Handgriffen versehen hatte.

Angus zeigte MacKendrick, wie er mit dem Elektromagneten umgehen mußte, und der Doktor prüfte mit großer Sorgfalt, wie er den Splitter mit geringstmöglicher Verletzung des umgebenden

Gewebes herausholen könnte.

Ein paar Minuten später hielten sie das Ding in den Händen, es war ein ziemlich breiter Splitter. Sie hatten ihn mit Hilfe des Magneten herausgezogen.

Zu dieser Zeit wußten sie noch nicht, was ihnen die Chamco-Brüder später, nach genauerer Analyse, über das Metallstück sagen konnten: daß es nämlich aus den Längsverstrebungen in den Gleitkufen eines Flugkörpers stammte und daß man gerade dort, wo enormer Druck auf dem Material lastete, besonders widerstandsfähige, aber gleichzeitig auch extrem leichte Legierungen verwenden mußte. Jonnie selber war bisher nicht in der Lage gewesen, jemandem eine genaue Schilderung der Geschehnisse in der Drohne zu geben. Der Historiker hatte vergeblich versucht, ihn darüber auszufragen, sehr zu Chrissies Ärger, die sogar handgreiflich geworden war, um ihn hinauszubugsieren. So blieb es letzten Endes ein Geheimnis, wie das Splitterstück einer Gleitkufenstrebe sich in Jonnies Kopf gebohrt haben konnte.

Aber ganz egal, wie das Ding hineingekommen war und wie sie es schließlich wieder herausgeholt hatten, Chrissie war eine Riesenlast von der Seele genommen. Jonnies Fieber war rasch gesunken, sein Atem ging wieder regelmäßig und tief, und sein Gesicht nahm Farbe an.

Am nächsten Morgen erwachte er aus seiner Bewußtlosigkeit, er brachte, als er Chrissie und MacKendrick erkannte, ein kleines Lächeln zustande, und dann fiel er erschöpft in einen ruhigen, natürlichen Schlaf.

Auf der Planetenfrequenz knisterte der Rundfunk nur so vor Neuigkeiten! Jonnie, ihr Jonnie, war außer Gefahr!

Der Spielmajor ließ seine Dudelsackpfeifer und Trommler aufmarschieren und folgte im Paradeschritt dem Ausrufer, der mit lauter Stimme überall in den Arbeitsbereichen des Camps die Neuigkeit verkündete. Freudenfeuer loderten auf, sowohl hier in Colorado als auch in den entlegensten Winkeln der Welt. Ein Koordinator meldete aus den Anden, daß die Führer einiger Volksgruppen dort beschlossen hatten, diesen Tag zum festen jährlichen Feiertag zu erklären, und er fragte gleichzeitig an, ob sie mit einer Delegation anreisen dürften, um ihre Huldigung darzubringen. Auf einem Flugfeld in den Mondbergen in Afrika geriet ein Pilot in Bedrängnis: Eine jubelnde, ausgelassen feiernde Menschenmenge drängte sich um die Maschine, und die Koordinatoren und die Stammesführer hatten alle Hände voll zu tun, bis die Startbahn endlich wieder frei war. Die Funker im Camp mußten doppelte Schicht leisten, weil der Eingang von Funksprüchen sonst nicht mehr zu bewältigen gewesen wäre, seitdem die guten Nachrichten über Jonnies Befinden rings um die Erde gegangen waren.

Robert den Fuchs sah man nicht mehr anders als mit breitem, zufriedenem Grinsen, und das zeigte er jedem, dem er begegnete.

3

Als die Tage sich zu Wochen reihten, machte der Rat eine bestürzende Feststellung. Der Rat, das waren ursprünglich der Pastor, der Schulmeister, der Historiker und Robert der Fuchs gewesen, und inzwischen waren ein paar Clanchefs dazugekommen, die ihre Amtspflichten in Schottland Stellvertretern übertragen hatten. Dieser Rat war es also, der einmütig zu der Auffassung kam, daß Jonnie ... tja, sie wußten es nicht genauer zu sagen: daß er über irgend etwas brütete.

Freilich, er lächelte ihnen zu, wenn sie an sein Bett traten. Er antwortete, wenn sie mit ihm sprachen. Aber irgendwo tief in seinen Augen glaubten sie Teilnahmslosigkeit und Trübsinn zu erkennen.

Chrissie tat alles, um diese Besuche auf ein Mindestmaß zu beschränken. Und wenn die Ratsmitglieder schon kamen, dann achtete Chrissie streng darauf, daß sie nicht zu lange blieben.

In der einstigen Kadettenakademie der Luftwaffe waren einige Russen und Schweden damit beschäftigt, weitere Teile der Gebäude so wiederherzurichten, daß sie für die dringliche Ausbildung neuer Piloten benutzt werden konnten. Außerdem hatte der Rat seinen ständigen Tagungsort in der Akademie, solange das frühere Kapitol in Denver nicht wiederaufgebaut war. Auch die Schlafquartiere für die Ratsmitglieder befanden sich dort; eine recht praktische Lösung, weil man von der Akademie aus sowohl die ehemalige Psychlo-Außenstation wie auch die unterirdische Militärbasis rasch erreichen konnte.

Bei einem dieser Ratstreffen marschierte Robert der Fuchs erregt auf und ab. Sein Kilt flatterte bei jeder Kehrtwendung wie eine Fahne. Das Breitschwert schlug ihm wieder und wieder gegen die Stühle, an denen er vorbeiging. Er trug das Schwert – zusammen mit einer Smith and Wesson – in einem schmucken alten Offizierskoppel, das er irgendwo in der Basis gefunden hatte. »Irgendwas macht ihm innerlich zu schaffen«, sagte er. »Er ist einfach nicht mehr der alte Jonnie!«

»Ob er vielleicht denkt, daß wir etwas falsch machen?« vermutete der Clanchef der Fearghus.

»Nein, nein, darum geht es nicht«, antwortete Robert der Fuchs. »Er neigt ganz und gar nicht dazu, irgend jemanden zu kritisieren. Es ist einfach so ... irgend etwas bedrückt ihn.«

Der Pastor räusperte sich. »Vielleicht hat es etwas damit zu tun, daß seine körperliche Beweglichkeit eingeschränkt ist. Er hat Schwierigkeiten, den rechten Arm zu bewegen. Und er kann immer noch nicht laufen. Man darf nicht vergessen, daß er stets daran gewöhnt war, besonders wendig und tatkräftig zu sein. Und dann ... der gute Junge hat eine schwere Zeit hinter sich, verwundet, ganz auf sich allein gestellt ... Oder denken Sie nur an die Zeit davor: gefangen in einem Käfig. Ich frage mich mitunter, wie er damit fertig geworden ist. Sie alle erwarten ein wenig zuviel von ihm, und Sie erwarten es zu früh. Er ist ein tapferer Mann, und ich glaube fest daran, daß er ...«

»Vielleicht macht er sich Sorgen wegen der Möglichkeit eines Gegenangriffs von Psychlo?« unterbrach ihn der Clanchef der Argyll.

»Irgendwie müssen wir ihm Mut zusprechen«, sagte der Clanchef der Fearghus. »Der Himmel weiß, wieviel Mühe wir uns geben, mit all den Problemen unseres Planeten fertig zu werden.«

Tatsächlich, damit hatte er recht. Diejenigen Schotten, die Jonnie nicht mit nach Amerika genommen hatte, hatten die Initiative zur Gründung der Weltweiten Föderation für den Zusammenschluß der Menschheit ergriffen. Ungefähr zweihundert junge Männer, unterstützt von fünfzig Angehörigen der älteren Generation, widmeten sich dieser Aufgabe und hatten gute Arbeit geleistet. Sie waren zu zwei gefahrvollen Streifzügen aufgebrochen, von denen sie einer in eine frühere Universität namens Oxford geführt hatte – und ein anderer in eine ganz ähnliche Ruinenstadt, die in alten Zeiten Cambridge geheißen hatte. Sie waren mit reicher Ausbeute zurückgekommen, mit zahlreichen Lehrbüchern fremder Sprachen und mit einem ganzen Berg von Materialien über fremde Länder. Sie hatten herausgefunden, wo es möglicherweise noch vereinzelte Gruppen von Menschen geben konnte, und sie hatten Studienausschüsse gebildet – für jede Sprache, die vermutlich irgendwo auf der Welt noch gesprochen wurde. Ihre Auslese hatte sich als weitgehend richtig erwiesen, und die Männer waren mit Recht stolz auf ihre fleißigen, gründlichen Studien. Sie nannten sich »Koordinatoren«, und überall auf der Welt, wo

Restgruppen aufgefunden wurden, leisteten sie mit ihrer Arbeit einen gar nicht hoch genug einzuschätzenden Beitrag für den Fortbestand und die Weiterentwicklung der Menschheit.

Nach gegenwärtigem Erkenntnisstand mußten es annähernd fünfunddreißigtausend Menschen sein, die auf der Erde überlebt hatten, eine wahrhaft erstaunliche Anzahl, nach Meinung des Rates bei weitem zu viele, um sie alle je in einer einzigen Stadt unterbringen zu können. Die meisten Gruppen hatten nur deswegen überlebt, weil sie ins Gebirge ausgewichen waren, in natürliche Bergfestungen, wo ihre Vorfahren Bergbau getrieben hatten, so wie in den Rockie Mountains. Ein paar Gruppen gab es im ewigen Eis des Nordens, einer Gegend, für die die Psychlos kein Interesse gezeigt hatten. Und dann gab es noch ein paar nomadisierende Gruppen, die den Psychlos ganz einfach nie aufgefallen waren.

Der Rat hielt es für seine Pflicht, den inneren Zusammenhalt in jedem Stamm, das regionale Brauchtum und die gewachsene hierarchische Ordnung zu bewahren, die so erhaltene Eigenständigkeit jedoch in ein übergeordnetes Clan-System zu bringen, indem jeder Führer eines Stammes zum Clanchef ernannt wurde. Die Koordinatoren hatten die Aufgabe, die Verbindung zwischen den einzelnen Gruppen aufrechtzuerhalten und für den Nachrichtenaustausch zu sorgen; sie erledigten das mit Erfolg und standen in hohem Ansehen.

Die vielbeschäftigten Piloten mußten Clanchefs transportieren und Leute, die einen Besuch abstatten wollten, und überhaupt jeden, der an Bord kam. Das wurde auf denkbar einfache Weise abgewickelt: War der Andrang zu stark, so bat man die Reisewilligen einfach, bis zur nächsten Woche zu warten, und sie gaben sich damit zufrieden.

Eine weltweite Entwicklung, die wirklich auf übergreifender Organisation beruht hätte, gab es allerdings nicht. Mancherorts fehlte es an einer starken, zielorientierten Führung. In einigen Stämmen konnte jeder lesen und schreiben, in anderen war die geistige Bildung verkümmert. Die meisten Restgruppen waren arm, halb verhungert und arg heruntergekommen.

Ihre gemeinsame Hoffnung gründete sich auf die eine, die schier unglaubliche Tatsache, daß sie endlich – nach über tausend Jahren im Joch der Psychlos – frei waren, auch wenn es vielleicht nur eine vorübergehende Freiheit sein sollte. Einst hatten sie nur scheu aus ihren Bergverstecken hinuntergeschaut auf die Ruinen von Städten, die sie nicht zu betreten wagten. Vor ihren Augen hatten fruchtbare Ebenen gelegen, von riesigen Viehherden bevölkert, aber für sie war das ein unerreichbares Paradies gewesen. Sie hatten keine Hoffnung mehr gehabt, keinen Funken Hoffnung für die Spezies Mensch, deren Schicksal besiegelt schien. Und dann waren plötzlich mit Luftfahrzeugen *Menschen* zu ihnen gekommen, Menschen, die ihre Sprache beherrschten, die ihnen von großartigen Leistungen erzählten, von Schritten, die vielleicht in die Freiheit führten ... Und diese Menschen hatten ihnen neue Hoffnung gebracht und etwas wie ein Gefühl des Stolzes in ihnen erweckt.

Sie respektierten die Tatsache, daß es einen gemeinsamen Rat gab. Sie flogen zu dessen Sitz, oder wenn ihnen das nicht möglich war, suchten sie Verbindung zum Rat mit Hilfe der Funkgeräte, die nun überall standen, in den Bergen und in den einfachen Hütten.

Eine Frage war es, die sie vor allem bewegte: ob dieser Jonnie MacTyler, von dem ihnen die Koordinatoren erzählt hatten, auch ein Mitglied des Rates wäre? Man bestätigte es ihnen, und sie waren zufrieden. Wenn es so war, schien ihnen alles bestens geregelt.

Der Rat wußte indessen, daß ihm Jonnie zur Zeit nicht als Mitglied zur Verfügung stehen konnte. Und für die Männer des Rates war dies eine Tatsache, die sie nicht nur wegen der politischen Bedeutung, sondern auch wegen ihrer ganz persönlichen Verbundenheit zu Jonnie mit tiefer Sorge erfüllte.

Überall auf der Welt gab es dauernd Veränderungen oder Ereignisse, von denen der Rat nichts oder nur zufällig erfuhr. Überall schienen sich die Restgruppen der Menschheit in Bewegung zu setzen.

Da waren zum Beispiel vor kurzem Südamerikaner, verwegene Gestalten in weitgeschnittenen Hosen, mit flachen Lederhüten, aus einem Flugkörper gestiegen ... Die Burschen konnten das Lasso schwingen und mit Pferden umgehen, fast so gut, wie Jonnie das früher getan hatte ... Also, sie hatten eines schönen Tages auf dem Flugfeld gestanden (übrigens hatten sie ihre Frauen mitgebracht – und natürlich die Lassos und die Sättel) und durch ihren Koordinator, einen spanisch sprechenden Schotten, erklären lassen, daß sie »Llaneros« oder »Gauchos« wären und eine Menge von Viehzucht verstünden und es nun mal mit den wilden Rindern versuchen wollten. Und überhaupt, sagten sie, würden sie sich in Zukunft um die riesigen Herden von Wildrindern kümmern und dafür sorgen, daß jedermann im Camp und in der Basis genug zu essen hätte.

Ein andermal waren zwei Burschen aus den italienischen Alpen erschienen, hatten sich kurzerhand mit den alten Frauen geeinigt und von Stund an die Kontrolle über die Verpflegungsstelle übernommen. Fünf Deutschschweizer waren aufgetaucht und hatten in Denver eine kleine Werkstatt aufgemacht, in der Messer und Werkzeuge repariert wurden; man brauchte ihnen das Zeug nur zu bringen, sie putzten es blank, setzten es instand und lieferten es zurück. Es dauerte nicht lange, da mußte ein regelrechter Linienverkehr mit Frachtflugkörpern eingerichtet werden, und sogar der war bald Wochen im voraus ausgebucht. Drei Basken waren auf einmal da, sie wollten einfach nur Schuhe herstellen. Leider hatten die Koordinatoren in ihr Ausbildungsprogramm die baskische Sprache nicht mit aufgenommen. Aber die Schuhmacher kümmerte das wenig, sie lernten eifrig Englisch und Psychlo, und im übrigen taten sie, was sie sich vorgenommen hatten: nämlich Schuhe zu fertigen, und zwar aus dem Leder, mit dem die Südamerikaner sie großzügig versorgten. Und so kamen immer neue und immer mehr Einwanderer, aus allen Teilen der Welt.

Jeder wollte irgend etwas beitragen, damit es wieder vorwärtsging. Jeder wollte einfach ein bißchen mithelfen.

»Die Dinge entgleiten unserer Kontrolle!« beklagte sich Robert der Fuchs eines Tages bei einem Besuch im Hospital.

Jonnie lächelte nur und fragte: »Muß es denn eine Kontrolle geben?«

Anfangs war die größte Sorge des Historikers gewesen, daß er nicht wußte, wie er Jonnies viel zu bruchstückhaften Bericht über die Ereignisse mit der Drohne für die Nachwelt aufzeichnen sollte. Jetzt hatte der gute Mann ganz andere Probleme: Er ertrank geradezu in einer Flut von Stammesberichten aus den letzten tausend Jahren und mehr. Die Koordinatoren schickten ihm dauernd neues Material, und er kam nicht einmal dazu, es zu sichten und zu ordnen. Ein paar ernstblickende Chinesen, die an irgendeinem Zufluchtsort in den Bergen überlebt hatten, waren inzwischen zu ihm gestoßen und lernten mit wahrem Feuereifer Englisch, aber bis jetzt waren sie dem Historiker eben noch keine große Hilfe.

Zuerst hatte es so ausgesehen, als wären die Sprachbarrieren unüberwindbar. Doch bald stellte sich heraus, daß künftig jeder Gebildete drei Sprachen beherrschen mußte: Psychlo – für alles, was mit technischen Dingen zusammenhing; Englisch – als Amtssprache und für den Bereich der Künste und Geisteswissenschaften; und schließlich noch die eigene Muttersprache (sofern das nicht gerade Englisch war). Die Piloten schwatzten untereinander sowieso nur Psychlo, denn das war nun mal die Sprache, die sie täglich in den Cockpits, auf allen Ausrüstungsgegenständen und in den technischen Handbüchern vor Augen hatten und in der sie ihre Navigationsanweisungen erhielten ... kurzum, an die sie gewöhnt waren.

Zunächst hatte sich erheblicher Widerstand dagegen erhoben, ausgerechnet die Sprache der verhaßten Psychlos zu benutzen. Aber dann hatte der Historiker herausgefunden, daß es ursprünglich niemals eine Sprache namens Psychlo gegeben hatte, sondern daß es sich dabei um ein Gemisch aus Lehnwörtern und technischen Begriffen von anderen Bewohnern des Universums handelte. Das hörten die Leute gern; es förderte ihre Bereitschaft, die Sprache zu lernen. Aber sie nannten sie jetzt nicht mehr »Psychlo«, sondern »Techno«.

Der Pastor hatte wieder ganz andere Probleme: Er sah sich mit ungefähr vierzig verschiedenen Religionen konfrontiert. Eines war ihnen allen gemeinsam: die Überlieferung von der gewaltsamen Eroberung der Erde vor tausend oder mehr Jahren. Aber im übrigen lagen Welten zwischen den verschiedenen Glaubensrichtungen.

Hexenmeister, Medizinmänner, Götzenpriester rannten ihm die Tür ein. Er war sich der Tatsache wohl bewußt, daß über Meinungsverschiedenheiten in Glaubensfragen sogar Kriege entstehen konnten, und hütete sich, irgendeinen von denen, die zu ihm kamen, bekehren zu wollen. Er wollte Brüderlichkeit und Frieden.

Er erklärte ihnen, daß die Menschen, weil sie eben nicht einig und ständig in Kriege verstrickt gewesen waren, nur zögernde Fortschritte in ihrer gemeinsamen kulturellen und zivilisatorischen Entwicklung gemacht hatten und dadurch zur leichten Beute für außerirdische Invasoren geworden waren. Und sie teilten alle seine Meinung: Es durfte nie wieder soweit kommen, daß der Mensch des Menschen Feind war.

Die alten Sagen und Überlieferungen ... nun gut, sie wußten jetzt, wie es in Wahrheit gewesen war. Es fiel ihnen nicht schwer, gedanklich von den Mythen Abschied zu nehmen. Aber sobald es zu der Frage kam, welche Götter des Himmels man verehren und welche Geister der Unterwelt man fürchten sollte ... tja, da war es mit der Einigkeit nicht mehr weit her.

Für den Augenblick hatte der Pastor das Problem gelöst: Er verzichtete einfach auf jede Einmischung in Glaubensfragen. Damit war es allerdings nicht getan. Denn was sollte er antworten, als sie ihn schließlich fragten, zu welcher Religion sich Jonnie MacTyler bekannte? Nun, beschied sie der Pastor, was Jonnie betraf ... eigentlich gehörte er gar keiner Religionsgemeinschaft an. Er war eben *Jonnie MacTyler.* Und von Stund an wurde Jonnie selber für alle ein Teil dessen, woran sie glaubten. Und dabei blieb es.

Das alles ereignete sich zu derselben Zeit, als Jonnie noch schwach und blaß darniederlag und als es jeden Tag viel guten Zuredens durch Chrissie und MacKendrick bedurfte, um ihn zu zaghaften Gehversuchen und zum Gebrauch seines rechten Armes zu ermutigen. Und als dann der Pastor kam und ihm erzählen wollte, er sei auf dem besten Wege, Einzug in die Tempel von etwa vierzig Glaubensrichtungen zu halten, reagierte Jonnie nicht einmal darauf. Er lag nur still da, und in seinen Augen war kaum irgendein Zeichen von Anteilnahme zu erkennen.

Es war eine schwere, bedrückende Zeit für den Rat.

4

Er lag im Halbschlaf im Bett, zu nichts mochte er sich aufraffen.

Das ganze Geheimnis, das hinter Jonnies Lethargie steckte, war das Gefühl, versagt zu haben. Vielleicht waren die Bomben gar nicht auf Psychlo angekommen. Vielleicht war der Friede, der den Menschen jetzt beschieden war, nur ein trügerisches Zwischenspiel. Konnte es nicht bald wieder geschehen, daß dieser wunderschöne Planet in all seiner Weite dem Menschen gar nicht mehr gehörte?

Und selbst wenn die Bomben ihre Wirkung getan haben sollten und von Psychlo keine Bedrohung mehr ausging, dann gab es, wie Jonnie wußte, trotzdem noch andere Außerirdische im Universum, Kreaturen, die genauso grausam und erbarmungslos waren wie die Psychlos. Und wie sollten die Menschen sich und ihre Erde gegen all diese Monster verteidigen?

Mit dieser sorgenvollen Frage wachte er morgens auf, und sie verfolgte ihn bis spät in die Nacht, bis in den Schlaf. Die Menschen schienen jetzt so glücklich zu sein, sie gaben sich solche Mühe, sie lebten so deutlich in dem Gefühl, daß ihnen das Leben neu geschenkt war. Wie grausam mußte es sein, wie hart mußte es alle treffen, wenn sich herausstellen sollte, daß das alles nur ein kurzes Intermezzo gewesen war!

Auf diesen Morgen würde auch wieder nur ein Tag wie jeder andere folgen. Er stand auf, der Russe, der sich um sein Wohlergehen kümmerte, brachte ihm das Frühstück und half anschließend Chrissie dabei, das Zimmer aufzuräumen. MacKendrick kam, ließ ihn Armbewegungen üben und redete ihm gut zu, wieder ein paar Gehversuche zu machen. Er erzählte ihm Gott weiß was für tröstliche Geschichten: daß alles in Ordnung wäre und bestimmt keine körperliche Beeinträchtigung vorläge und alles nur von seinem guten Willen abhinge. Und dann kamen Sir Robert oder der Pastor, und während sie dasaßen, merkte man ihnen an, wie unbehaglich ihnen zumute war, und nach einer Weile wurde es Chrissie zu dumm, und sie scheuchte sie hinaus. Ein langweiliger Tag voller Nichtigkeiten. Ja, so ein Tag würde es werden. Und irgendwann würde er eben zu Ende gehen.

Der Gedanke daran, daß alles vielleicht letztlich scheitern würde, bedrückte ihn. Klarer als andere konnte er sich vorstellen, was bei einem Gegenangriff der Psychlos geschehen würde und wie furchtbar es wäre, wenn der Anfang ihres Bemühens zugleich schon das Ende aller Hoffnungen bedeutete. Er empfand Schuldgefühle, sooft er auf einem Gesicht ein glückliches Lächeln entdeckte, denn wie bald schon konnte alles, was sie gerade erst aufbauen wollten, erneut in Trümmer fallen.

Er hatte dem Historiker, Dr. MacDermott, einen farblosen Bericht über die Ereignisse bei der Zerstörung der Gasdrohne gegeben und war immer wieder auf die Frage zurückgekommen, was noch möglich und was nicht mehr möglich wäre, wenn wieder so ein ferngelenkter Flugkörper mit Killer-Gas auftauchte. MacDermott witterte, daß es sich lohnen würde, genauere Details über den Ablauf dieser Aktion zu erfahren ... Aber da war Chrissie dazwischengefahren und hatte den Historiker hinausgejagt.

Chrissie hatte gerade Jonnie das Gesicht gewaschen; er saß in einem Rollwagen ... Da fiel ihm auf einmal auf, daß der Russe sich irgendwie merkwürdig benahm. Nicht etwa, daß Jonnie dadurch beunruhigt gewesen wäre, denn draußen auf dem Flur hielten sich ständig ein paar schottische Posten auf, die ihn vor ungebetenen Besuchern und vor allen möglichen Störungen bewahren sollten. Seinen anfänglichen Protest gegen diese Sicherheitsmaßnahmen hatte er bald aufgegeben, weil er merkte, daß er durch seinen Widerspruch alle nur um so mehr aufregte. Aber dieser Russe ...

Als er sich das erste Mal zum persönlichen Dienst bei Jonnie meldete, hatte er ein geschwollenes blaues Auge gehabt, dabei aber so breit gegrinst, als hätte er gerade die bedeutendste Schlacht seines Lebens gewonnen. Auf Jonnies erstaunte Frage hatte Chrissie erzählt, daß es zu den Gepflogenheiten der Russen in der Basis gehörte, ihre Fäuste darüber entscheiden zu lassen, wer Jonnie bedienen dürfe. Jonnie hatte den Eindruck gehabt, daß dieser Bursche bei jedem Faustkampf Sieger bleiben könnte: Er war so groß wie Jonnie, stämmig, seine Augen verrieten, daß auch ein paar Tropfen asiatischen Bluts in seinen Adern fließen mochten, er trug weitgeschnittene, ausgebeulte Hosen und eine weiße Tunika. Mit dem gezwirbelten schwarzen Schnurrbart, der links und rechts von den wulstigen Nasenlöchern quer nach außen ragte, war er schon eine imposante Erscheinung. Übrigens hieß er, wie hätte es auch anders sein können, Iwan.

Zwei Wochen hatte Jonnie ihn nicht gesehen, andere Russen hatten ihn vertreten. Und heute war er nun plötzlich wieder da. Nachdem er das Frühstück hingestellt hatte, trat er ein paar Schritte zurück und nahm die strammste Habtachtstellung ein, die Jonnie je gesehen hatte.

Ein Koordinator kam zur Tür hereingeschlüpft, wobei der schottische Wachposten düster die Stirn runzelte und im Stillen beschloß, sofort jemanden loszuschicken und Sir Robert holen zu lassen.

Jonnie sah den Russen fragend an.

Der Russe verneigte sich tief, stand sofort wieder stramm und fragte, den Blick immer starr geradeaus gerichtet: »Wie ist Ihrrr werrrtes Befinden, Jonnie Tylerrr, Sirrr?« Sein Akzent war grauenhaft, aber die Frage war schon alles, was er vorzubringen hatte.

Jonnie kaute weiter an seinem Haferbrei. »Danke, wie geht es Ihnen selber?« fragte er mümmelnd zurück.

Der Russe stand stumm wie ein Klotz. Dann verdrehte er komisch die Augäpfel und warf dem schottischen Koordinator einen flehentlichen Blick zu.

»Mehr Englisch kann er nicht, Sir«, sagte der Koordinator. »Aber er möchte Ihnen etwas mitteilen. Und er hat auch ein Geschenk für Sie.«

Chrissie, die gerade mit dem Besen hantierte, schien das alles sehr ungehörig zu finden. Sie sah zornig wie eine Furie aus, und da sie das Haar mit einem rehledernen Band hochgebunden hatte, verdeckte keine einzige kornblonde Strähne ihre blitzenden Augen. Es stand zu befürchten, daß sie im nächsten Augenblick mit dem Besen auf die beiden losgehen würde. Jonnie gab ihr einen Wink, sie solle sich beruhigen. Sein Interesse an dem, was der Russe ihm sagen wollte, war erwacht. Der Mann sah aus, als könnte er es gar nicht mehr abwarten, seine Neuigkeiten loszuwerden.

Eine wahre Flut von russischen Wörtern prasselte hervor; der Koordinator hörte sorgfältig zu und begann schließlich zu übersetzen:

»Er sagt, daß er Colonel Iwan Smolensk ist und aus dem Hindukusch kommt, das liegt im Himalaja. Zu seiner Abstammung erklärt er, daß es da irgendwann eine Einheit der Roten Armee gegeben hat, die von den übrigen Verbänden abgeschnitten wurde und deren Angehörige sich im Lauf der Zeit durch Heirat mit den Einheimischen vermischt haben. Außer seiner Gruppe gibt es noch ungefähr zehn weitere im Himalaja; zum Teil sprechen sie Russisch, zum Teil einen afghanischen Dialekt. Es sind eigentlich keine Armeeverbände. Wenn man ihn ›Colonel‹ nennt, dann bedeutet das so viel wie ›Vater‹. Im Grunde sind es Kosaken.«

Der Russe hatte wohl den Eindruck, das alles dauere viel zu lange und der Koordinator übersetze Dinge, die er selber gar nicht gesagt hatte. Also ratterte er seine nächste Strophe herunter, so geschwind, daß der Koordinator erst noch ein paar Rückfragen hatte, bevor er sich Jonnie zuwenden konnte.

Chrissie fuhr zornblitzend dazwischen. »Ich finde, das entspricht alles nicht den Spielregeln, die man in einem Krankenzimmer beachten sollte!« fauchte sie den armen Koordinator an, der sowieso ein bißchen Angst vor ihr hatte und erst nach Jonnies ausdrücklicher Ermunterung wagte, mit der Übersetzung fortzufahren.

»Also, die Sache scheint so zu sein ... Als sie merkten, daß die schreckliche Psychlo-Herrschaft zu Ende war und man sich wieder frei bewegen konnte ... Es gibt dort offenbar unendlich weite Steppen ... Also, da zog eine ihrer Sippen ... So nennen sie dort die Großfamilien ... Kurz und gut, diese Sippe machte sich auf zu einem langen Ritt bis zum Ural. Und von dort aus haben sie ihm über Funk ... Es sieht so aus, als ob heutzutage jeder ein Funkgerät hätte, nicht wahr? Also, sie haben ihm über Funk eine interessante Neuigkeit mitgeteilt. Unser örtlicher Koordinator hatte ihnen nämlich von der hiesigen Basis erzählt, und irgendwie hat das die Sippe auf die Idee gebracht, daß es dort vielleicht auch eine russische Basis geben könnte.«

»Und?« fragte Jonnie.

»Tja ...«, fuhr der Koordinator fort, »sie hatten recht. Sie haben es Iwan über Funk mitgeteilt, und er ist gleich losgeflogen ... Heutzutage kann ja jeder irgendwo ins Flugzeug steigen, die Maschinen fliegen einmal wöchentlich jeden Stamm an ... Und dann ist er auf eines der schnellen Pferde gestiegen und wie der Wind, sagt er, wie der Wind ist er losgeritten, weil er die Basis mit eigenen Augen sehen wollte. Ja, und jetzt ist er gerade zurückgekommen und wollte Ihnen davon berichten.«

»Er sollte lieber dem Rat Bericht erstatten!« schimpfte

Chrissie. »Jonnie ist noch nicht in der Verfassung, hier eine längere Audienz abzuhalten. So nennt man das doch wohl, oder?«

Der Russe fuhr ungerührt fort, seinen Bericht herunterzubeten. Der Koordinator war nicht aus so hartem Holz; er wollte keinen Ärger mit Chrissie haben, denn sie war nicht nur ein ziemlich prominentes, sondern außerdem ein bildhübsches Mädchen; also machte er sich nur sehr zaghaft und schüchtern an die Übersetzung.

»Wie gesagt, es gibt dort eine Basis, ungefähr so groß wie diese hier und ebenso voll von Atomwaffen und allem möglichen Kriegsgerät und auch mit vielen Toten.«

Jonnie konnte ein gewisses Interesse nicht verhehlen. Diese Basis nahe dem Ural konnte im Falle eines Gegenangriffs als Zufluchtsort dienen. »Gut, sagen Sie ihm, das sei eine wichtige Nachricht, und ich empfehle, daß man die Basis wieder zur Benutzung herrichtet.«

Der Koordinator und der Russe wechselten ein paar Worte. Und dann ging es auf einmal los! Ein Wortschwall wie ein Feuerwerk! Der Russe ratterte drauflos, daß die Wände wackelten!

Das war der Augenblick, in dem Robert der Fuchs hereinkam: kurzatmig, weil er sich so beeilt hatte, und außerordentlich mißgelaunt, nicht nur, weil jemand wagte, Jonnie zu stören, sondern auch, weil diese Berichterstattung eine glatte Umgehung des vorgeschriebenen Weges über den Ältestenrat darstellte. Aber als er sah, daß Jonnie sich offensichtlich interessiert zeigte (nicht gerade leidenschaftlich interessiert, aber immerhin mehr, als es in letzter Zeit je der Fall gewesen war), schluckte er seinen Ärger herunter, lehnte sich an die Wand und machte dem Koordinator ein Zeichen, fortzufahren.

Der Koordinator war ein Nervenbündel. Durch seine Tätigkeit war er daran gewöhnt, mit Stammeshäuptlingen und angesehenen Leuten aus aller Welt umzugehen, aber hier war ihm doch ein bißchen viel Prominenz auf einmal versammelt. Allein die Tatsache, Jonnie gegenüberzustehen war geradezu überwältigend! Andererseits war da dieser Colonel Iwan, dessen grimmige Miene nichts Gutes ahnen ließ und der ihm womöglich gleich einen Tritt versetzen würde. Also übersetzte er lieber.

»Er sagt, genau das wäre es gewesen, was der Menschheit den Untergang gebracht hätte. Die tapfere Rote Armee, sagt er, stets in Kampfbereitschaft gegen kapitalistische Hetze und imperialistische Kriegstreiber ... Verzeihung, Sir, er redet eben daher, wie er's kennt, es steckt keine politische Absicht dahinter ... Also, er sagt, die Armeen der Supermächte hätten sich immer nur belauert und sich eben nicht gegenseitig beigestanden, als die Invasoren auf der Erde landeten. Stammesfehden werde es zwar immer geben, sagt er, aber internationale Kriege zwischen Völkern dieser Erde müßten im Interesse der Menschheit geächtet werden. Er ist für den Gedanken einer Völkergemeinschaft, sagt er. Es dürfe nie wieder so sein, daß die Menschen gegeneinander die Waffen erheben, statt sich Schulter an Schulter zusammenzuschließen. Er ist von dieser Idee leidenschaftlich beseelt, Sir, und er sagt, so wie er dächten alle russischen Stämme.«

Jonnie schob das Tablett weg, und der Russe, der sich bei dieser Gelegenheit an seine eigentlichen Pflichten erinnerte, nahm es rasch an sich. Aber das hinderte ihn keineswegs daran, gleichzeitig wieder einen neuen Wortschwall loszulassen.

Der Koordinator hielt Jonnie ein paar Papiere hin. »Die Leute können dort noch lesen und schreiben, Sir, und er und ein paar von den Führern der Sippen haben hier Papiere zusammengestellt ... wenn Sie verzeihen wollen, die Bogen sehen nicht gerade schön aus, die müssen sie wohl in der alten Basis gefunden haben, sie selber haben ja kaum noch Papier ... Also, sie haben da was aufgeschrieben, und sie bitten um Ihre Zustimmung.«

Jonnie sah müde aus, er schaute zu Robert dem Fuchs hinüber. »Das ist eine Sache für den Rat. Die Stammesführer aus dem Himalaja sind doch auch Ratsmitglieder.«

Der Russe schien zu erraten, was Jonnie sagte, und ließ eine weitere Ladung Russisch hervorprasseln.

»Er lehnt das entschieden ab«, übersetzte der Koordinator. »Der Rat tagt hier auf diesem Kontinent, und die Basis ist drüben auf einem anderen Kontinent. Er sagt, da drüben gäbe es unterirdische Abschußrampen für Nuklearwaffen, die auf diesen Kontinent zielen, und das sei nun schon seit tausend Jahren so. Und er möchte nicht, daß Ihnen irgend etwas zustößt, Sir. Daher wünscht er, daß eine Truppe aus Südamerikanern und Männern von Alaska ... Nordamerikaner gibt es ja kaum noch, das weiß er ... also, daß so eine Truppe die Basis da drüben in Ihrem Auftrag besetzt. Er sagt, wenn die Russen die hiesige Basis besetzen, dann kommen sie bestimmt nicht auf den Gedanken, das Feuer auf Rußland zu eröffnen. Und wenn Leute von diesem Kontinent die Basis da drüben besetzen, dann werden sie ja wohl nicht hierher feuern. Sie haben das in Rußland komplett ausgearbeitet. Sir Jonnie, es steht alles hier drin. Wenn Sie den Plan gutheißen und hier unten abzeichnen wollen ...«

Robert der Fuchs beobachtete Jonnie aufmerksam. Zum ersten Mal zeigte Jonnie sich interessiert an einer Frage, die ihm vorgetragen wurde. Wegen des Rates machte Robert sich keine großen Sorgen, man würde dort wahrscheinlich nichts dagegen haben. Und so nickte er, als Jonnie ihn fragend ansah. Jonnie nahm den Federhalter und schrieb seine Initialen auf das Papier.

Dem Russen schien ein Stein vom Herzen zu fallen. Dann schwadronierte er, an den Koordinator gewandt, wieder drauflos, und der ließ Jonnie wissen: »Jetzt möchte er Ihnen noch ein Geschenk überreichen.«

Iwan stellte das Tablett ab, langte in die Tasche seiner Tunika und zog ein goldglänzendes Ding heraus: wie eine Münze geformt, in deren Mitte ein roter Stern prangte; dazu zwei Reversabzeichen aus alter Goldlitze. Er hielt beides hin, und man sah ihm an, wie sehr er sich wünschte, daß Jonnie das Geschenk annähme.

Der Koordinator erklärte: »Diese Mützenkokarde und die Reversabzeichen haben sie bei dem Marschall der Roten Armee gefunden, der das Kommando über die unterirdische Basis führte. Iwan läßt Sie wissen, daß beides jetzt Ihnen gehört. Und er möchte, daß Sie wissen: *Sie* haben von jetzt an das Kommando über *beide* unterirdische Basen, über die hiesige und über die dort drüben.«

Die Andeutung eines Lächelns von Jonnie genügte, und schon küßte ihn der Russe auf beide Wangen. Dann stürmte er Hals über Kopf aus dem Zimmer.

Robert der Fuchs nahm die Papiere an sich. Chrissie verstaute die Geschenke in Jonnies Rehledertasche.

»Wenn sich das, was wir eben erlebt haben, vor ungefähr tausend Jahren ereignet hätte, dann wäre vielleicht manches ganz anders gekommen«, sagte Robert der Fuchs. Chrissie stand schon drängelnd hinter ihm und versuchte, ihn hinauszubugsieren, weil Jonnie so müde aussah. »Der Rat wird sich mit diesen Papieren beschäftigen und sich um alles kümmern. Vielleicht lagert in dieser Basis Material, das wir gut gebrauchen können.«

»Kümmert euch vor allem darum, daß die Basis wieder hergerichtet und mit Filtern versehen wird«, bat Jonnie. »Das könnte wichtig werden für die Leute, falls wieder ferngelenkte Flugkörper mit Killer-Gas auftauchen.«

Als später Dr. MacKendrick erschien, Jonnie Armbewegungen üben ließ und seine Gehversuche überwachte, kam er, durchaus zufrieden, zu dem Urteil, Jonnie habe Fortschritte gemacht.

»Längst nicht so große Fortschritte, wie ich eigentlich hätte machen müssen«, widersprach Jonnie. »Ich fürchte, ich bin die ganze Zeit über nicht so superklug gewesen, wie manche Leute meinen.«

Teil XVI

1

Terl saß niedergeschlagen in dem dunklen Loch, in das man ihn gesperrt hatte.

Er war wohlweislich von den anderen Psychlos getrennt worden, denn die hätten ihn zu Hackfleisch verarbeitet. Er saß in einem kleinen Viereck, das früher mal als Putzraum neben den Schlafsälen gedient hatte. Die Kammer war mit Atemgas befüllt, man hatte Terl ein schmales, knapp vier Meter langes Bett hineingestellt, in der Tür gab es eine Durchreiche fürs Essen, und direkt darunter war eine Zweiweg-Sprechanlage eingebaut. Durch einen schmalen Sehschlitz konnte Terl, wenn die Klappe offenstand, hinaus auf den Flur schauen.

Es war ein Gefängnis, aus dem es kein Entrinnen gab. Terl hatte schon alle mechanischen Ausbruchsmöglichkeiten erfolglos durchprobiert. Er war zwar nicht angekettet, aber draußen auf dem Flur hielt ein Posten mit Sturmgewehr rund um die Uhr Wache.

In Wirklichkeit waren die Weiber an allem schuld, sowohl die beiden weiblichen Menschendinger als auch Chirk. Seine Rekonstruktion der Ereignisse war zwar im Nachhinein etwas fehlerhaft, aber wenigstens war er fest überzeugt, daß er damit recht hatte.

Terls meisterhafte Begabung, sich selber etwas vorzumachen, war so ausgeprägt wie eh und je.

Wenn er sein gegenwärtiges Schicksal mit dem herrlichen Traum von Reichtum und Macht auf Psychlo verglich ... mit den langgehegten Wunschvorstellungen, daß sich sogar die oberen Zehntausend vor ihm verneigten und der Pöbel schlicht vor Ehrfurcht erstarrte ... Er konnte nur noch vor hilfloser Wut zittern! Diese Kreaturen wagten es, ihm vorzuenthalten, was sein Eigentum war! Da schimmelten nun zehn wunderschöne goldene Sargdeckel vor sich hin, dort oben auf Psychlo, auf dem Friedhof der Company! Ach, wie verlockend war die Idee, irgendwann in dunkler Nacht hinauszuschleichen und die Sargdeckel auszugraben! Fast so verlockend wie der Gedanke an den Reichtum, in dem er dann schwelgen, und an die Macht, die er dann ausüben könnte!

Er war immer so freundlich zu den Kreaturen gewesen. Und wie hatten sie ihn behandelt? In die Besenkammer gesteckt!

Aber er wäre nicht Terl gewesen, wenn er sich einfach in sein Schicksal ergeben hätte. Nein, er gab nicht auf. Er dachte pausenlos nach, scharfsinnig und gründlich. Im Augenblick blieb ihm eben nichts anderes übrig, als sich ruhig zu verhalten, kühl und beherrscht.

Es war noch nicht aller Tage Abend. Er würde schon noch nach Psychlo kommen. Er würde diese Menschendinger und ihren verfluchten Planeten schon noch vernichten. Er würde seine Sargdeckel ausgraben. Und am Schluß kam es doch soweit, daß alle vor ihm katzbuckelten und zitterten. Nichts konnte ihn aufhalten!

Er rechnete zusammen, was ihm noch an Druckmitteln geblieben war. Der wichtigste Aktivposten war natürlich seine eigene Gerissenheit. Das verstand sich ja von selber. Daran gab's überhaupt keinen Zweifel. Zweitens ... Da lag immer noch eine gewaltige Sprengladung im Käfig vergraben, und Terl war ziemlich sicher, daß dieses männliche Menschending, dieser Jonnie, das glatt vergessen hatte. Drittens hatte es drei Fernbedienungen zur Auslösung der Sprengsätze gegeben. Eine davon lag immer noch in Terls Büro, die zweite hatte man ihm weggenommen ... Aber die dritte hatte Terl seinerzeit vorsorglich im Käfig vergraben, gleich hinter der Tür, nur so für den Fall, daß eines der Menschendinger ihn ausgetrickst und eingeschlossen hätte. Damit hätte er, ganz nach Lust und Laune, den Menschenmädchen die Köpfe wegpusten oder die Stromzufuhr der Gitter ausschalten können. Und diese dritte Fernbedienung war bestimmt nicht gefunden worden.

So viel zu den ersten drei Druckmitteln: Terls Gerissenheit, die versteckte Sprengladung und die Fernbedienung, von der niemand etwas wußte. Das vierte Druckmittel war besonders wirkungsvoll. Und das fünfte war einfach gigantisch.

Wieder am Drücker sitzen! Wieder Oberwasser bekommen!

So saß er im Halbdunkel seines Gefängnisses und dachte nach und plante, und nach ein paar Tagen wußte er, daß er die Lösung gefunden hatte. Es war ein Plan aus vielen Einzelstücken, lauter kleine Scheußlichkeiten, sauber aufeinander abgestimmt und so klar zu Ende gedacht, daß es auf der Stelle losgehen konnte.

Der erste Schritt war einfach: Er mußte es schaffen, in den Käfig zu kommen. Na schön, dann wollte er die Sache mal ins Rollen bringen.

Augenblicklich verwandelte er sich in den freundlichsten, fügsamsten Terl, den man sich vorstellen konnte. Und eines Morgens, als er durch den Sehschlitz spähte, bemerkte er, daß sich da draußen bei den Wachen etwas verändert hatte: Das waren nicht mehr diese Menschendinger in Kilts. Er guckte genauer hin: Die Kreatur, die ihn jetzt bewachte, trug lange Hosen und Schnürstiefel. Und auf der linken Brustseite entdeckte Terl ein Abzeichen, und zwar eine Schwinge ... nein, nur eine halbe Schwinge. Interessant. Das alles paßte in Terls Pläne wie maßgeschneidert. Es fiel ihm schwer, sich die freudige Erregung nicht anmerken zu lassen.

Es gab überhaupt nur ein Handicap, und das lag in Terls mangelnden Sprachkenntnissen. Er hatte in allen Ausbildungszweigen der Company-Hochschulen geglänzt und sämtliche Prüfungen mit Bravour bestanden. Aber Fremdsprachen ... Die gehörten in den Bereich dieser feinsinnigen Bildungsbeflissenheit, mit der kein Psychlo von echtem Schrot und Korn etwas zu tun haben wollte. Also mußte er sich auf sein Glück verlassen. Vielleicht kam er ja auch mit Psychlo zum Ziel.

»He, du!« rief er durch die Zweiweg-Sprechanlage, »was bedeutet denn die halbe Schwinge, die du trägst?«

Der Wachposten sah ein bißchen verdutzt aus, und Terl dachte vergnügt: Gut so, Freundchen ...

»Meiner Meinung nach müßten es zwei Schwingen sein«, fuhr Terl fort, »eine links und eine rechts.«

»Ich befinde mich noch in der Ausbildung«, antwortete der Posten. »Erst nach der Pilotenprüfung erhält man die Doppelschwinge. Und ich bekomme sie auch eines Tages, verlaß dich drauf!«

Terl vergaß für einen Augenblick seine tiefeingewurzelte Überzeugung, daß es eigentlich unmöglich war, ein Menschending zu verstehen. Es gab eben Zeiten, in denen der Hochmut gebot, diese niederen Kreaturen unbeachtet zu lassen, und andere, in denen bittere Notwendigkeiten es erforderten, sich angelegentlich mit ihnen zu beschäftigen. Die Kreatur da draußen sprach Psychlo. Mit Chinko-Akzent, das war ja zu erwarten gewesen, aber eindeutig Psychlo.

»Ich bin überzeugt, daß du dir die Doppelschwinge verdienen wirst!« schmeichelte er dem Posten. »Übrigens, mein Kompliment, du sprichst unsere Sprache exzellent! Trotzdem, ein bißchen Übung fehlt dir. Die Konversation mit einem echten Psychlo wäre nützlich für dich.«

Der Wachposten strahlte. Terls Argument leuchtete ihm ein.

Er hatte sich vorher noch nie mit einem echten Psychlo unterhalten. Aber jetzt stand ihm ja einer zur Verfügung. Das war doch mal was ganz anderes, oder? Also fing er an, Terl zu erzählen, wer er war: Lars Thorenson, Mitglied des schwedischen Kontingents, das vor ein paar Monaten zur Pilotenausbildung hierhergekommen war. Er war nicht so von wilder Wut gegen die Psychlos erfüllt wie die Schotten, denn sein Volk, weit oben in nordischen Gefilden zu Hause, war vorher nicht mit den Psychlos in Berührung gekommen. Er hielt es durchaus für möglich, daß die Schotten die Dinge ein bißchen überspitzt sahen. Ach, übrigens ... Ob Terl denn ein Flieger wäre, erkundigte er sich.

Und ob! ließ Terl ihn wissen, und das war nicht einmal gelogen. Terl hatte wirklich als meisterhafter Pilot gegolten, und zwar ebenso als erfahrener Kampfflieger wie auch als Kunstflieger, der alle Tricks beherrschte, einschließlich des Sturzfluges in einen viele tausend Meter tiefen Schacht, aus dem eine Maschine geborgen werden mußte.

Der Posten kam ein Stück näher. Alles, was mit der Fliegerei zu tun hatte, ließ ihm das Herz aufgehen. Und wenn er es hier wirklich mit einem Meisterpiloten zu tun hatte ... Also, der beste Pilot, den sie hätten, sei Jonnie, sagte er. Und ob Terl denn zufällig mal von dem gehört hätte?

Ach du liebe Zeit, von Jonnie gehört? Damals, in den guten alten Zeiten, bevor es dieses bedauerliche Mißverständnis gegeben hatte ... Damals war er es gewesen, er persönlich, der Jonnie die entscheidenden Tricks beigebracht hatte! Tja, wie wäre es denn sonst wohl möglich gewesen, daß Jonnie so ein guter Pilot geworden war? Ein guter Kumpel, wirklich, ein guter Kumpel, dieser Jonnie. Und Terl war übrigens sein verläßlichster Freund gewesen.

Terl befand sich in bester Laune. Dieses Bürschchen da draußen, das war sozusagen nur eine Hilfswache. Einer von den Kadetten, die in ihrer ausbildungsfreien Zeit Posten schoben, damit das Stammpersonal nicht zu sehr belastet wurde.

Ein paar Tage lang verbesserte Lars Thorenson jeden Vormittag durch praktische Anwendung seine psychloischen Sprachkenntnisse. Und ganz nebenbei lernte er alle möglichen Drehs und Kniffe der Kampffliegerei. Von Terl. Von einem Meisterpiloten, den seinerzeit eine enge Freundschaft mit Jonnie verbunden hatte. Dem armen Kerl wurde gar nicht bewußt, daß er mit diesen angeblich einmaligen taktischen Tricks, die Terl ihm beibrachte, sogar den einfachsten Luftkampf verloren hätte. Später sollten seine Fluglehrer ihre liebe Mühe damit haben, ihm den Unsinn wieder auszutreiben, damit er sich nicht gleich beim ersten Flug das Genick brach. Terl wußte sehr wohl, daß er ein risikoreiches Spielchen trieb, aber er konnte der Versuchung einfach nicht widerstehen.

Das Sprachtraining betrieb Terl ernsthaft, allerdings nur bis zu einem gewissen Punkt. Dann behauptete er eines Morgens, er müsse selber erst ein paar Wörter nachschlagen. Ob Lars denn nicht so freundlich wäre, ihm ein Lexikon zu besorgen? Kein Problem, die lagen ja haufenweise herum. Also brachte der Posten am nächsten Morgen ein Lexikon mit.

Sobald Lars Thorenson seinen Dienst beendet hatte, widmete Terl sich mit grimmigem Vergnügen dem Sprachstudium. In der Kunstsprache Psychlo gab es viele Wörter, die ein echter Psychlo nie benutzt hätte. Das waren alles Begriffe, die ihnen die Chinkos oder andere intergalaktische Völker ins Lexikon geschmuggelt hatten. Einem Psychlo waren diese Wörter immer fremd geblieben, er hatte nicht einmal verstanden, was sie überhaupt bedeuten sollten.

Terl suchte Wörter und Wortverbindungen heraus wie »Sühne für Untaten«, »Schuld«, »tätige Reue«, »eigenes Versagen«, »Scham«, »Grausamkeit«, »Gerechtigkeit« und »Wiedergutmachung«. Er wußte, daß es solche Wörter gab und daß sie bei manchen niederen Rassen sogar angewandt wurden. Es war ein hartes Stück Arbeit für ihn, und wenn er später an diese Schinderei zurückdachte, dann kam es ihm vor, als wäre dies die härteste Nuß gewesen, die er zu knacken hatte. Das war alles so entsetzlich *fremd* und *abartig!*

Aber bald tröstete ihn die Gewißheit, daß er nun den nächsten Schritt wagen konnte.

»Weißt du«, sagte er eines Morgens zum Posten, »ich fühle mich schrecklich schuldbeladen, weil ich euren armen Jonnie in einen Käfig gesteckt habe. Wirklich, ich habe das heftige Verlangen, für meine Missetaten zu büßen. Ich muß es verantworten, daß er solcher Grausamkeit ausgesetzt war. Und ich wünsche mir tief in meinem Herzen nichts so sehr wie irgendeinen Akt der Wiedergutmachung. Meine Schuld lastet schwer auf mir, und ich schäme mich dessen, was ich getan habe. Ich finde erst wieder Ruhe, wenn auch ich in einen Käfig gesperrt werde und dieselbe Schmach erleiden muß, die er erlitten hat.«

Terl stand der Schweiß auf der Stirn, als er das alles endlich herausgebracht hatte. Aber das rundete nur das Bild der tiefen Zerknirschung ab, die er vortäuschen wollte.

Der Posten hatte sich angewöhnt, die Unterhaltungen mit

Terl auf Band mitzuschneiden und später noch einmal alles abzuhören und seine Aussprachefehler zu verbessern. Darüber war er jetzt besonders froh, denn heute hatte er eine Reihe von Psychlo-Wörtern gehört, die ihm vorher völlig unbekannt gewesen waren. Terl dagegen war froh, daß er alles hinter sich hatte; es war eine Qual gewesen, das bis zu Ende durchzustehen.

Der Wachposten dachte an seinem freien Abend noch einmal gründlich über alles nach und kam zu dem Schluß, es wäre wohl besser, dem Kommandanten des Camps Meldung zu machen.

Der Kommandant war neu auf seinem Posten, ein Argyll, dem man Tapferkeit auf früheren Streifzügen und eine Menge Erfahrung nachsagte. Aber hier in Amerika war alles neu für ihn. Auf die Psychlos, wie sie jetzt dastanden, blickte er mit Verachtung herab: Meine Güte, solche Hünen, aber der geringste Hauch radioaktiver Strahlung genügte, sie in die Flucht zu schlagen!

Dazu kam, daß der gute Mann Sorgen hatte. Hinz und Kunz aus aller Welt kamen mit dem erstbesten Flugzeug daher und spazierten ihm durch den Dienstbereich! Die Koordinatoren veranstalteten Führungen und zeigten den Leuten, wo dies geschehen war und wo sich jenes ereignet hatte. In allen Hautfarben kamen sie, in allen Zungen redeten sie ... Sie waren die reinste Landplage. Und beinahe jeder von ihnen wollte unbedingt einen leibhaftigen Psychlo besichtigen. Verständlich, denn die meisten hatten noch nie einen gesehen, obwohl die Monster durch die Jahrhunderte die Erde beherrscht hatten. Einige besonders einflußreiche Clanchefs und andere Würdenträger schafften es, sich Sondergenehmigungen des Rates zu besorgen. Und das hieß dann für den Kommandanten, daß er Extrawachen abstellen mußte, für die er nicht genug Leute hatte. Es bedeutete, daß die Besucher im Bereich der früheren Schlafräume herumstiefelten, wo sie nun wirklich nichts zu suchen hatten. Und es bedeutete auch, daß sie einer gewissen Gefahr ausgesetzt waren, denn einige von diesen gefangenen Psychlos hatten sich ganz und gar nicht in ihr Schicksal ergeben.

So hatte der Wachposten den Kommandanten auf eine Idee gebracht, die ihm nicht mehr aus dem Kopf ging. Er ging hinaus und schaute sich den Käfig an. Offensichtlich konnte man die Gitterstangen gehörig unter Strom setzen, die entsprechende Verkabelung war ja schon vorhanden. Wenn man jetzt noch einen Schutzzaun errichtete, damit die Leute nicht die Gitterstangen anfaßten und sich die Finger verbrannten ... Es wäre schon eine erhebliche Entlastung, wenn dieser Unsinn mit den Fremdenführungen durch das Gefängnis im Camp endlich aufhörte.

Es kam noch eine weitere Überlegung hinzu, die ihm außerordentlich reizvoll erschien. Ein Monster hinter Gittern, das wäre so eine ähnliche Attraktion, wie einen Affen im Käfig zu halten. Es würde den Leuten ein höheres Selbstwertgefühl vermitteln. Und dann, wenn dieser Psychlo unbedingt Buße tun und moralische Wiedergutmachung leisten wollte ... Er hatte sogar Verständnis dafür.

Er trug die Sache bei einer Ratssitzung vor, nur so in großen Zügen. Der Rat war mit einer Menge anderer Tagesordnungspunkte beschäftigt und nahm den Plan beiläufig zur Kenntnis. Er hatte nicht erwähnt, daß es sich um Terl handelte.

Techniker kamen und prüften, ob der Käfig tatsächlich unter Strom gesetzt werden konnte und ob es möglich war, den Strom nötigenfalls rasch von außen abzuschalten, und sie stellten sicher, daß ein Schutzzaun errichtet wurde und niemand zu nahe herantreten und sich einen elektrischen Schlag holen konnte.

Und so kam der Tag, an dem Terl - innerlich freudig erregt, aber äußerlich mit allen Anzeichen der tiefsten Zerknirschung - unter schwerer Bewachung in den Käfig gebracht wurde: in den Käfig, in dem er einst Gefangene gehalten hatte, zuerst Jonnie und später die Mädchen.

»Ah«, sagte Terl, »endlich wieder unter freiem Himmel!« (Er verabscheute den blauen Himmel der Erde wie Giftgas.) »Doch ich darf mich nicht daran erfreuen. Es ist nur gerecht, daß ich hier eingesperrt sein werde, dem Blick der Öffentlichkeit preisgegeben, verhöhnt und verlacht ...« (Er hatte ein paar weitere Wörter nachgeschlagen.) »Es geschieht mir recht!«

Terl ahnte, was man von ihm erwartete, und er nahm seine neuen Pflichten sehr ernst. Sooft Besucher herumstanden, stierte er sie durch die Augengläser der Atemmaske an, zog wilde Grimassen und sprang herum, brachte kleine Kinder zum Weinen und jagte ihnen Angst ein, bis sie sich kaum noch an den Schutzzaun herantrauten. Er hatte mal von wilden Tieren gehört, die in Afrika lebten ... Gorillas hießen sie, soweit er sich erinnern konnte. Und die, so hatte man ihm erzählt, pflegten sich mit geballten Fäusten auf die Brust zu trommeln. Also ballte er seine Pranken und trommelte sich auf die Brust.

Er wurde zum Hauptanziehungspunkt im ganzen ehemaligen Psychlo-Bereich. Scharenweise zogen die Leute zum Käfig. Endlich konnten sie einen leibhaftigen Psychlo sehen. Und sie konnten sogar mit dem, was sie gerade zur Hand hatten, nach ihm werfen.

Den Leuten war zu Ohren gekommen, daß er früher Jonnie in

einem Halseisen gehalten hatte. Eines Tages erschien der junge Lars und rief ihm durch die Gitter zu, daß die Besucher immer wieder fragten, warum er denn keines trage.

Terl fand die Idee ausgezeichnet. Und ein paar Tage später marschierten fünf Wachposten auf, kamen in den Käfig, legten Terl ein schweres Halseisen um und schmiedeten es mit einer Kette an dem alten Pfosten an.

Der Kommandant war sehr zufrieden damit, wie sich die Dinge entwickelten. Er schärfte allerdings den Wachen ein, daß sie Terl beim geringsten Anzeichen für einen Fluchtversuch auf der Stelle wie ein Sieb durchlöchern sollten.

Terl trieb seine Kapriolen und inszenierte wilde Auftritte, er stampfte umher und ließ röhrendes Gebrüll hören. Das verborgene Lächeln, das um seine Lippenknochen spielte, sah niemand.

Alles lief prächtig nach seinem Plan.

2

Jonnie warf das Buch in die Ecke. Er schob das Essen weg, er hatte es nicht einmal angerührt.

Der Posten an der Tür schrak zusammen und schaute durchs eingelassene Fensterchen. Colonel Iwan wirbelte impulsiv herum, als müßte er sich im nächsten Augenblick in irgendein Gefecht stürzen. Es hatte sich wohl so angehört, als wäre irgendwo eine Granate eingeschlagen.

»Es ergibt keinen Sinn«, murmelte Jonnie vor sich hin. »Es ergibt einfach keinen Sinn.«

Als der Posten sah, daß gar nichts los war, atmete er erleichtert auf. Und auch Iwan wandte sich wieder den weißen Fliesen zu, an denen er gerade herumputzte.

Nur Chrissie blieb beunruhigt. Sie war nicht gewöhnt, Jonnie so gereizt zu erleben. Und das wurde nun schon seit einiger Zeit von Tag zu Tag schlimmer, seitdem er nichts anderes mehr tat, als sich mit diesen Büchern zu beschäftigen. Sie konnte nicht lesen, darum wußte sie nicht, was für eine Art Lektüre sich Jonnie da vorgenommen hatte. Aber sie vermutete, daß es Psychlo-Bücher waren.

Auch daß er das Essen nicht angerührt hatte, machte ihr Kummer. Es war ein Wildbrettopf mit Bergkräutern, eigens für ihn von Tante Ellen zubereitet. Vor ein paar Wochen war sie auf einmal in der alten Basis erschienen, um ihm guten Tag zu sagen, überglücklich, daß er noch lebte, obwohl ja – und auch das versäumte sie nicht, ihn wissen zu lassen – um ein Haar alles so schlimm gekommen wäre, wie sie es immer befürchtet hatte. Sie hatte sich ein bißchen umgesehen und alles ganz ordentlich gefunden, bis auf das Essen. Und seitdem schickte Tante Ellen ihm regelmäßig seine Lieblingsgerichte, die dann in der Hospitalküche aufgewärmt werden konnten. Das alte Dorf lag ja, wenn man den Weg durch den Paß nahm, nur ein paar Kilometer entfernt, und so kam sie entweder selber oder ließ einen Jungen auf einem von Jonnies Pferden hinunterreiten. Tante Ellen oder der Junge warteten dann jedesmal, um die Töpfe und Tiegel wieder mitzunehmen, und wenn Tante Ellen feststellte, daß Jonnie keinen Bissen angerührt hatte, würde sie das mächtig aufregen. Chrissie nahm sich vor, entweder den Posten zu überreden, daß er den Wildbrettopf aß, oder notfalls selber kräftig zuzulangen. Es gehörte sich einfach nicht, ein so liebevoll zubereitetes Mahl wieder zurückzuschicken.

Wäre ihm das Laufen nicht so schwergefallen, dann hätte Jonnie dem Buch, das nun drüben in der Ecke lag, am liebsten noch einen Tritt versetzt. Eigentlich hatte er großen Respekt vor Büchern, aber nicht vor diesem! Es behandelte, genau wie einige andere, über denen er schon gegrübelt hatte, die mathematischen Grundlagen der Teleportation. Sie kamen ihm völlig unverständlich vor. Schon die normale Arithmetik der Psychlos war schwierig genug. Jonnie vermutete, daß die Psychlos wohl deshalb, weil sie an der linken Pranke fünf, an der rechten aber sechs Krallen hatten, ihr Rechensystem unwillkürlich auf der Grundzahl *elf* aufgebaut hatten. All ihre mathematischen Strukturen waren an diesem Elfersystem ausgerichtet. Jonnie hatte gehört, daß die auf der Erde entwickelte Mathematik auf einem Dezimalsystem, also auf der Grundzahl zehn, beruhte. Genau wußte er das nicht, er selber kannte nur die Psychlo-Mathematik. Aber diese mathematischen Grundlagen der Teleportation bewegten sich auf einem viel höheren Niveau als die normale Arithmetik. Vom Studium des Buches, das er gerade wütend weggeschleudert hatte, brummte ihm der Schädel, und ansonsten hatten dieser Tage seine Kopfschmerzen beinahe aufgehört. Der Titel des Buches lautete: »Elementare Grundlagen integraler Gleichungen der Teleportation«. Also, wenn das »elementar« war, dann mußte er sich wirklich fragen, was man wohl unter komplizierten Zusammenhängen verstehen sollte? Nichts, aber auch gar nichts konnte er sich aus diesem Schmöker zusammenreimen!

Er rückte ein Stück vom metallenen Rolltisch ab und kam, mit der linken Hand aufs Bett gestützt, schwankend hoch.

»Ich muß hier raus!« sagte er entschieden. »Es hat keinen Sinn, ewig rumzusitzen und zu warten, bis uns der Himmel auf den Kopf fällt! Wo ist mein Hemd?«

Das war etwas völlig Neues. Colonel Iwan kam angerannt, um Jonnie zu stützen. Jonnie scheuchte ihn weg. Er wollte allein zurechtkommen.

Chrissie huschte aufgeregt durchs Zimmer und zog drei, vier Schubladen auf, es waren immer die falschen. Der Colonel grapschte nach einem Dutzend Krück- und Gehstöcken, die vorsorglich in einer Ecke bereitstanden, die Hälfte rutschte ihm wieder aus der Hand und fiel klappernd zu Boden. Der Posten vor der Tür erinnerte sich an die Weisung, alle besonderen Vorkommnisse an Robert den Fuchs zu melden, und hängte sich sofort ans Funktelefon.

Jonnie wählte einen südafrikanischen Knotenstock mit breitem Knauf. MacKendrick hatte ihn schon verschiedene Gehstöcke ausprobieren lassen. Die Schwierigkeit bestand darin, daß Jonnie sowohl den rechten Arm wie auch das rechte Bein nicht richtig gebrauchen konnte, und es klappte nicht gut, wenn man einen Stock in die linke Hand nehmen und sich dann auf dem linken Bein humpelnd vorwärtsbewegen wollte. Der Knotenstock war das Geschenk eines afrikanischen Stammesfürsten, der gar nichts von Jonnies Behinderung gewußt hatte. Dort in Afrika benutzte man diese Art von Stöcken nicht nur als Gehhilfe, sondern auch als Wurfwaffe. Die Mitglieder dieses Stammes waren offenbar großgewachsene Männer, denn der Stock hatte genau die richtige Länge für Jonnie. Das dunkle Holz war reich verziert – und der Griff so geschwungen, daß er sich bequem in den Handteller schmiegte.

Jonnie humpelte zum Schreibtisch, setzte sich auf die Kante und sah zu, daß er die Lazarettkleidung loswurde. Chrissie hatte inzwischen drei rehlederne Oberteile gefunden und brachte sie ihm. Aus lauter Trotz nahm er das älteste, das schon reichlich speckig und abgewetzt war. Er zog es über den Kopf und ließ sich von ihr die Brustbänder schnüren. Er schlüpfte in rehlederne Hosen, und Chrissie half ihm, die Mokassins anzuziehen.

Nach einigem Zerren bekam Jonnie eine bestimmte Schublade auf. Einer der Schuhmacher hatte ihm ein Linkshänder-Halfter gearbeitet und die alte goldene Gürtelschnalle auf einem breiten Gürtel angebracht, wo sie gebührender zur Geltung kam. Jonnie legte sich beides über dem ledernen Hemd an.

Im Halfter steckte eine großkalibrige Smith and Wesson, die mit Radioaktiv-Munition geladen war. Jonnie zog sie heraus, legte sie in die Schublade zurück und wählte statt dessen einen kleinen Handfeuer-Killer, wie die Psychlos ihn benutzt hatten. Er überprüfte, ob er geladen war, und steckte ihn ins Halfter. Als er Colonel Iwans sonderbare Blicke bemerkte, sagte er: »Ich habe heute nicht vor, Psychlos zu töten.«

Er mühte sich gerade damit ab, die rechte Hand in den Gürtel zu stecken, damit sie nicht im Weg war, denn der Arm schlenkerte eigentlich nur so herum; da hörte er den Lärm draußen auf dem Flur. Er kümmerte sich nicht viel darum, weil er mit seinen Gedanken ganz bei den letzten Vorbereitungen für den Aufbruch war. Das war vermutlich Robert der Fuchs, vielleicht auch der Pastor, die herübergerast kamen, um ihn mit belanglosen Ratsgeschäften zu belästigen.

Aber er irrte sich. Die Tür flog auf, und der wachhabende Offizier der Basis, ein hochgewachsener Schotte mittleren Alters, im Kilt, das Breitschwert gegürtet, ein Mann namens Captain MacDuff, kam hereingestürmt.

»Jonnie, Sir!« begann MacDuff.

Jonnie dachte, sie hätten etwas dagegen, daß er die Basis verlassen wollte. Er holte schon Luft, um dem Captain ziemlich grob seine Meinung zu sagen, als der ihm zuvor kam und den Rest seiner Meldung herunterrasselte:

»Jonnie, Sir, haben Sie einen Psychlo kommen lassen?«

Jonnie war auf der Suche nach einer Pelzkappe. Für die Operationen hatte man ihm das Haar scheren müssen, und er kam sich, wenn er nichts auf dem Kopf trug, wie ein versengter Puma vor. Während er noch herumstöberte, wurde ihm plötzlich die Bedeutung der Frage klar. Er nahm den Knotenstock, bewegte sich - noch ziemlich unsicher auf den Beinen - ruckweise vorwärts und spähte durch die offene Tür.

Da stand Ker!

Im grellen Licht der Grubenlampen bot er ein Bild des Jammers. Kers Pelz sah struppig aus, schmutzverklebt. Die Zähne schimmerten gelb und fleckig durch den Sichtschild der Atemmaske. Das Obergewand war auf einer Seite tief eingerissen. Er hatte keine Mütze auf, und er trug nur einen Schuh. Sogar seine Ohrknochen sahen arg lädiert aus.

Man hatte ihn in vier Ketten geschlossen und ihm vier Soldaten zur Bewachung gegeben, von denen jeder ein Kettenende hielt. An dem kleinwüchsigen Psychlo sah das geradezu übertrieben aus.

»Armer Ker«, sagte Jonnie.

»Haben Sie ihn kommen lassen, Jonnie, Sir?« fragte Captain MacDuff.

»Bringen Sie ihn herein«, entschied Jonnie und lehnte sich wieder an den Schreibtisch. Halb war es Belustigung, halb Mitleid, was er empfand.

»Halten Sie das für klug?« MacDuff war durchaus nicht einverstanden, aber er gehorchte und winkte Ker herein.

Jonnie befahl den Soldaten, die Ketten loszulassen und hinauszugehen. Aber statt dessen marschierten vier andere Soldaten auf, die Jonnie bisher gar nicht bemerkt hatte; sie hielten Ker mit Sturmgewehren in Schach. Jonnie sagte ihnen, sie sollten alle verschwinden. Colonel Iwan blieb die Luft weg.

Chrissie rümpfte die Nase. Was für ein widerlicher Gestank! Sie würde nachher putzen und gründlich lüften müssen.

Niemand machte Anstalten, Jonnies Anweisung zu folgen und den Raum zu verlassen. Jonnie sah Kers flehentliche Blicke durch die Atemmaske und scheuchte sie alle hinaus. Nur sehr widerwillig schlossen sie die Tür hinter sich.

»Ich mußte ihnen etwas vorlügen«, sagte Ker. »Ich mußte dich einfach sehen, Jonnie.«

Jonnie musterte ihn. »Ist wohl schon lange her, daß du mit einem Kamm in Berührung gekommen bist, wie?«

»Da, wo sie mich gefangenhalten, geht's zu wie im Höllenkessel«, sagte Ker. »Ich bin schon halb verrückt geworden. Es ist nicht so leicht, wenn man vor kurzem noch mit ›Euer Planetschaft‹ angeredet wurde und auf einmal der letzte Dreck ist. Ich hab nur noch einen Kumpel, und das bist du, Jonnie.«

»Ich weiß nicht, wie und warum du hierhergekommen bist, aber ich ...«

»Ich zeig dir, worum's geht.« Kers schmutzige Pranke verschwand blitzartig unter dem zerrissenen Obergewand. Es wurde ihm gar nicht bewußt, daß Jonnie, hätte er schlechtere Nerven gehabt, ihn womöglich wegen dieser verdächtigen Bewegung auf der Stelle niederschießen konnte. Jonnie war in der Lage, wenn auch ein bißchen langsam, mit der linken Hand zu ziehen. Aber er kannte Ker.

Kers Pranke tauchte wieder auf und hielt eine Banknote vor Jonnies Augen.

Neugierig geworden, nahm Jonnie den Geldschein. Er hatte solche Banknoten immer nur von weitem gesehen, wenn die Psychlos ihre Wettschulden bezahlten. Er selbst hatte nie so ein Ding zwischen den Fingern gehalten. Aber er wußte, daß sie eine

Menge wert waren und so eine Art Ersatz für den Tauschhandel darstellten.

Der Geldschein war ungefähr dreißig Zentimeter lang und etwa halb so breit. Das Papier fühlte sich ein bißchen rauh an, schien aber auf seltsame Art zu leuchten. Die eine Seite war blau bedruckt, die andere orangefarben. Das Grundmuster sah wie ein Wolkengebilde aus, in das eine Unzahl leuchtender Sterne eingestreut war. Was Jonnie am erstaunlichsten fand: Das Ding war in dreißig verschiedenen Sprachen beschriftet. Dreißig unterschiedliche Schriftbilder, Buchstabentypen und Zahlensysteme. Aha, eine Schrift war Psychlo, die konnte Jonnie lesen.

Da stand: »Galaktische Bank« und »Einhundert Galaktische Währungseinheiten«, und »Gesetzliches Zahlungsmittel für den intergalaktischen Handel« und »Fälscher werden mit Auslöschung bestraft«, und schließlich noch: »Die Galaktische Bank verpflichtet sich, dem Einlöser den Gegenwert auszuzahlen.«

Auf der blau bedruckten Seite war eine Art Abbildung, vielleicht das Bildnis eines menschenähnlichen Wesens; oder war es etwa ein Tolnep, schließlich hatte jemand Dunneldeen mit einem Tolnep verwechselt ... wer weiß? Jonnie wurde nicht recht schlau daraus. Es war ein sehr würdevolles Gesicht, der Inbegriff der Rechtschaffenheit. Auf der Rückseite sah man ein eindrucksvolles Gebäude mit unzähligen Fensterbögen aufgedruckt.

Tja, das war alles ganz interessant, aber Jonnie hatte sich schließlich etwas anderes für den Tag vorgenommen. Er gab Ker die Banknote zurück und nahm die Suche nach der Pelzmütze wieder auf. Es war ihm etwas peinlich, mit so kurzgeschorenem Haar herumzulaufen.

Ker sah ein bißchen enttäuscht aus. »Hör mal, das sind hundert Galaktische Währungseinheiten! Das ist nicht irgend so ein Geldschein von einer Psychlo-Bank! Das ist harte Währung, die nimmt jeder Psychlo und jeder andere mit Kußhand! Ich versichere dir, daß es keine Fälschung ist. Schau nur, wie das Ding leuchtet. Und dann, diese feinen schmalen Linien rings um die Unterschrift ...«

»Willst du mich bestechen, oder was ist los?« fragte Jonnie. Die Mütze, die er gefunden hatte, gefiel ihm nicht. Er suchte nach einem Bandana, einer Art indischem Batiktuch, aus dem er einen Turban winden konnte.

»Aber nein«, sagte Ker. »Ich kann mit dem Geld jetzt nichts mehr anfangen. Ich will dir auch zeigen, warum, Jonnie. Schau her!«

Jonnie merkte schon, daß Ker sich nicht so einfach abweisen

ließ. Also machte er es sich auf der Schreibtischkante bequem und wartete, was jetzt wohl käme.

Ker schielte zur Tür, ob es auch keinen anderen Augenzeugen gäbe als Jonnie. Dann riß er mit einer dramatischen Geste die Rockaufschläge zur Seite und schob das zerschlissene Obergewand weg.

Auf seiner Brust wurde ein Brandzeichen sichtbar.

»Die drei Runen der Verbannung«, sagte Ker. »Das Brandmal der Verbrecher. Ich denke, es wird dir nicht neu sein, daß ich vorbestraft bin. Damit, unter anderem, hat Terl mich in der Hand gehabt. Deshalb hat er gedacht, mit mir ginge er ja kein Risiko ein, wenn er mich als Ausbilder zu euch schickte. Mal angenommen, ich käme nach Psychlo zurück und sie würden dort herausfinden, daß ich hier unter falschem Namen gelebt und gearbeitet habe, dann würden sie mich auf der Stelle auslöschen. Wenn es den Psychlos je gelingt, die Erde erneut zu erobern, dann werden sie zunächst mal davon ausgehen, daß alle, die noch leben, Überläufer sein müssen. Sie werden uns gründlich unter die Lupe nehmen, und dann werden sie das Brandmal finden. Und entdecken, daß meine Papiere falsch sind. Ich will dich gar nicht erst mit meinem richtigen Namen belasten. Solange du ihn nicht kennst, kannst du nicht in die Geschichte hineingezogen werden. Verstehst du?«

Jonnie nickte zwar, aber er verstand durchaus nicht, worauf Ker hinauswollte. Die Psychlos würden ihn sowieso auf der Stelle töten und sich nicht lange darum scheren, ob er mit irgendeiner Geschichte irgend etwas zu tun hätte. Also, was sollte das alles? Und überhaupt interessierte ihn im Augenblick viel mehr, wo Chrissie wohl, zum Donnerwetter, die Bandanatücher versteckt haben mochte!

»Und wenn sie dann auch noch zwei Milliarden Währungseinheiten bei mir finden, werden sie die Auslöschung ziemlich langsam und qualvoll gestalten.«

»Zwei Milliarden?« fragte Jonnie verblüfft.

Na ja, also offenbar hatte der alte Numph die Company während der ganzen dreißig Jahre seiner Amtszeit tüchtig geschröpft. Da gab es offenbar ein paar Dinge, hinter die nicht einmal Terl gekommen war. Krumme Touren mit Provisionen, die er von Verwalterinnen erpreßt hatte, deren Geschäfte nicht ganz sauber waren. Und doppelte Preise für Kerbango. Vielleicht sogar Erzschmuggel mit irgendwelchen Weltraumvölkern, die bei Raumverschiebungen absahnten ... Nun, Ker war jedenfalls auf ganz einfache Weise dahintergekommen: Numph hatte auf sage und schreibe vier Matratzen geschlafen, aber Ker wollte nur eine. Bloß, die Dinger krumpelten und knisterten so komisch, und da hatte er, statt kurzerhand drei Matratzen wegzuräumen, bei einer den Bezugsstoff aufgeschlitzt und mal neugierig nachgesehen, was da wohl ... Tja, und da war er fündig geworden!

»Wo ist das Geld?« fragte Jonnie.

»Draußen auf dem Flur«, antwortete Ker.

Der kleinwüchsige Psychlo ordnete rasch seine Kleidung. Jonnie gab dem Posten, der sie durch das schmale Türfenster beobachtete, einen Wink, und Ker flitzte hinaus. Die nachschleifenden Ketten schepperten über den Boden, was alle draußen auf dem Flur hochschrecken ließ, und da kam Ker auch schon zurück, schleppte einen großen Kasten an und ließ ihn donnernd zu Boden fallen. Dann sauste er wieder raus und holte den nächsten Kasten. Und noch einen, und noch einen ... Es waren, wie Jonnie feststellte, lauter alte Kerbango-Transportkisten. Obwohl Ker für einen Psychlo wirklich nicht groß geraten war, nicht viel größer als Jonnie, war er doch außerordentlich stark. Alles spielte sich so schnell ab, daß die anderen gar nicht zum Nachdenken kamen. Und obwohl er von den hinterherrasselnden Ketten behindert wurde, hatte Ker in kürzester Zeit eine Menge Kisten aufgestapelt, die alle bis zum Rand mit Banknoten vollgestopft waren.

»Auf seinen Nummernkonten auf Psychlo liegt noch mehr davon«, sagte Ker. »Aber da kommen wir nicht ran.« Er stand da, etwas außer Atem gekommen, grinste breit und war sehr zufrieden mit sich. »Nun kannst du die Überläufer, wie zum Beispiel die Chamco-Brüder, in bar bezahlen!«

Captain MacDuff hatte schon die ganze Zeit vorgehabt, Jonnie zu versichern, daß sie die Kisten natürlich sorgfältig überprüft hatten, ob womöglich Sprengstoff darin versteckt wäre. Und er hatte noch immer keine Antwort auf die Frage, was das denn für ein merkwürdiges Papierzeug wäre. Außerdem rätselte er dauernd herum, wie es möglich gewesen war, daß Jonnie dem Gefangenen eine Nachricht geschickt hatte, ohne daß die Posten auch nur das geringste davon wußten ... Ach du liebe Zeit, es war doch wohl in Ordnung, daß sie Ker erlaubt hatten, den ganzen Krempel herzuschleppen? Er war völlig durcheinander. Da rannte ein Psychlo frei herum und veranstaltete einen Höllenlärm mit den Ketten, und Jonnie stand einfach da und lachte!

»Und was willst du dafür?« fragte Jonnie.

»Ich will endlich raus aus diesem verdammten Gefängnis!« verlangte Ker weinerlich. »Alle hassen mich, weil ich einen höheren Rang hatte. Sie haben mich schon immer gehaßt, Jonnie. Ich kenn mich doch mit Maschinen aus, das weißt du. Hab ich dir nicht beigebracht, mit allen möglichen Maschinen umzugehen? Ich hab gehört, daß auf dem Gelände ... du hast es immer Akademie genannt ... also, daß da eine technische Schule eingerichtet worden ist. Deine Leute kennen sich doch gar nicht mit diesen Maschinen aus. Jedenfalls nicht so gut wie du und ich. Laß mich dorthin gehen! Ich bilde die Leute so aus, wie ich dich ausgebildet habe!«

Sein Pathos war umwerfend komisch. Er jammerte so flehentlich und war dabei so treuherzig von der Richtigkeit seines Handelns überzeugt, daß Jonnie lauthals lachen mußte. Er lachte und lachte, und schließlich verzog Ker selber die Mundknochen zu einem breiten Grinsen.

»Das ist ja eine großartige Idee, Ker!« rief Jonnie. In diesem Augenblick erschien Robert der Fuchs in der Tür, und als Jonnie dessen eisige Miene sah, wechselte er rasch ins Englische hinüber: »Sir Robert, ich glaube, wir haben einen neuen Assistenten für unseren Schulmeister gefunden. Er ist ein wirklich sehr erfahrener Werkmeister, der sich mit allen Maschinen auskennt.« Er lächelte Ker zu und versprach ihm, wieder in Psychlo fallend: »Die Anstellungsbedingungen sind – ein Viertel Kerbango pro Tag, volles Gehalt, alle Zulagen, derselbe Vertrag wie bei der Company, ausgenommen die Zusage, daß du zu gegebener Zeit auf Psychlo beerdigt wirst. Einverstanden?« Er wußte, daß Ker mit ziemlicher Sicherheit ein paar hunderttausend Währungseinheiten für sich selber versteckt hatte.

Ker nickte eifrig. Freilich hatte er für schlechte Zeiten auch ein paar Hunderttausend auf die Seite getan. Er streckte die Pranke aus, um die Sache durch Handschlag zu besiegeln. Danach ... er wollte schon gehen ... Aber auf einmal machte er kehrt, kam dicht zu Jonnie heran und wisperte ihm auf Psychlo zu (soweit ein Psychlo wispern konnte):

»Da ist noch etwas, Jonnie. Man hat Terl in den Käfig gesteckt. Behalt ihn im Auge, er plant irgendwas.«

Der kleingeratene Psychlo hatte das Zimmer verlassen. Robert der Fuchs stand da und starrte auf die Berge von Geld.

Jonnie lachte ihn an. »Wenn heutzutage jemand einen Bestechungsversuch unternimmt, dann läßt er sich nicht lumpen! Lassen Sie's wegschaffen, der Rat soll es in Verwahrung nehmen.«

»Das ist galaktisches Geld, nicht wahr?« fragte Robert der Fuchs. »Ich kenne da jemanden im Schottischen Hochland, einen Universitätsprofessor namens MacAdam, den werde ich zu Rate ziehen. Er kennt sich mit Geld aus.«

Er war erstaunt, Jonnie angezogen zu sehen. Er hielt das für ein gutes Zeichen: Jonnie hatte sich aufgerafft. Allerdings, daß der gute Junge einen Psychlo so dicht an sich herangelassen hatte, das fand Robert der Fuchs geradezu tollkühn. Ein Prankenhieb, und die scharfen Klauen hätten ihm das halbe Gesicht wegreißen können! Und dann merkte er, daß Jonnie sich humpelnd zur Tür bewegte. Sein Gesicht war ein einziges Fragezeichen.

»Ich bin vielleicht nicht imstande, den Himmel zu stützen«, erklärte ihm Jonnie, »aber ich muß auch nicht ewig herumsitzen und warten, ob er einfällt oder nicht. Ich hab mir vorgenommen, dem alten Psychlo-Bereich einen Besuch abzustatten.«

Er mußte mit den Chamco-Brüdern sprechen. Wie er gehört hatte, machten sie bei der Reparatur der Teleportationsanlage überhaupt keine Fortschritte. Und solange sich das nicht änderte, konnten sie nicht in Erfahrung bringen, wie es jetzt auf Psychlo aussah.

3

Es war ein langer Weg zum alten Helikopter-Flugplatz, und er war besonders lang, wenn ihn einer gehen mußte, der nur ein Bein richtig gebrauchen konnte und den Stock auf der falschen Seite hatte. Die Aufzüge funktionierten ja nicht und würden wohl nie wieder benutzbar sein. Jonnie bewegte sich also mühsam vorwärts, und er bewunderte gerade, wie ordentlich alles wiederhergerichtet war, als er hinter sich eilige Schritte und ein scharfes russisches Kommando hörte. Zwei Männer tauchten auf, einer links und einer rechts von ihm, verschränkten ihre Arme zum Tragegriff, hoben Jonnie hoch und rannten mit ihm die Stufen zum Flugplatz hinunter.

Irgend jemand mußte den Bereitschaftspiloten schon verständigt haben, denn er stand neben der startbereiten Maschine und hielt die Tür zum Passagierraum auf. Es war eine von den kleinen Maschinen, die früher für den Transport des Grubenpersonals eingesetzt worden waren.

»Nein, kommt nicht in Frage!« rief Jonnie energisch und deutete mit dem gesunden Arm auf den Pilotensitz. Was dachten sie denn von ihm? Hatten sie ihn etwa als kaputten Invaliden abgeschrieben?

Natürlich, ganz unrecht hätten sie ja nicht gehabt. Jonnie

brauchte Hilfe. Colonel Iwan stand schon oben und öffnete den Piloteneinstieg, und die beiden Russen, die Jonnie getragen hatten, schleuderten ihn mit Schwung auf den Pilotensitz.

Der Bereitschaftspilot war ein bißchen verwirrt. Er wollte gerade die Tür zum Passagierraum schließen, da kamen von der Treppe her drei atemlose Russen angerannt und schoben ihn beiseite. Mit scheppernden Sturmgewehren sprangen sie ins Flugzeug.

Colonel Iwan stand nun urplötzlich auf der anderen Seite der Maschine, half Robert dem Fuchs und zwei anderen Schotten beim Einsteigen und ging selbst an Bord.

Der Pilot, ein Schwede, nahm auf dem Copilotensitz Platz und sagte etwas in einer Sprache, die Jonnie nicht verstand. Wo mochte der Mann herkommen? Ein Südafrikaner von den Mondbergen? Nein, die wenigen Weißen, die dort inmitten der Bantu lebten, waren zu spät entdeckt worden, als daß einer von ihnen jetzt schon ein voll ausgebildeter Pilot sein konnte. Das heißt, voll ausgebildet ...?

Dieser hier war wohl eher noch ein Anfänger, der für Kurzstreckenflüge eingesetzt wurde.

Jonnie schnallte sich fest, steckte den rechten Arm, mit dem er ohnehin nicht viel anfangen konnte, unter den Gurt und drehte sich um zu den Passagieren. Die Russen, farbenfroh gekleidet mit bauschigen roten Hosen und lose überhängenden grauen Oberteilen, waren fast fertig damit, ihre Ausrüstung anzulegen. Als er sich wieder umwendete, riß Colonel Iwan ihm das Bandanatuch, das er wie einen Turban trug, vom Kopf und stülpte ihm statt dessen eine runde, flache Pelzkappe auf. Jonnie nahm sie ab, um sie besser aufzusetzen, und sah, daß sie vorn mit einer goldenen Kokarde verziert war, auf der ein roter Stern prangte.

»Vorrrwärts! Zum Angrrriff!« schrie Colonel Iwan begeistert; er hatte in letzter Zeit fleißig Englisch gelernt.

Jonnie mußte grinsen. Sie waren doch wirklich ein bunt zusammengewürfelter Haufen!

Die breiten Türen standen während des Flugs offen, Sonnenlicht flutete herein, er steuerte die Maschine mitten durch einen herrlichen Sommertag.

Die Berge, schneebedeckt, majestätisch, klar gegen den blauen Himmel abgegrenzt! Schluchten in tiefem Schatten ... Bäume in weichem, sattem Grün ... Da unten trottete ein Bär auf einem schmalen Pfad zielstrebig dahin ... Eine Herde Krummhornschafe schaute zu ihnen herauf.

Mit der linken Hand betätigte Jonnie die Funktionsschalter,

und so steuerte er den Flugkörper über die östlich vorgelagerten Hügelausläufer und flog in einer weiten Kurve auf die Ebene zu. Sommer. Nach den Regenfällen der letzten Tage sprießten überall Blumen. Nach Osten dehnte sich eine endlose Fläche, leicht gewellt, von grasenden Herden bevölkert, mehr Land, als die Menschen zum Leben brauchten. Was für ein schöner Planet, lieblich und fruchtbar! Es lohnte sich, ihn für die Menschheit zu bewahren.

Der Bereitschaftspilot sah voller Bewunderung, wie Jonnie die Maschine nur mit einer Hand und mit einem Fuß steuerte, und er gestand sich im Stillen ein, daß er es wohl nie zu so viel fliegerischem Können bringen würde, nicht einmal, wenn er fünf Hände hätte.

War das da unten ein Reiter? Jonnie drückte die Maschine in einer Kurve nach unten. Bauschige Hosen, ein flacher Hut aus schwarzem Leder, ein geschwungenes Lasso ... Der Mann trieb sein Pferd in scharfem Ritt rund um eine Herde, hielt sie zusammen ...

»Ein Llanero«, sagte Robert der Fuchs erklärend, »einer von den Südamerikanern. Sie kümmern sich jetzt um die Rinderherden.«

Jonnie klappte sein Seitenfenster auf und winkte hinunter.

Der Llanero winkte grüßend zurück.

Der erste Tag, an dem Jonnie wieder draußen in der freien Natur war, hätte nicht schöner sein können.

Und da vorn lag die frühere Außenstation der Psychlos. Meine Güte, woher kamen denn diese vielen Menschen? Dreißig ... nein, vierzig mußten es sein, und sie standen da, reckten die Hälse und schauten zu ihnen herauf.

Jonnie setzte die Maschine so leicht auf, daß nicht einmal eine Eierschale unter ihr zerbrochen wäre. Ein Glück, daß keiner von den vielen Neugierigen schnell genug gewesen war, die Piste schon vor der Landung zu erreichen! Aber jetzt strömten sie von allen Seiten herbei. Braune, Schwarze und Weiße, manche in Samt und Seide, andere in Lumpen. Männer und Frauen ... Meine Güte, das nahm ja gar kein Ende!

Jonnie öffnete die Einstiegluke und pfiff auf zwei Fingern.

Über das Stimmengewirr hinweg hörte er das Geräusch, auf das er gewartet hatte: stampfende Hufe! Und da kam Windsplitter auch schon herangejagt.

Jonnie löste den Sicherheitsgurt, und ehe noch jemand helfend zupacken konnte, rutschte er seitwärts aus der Maschine heraus, hinunter auf den Boden (was gar nicht so einfach war, denn die Pilotenkanzel einer Psychlo-Maschine lag ziemlich hoch). Da schlenkerte ihm schon wieder der rechte Arm dazwischen ... Jonnie schob rasch die Hand zwischen Lederhemd und Gürtel.

Windsplitter tänzelte wiehernd herum, freute sich, seinen Herrn wiederzusehen, und hätte ihn bei der stürmischen Begrüßung beinahe mit seiner Nase zu Fall gebracht.

»Na, was macht dein Bein?« fragte Jonnie, kniete sich hin und wollte Windsplitters linkes Sprunggelenk anheben, das der Hengst sich damals verletzt hatte. Windsplitter mißverstand das; er dachte, es ginge um das Kunststück, das Jonnie ihm beigebracht hatte: den rechten Huf zur Begrüßung hinzuhalten. Und diesmal schaffte er's wirklich, seinen Herrn umzuschmeißen! »Ich sehe schon, es ist alles wieder in Ordnung«, sagte Jonnie lachend und schüttelte den hingestreckten Huf.

Jonnie hatte sich überlegt, wie er aufsteigen könne. Wenn er vom Boden hochschnellte, sich im Sprung ganz flach machte und rasch das Bein über den Sattel schwang, würde er's schaffen. Er probierte es gleich aus, und es klappte. Na bitte, er brauchte gar keine Hilfe!

So, nun konnte es losgehen. Losreiten, den verflixten Chamco-Brüdern auf die Bude rücken und herausfinden, warum es mit der Teleportations-Anlage nicht voranging ...

Aber die Leute drängten sich um das Pferd. Schwarze Gesichter, braune Gesichter, gelbgegerbte und weiße Gesichter. Hände, die seine Mokassins berührten. Hände, die ihm etwas reichen wollten. Und ein Stimmengewirr!

Wieder befiel ihn ein Schuldgefühl, als er all diese lächelnden, freundlichen Gesichter sah. Für ihn warf es einen Schatten auf diesen ersten Tag draußen, auf den er sich so gefreut hatte. Sie vertrauten ihm. Sie glaubten daran, daß er Erfolg gehabt hatte. Und wenn er nun doch ein Versager war? Wenn dieser strahlend blaue Himmel sich nun plötzlich verdüsterte und die grauen Schatten des Todes aufzogen?

Jonnies Lippen wurden schmal. Er sollte sich lieber an die Arbeit machen. Ihm war die allgemeine Bewunderung, die ihm entgegengebracht wurde, sowieso peinlich, und er wurde das Gefühl nicht los, daß er sie gar nicht verdiente.

Hufschlag wurde laut. Colonel Iwans Stimme bellte irgendwelche russischen Kommandos. Einer der Kosaken kam angesprengt, er zog sechs Pferde am Zaumzeug hinter sich her. Robert der Fuchs, Colonel Iwan und vier Kosaken saßen auf. Das alles war wohl schon von langer Hand vorbereitet.

Zwei Schotten schoben sich durch die Menge, nahmen links und rechts vor Windsplitter Aufstellung und bahnten Jonnie eine Gasse durchs Gedränge. Inzwischen mußten es mindestens fünfzig Leute sein, die hier herumstanden.

Gerade als Jonnie dachte, nun ginge es endlich los, drängelte sich ein kleiner Junge heran, im Kilt und barfüßig. Er griff nach Windsplitters Zaumzeug, holte mächtig Luft und schaffte es wahrhaftig, mit seiner Piepsstimme den Lärm zu übertönen: »Ich bin Bittie MacLeod. Dunneldeen hat mir versprochen, daß ich Ihr Knappe sein darf, Sir Jonnie, und da bin ich nun!« Er sprach einen scheußlichen Dialekt, aber er war ein beherztes Bürschchen und wußte offensichtlich, was er wollte. Er wartete nicht erst Jonnies Zustimmung ab, sondern führte Windsplitter am Zügel hinüber zu den Gebäuden der früheren Psychlo-Außenstation.

Obwohl Windsplitter daran gar nicht gewöhnt war, sondern normalerweise auf Fersendruck gehorchte, brachte Jonnie es nicht übers Herz, den Jungen wegzuschicken.

Hinter ihm folgten fünf Russen, die lange, wimpelgeschmückte Lanzen an den Steigbügeln ihrer Pferde befestigt hatten und Sturmgewehre quer über dem Rücken trugen. Ein Llanero kam angeritten und gesellte sich zu den Kosaken. Ein Trupp schwedischer Soldaten marschierte auf und präsentierte die Gewehre. Auf der Landebahn setzte ein Passagier-Flugkörper auf; dreißig Tibetaner, die so etwas wie eine Pilgerreise zum ehemaligen Hauptquartier der Psychlos unternahmen, quollen aus der Maschine und mischten sich unter die Neugierigen. Zwei Tieflader brausten heran, hielten einen Steinwurf weit entfernt und spuckten neue Besucher aus: Diesmal waren es ungefähr vierzig Leute, Einwohner der kleinen Ortschaft, die etwas weiter nördlich entstanden war. Und schließlich kam noch ein Tieflader und brachte Flugschüler aus der Akademie.

Jonnie, dessen Pferd der kleine Bittie MacLeod führte, ließ den Blick über die frohgelaunte Menge schweifen. Die Leute riefen ihm etwas zu und winkten und ließen ihn immer wieder hochleben. Seit der Versammlung der Clans damals in Schottland hatte er nicht mehr so viele Menschen auf einem Haufen gesehen. Es mußten jetzt schon über dreihundert sein!

Hände in allen Hautfarben ... Menschen, farbenfroh gekleidet in den Trachten ihrer Heimatländer ... Glatte blonde Haare, braune Haare, wolliges schwarzes Haar ... Ein wahrhaft babylonisches Sprachengewirr, aus dem er immer wieder seinen Namen heraushörte ...

Er schaute zum endlosen Blau des Himmels hinauf und erschrak, als er einen ferngelenkten Flugkörper entdeckte. Aber – nein, es war nur einer von den vielen Aufklärern, die sie jetzt pausenlos kreisen ließen, immer auf der Hut vor einer Invasion aus dem Weltall.

Die Rufe aus Hunderten von Kehlen dröhnten ihm in den Ohren. Eine Frau drückte ihm etwas in die Hand ... Es war ein Strauß Feldblumen, und sie schrie ihm zu: »Für Chrissie!« Er antwortete mit dankbarem Kopfnicken, wußte nicht, wohin mit den Blumen, und steckte sie schließlich in den Gürtel.

In den Menschen dieser Erde war neue Hoffnung erwacht. Sie hatten sich zu neuem Leben aufgerafft.

Mehr als je zuvor fühlte er, wie sehr ihn das belastete. Die Leute ahnten nichts von der Gefahr, daß sich alles vielleicht als Fehlschlag erweisen könnte. All diese Zuneigung, all dieser Jubel ... Er mochte das sowieso nicht. Aber vor allem glaubte er nicht, daß er diese Bewunderung verdiente.

Robert der Fuchs ritt jetzt an seiner Seite. Er bemerkte Jonnies sorgenvolle Miene, und er wollte nicht, daß die Stimmung des ersten Tages durch irgend etwas getrübt würde. »Na los, alter Junge, winken Sie ihnen zu! Heben Sie die Linke und nicken Sie nach allen Seiten!«

Jonnie tat es. Die Menge brach in wilden Jubel aus.

Mittlerweile waren sie bei den alten Chinko-Quartieren angelangt. Da drüben war das Leichenschauhaus – und dort das hohe Gebäude, hinter dem Terl gewohnt und wo er nachts so oft gestanden hatte, und da ...

Jonnies Blick wurde starr. Er sah Terl ... im Halseisen ... im Käfig. Der Bursche tollte herum und vollführte wilde Kapriolen. Augenblicklich hatte Jonnie ein ungutes Gefühl. Er beugte sich vor und rief dem Jungen zu, er solle das Pferd zum Käfig hinüberführen.

4

Er hatte genug Zeit. So wichtig das Gespräch mit den Chamco-Brüdern auch war, auf ein paar Minuten kam es nicht an. Es war bestimmt besser, erst mal herauszufinden, was Terl eigentlich vorhatte.

Das Gedränge nahm zu. In der Akademie hatten die Flugschüler, sobald sie erfuhren, daß Jonnie in der Nähe war, ein paar

Stunden Dienstbefreiung verlangt. Und der Schulmeister - verständnisvoll (und wohl auch in der Erkenntnis, daß er sowieso nichts machen könne) - hatte sie gehen lassen. Nun waren sie also da, und mit ihnen ein Haufen Leute aus New Denver. Überall ruhte die Arbeit. Die unterirdischen Werkstätten lagen verlassen. Auch ein paar von den Ratsmitgliedern waren gekommen, unter ihnen Brown Limper Staffor, der es zum Führer des nordamerikanischen Kontinents gebracht hatte. Insgesamt hatten sich jetzt mehr als sechshundert Leute versammelt, und der Lärm, den sie veranstalteten, war ohrenbetäubend.

Terl sah das Menschending auf den Käfig zukommen und kasperte noch ausgelassener herum als zuvor.

Jonnie stellte mit einem Blick fest, daß sich im Bereich der ehemaligen Psychlo-Anlagen nicht viel verändert hatte. Der Kampf hatte nur wenige Spuren hinterlassen. Vom aufsprühenden Wasser waren ein paar tiefe Furchen im ehemals glatten Gelände übriggeblieben. Im Käfig selbst hatte das Wasser keine Schäden angerichtet, im Gegenteil, es hatte ihn gründlich gereinigt. Überhaupt - ein paar Gitterstangen, die von aufprallenden Geschossen verbogen waren, das war alles. Auch die Elektroinstallation war unverändert, derselbe Anschlußkasten, dieselben Kabel um die Gitterstangen, alles wie damals. Man hatte einen Zaun aus Grubenholz um den Käfig gebaut, damit niemand den Gittern zu nahe kam. Ja, es war alles unverändert. Nur das Gras wuchs ringsum ein wenig kräftiger.

Jonnie vergaß die Menschenmenge, die ihn umgab. Wie viele Monate hatte er da dringesessen und nach draußen gestarrt! Wie viele Nächte hatte er hier draußen verbracht und nach drinnen geschaut! Wie viele Alpträume hatte er in dieser Zeit durchlitten!

Er wollte ein paar Fragen an Terl richten. Aber er hatte keine Lust, wieder durch diese Gitterstangen reden zu müssen, was wegen des lauten Stimmengewirrs sowieso nur schreiend möglich gewesen wäre. Er winkte einen Wachposten heran, aber ehe der Mann noch reagieren konnte, drängte sich der Kommandant der Station persönlich zu Jonnie durch.

An seinem Kilt erkannte Jonnie ihn als Angehörigen des Clans Argyll. Er mußte sich vom Pferd herunterbeugen, damit der Kommandant ihn überhaupt verstehen konnte: »Bitte, lassen Sie den Strom abstellen, und weisen Sie die Wache an, den Käfig zu öffnen.«

»Wie bitte?« fragte der Kommandant erstaunt.

Jonnie dachte, der gute Mann hätte ihn nicht verstanden, und wiederholte seine Bitte. Dann erst sah er, wie verwirrt der Kommandant war. Die Argylls ... Zwischen ihnen und denen vom Clan Fearghus hatte es immer Spannungen gegeben, wiederholt sogar offene, blutige Feindschaft, und die letzte Clanfehde war, wie Jonnie sich erinnerte, erst durch sein Auftauchen in Schottland beendet worden. Nun gut, er hatte keine Lust, sich mit dem Mann auf Debatten einzulassen. Aber er hatte erst recht keine Lust, seine Fragen an Terl auf einige Entfernung durch die Gitterstäbe zu schreien.

Robert der Fuchs, der alles mit ansah, ahnte wohl, was Jonnie vorhatte, und drängelte sich vor, um mit ihm zu reden. Aber da hatte Jonnie sich schon vom Pferd geschwungen, und Colonel Iwan hatte ein paar Leute beiseite geschubst und Jonnie den Knotenstock in die Hand gedrückt.

Humpelnd machte Jonnie sich auf den Weg zum Außenschalter, stützte sich gegen den Pfosten ab und stemmte mit der freien Hand den schweren Schalter hoch. Ein Funke sprühte, die Stromschiene war unterbrochen. Die Menschenmenge gab eine Gasse frei, als die Leute sahen, in welche Richtung Jonnie ging. Auf einmal wurde es ganz still. Zuerst verstummte das Stimmengewirr da, wo Jonnie war, dann breitete sich die Stille wie eine verlaufende Welle bis zu denen aus, die ganz hinten standen.

Der Wachposten am Käfig war bei all dem Durcheinander nicht von seinem Platz gewichen. An seinem Gürtel hingen die Schlüssel. Jonnie nahm sie ihm ab.

Ein Raunen lief durch die Menge, wie eine geflüsterte Frage, und dann verstummten die Leute erneut.

Terl benutzte die Gelegenheit, ein grauenhaftes Gebrüll auszustoßen.

Der Kommandant gab sich einen Ruck und wollte loseilen, aber Colonel Iwan, lässig aus dem Sattel gebeugt, hielt ihn mit ausgestreckter Hand auf. Dem Colonel ging es nur darum, gegebenenfalls niemanden in der Schußlinie stehen zu haben. Die anderen Kosaken schwärmten aus. Es gab ein scharfes metallisches Geräusch, als die Sturmgewehre durchgeladen wurden. Vier Waffen richteten sich auf Terl im Käfig. Ein paar Schotten rannten zu den Dächern der alten Chinko-Quartiere, wieder wurden Waffen durchgeladen, noch mehr Mündungen zielten jetzt auf Terl.

Die Menschenmenge wich langsam vom Schutzzaun zurück.

Jonnie hörte das scharrende Geräusch der Gewehrschlösser. Er wandte sich um und sagte – in ganz normaler Lautstärke, denn wenn Terl nicht gerade wieder einen seiner schauerlichen Schreie ausstieß, war es völlig ruhig: »Nehmt die Gewehre hoch! Ein Geschoß könnte leicht an den Gitterstangen abprallen und jemanden von den Leuten treffen.« Er öffnete das Halfter, in dem die Handfeuerwaffe steckte, und dann, als wäre es ihm gerade noch eingefallen, zog er sie heraus, um zu prüfen, ob sie auch wirklich auf »Betäubungswirkung« und »ohne Feuerstrahl« eingestellt war. Dabei war er eigentlich fest überzeugt, daß ihm keine Gefahr drohte. Terl trug ein Halseisen und war angekettet. Sicherlich war es klüger, sich ein Stück außer Reichweite seiner Pranken zu halten. Aber das einzige, was Terl vermutlich im Sinn hatte, waren ein paar Clownereien, wie er sie ja schon die ganze Zeit über trieb.

Das Türschloß ging jetzt leichter als früher. Jemand mußte es geölt haben. Jonnie öffnete. Er hörte, daß wieder ein Raunen durch die Menge lief, aber er achtete nicht sonderlich darauf.

Terl stieß sein übliches Gebrüll aus.

»Hör auf, den Hanswurst zu spielen!« sagte Jonnie.

Terl hörte tatsächlich mit dem Possenreißen auf, hockte sich, mit dem Rücken an die Wand gelehnt, in die hintere Käfigecke und fragte: »Na, wie geht's, Kreatur?« In den bernsteinfarbenen Augen flackerte bösartiges Vergnügen.

»Nenn ihn nicht Kreatur!« rief der Pastor von irgendwoher aus der Menge. Jonnie hatte gar nicht gewußt, daß er Psychlo sprach.

»Jemand hat dir den Kopf zerkratzt, wie ich sehe«, sagte Terl. »So was kommt vor, wenn einer blöde ist. Wie ist es denn passiert, Rattenhirn?«

»Benimm dich, Terl. Was willst du hier im Käfig? Was hast du dir dabei gedacht?«

»Oh, dieser Chinko-Akzent!« rief Terl in gespieltem Entsetzen. »Was habe ich mir für Mühe gegeben! Aber es ist mir nicht gelungen, aus dir ein gebildetes, gesellschaftsfähiges Wesen zu machen. Nun, wenn dir so viel an Höflichkeit liegt und du dich wie ein Chinko auszudrücken beliebst, so vergib mir, daß ich deine hochwohlgeborenen Ohrknochen mit rauhen Worten verletzt habe!« Er verfiel in die unterwürfigen Redewendungen der alten Chinkos, war aber mit dem anschließenden boshaften Lachen gleich wieder der alte Terl.

»Beantworte gefälligst meine Frage!« herrschte Jonnie ihn an.

»Nun denn, ich bin dabei, zu ...« Und dann kam ein Psychlo-Wort, das Jonnie noch nie zuvor gehört hatte.

Für derlei Unfug war er nicht hergekommen. Er hatte herausfinden wollen, was Terl wohl, von den anderen unbemerkt, im Schilde führen mochte. Er humpelte einmal durch den Käfig, immer weit genug von Terl entfernt und immer mit einem verstohlenen Blick auf ihn. Er schaute in den Fundamentmauern der Gitterstangen nach, auch im Wasserbecken, nichts. Da lag ein Bündel, Terls Habseligkeiten in Ölzeug geschnürt. Jonnie gab Terl einen Wink, Platz zu machen, dann ging er hin und schnürte das Bündel auf.

Ein Kleidungsstück war darin, eigentlich mehr ein Wickeltuch von derselben Art, wie Terl es jetzt über die behaarte Haut geschlungen hatte. Ein leerer, verbeulter Kerbangohumpen, in dem sogar ein Loch war. Und ein Psychlo-Wörterbuch! Was, zum Teufel, machte Terl, der nach den Maßstäben der Psychlos zu den Gebildeten zählte, mit einem Wörterbuch?

Jonnie wich so weit zurück, daß er außerhalb des Bewegungsraumes war, den die Kette Terl ließ. Was war das für ein Wort, das Terl gerade gebraucht hatte? Ah ja, hier stand es: »Bereuen: bekümmert oder voller Selbstvorwürfe sein wegen einer Handlung, die man begangen hat, oder wegen des Unterlassens einer Handlung; ein Lehnwort aus der Hockner-Sprache, das bei einigen planetarischen Völkern tatsächlich in Gebrauch stehen soll.«

»Du – und bereuen?« rief Jonnie aus. Nun mußte er lachen.

»Habe ich dich nicht auch in einen Käfig gesteckt? Ist dir nicht klar, daß man deshalb von ... geplagt sein kann?« Wieder so ein Kauderwelsch!

Jonnie schlug das Wort nach: »Schuldgefühle: quälende Selbstvorwürfe, die jemand sich macht in der Überzeugung, wider Recht und gute Sitten gehandelt zu haben. Lehnwort aus der Chinko-Sprache; nützlich für politische Beamte, wenn es darum geht, Angehörige unterworfener planetarischer Völker zu demütigen. Nach Professor Halz soll es tatsächlich außerpsychloische Kreaturen geben, die entsprechender Empfindungen fähig sind.« Jonnie klappte das Buch geräuschvoll zu.

»So etwas ähnliches mußt du auch empfinden, Kreatur!« sagte Terl. »Schließlich war ich wie ein Vater zu dir, wohingegen du Tag und Nacht nichts anderes im Sinn hattest, als meine Zukunft zu ruinieren. Wirklich, ich vermute, daß du mich, wo immer es ging, betrogen hast ...«

»Zum Beispiel bei dem Lastwagen, der in die Luft geflogen ist«, meinte Jonnie.

»Was für ein Lastwagen?«

»Der Tieflader für den Goldtransport!« erinnerte ihn Jonnie geduldig.

»Ach, der. Ich dachte, du meinst den Frontschaufler, mit dem du dir fast den Hals gebrochen hast, du weißt schon, die Maschine, die da drüben auf dem Plateau explodiert ist. Ihr Kreaturen habt euch immer schwer getan mit der Technik!« Er seufzte. »Nun denn, ich bin hier als ..., leibhaftiges Objekt deiner Rache.«

Jonnie machte sich nicht die Mühe, auch dieses Wort nachzuschlagen. Es war wieder nur eines von denen, die kein Psychlo je benutzen würde. »Ich hab nicht angeordnet, daß du in diesen Käfig gesteckt und in ein Halseisen gelegt wirst. Eigentlich sollte ich darauf dringen, daß man dich wieder in dein Gefängnis zurückbringt. Hier herumalbern, halbnackt ...«

»Ich glaub nicht, daß du das tust«, sagte Terl mit bösartigem Grinsen. »Warum bist du eigentlich hergekommen?«

Einerseits war es besser, Terl nicht zuviel zu erzählen, andererseits kam Jonnie nicht an Informationen heran, wenn er ihm gar nichts sagte. »Ich bin hergekommen, um die Chamco-Brüder zu fragen, warum das mit der Teleportations-Anlage so lange dauert.«

»Ach so, na ja, das dachte ich mir schon«, sagte Terl. Er schien gleichgültig. Nach einem tiefen Seufzer in seine Atemmaske stand er auf.

Durch die Menschenmenge draußen vor dem Gitter lief ein erschrockenes Murmeln, die Leute wichen zurück. Das Monster war mehr als anderthalb mal so groß wie Jonnie. Pranken, Klauen ... Und die Reißzähne, die man durch die Maske schimmern sah ...

»Na schön, Kreatur«, sagte Terl, »obwohl wir ein paar Differenzen hatten, werde ich dir was sagen: Du wirst schon sehr bald kommen und mich um Hilfe bitten. Und weil ich ... und ... bin«, das waren wieder zwei Wörter, die Jonnie nicht der Mühe des Nachschlagens wert fand, »werde ich wahrscheinlich so dumm sein und dir helfen. Also, merk dir, Kreatur: Wenn's zu schwierig wird, komm und frag Terl. Schließlich waren wir ja immer gute Kumpel, nicht?«

Jonnie brach in schallendes Gelächter aus. Das war nun wirklich zuviel! Er warf das Buch auf das Ölzeugbündel, kehrte Terl den Rücken zu, stützte sich auf den Knotenstock und verließ den Käfig.

Sobald Jonnie die Tür hinter sich geschlossen hatte, stieß Terl ein Gebrüll aus, das einem durch Mark und Bein ging, tollte herum und trommelte sich auf die Brust.

Jonnie warf dem Posten die Schlüssel zu, ging hinüber und schaltete den Strom ein. Er mußte immer noch leise in sich hinein lachen, während er zu Windsplitter hinüberhumpelte. Die Menge stand noch immer in gehörigem Abstand, das Gemurmel klang jetzt erleichtert.

Nicht alle hielten Abstand. Auf halbem Weg zu seinem Pferd

stieß Jonnie auf Brown Limper Staffor. Er wollte ihn gerade begrüßen, aber ... Nie zuvor hatte ihm so viel unverhohlen feindseliger Haß in einem Gesicht entgegengeblickt.

»Wie ich sehe, sind wir jetzt *beide* Krüppel«, sagte Brown Limper, drehte sich abrupt um und hinkte davon, seinen Klumpfuß immer einen halben Schritt nachziehend.

5

Eines Tages würden die Leute, die heute auf dem Gelände der ehemaligen Psychlo-Außenstation versammelt waren, ihren Urenkeln davon erzählen: Sie waren dabeigewesen, als Jonnie, der große Jonnie, in den Käfig gegangen war! Alle würden ihnen aufmerksam zuhören, und ein bißchen von der Bedeutung des Tages würde auf sie selber abfärben.

Jonnie war wieder aufgesessen und lenkte Windsplitter hin zu dem kleinen, mit einer hohen Kuppel versehenen Bau, den man für die Chamco-Brüder errichtet hatte.

»Sie hätten das nicht machen sollen«, sagte Robert der Fuchs, der sich dicht an Jonnies Seite hielt. »Mit solchen Sachen jagen Sie den Leuten nur einen Schrecken ein.« Er war selber äußerst besorgt gewesen.

»Ich bin nicht wegen der Leute hergekommen, sondern um mit den Chamco-Brüdern zu sprechen«, antwortete Jonnie. »Und genau das werde ich jetzt tun.«

»Sie müssen auf das Bild achten, das Sie in der Öffentlichkeit abgeben«, redete Robert der Fuchs freundlich auf ihn ein. »Was Sie getan haben, macht ihnen Angst.« Zugegeben, es war Jonnies erster Tag draußen, und es sollte ein guter Tag sein, aber dieser Besuch in Terls Käfig, das war ein haarsträubender Auftritt gewesen. »Sie sind jetzt ein Symbol«, fuhr er fort.

Jonnie wandte ihm das Gesicht zu. Er mochte Sir Robert sehr gern, aber was er da von einem Symbol gesagt hatte, das gefiel ihm gar nicht. »Ich bin Jonnie Goodboy Tyler, sonst gar nichts!« Und mit einem versöhnlichen Lachen fügte er hinzu: »Das heißt: *MacTyler!*«

Sir Roberts Miene hellte sich auf. Nun hör sich einer das an! Was sollte er bloß mit diesem netten, großen Jungen anfangen? Er war ja schon zufrieden, daß Jonnie wieder einen glücklichen, unbeschwerten Eindruck machte.

Die Leute hatten sich von ihrem Schrecken noch nicht erholt, aber sie zogen hinter Jonnie her. Colonel Iwan, ganz Herr der Lage, hatte seine Lanzenreiter zur Eskorte formiert. Bittie MacLeod, dem vorübergehend auch das Herz in die Hose gerutscht war, marschierte wieder tapfer voran; zwar hielt er Windsplitter am Zügel, aber es war doch mehr so, daß der Hengst ihn führte. Der Kommandant, ein Argyll von echtem Schrot und Korn, genehmigte sich einen Schluck aus der Feldflasche und reichte sie dann an seinen Stellvertreter weiter.

Jonnie musterte das Gebäude, zu dem sie unterwegs waren. Alles was recht war, seine Leute hatten sich viel Mühe mit den Chamco-Brüdern gemacht. Sie hatten einen kreisrunden Bau errichtet und darauf eine Sichtkuppel gesetzt, die wohl aus einer der stillgelegten Schachtanlagen stammte. Der Bau war mit Atemgas befüllt und hatte eine raffinierte Gas-Luft-Schleuse, eine durchsichtige Drehtür, die eine Vermischung von Luft und Atemgas verhinderte. Neben dem Gebäude waren eigens ein Atemgas-Vorratstank und eine Umwälzanlage aufgebaut. An der Sichtkuppel waren schattenspendende Rollos angebracht, aber sie waren nicht zugezogen. Den Psychlos machten Hitze oder Kälte offenbar nicht viel aus. Hier in diesem Gebäude arbeiteten die Chamcos Pläne und Konzepte aus, gegen Bezahlung natürlich, und jetzt konnten sie ja, dank Kers Bemühungen, bar in Galaktischen Währungseinheiten ausbezahlt werden.

Jonnie kannte die beiden aus der Zeit, als er selbst hier auf der Außenstation ausgebildet worden war. Beide waren hochgraduierte Planungsingenieure, die an allen möglichen Psychlo-Universitäten und Company-Akademien studiert hatten. In den Berichten über sie stand, daß sie sehr kooperativ seien. Sogar von Höflichkeit war da die Rede, aber das beurteilte Jonnie zurückhaltend. Selbst wenn sie, verglichen mit Psychlo-Maßstäben, höflich waren, so hieß das noch nicht viel; Psychlos verstanden unter höflichen Beziehungen stets solche, bei denen jeweils die anderen höflich zu ihnen waren.

Man konnte sie da drin an großen gepolsterten Schreibtischen arbeiten sehen, jeder hatte ein Zeichenbrett neben sich. Es gab eine Gegensprechanlage, so daß man sich von draußen mit ihnen unterhalten konnte und nicht durch die Gas-Luft-Schleuse gehen mußte. Aber Jonnie hatte ein paar komplizierte technische Fragen mit den beiden zu besprechen, und er konnte sich nicht gut vorstellen, daß das mit einer Gegensprechanlage reibungslos klappte.

Colonel Iwan schien Jonnies Gedanken zu ahnen. Er kam angesprengt und kratzte mühsam seine paar englischen Brocken zusammen: »Wollen Sie rrrein?« Dann blickte er sich verzweifelt um und suchte nach einem Koordinator, der Russisch sprach.

Als der Mann gefunden war, übersetzte er: »Er sagt, daß die Sichtkuppel aus schußfestem Glas besteht. Er kann Ihnen mit den Gewehren keinen Feuerschutz geben.«

Auch Robert der Fuchs, in höchster Besorgnis, wußte nicht mehr ein noch aus. »Reicht's nicht für den ersten Tag, Jonnie? Sie sind jetzt schon ziemlich lange auf den Beinen!«

»Aber deswegen bin ich doch hergekommen!« sagte Jonnie und ließ sich von Windsplitters Rücken gleiten.

Colonel Iwan wußte nicht recht, wie er sich verhalten sollte. Er drückte Jonnie zwar den Knotenstock in die Hand, aber gleichzeitig redete er erregt auf den Koordinator ein.

»Der Colonel sagt, Sie sollten auf keinen Fall in der Luftschleuse stehenbleiben«, übersetzte der Koordinator. »Sie sollen rasch durchgehen und sich innen auf der rechten Seite aufhalten. Anderenfalls versperren Sie seinen Leuten den Angriffsweg.«

Während er sich humpelnd zum Eingang des Gebäudes bewegte, hörte Jonnie ein paar von den Bemerkungen der Umstehenden mit. »Jetzt geht er auch noch da rein! Ist ihm denn gar nicht klar, daß diese Psychlos ...« Und: »Schau dir bloß diese schrecklichen Bestien da drin an!« Jonnie mochte es gar nicht, wie hier jeder seiner Schritte überwacht wurde. Ein Symbol zu sein war nicht so einfach! Es war eine völlig neue Idee für ihn, daß er sich nicht frei und ungehindert bewegen dürfte und andere ein Wort dabei mitzureden hätten.

Er vermutete, daß die Chamco-Brüder normalerweise die Sonnenrollos geschlossen hielten, denn obwohl sie im Augenblick offen waren, brannte im Gebäude Licht. Eine Atemmaske wurde ihm gereicht, und er legte sie an.

Er humpelte durch die Gas-Luft-Schleuse, wobei er ein paar Schwierigkeiten hatte, denn diese Türen waren für die Ausmaße der Psychlos gebaut, und für einen Menschen sowieso schon schwer zu öffnen – viel zu massiv und schwerfällig.

Die Chamcos unterbrachen ihre Arbeit, saßen da und schauten Jonnie an. In ihren Blicken lag keine Feindseligkeit. Aber zu einem Gruß mochten sie sich auch nicht aufraffen.

»Ich wollte mal sehen, welche Fortschritte ihr beim Wiederaufbau der Teleportations-Anlage gemacht habt«, sagte Jonnie und wählte seinen Tonfall so, daß es sich auf Psychlo möglichst freundlich anhörte (das heißt, soweit die Psychlo-Sprache überhaupt freundlich klingen konnte).

Die Chamcos gaben keine Antwort. Täuschte Jonnie sich, oder machte der jüngere Chamco wirklich einen argwöhnischen Eindruck?

»Wenn ihr irgendwelches Gerät oder sonst etwas braucht, will ich mich gern darum kümmern, daß man's euch beschafft«, sagte Jonnie.

»Die ganze Anlage ist ausgebrannt«, erklärte ihm der ältere Chamco. »Alles futsch, das Gehäuse mit den Kontrollschaltungen und alles.«

Jonnie stand, auf den Stock gestützt, genau vor dem Eingang. »Nun ja, aber ich denke doch, die Einzelbauteile sind überall dieselben. Diese kleinen Teleportations-Anlagen in den Frachtern können nicht vollständig anders konstruiert sein.«

»Mhm ... alles verdammt schwierig«, knurrte der jüngere Chamco. Lag Falschheit in seinen Augen? Oder war dieser verschlagene Ausdruck für einen Psychlo ganz normal?

»Wir müssen die Anlage reparieren, daran führt kein Weg vorbei!« sagte Jonnie. »Solange sie nicht funktioniert, erfahren wir nicht, was wirklich auf Psychlo geschehen ist.«

»Das dauert lange«, meinte der Ältere. War das dieselbe Falschheit in den Augen? Andererseits ... in diesen bernsteinfarbenen Augäpfeln schienen immer winzige Flammen zu züngeln.

»Ich habe versucht, mit einem mathematischen Ansatz dahinterzukommen«, erzählte ihnen Jonnie. Er schaute zur Seite nach einem Regal, auf dem einige Bücher standen, und ganz am Ende der Reihe entdeckte er das Buch, das er am Morgen auf den Boden geschleudert hatte. »Vielleicht könnt ihr mir erklären ...«

Der jüngere der Chamco-Brüder setzte zum Sprung an!

Der ältere Chamco sprang vom Schreibtisch hoch und griff an.

Beide stießen ein schauerliches Gebrüll aus.

Jonnie stolperte rückwärts. Der Stock hinderte ihn daran, die Waffe zu ziehen. Er benutzte ihn als Wurfwaffe gegen den, der ihm am nächsten gekommen war. Aber er war mit der linken Hand ungeübt, und es wurde ein kümmerlicher Wurf.

Er sah eine riesige Pranke durch die Luft sausen, auf ihn zu.

Rasch kniete er sich hin, er zog mit der linken Hand.

Scharfe Krallen rissen ihm seitlich das Gesicht auf.

Jonnie feuerte.

Der Rückstoß warf ihn gegen die Tür. Er wollte sie aufdrücken und in der Schleuse Zuflucht suchen. Aber die Tür schien zu klemmen.

Er lag flach auf dem Rücken. Einer der beiden Chamcos hob

den monströsen Fuß, wollte ihm die Rippen brechen. Jonnie gab ein paar Schüsse ab.

Der Stiefel, der zum Tritt ausgeholt hatte, verschwand.

Dafür waren jetzt zwei behaarte Pranken da. Langten ihm an die Kehle.

Und die ganze Zeit über das berserkerhafte Gebrüll!

Jonnie feuerte. Auf die Pranken. Auf den riesigen Brustkasten über ihm. Salve auf Salve jagte er hinein. Es gelang ihm, die beiden zurückzutreiben.

Irgendwie kam er wieder auf die Knie. Die beiden riesigen Körper der Psychlos waren nach hinten weggekippt. Jonnie jagte noch einmal ein paar Schüsse hinein.

Da lagen sie nun beide flach auf dem Boden.

Der jüngere der Chamco-Brüder war völlig betäubt. Aber der ältere, der hinter ihm lag ... Was hatte er denn an der Schublade herumzuzerren? Er zog sie auf ... holte etwas heraus ...

Es ging alles zu schnell. Aus seinem Blickwinkel konnte Jonnie nicht sehen, was der ältere Chamco aus dem Schreibtisch genommen hatte. Er rückte zur Seite, um eine bessere Schußlinie zu haben.

Der ältere der Chamco-Brüder hielt einen kleinen Handfeuer-Killer in der Pranke. Aber er wollte ihn gar nicht auf Jonnie richten. Nein, er hielt ihn gegen den eigenen Kopf!

Er versuchte, sich das Leben zu nehmen!

Das wüste Durcheinander des Kampfes war vorüber. Jonnie reagierte jetzt ganz kühl. Mit einem gezielten Schuß fetzte er dem Chamco die Waffe aus der Pranke. Sie explodierte nicht. Aber die Wucht von Jonnies Schuß hatte ihn trotzdem genügend stark erwischt, daß er umkippte.

Verdammter Mist, wenn der rechte Arm und die rechte Hand nicht so wollten, wie man sie eigentlich brauchte! Und der Stock lag zu weit weg, als daß Jonnie ihn erreichen konnte. Er hüpfte ein paar Schritte seitwärts und lehnte sich gegen die Wand.

Qualm lag im Raum, ballte sich vor den Absaugschlitzen der Atemgasanlage. Jonnie fühlte sich halb taub von all dem Gebrüll und dem Detonationslärm der Schüsse in diesem engen Raum.

Verflixt und zugenäht, warum das alles? Da lagen die beiden. Warum, zum Teufel, hatten sie ihn angegriffen?

Die Türen der Atemgasschleuse schwangen auf. Colonel Iwan und ein Wachposten stürmten herein.

»Nicht schießen!« rief Jonnie warnend. »Hier ist alles voll Atemgas. Wenn ihr Radioaktiv-Munition verwendet, werden wir alle in Fetzen gerissen! Holt ein paar Fesseln!«

»Wir konnten keine Atemmasken finden!« meldete der Wachposten hysterisch. Dann rannte er hinaus, um die Fesseln zu besorgen.

Colonel Iwan rückte seine Atemmaske so zurecht, daß er die beiden am Boden hingestreckten Psychlos besser in Augenschein nehmen konnte. So wie sie dalagen, hätte man denken können, es sei aus mit ihnen, aber Jonnie hielt vorsichtshalber die Waffe weiterhin auf sie gerichtet.

Er zeigte auf die Masken der Psychlos, die an einem Kleiderständer hingen. Colonel Iwan nahm sie herunter und stülpte sie den Bewußtlosen über. Danach deutete Jonnie auf die Schalter der Umwälzanlage, durch die ständig Atemgas in den Raum gepumpt wurde. Der Colonel schaltete die Anlage aus, ging zur Schleusentür, rüttelte und hämmerte daran mit riesigem Kraftaufwand, bis endlich ein Teil davon umklappte und ein Schwall frischer Luft hereinströmte.

Schließlich konnten auch die Wachposten in den Raum kommen. Mit viel Geklapper und Geklirr legten sie den Chamcos Handschellen und Ketten an.

Jonnie humpelte nach draußen. Erst dort wurde ihm bewußt, daß die vielen Schaulustigen die ganze Zeit über dagewesen waren und alles durch das Glas der Sichtkuppel mit angesehen hatten. Er sah, wie die Leute auf sein Gesicht deuteten ... Ach ja, er blutete, das merkte er erst jetzt.

Er humpelte zu Windsplitter und schwang sich hinauf. Wachposten drängten nach vorn. Und Jonnie hörte, was die Leute sich zuriefen. »Warum, in aller Welt, hat er denn die Psychlos angegriffen?« – »Na hör mal, die hatten doch *ihn* angegriffen!« – »Vorsicht, da drüben! Macht Platz, da kommt ein Tieflader!« Dicht dahinter folgte ein riesiger Gabelstapler. »Wie ist es denn überhaupt zu dem Kampf gekommen?« – »Keine Ahnung, aber wenn ihr mich fragt, ich hab nichts dagegen, daß Jonnie auf die Monster geschossen hat!« – »He, wir brauchen Freiwillige, die mit anfassen! Wir wollen die Psychlos da rausschaffen!« – »Ich verstehe überhaupt nicht, wie man zulassen konnte, daß er hineingeht!« – »Die beiden müssen doch einen Grund gehabt haben, ihn anzugreifen?« – »Also, nach allem, was ich über die Psychlos gehört habe ...« – »Ach was, ich hab's genau gesehen. Er war sehr freundlich zu ihnen, und plötzlich sind sie auf ihn losgegangen. Allerdings, warum ... Keine Ahnung!«

Jonnie hatte weder ein Tuch noch einen Streifen Rehleder, um die Wunde zu verbinden, aus der Blut auf seine Kleidung tropfte. Ein Mechaniker, der zufällig in der Nähe war, reichte ihm einen Bausch Werg, den er sich gegen die Wange drücken konnte.

Und wieder dieselbe Frage aus der Menschenmenge: »Es hat doch geheißen, daß die beiden friedlich sind! Wieso haben sie ihn dann angegriffen?«

Das hätte Jonnie selber gern gewußt. Was hatte er eigentlich zu den Chamcos gesagt? Warum waren sie plötzlich so wild geworden? Er hatte eine Idee und rief in die Menge: »Was ich mit den Chamco-Brüdern besprochen habe, muß doch durch die Sprechanlage hier draußen zu hören gewesen sein. Hat das zufällig jemand auf Band mitgeschnitten?«

Kein Problem. Ungefähr fünfzehn Leute hatten ihre Bildrecorder die ganze Zeit über laufen lassen, von dem Augenblick an, als Jonnie aus dem Flugkörper gestiegen war. Einer aus dem Clan Argyll wedelte mit seinem Gerät in der Luft und eilte herbei. »Sehr gut! Kann jemand mir eine Kopie anfertigen?« fragte Jonnie. »Ich muß wissen, was ich gesagt habe ... ich meine, was die beiden dazu gebracht hat, mich anzugreifen.«

Jawohl, Sir, sofort! Die Bandkopie war fertig, als Jonnie sich gerade von Windsplitters Rücken schwang und in den Flugkörper steigen wollte. Er würde sich gründlich mit der Aufzeichnung beschäftigen.

Robert der Fuchs ermahnte ihn: »Winken Sie den Leuten zu!« Jonnie winkte aus dem Fenster des Flugkörpers. Die vielen, vielen Leute blickten alle auf ihn. Manche sahen jetzt noch schreckensbleich aus. Da war auch ein Schwarzer, und sogar dessen Gesicht schien sich ein bißchen ins Grau verfärbt zu haben.

»Bitte zurücktreten!« riefen die Wachen draußen. »Bitte räumen Sie die Startbahn!«

An diesem Abend, als sie wieder in der Basis waren und gerade gegessen hatten, schickte Colonel Iwan einen Koordinator, der Jonnie mitteilte: »Ich soll Ihnen sagen, daß Sie einfach zu gefährlich leben!«

Vielleicht war es noch mehr, was der Colonel dem Koordinator aufgetragen hatte, aber Jonnie fiel ihm ins Wort. »Sagen Sie dem Colonel: Das muß wohl daran liegen, daß ich das Herz eines Kosaken habe!«

Die Russen lachten herzlich darüber und wiederholten es noch tagelang.

Es war wirklich ein aufregender erster Ausflug gewesen. Die Ereignisse hatten noch ein Nachspiel. Drei Tage später erhielt Jonnie ein vertrauliches Schreiben vom Rat.

Die Nachricht bereitete ihm damals nicht viel Kopfzerbrechen, da er nicht besonders empfindlich war. Später sollte ihm allerdings klarwerden, welch negativen Einfluß dieses Schreiben auf die weitere Entwicklung nahm und wie mißlich es war, daß er die Bedeutung eines so düsteren Vorzeichens nicht erkannt hatte.

Das Schreiben des Rates, von einer knappen Mehrheit durchgesetzt, war sehr förmlich, wenn auch durchaus höflich gehalten. Und es war sehr kurz:

> Im Interesse der persönlichen Sicherheit des nachstehend Genannten wie auch in Anbetracht seiner hohen Bedeutung für unseren Staat sowie mit dem erklärten Ziel, etwaigen künftigen Störungen vorzubeugen, ergeht auf Beschluß des Rates folgende Weisung: Es wird Jonnie Goodboy Tyler untersagt, den Bereich der hierorts gelegenen ehemaligen psychloischen Außenstation zu betreten; das Verbot gilt bis auf Widerruf und bedarf einer förmlichen Aufhebung durch die konstituierte Versammlung der Anordnungsbefugten.
> Beschlossen durch mündliche Abstimmung, geprüft und beglaubigt:
>
> Oscar Khamermann
> Stammeschef von British Columbia
> Sekretär des Rates

Jonnie las das Schreiben, zuckte die Achseln und warf es in den Papierkorb.

Teil XVII

1

Brown Limper Staffor kam von der ehemaligen Außenstation und fühlte sich krank vor Neid, wenn er selbst es auch als gesundes Empfinden für Recht und Ordnung bezeichnet hätte.

Was für ein füchterliches, *gemeines* Schauspiel!

All diese vielen Leute ... Wie sie sich herangedrängt hatten, seine Mokassins berühren wollten, ihn sogar hochleben ließen! Widerliche Katzbuckelei! Es war mehr, als ein normaler Mensch wie Brown Limper Staffor ertragen konnte!

Er hatte ein Gefühl gehabt, als wäre ihm der Boden unter den Füßen weggezogen worden. Er hatte sich das Hirn zermartert, um Mittel und Wege zu finden (notfalls auch außerhalb der Legalität), mit denen er den schweren Irrtum korrigieren konnte, dem die Leute unterlagen, soweit es diesen Tyler betraf!

Seit jenem Tag im letzten Jahr, als Jonnie Goodboy Tyler ins Dorf gekommen war ... Mein Gott, wie war er da herumstolziert! Und wie schamlos er die Leute mit Geschenken bestochen hatte, obwohl er in Wirklichkeit nichts anderes vorhatte, als sie von Haus und Hof zu vertreiben! Diese Enttäuschung, daß Tyler nicht tot war, sondern im Gegenteil auf dem besten Wege war, sich weltweite Bedeutung zu verschaffen, und das viel zu schnell und viel zu erfolgreich! Also, seit jenem Tag im letzten Jahr wartete Brown Limper auf seine Chance.

Er kochte vor Wut, wenn er nur daran dachte, wie dieser Tyler ihn seit Kindestagen gehänselt und verspottet und der Lächerlichkeit preisgegeben hatte. Er durfte gar nicht zu tief darüber nachdenken, es hätte ihm den Schlaf geraubt. Er hätte nächtelang wachgelegen und sich im Bett herumgewälzt und mit den Zähnen geknirscht, und der kalte Schweiß wäre ihm ausgebrochen. Gut, zugegeben, an irgendwelche konkreten Vorfälle konnte er sich nicht erinnern ... Aber das war ihm durchaus kein Trost, im Gegenteil, dadurch empfand er alles nur um so bedrückender. All diese Gemeinheiten mußten sich wirklich ereignet haben. Natürlich, sonst wäre er doch nicht heute noch von einer so abgrundtiefen Qual erfüllt, oder? Na bitte, das bewies doch alles!

Als er gehört hatte, daß Tyler sterbenskrank darniederlag und verkrüppelt war, hatte er tief in sich eine wohltuende Woge der Genugtuung gespürt. Aber heute war er wieder aufgetaucht, dieser Tyler, humpelnd, ja, das schon. Aber das hatte ihn nicht daran gehindert, sich geradezu ekelerregend mit diesen Psychlos in Szene zu setzen.

Es war ja nicht so, daß Brown Limper sich überhaupt nicht um die Zukunft bemüht und verdient gemacht hätte. Damals zum Beispiel, als der alte Jimson über Rheumatismus geklagt hatte, da war es Brown Limper gewesen, der dem alten Mann gezeigt hatte (aus reiner Gutmütigkeit, versteht sich), wie wohltuend Narrenkraut gegen Schmerzen aller Art wirkt (aus Pastor Staffors Tagen war ja noch genug von dem Zeug übriggeblieben). Diesen Akt der Nächstenliebe hatte Brown Limper vollbracht, nachdem er gerade herausgefunden hatte, daß der alte Jimson drauf und dran war, Jonnies verbrecherischen Plänen Gehör zu schenken. Jawohl, verbrecherischen Plänen! Denn sie liefen doch darauf hinaus, das alte Dorf dem Erdboden gleichzumachen und die Leute irgendwohin in die Einsamkeit der Berge zu treiben, wo sie dem Hungertod und dem Erfrieren preisgegeben waren! Jimson war doch gar nicht mehr in der Lage, die Pflichten eines Dorfältesten wahrzunehmen, gebrechlich und schmerzgeplagt, wie der alte Mann war. Er war doch dankbar gewesen, daß er sich ins Bett legen konnte und nur noch aufwachen mußte, wenn ihm jemand aus der Familie das Essen brachte. War es nicht schön gewesen, daß der alte Mann keine Schmerzen mehr leiden und sich nicht mehr mit den Problemen des Dorfes herumschlagen mußte? Natürlich, es war schon eine Last, die Brown Limper sich aufgeladen hatte, geduldig, ausdauernd und höchstens ein wenig zu gutmütig, wie er nun mal war.

Als die Koordinatoren von der Weltweiten Föderation für den Zusammenschluß der Menschheit aufgetaucht waren, hatte Brown Limper sie zunächst für lästige Wichtigtuer gehalten. Aber dann hatten sie ihm ein paar Bücher gezeigt.

Der alte Pastor Staffor hatte seinerzeit, ehe er Tag und Nacht Narrenkraut zu kauen anfing, seine Pflichten als Dorfältester und als Familienvater sehr ernst genommen. Seine Absicht war es gewesen, aus Brown Limper einen Mann der Kirche zu machen, und so hatte er aus einem Versteck ein geheimes Buch geholt, das niemand im Dorf kannte, ein Buch mit dem Titel »Die Bibel«, und hatte Brown Limper unter vier Augen gelehrt, darin zu lesen. Doch Brown Limper konnte sich nicht recht für die Laufbahn eines Pastors erwärmen. Er hatte es für besser gehalten, die Stellung eines Bürgermeisters anzustreben. Ein Pastor hat als einzige Macht die Kraft seiner Worte, aber ein Bürgermeister ... na ja, das weiß ja jeder!

Die Dinge lagen doch ganz einfach. Da war auf der einen Seite Tyler, der angeritten kam, sich wer weiß wie aufspielte, den Mädchen schöne Augen machte und die jungen Männer verleitete, auf ihn zu hören und ins Verderben zu rennen. Und auf der anderen Seite war da Brown Limper, weise, tolerant, verständnisvoll, eine glänzende Erscheinung, aber eben leider schnöde mißachtet, sogar verspottet und beiseite geschoben. Und hatte nicht Tylers Vater (falls er überhaupt sein leibhaftiger Vater gewesen war) zu denen gehört, die lautstark dagegen gewesen waren, daß Brown Limper, mit einem Klumpfuß zur Welt gekommen, dennoch am Leben bleiben durfte? Na gut, also ... vielleicht war Vater Tyler nicht der einzige gewesen, war ja möglich. Aber es hatte solche Proteste gegeben, das wußte er genau. Seine Mutter hatte es ihm erzählt, und auch, daß sie sich durchgesetzt und ihm das Leben gerettet hatte. Sie hatte es ihm immer wieder erzählt, jede Woche ein paarmal. Nach alldem gab es für Brown Limper gar keinen Zweifel mehr: die Tylers hatten versucht, ihn umzubringen!

Somit war es ganz selbstverständlich, daß er verstimmt war und Maßnahmen zu ergreifen hatte, um nicht nur sich selbst, sondern das ganze Dorf zu schützen. Es wäre sogar ein höchst verantwortungsloses Verhalten, wenn er das nicht täte!

Was nun diese Koordinatoren betraf ... Sie waren ganz entzückt gewesen, daß er lesen konnte, und hatten ihm einige Schriften über »Regierungswesen« und ein Werk mit dem Titel »Robert's Rules of Order«, eine Sammlung parlamentarischer Verfahrensregeln, in die Hand gedrückt. Überraschenderweise hatten sie ihm mitgeteilt, daß er – als einziger amtierender Bürgermeister – Chef der Bevölkerungsgruppe von Amerika war. Offensichtlich waren in Amerika (man hatte ihm auf dem Globus gezeigt, wo es lag), nahezu alle Menschen hingemetzelt worden oder ausgestorben; seine Dorfgemeinschaft war somit der wichtigste amerikanische Volksstamm, und sie galt, weil sie eben in der Nähe des ehemaligen Hauptquartiers der Psychlos lebte, als einflußreichste politische Gruppierung.

Nun, wenn man es genau nahm, was war denn eigentlich dieser Rat? Die Versammlung der Stammeschefs aus aller Welt, die entweder persönlich oder durch Stellvertreter in einer Art Parlament zusammenkamen, das sozusagen vor Brown Limpers Haustür tagte.

Nach Meinung der Koordinatoren mußte ihm natürlich die ganze Sache mit dem Parlament und seinen Beschlüssen besonders am Herzen liegen, weil doch Jonnie und er aus der gleichen Dorfgemeinschaft kamen. Ja, die Sache lag Brown Limper am Herzen, mehr noch, er entfaltete ein geradezu besessenes Interesse daran!

Lebten vielleicht noch andere Gruppen in Amerika? Nun ja, eine Handvoll Leute wurde in British Columbia ausfindig gemacht, und vier Menschen fand man in der Sierra Nevada - einem Gebirgszug im Westen - und dann noch ein paar Indianer (die nichts mit Indien zu tun hatten, aber so genannt wurden), und zwar irgendwo in den Bergen im Süden. Dann gab es noch Eskimos und einen Stamm in Alaska, aber die gehörten nach der geographischen Einteilung nicht zur Bevölkerung von Amerika.

Brown Limper war mit seinen Bemühungen sehr erfolgreich gewesen. Da jedes Ratsmitglied eine Stimme hatte, organisierte er (selbstverständlich aus rein humanitären Gründen) eine Rettungsaktion für das Häuflein aus British Columbia und für die vier aus der Sierra Nevada, siedelte die guten Leute in seinem Dorf an, als selbständige Stämme, versteht sich, und forderte drei Stimmen im Rat. Zur Zeit beschäftigte ihn das Problem der Indianer; er beabsichtigte, einen Vertreter des Stammes herüberzuholen und damit über vier Ratsstimmen zu verfügen.

Und er war voller Hoffnung, auch Fortschritte anderer Art zu machen. Im Rat ließ er - ganz beiläufig und streng der Wahrheit verpflichtet - Bemerkungen über Tyler fallen. Zum Beispiel, daß er im Dorf immer als ungestüm, tollkühn und verantwortungslos gegolten habe, wobei natürlich er, Brown Limper, solchen Auffassungen stets entschieden widersprochen habe. Er erwähnte den Umstand, daß Tyler in seinen Kindertagen immer nur spielend herumgetollt sei und sich geweigert habe, selbst die einfachsten Pflichten wohlerzogener, rücksichtsvoller Kinder zu erfüllen, zum Beispiel Wasser für die Familie zu holen. Er sprach sich mildernd, aber eingehend über die Gerüchte aus, daß Tyler schon immer etwas über die Gruft gewußt, das Geheimnis aber sorgsam gehütet habe, weil er bei den ehrenwerten Toten Leichenfledderei betreiben wollte. Nun, Tyler war in Wirklichkeit nur hin und wieder hingegangen, sagte er, und der Pastor hatte ihm einmal mächtig ins Gewissen geredet und ihm sogar zur Strafe ein paar von den gestohlenen Wertgegenständen weggenommen. Und schließlich war Tyler endgültig auf und davon gegangen und hatte seine Familie und das ganze Dorf zwei Winter lang der Hungersnot ausgeliefert, jawohl! Und daß Tyler und Chrissie nicht verheiratet waren ... nun ja, im Dorf war es ein offenes Geheimnis, daß der Pastor, als die beiden noch Kinder waren, gewisse Dinge herausgefunden und eine Eheschließung verboten hatte. Nicht etwa, daß Tyler sich daraus viel gemacht hätte ... Mein Gott, man weiß ja, wie die Jugend so ist ...

Viele von den älteren Stammeschefs aus entlegenen Gegenden der Welt verstanden gar nicht, was da eigentlich vor sich ging, zumal doch, soweit ihnen bekannt war, das Ratsmitglied Brown Limper Staffor weit und breit der einzige war, der von früher Jugend an mit Tyler auf gutem Fuß gestanden hatte, oder etwa nicht?

Vor ein paar Tagen war es Brown Limper widerfahren, daß ihm ein dummer Lümmel, ein Stammeschef aus Sibirien, über den Mund gefahren war, und bei dieser Gelegenheit hatte er das Gefühl gehabt, daß seine beiläufig eingestreuten Geschichten durchaus nicht von allen für bare Münze genommen wurden. Das hatte ihn nun aber doch ziemlich verdrossen! Wollte ihm etwa jemand bestreiten, daß er Tyler kannte, den wahren Tyler? Und nun heute ... dieses widerwärtige Schauspiel von Selbstverherrlichung! Dieser eitle Flegel! Gräßlich! Da stolzierte er rum und tat so, als könne er nicht richtig laufen! Damit wollte er doch bloß wieder Brown Limper verhöhnen.

Es war ihm aufgefallen, daß der Psychlo im Käfig mit Tyler gut vertraut zu sein schien. Er wußte zwar nicht, was die beiden miteinander geredet hatten, aber sie kannten sich offenbar gut. Allerdings, eine gewisse frostige Atmosphäre hatte er auch bemerkt.

Da selbst die kleinste Spur für seine Pläne nützlich sein konnte, beschloß er, die Sache ein bißchen näher zu durchleuchten. Und so ging er abends noch einmal auf das Gelände der ehemaligen Psychlo-Außenstation. Die Wachen dachten natürlich nicht im Traum daran, ein führendes Mitglied des Rates, geschmückt mit den Farben seines Stammes, zur Rede zu stellen. Also konnte Brown Limper ungehindert herumlungern und den riesigen Psychlo aus gebührender Entfernung beobachten. Und er sah etwas sehr Seltsames: Ein junger schwedischer Flugschüler stand eine Zeitlang draußen vor den Gittern und unterhielt sich mit dem Monster.

Die Wache bestätigte Brown Limper, daß der junge Schwede regelmäßig nach seinen Unterrichtsstunden hierherkam. Er wollte eben seine Kenntnisse in der Psychlosprache verbessern. Alle Piloten mußten sie fließend beherrschen, und das Monster im Käfig war ein richtiger Psychlo; schließlich gab es ja nicht so viele von der Sorte, mit denen man ein bißchen reden konnte. Nein, der Posten wußte nicht, worüber die beiden sprachen, er konnte ja kein Psychlo, er gehörte zur Kampfgruppe der Argylls, die hier Dienst tat. Der Name des Flugschülers? Ja, der stand im Wachbuch: Lars Thorenson. Bitte sehr, Sir. Und vielen Dank auch, Sir. Vor allem für die Bemerkung, daß man den Wachen warme Mäntel geben sollte, und für die freundliche Zusage, diesen Punkt gelegentlich im Rat zur Sprache zu bringen!

Brown Limper ließ seine Beziehungen spielen und stellte in den Akademieakten fest, daß Lars Thorenson zu einem schwedischen Stamm gehörte, der – schon vor langer Zeit – nach Schottland ausgewandert war; daß er ursprünglich als Koordinator vorgesehen war, weil er Schwedisch und Englisch sprach und überhaupt sehr sprachbegabt war; daß sein Vater ein faschistischer Geistlicher war und den Jungen gedrängt haben sollte, in der Föderation Dienst zu tun, um auf diese Weise mitzuhelfen, die faschistische Idee zu verbreiten ... Also, dabei schien es sich um eine Art Staatsreligion in Schweden zu handeln, und es hatte da wohl eine sehr einflußreiche militärische Persönlichkeit namens Hitler gegeben, den Führer der Bewegung ... Und dieser Faschismus mußte irgend etwas sein, was die Welt dringend brauchte ... Kurz und gut, man hatte den jungen Mann deswegen aus der Föderation rausgeschmissen, ihn aber dann, weil es überall an Leuten fehlte, wiedereingestellt und in die Flugausbildung gesteckt. In den Akten stand auch, daß er durch scheußlich mißratene Kunstflugübungen äußerst unangenehm aufgefallen und zur Zeit – nach einer Bruchlandung – krankgeschrieben und vom Dienst suspendiert war und daß man ihn vielleicht wieder nach Hause schicken würde, auf seinen Bauernhof in Schottland, denn er war wohl sprachbegabt, aber er schien irgendwie nicht ganz richtig im Kopf zu sein.

Nun denn, ein führendes Mitglied des Rates konnte die Gefahr einer drohenden Entlassung mit einem Federstrich erledigen.

Brown Limper hatte ein sehr gezieltes Interesse an Lars Thorenson, denn über ihn führte der Weg zum Monster im Käfig.

Die Dinge entwickelten sich durchaus günstig. Gewisse Verbrechen mußten nun mal gesühnt werden, sogar dann, wenn der Übeltäter ein alter Weggenosse aus Kinder- und Jugendtagen war.

2

Am Ende dieses Tages blickte Terl optimistisch in die Zukunft.

Alles war so gekommen, wie er es vorausgesehen hatte. Früher oder später würde jemand die Teleportations-Anlage auf diesem Planeten wieder instand setzen, und es war ihm eine wahre Freude zu sehen, daß dieses Menschending Jonnie selber daran interessiert war.

Terl, ein erstklassig ausgebildeter Sicherheitschef (nach seiner persönlichen Einschätzung sogar der beste), wußte alles über Teleportation. Wirklich *alles* darüber.

Als die Kreatur hinüber zum Gebäude der Chamcos gegangen war, hatte Terl gewußt, daß gleich Schüsse fallen würden. Und sie fielen!

Mit dem Ausgang der Sache war er zufrieden und unzufrieden zugleich. Daß es einen Kampf gegeben hatte und daß die Chamcos genau so reagiert hatten, wie es vorauszusehen war, freute ihn natürlich. Andererseits war er enttäuscht, daß die Kreatur nicht mehr als diesen Kratzer im Gesicht davongetragen hatte. Ein Widerstreit der Gefühle: froh zu sein, daß das Menschending die Chamcos niedergeschossen hatte, und sich gleichzeitig zu ärgern, daß die vermaledeite Kreatur immer noch quicklebendig herumhumpelte. Na schön, man konnte eben nicht alles haben.

Zwei Tage lang mußte er warten, bis ihn endlich die Nachricht erreichte, daß die Chamcos Selbstmord begangen hatten. Dieser dämliche Flugschüler erzählte es ihm bei der Abendunterhaltung. Für Konversationsübungen in einer fremden Sprache braucht man nun mal Gesprächsstoff, und so erfuhr Terl eine Menge.

»Übrigens, die beiden Psychlos, die da drüben gearbeitet haben«, erzählte ihm Lars, über den Zaun weg und durch die Gitter, »die beiden ... Na ja, man hatte sie in eine Zelle bei den früheren Schlafräumen gesteckt, und dort haben sie sich heute nachmittag erhängt, obwohl man alle möglichen Vorsichtsmaßnahmen getroffen hatte. Mit ihren Ketten, an einem Deckenbalken. Sie haben die Ketten gesprengt, eine Schlinge gemacht und sich darin erhängt. Sie hätten womöglich entkommen können. Aber nein, sie haben sich erhängt.«

»Nicht möglich!« rief Terl aus und tat so, als hätte er das am allerwenigsten erwartet. »Die armen Kerle. Sie müssen ganz schreckliche Verletzungen erlitten haben. Ich hab den Kampf von hier aus mit angesehen. Dieser Jonnie stand da und hat in sie hineingeballert, pausenlos. Wenn ein Psychlo zu stark verletzt ist und weiß, daß er nicht wieder auf die Beine kommt, dann neigt er zum Selbstmord.« Das war so ungefähr die schlimmste Verdrehung der Wahrheit, die Terl sich gerade noch leisten konnte, ohne in brüllendes Gelächter auszubrechen.

»Der wachhabende Sergeant und der Posten werden vors Kriegsgericht gestellt«, erzählte Lars. »Vielleicht werden die beiden nach Schottland zurückgeschickt. Sie sind Argylls. Leute vom Clan Argyll, verstehst du?«

Terl knirschte ein bißchen mit den Zähnen, vor lauter Mitgefühl mit den beiden, wie er sagte, und wegen des schweren Unrechts, das ihnen widerfuhr.

Lars hätte ihm selber einiges über ungerechte Vorgesetzte erzählen können, aber er wollte nicht zu weit gehen. »Übrigens, es gibt da jemanden, mit dem ich dich gern bekanntmachen möchte. Eine sehr einflußreiche Persönlichkeit, ein führendes Mitglied des Rates. Ich will den Namen lieber nicht nennen. Er steht da drüben im Halbdunkel unter dem Mast. Siehst du ihn?«

Terl hatte ihn vom ersten Augenblick an gesehen. »Ach, wirklich, wo denn?« tat er erstaunt. »Ein führendes Mitglied des Rates, sagst du? Was ist denn das?«

Und so gab ihm Lars (was ja eine ausgezeichnete Sprachübung war) eine Einführung in das neue politische System auf der Erde. Und Terl sagte bereitwillig zu, daß er sich natürlich gern mit diesem einflußreichen Amtsträger unterhalten wolle, und zwar mit Hilfe seines guten Freundes, des Flugschülers, was für diesen eine hervorragende Gelegenheit zur praktischen Anwendung seiner Sprachkenntnisse sei.

Brown Limper behauptete, durch das gleißende Licht vor dem Käfig geblendet zu werden; er wolle lieber im Halbdunkel bleiben, zumal er gerade erst von einem Fieber genesen sei ... Also bewerkstelligten sie das Gespräch mit Hilfe dreier Funkgeräte, wobei Lars Thorenson sich in der Mitte aufstellte. Und es wurde ein erstaunlich langes Gespräch.

Terl lieferte dem Politiker viele wertvolle Informationen, natürlich nur solche, die auf Tatsachen beruhten. Zum Beispiel, daß die Psychlos in Wahrheit ein friedvolles Volk seien, am Handel interessiert – und hier auf der Erde natürlich nur an der Rohstoffgewinnung. Und daß es sich vor ungefähr tausend Jahren durch eine Naturkatastrophe so ergeben habe, daß die Psychlos auf die Erde gekommen seien. Nein, er mußte bedauern, er wußte nicht, um welche Art von Katastrophe es sich gehandelt hatte. Die Intergalaktische Rohstoff Company hatte jedenfalls alles, was in ihren Kräften stand, zur Rettung der Menschen unternommen, aber die Leute hatten die gute Absicht mißverstanden und waren vor den Friedensmissionen und Rettungstrupps geflohen und hatten sich verborgen, tja ... und die Company war eben keine karitative, sondern eine kommerzielle Institution und hatte sich, insbesondere wegen einer negativen Entwicklung der Bilanzen, nicht mehr in der Lage gesehen, die finanziellen Lasten der Rettungsaktion zu tragen ... Und so hatten die Dinge eben ihren Lauf genommen.

Ob diese Kreatur ... Wie? Tyler? Aha. Also, ob diese Kreatur eine Krise heraufbeschworen hatte? O ja, doch, das konnte er bestätigen. Unbesonnen? Ja, wenn er's recht überlegte ... das stimmte, sehr unbesonnen. Und ungestüm. Er hatte sich alle Mühe gegeben, gut Freund mit ihm zu sein. Und nun saß er in diesem Käfig, ohne Gerichtsverhandlung! Aber, zugegeben, der wahre Grund dafür lag in seinen Schuldgefühlen und in seinem Bedürfnis nach tätiger Reue. Diese Kreatur ... Wie war gleich wieder der Name? Tyler? Er hatte gar nicht gewußt, daß die Kreatur einen Namen trug. Sie war immer sehr übellaunig und verschwiegen gewesen. Na ja, man brauchte ja nur daran zu denken, was die Kreatur vor ein paar Tagen mit Terls beiden besten Freunden angestellt, wie sie die beiden zugerichtet und letzten Endes in den Selbstmord getrieben hatte.

Also, die Psychlos waren wirklich friedliebende Leute. Anständig, freundlich, treu zu ihren Freunden, ganz und gar vertrauenswürdig. Er persönlich habe es sich zum Prinzip gemacht, nie wider Treu und Glauben zu handeln.

Wie bitte? Ja, es war schlimm, daß diese Kreatur Tyler sich nicht denselben Grundsätzen und moralischen Maßstäben verpflichtet fühlte wie ein Psychlo. Wirklich, man hätte ihm schon in frühester Jugend Sitte und Anstand beibringen müssen, da stimmte er zu.

O nein, die Psychlos würden niemals an einen Gegenangriff denken. Sie waren doch keine Militaristen! Die Company interessierte sich für Rohstoffe und leistete harte Arbeit und hielt mit jedermann Frieden, querbeet durchs Universum! Ein auf tragische Weise mißverstandenes Volk, die Psychlos!

Hinterher war Lars sehr zufrieden, eine so gute Gelegenheit zur praktischen Anwendung seiner Sprachkenntnisse bekommen zu haben. Und die Schattengestalt unter dem Mast war offensichtlich an weiteren Gesprächen interessiert. Was Terls Empfindungen betraf ... nun, er hätte sich vor Freude selber umarmen können.

Er würde die Erde verlassen, das stand fest. Seine Pläne gingen auf. Was für eine glückliche Fügung! Er hätte es auch so geschafft, aber nun wurde alles leichter. Er würde nach Hause kommen, dahin, wo sein Gold lag, und nicht nur das: Er würde diesen Planeten ein für allemal aus dem Kosmos pusten! Und er würde einen Gefangenen mitnehmen. Es gab Gefängnisse mit Atemluft auf Psychlo. Man war darauf eingerichtet, Gefangene aus nahezu allen Sonnensystemen wochenlang zu verhören. Und das waren überaus qualvolle Wochen. Ja, er würde einen Gefangenen mitnehmen. Nicht diesen blöden Flugschüler, der überhaupt nichts wußte. Und auch nicht diesen verlogenen, korrupten Politiker, der viel zu hirnrissig war, um brauchbare Informationen von Klatschgeschichten unterscheiden zu können. Auch nicht die Kreatur Tyler, weil sie einfach zu gefährlich war ... Das heißt, vielleicht doch diesen Tyler, wenn sich keine bessere Lösung fand. Aber lieber jemand anderen, einen, der alle Pläne und alle militärischen Vorbereitungen haargenau kannte ... bloß wen?

Terl krümmte sich, damit niemand merkte, wie es ihn vor Lachen schüttelte. Er wollte nicht, daß der Posten womöglich eine entsprechende Eintragung ins Wachbuch machte. Sollte er doch denken, Terl hätte Bauchweh.

Ach, es lief alles großartig, es war zu schön!

Seine Lehrer hatten ganz recht gehabt. Kein Zweifel, daß er der großartigste Offizier war, den sie je ausgebildet hatten!

Schließlich konnte er sich nicht mehr beherrschen, das Lachen blubberte nur so aus ihm heraus. Aber da war schon Wachwechsel gewesen, und der neue Posten dachte, das Monster sei heute nur noch ein bißchen verrückter als sonst. Im Wachbuch stand nichts, abgesehen von der Eintragung über den Routinebesuch des Flugschülers, der wieder mal seine Sprachkenntnisse aufgebessert hatte. Der neue Posten marschierte auf und ab. Eine dunkle Vorahnung plagte ihn. Durchwehte ein Frosthauch die Sommernacht? Oder machte ihn nur das irre Gelächter aus dem Käfig so konfus?

3

»Wir werden nach Afrika gehen«, sagte Jonnie.

Dr. MacKendrick, der gerade den Gipsverband von Thors Arm löste, schaute ein wenig verwirrt auf.

Alle verwundeten Schotten hatten das unterirdische Hospital längst verlassen können. Nur Thor war noch da; man hatte seinen Arm noch einmal brechen müssen, aber jetzt war alles in Ordnung. Und wenn Thor gegangen war, blieb Jonnie als einziger Patient zurück. Dr. Allen war nach Schottland zurückgekehrt und kümmerte sich wieder um seine Praxis. Und Dr. MacKendrick trug sich mit ähnlichen Gedanken.

Als er den Gips vollständig aufgeschnitten hatte, fragte er betont: »*Wir*?«

»Ja«, antwortete Jonnie. »Sie sind ein Mann, der Knochen zusammenflicken kann, aber Sie verstehen auch was von Nervenchirurgie, so nennt man das doch, nicht wahr?«

Dr. MacKendrick mochte diesen großgewachsenen jungen Mann, der da – auf den Stock gestützt – vor ihm stand; wirklich, er mochte ihn sehr. Seine Praxis zu Hause wurde von einem fähigen jungen Arzt geleitet, und dabei konnte es ruhig noch eine Weile bleiben. Ein kleiner Urlaub würde ihm guttun, bevor er wieder anfing, in Aberdeen mit dem chirurgischen Besteck zu hantieren. Aber mußte es unbedingt Afrika sein?

Thor beugte den Arm, freute sich, daß es wieder so gut ging, und ließ sich von Dr. MacKendrick die Übungen erklären, mit denen er einem Muskelschwund vorbeugen sollte. Der Knochen schien jedenfalls gut gerichtet zu sein.

Jonnie winkte MacKendrick, ihm zu folgen, und humpelte voraus in ein Krankenzimmer, das er sich als Büro eingerichtet hatte. Ein alter Operationstisch lag voll mit Aufzeichnungen, Fotografien und Büchern.

»Ich brauche ein paar tote Psychlos, und ich brauche ein paar lebende Psychlos«, sagte Jonnie.

Thor, der auf der Türschwelle stand, fing zu lachen an. »Mit toten Psychlos sollten Sie eigentlich eingedeckt sein, da liegen doch fast tausend herum, irgendwo in der Nähe des Camps.«

»Leider nicht mehr«, erwiderte Jonnie. »Man hat sie in einen Minenschacht geworfen, ein paar tausend Meter tief, und die alte Mine ist so baufällig, daß man nicht hinunterfliegen kann. Ich hab die ganze letzte Woche vergeblich nach toten Psychlos Ausschau gehalten.«

»Und die beiden Chamcos?« fragte Dr. MacKendrick.

»Wieder Fehlanzeige«, antwortete Jonnie. »Der Rat hat sie einäschern lassen, ich weiß auch nicht, warum.«

»Also, worum geht es denn eigentlich?« wollte Dr. MacKendrick wissen.

»Das will ich Ihnen sagen. Ist Ihnen je eine vernünftige Antwort auf die Frage eingefallen, warum die Intergalaktische Rohstoff Company alle Leichname nach Psychlo überführt? Sie will partout nicht, daß irgendwo tote Psychlos herumliegen.«

»Geht's um Autopsie?« mischte sich Thor ein. »Das hat doch schon der Pastor besorgt, mit den beiden, die wir im Kampfflugkörper gefunden haben.«

»Er hat nicht das gesucht, was ich suche«, sagte Jonnie.

Dr. MacKendrick lächelte. »Eine Leichenöffnung bei Psychlos! Ich möchte mal einen Tag erleben, an dem Sie mich nicht durch irgend etwas verblüffen, Jonnie!« Er spielte damit auf eine Begebenheit an, die eine Woche zurücklag: Er hatte damals Jonnies Wange genäht. Die Nadel war wohl ein wenig stumpf gewesen, und Jonnie hatte in einer Reflexbewegung, ganz unbewußt, abwehrend hochgelangt. Und zwar mit der *rechten* Hand!

Bis dahin hatte sich MacKendrick immer mit dem Gedanken geplagt, er habe vielleicht durch einen Kunstfehler während der Operation Jonnies Beschwerden im Arm und im Bein verschuldet. Aber durch diese plötzliche Bewegung des Arms und der Hand war ihm klargeworden, daß es sich gar nicht um einen physischen Schaden handelte. Es kam vielmehr darauf an, mit diesen Gliedern wieder in Kommunikation zu treten. Jonnie hatte gleich danach die Bewegung wiederholen wollen, und es war nicht gegangen. »Es muß so ähnlich sein, als ob man lernen wollte, mit den Ohren zu wackeln«, hatte Jonnie selber festgestellt. »Man muß hinter den Trick kommen, an den richtigen Muskeln zu ziehen.« Und Dr. MacKendrick hatte sich gesagt, daß er eben doch lieber noch eine Weile bleiben und Jonnie bei seiner vollen Wiederherstellung helfen sollte.

Mehr deshalb als aus wirklichem Interesse an dieser Autopsie erklärte er sich jetzt bereit: »Na gut, ich könnte mitkommen. Aber warum ausgerechnet nach Afrika?«

Jonnie lächelte und winkte Thor näher heran. Leise sagte er:

»Weil es dort eine Psychlo-Außenstation gibt, die immer noch besetzt ist und arbeitet.«

Thor schnappte nach Luft. »Eine, die wir nicht erwischt haben?«

»Es ist keine selbständige Anlage, sondern ein Außenposten der Zentralstation, die am sogenannten ›Victoriasee‹ lag. Hier!« Er zeigte es ihnen auf einer Karte. »Westlich davon, tief im Dschungel, lag ... nein, liegt eine Wolfram-Mine. Auf Wolfram sind die Psychlos ganz wild.« Er beschrieb einen Kreis auf der Karte. »Alles Dschungel. Die Luftaufnahmen zeigen gewaltig hohe Bäume, deren Schatten alles verbirgt. Das ist in Tausenden von Jahren gewachsen. Nicht mal eine Aufklärungsdrohne kann feststellen, was sich unter dem Blätterdach in dieser riesigen versumpften Gegend versteckt. Deshalb haben wir sie auch nicht erwischt, denn wir haben unsere Angriffsziele nach den Ergebnissen der Drohnen festgelegt. Ich wette, die sitzen immer noch da unten, hören sich verblüfft die fremden Laute auf der erdumspannenden Piloten-Frequenz an, bleiben mit ihren pelzigen Psychlo-Köpfen schön in Deckung und warten auf ihre Chance zum Ausbruch.«

Thor grinste. »Das ist aber schon ein bißchen grausig, Jonnie. Wir gehen runter und schießen sie zusammen, bloß um uns ein paar Leichen zu holen!«

»Ich will aber nicht nur Leichen. Ich brauche auch ein paar lebende Psychlos. Auf diesen Stationen gibt es immer mindestens einen, wenn nicht sogar sechs versierte Techniker.«

»Und was soll bei der Autopsie herauskommen?« fragte MacKendrick.

Jonnie zuckte die Achseln. »Keine Ahnung. Also, packen Sie Ihre Skalpelle ein und kommen Sie mit.«

»Sie verschweigen mir etwas«, vermutete MacKendrick.

»Das stimmt«, gab Jonnie zu. »Ich möchte, daß die Sache geheimgehalten wird. Offiziell verbreiten wir, daß wir einige Stämme aufsuchen wollen. Und Sie, Thor, werden das auch wirklich tun und dabei wieder meinen Doppelgänger spielen.«

»Hört sich an wie bei einem Versteckspiel!« meinte MacKendrick.

»Es ist ein Versteckspiel«, bestätigte Jonnie.

Seit einiger Zeit war Jonnie unzufrieden darüber, wie sich die Dinge beim Rat entwickelten. Da wurden zahllose Gesetze verabschiedet. Man konnte gar nicht Schritt halten. Und er wurde nicht mehr zu den Beratungen eingeladen.

»Und Sie wollen also das Rätsel lösen ...«, begann MacKendrick zu fragen.

»... warum die Chamcos sich das Leben genommen haben«, fiel ihm Jonnie ins Wort. Und er wollte auch wissen, warum er bei dem Versuch, die mathematischen Formeln der Teleportation zu entwirren, *keinerlei* Fortschritt machte, als ob er im Kreis herumginge. Seit einer Woche beschäftigte er sich vergeblich damit. Er konnte nicht genau erklären, wonach er suchte. Aber es mußte da etwas geben, irgend etwas ...

»Also! Nach Afrika?« fragte Jonnie.

»Klar, nach Afrika!« rief Thor.

»Einverstanden«, sagte Dr. MacKendrick.

4

Der große Kampfflugkörper schoß hoch über dem Atlantik dahin. Es war eine Maschine von dem Typ, den die Psychlos für ihre Einsatzkompanien benutzt hatten, mit fünfzig Sitzplätzen und einem Frachtraum, in den man tonnenweise Waffen und Gerät laden konnte. Jonnie saß auf dem Pilotensitz, lässig zurückgelehnt, und hielt die Maschine mit der linken Hand auf schnurgeradem Kurs.

Obwohl die Maschine so riesig war, hatten sie aufpassen müssen, daß sie nicht schließlich doch noch überladen wurde. Es war zwar alles geheim, und dabei blieb es, es gab keine undichten Stellen. Aber ganz unbemerkt hatten sie eben ihre Vorbereitungen nicht treffen können, und gute Freunde ... Also, das war so:

Zuerst war Dunneldeen mit fünf Schotten erschienen, die zufällig gerade von zu Hause zurückgekommen waren. Colonel Iwan hatte man mühsam dazu überreden müssen, wenigstens die Hälfte seiner Streitmacht (die insgesamt aus achtzig »Tapfere-Rote-Armee-Kosaken« bestand) zur Bewachung der Basis zurückzulassen. Angus hatte ganz beiläufig einen runden Zentner Werkzeuge im Frachtraum verstaut und sich in der Maschine niedergelassen; eingeladen hatte ihn niemand dazu. Vier schottische Veteranen unter Führung von Dwight schleppten einen geradezu furchteinflößenden Vorrat an Waffen und Munition an. Und Dr. MacKendrick schien alles eingepackt zu haben, was ein Arzt überhaupt nur an Instrumenten und sonstiger Ausrüstung gebrauchen konnte.

Daß auch Bittie MacLeod an Bord war, hätten sie gar nicht gemerkt, wenn nicht plötzlich Pattie angerannt gekommen wäre.

Bittie schien ihre neuentdeckte große Liebe zu sein, sie verabschiedete ihn mit einem Kuß, der noch kindlich-liebevoll ausfiel, bei dem aber dennoch Tränen flossen. Chrissie stand stumm auf dem Flugfeld, ganz blaß. Und auf einmal erschien eine alte Frau, die Chrissies Habseligkeiten trug und das Mädchen ins Schlepptau nahm, und da stellte sich heraus, daß Robert der Fuchs für sie einen Flug nach Schottland arrangiert hatte: weil seine Familie Chrissie kennenlernen wollte, erklärte er. Da hieß es für Pattie, Abschied von Bittie nehmen, denn sie sollte mit nach Schottland. Und als sie in ihrem Kampfflugkörper dachten, sie wären vollzählig und könnten die Türen schließen, kam Robert der Fuchs angerannt und verlangte Einlaß; er hatte den Kampfmantel umgehängt und das Breitschwert gegürtet.

Das war noch nicht alles: als sie die Ostküste der ehemaligen Vereinigten Staaten überflogen, tauchten zwei weitere Kampfflugkörper auf, von Glencannon und noch drei Piloten gesteuert.

»Wir haben gerade unsere Routineeinsätze hinter uns!« kam es über Lokalfunk. »Genug Munition und Treibstoff haben wir auch. Wohin seid ihr denn unterwegs?«

Das war auch die Frage, die Robert den Fuchs nach vorn ins Cockpit trieb. Überdies lag ihm daran, Jonnie ziemlich mißbilligend wissen zu lassen, daß dies durchaus nicht der bestgeplante Einsatz wäre, an dem er je teilgenommen hatte.

Sie hatten auch einen Koordinator an Bord, einen Afrika-Experten, der gut Französisch sprach. Ein junger Bursche namens David Fawkes. Er erholte sich gerade von dem Schock, daß ihn ein paar Russen vor Tau und Tag aus dem Bett gezerrt und aufgefordert hatten, sein Bündel zu packen, seine Nachschlagewerke zu nehmen und sich schleunigst zum Flugfeld zu begeben. Jetzt fühlte er sich schon wieder ganz wohl, saß im Cockpit und plapperte unentwegt vor sich hin.

»Wir haben da unten in Afrika ein Projekt laufen, ich glaube, es heißt ›Projekt Regenwald‹. Also, wenn Ihr Einsatz geheim bleiben soll, dann sollten Sie der Gruppe von der Föderation, die da unten arbeitet, nicht zu nahe kommen. Unsere Leute haben übrigens gar nicht gewußt, daß es dort eine Psychlo-Station gibt.«

»Da habt ihr aber Glück gehabt, daß die Burschen euch nicht die Köpfe weggepustet haben!« meinte Robert der Fuchs.

»Tja, wir sind ja eigentlich keine Kampfeinheit«, gab David Fawkes zu bedenken. »Solche Einsätze gehören nicht zu unserem Auftrag. Es ist das erste Mal, daß wir das Gefühl hatten, solche Kanonen zu brauchen, wie Ihre Leute das wohl nennen.«

»Wollen Sie etwa gegen die Psychlos kämpfen?« fragte Sir Robert.

»Aber nein, es geht um die Briganten. Die Eingeborenenstämme, auf die wir normalerweise stoßen, sind hoch begeistert, daß wir da sind, und erzählen immer wieder mit vielen phantasievollen Ausschmückungen ...«

»Briganten?« fragte Robert der Fuchs dazwischen. »Was ist das?« Wahrhaftig, das war kein Einsatz, der auf guter Erkundung und guter Planung beruhte! Er wußte ja nicht mal, gegen wen es ging – und worum.

Nun, es stellte sich heraus, daß die »Briganten«, wie sie sich selber nannten, ein ziemlich wilder Haufen waren. Einer der Koordinatoren war zum Beispiel da unten, irgendwo in der Gegend, in einer Ruinenstadt abgesetzt worden, und als er seinem Auftrag gemäß nach irgendwelchen Anzeichen von Leben suchte, schlug plötzlich eine Granate ein, so dicht, daß sie ihn beinahe zerrissen hätte.

»Eine Sprenggranate?« fragte Robert der Fuchs. »So etwas verwenden die Psychlos nicht.«

Das wüßten sie auch, sagte der Koordinator. Aber es sei eben eine Granate mit *Sprengpulver* gewesen. Starke Rauchentfaltung und ein grell orangefarbener Blitz. Und der Koordinator – also der, den's da unten beinahe erwischt hatte – habe ganz verzweifelt zur Keule gegriffen und gleichzeitig aufgeregt über Funk um Hilfe gerufen ... tja, und da sei ein uralter Mann aus einem Keller gekrochen und habe sich in französischer Sprache höflich entschuldigt.

Es war ein Tattergreis, er pfiff schon aus dem letzten Loch. Man hatte ihn auf diesem Fleckchen Erde zurückgelassen, sozusagen zum Sterben ausgesetzt, weil er eben schon so alt und zu nichts mehr nutze war. Er selbst hatte sich als »Brigant« bezeichnet und erzählt, daß er den Koordinator auf den ersten Blick für einen Psychlo gehalten habe. Aber dann habe er erkannt, daß es sich um einen Menschen handle, und gedacht, er gehöre zum Ablösungskorps und sei von der Bank geschickt worden.

»Wieso denn Bank?« platzten Sir Robert und Thor gleichzeitig heraus.

Tja, das war eine merkwürdige Geschichte. Sie schienen so eine Art eigene Legende zu haben, daß sie eines Tages durch irgend jemanden abgelöst würden, und auf diesen Augenblick warteten sie nun seit über tausend Jahren. Seltsam, wie festverwurzelt eine Überzeugung so lange Zeit ...

Sir Robert dauerte das alles viel zu lange, er liebte kurze, knappe Auskünfte. »Was ist ein Brigant? Genau, bitte!«

»Ja ... nun, das macht's eben so schwer, wirklich an sie ranzukommen. Zur Zeit sind drei unserer Koordinatoren unterwegs, die noch mal versuchen sollen, näheren Kontakt aufzunehmen. Was hatten Sie gleich gefragt? Ach so, was ein Brigant ist. Tja, ungefähr zur Zeit der großen, weltweiten Katastrophe ... also, ich kann mich nur auf das stützen, was dieser alte Mann erzählt hat, gesichert ist da nichts ... Also, ungefähr zu dieser Zeit wollte eine der großen internationalen Banken einen Umsturz inszenieren, und zwar in einem der afrikanischen Länder, das gerade seine Freiheit von den – ich glaube, man nannte sie ›Kolonialisten‹ – bekommen hatte. Das Land hatte sich dann wahnsinnig viel Geld geliehen, und am Ende gab's einen Militärputsch, und danach wollten sie nichts mehr zurückzahlen. So ähnlich muß es gewesen sein.«

Mit einem geduldheischenden Blick auf Sir Robert fuhr der Koordinator fort: »Also, was ist ein Brigant? Gut, ich komme gerade darauf zu sprechen ... Diese internationale Bank hat einen Haufen Männer zusammengebracht, sogenannte Söldner, das sind gewissermaßen gekaufte Soldaten, und einen Verband aus tausend Mann aufgestellt, um die Regierung in diesem afrikanischen Land zu stürzen. Weil sie bei ihrem Einsatz Nervengas verwenden wollten, trugen sie Gasmasken – so etwas ähnliches wie unsere Atemmasken, nur eben mit Filtern, um die normale Luft zu reinigen.«

Schnell noch ein Blick auf Robert den Fuchs. »Ich komme jetzt zur Sache. Diese Söldner ... ich glaube, man hat sie auch »Freischärler« genannt ... also, diese Männer waren gerade drauf und dran, ihren Angriff zu beginnen. Sie lagen schon draußen in der Wüste vor der Stadt bereit, in alten Schachtanlagen ... das waren, glaube ich, Salzgruben ... Tja, und genau in diesem Augenblick schlugen die Psychlos zu. Nun, die Männer hatten ihre Gasmasken ...«

»Und Salz hat zusätzlich neutralisierende Wirkung gegen das Psychlo-Gas«, sagte Jonnie.

»Aha, sehen Sie! Na ja, jedenfalls lagen sie da in Stellung, mitten in Afrika, voll bewaffnet und fertig zum Angriff, und ihr Ziel wurde vor ihren Augen ausgelöscht! Es war ein bunt zusammengewürfelter Haufen, Belgier, Franzosen, Senegalesen, Engländer, Amerikaner, alle möglichen Nationalitäten, praktisch jeder, den die Bank kriegen konnte. Aber sie waren eine bewaffnete, ausgebildete militärische Einheit. Eine genaue Bezeichnung gab es nicht, und so haben sie schließlich begonnen, sich selber »Briganten« zu nennen.«

»Hat ja lange gedauert. Aber besten Dank«, knurrte Robert der Fuchs.

»Augenblick, das ist noch nicht alles. Fast alle Eingeborenen der Gegend waren durch das Killer-Gas umgekommen. Darum wich die Einheit nach Süden aus. Der hohe, undurchdringliche Dschungel hielt sie verborgen, sogar vor den Aufklärungsdrohnen der Psychlos. Sie haben sich aus Missionsstationen und Dörfern Frauen geholt, weiße und schwarze, und ... na ja, und so haben sie für ihren Fortbestand gesorgt.«

Er hatte noch weitere Überraschungen auf Lager: »Im Laufe der Jahrhunderte haben sie gewissermaßen Handelsbeziehungen zu den Psychlos aufgenommen. Das ist übrigens der Grund, daß man so schwer an sie rankommt und daß sie nervös reagieren. Offenbar gingen sie auf Menschenfang und lieferten ihre Opfer an die Psychlos, die dann die armen Geschöpfe als Schießscheiben oder als Marterobjekte benutzten, oder was auch immer. Die Briganten sind wohlweislich den Psychlos nie zu nahe gekommen. Andererseits konnten die Psychlos nicht in den Dschungelsumpf eindringen; ihre Körper sind zu massig und schwer, sie wären, wie auch die Panzer, in dem schwammigen Grund eingesunken, und mit Fluggerät konten sie auch nicht operieren, weil die Bäume zu dicht stehen. Praktisch hatte sich folgendes Verfahren entwickelt: Die Briganten setzten gefesselte Menschen in der Nähe einer Psychlo-Station aus, und die Psychlos kamen und holten sich ihre Beute ... was auch immer sie damit vorhatten.«

»Sie quälten sie«, warf Jonnie ein. »Das macht ihnen Vergnügen.«

»Und die Psychlos legten für die Briganten irgendwelchen Schnickschnack hin, Tücher und so etwas. Eine Art Tauschgeschäft. Na ja, das ist jetzt alles schon ein paar hundert Jahre her, denn schließlich sind ihnen die Menschen ausgegangen, die sie den Psychlos hätten anbieten können. Auf sie selber haben die Psychlos nie Jagd gemacht, wegen des Sumpfbodens und der hohen Bäume und so ... das habe ich Ihnen ja schon erzählt.«

»Scheint ein verdammt wilder Haufen zu sein«, meinte Robert der Fuchs. »Ein bißchen zu wild für unbewaffnete Koordinatoren.«

»Ach, sagen Sie das nicht. Wir gehen in solchen Fällen immer sehr diplomatisch vor. Und die ganze Sache war ja nicht unsere Idee. Wir haben vor ein paar Tagen vom Rat den Auftrag bekommen, mit den Leuten Kontakt aufzunehmen und sie herüberzuholen. Also, wir tun unsern Job, sonst nichts. Aber es ist wirklich so: Die Briganten sind ein wilder Haufen. Sie halten ihre Zahl auf tausend Menschen begrenzt, und das machen sie, indem sie die Alten einfach zum Sterben aussetzen, und indem sie zum Beispiel nicht heiraten, sondern einfach eine Frau nehmen, wenn ihnen danach zumute ist. Es scheint eine hohe Sterblichkeitsrate bei den Kindern zu geben. Und nicht nur bei den Kindern, sondern auch, weil sie mit Sprengmunition Jagd auf Elefanten machen ...«

Dabei fiel ihm etwas anderes ein, er wechselte das Thema: »Übrigens, diese Sprenggranaten ... Die Briganten verstehen sich darauf, einfaches Schwarzpulver herzustellen. Sie nehmen Holzkohle und gewinnen Kalisalpeter aus Dung, und dann bauen sie noch Schwefel aus einer Mine ab. Sie füllen diese Mischung in ein Gefäß aus gebranntem Ton, das mit Steinen besetzt ist, stopfen einen Zünder rein und zünden ihn mit einer Zigarre an. Um damit nun einen Elefanten zu erlegen, müssen sie ganz dicht an das Tier herangehen, und ich glaube, das ist unter anderem der Grund dafür, daß auch die Sterblichkeitsrate bei den Erwachsenen ziemlich hoch ist.«

Er war mit seinem Redeschwall immer noch nicht am Ende: »Ach ja ... und diese Rettungsaktion, auf die sie warten ... Ihre Vorfahren müssen wohl eine feste Zusage von der internationalen Bank gehabt haben, daß sie irgendwie wieder rausgehauen werden. Heutzutage haben die Briganten ja nicht die leiseste Ahnung, was draußen in der Welt vor sich geht. Unsere Koordinatoren werden das geschickt ausnutzen. Wir sind sozusagen diejenigen, die sie heraushauen.«

»Und das alles spielt sich unweit der Psychlo-Station ab?« wollte Robert der Fuchs wissen.

»Ein Stück weiter südlich«, antwortete David Fawkes. »Ich dachte nur, das sollten Sie lieber wissen. Soviel ich weiß, ist diese Zweigstation doch Ihr Ziel, oder nicht? Obwohl da ja nur ganz gewöhnliche Psychlos rumlungern.«

»Gewöhnliche Psychlos!« knurrte Thor vor sich hin. »Haben Sie zufällig eine Waffe bei sich? Sie werden eine brauchen. Hier haben Sie eine. Und falls Sie auf einen Psychlo treffen: Versuchen Sie bloß nicht, seine Stammesgeschichte zu erforschen! Schießen Sie lieber! Kapiert?«

David Fawkes nahm die Waffe mit spitzen Fingern.

Unter ihnen dehnte sich der weite Atlantik. Irgendwo vor ihnen lag ihr Ziel – Afrika.

5

Jonnie lag hinter einem entwurzelten Baumstamm in Deckung. Er war vom Regen durchgeweicht, und er schwitzte in der unbeschreiblichen Hitze. Er beobachtete die Psychlo-Station durch ein Infrarot-Fernglas, das nicht viel nutzte.

Drei triefnasse Tage lang waren sie der Hochspannungsleitung gefolgt, weit und breit das einzige Zeichen von Zivilisation. Sie waren ziemlich nahe beim Kraftwerkdamm gelandet. Das Kraftwerk arbeitete vollautomatisch; zusätzlich zur alten, noch von den Menschen stammenden Anlage waren Maschinen der Psychlos installiert. Über die eigentliche Außenstation der Psychlos war ihnen nicht viel mehr bekannt als die Tatsache, daß es sie irgendwo geben mußte. Aber Jonnie wußte, daß diese Überlandleitung mit ihren gewaltigen Hochspannungskabeln auf alten metallenen Masten sie irgendwann hinführen würde. Irgendwann! Das war das richtige Wort!

Normalerweise waren entlang einer Überlandleitung die Bäume gefällt und die Büsche gestutzt. Aber hier waren, nach zahllosen Jahren, die Stahlmasten vom gleichen endlos grünen Halbdunkel umgeben wie alles in diesem Regenwald.

In den Karten aus früherer Zeit wurde die Gegend als »Ostprovinz von Zaire« bezeichnet, in Zentralafrika gelegen, und der Dschungel hieß »Ituri-Regenwald«.

Die heiße Äquatorsonne drang niemals bis hier herunter. Wenn sie nicht sowieso von dicken Regenwolken verdunkelt wurde, dann schirmten die dichtstehenden Kronen der mächtigen, dreißig Meter hohen Bäume ihre Strahlen ab. Gewaltige Kletterpflanzen rankten sich wie gierige Schlangen um die Baumstämme. Die dicke, aufgeweichte Erdschicht schmatzte unter jedem Schritt.

Und überall Halbdunkel, unwirklich und geisterhaft.

Sogar das Wild war in diesem diffusen Licht kaum zu erkennen – eine gefährliche Tatsache. Sie waren Waldbüffeln, Gorillas und sogar Elefanten begegnet. Ein seltsames Tier, ähnlich einer Giraffe, und Antilopen hatten ihren Weg gekreuzt. Und wiederholt hatten sie unmittelbar vor sich Wildkatzen aufgescheucht. Das

Fauchen von Leoparden, dumpfe Laute aus Krokodilskehlen, das Kreischen der Affen und die schrillen Schreie der Pfaue waren ein untrügliches Zeichen dafür, daß sie sich durch menschenleere, menschenfeindliche Wildnis bewegten.

Aus den alten Karten sahen sie, daß der Wald sich mehr als fünf Millionen Hektar weit erstreckte. Sogar damals, als die menschliche Zivilisation noch in Blüte stand, war er nie vollständig erforscht worden. Da mußte es nicht wundernehmen, daß es hier eine unentdeckte Psychlo-Station gab!

Der Ituri-Regenwald war nicht gerade der richtige Ort für einen, der Mokassins und Rehlederkleidung trug und noch dazu humpelte.

Mit Rücksicht auf die Geheimhaltung ihres Unternehmens hatten sie den Wald nicht vorher überfliegen können, so daß ihnen keine aktuellen Erkundungsergebnisse zur Verfügung standen. Es wäre auch nicht viel dabei herausgekommen. Funkgeräte wagten sie nicht einzusetzen. Sie hatten daran gedacht, eine Kabelverbindung zu einem Flugkörper auszuprobieren, der tief über dem Wald schweben konnte; aber die Gefahr, daß das Sprechkabel mit der Hochspannungsleitung in Berührung kam, war zu groß. So wurde es ein mühevoller Marsch durch einen schier endlosen Dschungel. An jedem Flußlauf, den sie überqueren mußten, lauerten gefräßige Krokodile.

Sie waren nur eine kleine Gruppe, nur zwanzig. Sie hatten sich in breitgezogener Formation unter dem Blätterdach verteilt, immer auf der Hut und immer bereit, über Funk Verstärkung oder Feuerschutz durch die Flugkörper anzufordern.

Die Psychlo-Station, die nun vor ihnen lag, machte einen verlassenen Eindruck, wobei man allerdings bedenken mußte, daß die Psychlos sich gewöhnlich nie draußen im Freien aufhielten. Die Gebäude waren schon vor langer Zeit errichtet worden und inzwischen halb vom Dschungel überwuchert. Jonnie fragte sich, was ein Mitarbeiter der Intergalaktischen Rohstoff Company wohl auf dem Kerbholz haben mußte, wenn man ihn auf einen so düsteren, trostlosen Außenposten kommandierte.

Reifenspuren von schweren Lastwagen konnte er nirgendwo entdecken, aber dort links ... Die geknickten Äste und das niedergedrückte Gras waren Anzeichen für den Verkehr mit Luftkissenfahrzeugen, wie sie für den Erztransport benutzt wurden. Ja, dort schien eine Art Straße zu sein, die nach Osten führte. Und dort, diese Lichter auf einer schmalen, freigeschlagenen Fläche ... Das konnte ein Landeplatz für Frachtflugkörper sein. Führte die Straße dorthin? Nein, es gab zwei Straßen, eine zum Landeplatz und eine, die weiter durch den Wald nach Osten verlief.

»Nie zuvor ist ein Einsatz schlechter geplant gewesen!« knurrte Robert der Fuchs vor sich hin. Aber Voraussetzung für eine gute Planung wäre eben eine sorgfältige Aufklärung gewesen. Und in diesem Gelände ... Er hatte sich gar nicht vorstellen können, daß es irgendwo auf der Erde eine solche Landschaft geben könnte.

Also, was wollten sie hier? Jonnie überlegte es sich noch einmal. Sie waren eigentlich nicht wegen toter Psychlos gekommen. Er wollte lebende. Er zweifelte nicht daran, daß die Psychlos kämpfen und daß einige dabei ihr Leben verlieren würden, aber er war weitaus mehr an lebenden Psychlos interessiert als an toten.

Er nahm das Walkie-Talkie aus dem Gürtel; er wollte es einschalten, weil er hoffte, daß sie da drin in der Station auf der Minen-Frequenz Funksprüche absetzten. In diesem Augenblick entdeckte er – durch das Infrarot-Fernglas – rechts von den Gebäuden einen deutlichen Pfad, der zu einem verrotteten, im Laufe vieler Jahre vom Dschungelgrün überwucherten Tieflader führte. Sogar mit Infrarot war es schwierig, in diesem Zwielicht und durch den strömenden Regenschleier hindurch Einzelheiten zu erkennen.

Jonnie reichte das Glas an Robert den Fuchs weiter. »Was sehen Sie da drüben, dort, auf dem alten Tieflader?«

Robert der Fuchs rutschte ein Stück zur Seite. Aus seinem Mantel triefte das Wasser wie aus einem Socken, der gerade ausgewrungen wird. »Da liegt etwas unter einer Schutzplane. Übrigens eine ziemlich neue Plane. Ein Faß? Oder zwei Fässer? Oder ein Ballen?«

Auf einmal erinnerte sich Jonnie an die weitschweifige Geschichte, die David Fawkes erzählt hatte. Der Koordinator hielt sich irgendwo hinter ihnen auf, zusammengekauert und still vor sich hin tröpfelnd. Jonnie kroch das kurze Stück zurück. »Wie war das mit dem Tauschhandel zwischen Psychlos und Briganten? Die haben doch die Sachen irgendwo hingelegt, haben Sie gesagt?«

»Die Briganten? Ja, das ist richtig. Sie haben die Leute so festgebunden, daß die Psychlos sie sehen konnten. Und dann haben sie sich zurückgezogen, und die Psychlos kamen und haben für die Briganten irgendwelchen Plunder hingelegt.«

»Ich glaube, so ein Tauschhandelsgeschäft ist gerade noch im Gange«, sagte Jonnie. Er pfiff leise nach einem Schotten. »Holen Sie mal Colonel Iwan ran!«

Iwans Englisch machte erstaunliche Fortschritte, wofür Bittie

MacLeod sorgte, der es für eine rechte Schande hielt, wenn ein so bedeutender Mann wie Colonel Iwan nicht selber ausdrücken könne, was er dachte. Der Colonel übernahm dabei zwar leider auch Bitties scheußlichen Akzent, konnte aber immerhin mehr und mehr auf die Übersetzerdienste des Koordinators verzichten. Sir Robert hatte sich sowieso gewundert, warum sie den russischsprechenden Koordinator überhaupt mitgenommen hatten, und bissig gefragt, ob es nicht vielleicht besser gewesen wäre, auch noch eine von den alten Frauen oder gar ein paar Psychlos ins Flugzeug zu verfrachten.

»Posten nach rechts ausstellen!« flüsterte Jonnie und beschrieb mit der linken Hand einen großen Bogen in die gewünschte Richtung. »Paßt gut auf!«

»Was ist das nun wieder für 'ne neue Aktion in diesem völlig planlosen Einsatz?« fragte Robert der Fuchs. Er war naß wie eine Katze, die man gerade aus dem Regenfaß gezogen hat.

»Ich will keinen Mann verlieren«, antwortete Jonnie. »Vorsicht ist die Mutter der Porzellankiste, hat mir mal jemand beigebracht.«

»Wollen wir denn die Station einfach stürmen?« fragte Robert der Fuchs. »Hier im Wald können uns die Flugkörper keinen Feuerschutz geben. Aber ich seh da drüben eine Kühlstation für die Atemgas-Umwälzanlage. Die könnte ich aufs Korn nehmen. Ich glaube, daß ich sie treffe.«

»Haben wir Munition gegen Hartziele?« fragte Jonnie.

Sir Robert seufzte. »Haben wir, obwohl's ein Wunder ist, bei diesem Einsatz ohne jeden Plan.«

Sie lagen da und warteten. Es goß in Strömen. Irgendwo links von ihnen fauchte ein Leopard, scheuchte einen Schwarm Vögel auf und veranlaßte eine Affenherde zu empörtem Kreischen.

Plötzlich hörten sie, keine zehn Meter hinter sich, einen dumpfen Schlag. Geduckt schlichen sie nach hinten. Iwan stand hinter einem Baum in Deckung. Zu seinen Füßen lag jemand auf dem Boden. Der Mann sah merkwürdig aus; er war so schmutzig, daß man nicht einmal seine Hautfarbe ausmachen konnte. Seine Kleidung war aus Affenfell geschnitten, und zwar in einer so seltsamen Art, daß sie beinahe wie eine Uniform aussah. Ein Tragebeutel war ihm aus der Hand gefallen, hatte sich geöffnet, und eine Tontopf-Granate war herausgerollt.

Iwan, ganz kühl und gelassen, deutete auf einen Pfeil, der in seiner Feldflasche steckengeblieben war. Der Koordinator, der hinter Jonnie stand, flüsterte: »Ein Giftpfeil. Sehen Sie, da an der Spitze saß der Giftpfropf.«

Jonnie nahm Iwans Feldflasche, schleuderte sie weg und machte den anderen ein Zeichen, daß niemand daraus trinken sollte.

Ivan zog dem Mann den Bogen aus dem Gürtel und hielt ihn Jonnie hin, aber der kniete gerade neben dem leblos Liegenden und sah sich die Granate an. Dieser Zünder ... Jonnie kannte den Typ, die Psychlos verwendeten ihn.

Als Jonnie wieder aufblickte, gab ihm Iwan ein Funkgerät, das ebenfalls von den Psychlos stammte. Er deutete auf den Mann, der am Boden lag.

»Er 'obachten uns« , sagte Iwan. »Er sprechen.« Er zeigte aufs Funkgerät.

Eine alarmierende Mitteilung. Jonnie erkannte, daß sie möglicherweise den einen Gegner vor sich, aber noch einen zweiten hinter sich im Wald hatten!

Rasch gab er seine Anweisungen an Robert den Fuchs, der hochschnellte und loslief, um seine kleine Truppe nach beiden Seiten sichern zu lassen.

Briganten! Der Mann auf dem Boden hatte kreuz und quer über die Brust Riemen geschnallt, in denen ein paar Pfeile steckten, jede einzelne Spitze sorgfältig in einer Lederlasche geschützt. Er trug roh gefertigte Schnürstiefel von der Art, wie Jonnie sie als »Fallschirmspringer-Stiefel« in den alten Bekleidungsdepots gesehen hatte. Sein Haar war kurz geschnitten und stand borstig ab. Das vernarbte Gesicht hatte einen brutalen Ausdruck.

Der Mann kam zu sich; sein stierer Blick verriet, daß er sich noch nicht ganz von dem unerwarteten Schlag mit einem Gewehrkolben erholt hatte. Sofort setzte ihm Colonel Iwan einen Fuß auf den Nacken, um ihn am Aufstehen zu hindern.

Robert der Fuchs kam zurückgehastet und bestätigte durch ein kurzes Kopfnicken, daß er sich um alles gekümmert hatte. »Ich fürchte, sie belauern uns schon seit Tagen. Dieses Funkgerät stammt offenbar von den Psychlos.«

»Ja, genau wie der Zünder an der Granate. Ich nehme an ...«

Einen knappen Steinwurf entfernt detonierte eine Granate, sie zerbarst in einem orangefarbenen Feuerblitz.

Ein Sturmgewehr hämmerte los.

Dann Stille, nur vom Schreien einiger Affen und vom Flügelschlag aufgescheuchter Vögel unterbrochen.

Jonnie kroch zurück zu dem entwurzelten Baumstamm. In der Psychlo-Station rührte sich nichts. Sir Robert winkte zwei Gewehrträger heran, die in diese Richtung sichern sollten. »Die haben uns sauber von allen Seiten eingepackt!« schimpfte er. »Ein wirklich hübsch geplanter Einsatz!«

»Nehmen Sie sich zuerst die da hinten vor, kämpfen Sie uns den Rücken frei!« forderte Jonnie ihn auf.

»Angrrriff!« bellte Colonel Iwan und schickte noch ein paar russische Brocken hinterher.

Die Sturmgewehre begannen zu rattern.

Berstende Granaten schlugen ein, Rauchschwaden zogen durch die regennasse Luft.

Hastige Schritte und dann wieder ein dumpfer Laut, wenn einer der Männer sich zu Boden warf. Sie gaben sich gegenseitig Feuerschutz und gingen in überschlagendem Einsatz vor.

Schreie!

Schlachtrufe aus russischen und aus schottischen Kehlen!

Stille. Wieder hämmerte ein Sturmgewehr los.

Und wieder Stille.

Und dann eine heisere Stimme, laut über das Zetern der Vögel und das Kreischen der Affen hinweg: »Wir ergeben uns!« Englisch? Nicht Französisch? Der Koordinator sah verwirrt aus.

Wieder hastige Schritte, ein Stück weiter in der Ferne; Robert der Fuchs schickte einige seiner Männer hinter den Bereich, aus dem die Stimme erklungen war, um einer Falle vorzubeugen.

Jonnie ließ sich von einem Schotten eine Handfeuerwaffe der Psychlos reichen. Er warf sich zu Boden, stellte »Punktziel« und »ohne Feuerstrahl« ein und legte an. Er feuerte ab. Eine heftige Detonation erschütterte das Kühlgehäuse für das Atemgas. Die altersschwache Metallverkleidung des Gehäuses fiel herunter wie Haut, die man abzieht.

Irgend etwas klirrte und zischte da drüben. Jonnie feuerte noch einmal.

Sie warteten. Aber da kamen keine Psychlos herausgerannt. Dort mußte jetzt überall Luft hereinströmen. Doch es rührte sich nichts.

Sogar die Vögel und die Affen hatten sich wieder beruhigt. Man hörte den Regen rauschen. Beißender Pulverdampf von den Granaten zog in Schwaden über den Boden, drang ihnen in Augen und Nasen.

6

Jonnie blickte zum Landeplatz für Erztransporter am Ende der kurzen Fahrspur. Alles lag verlassen da.

Er winkte einem Schotten, der das Funkgerät trug. Von der Deckplane strömte kaskadenartig der Regen herab. Jonnie überprüfte das Gerät, es arbeitete einwandfrei. Er stellte die planetarische Pilotenfrequenz ein und nahm das Mikrofon.

»Flug nach Nairobi, Warteposition.« Jonnies Durchsage sollte sich nach Routine-Funkverkehr zwischen Piloten anhören. Tatsächlich aber hatten sie mit den beiden Flugkörpern, die in der Nähe des Staudamms zurückgeblieben waren, einen Code vereinbart. »Nairobi« hieß: »Anflug auf uns, achtet auf unsere Signalzeichen!« Und Warteposition hieß: »Feuerbereitschaft, aber noch keine Feuererlaubnis!«

Es knackte im Lautsprecher, dann hörten sie Dunneldeens Stimme: »Alle Passagiere an Bord.« Sie waren also schon unterwegs.

Jonnie nahm das kleine Funkgerät von seinem Gürtel ab, das für die interne Verständigung in den Schachtanlagen bestimmt war, und stellte den »Dauer-Signalton« ein. Das machten die Psychlo-Minenarbeiter gewöhnlich, wenn sie irgendwo im Bergwerk durch eingestürztes Gestein abgeschnitten waren. Jetzt sollte der Signalton als Funkfeuer für die anfliegenden Flugkörper dienen. Er holte sich drei von den Männern, die in seiner Nähe standen, drückte einem das Walkie-Talkie in die Hand und wies die drei an, es beim Landeplatz möglichst hoch oben in einem Baum zu verstauen.

Sie rannten los, mit gesenkten Sturmgewehren, gingen in Deckung, bewegten sich in Sprüngen vorwärts, gaben sich gegenseitig Feuerschutz ... So erreichten sie den Landeplatz, und bald darauf wandte einer sich um (er war durch den dichten Regenschleier nur schemenhaft zu erkennen) und gab mit erhobener Hand ein Zeichen: alles in Ordnung! Die drei Männer blieben dort, um den Maschinen beim Landeanflug Feuerschutz zu geben.

Jonnie schulterte die Waffe und humpelte los, quer über den Randbereich der Psychlo-Station, wo der Boden ein wenig festgetreten war und der Stock nicht jedesmal, wenn er sich darauf stützen wollte, eine Handbreit einsank. Etwas weiter südlich waren Pumpen zu hören. Dort befanden sich wahrscheinlich die Minenanlagen. Es gab an der Straße zum Landefeld auf halber Strecke eine Abzweigung von der Hochspannungsleitung. Er folgte der Stromleitung.

Unter den Bäumen stand ein flaches Steingebäude, das mit zahllosen Isoliervorrichtungen versehen und von Rohrleitungen umgeben war. Jonnie kannte diese Art von Gebäuden, in denen Munition und Energiebatterien hergestellt wurden. Erstaunlich, daß es hier auf dieser Außenstation so etwas gab. Vermutlich wollte man den Strom nutzen, den das Wasserkraftwerk reichlich lieferte.

Der Boden ringsum war voller Fußspuren und zeigte, daß sich erst kürzlich hier mehrere Tieflader bewegt hatten. Die Tür stand angelehnt. Er versetzte ihr einen Stoß mit dem Stock.

Was für ein Durcheinander! Normalerweise standen Munitionskisten und Energiebatterien sauber aufgestapelt, und die zur Herstellung benötigten Grundstoffe wurden in großen Containern aufbewahrt. Jetzt war alles ein einziges Tohuwabohu, verstreute Mineralien, verschüttete Flüssigkeit, zerbeulte Kanister ... lauter Anzeichen für hektische Betriebsamkeit und überstürzten Aufbruch. Jonnie wußte sehr gut, daß die Herstellung größerer Mengen Munition und Energiebatterien Zeit beanspruchte, alles mußte sorgfältig gewogen, gemixt, abgefüllt und luftdicht verschlossen werden. Der fieberhafte Arbeitseinsatz, den die Psychlos hier betrieben hatten, mußte zwei, drei Tage, wenn nicht gar eine ganze Woche gedauert haben.

Jonnie wollte zu der Ausfallstraße, die von dieser Nebenstation zur Hauptstation führte. Er fand eine Abkürzung, folgte ihr und suchte dann aufmerksam die Büsche an den Straßenseiten nach Spuren ab. Er hatte ein geschultes Auge, und normalerweise hätte er rasch feststellen können, ob hier vor kurzem schwere Transporter gefahren waren. Aber der Regen hatte alles aufgeweicht.

Dann entdeckte er doch etwas. Im dichten Unterholz seitlich der Straße waren ein paar Zweige gebrochen. Und er konnte sogar noch mehr feststellen. Die Bruchstellen, die zur Station hinwiesen, mußten schon ein paar Tage alt sein. Andere, die frisch und saftig aussahen, zeigten in die Gegenrichtung; dort ging es zur Hauptstation, jenem Rohstoffcamp, das ungefähr in der Gegend eines riesigen Sees lag, den die Menschen früher »Victoriasee« genannt hatten.

Also war vor vielen Tagen (oder bereits vor Wochen?) eine Fahrzeugkolonne zur hiesigen Station gerollt und hatte sie vor ein paar Stunden wieder verlassen. Es mußte ein großer Konvoi sein.

Er starrte angestrengt die Ausfallstraße hinunter, jeden Augenblick darauf gefaßt, Lastwagen oder Panzer zu sehen, die sich auf dem Rückweg zum Camp befanden.

Ihre taktische Lage war nicht besonders günstig. In ihrem Rücken hatte sich in den Wäldern eine Gruppe Briganten verschanzt. Und irgendwo, vielleicht gar nicht so weit entfernt, lagen die anderen Briganten bereit, eine Truppe, die an die tausend Mann ausmachte. Hier vor ihnen, auf der Straße, bewegte sich ein großer Psychlo-Konvoi, Panzer oder Tieflader oder beides, das konnte Jonnie aus den Spuren nicht eindeutig erkennen.

Das Motorengeräusch ihrer eigenen Flugkörper kam näher. Nach all dem Lärm, den es bei dem Scharmützel mit den Briganten gegeben hatte, spielte das nun auch keine Rolle mehr. Und die Psychlos in ihrer Fahrzeugkolonne würden sowieso nichts anderes hören als den Lärm ihrer eigenen Motoren. Erkennen konnten sie die Flugkörper auch nicht. Das dichte Blätterdach hielt den Konvoi der Psychlos einerseits vor jeder Luftaufklärung verborgen, andererseits nahm es ihnen auch jede Beobachtungsmöglichkeit.

Eine erbärmliche taktische Lage. Auf dieser schwammig-nassen Straße, gesäumt von dichtem Regenwald, konnten sie eine Fahrzeugkolonne, zu der möglicherweise auch Panzer gehörten, unmöglich angreifen. Nicht einmal die Flugkörper konnten sie einsetzen.

Jonnie ging hinüber zum Landeplatz. Offener Himmel! Nur ein schmales Handtuch, aber breit genug, um Erzfrachter landen und aufsteigen zu lassen. Ein Himmel, aus dem es schüttete wie aus einer riesigen Gießkanne. Aber immerhin ein Stück Himmel! Er hatte das unendliche Blaugrau dort oben seit Tagen nicht gesehen.

Die Soldaten hatten in den Bäumen Stellung bezogen, sie sicherten von dort oben das Landefeld. Der Funk-Signalgeber war an einem Schlinggewächs festgemacht, das sich – so dick wie ein Elefantenbein – um einen hohen Baum wand. Vielleicht war der Landeplatz früher einmal größer gewesen, aber jetzt hatte sich der Dschungel wuchernd in ihn hineingefressen.

Der große Kampfflugkörper schwebte senkrecht ein, während der kleinere, wendigere Flugkörper von oben her Feuerschutz gab. Eine Aktion wie aus dem Lehrbuch. Beim Landeanflug der Maschine wurde das Wasser auf dem Flugfeld aufgewirbelt. Der

Flugkörper landete. Die Tür wurde aufgestoßen. Dunneldeen winkte grinsend vom Pilotensitz herüber, offensichtlich froh, Jonnie wiederzusehen.

Robert der Fuchs kam angerannt. Die Tür am Rumpf der Maschine schwang auf, und der Offizier, der den eingeflogenen Trupp kommandierte, sah Sir Robert fragend an. Der gab ihm ein Zeichen, ruhig sitzenzubleiben: Im Augenblick war hier alles friedlich. Jonnie, Robert der Fuchs und Dunneldeen gingen zum anderen Flugkörper hinüber.

Jonnie unterrichtete Dunneldeen rasch über die Lage. »Ein Konvoi bewegt sich auf der Straße in Richtung Rohstoffcamp. Ich nehme an, sie haben hier Energiebatterien und Munition geladen und sind dann wieder zurückgefahren«, schloß er die Einweisung ab.

»Aha, das erklärt alles«, sagte Dunneldeen.

Und was Jonnie und Robert der Fuchs dann erfuhren, war typisch für Dunneldeen. Er hatte nicht müßig dagesessen und auf ihren Funkspruch gewartet. Der hätte ihn so oder so erreicht, meinte er, am Damm oder unterwegs. Also hatte er den größeren Flugkörper zurückgelassen, ständig in Funkverbindung mit ihm, so daß man ihn jederzeit rufen konnte. Und dann war er zum Erkundungsflug Richtung Camp gestartet. Diese Hauptstation befand sich eigentlich an einem nicht ganz so großen See, der auf den Karten als »Albertsee« bezeichnet war. Er war dem Verlauf der Straße gefolgt. Mit den Beobachtungseinrichtungen seiner Maschine konnte er zwar nicht durch das Blätterdach schauen, aber Regen und Wolken waren kein undurchdringlicher Schleier für die Infrarotsichtgeräte.

Er erinnerte sich noch, was sich bei der Zerstörung dieses Rohstoffcamps zugetragen hatte. Einer ihrer Piloten ... war es MacArdle gewesen? Ja, MacArdle hatte es am Tag 92 vernichtet. Ganz ungefährlich war das damals nicht gewesen, MacArdle hätte beinahe Ärger gekriegt. Die Psychlos hatten versucht, zwei ihrer Flugkörper aufsteigen zu lassen. Er hatte sie, als sie gerade aus dem Hangar rollen wollten, so erwischt, daß sie die Ausfahrt blockierten. Er hatte die Stromversorgung zerschlagen, den Atemgas-Vorrat in die Luft gejagt und das Energie- und Munitionsdepot zerstört. Dann hatten die Psychlos zwei Luftabwehrbatterien gefechtsbereit gemacht, und da war ihm nichts anderes übriggeblieben, als die auch in Grund und Boden zu schießen. Bei dem Angriff war seinerzeit der Copilot verwundet worden, wie Jonnie und Sir Robert sich bestimmt noch erinnerten. Eine harte Nuß, dieses Camp!

Jetzt allerdings, fuhr Dunneldeen fort, hatte sich während seiner Aufklärungsflüge in den letzten drei Tagen da unten nichts mehr gerührt, aber aus den Luftaufnahmen hatte er erkannt ... Er zeigte Jonnie und Sir Robert die Bilder. Die Burschen hatten am Hangar-Eingang aufgeräumt ... »Das ist hier, sehen Sie?« Und dann: »Schauen Sie sich das an! Diese Schatten am Rand des Landeplatzes, unter den Bäumen: zehn Kampfflugkörper in Bereitschaft!«

»Später ist eben niemand mehr hier gewesen, um den Psychlos den Rest zu geben«, schloß Dunneldeen. »Und diese Gorillas haben die Zeit genutzt und sind fleißig gewesen.«

Jonnie betrachtete die Luftaufnahmen. Eine war gemacht worden, als die Sonne schon tief stand. Er erkannte die Konturen der Kampfflugkörper, die getarnt unter den Bäumen standen. Er sah Dunneldeen an.

»Ja, ich hab's auch gesehen«, sagte Dunneldeen. »Derselbe Typ wie die Maschine, mit der Sie es damals bei der Gasdrohne zu tun hatten. Schwere Tiefflugkörper für den Angriff auf Bodenziele, Typ Mark 32, stark gepanzert. Sie haben keinen großen Aktionsradius, aber man kann Zusatztanks anbringen.«

»Diese Psychlos«, meinte Jonnie, »richten sich nicht auf eine Verteidigung ihrer Anlage ein. Vermutlich fehlt es ihnen an Atemgas. Ihre Vorräte an Antriebsenergie sind in die Luft geflogen. Sehen Sie vor dem Mark 32 die Spuren von Gleitlastern auf der Wiese? Die Mark 32 sind dorthin, wo sie jetzt stehen, nicht geflogen, sondern gefahren worden.« Er zeigte durch die Bäume hinüber zu dem Steingebäude, das er vorhin erkundet hatte. »Da drüben haben sie tagelang wie die Irren gearbeitet, um Betriebsstoff und Munition herzustellen. Mit den letzten Krümeln Energie haben sie den Konvoi hierhergeschickt und sich an Vorräten geholt, was sie kriegen konnten, einschließlich Atemgas. Da bin ich ganz sicher. Und jetzt sind sie auf dem Weg zurück zum Camp.«

»Der einzige andere große Vorrat an Atemgas lagert drüben in Amerika, beim ehemaligen Hauptquartier«, sagte Robert der Fuchs. »Dorthin wollen sie fliegen.«

Jonnie nickte. »Mit ihren zehn Mark 32 könnten sie den ganzen bisherigen Kampfverlauf auf einen Schlag umkrempeln!« Er entfaltete eine Karte. Regenwasser tropfte darauf, während er mit dem Finger dem Verlauf der Ausfallstraße folgte. Sie führte durch den Wald, über eine Ebene, durch eine langgezogene Schlucht und schließlich zum »Albertsee«. Am Ende der Schlucht kam wieder ein Stück ebene Fläche. Er schaute sich einige Luftaufnahmen an, die Dunneldeen gemacht hatte.

»Es wird zum Gefecht kommen«, sagte Jonnie. Er maß die Entfernungen ab und wandte sich an Sir Robert. »Sie brauchen anderthalb Tage, um diesen Punkt zu erreichen, und zwei Tage bis zum Hauptlager, bei diesen miserablen Straßen. Inzwischen müssen wir uns die Kerntruppe der Briganten vornehmen. Dunneldeen, Sie halten sich mit dem Flugkörper in der Nähe der Schlucht bereit, damit uns der Konvoi nicht abhaut. Nehmen Sie Colonel Iwan, vier seiner Männer und einen Mörser mit. Der Colonel soll dort unten auf jeden Fall den Durchbruch verhindern, bis Verstärkungskräfte eintreffen. Und denken Sie daran: es geht uns um lebende Psychlos!«

»Es geht uns darum, einen Gegenangriff auf das Gebiet von Denver zu verhindern!« verbesserte ihn Sir Robert.

Thor war mit seinem Flugkörper zu den Mondbergen geflogen, um dort Jonnies Rolle zu spielen und dessen Anwesenheit vorzutäuschen. Er würde das gut hinkriegen, eine hübsche kleine Show abziehen und eine Menge Hände schütteln. Ein geübter Reiter war er auch. Anschließend wollte er noch einen anderen Stamm weiter südlich besuchen. Er war zu weit weg, es wäre sehr schwierig gewesen, ihn zurückzurufen. Außerdem sollte keineswegs bekannt werden, daß Jonnie sich hier bei der Außenstation der Psychlos aufhielt.

»Tut mir leid«, sagte Jonnie zu Dunneldeen, »so wie die Dinge liegen, steht Ihnen nur ein einziger Kampfflugkörper zur Verfügung.«

Dunneldeen lächelte unbekümmert. »Na und? Das reicht doch, es wird ja auch nur ein einziges Gefecht geben.«

Robert der Fuchs erteilte mit polternder Stimme seine Befehle. Bald darauf sah man Colonel Iwan und vier seiner Soldaten, die sich durch Regen und Matsch zur Maschine durchkämpften, schwer beladen mit einer Bazooka, einem Mörser und einem Haufen anderer Ausrüstung. Sie hatten in der Eile vergessen, den russischsprechenden Koordinator mitzunehmen. Aber im Flugkörper wurde es, nachdem sie alles verstaut hatten, sowieso ziemlich eng.

Jonnie wies Colonel Iwan in seinen Auftrag ein. Der lächelte nur gelassen. Sich dort oben bei der Schlucht in einen Hinterhalt legen, was war da schon dabei? Da hatte er im Hindukusch ganz andere Sachen erlebt! »Marschall Jonnie« und »Oberbefehlshaber Robert« sollten sich bloß keine Sorgen machen, den Paß würden sie auf jeden Fall halten! *Lebende* Psychlos? Na schön, anders wäre es ihm lieber gewesen, aber ... keine Bange, die tapfere rote Armee würde auch das schaffen!

Der Kampfflugkörper hob ab und schoß in steiler Kurve nach oben. Ein einziger Flugkörper und sieben bewaffnete Männer, um eine Transportkolonne mit Panzern und wer weiß wie vielen Psychlos aufzuhalten! Dunneldeen schien in der Aufgabe kein Problem zu sehen, er winkte fröhlich von oben, drehte die Maschine auf Kurs und verschwand im strömenden Regen.

7

Wahrhaftig, die Psychlos hatten alles mitgenommen, was sie an Vorräten aufstöbern konnten – Atemgas, Munition und Energiebatterien, einfach alles! Gras und Unterholz waren zertrampelt und würden sich in Jahren nicht wieder erholen. Die Fläche, auf der das Atemgas gelagert worden war, maß ungefähr tausend Quadratmeter und der leergeräumte Lagerplatz für Antriebsenergie und Munition ungefähr zweitausend. Eine riesige Menge, und jetzt war nichts mehr davon da.

Angus öffnete das Schloß am Haupttor. Die Soldaten sprangen vom Transporter und stürmten unter gegenseitigem Feuerschutz ins Gebäude. Es war leer, alle vier Stockwerke, in denen Büros, Werkstätten und Lagerhallen untergebracht waren. Die Pumpen arbeiteten. Überall brannte Licht. Und überall zeugte ein heilloses Durcheinander vom hastigen Aufbruch.

Jonnie stand auf dem Flur vor den Freizeiträumen der Psychlos. Was für ein trostloser, naßkalter Ort. Alles war vermodert. Wasser tropfte von den Wänden; ohne die Pumpen hätte es längst die unteren Stockwerke überflutet. Ein schrecklicher Ort! Nicht einmal einem Psychlo mochte man wünschen, daß er hier leben mußte.

Er sah die aufgezeichneten Funkmeldungen durch, die der ans Empfangsgerät angeschlossene Drucker ausgespuckt hatte. Natürlich war auch das Papier tropfnaß. Die Psychlos hatten alle Frequenzen überwacht, besonders die Pilotenfrequenz. Die Meldungen lasen sich ein wenig sonderbar. »Andy, können Sie Kalkutta anfliegen? Da wartet eine Pilgerladung auf Mitfluggelegenheit.« Und: »MacCallister, bringen Sie mir bitte einen frischen Pilotenanzug mit. Und Energiebatterien brauche ich auch.« Die schottischen Piloten führten ihre Gespräche größtenteils in Psychlo, gemischt mit ein paar Brocken Englisch. Den Company-Angestellten, die hier in dieser abgelegenen Dschungelstation saßen, alles mitbekamen und trotzdem nicht wußten, was eigentlich los war, mußte das ziemlich verrückt vorgekommen sein.

Ein Russe kam angerannt und brachte Jonnie eine psychloische Atemgasmaske, die er irgendwo gefunden hatte. Die Vorratsflasche war noch angeschlossen und strömte Gas aus. Jonnie schnupperte daran, das Zeug biß in der Nase. Mal überlegen ... Zwölf Stunden dauerte es, bis so eine Flasche leer war. Diese hier ... War sie noch halb voll? Er schüttelte sie, um festzustellen, wieviel Flüssiggas sie noch enthielt. Es konnte erst höchstens acht oder neun Stunden her sein, daß die Psychlos von hier aufgebrochen waren.

Er humpelte den Flur entlang, der Schweiß lief ihm übers Gesicht. Die Pumpen arbeiteten, überall strömte Frischluft herein, aber davon wurde es auch nicht kühler. Es stank wie überall in den Psychlo-Gebäuden. Nein, schlimmer noch, denn der Modergeruch kam dazu. Aus den verschiedenen Stockwerken, wo seine Leute alles absuchten, hörte er Stimmengewirr und Rufe. Ein Funkgerät für die interne Verbindung in der Station war eingeschaltet. Er lauschte am Lautsprecher. Nichts als das Stampfen der Pumpen in der fernen Wolframgrube.

Diese Station schien nicht so alt zu sein wie die meisten anderen. Wahrscheinlich war sie erst später hierherverlegt worden, als man eine neue Wolframader gefunden hatte. Auf Wolfram waren sie ganz versessen. Der Bildschirm im Hauptbüro zeigte die Schmelzöfen. Die Transportbänder liefen noch, die Öfen brannten, Dampf kam von den Spiralen. Wahrscheinlich hatten sie gedacht, bei diesem ganzen, für sie unerklärlichen Wirrwarr auf der Erde könne es sich nur um eine vorübergehende Störung handeln; darum hatten sie die Produktion fortgesetzt.

Jonnie mühte sich treppabwärts zu den unten gelegenen Hallen. Bei diesen Psychlo-Treppen war jede Stufe doppelt so hoch wie bei einer von Menschen konstruierten, und das machte ihm mit seinem Bein Schwierigkeiten. Der Zustand besserte sich allmählich. Und auch mit dem Arm machte er, obwohl es ihm noch etwas an Kraft fehlte, deutliche Fortschritte. Inzwischen konnte er schon wieder mit einer Psychlo-Waffe umgehen.

In den Hallen herrschte dasselbe Durcheinander wie in den oberen Stockwerken. Es standen aber immer noch Fahrzeuge herum.

Angus durchstöberte die ausgedehnten, mit Abfall übersäten Hallen. Er hatte einen dicken Markierstift in der Hand und malte ein X auf alle Fahrzeuge, von denen er glaubte, daß man sie nicht ohne weiteres betriebsfähig machen könne. Zwei kleine gepanzerte

Fahrzeuge hatte er mit dem X versehen, an einer Reihe fliegender Plattformen ging er ohne ein einziges X vorbei, die waren also in Ordnung; dann kamen ein paar Flachtransporter, von denen ihm nur die Hälfte brauchbar erschien.

Auf einem Türschild stand in psychloischer Schrift: »Geschütze«. Jonnie ging hinein. Mörser! Und entgegen allen Sicherheitsvorschriften lag sogar ein Stapel Munition bereit. Um so besser!

Er rief Angus. »Machen Sie zwei Flachtransporter klar und beladen Sie jeden mit einer fliegenden Plattform. Darauf montieren Sie jeweils einen Mörser. Und laden Sie auch Munition auf. Auf jede Plattform stapeln Sie vorn ballenweise Persennings als behelfsmäßige Panzerung auf. Eines von den Vehikeln stellen Sie draußen auf – und eines gleich an der Innenseite der Hangartür. Sehen Sie zu, daß Sie irgendwo Energiebatterien auftreiben!«

Dann holte er Sir Robert heran und bat ihn, für jedes Vehikel einen Fahrer und vier Mann Besatzung zu organisieren. Und er trug ihm auf, eines der beiden Fahrzeuge loszuschicken: Der Fahrer sollte alles aus dem Motor herausholen, um so schnell wie möglich zum Konvoi der Psychlos aufzuschließen.

»Mit diesem lächerlichen Vehikel?« fragte Sir Robert.

»Wir haben nichts anderes. Man kann die Plattform abheben und ein Stück weit fliegen lassen und Sperrfeuer mit dem Mörser geben. Man kann mit Wuchtmunition Bäume umschießen und so eine Sperre legen. Die Jungen sollen sich hinter den Konvoi hängen, natürlich in gehörigem Abstand, und wenn die Kolonne aus irgendeinem Grund wendet, sollen sie ihr den Weg versperren.«

»Und wenn das nicht hinhaut? Wenn unsere Jungen hierher zurückgejagt werden?« wollte Sir Robert wissen.

»Dann holen wir das andere Vehikel dazu, das jetzt hinter der Hangartür steht. Beide zusammen müssen es irgendwie schaffen, den Platz hier zu verteidigen. Wenn ich von den Briganten zurückkomme, übernehme ich das zweite Fahrzeug. Treiben Sie auch dafür einen Fahrer und eine Besatzung auf.«

»Ach, Sie wollen dann auch den Konvoi jagen?« fragte Sir Robert und fügte sarkastisch hinzu: »Auf der Rangliste der bestgeplanten und am sorgfältigsten vorbereiteten Operationen verdient diese ohne jeden Zweifel den obersten Platz!« Er verschwand, um die nötigen Anordnungen zu treffen, aber man hörte ihn noch etwas über Flachtransporter und deren hervorragende Eignung zur Bekämpfung gegnerischer Panzer murmeln.

Ein Schotte kam angerannt. »Sir, ich glaube, Sie sollten mal mit in den dritten Stock kommen.« Er sah aschfahl aus.

Mit einiger Mühe schaffte Jonnie die Treppe. Er wußte nicht, was der Schotte ihm zeigen wollte. Aber was er dann vorfand, übertraf seine schlimmsten Befürchtungen.

Sie kamen in einen großen Raum, den die Psychlos offenbar für Schießübungen benutzt hatten. Ein paar Russen standen dort, ihre Gesichter drückten Abscheu und Entsetzen aus. Der Schotte, der Jonnie hergeführt hatte, blieb stehen und deutete stumm auf den Boden.

Da lag etwas. In einer Lache aus halb geronnenem Blut. Das, was von zwei alten Frauen übriggeblieben war. Obwohl man das kaum noch mit Sicherheit sagen konnte. Ein paar graue Haarsträhnen, Fetzen brauner Haut, zerrissene Kleidungsstücke und Knochensplitter lagen auf zwei Haufen verteilt. Verstümmelte Reste von menschlichen Körpern und leere Hülsen von Psychlo-Munition. Spuren, die eine grausame Geschichte erzählten.

Eine Gruppe Psychlos war hier am Werk gewesen. Mit Hunderten gezielter Einzelschüsse, von denen jeder sorgfältig so plaziert war, daß er nicht zum Tode führen konnte, hatten sie Zentimeter um Zentimeter zwei alte Frauen buchstäblich in Stücke geschossen.

Was für ein höllisches Irrenhaus mußte dieser Raum noch vor wenigen Stunden gewesen sein, erfüllt vom Lärm peitschender Schüsse, gellender Schreie und teuflischen Gelächters!

Man hatte Dr. MacKendrick verständigt. Er kam herein und blieb vor der Blutlache stehen. Schließlich sagte er: »Nach der Körpertemperatur kann ich die Todeszeit nicht mehr bestimmen. Es ist ja kaum etwas von den Opfern übriggeblieben. Aus dem geronnenen Blut würde ich schätzen ... vielleicht vier Stunden. Zwei Frauen, zwischen vierzig und fünfzig, nach harter Arbeit früh gealtert. Sie haben ihnen Stück für Stück die Gliedmaßen abgeschossen!« Er richtete sich auf und sah Jonnie fassungslos an. »Was haben die Psychlos für einen Grund, so etwas zu tun?«

»Sie tun es aus purer Lust an der Qual und am Todeskampf der Opfer«, sagte Jonnie. »So etwas finden sie ergötzlich.«

Das Gesicht des Arztes wurde hart. »Jetzt macht mir der Gedanke an die Autopsie nicht mehr so viel aus.«

Einer der Russen hatte etwas auf dem Boden gefunden und zog es mit einem Stock näher heran.

»Heben Sie das mal hoch!« verlangte Jonnie. Er kam um die Blutlache herum und sah sich den Gegenstand an.

Robert der Fuchs, der gerade in diesem Augenblick den Raum betrat, erstarrte vor Entsetzen.

Das Ding auf dem Stock war eine runde schottische Wollmütze!

Die Leiche des Schotten? Nirgendwo. Nur diese fast neue Mütze. Eine Mütze, wie die Koordinatoren sie trugen.

8

Jonnie stand im strömenden Regen und starrte auf die Ladefläche des uralten, halb verrotteten Tiefladers.

Irgendwann während der vergangenen zwei, drei Tage – oder vielleicht erst vor einer Reihe von Stunden hatten hier, an der gleichen Stelle, drei gefesselte Menschen gestanden, zwei alte Brigantenfrauen und ein junger Schotte. Sie hatten sich nicht rühren, geschweige denn entkommen können. Vielleicht hatten im Wald hinter ihnen Briganten mit Granattöpfen und vergifteten Pfeilen gelauert. Sie hatten still stehen und warten müssen, bis die Psychlos gekommen waren, um sie in Augenschein zu nehmen. Wie viele Bantu und Pygmäen mochten zuvor schon genauso dort gestanden haben, von den Briganten eingefangen und zum Verkauf angeboten?

Die Psychlos waren gekommen und hatten sie geholt. Sie hatten sie den ehemaligen Söldnern für den Plunder abgekauft, der jetzt hier auf dem Tieflader lag. Die Frauen waren qualvoll gestorben. Über das Schicksal des Schotten wußte man nichts.

Ein Russe hatte vorsichtig mit der Lanze herumgestochert, um sicherzugehen, daß in den Tauschwaren und am Tieflader keine verborgenen Sprengladungen angebracht waren. Jonnie kannte die Tricks der Psychlos. Falls sie davon ausgegangen waren, daß dies das endgültig letzte Tauschgeschäft mit den Briganten sein sollte, dann hatten sie bestimmt Berührungszünder eingebaut. Das war jedoch nicht der Fall. Dann waren die Psychlos offenbar der Ansicht, sie würden hierher zurückkehren, sobald sie den Planeten erneut unter Kontrolle gebracht hatten.

Jonnie untersuchte das Zeug auf dem Transporter. Ein Zentner Schwefel und ein Zentner Kalisalpeter, in Metallbehälter verpackt. Unter der Plane lag eine große Rolle Sprengschnur. Alles Grundstoffe zur Herstellung von Granaten, man brauchte nur noch Holzkohle hinzuzufügen. Dann gab es noch ein kleines Bündel mit Batterien für die Funkgeräte. Das war alles. So hoch schätzten sie den Preis für drei Menschen ein.

Jonnie drehte sich um und ging zu dem russischen Offizier, der mit seinen Männern die gefangenen Briganten bewachte.

Siebzehn von ihnen hatten das Gefecht überlebt. Sie saßen auf dem Boden, die Hände im Nacken verschränkt, den Blick gesenkt, und verhielten sich brav unter den drohend auf sie gerichteten Gewehrmündungen. Daneben lagen sieben verwundete Briganten stöhnend auf dem aufgeweichten Erdboden. Zwölf tote Briganten waren gefunden und an einen Platz getragen worden.

Einer von den siebzehn hatte bemerkt, daß jemand hinzugetreten war, und schaute auf. Ein hünenhafter Bursche mit breitem Brustkorb, die Zähne schon vor langer Zeit herausgefallen, das Gesicht voller Narben und Schrunden, fliehendes Kinn, kurz geschorenes Haar. Seine Kleidung bestand aus Affenfell und war wie eine Uniform geschnitten. Über der Brust trug er gekreuzte Lederriemen, die mit vergifteten Pfeilen bestückt waren. Die Augen glichen winzigen, schmutzstarrenden Höhlen.

»Warum habt ihr auf uns geschossen?« wollte er wissen. Es hörte sich an wie ein Knäuel aus lauter Kauderwelsch, das man erst entwirren muß, ehe es verständlich wurde.

»Ich glaube, umgekehrt trifft es eher zu!« sagte Jonnie. »Was treibt ihr hier?«

»Nach 'm Kriegsvölkerrecht dürf'n Sie mich nur nach 'm Nam', Diens'grad un Numm'r vonner Erkenn'smarke frag'n!« Wieder ein Wortsalat, aber man konnte draus schlau werden.

Jonnie stützte sich auf den Stock. »Einverstanden, dann sagen Sie mir das.«

»Arf Moiphy, Captunk, Grubbefümf, Besassungsmachd von Sair. Sinn Sie vom Ablöschungskommango odda von'n Vereinennaschonen?«

Jonnie wandte sich mit hochgezogener Augenbraue an David Fawkes, den Koordinator, und sah ihn fragend an.

»Sie wissen doch: Die haben so eine alte Überlieferung, eine Art Legende, daß die internationale Bank ihnen irgendwann ein Ablösungskommando schickt. Die Vereinten Nationen waren, soviel ich weiß, irgendeine politische Organisation, die sich um kleine Länder gekümmert und interveniert hat, wenn sie angegriffen wurden. Ich finde es höchst bemerkenswert, daß sich diese Legende über so lange Zeit bei ihnen ...«

»Wo befindet sich der Hauptteil Ihrer Truppe?« fragte Jonnie den Briganten.

»Muß iebahaupt nix sag'n, außer 'm Nam', Diens'grad un...«

»Na schön«, fiel ihm Jonnie ins Wort. »Aber mal angenommen, wir wären diejenigen, die euch ablösen sollen. Dann wär's doch ganz gut, wenn Sie's uns sagen würden, nicht?«

»Wenn Sie'n Teil vom Ablöschungskommango wär'n,

wüscht'n Sie's sowieso«, ließ ihn der »Captunk« abblitzen. »Die uns raushau'n soll'n, sinn nämmich scho' da. Oder komm'n bald.«

»Es ist wohl besser, wenn ich mich mit Ihrem Kommandeur unterhalte«, meinte Jonnie.

»General Snith? Iss'm Hauptlaga un dassissuweit.«

Jonnie zuckte die Achseln und gab dem russischen Offizier einen Wink, als ob er sich ans Werk machen sollte. Die Russen legten demonstrativ ihre Sturmgewehre an.

Das schien dem Briganten gar nicht zu gefallen. »'n harten Tag'smarsch brauch' man bis da«, rief er rasch und versuchte, mit verschränkten Armen und heftigen Kinnbewegungen die Richtung zu zeigen.

»Wie lange ist es her, daß ihr die Gefangenen auf die Ladefläche gebracht habt?«

»La'fläche?« Der Brigant spielte den Dummen.

Jonnie drehte sich wieder um und sah den russischen Offizier an.

»Gesser'nachmidach!« sagte Moiphy rasch.

Jonnie überlegte sich das weitere Vorgehen. Am vorigen Nachmittag also. Jetzt ging es um das Schicksal des jungen Schotten, falls er überhaupt noch am Leben war. Was den Konvoi betraf ... Nun, er hatte ein behelfsmäßiges Verfolgerteam angesetzt. Eine Gruppe lauerte der Marschkolonne von vorn auf. An den Flanken des Psychlo-Transports hatte Jonnie keine Vorsorge getroffen, aber das ging in diesem Urwald auch nicht. Ein Fahrzeug (und erst recht ein schwerbeladener Transporter) hätte sich zwischen all den Bäumen rasch festgefahren. Seitwärts ausbrechen konnten die Psychlos demnach auch nicht, sie wären auf dem schwammig weichen Boden nicht weit gekommen. Nicht einmal zu Fuß. Kein Wunder, daß die Psychlos zu ihrer eigenen Art von Einverständnis mit den Briganten gelangt waren. Also gut, für das Gefecht mit den Psychlos war die Zeit noch nicht gekommen. Das mußte warten, bis der Konvoi den Paß erreichte.

Er ließ den Koordinator die nötigen Befehle an den russischen Offizier übermitteln. Daraufhin begannen die Russen, die Briganten sehr sorgfältig und mit feiner Nase für alle Tricks zu filzen. Zentimeter um Zentimeter klopften sie die Affenfell-Uniformen ab, die mit Messern und allen möglichen versteckten Waffen nur so gespickt waren.

Als sie dabei waren, die Nachfahren der Söldner von Anno dazumal fachmännisch zu verschnüren, bat »Captunk« Arf Moiphy: »Hamse was dageg'n, wenn ich mich um meine Verwunneten kümmer?«

Jonnie machte eine großzügige Geste und ließ ihn gehen.

Moiphy sprang auf, schnappte sich eine schwere Keule, und bevor jemand eingreifen und ihm in den Arm fallen konnte, hieb er sie den sieben Verwundeten, einem nach dem anderen, kräftig übers Haupt. Die Art, wie er die Keule schwang, verriet langjährige Übung, und die Wucht, mit der er sie auf den Schädeln landen ließ, war mörderisch. Er tötete alle sieben.

Zufrieden lächelnd warf er die Keule weg, hielt dem Russen die gekreuzten Hände zum Fesseln hin und sagte: »Dankschön auch.«

Teil XVIII

1

Das Psychlo-Gewehr, das Bittie MacLeod geschultert hatte, war so groß wie der ganze Kerl; mit dieser Bürde stiefelte er dicht hinter Sir Jonnie ins Feldlager der Briganten.

Zweimal hatte Sir Jonnie versucht, ihn zurückzuschicken, aber vergeblich. Gehörte es sich nicht für einen Knappen, seinem Ritter auf Schritt und Tritt zu folgen und stets die Waffen für ihn bereitzuhalten, so daß er sie bei plötzlicher Gefahr rasch zur Hand hatte? Na also.

Und hier roch es wirklich nach Gefahr! Das mußten ja ... na, so um die zweitausendfünfhundert oder gar dreitausend Menschen sein, die sich auf der Lichtung irgendwo tief im Regenwald herumtrieben.

Sie waren ganz am oberen Ende der freien Fläche gelandet. Die Gefangenen ... Meine Güte, hatten die in der Maschine einen Gestank verbreitet! Also, die Gefangenen, die man während des Fluges ständig unter Kontrolle und vor allem sorgfältig fern von ihren Waffen gehalten hatte, waren nach der Landung zuerst hinausgeschickt worden. Sir Robert hatte sich die Gegend genau angesehen und ein paar Verteidigungsstellungen arrangiert, falls es zu einem überstürzten Rückzug kommen sollte und man für Feuerschutz sorgen mußte. So gehörte es sich schließlich für jemanden, der für die militärischen Operationen verantwortlich war.

Bittie hatte Sir Jonnie überredet, trockene Kleidung anzuziehen. Man hatte ihn ja nur mit dem kleinen Finger berühren müssen, da war das Wasser schon aus seinen durchnäßten Sachen herausgequollen! Die Russen, die während der Erkundung der Psychlo-Station am Staudamm zurückgeblieben waren, hatten die Wartezeit glücklicherweise genutzt und aus alten Tarnanzügen Regenumhänge gefertigt.

Es war nicht so einfach gewesen, Sir Jonnie überhaupt dazu zu bewegen, daß er sich auch mal ein paar Minuten Zeit nahm, eine Kleinigkeit zu essen und die Kleidung zu wechseln. Aber Bittie hatte nicht locker gelassen. Jonnies Regenumhang wurde nun von einer Uniformspange zusammengehalten, auf der ein roter Stern prangte. Er trug den Gürtel mit dem goldenen Koppelschloß, darauf hatte Bittie bestanden. Und als Kopfbedeckung hatte der Junge einen alten Übungshelm aufgetrieben, den er hinlänglich repräsentativ fand, weil er mit einem weißen Stern verziert war. Alles in allem sah Sir Jonnie nach Bitties Meinung wieder so aus, daß man ihn vorzeigen konnte.

Riesige Pfützen bedeckten die Lichtung, auf der es nur so von Leuten wimmelte. Überall sah man die schwarzen Stümpfe der Baumriesen, die irgendwann vor langer Zeit gefällt und verbrannt worden waren. Jemand hatte sich sogar die Mühe gemacht, auf der Lichtung Korn anzupflanzen, aber diese Briganten rannten achtlos in der Gegend herum und trampelten alles kaputt.

Bittie marschierte durch den strömenden Regen hinter Sir Jonnie her und sah sich das alles genau an. Diese Burschen, diese Briganten, gefielen ihm gar nicht. Irgendwie benahmen sie sich einfach nicht so, wie sich das gehörte. Er hatte in der Schule eine Menge Bücher gelesen, auch alte Romane, in denen von merkwürdigen Sitten und Gebräuchen berichtet wurde, aber so etwas wie hier übertraf selbst die wildesten Schilderungen in den Romanen.

Alte Leute sah man überhaupt nicht, weder Frauen noch Männer. Ein paar Kinder liefen herum, aber sie boten einen erbärmlichen Anblick und sahen krank aus: aufgedunsene Bäuche, schorfbedeckte, schmutzige Körper ... Schrecklich! Kümmerte sich denn niemand darum, sie sauber zu halten und ordentlich zu ernähren?

Die Männer, an denen sie vorbeikamen, grüßten sie mit einer – allerdings recht komisch anmutenden – Art von Ehrenbezeigung: Sie reckten einen Finger in die Höhe. All diese grobschlächtigen, abstoßenden Gesichter! In allen Hautfarben und in allen Mischlingstönen, eines so schmutzig wie das andere. Jeder trug diese alberne Uniform aus Affenfell, aber man wußte gar nicht, wie sie eigentlich richtig aussehen sollte, weil jeder seine eigene schlampige Note erfunden hatte.

Sie schienen so eine Art Englisch zu sprechen, ein sehr merkwürdiges Englisch, als ob sie Hafergrütze im Mund hätten. Bittie wußte, daß seine Aussprache nicht besonders war, nicht so gebildet wie die von Sir Robert und auch nicht so gut wie die von Sir Jonnie. Aber man konnte ihn wenigstens verstehen, und er gab sich auch Mühe, sich den Akzent ein bißchen abzugewöhnen, vor allem wegen Colonel Iwan, dem er Englisch beizubringen versuchte. Aber diesen Leuten hier schien es schnurzegal zu sein, wie ihnen die Worte aus den übelriechenden Mäulern purzelten.

Hoppla! Beinahe wäre Bittie in Sir Jonnie hineingerannt, der plötzlich vor einem Mann mittleren Alters stehenblieb. In welcher Sprache unterhielten sie sich denn? Aha, das war Psychlo! Jonnie fragte etwas, und der Brigant nickte, knödelte irgendeine unverständliche Antwort und zeigte nach Westen. Bittie kapierte sofort, worum es eigentlich ging: Die Frage und die Antwort waren für Sir Jonnie gar nicht wichtig gewesen, er hatte nur herausfinden wollen, ob die Briganten Psychlo sprachen. Clever!

Und wo ging's nun hin? Aha, zu dem großen Schuppen, vor dem auf einer Stange ein Leopardenfell wie eine Standarte hing. Erst jetzt sah Bittie, daß sie die ganze Zeit den Gefangenen gefolgt waren, die noch immer unter Bewachung standen und anscheinend ihrem Anführer vorgeführt werden sollten.

O mein Gott, diese Briganten waren wirklich eine verwilderte Sippschaft! Leute, die - wo's ihnen gerade danach zumute war, und sei's auch mitten auf dem Weg - einfach ihre Notdurft verrichteten! Und da drüben ... der junge Mann, der eben ein Mädchen zu Boden geworfen hatte ... Die würden doch wohl nicht ...? Du lieber Himmel! Tatsächlich, die beiden trieben vor aller Augen Hurerei!

Bittie schaute schnell auf die andere Seite und versuchte, an etwas Edleres zu denken. Aber da, wo er jetzt hinblickte, ließ sich ein Mann von einem Kind ... Nein, das war zuviel!

Er fühlte sich ganz krank. Er schob sich dicht an Sir Jonnie heran, trat ihm fast auf die Hacken. Diese Leute waren ja schlimmer als Tiere! *Viel* schlimmer!

Bittie folgte Sir Jonnie in die Hütte. Schon wieder so ein Gestank! Jemand saß auf einem Baumstumpf, der stehengeblieben war, als man die Hütte errichtet hatte. Der Mann war entsetzlich fett und sah ganz gelblich aus, genau das Gelb, das Dr. MacKendrick beschrieben hatte, als er von Malaria sprach. Der Körper des Mannes schien aus mehreren übereinandergesetzten Fettringen zu bestehen, und die Falten zwischen den einzelnen Wülsten starrten vor Dreck. Er hatte eine komische Ledermütze mit Schirm auf. Und irgend etwas war vorn auf der Mütze befestigt ... Eine Schmucknadel, wie Frauen sie tragen? Irgendein Stein, ein Diamant?

Der Kerl, der das Kommando ihrer Gefangenen angeführt hatte, dieser Arf Moiphy, stand vor dem fetten Mann. Er klopfte sich mit der Faust auf die Brust und erstattete Bericht. Wie redete er den Fettwanst an? General Snith? War nicht »Snit« ein bei den Psychlos recht gebräuchlicher Name? Andererseits, war nicht

»Smith« der normale englische Name? Man konnte kaum einen Unterschied heraushören, bei diesem Gebrabbel mit lauter Hafergrütze im Mund. Der General kaute auf einer Keule herum und schien von dem, was er hörte, nicht sehr beeindruckt zu sein.

Schließlich ergriff der General das Wort. »Habter de Sach'n? 'N Schwef'l unnso?«

»Nee, ehm nich«, antwortete Arf und machte Anstalten, die ganze Geschichte noch einmal zu erzählen.

»Habter de Abjemurgsen mit?« fragte der General. Die Abgemurksten? Ach so, er meinte die Toten!

»Captunk« Arf Moiphy machte ein erschrockenes Gesicht und nahm stramme Haltung an.

Der General schleuderte ihm die Keule mitten ins Gesicht. »Wie sollmer se denn dann ess'n?« schrie er Moiphy an. Essen? Die Abgemurksten? Die Leichen? Sie wollten ihre eigenen Toten essen?

Und da fiel Bitties Blick auf die Keule, die der General dem »Captunk« ins Gesicht geschleudert hatte und die vor Bitties Füße gerollt war. Diese Keule ... es war der Arm eines Menschen!

So schnell er nur konnte, rannte Bittie hinaus und verdrückte sich hinter die Hütte. Ihm war mächtig flau in der Magengegend.

Sir Jonnie fand ihn gleich darauf, legte ihm den Arm um die Schultern und wischte ihm mit einem Tuch den Mund ab. Er wollte Bittie durch einen der Russen zum Flugkörper zurückbringen lassen, aber der Junge weigerte sich. Ein Knappe mußte bei seinem Ritter bleiben. Und es konnte ja wirklich sein, daß Sir Jonnie ganz rasch seine Waffen brauchte, bei diesen schrecklichen Leuten! So erlaubten sie ihm, bei ihnen zu bleiben.

Sir Jonnie schaute in die Hütte am Rand der Lichtung und schien etwas Interessantes zu entdecken, und als Bittie seinem Blick folgte, sah er einen uralten, schon ziemlich vergammelten Sprachtrainer, einen von derselben Art, wie ihn die Piloten für ihre Ausbildung in der Psychlo-Sprache benutzten. Anscheinend hielt Sir Jonnie diese Entdeckung für bedeutsam.

Wonach suchten sie hier eigentlich? Es regnete nicht, es schüttete. Und überall wimmelte es von diesen schrecklichen Briganten. Und das Psychlo-Gewehr war höllisch schwer und wurde jede Minute ein bißchen schwerer. Also, wonach suchten sie ... Ach so, nach den Koordinatoren, natürlich.

Sie fanden sie in einer anderen Hütte. Zwei junge Schotten. War der eine nicht MacCandless aus Inverness? Ja, Bittie glaubte ihn wiederzuerkennen. Sie saßen da wie zwei Häufchen Elend, tropfnaß, ihre runden Mützen waren wie triefende Schwämme. Sie sahen ziemlich blaß aus.

Sir Jonnie wollte wissen, wie sie den Weg hierher gefunden hatten. Sie deuteten auf ein zusammengerolltes langes Drahtseil: sie waren von einem Flugkörper abgesetzt worden.

Sir Jonnie versuchte ihnen klarzumachen, daß es besser für sie wäre, wenn sie mit zurückkämen. Aber sie lehnten das ab und beriefen sich auf eine Weisung des Rates, diese Leute zum ehemaligen Psychlo-Hauptquartier nach Amerika zu bringen. Allerdings gab es ein paar Schwierigkeiten, denn die Transportkapazität der verfügbaren Flugkörper war sowieso ständig ausgelastet, und es schien dem Rat schwerzufallen, genügend Piloten für den Transport so vieler Leute zusammenzubringen.

Die Diskussion zog sich eine Weile hin. Die Koordinatoren beharrten darauf, ihre Pflicht tun zu müssen, während es Sir Jonnie um ihre persönliche Sicherheit ging. Schließlich einigte man sich darauf, daß sie wenigstens mit zurück zum Flugkörper kommen und frische Lebensmittel und vielleicht ein paar Waffen in Empfang nehmen sollten. Also bahnten sich alle ihren Weg durch die herumstehenden Briganten, bis sie den Halbkreis erreichten, den die Russen mit schußbereiten Waffen um die Maschine gebildet hatten. Sie stiegen ein, Sir Robert plazierte sie gemeinsam in einer der riesigen Psychlo-Sitzschalen.

»Wart ihr nicht zu dritt?« erkundigte er sich.

»Ja, das stimmt«, sagte MacCandless, »Allison hat noch zu uns gehört. Aber er ist vor ein paar Tagen in einen Fluß gefallen, und eins von diesen schuppigen Biestern hat ihn erwischt.«

»Habt ihr das mit eigenen Augen gesehen?« bohrte Sir Robert nach.

Nein, also ... selber hatten sie's nicht gesehen. Aber der General hatte es ihnen erzählt. Und da gab es ja wirklich eine Menge Flüsse ringsherum. Und in jedem wimmelte es von diesen großen Schuppentieren, wie auch immer sie heißen mochten.

»Konnte Allison Psychlo sprechen?« fragte Sir Jonnie.

MacCandless nickte. »Ich glaube schon. Er hat ja an der Pilotenausbildung teilgenommen. Die Föderation braucht manchmal eigene Piloten.«

»Doch, doch, er sprach Psychlo«, berichtete der andere Schotte. »Sie haben ihn aus der Ausbildung herausgenommen und mit hergeschickt. Der Auftrag des Rates, diese Leute hier herauszuholen, kam ziemlich überraschend, und es fehlte an allen Ecken und Enden an ausgebildeten ...«

Sir Robert fiel ihm mit der Frage ins Wort: »Erinnern Sie sich, daß er irgendwann mal Psychlo gesprochen hat, in Gegenwart dieser grobschlächtigen Burschen da draußen?«

Beide saßen da und dachten nach. Der Regen trommelte aufs Dach der Maschine. Es war drückend heiß.

»Ja, jetzt, wo Sie danach fragen ...«, sagte MacCandless schließlich. »Ich hab ihn mal mit einem der Offiziere von diesen Briganten reden hören. Der war ganz erstaunt, daß Allison Psychlo sprechen konnte. Sie haben daraufhin eine ganze Weile in Psychlo geschwatzt. Ich selber kann ja kein ...«

»Danke, das wollte ich nur wissen«, unterbrach ihn Sir Robert. Er warf Sir Jonnie einen bedeutungsvollen Blick zu. »Es ging ihnen um ein Verhör! Sie wollten ihn haben, um ihn verhören zu können!«

Sir Jonnie nickte.

Sir Robert zog etwas unter dem Mantel hervor. Es war eine runde schottische Wollmütze, blutbefleckt. Er gab sie den beiden Koordinatoren.

Die sahen sich die Mütze an und fanden die eingenähten Initialen. Ja, es war Allisons Mütze. Woher Sir Robert die hätte, wollten sie wissen.

Er schenkte ihnen reinen Wein ein, und zwar rückhaltlos. So erfuhr auch Bittie, daß die Briganten Allison an die Psychlos verkauft hatten. Und daß die Psychlos ihn nur deshalb gewollt hatten, um ihn zu verhören. Und daß vielleicht gerade jetzt ... Mochte der Himmel dem armen Allison beistehen! Allein der Gedanke ... Allison, ein Mensch, verkauft, an die Monster ... Das war eine so furchtbare Vorstellung, daß sie weder Bittie noch den Koordinatoren in den Kopf gehen wollte.

Und dann gab's großen Krach. Sir Robert ordnete nämlich kurzerhand an, daß die beiden Koordinatoren mit ihnen zu kommen hätten. Die aber wiesen wieder auf ihre Pflicht hin – und auf den Auftrag des Rates, und daß sie die Briganten nach Amerika bringen sollten. Und Sir Robert fuhr sie mit Donnerstimme an, daß er der schottische Kriegskommandant sei und daß er in der Hölle braten wolle, wenn er die beiden Schotten hier ließe. Die beiden Koordinatoren wollten sich aus dem Staub machen, und da fackelten Sir Robert und Sir Jonnie nicht lange: Sie ließen sich von Bittie Zurrseile reichen, die eigentlich für die Frachtladung bestimmt waren, sich aber auch ausgezeichnet dazu eigneten, die beiden Schotten zu fesseln. Damit sie es warm und trocken hätten, banden sie sie auf der Frachtladung im Heck der Maschine fest.

Die ausgestellten Verteidigungsposten wurden eingezogen. Der Flugkörper hob ab. Bittie wunderte sich kein bißchen, als er den Piloten fragen hörte, ob er dem Gesindel da unten nicht einen Denkzettel aus der Luft verpassen dürfe. Sir Robert sagte nein; die Briganten wären einfach blitzschnell im undurchdringlichen Dschungel verschwunden. Sie waren nicht darauf vorbereitet, jetzt mit den Halunken abzurechnen. Und sie hatten im Augenblick Wichtigeres zu tun. Aber wenn sich der schwere Verdacht wirklich bestätigte, dann lagen diese schmutzigen Gesellen von nun an in Blutfehde mit den Schotten. Sie waren alle ziemlich aufgebracht wegen Allison.

Während des Rückflugs zur Nebenstation der Psychlos dachte Bittie über diese Leute da unten auf der Dschungellichtung nach.

Vor allem eine Frage ging ihm immer wieder durch den Kopf, und er stellte sie schließlich Sir Jonnie: »Wie kann eigentlich jemand in diesem ewigen strömenden Regen so unvorstellbar *schmutzig* sein?«

2

Es war Nacht, als der schwere Truppentransporter nahe der Außenstation landete, die immer noch still und verlassen dalag. Es regnete ohne Unterlaß. Laute von gereizten, streitenden Tieren drangen aus dem Dschungel, von da her, wo das Scharmützel mit den Briganten stattgefunden hatte. Das Knurren und Fauchen eines wütenden Leoparden, ein ganzes Konzert aus Tierstimmen und dann, hell über die anderen Laute hinweg, das unheimliche, meckernde Lachen irgendeines nächtlichen Räubers. Die Tiere kämpften um ihren Anteil an den Toten, die dort lagen.

Gleich hinter dem Eingang zu den Fahrzeughallen stand der Flachtransporter bereit, auf den sie die fliegende Plattform mit dem aufmontierten Wuchtmörser verladen hatten. Kein Anzeichen dafür, daß das andere, ebenso ausgerüstete Vehikel zurückgekommen wäre. Es hatte also augenscheinlich bisher keine Feindberührung gehabt und folgte immer noch dem Konvoi der Psychlos.

Jonnie sah sich um. In der verlassenen Station brannten alle Lichter. Aus der Ferne dröhnten die Pumpen. Wenn nicht irgend jemand eingriff, würde der ganze Maschinenpark noch jahrzehntelang vor sich hin stampfen.

Auch das Funküberwachungsgerät arbeitete weiter, der

Drucker spuckte pausenlos die Papierstreifen aus, auf denen die Funksprüche aufgezeichnet waren. Jonnie sah durch, was in der Zwischenzeit angefallen war. »MacIvor, bringen Sie mir bitte ein paar Energiebatterien nach Moskau mit?« – »Flugkontrolle Johannesburg an alle: Irgendwelche Maschinen im Anflug? Wenn nicht, machen wir für den Rest der Nacht den Laden dicht.« – »Isaac, bitte kommen! Hör zu, Isaac, hat es denn wohl an der Außenstation Grosny noch ein paar brauchbare Erzfrachter gegeben? Können wir die für Personentransporte umfunktionieren? Sag mir bitte bis morgen früh Bescheid. Wir sind im Augenblick ein bißchen knapp an Fluggerät.« – »Lundy, der Tibetflug für Sie ist gestrichen, wir brauchen Sie und Ihren Copiloten dringend hier für einen größeren Personentransport. Bitte bestätigen Sie, alter Freund!« Die meisten Funksprüche waren in dem Psychlo-Kauderwelsch, das die Piloten sich angewöhnt hatten.

Jonnie ging der Gedanke durch den Kopf, daß dieser unablässige Strom von Nachrichten einem Angreifer einen recht guten Überblick über die Verteilung der gegenwärtigen Aktivitäten geben konnte. Es war beinahe eine Liste von Angriffszielen für die Mark 32.

Wenn dieser Konvoi durchbrechen konnte und wenn die Psychlos auf breiter Front einen Gegenangriff starteten, dann mußte es ihnen eigentlich gelingen, den Planeten zurückzuerobern.

Jonnie überlegte sich, ob er nicht auf der Pilotenfrequenz einen Funkspruch an alle aussenden und eine zweiundsiebzigstündige Funkstille anordnen sollte. Aber was schon an Schaden angerichtet war, hätte er damit auch nicht mehr ändern können. Eine ähnliche Funküberwachung war möglicherweise auch im Camp am Victoriasee eingerichtet. Und wenn er jetzt von hier aus funkte, konnte der Spruch durch den Konvoi abgehört werden. Dann wären die Psychlos gewarnt gewesen. Die einzige Möglichkeit, die ihm jetzt noch blieb: Der Angriff auf die Transportkolonne der Psychlos mußte erfolgreich verlaufen. Es gab keine Alternative dazu.

Er ging zurück durch die leeren Stockwerke, in denen seine Schritte widerhallten. Die Psychlos hatten vor allem sämtliche Waffen aus dem Gebäude mitgenommen. Es war ihnen wohl darauf angekommen, die Gewehre und andere tragbare Waffen nicht in die Hände der Briganten fallen zu lassen. Ein Glück, daß sie in der Eile die beiden Mörser übersehen hatten!

Man hatte den Flachtransporter jetzt aus dem Hangar gefahren, er stand draußen in der Dunkelheit. Jonnie schloß das

Haupttor. Wer weiß, sonst hätten sich vielleicht ein paar Leoparden oder Schlangen oder gar Elefanten in das Gebäude verirrt, und damit war niemandem geholfen.

Er begab sich zu dem großen Flugkörper zurück und ging mit seinen Leuten noch einmal rasch durch, wie die Aktionen ablaufen sollten, die er in Gang gesetzt hatte. Er schärfte ihnen ein, weit von Osten her und dicht über dem Boden einzufliegen, so daß sie sich dem geplanten Hinterhalt aus der Gegenrichtung näherten. Er wollte nicht, daß die Maschine auf den Bildschirmen der Panzer erkannt wurde. Dann sollten die Männer oben auf dem Bergkamm in Stellung gehen. Und zwar so, daß die Straße seitlich unter ihnen lag. Und sobald der Konvoi genügend tief in die Schlucht eingedrungen war, sollten sie ihn unter flankierendes Feuer nehmen. Und wenn die Kolonne zu wenden versuchte und nach hinten ausweichen wollte? Nun, sie hatten immer noch den Mörser auf der fliegenden Plattform, der mußte sie aufhalten.

Das war der Punkt, bei dem Robert der Fuchs einhakte. Ein einziger Mörser gegen wer weiß wie viele Panzer, gab er zu bedenken. Das konnte nicht gutgehen. Der Konvoi würde es schaffen, in den Wald zurückzugelangen, und dort könnte man die Burschen nicht mehr herausholen. Ach so ... Jonnie hatte vor, diesen Flugkörper hier mit einzusetzen? Zur Unterstützung des rückwärtigen Mörsers? Ja, das konnte klappen. Schließlich war es ja ein Kampfflugkörper.

»Versucht lediglich, die Panzer und die Transportfahrzeuge umzustürzen, ohne sie in die Luft zu jagen«, erklärte Jonnie. »Ihr dürft keine Radioaktiv-Munition verwenden. Nur Wuchtmunition. Stellt die Waffen auf Flächenwirkung ein, ohne Flamme, nur mit Betäubungswirkung. Wir wollen sie nicht töten. Sobald alle Fahrzeuge in der Schlucht aufgereiht sind, versperrt ihr ihnen den Weg von vorn, ich mache von hinten dicht. Die übrigen Kräfte bekämpfen sie vom Bergkamm aus. Und unser Kampfflugkörper hier greift ein, falls Fahrzeuge durchbrechen und zurück ins Waldgebiet wollen. Alles klar?«

»Alles klar!« Ein Koordinator versuchte mit sehr zweifelhaftem Erfolg seinen russischsprechenden Kollegen zu ersetzen, der sich bei Colonel Iwan befand. Er gab seine Bemühungen bald auf. »Ich kümmere mich darum, daß es den Russen erklärt wird, sobald wir zu den anderen gestoßen sind. Ich hab alles genau verstanden, ich werd's dann weitergeben.«

»Und denkt daran«, schärfte ihm Jonnie ein, »es kann sein, daß sie Allison im Konvoi mitschleppen. Also, haltet die Augen offen! Nicht, daß ihr ihn, wenn er während des Gefechts zu fliehen versucht, versehentlich über den Haufen schießt!«

»Alles klar! Wirklich, alles klar!« Und er würde es den Russen übermitteln lassen, sobald sie mit Colonel Iwan zusammentrafen.

»Sauber!« schimpfte Robert der Fuchs vor sich hin. »Ein wahres Meisterwerk der Kriegskunst! Die Masse unserer Kräfte kann bedauerlicherweise nicht instruiert werden, weil der Übersetzer sich gerade woanders herumtreibt. Heilige Einfalt, was für eine großartige Planung und Koordinierung! Ich wünsche uns Glück, wir werden's brauchen können.«

»Immerhin sind wir den Psychlos zahlenmäßig überlegen«, sagte Jonnie.

»Wie?« rief Robert der Fuchs. »Die sind mehr als hundert, und wir bringen's nur auf fünfzig oder so.«

»Eben! Wir sind in der Übermacht. Einer von uns wiegt doch mühelos zwei Psychlos auf!«

Einige bekamen das mit, und die Russen, die schon ein bißchen besser Englisch sprachen, erklärten den Witz ihren Kameraden. Das allgemeine Gelächter ringsum bewies, daß es genau die Art von Aufmunterung gewesen war, die sie gebraucht hatten. Der dauernde Regen hatte ziemlich zermürbend auf sie gewirkt, aber jetzt waren sie wieder in Hochstimmung.

Jonnie wollte zum Flachtransporter gehen, wo schon der schottische Fahrer und vier russische Soldaten auf ihn warteten. Im letzten Augenblick hörte er hinter sich im Flugkörper hastiges Getrappel. Es war Bittie MacLeod, über und über mit Waffen behängt und offenbar fest entschlossen, mit ihm zu gehen.

Das wollte Jonnie nun auf keinen Fall. In dem Gefecht, das ihnen bevorstand, war der Junge fehl am Platz. Aber er mußte natürlich auf Bitties Stolz Rücksicht nehmen. Eilig dachte er darüber nach, wie er das Problem lösen könnte, und das kam ihm beinahe schwieriger vor, als einen Angriffsplan zu entwerfen.

Bitties Gedanken kreisten immer um die romantische Welt vor zweitausend Jahren. Eine Welt, in der flammenspeiende Drachen vorkamen – und edle Ritter, die zur Rettung schöner junger Mädchen auszogen. Na schön, dagegen war ja nichts einzuwenden. Er war ein netter kleiner Kerl, und nichts schien ihm erstrebenswerter, als möglichst schnell groß zu werden und so zu sein wie Dunneldeen oder wie Jonnie. Auch etwas, wogegen niemand was hatte. Aber seine Träume konnten sich allzuleicht hart an den Realitäten der Welt stoßen, in der sie heutzutage ihre Kämpfe auszutragen hatten und in der es Drachen ganz anderer Art zu besiegen galt. Man mußte ihn noch eine Weile gut behüten, damit er überhaupt eine Chance hatte, ein »Prinz« Dunneldeen oder ein

»Sir« Jonnie zu werden. Tja, da war nun sein Stolz ... Ein Stolz, der ganz deutlich in Bitties Augen zu lesen stand. Der Junge ahnte wohl, daß Jonnie nur deshalb so lange überlegte, weil er nach einer Ausrede suchte: nach einem Weg, ihn abweisen zu können, ohne ihn zu kränken.

Da lag ein Funkgerät auf einem Sitz. Und auf einmal wußte Jonnie die Lösung. Er nahm das Gerät, drückte es dem Jungen in die Hand, zeigte auf seinen eigenen Gürtel, wo ein Gerät des gleichen Typs hing, und flüsterte, dicht zu Bitties Ohr hinabgebeugt: »Ich brauche einen zuverlässigen Mann hier bei der Gruppe, der mich ab Kampfbeginn auf dem laufenden halten und mir sofort Meldung machen kann, wenn irgend etwas schiefläuft. Kein Funkverkehr vor dem ersten Schuß! Aber wenn danach etwas nicht stimmt, teil es mir sofort mit!« Und er legte beschwörend den Finger auf die Lippen.

Bitties Miene hellte sich auf. Wie ein kleiner Verschwörer sah er jetzt aus. Er nickte eifrig. »Natürlich, Sir Jonnie!« Und schon war er im Rumpf der Maschine verschwunden.

Jonnie humpelte das schlammige Straßenstück bis zum Flachtransporter hinunter. Die Lampen des Fahrzeugs tasteten wie suchende Augen durch den strömenden Regen. Besatzung vollständig? Gut. Jonnie saß auf und nickte dem Fahrer zu.

Der Motor heulte auf, übertönte den fauchend ausgetragenen Kampf der Tiere drüben in den Wäldern. Sie fuhren los.

Aber es war eben doch nur ein gewöhnlicher Transporter, mit dem sie nun unterwegs waren, um Panzer zu bekämpfen.

3

Brown Limper saß in seinem neuen prächtigen Büro und starrte auf das verdammte Ding, das vor ihm auf dem Schreibtisch lag. Er war empört. In letzter Zeit hatte sich alles ganz gut entwickelt. Das kuppelgekrönte Regierungsgebäude (von dem manche behaupteten, es sei früher das Kapitol des Staates Colorado gewesen), war teilweise restauriert, sogar die Kuppel hatte man schon wieder weiß angestrichen. Die weiten Hallen waren fertiggestellt. Ein für die Ratssitzungen ideal geeigneter Saal war hergerichtet, mit einer erhöht aufgestellten Bank, vor der ein wenig tiefer hölzerne Stühle standen. Man hatte große gepolsterte Schreibtische aus Psychlo-Beständen hergeschafft und in den Büros der Mitglieder des Rates aufgestellt; die Ratsherren sahen an den riesigen Möbelstücken ein bißchen verloren aus, aber wenn man als Sitzgelegenheit einen gewöhnlichen Stuhl auf ein kleines Podest stellte, dann ging's halbwegs. Ein Hotel war eröffnet worden, das für Würdenträger und wichtige Besucher aus aller Welt Unterkunftsmöglichkeiten bot. Man hatte einen tibetanischen Koch angestellt und servierte ganz ordentliche Mahlzeiten, sogar auf richtigem Geschirr.

Die Ratschläge, die er sich nachts drüben in der alten Außenstation der Psychlos im Halbdunkel unter dem Mast holte, waren einfach hervorragend. Unschätzbare Erkenntnisse über die Kunst des Regierens! Terl verdiente wahrhaftig nicht, unter so unwürdigen Bedingungen in einem Käfig leben zu müssen. Der Psychlo hatte Reue gezeigt und tat nun wirklich alles für die Menschen, was in seinen Kräften stand. Wie gründlich doch diese Psychlos allüberall mißverstanden wurden!

Und was Brown Limper dazugelernt hatte, trug bereits erste Früchte. Natürlich, die Dinge mußten sich langsam entwickeln, und der Fortschritt bedurfte gehörigen politischen Geschicks. Dieser Terl, offenbar einer der angesehensten Angestellten der Intergalaktischen Rohstoff Company, war kreuz und quer durch die Galaxien gereist und kannte sich in Regierungsgeschäften und im politischen Handeln wie kein zweiter aus.

Zum Beispiel die Frage der Überbesetzung im Rat ... Die Stammesführer, die aus allen Teilen der Welt entsandt worden waren, verbrachten unendlich viel Zeit damit, im Sitzungssaal zu debattieren, während sie zu Hause wahrhaftig genügend Probleme zu lösen hätten. Sie waren einfach zu viele, dreißig an der Zahl, um irgend etwas wirklich vorwärtszubringen. Und so hatten sie keine Einwände erhoben, sondern geradezu begeistert zugestimmt, die Welt in fünf Kontinente aufzuteilen und jeden durch einen Repräsentanten vertreten zu lassen. Damit hatte man die Zahl der Ratsmitglieder reduziert, aus der schwerfälligen Gruppe von dreißig war ein handliches Quintett geworden. Man hatte diesen Leuten nur erklären müssen, daß es viel wichtiger war, sich um die Lebensfragen ihrer Stämme zu kümmern, daß die besten Männer zu Hause gebraucht wurden und daß sich im Rat doch sowieso nur alles um langweiligen Aktenkram drehte ... Und schon hatten sie irgendeinen Vetter zum Vertreter ihres Kontinents im Fünferrat ernannt und waren glücklich nach Hause gereist.

Natürlich, auch dieser Fünferrat war noch ein bißchen unhandlich, aber man war gerade dabei, ein Exekutivorgan aus zwei

Männern zu ernennen. Mit ein paar gezielten Anstrengungen und dank der unschätzbaren Ratschläge, die Terl ihm gegeben hatte, würde Brown Limper es irgendwann in den kommenden Wochen zum einzig autorisierten und unabhängig handelnden Repräsentanten des Rates gebracht haben, lediglich assistiert durch den Ratssekretär, der natürlich kein Stimmrecht zu haben brauchte und eigentlich nur benötigt wurde, um mit zu unterschreiben. Alles wäre dann viel klarer und einfacher.

Nur die Schotten hatten sich quergelegt. Sie waren nicht einverstanden gewesen, daß Schottland zu Europa gerechnet wurde, aber es hatte sich herausgestellt, daß das immer so gewesen war. Dadurch war nun ein Deutschstämmiger aus den Alpen ihr Repräsentant geworden. Nun, das hatte man noch mit den Stimmen der Mehrheit des alten Rates unter Dach und Fach gebracht, und jetzt trieb sich keiner mehr von diesen verdammten Schotten hier herum, die ja doch nur jede von Brown Limpers äußerst vernünftigen Maßnahmen in Frage gestellt hatten.

Die Stämme waren zufrieden. Man hatte ihnen die Verfügungsgewalt über das gesamte um ihren Stammessitz gelegene Land übertragen, verbunden mit dem ausdrücklichen Recht, es nach eigenem Gutdünken weiterzuverteilen. Die Städte aus früheren Zeiten waren komplett in ihren uneingeschränkten Besitz übergegangen. Das hatte Brown Limper bei den meisten Stammesführern außerordentliche Beliebtheit verschafft, nur freilich nicht bei diesen vermaledeiten Schotten.

Denen konnte man's ja nie recht machen. Die hatten sich doch wahrhaftig darüber mokiert, daß so das Besitzrecht am gesamten Kontinent von Amerika mit allem Drum und Dran Brown Limper zufiel! Doch das ließ sich mühelos entkräften durch den bloßen Hinweis, daß es jetzt schließlich in Amerika *vier* Stämme gab: nämlich British Columbia, wo man zwei Leute aufgefunden hatte, die Sierra Nevada mit einer Bevölkerung von immerhin vier Menschen, den kleinen Indianerstamm im Süden und Brown Limpers Leute. Daß sie nun alle bei ihm im Dorf wohnten, spielte doch in diesem Zusammenhang überhaupt keine Rolle!

Die Wahl der Hauptstadt, das war auch so ein Sieg gewesen, den er an seine Fahne heften konnte. Einige Stämme hatten alle möglichen Gründe ins Feld geführt, daß die Welthauptstadt in ihrem Stammesgebiet liegen sollte. Es hatte sogar Stimmen für ein Rotationsverfahren gegeben. Aber als sich dann herausstellte, wieviel Ärger und welche immensen Kosten damit verbunden waren, eine Hauptstadt zu unterhalten, und daß Brown Limper aus purer Herzensgüte und Menschenfreundlichkeit durchaus bereit war, diese Lasten seinem eigenen Stamm aufzubürden, hatte es keine Gegenargumente mehr gegeben. Zur Welthauptstadt war »Denver« bestimmt worden (das heißt: so wurde die Stadt jetzt noch genannt; in nicht allzu ferner Zukunft würde sie »Staffor« heißen).

Der ganze Ärger, mit dem er sich jetzt herumschlagen mußte, ging noch auf einen Beschluß des alten Rates zurück, der die Einrichtung einer Planetarischen Bank vorsah.

Man hatte einen Schotten namens MacAdam zu Rate gezogen und den Bescheid erhalten, daß diese Galaktischen Währungseinheiten, die sich in ihrem Besitz befanden, für die Menschen auf der Erde gegenwärtig bedeutungslos wären. Er hatte vorgeschlagen, statt dessen ihm und einem Deutschen das Privileg zur Regelung aller Währungsangelegenheiten einzuräumen; es handelte sich um einen Deutschen, der in der Schweiz lebte und ungeheuer viele Milchkühe und eine ganze Anzahl Käsereien besaß. Sie wollten jedem Stamm entsprechend seinem tatsächlich genutzten Landbesitz eine bestimmte Menge Währungseinheiten zuteilen und für ihre Mühe einen kleinen Prozentsatz in Rechnung stellen. Es war eine gute Idee, denn ein Stamm konnte nur dann mehr Geld bekommen, wenn er zusätzliche landwirtschaftliche Produktionsflächen erschloß. Rückhalt der Währung sollten also die »Stammesländereien der Erde« sein. Die Bank wurde Planetarische Bank der Erde genannt, und die Vollmacht, die man ihr erteilte, war sehr umfassend.

In verblüffend kurzer Zeit hatten sie Geld gedruckt. Der Deutsche hatte in das Geschäft einsteigen können, weil er einen Bruder hatte, der die Kunst beherrschte, Holzschnittplatten anzufertigen und Papier damit zu bedrucken. In einer Ruinenstadt namens London hatte man ganze Wagenladungen neuwertigen Papiers gefunden, das zur Geldherstellung bestimmt gewesen war, und in einer Stadt, deren Name früher einmal Zürich gewesen war, hatte man Handpressen entdeckt. In allerkürzester Zeit hatten die Bankleute Währung in Umlauf gebracht.

Die Noten trugen lediglich die Bezeichnung: »Eine Irdische Währungseinheit«. Offenbar hatte man zunächst eine Probeauflage gedruckt, die aber nirgendwo recht ankam. Die Leute wußten nichts damit anzufangen. Sie waren an den Tauschhandel mit Pferden und ähnlichem gewöhnt und mußten erst einmal lernen, was Geld überhaupt ist. So hatte man denn eine zweite Auflage hergestellt.

Es war ein Exemplar dieser zweiten Auflage, das jetzt auf Brown Limpers Schreibtisch lag und das ihm so viel Ärger bereitete. Ach was, Ärger! Es drehte ihm geradezu den Magen um, er fühlte sich ganz krank! An sich war es ja ein hübscher Druck, diese Holzschnittnote. »Planetarische Bank der Erde«, stand darauf. In jeder Ecke war die Zahl »1«. Und da stand auch ausgeschrieben in den Sprachen und mit den Schriftzeichen aller Stämme: »Eine Währungseinheit«. »Gesetzliches Zahlungsmittel für alle persönlichen und öffentlichen Verpflichtungen«, lautete ein weiterer Aufdruck, und auch der wurde in verschiedenen Sprachen wiederholt. Und dann: »Eintauschbar zum Gegenwert einer Währungseinheit bei den Banken von Zürich und London und in jeder Filiale«. Weiter: »Gedeckt durch den Wert der Stammesländereien der Erde und der darauf erzeugten Produkte«. Schließlich noch: »Berechtigt durch den Rat der Erde«. Darunter folgten die Unterschriften beider Bankdirektoren. Und soweit war ja auch alles ganz in Ordnung.

Aber da war auch, genau in der Mitte, in einem großen Oval, ein Bild zu sehen. Ein Bild von *Jonnie Goodboy Tyler!*

Sie hatten ein Foto, das irgend jemand mit dem Bildrecorder aufgenommen hatte, als Vorlage benutzt. Da war er in rehlederner Jagdkleidung zu sehen, barhäuptig und mit dümmlichem Gesichtsausdruck, der wohl irgendwem besonders vornehm erschienen war. Als ob das noch nicht genug wäre, trug er auch noch eines von diesen Psychlo-Gewehren in der Hand.

Ach was! Schlimmer war, daß sich oben ums Bild sein Name rankte: Jonnie Goodboy Tyler!

Nein, es kam noch schlimmer! Unter dem Bild kam noch so eine stilisierte Schriftrolle, und darauf stand: »Der Sieger über die Psychlos«.

Ekelerregend. Grauenhaft.

Wie konnten sie nur so einen Mist fabrizieren?

Noch keine Viertelstunde war es her, da hatte er ein Funkgespräch mit MacAdam geführt. MacAdam hatte ihm erklärt, daß der erste Notendruck bei den Leuten überhaupt nicht gut angekommen wäre. Darum hatten sie sofort diese zweite Auflage gestartet. Vielleicht wußten die Leute noch nicht viel über die Bedeutung von Geld, hatte ihm MacAdam erläutert, aber mit Jonnie Goodboy Tyler konnten sie etwas anfangen. Mancherorts verwendeten sie die Banknoten gar nicht als Zahlungsmittel, sondern hängten sie sich an die Wand, sogar eingerahmt. Ja, hatte ihm MacAdam versichert, die Währung sei den verschiedenen Stämmen bereits bündelweise zugegangen. Nein, man konnte das Geld jetzt nicht mehr zurückfordern, denn das würde das Ansehen der Bank erschüttern.

Brown Limper hatte versucht, seinerseits klarzumachen, daß der Verlauf der Dinge ganz und gar nicht den Erwartungen entsprach, die der Rat mit der Vergabe des Bankprivilegs verbunden hatte. Der Rat hatte sich einstimmig zu der Resolution bekannt, daß es nie mehr Krieg geben dürfe. Mit diesem Beschluß war gemeint: »Kriege zwischen den Stämmen sind hiermit verboten«. Brown Limper hatte jedoch für eine Formulierung gesorgt, die auch interplanetarische Kriegshandlungen mit einschloß.

Diese Banknote, hatte er mit aller ihm zu Gebote stehenden Logik erklärt, war ein glatter Verstoß gegen die Antikriegs-Resolution. Die Bankleute zeigten diesen ... diesen Burschen, wie er drohend eine Waffe schwang, und sie betrieben damit eindeutige Kriegshetze gegen die Psychlos und wer weiß wen sonst noch.

MacAdam hatte Brown Limper seines tiefsten Bedauerns versichert, und der Deutsche in Zürich ebenfalls, aber es war nicht die leiseste Spur des Bedauerns herauszuhören gewesen. Man habe ihnen schließlich das Bankprivileg übertragen, hatten sie erklärt, und wenn nun der Rat das Ansehen des Bankgewerbes erschütterte, dann hätte das ebenso unerfreuliche wie unvermeidliche Folgen für die Entwicklung des Staatskapitals in Amerika. Also, an der Vollmacht, die Bankgeschäfte nach pflichtgemäßem Ermessen und unter vernünftigen kaufmännischen Gesichtspunkten zu führen, dürfe in keiner Weise gerüttelt werden. Und es wäre doch äußerst mißlich, wenn vor dem Weltgerichtshof, den man gerade gründen wolle, bei der ersten Verhandlung ein Vertreter der Bank gegen den Rat Klage erheben müsse wegen Vertrags- und Vertrauensbruch samt Folgekosten und so weiter, nicht wahr?

Brown Limper brütete düster vor sich hin. Nein, er hatte wahrhaftig kein Bedauern herausgehört!

Er würde in dieser Angelegenheit gar nicht erst lange den Rat konsultieren, sondern zur früheren Psychlo-Hauptstation gehen und eine Weile im Halbdunkel unter dem Mast stehen und ... Na ja, viel versprach er sich auch davon nicht.

»Jonnie Goodboy Tyler. Der Sieger über die Psychlos.« Brown Limper spuckte auf den Geldschein.

Und plötzlich nahm er das Stück Papier und riß es, außer sich vor Wut, in winzig kleine Stücke.

Dann warf er die Schnipsel zornig um sich herum auf den Boden.

Anschließend sammelte er sie alle wieder auf und verbrannte sie.

Nicht genug damit. Er zermalmte die Asche mit der Faust. So!

Wenig später betrat jemand sein Büro und fragte ihn freundlich lächelnd: »Ach, haben Sie übrigens schon die neue Banknote gesehen?« Und wedelte ihm mit dem verdammten Ding vor der Nase herum!

Brown Limper stürmte aus dem Raum und suchte ein verschwiegenes Plätzchen auf, an dem er sich übergeben konnte.

Später, als er sich beruhigt hatte, sagte er sich: Wenn sie auch alle gegen ihn waren, er würde unbeirrt fortfahren, sein Bestes zum Wohle der Erde zu geben. Er würde diesen Tyler schon noch kriegen.

4

Rumpelnd und rüttelnd glitt der Flachtransporter durch die triefendnasse Nacht. An sich waren die Dinger so konstruiert, daß sie ungefähr einen Meter über dem Boden schwebend dahingleiten sollten. Aber wenn der Untergrund so uneben wie ein überdimensioniertes Waschbrett war, mit Bodenwellen von drei, vier Metern, und das alle naslang, dann war da nichts mit Schweben und mit Gleiten. Dann rüttelte es einem die Knochen durch.

Der eingebaute Teleportationsantrieb war eigentlich darauf eingerichtet, automatisch auf rasch wechselnde Unebenheiten zu reagieren und den Abstand zur Erdoberfläche ständig gleich zu halten. Die Automatik korrigierte und korrigierte, und nichts anderes kam dabei heraus als ständiges Hochjagen und abruptes Absacken und eine Technik, die so jämmerlich heulte und kreischte, daß es einem in den Ohren weh tat.

Ein Radfahrzeug wäre auf dieser »Straße« keinen Meter weit vorangekommen. Die Strecke war so von tückischen Querrinnen durchzogen und mit Felsbrocken übersät, daß sie sich eigentlich nur für umherstreifende Tiere eignete, und selbst das kaum. Die Erztransporter, die diese Trasse in Hunderten von Jahren befahren hatten, hatten sie zugleich auch zerstört; war erst die Humusschicht zermahlen, dann schützte nichts mehr vor Schlamm und Erosion.

Jonnie versuchte, ein bißchen Schlaf zu bekommen. Er war todmüde. Der linke Arm tat ihm weh vom ständigen Druck des Knotenstocks. Die Handfläche war verschwielt und dennoch wundgerieben. Vier Tage herumstolpern in diesem Regenwald, immer auf einen Stock gestützt, vier Tage schwitzen in drückender Hitze, vier Nächte von Insekten geplagt werden, das alles forderte nun seinen Tribut. Wenn er den bevorstehenden Kampf durchhalten wollte, dann brauchte er jetzt dringend Schlaf.

Groß genug war der Fahrzeugsitz ja, aber nicht gerade bequem gepolstert. Und wenn Jonnie nicht durchgerüttelt und -geschüttelt wurde, dann ließ ihn ein plötzlicher Stopp aus dem Schlummer hochschrecken. So wie in diesem Augenblick.

Er schlug die Augen auf und spähte angestrengt durch die Windschutzscheibe. Riesige graue Schatten im Scheinwerferlicht ... Elefanten! Behäbig trotteten sie dahin; sie waren längst an die Fahrzeuge gewöhnt und ließen sich nicht stören. Jeden Weg, der durch diese Wildnis führte, betrachteten sie als ihr angestammtes Eigentum. Hupen gab es an den Fahrzeugen der Psychlos nicht. Statt dessen waren Lautsprecher angebracht, und die benutzte der russische Fahrer nun, um den Elefanten nachdrücklich klarzumachen, daß sie den Weg freigeben sollten.

Jonnie legte sich wieder schlafen, Lautsprecher hin, Elefanten her.

Als er das nächste Mal die Augen öffnete, versperrte ihnen ein Leopard den Weg, der einen Zwerghirsch geschlagen und ausgerechnet die Fahrspur als Picknickplatz erkoren hatte. Gebleckte Zähne und giftgrün funkelnde Augen signalisierten, daß er bereit war, es mit beliebig vielen Fahrzeugen aufzunehmen. Da mußten die Lautsprecher wieder herhalten. Irgendwann war Fahrerwechsel gewesen, ein Schotte saß jetzt hinter dem Steuer. Als der Leopard das Kriegsgeschrei aus einer rauhen schottischen Kehle hörte, sprang er auf und räumte schleunigst das Feld. Weiter ging's, über den toten Zwerghirsch weg.

Auf ebener Strecke brachte der Flachtransporter es bis auf hundertzwanzig Stundenkilometer; hier kostete es schon Mühe, zwölf Kilometer in der Stunde zu schaffen. Kein Wunder, daß man von der Nebenstation bis zur Hauptanlage tagelang unterwegs war. Die Psychlos waren offensichtlich darauf eingerichtet: Alle paar Kilometer stand am Straßenrand eine rundgebaute, hochaufragende Rast- und Schutzhütte.

Als sie das erste Mal an so einer Hütte vorbeikamen, hatte Jonnie anhalten lassen. Sie hätte sich ideal für einen Hinterhalt geeignet. Er glaubte zwar nicht, daß die Psychlos jemanden zurückgelassen hatten, aber er wollte es genau wissen. Doch da war nichts. Nur diese leere Hütte, die Schutz vor Regen und wilden Tieren bot und groß genug war, daß sich vier bis fünf Psychlos darin breitmachen konnten, für eine Zwischenmahlzeit oder für den Mittagsschlaf oder wenn sie auf einen Instandsetzungstrupp warten mußten.

Vom anderen Flachtransporter und seiner Besatzung war weit und breit nichts zu sehen. Also folgten sie offensichtlich immer noch dem Konvoi der Psychlos.

Gegen Morgen wachte Jonnie von einem Ruck auf, das Fahrzeug hielt wieder mal. Die Scheinwerfer brannten. Es regnete immer noch in Strömen. Der Fahrer tippte Jonnie auf die Schulter und zeigte nach vorn. Jonnie setzte sich auf.

Jemand hatte ein paar Schlingpflanzen abgeschlagen und in Pfeilform als Zeichen auf die Fahrspur gelegt. Nach den glatten Schnittstellen zu urteilen, mußte das mit einem Schwert oder einem Bajonett geschehen sein. Also waren es ihre eigenen Leute gewesen; Psychlos hätten die Schlingpflanzen durch Schüsse abgetrennt.

Der Trupp vor ihnen hatte also eine Markierung für sie hinterlassen: die Pfeilspitze wies auf eine Rasthütte am Straßenrand.

Waffenklirrend bereiteten die Männer sich zum Absitzen vor. Jonnie legte ein Regencape um, prüfte die Waffe im Halfter, nahm eine Grubenleuchte und seinen Stock.

Als er ausstieg, tröpfelte ihm Regen ins Genick.

Die Hütte sah genauso aus wie die, bei der sie zuvor gewesen waren, nur daß es frische Fußspuren gab und die Tür bloß angelehnt war. Jonnie stieß sie mit dem Stock ganz auf. Der Geruch menschlichen Blutes drang ihm entgegen!

Irgend etwas bewegte sich. Jonnie griff nach der Waffe. Aber es war nur eine fette Ratte, die herausflitzte.

Hinter ihm stand ein Schotte, das Sturmgewehr im Anschlag. Zwei Russen kamen dazu. Jonnie ließ den Lichtstrahl der Grubenleuchte durch den Raum gleiten. Da lag irgend etwas, ganz hinten, halb gegen die Wand gelehnt. Er konnte es nicht genau erkennen, ging näher heran und merkte auf einmal, daß er durch Blut watete.

Noch ein Stück näher ... Und nun den vollen Lichtschein ... Mein Gott! Ein Fleischbündel, bis zur Unkenntlichkeit verstümmelt. Und ein Rest von einem Kleidungsstück. Von ... von einem Kilt!

Allison.

Der Schotte und die Russen standen wie gelähmt.

Als sie näher hinsahen, entdeckten sie, daß all die Arterien und größeren Venen unverletzt geblieben waren. Mit grausamer Gründlichkeit hatten Psychloklauen das Fleisch rundherum herausgerissen, Stück für Stück. So hatten sie den ganzen Körper zerfetzt.

Allisons Todeskampf mußte Stunden gedauert haben.

Die Kehle und die Kieferpartie hatten sie bis zuletzt unberührt gelassen. Noch jetzt war der untere Teil des Gesichts fast unversehrt. Also ein Verhör. Ein Verhör nach Psychlo-Manier!

In den verstümmelten Überresten der Hand fanden sie ein scharfkantiges Werkzeug, wie es die Psychlos für kleinere Wartungsarbeiten an Motoren bei sich trugen. Damit hatte Allison sich eine größere Arterie an der Innenseite des Schenkels geöffnet.

Er hatte sich schließlich selber den Tod gegeben. Es mußte ihm gelungen sein, in einem unbeobachteten Augenblick das Werkzeug an sich zu bringen und seinem Leiden ein Ende zu setzen.

Hätte es eine Chance gegeben, ihn zu retten? Nein, dachte Jonnie betrübt, nicht in diesem Regenwald und auf dieser schlammbedeckten Straße. Die Psychlos hatten wohl schon in der Außenstation mit der Folter begonnen und ihr grausames Werk hier zu Ende gebracht, um möglichst noch etwas aus ihm herauszuholen, bevor er ihnen einfach wegstarb.

Dabei hatten sie von Allison nichts erfahren können, was für ihren Konvoi nützlich sein konnte. Der Koordinator hatte nichts gewußt. Das heißt, er konnte ihnen gesagt haben, über wie viele Stützpunkte die Menschen verfügten und wo sie lagen. Vielleicht hatte er das auch getan. Das Maß an Qualen, die ein Mensch ertragen kann, ist begrenzt.

Oder hatte er durchgehalten? Die Kiefer waren zusammengepreßt, die Zähne lagen wie ein fest verschweißter Block aufeinander. Vielleicht hatte er doch nicht geredet.

Aber das spielte jetzt keine Rolle mehr. Das Urteil über den Konvoi war schon gesprochen. Man konnte es in den düster blickenden Augen der Russen lesen. Und auch der harte Griff, mit dem der Schotte sein Schwert umfaßte, sprach Bände.

Nach ein paar Minuten ging der Schotte hinaus, holte eine Schutzplane und deckte damit zu, was von Allison übriggeblieben war. »Wir werden dich noch abholen, alter Junge«, murmelte er grimmig. »Ihr Blut wird an unseren Schwertern kleben!«

Jonnie ging hinaus in den Regen. Ihm fiel plötzlich ein, daß die Briganten jetzt in Blutfehde mit Schottland lagen.

Die Psychlos? Er war gar nicht mehr so sicher, ob er sie lebend haben wollte. Es kostete ihn Mühe, das jetzt noch mit kühlem Verstand zu entscheiden.

5

Das Zwielicht des frühen Morgens schimmerte durchs Blätterdach der Baumriesen, als sie auf den anderen Flachtransporter stießen. Und hier zeigte sich der Anfang einer Pechsträhne, die sie den ganzen Tag über verfolgen sollte.

Auf seiner Fahrt durch die stockdunkle Nacht war der andere Flachtransporter an einen Fluß gekommen, an einen der vielen nach Westen verlaufenden Flüsse, die den Regenwald durchschnitten. Sie selber waren nach Südosten unterwegs gewesen. Der Fahrer, wahrscheinlich übermüdet, hatte die Geschwindigkeit nicht gedrosselt. Die Schwebefahrzeuge konnten Wasserläufe überqueren; die Sensoren arbeiteten dabei genauso wie auf festem Grund, solange es sich um einigermaßen ruhig dahinfließendes Wasser handelte. Beim Teleportations-Verfahren kam es nicht auf die Tragfähigkeit des Untergrunds an, weil das Fahrzeug ja ohnehin in einem gewissen Abstand vom Boden gehalten wurde. Der Fahrer mußte jedoch eine Erhebung am Ufer gerammt haben, und als das Fahrzeug erst einmal gekippt und mit der Nase ins Wasser eingetaucht war, blieb es manövrierunfähig liegen.

Die Besatzung saß jetzt auf der fliegenden Plattform, ein Stück vom Fluß abgesetzt, unter den Bäumen. Sie hatten die Plattform und den Mörser dorthin geflogen und die Abwehrbereitschaft hergestellt. Natürlich waren sie froh, als Jonnie auftauchte. Am Flußufer wimmelte es von Krokodilen, und ein paar von den gierigen Bestien waren herübergekrochen und schlichen um die fliegende Plattform herum. Niemand hatte gewagt, auf die Krokodile zu schießen. Sie wollten den Konvoi nicht auf sich aufmerksam machen.

Jonnie schaffte auf seinem Flachtransporter Platz für die zweite Plattform, die den kurzen Weg herübergeflogen kam. Das Aufdonnern der Motoren und die gereizten Krokodile verursachten einen solchen Lärm, daß Jonnie fürchtete, man werde ihn womöglich auch im Konvoi der Psychlos hören; weit konnte die Transportkolonne ja nicht mehr vor ihnen sein.

Den halb im Wasser versunkenen Transporter ließen sie liegen, wo er lag. Doppelt schwer beladen, mit zwei Plattformen und zwei Mörsern, überquerten sie den Fluß und setzten ihre Fahrt fort.

Kurz darauf wurde die Straße besser, sie konnten Tempo zulegen. Zwölf bis fünfzehn Stunden Vorsprung hatte die Transportkolonne der Psychlos gehabt. Aber ein Konvoi kommt gewöhnlich langsamer voran als ein Einzelfahrzeug, besonders in so schwerem Gelände. Am frühen Nachmittag jagten sie so schnell dahin, daß sie gar nicht bemerkten, wie es vor ihnen heller und lichter wurde. Unversehens schossen sie aus dem Waldgelände heraus, übergangslos in eine weite Savanne hinein.

Und da war die Kolonne! Ungefähr fünf Kilometer vor ihnen!

Hoffentlich hatten die Psychlos sie nicht gesehen. Mit diesem Stoßgebet auf den Lippen wendeten sie und fuhren zurück unter den Schutz der Bäume.

Jonnie führte sie ein Stück weiter nach Osten, über Stock und Stein, immer am Waldrand entlang. Dann hielten sie.

Vor ihnen lag die Savanne, Gras und Krüppelgebüsch, und hier und da – wie ein Tupfen in der weiten Öde – das saftige Grün von Kaktusgewächsen.

Jonnie stieg auf die Führerkuppel, um einen besseren Überblick zu haben. Aha, der Engpaß, den sie für den Hinterhalt ausgewählt hatten, begann direkt vor der Spitze des Konvois. Der vordere Sicherungspanzer fuhr gerade in diesem Augenblick hinein. Man hatte den Eindruck, daß die Schlucht durch den südlichen Ausläufer eines Gebirges geschnitten war.

Gewaltige Berge! Nach Nordosten erhoben sich zwei ihrer Gipfel bis über die Wolken. Und was da so weiß schimmerte ... war das Schnee, Eis?

Und noch etwas ... Irgend etwas kam Jonnie verändert und ungewohnt vor. Dann hatte er's: Es regnete nicht mehr! Wolken ballten sich, es war drückend heiß, die Sonne war mehr zu ahnen als zu sehen. Immerhin, kein Regen mehr!

Die Russen steckten die Köpfe zusammen, tuschelten und beobachteten den Konvoi. Eine eindrucksvolle Kolonne. Über fünfzig Fahrzeuge, vorwiegend Tieflader, vollgepfropft mit Munition, Antriebsenergie und Atemgas. Wie eine riesige schwarze Schlange kroch der Konvoi dahin. Drei, vier, nein, fünf Panzer! An der Spitze fuhr ein schwerer Sturmpanzer vom Typ »Wir schlagen uns durch, dem Sieg entgegen«. Ein fast unbezwinglicher Koloß. Einer der Panzer war in der Mitte der Kolonne eingegliedert, drei bildeten die Nachhut. Nachdem sie jetzt ihren eigenen Motor abgestellt hatten, drang das Dröhnen des Konvois wie Donnergrollen zu ihnen herüber.

Vorausgesetzt, das Kommando, das den Hinterhalt legen sollte, befand sich in Stellung, dann konnte der Tanz bald beginnen. Sobald sich die letzten Fahrzeuge der Kolonne in der Schlucht befanden und der Mörser das Feuer eröffnete und die Straße nach vorn sperrte ...

Jonnie wandte sich an den russischen Offizier, der bei ihm im Fahrzeug saß. Der Mann sprach kaum Englisch. Aber mit vielen Gesten und mit Hilfe einer Skizze, die er in den staubigen Boden zeichnete, konnte Jonnie ihm klarmachen, was er wollte. Südlich der Schlucht erhob sich ein Berghang, nach rechts ragte eine steile Felswand auf, eine regelrechte Klippe. Wenn eine der fliegenden Plattformen hinter dem südlichen Berghang in Stellung ging, dort wartete, bis sich alle Fahrzeuge in der Schlucht befanden, und dann mit hochgezogener Flugbahn gegen die Felswand feuerte, würde das eine Gesteinslawine auslösen, die den Psychlos den Rückweg abschnitt.

Der Russe hatte verstanden, worum es ging. Er und seine Besatzung hoben mit der fliegenden Plattform ab, kurvten im Schutz der Bäume am Waldrand entlang und verschwanden.

Jonnie beobachtete den Konvoi aufmerksam. Unaufhörlich rollte er vorwärts, immer tiefer in die Schlucht hinein. Was sich hier anbahnte, war genau das, was in alten Büchern der Menschen als »geplantes Einkreisungsgefecht« beschrieben wurde; Jonnie hatte mehrfach darüber gelesen. Sobald die Fahrzeugkolonne im Engpaß steckte, würden sie die Straße vorn und hinten dichtmachen. Die Psychlos saßen in der Falle. Links der Berghang, rechts die Felswand. Die Straße war so eng, daß sie nicht einmal wenden konnten. Man brauchte bloß noch drüberzufliegen, sie zur Übergabe aufzufordern, und schon war der Spuk vorbei. So einfach war das. Aber eine solche Einkesselung lief eben nur selten ganz wie am Schnürchen, wie sie gleich sehen sollten.

Sie warteten darauf, daß die letzten Fahrzeuge des Konvois in der Schlucht verschwanden. Einen kurzen Augenblick lang sahen sie die fliegende Plattform der Russen, die gerade in Stellung ging.

Perfekt machten sie das. Nun brauchten sie nur noch Geduld. Nerven bewahren, bis der letzte Panzer in die Schlucht gefahren war. Die Spitze der Kolonne konnten sie schon nicht mehr sehen. Es mußte gleich soweit sein.

Da! Wumm ... Der Mörser, der vorn im Hinterhalt stand, legte los. Wumm ... Wumm ... Wumm!

Verdammt, die drei Panzer der Nachhut befanden sich noch außerhalb der Schlucht!

Jonnie hechtete von der Führerkuppel herab an das Armaturenbrett der fliegenden Plattform. Die vier Mann, die zu seiner Besatzung gehörten, rappelten sich hastig auf und hielten sich gut fest.

Die Plattform sauste hoch. Jonnies Finger tanzten auf dem spärlich bestückten Armaturenbrett. Er zog das Fluggerät bis auf dreihundert Meter hoch, hielt sich dicht am Waldrand, südlich des Straßenverlaufs.

Jetzt konnten sie die Spitze der Transportkolonne sehen. Mit Donnergetöse rutschten gewaltige Steinmassen hinunter auf die Straße, direkt vor den Sturmpanzer. Jonnie konnte hinter der Straßensperre ein paar Russen von der Reservegruppe ausmachen. Er entdeckte auch drei Russen oben entlang dem Rand der Steilwand rechts vom Konvoi, Hunderte von Metern über der Straße.

Der Sturmpanzer machte Anstrengungen, auf die Straßensperre hinaufzufahren. Der Winkel der Rohrerhöhung reichte nicht aus, um aus horizontaler Grundstellung ins Gefecht einzugreifen. Er setzte zurück und fuhr dann mit Schwung auf die von Staubschwaden umhüllten Gesteinsmassen. Der vordere Teil des Panzers hob sich, und er begann zu feuern.

Geschoß um Geschoß jagte aus den Mündungen. Es mußten Sprenggranaten sein. Sie stiegen in einer steilen Kurve hoch und landeten da, wo vermutlich das russische Kommando in Stellung gegangen war. Doch der Mörser dort oben feuerte weiter.

Die drei Panzer der Nachhut setzten zurück. Und hier gab es weit und breit nichts, was sie aufhalten konnte!

Jonnie flog die Plattform bis ungefähr in die Mitte zwischen Wald und Schlucht. Die Nachhutpanzer wendeten jetzt. Waren sie erst in die Savanne entkommen, würde man sie kaum noch außer Gefecht setzen können, nicht einmal bei Einsatz von Flugkörpern. Tatsächlich, jetzt erkannte er es: Es waren auch diese schweren Sturmpanzer. Nein, mit denen wurde ein Flugkörper nicht fertig.

An der Spitze der Kolonne rollte der Panzer erneut auf den Geröllhaufen zu, wahrscheinlich, um mit größerer Rohrerhöhung in eine bessere Schußposition zu kommen. Auch der Panzer in der Mitte des Konvois hatte jetzt das Feuer eröffnet, aber die Geschosse, die er abfeuerte, erreichten den Bergkamm nicht.

»Legt ihnen Baumsperren über den Weg!« schrie Jonnie dem Schotten zu.

Der Schotte verstand, was Jonnie meinte, und schwenkte den Mörser herum. Die Russen hatten alle Mühe, sich auf der schwankenden Plattform festzuhalten, aber sie schafften es dennoch, das Stummelrohr des Mörsers mit Granaten zu laden.

Das erste Geschoß traf einen riesigen Baum, direkt da, wo die Straße zurück in den Wald hineinführte. Der gewaltige Stamm kippte um.

Eine Granate nach der anderen jagten sie zum Waldrand hinüber. Staubfontänen stiegen auf, als die Baumriesen umstürzten. Um die Zielrichtung des Mörsers zu verbessern, ließ Jonnie die Plattform leicht seitlich kippen.

Die drei Panzer, die auf den Waldrand zurasten, sahen, daß ihnen der Weg versperrt war. Sie wußten, daß sie abseits der Straße nicht in den Wald hineinfahren konnten. Sie begannen, sich in die Savanne hinein auszubreiten.

Ihre Kanonen eröffneten das Feuer auf die fliegende Plattform.

Jonnie ließ das Vehikel, das überhaupt nicht als Kampffahrzeug konstruiert war, nach links und rechts tanzen. Es war nur eine ebene Platte, ohne jede Panzerung. Es gab sogar kaum etwas, woran man sich festhalten konnte.

Wie ein Blitz kam Dunneldeen mit seinem Kampfflugkörper vom Himmel heruntergestürzt. Er mußte dort oben, von keinem bemerkt, in mehreren tausend Metern Höhe gelauert haben.

Er hämmerte auf die Sturmpanzer ein. Feuerbälle blitzten auf, Staubwolken hüllten die Kampfwagen ein.

Auf einmal schlossen die Fahrzeuge in der Schlucht dichter auf. Die Panzerbesatzungen glaubten daraufhin wohl, es ginge weiter. Die drei Panzer schwenkten herum und rasten auf das Ende des Konvois zu, getreu ihrer Pflicht, die Nachhut zu bilden. Sie prallten regelrecht auf das Ende der Kolonne auf. Sie mußten halten. Sie versuchten, sich am Feuerkampf zu beteiligen. Aber sie hatten dasselbe Problem wie der Panzer in der Mitte des Konvois: Die Rohrerhöhung reichte nicht aus, um mit ihren Geschossen den Bergrücken zur Linken zu erreichen.

Jetzt eröffnete die andere fliegende Plattform das Feuer.

Wuchtig schlugen die Sprenggranaten in die Felswand, genau hinter dem letzten Panzer. Die Luft war voller Staub und Steinschlag. Eine Felslawine donnerte herunter und versperrte den Fluchtweg nach hinten.

Der Sturmpanzer an der Spitze raste noch einmal auf den Geröllhaufen los, der vor ihm die Straße blockierte. Und genau in dem Augenblick, als sich sein Bug steil anhob, schlug eine Mörsergranate unter ihm ein.

Das schwere Ungetüm wurde hochgedrückt, vollführte einen Salto rückwärts und lag – hilflos wie ein Käfer nach einem unfreiwilligen Purzelbaum – auf der Straße.

Jonnie atmete auf. Er langte schon nach seinem Funkgerät, um Dunneldeen Anweisung zu geben, daß er die Psychlos zur Übergabe auffordern solle. Aber genau in diesem Moment verließ sie das Glück.

6

Eine Katastrophe!

Mitten in das Geschnatter der Psychlos hinein kam Bitties Stimme aus dem Funkgerät, unverkennbar mit der hohen, piepsenden Stimmlage, die das Gewirr übertönte: »Sir Jonnie, hier ist keiner mehr, der Russisch sprechen kann! Niemand kann den Russen irgendwas sagen!«

»Was ist passiert?« rief Jonnie ins Mikrofon.

»Sir Jonnie, das Panzerfeuer hat hier den Befehlsstand vernichtet! Sir Robert und Colonel Iwan und die Koordinatoren, die hat's alle umgehauen. Mich hat's nicht erwischt, ich hab unter einem Stapel Ölzeug gelegen. Ich hätt's Ihnen ja schon früher gemeldet, aber ...« Ein klägliches Wimmern – und dann: »... aber ich konnte mein Funkgerät nicht finden!«

Geknatter, atmosphärische Störungen, das Gebrabbel von Psychlostimmen auf derselben Wellenlänge.

Jonnie flog die Plattform in eine Position nördlich der Schlucht und hinter sie, wobei er sich dicht im Schutz der Felsen hielt.

Unten in der Schlucht verstopfte der eingeschlossene Konvoi die Straße. Die Fahrzeuge konnten nicht wenden, es blieb ihnen kein Fluchtweg. Aber auch für Jonnies Angriffsgruppe war die Situation vertrackt. Sie konnten nicht in diese Kolonne mit ihrer Ladung aus Munition, Antriebsenergie und Atemgas hineinballern, wenn sie nicht alles auf einen Schlag in die Luft jagen wollten.

Nur drei russische Soldaten standen oben auf dem Bergrücken und gaben gezieltes Einzelfeuer auf die Psychlos unten in der Schlucht ab. Drei Soldaten, drei Sturmgewehre ... Für die Psychlos mußte das so aussehen, als wäre der Bergrücken nahezu unbesetzt.

Über Funk hörte Jonnie einen ganzen Schwall von Kommandos mit.

Plötzlich saßen die Psychlos, schon mit Atemmasken ausgerüstet, von den Fahrzeugen ab, griffen nach den Handfeuer-Killern und stellten sich in Linie unten am Fuß des Berghanges auf.

Wieder Kommandos.

Die Linie setzte sich in Bewegung. Riesige Gestalten, die sich anschickten, die Bergwand zu erklimmen. Fast vierhundert Meter lagen vor ihnen, eine höllisch steile Strecke bis hinauf zum Kamm. Sie wollten den Bergkamm erstürmen!

Nur ruhig, das war durchaus noch keine katastrophale Lage! Dunneldeen war ja auch noch da, oben am Himmel. Eine klare Sache. Er brauchte nur zu warten, bis die Psychlos die halbe Strecke geschafft hatten, und dann die Betäubungswaffen einsetzen und die Burschen ins Reich der Träume schicken.

Und wieder Bitties Piepsstimme: »Die Russen verstehen mich nicht! Sie rennen alle zum Bergkamm hoch!«

Jonnie ließ die Plattform ein bißchen höher schweben, um besser sehen zu können. Ach was, das war in Ordnung, was die Russen da machten. Bittie war wohl ein wenig durcheinander. Die Russen besetzten den Bergkamm. Das war sogar sehr zu empfehlen.

Ja, wirklich, alles in Ordnung. Die Reservegruppe der Russen, ungefähr dreißig Mann, stürmte aus der Deckung hoch zum Bergkamm. Die Waffen waren feuerbereit. Die Psychlos hatten inzwischen die ersten hundert Meter des Berghanges hinter sich gebracht, rund dreihundert Meter Steilstrecke lagen noch vor ihnen.

Dunneldeens große Stunde war bald gekommen. Die Psychlos mußten nur erst weit genug von ihren Fahrzeugen entfernt sein. Dann konnte er zum Sturzflug ansetzen, die Betäubungswaffen losballern lassen und die Burschen damit umhauen.

Wieder Bittie: »Diese Russen sind außer sich vor Wut wegen Colonel Iwan. Sie glauben, daß er tot ist. Sie hören gar nicht zu, wenn man ihnen was sagt!«

Jonnie setzte die fliegende Plattform hinter den Russen auf, sprang ab und ging auf den Bergkamm zu. Die Russen waren schon oben. Mehr noch, einige hatten gerade angefangen, das Feuer auf die Psychlos zu eröffnen.

»Feuer stoppen!« schrie Jonnie ihnen zu. »Wir machen sie mit dem Flugkörper fertig!«

Die Russen drehten sich nicht mal um. Jonnie suchte verzweifelt nach einem Offizier. Endlich sah er einen. Aber der Mann war genauso außer sich vor Wut wie seine Soldaten, schrie den anstürmenden Psychlos irgendwelche Flüche entgegen und feuerte mit der Pistole auf sie.

Dann brüllte er seinen Männern etwas zu. Die sprangen auf ... Gütiger Himmel! Sie gingen zum Sturmangriff über!

Auf dem Berghang wimmelte es auf einmal von vorwärtsstürmenden, wild schreienden Russen. Sie wüteten wie Berserker! Feuerhalt, Sturmlauf, Feuerhalt, Sturmlauf ... Dunneldeen hatte keine Chance mehr, hier einzugreifen.

Ein einziges Getümmel auf dem Berghang! Aufblitzende Mündungen oben, Feuer aus den Killerwaffen von unten!

Die Psychlos versuchten, im Geschoßhagel, der auf sie niederging, auszuharren. Die Sturmgewehre hämmerten pausenlos auf sie ein. Von unten antworteten die Handfeuer-Killer.

Dunneldeen, oben im Kampfflugkörper, zog verzweifelt seine Kreise. Ein einziger Anflug, und er hätte auf einen Schlag alle Psychlos bewußtlos geschossen! Aber er konnte nicht angreifen, ohne zugleich auch die Russen zu gefährden.

Jetzt hatten die ersten Russen bereits die Linie der Psychlos erreicht. Ein unüberschaubares Getümmel! Und pausenlos wurde von allen Seiten gefeuert!

Der Rest der Psychlos versuchte in wilder Flucht die Fahrzeuge zu erreichen. Die Russen waren ihnen dicht auf den Fersen.

Riesige Gestalten purzelten den Berghang hinunter. Hier und da noch ein Grüppchen, das standhalten wollte. Ununterbrochenes Gewehrfeuer, wie eine einzige, nicht endenwollende Salve. Ein einziger Psychlo hatte es schließlich geschafft, bis zu seinem Fahrzeug zu kommen. Er wollte in die Kabine klettern. Ein Russe ging kniend in Anschlag und schoß ihn nieder.

Die Russen stimmten ein Siegesgeschrei an. Dann wurde es auf dem Berghang still.

Was Jonnie da vor sich sah, waren die Spuren eines Massakers.

Über hundert tote Psychlos. Drei gefallene Russen.

Beißender Rauch aus Uniformen, die noch brannten.

Ein katastrophaler Fehlschlag! Sie waren hergekommen, um Gefangene zu machen!

Jonnie humpelte so schnell wie möglich den Berghang hinunter. Da drüben stand der russische Offizier. Offenbar hielt er nach Psychlos Ausschau, die sich noch bewegten, wild entschlossen, jeden von denen abzuknallen.

»Suchen Sie nach Psychlos, die noch leben!« rief Jonnie ihm zu. »Schießen Sie nicht auf die Verwundeten! Wir brauchen sie lebend!«

Der Russe drehte sich zu ihm um, wilde Kampfeslust in den Augen. Er schien aus einem Rausch aufzuwachen, als er Jonnie erkannte. Mühsam suchte er ein paar englische Brocken zusammen. »Haben wir es gegeben Psychlos! Die haben totgemacht Colonel!«

Es dauerte eine Weile, bis Jonnie ihm klarmachen konnte, was er von ihm wollte. Er sollte nach Psychlos suchen, die noch am Leben waren. Weder der Offizier noch die anderen Russen hielten das für einen vernünftigen Befehl. Endlich begriffen sie es. Sie schwärmten zwischen den herumliegenden Psychlos aus und schauten nach, ob sie irgendwo einen fanden, der noch atmete. Das war nicht schwierig festzustellen, sie brauchten nur nachzusehen, ob das Atemventil einer Maske vibrierte.

Schließlich hatten sie vier gefunden, die verwundet waren, aber noch lebten. Transportieren konnten sie die Fünfhundert-Kilo-Körper zwar nicht so ohne weiteres, aber sie legten sie zumindest erst einmal gerade hin.

MacKendrick tauchte auf. Er kam den Berghang herunter, halb gehend, halb rutschend. Er sah sich die vier Psychlos an und schüttelte den Kopf. »Mal sehen. Ich weiß nicht viel über die Anatomie der Psychlos. Dieses grüne Blut ... Immerhin kann ich die Blutungen stoppen.«

Einer von den Vieren war anders gekleidet als die übrigen. Ein Ingenieur? »Versuchen Sie Ihr Bestes«, bat Jonnie den Arzt und humpelte den Berghang hinauf, zu der Stellung, aus der der Mörser das Feuer eröffnet hatte.

Bittie stand auf einem Felsen und winkte ihm zu, dann kletterte er hinunter und verschwand hinter dem Felsbrocken.

Endlich war Jonnie oben. Die ausgewählte Stellung war eine Senke zwischen den Felsen. Und jetzt sah es hier aus wie in Teufels Küche. Eine Granate des Sturmpanzers war unmittelbar über der Stellung eingeschlagen.

Die ganze Ausrüstung war in die Brüche gegangen. Vom Funkgerät waren nur Trümmer übriggeblieben.

Bittie kniete neben Sir Robert und hob seinen Kopf an. Der alte Kämpe blinzelte, er kam langsam zu sich.

Die Wucht des Einschlags hatte sie betäubt. Aus ihren Nasen und Ohren tröpfelte Blut. Jonnie kam näher heran. Na ja ... Sie hatten Glück gehabt. Vielleicht ein paar gebrochene Finger, jede Menge blaue Flecken, aber keine ernsthaften Verletzungen.

Er goß aus einer Feldflasche Wasser auf ein Tuch und ging herum, um sie wieder zu Bewußtsein zu bringen. Robert der Fuchs lag da, Colonel Iwan, zwei Koordinatoren und ein schottischer Funker.

Jonnie kletterte auf eine Felsnase und schaute hinunter in die Schlucht. Da unten stand der Konvoi, keines der Fahrzeuge war in die Luft geflogen. Dann hatten die Russen also normale Munition verwendet, keine Radioaktiv-Geschosse. Aber ihr Ziel war nicht gewesen, das Material unversehrt in die Hände zu bekommen. Es war ihnen um lebende Psychlos gegangen.

Es war gar nicht so einfach, den Sturmpanzer aufzukriegen, der an der Spitze der Kolonne gefahren war. Der Koloß lag mit den Luken nach unten. Aber Angus und drei Russen schafften es schließlich, indem sie einen seitlichen Einstieg aufschweißten. Jonnie formte aus den Händen einen Trichter und rief hinunter: »Leben noch welche?«

Angus schaute zu ihm hoch, suchte den Innenraum des Panzers ab und schaute wieder zum Bergkamm hoch. Er schüttelte den Kopf und rief zurück: »Zerschmettert und erstickt!«

Sir Robert kam herangestiegen, zitternd und weiß im Gesicht. Jonnie sah ihn erwartungsvoll an. Er ahnte, was der Veteran sagen wollte. Und als Sir Robert den Mund öffnete, sprach Jonnie den Standardtext des Schotten im Chor mit:

»Das bestgeplante Unternehmen, das es je gab!«

7

Es kostete sie drei Tage harter Arbeit, die Spuren des Kampfes zu beseitigen und das Camp am Victoriasee zu besetzen.

Die Erzstraße hatte zunächst nach Süden und um den Gebirgszug herum weitergeführt und war dann nach Norden abgebogen, zum Rohstoffcamp.

Nordwestlich des Camps lagen die Mondberge, klar zu erkennen, wenn gerade nicht alles in Wolken gehüllt war. Es war ein langgestrecktes Gebirge mit mindestens sieben Fünftausendern. Hier am Äquator, in dieser feucht-schwülen Hitze, hätte man keinen Schnee erwartet, aber dort oben auf den Gipfeln war alles mit strahlendem Weiß bedeckt. Es gab sogar Gletscher, die mitunter – wenn der Wolkenvorhang aufriß – in der Sonne glitzerten.

Vor langer Zeit war hier einmal das Grenzgebiet zwischen zwei oder drei Ländern gewesen. Die Pässe dort oben waren zur Zeit der Psychlo-Invasion (oder vielleicht auch schon vorher) mit taktischen Nuklearwaffen vermint worden. Obwohl die Berge so nahe am Rohstoffcamp lagen, waren die Psychlos natürlich niemals hinaufgegangen. Darum hatten dort in den Mondbergen ein paar Stämme überlebt, braunhäutige und schwarzhäutige Menschen und sogar ein paar weiße Restgruppen. Unten waren die Wälder und die Savannen voller Wild gewesen, oben waren die

Menschen fast verhungert. Sie hatten sich nicht heruntergetraut. In allen Stämmen war es ein ungeschriebenes Gesetz gewesen, niemals dem Camp der Psychlos zu nahe zu kommen, und diese Überlieferung lebte freilich auch heute noch bei ihnen fort.

Ein alter Staudamm, der auf den Karten als »Owens-Falls-Damm« verzeichnet war, versorgte das Camp mit Energie. Daran herrschte wahrlich kein Mangel, die Psychlos konnten es sich leisten, Tag und Nacht alle Lichter brennen zu lassen.

Das Camp war eine ausgedehnte Anlage. Unter dem Hauptgebäude erstreckten sich sieben unterirdische Stockwerke. Es gab eine ganze Reihe verschiedener Grubenanlagen für den Abbau von Wolfram und Kobalt. Das ganze Camp war mit Maschinen und Ausrüstung reichlich versorgt. MacArdle hatte allerdings bei seinem ersten Angriff die Energie- und Munitionsvorräte in die Luft gejagt und sämtliche Depots zerstört.

Die vier verwundeten Psychlos wurden in einem geschlossenen Abschnitt der früheren Schlafräume untergebracht. Die Atemgasanlage war dort wieder instand gesetzt worden. MacKendrick hatte nicht viel Hoffnung, aber er gab sich alle Mühe.

Sie hatten auch das Problem gelöst, wohin sie die toten Psychlos schaffen sollten. Ein Leichenschauhaus gab es nicht, und in dieser mörderischen Hitze am Äquator durften sie keine Zeit verlieren. Also hatten sie eilends Gabelstapler vom Camp geholt, die Leichen in Frachtflugkörper geladen und durch die Wolken hindurch in die Eiseskälte und den ewigen Schnee der Berge geflogen, bis dicht unter einen Gipfel, der nach den alten Karten »Elgon« hieß. Da oben lagen sie nun sauber aufgereiht, siebenundneunzig riesige Körper, jeder seine runden zehn Zentner schwer.

Als sie das geschafft hatten, meinte Dunneldeen: »Obwohl wir nicht gerade gelernte Totengräber sind, haben wir's bei den Psychlos doch ganz gut geschafft.« Und dann, mit einem Blick aus der schwindelerregenden Höhe tief hinunter zu den Ebenen, verbesserte er sich: »Oder sollte es nicht besser Totenheber heißen?« Es war als Scherz gemeint, aber niemand wollte so recht darüber lachen.

Sie hatten die Geröllhaufen, die die Straße versperrten, mit Frontschauflern weggeräumt, den Sturmpanzer mit Hilfe eines Krans wiederaufgerichtet und alle Fahrzeuge ins Rohstoffcamp gefahren. Entgegen den Vorschriften der Company lagerten sie die Energiebatterien sowie Munition und Atemgas in den unterirdischen Stockwerken. Sie wußten aus Erfahrung, wie leicht ein oberirdisches Depot bei einem Angriff in die Luft gejagt werden kann.

Thor war inzwischen wieder zurück. Er erzählte ihnen, daß man bei den Stämmen den Gefechtslärm gehört und das Mündungsfeuer gesehen habe. Und als die Leute erfuhren, daß die letzten Psychlos erledigt worden waren, hatten sie beschlossen, diesen »Tag der Tyler-Schlacht« künftig als Gedenktag zu begehen. Thor hatte eine Jagdgesellschaft in die Savanne geflogen, und sie hatten reiche Beute erlegt und oben dann gefeiert und getanzt. »Manchmal macht es Spaß, Jonnie, wenn einen die Leute für Sie halten. Aber während des Gefechts mußte ich natürlich von der Bildfläche verschwinden. Sie hätten ja nicht gut gleichzeitig an zwei Stellen sein können.« Thor hatte übrigens beobachtet, wie der Konvoi der Psychlos aus dem Regenwald herauskam und auf die Schlucht zufuhr. Er hatte sich die ganze Zeit über in sechzig Kilometer Höhe bereitgehalten, falls er gebraucht würde. Mit Bildrecordern hatte er den gesamten Gefechtsverlauf aufgezeichnet. Er war ganz überrascht, daß niemand die Aufnahmen sehen wollte.

Müde, glücklich, daß sie dem ewigen Regen entronnen waren, saßen sie in den riesigen Sesseln des Psychlo-Kasinos. Ein Drucker spuckte unablässig Aufzeichnungen über den Funkverkehr der Piloten aus. Jonnie sah die Bänder durch, fand nichts Außergewöhnliches und warf sie zu Boden.

»Wir sollten uns jetzt lieber um unsere Arbeit kümmern«, sagte er.

Zum Teufel, was hatten sie denn sonst die ganze Zeit über getan? War das etwa keine Arbeit gewesen? Robert der Fuchs schüttelte ungläubig den Kopf. Angus starrte auf seine Hände, auf die Brandblasen, die er sich geholt hatte, als sie mit den Schweißbrennern die riesigen Panzertüren geöffnet hatten. Dunneldeen schaute ins Leere und rechnete in Gedanken die Flugstunden aus, die zusammengekommen waren, als sie die toten Psychlos in die Schneefelder geflogen hatten. Colonel Iwan flüsterte hinter bandagierter Hand mit dem Koordinator, und als der ihm berichtete, was Jonnie gesagt hatte, zeichnete sich auf der Stirn des Colonels eine steile Falte ab. Hatten seine Leute nicht all diese Psychlos erledigt und all diese Lastwagen hierhergefahren und das ganze Camp in Ordnung gebracht und weiß Gott was noch alles?

»Tut mir leid«, meinte Jonnie, »aber ich muß euch sagen: Deswegen sind wir nicht hergekommen.«

Na schön. Und weshalb dann?

»Wir sind hier, um herauszufinden, warum die Chamco-Brüder Selbstmord begangen haben«, sagte Jonnie.

Zum Teufel mit den Chamcos! Psychlos waren die beiden, sonst nichts. Und noch dazu die Psychlos, die versucht hatten, Jonnie umzubringen, und ...

Jonnie mußte, um sie zu überzeugen, eine Ansprache halten. Ab und zu unterbrach er sich, damit der Koordinator das, was er gesagt hatte, für die anwesenden Russen zusammenfassen konnte.

Er hatte sie daran erinnert, daß sie nicht wußten, ob es den Planeten Psychlo noch gab oder nicht. Er hatte ihnen vom Geld der Galaktischen Bank erzählt und von den vielen verschiedenen Spezies außerirdischer Lebewesen, die auf der Banknote erwähnt wurden. Ihm fiel ein, daß er so einen Geldschein bei sich hatte. Er reichte ihn herum.

Sie verstanden, was er ihnen sagen wollte. Die Erde lag ungeschützt und offen für einen Gegenangriff da. Wenn der Planet Psychlo noch existierte, würden sie bei nächster Gelegenheit von dort aus mit Gasdrohnen angreifen. Und auch die anderen Außerirdischen hatten vielleicht Mittel und Möglichkeiten, die Erde rasch zu erreichen. Und wenn sie feststellten, daß es hier kein Verteidigungssystem der Psychlos mehr gab, konnten sie alles niedermetzeln, falls ihnen der Sinn danach stand.

Sie mußten den Teleportations-Terminal wiederaufbauen und in Gang setzen. Es gab keinen anderen Weg, herauszufinden, was überhaupt los war.

Aber die Psychlos, die das zuwege bringen sollten, hatten Jonnie angegriffen, als er sie darüber befragen wollte.

Sie begriffen es. Und sie begriffen auch, daß sich sonst niemand – keine andere Gruppe oder Organisation – um diese Probleme und um die Verteidigung der Erde kümmerte.

»Also kommt es auf uns an«, sagte Jonnie.

Sie gaben ihm recht.

»Angus, ich habe gehört, daß Sie damals ein Gerät besorgt haben, mit dem der Stahlsplitter in meinem Kopf geortet wurde. Beschaffen Sie mir so etwas«, bat Jonnie. »Damit wollen wir uns Einblick in die Köpfe der Psychlos verschaffen. Wenn wir dort etwas finden und wenn uns eine Operation bei einem der überlebenden Psychlos gelingt, dann haben wir jemanden, der die Teleportations-Anlage in Ordnung bringen kann. Dann haben wir's geschafft! Wir können Bildrecorder rausschicken und die Lage auf Psychlo und in den anderen planetarischen Zivilisationen erkunden, und dann wissen wir, woran wir sind. Wir schlingern jetzt blind durch die Wolkenregionen, und jede Richtung kann den Absturz bedeuten. Solange wir nicht Bescheid wissen, sind wir so gut wie tot.«

»Wir besitzen doch ihre mathematischen Formeln und alles, was über Teleportation geschrieben wurde«, wandte Angus ein. »Ich hab die Bücher doch gesehen, ich hab sie sogar in der Hand gehabt!«

»Aber Sie haben sie nicht verstanden«, antwortete Jonnie. »Ich hab ja selber wochenlang versucht, sie zu enträtseln. Ich bin kein Mathematiker, aber mit diesen Formeln stimmt was nicht. Wenn man sie anwenden will, geht keine Rechnung auf. Also brauchen wir einen Psychlo, der sich nicht das Leben nimmt, wenn wir ihn danach fragen.«

»Sagen Sie mir eines, Jonnie«, bat Dr. MacKendrick. »Ich sehe keinerlei Anzeichen dafür, daß irgend etwas in ihren Köpfen sitzt. Gedanken kann man doch nicht »röntgen«, oder wie auch immer das Verfahren heißen mag.«

»Während meiner Zeit im Hospital habe ich eine Menge alte Bücher gelesen, die sich alle mit den wissenschaftlichen Erkenntnissen über das menschliche Gehirn beschäftigten«, erzählte Jonnie. »Und wissen Sie, worauf ich bei dieser Gelegenheit gestoßen bin?«

Sie sahen ihn erwartungsvoll an.

»Vor langer Zeit gab es auf der Erde Krankenhäuser, in denen eine Menge Spezialisten und Forscher gearbeitet haben. Vor ungefähr zwölfhundert Jahren oder so hat man damit experimentiert, Neugeborenen elektronische Sonden in den Kopf zu pflanzen, um bestimmte Verhaltensnormen zu erreichen. Man versuchte auf diesem Wege, sie auf Knopfdruck lachen oder weinen oder Hungergefühle empfinden zu lassen.«

»Was für ein abscheuliches Experiment!« rief Robert der Fuchs aus.

»Das Ziel war, die gesamte Bevölkerung permanent und umfassend kontrollieren zu können, wenn erst alle Leute solche Sonden im Kopf trugen«, sagte Jonnie.

Colonel Iwan, dem das alles durch den Koordinator übersetzt wurde, berichtete von einer Legende, nach der auch in Rußland versucht worden sei, die gesamte Bevölkerung zu kontrollieren; aber das habe den Leuten gar nicht gepaßt.

»Ich weiß nicht, ob diese Versuche jemals erfolgreich zu Ende geführt worden sind«, fuhr Jonnie fort, »aber damals, als es diesen Zwischenfall mit den Chamcos gab, kam mir plötzlich der Gedanke ... Warum sollten zwei Überläufer, die bisher gut mit uns zusammengearbeitet hatten und mit vernünftigen Verträgen ausgestattet waren, mich auf einmal angreifen, bloß weil ich im Gespräch bestimmte Worte verwendete? Jemand hat das Gespräch mitgeschnitten, und ich hab's mir hinterher angehört. Ich hab die beiden ein bißchen unter Druck gesetzt, den Teleportations-Terminal wieder in Ordnung zu bringen; da begannen sie sich aufzuregen. Und als ich dann sagte: »Vielleicht könnt ihr mir erklären ...«, da drehten sie beide durch und griffen mich an.«

»Vielleicht wollten sie nur keine Informationen herausrücken?« vermutete Robert der Fuchs. »Vielleicht ging's ihnen darum, ...«

»Zwei Tage später haben sie Selbstmord begangen«, unterbrach ihn Jonnie. »Ich habe Ker gefragt, ob ihm von früher her Selbstmordfälle bei Psychlos bekannt wären, und er konnte sich an einen erinnern; da ging es um einen Ingenieur auf einem anderen Planeten, auf dem Ker mal beschäftigt war. Die Psychlos ließen dort eine fremde Spezies für sich arbeiten, und der Ingenieur hatte nach einem nächtlichen Trinkgelage eines dieser Lebewesen getötet. Zwei Tage später nahm er sich selber das Leben. Das ist der einzige Fall, von dem Ker je gehört hat. Merkwürdig, nicht? Und da ist noch etwas ... Sie lassen alle Toten auf den Planeten Psychlo zurückbringen! Warum wohl? Es muß da etwas geben, dessen Entdeckung sie um jeden Preis verhindern wollen.«

Ein Raunen ging durch die Runde, die Männer flüsterten miteinander. Der Groschen war gefallen.

»Kurz und gut, was ich vermute, ist folgendes: Den Psychlos wird kurz nach der Geburt etwas in den Kopf eingepflanzt«, fuhr Jonnie fort. »Und das geschieht mit dem Ziel, technologisches Wissen vor fremden Spezies geheimzuhalten.«

MacKendrick und Angus zeigten jetzt starkes Interesse.

»Also das war der Sinn der ganzen Unternehmung!« sagte Robert der Fuchs.

Angus ging zum Flugkörper, um das Gerät zusammenzubauen. MacKendrick begann drüben in einem Trakt der ehemaligen Schlafräume mit den Vorbereitungen. Dunneldeen und Thor flogen in die Berge, um ein Dutzend Leichen zu holen, was Dunneldeen gleich wieder Gelegenheit gab, seinen ausgeprägten Sinn für schwarzen Humor spielen zu lassen. »Wir sind die schauerlichen Leichenbeschauer!« verkündete er mit Grabesstimme.

Egal, ob Jonnie recht hatte oder nicht, bald würden sie auf jeden Fall ein Stückchen schlauer sein.

Und an einer Tatsache gab es wirklich nichts zu rütteln: Die Erde lag offen und ungeschützt für einen Gegenangriff da.

Robert der Fuchs ließ draußen eine Flugkörper-Abwehrbatterie einsatzbereit machen und teilte Alarmschichten für eine Feuerbereitschaft rund um die Uhr ein. Piloten hatten ebenfalls stets bereit zu sein. Das war alles? Dieser kleine Haufen, noch nicht einmal eine halbe Hundertschaft, vier oder fünf Flugkörperpiloten und eine Flugkörper-Abwehrbatterie, die ihre Unzulänglichkeit schon einmal bewiesen hatte, als das Rohstoffcamp von einem einzigen Flugkörper angegriffen wurde ... Damit wollten sie einen ganzen Planeten verteidigen? Lächerlich! Aber sie mußten wenigstens irgend etwas tun. Und wenn es nur ausreichte, diese Station hier zu behaupten!

8

Terl hatte diese Kreatur Staffor davon überzeugt, daß er nichts so nötig brauchte wie ein ordentliches, zuverlässiges Truppenkontingent. Damit hatte er bei Staffor offene Türen eingerannt: Wahrhaftig, diesen Schotten konnte man ja nicht über den Weg trauen, die Burschen waren verschlagen und hinterhältig. Und die Flugschüler waren auch unbrauchbar, zumal sie eine verdammungswürdige und völlig unangebrachte Verehrung für diesen Tyler zeigten.

Dann waren die Briganten in Colorado eingetroffen. Aber die Verhandlungen mit ihnen machten Staffor nichts als Ärger. Terl hatte vorgeschlagen, doch einfach mal ihren Anführer zu ihm zu schicken.

Und nun war es soweit.

»Wer bist du?« fragte Terl übers Funkgerät. Er konnte die Gestalt, die im Schatten des Mastes stand, klar erkennen. Es war eine helle Mondnacht, und die Sicht reichte so weit, daß man sogar in der Ferne die schneebedeckten Gipfel der Rockies schimmern sah.

Lars Thorenson hatte den Burschen auf Weisung des Ratsvorsitzenden Staffor zum Käfig gebracht. Thorensons Karriere als Flugschüler hatte ein jähes Ende gefunden, nachdem er mit einem verrückten Flugmanöver, das er als »gewagte taktische Kampfvariante« ansah, eine Bruchlandung gebaut, die Maschine ruiniert und sich die Wirbelsäule angeknackst hatte. Immerhin, er hatte es – mit Staffors Hilfe – zum »Sprachassistenten des Rates« gebracht. Der Gipsverband, den er um den Hals trug, behinderte ihn beim Sprechen nicht. Sein Auftrag war klar: Er sollte den Mann zum Käfig hinunterbringen, den Strom ausschalten, Terl ein Funkgerät durch die Gitterstäbe reichen, dem Mann ein Funkgerät geben und sich selber aus der Sache heraushalten. Lars nahm seine Pflichten sehr genau. Die Berufung zum Sprachassistenten hatte er übrigens nur unter der Bedingung angenommen, daß er berechtigt wäre, faschistisches Ideengut unter den verschiedenen Stämmen zu verbreiten, was sowohl ihm wie auch seinem Vater ein tiefes Glücksgefühl vermittelte. Also, dieser Mann, den er hergebracht hatte ... Meine Güte, das ganze Fahrzeug stank nach dem Kerl! Na schön, er hatte getan, was ihm aufgetragen war. Oder war da noch etwas? Ach ja, er sollte dem wachhabenden Flugschüler beibringen, daß er sich gefälligst während des Gesprächs zu verdrücken hätte. Also machte er sich rasch auf den Weg, um den Posten aufzusuchen und ihm genau das zu übermitteln.

Terl musterte den Burschen, den Lars gebracht hatte. Er verachtete diese Kreatur, hoffte aber, sich wenigstens so weit zu beherrschen, daß Stimme und Miene nichts über seine Empfindungen verrieten. Dieser Briganten-General Snith war ihm aus seinen Unterlagen schon wohlbekannt. Als Sicherheitsoffizier und Verantwortlicher für alle verteidigungspolitischen Fragen dieses Planeten war er über diese Bande sehr gut informiert. Genau wie seine Vorgänger in diesem Amt hatte Terl es hinnehmen müssen, daß es irgendwo da unten in den Regenwäldern eine Menschengruppe gab, an die sie nicht rankamen, ja, die sie nicht einmal ständig unter Beobachtung halten konnten. Andererseits hatte sich zwischen den Psychlos und dieser Gruppe eine Art Partnerschaft zu beiderseitigem Nutzen entwickelt. Die Briganten hatten alle anderen menschlichen Gruppen verläßlich ausgerottet und der Außenstation im Dschungel im Laufe der Zeit tatsächlich Hunderttausende von Bantu und Pygmäen ausgeliefert. Da unten gab's ja keine andere Abwechslung, als sich von Zeit zu Zeit ein Menschending zum Foltern zu kaufen. O ja, Terl wußte alles über diesen Snith und seine Briganten. Er hatte seine Klauen dabei im Spiel gehabt, daß man die Burschen hierhergebracht hatte.

»Wer bist du?« wiederholte Terl seine Frage. Ihm war gesagt worden, die Kreatur könne Psychlo sprechen. Hoffentlich stimmte das!

Tatsächlich, die Kreatur antwortete in Psychlo. Aber es hörte sich an, als hätte das Menschending Kleister zwischen den Zähnen.

»De Frahre is', was für'n Arsch du bis'?« mümmelte General Snith.

»Ich bin Terl, Hauptsicherheitsoffizier dieses Planeten.«

»Un' dann sitzte in'm Käfisch?«

»Aus Sicherheitsgründen. Ich kann von hier aus alles ausgezeichnet beobachten und werde nicht von menschlichen Wesen behelligt.«

»Mhm«, machte Snith. Er konnte ja zwei und zwei zusammenzählen. Für wie blöd hielt dieser Psychlo ihn eigentlich?

»Ich habe gehört, daß du einige Schwierigkeiten beim Zustandekommen geschäftlicher Beziehungen hast?« lockte ihn Terl heraus, wobei er allerdings dachte: Du Affenarsch! Ich hol dich aus dem Dschungel, und du denkst, ich wäre irgendein kleiner Niemand, wie?

»Se sinn mi' 'm Gehalt im Rückstand«, sagte Snith. Es kam ihm ganz normal vor, sich über Funk mit einem Psychlo zu unterhalten. Er hatte das nie anders gemacht. Vielleicht war das Interview also kein Humbug. Dieser Psychlo hielt sich an die Spielregeln.

»Mit dem Gehalt im Rückstand?« erkundigte sich Terl. Er verstand durchaus, daß das ein Grund zur Beunruhigung sein konnte, aber ... Also, er hatte immer gedacht, es wäre ein Tauschverfahren, bei dem sie diesen Menschendingern die Grundbestandteile zur Herstellung von Sprengstoffen lieferten?

»Mir ham unsern Ufftrach von 'ner internaschonalen Bank«, erklärte ihm Snith. Er kannte die alten Überlieferungen, und er kannte seine Rechte, und im Handeln war er auch nicht schlecht. Ganz im Gegenteil. »Hunnert Dollar – 'n Tag – 'n Mann. Aber nischt hamse gezahlt.«

»Um wie viele Männer handelt es sich? Und für welche Zeit stehen die Zahlungen aus?« fragte Terl.

»Na, so übern Daumen, tausend Mann für, sag'n mer mal, tausend Jahre.«

Langjähriges Training im blitzschnellen Kopfrechnen ließ Terl im Handumdrehen zum Ergebnis kommen: Das war 36.500 pro Jahr für jeden Mann, für alle zusammen also 36.500.000 pro Jahr, summa summarum 36.500.000.000. Aber er wollte das Menschending auf die Probe stellen. »Unglaublich!« rief er aus und bemühte sich, seine Stimme erschrocken klingen zu lassen, »das ist ja mehr als eine Million!«

Snith nickte bedeutsam. »Wennschon! Aber das wollnse ja nich einsehn.« Vielleicht konnte er mit diesem Psychlo ins Geschäft kommen? Der Kerl gehörte zu denen, die sich nicht lange was vormachen, wenn ihre Situation beschissen ist.

Terl wußte schon, wo's lang ging. Dieser Dschungelheini konnte nicht rechnen. »Wenn ich dich recht verstehe, war die Sache so: Ihr solltet im Auftrag der Internationalen Bank die Provinzhauptstadt Kisangani in Ost-Zaire erobern, als nächstes dann Kinshasa nehmen und die Regierung stürzen und warten, bis die

Bank ihre Bevollmächtigten schickt, um in Verhandlungen eine ordnungsgemäße Rückzahlung der Kredite durchzusetzen. Richtig?«

Snith hatte diese Einzelheiten überhaupt nicht erwähnt. So ausführlich war die Geschichte in den alten Legenden, die er kannte, gar nicht überliefert. Aber es wurde ihm mit einem Mal klar, daß er mit jemandem redete, der sein Geschäft aus dem Effeff beherrschte.

Natürlich beherrschte Terl sein Geschäft. Er hatte sich nicht mal die Mühe machen müssen, lange in seinen Erinnerungen zu kramen. Die alte Geschichte wurde seit mehr als tausend Jahren auf diesem Planeten von jedem Sicherheitschef erzählt und gab immer Anlaß zu brüllendem Gelächter. Die Einzelheiten waren durch einen Söldner bekanntgeworden, den man damals gefangen und genüßlich mehrere Tage lang verhört hatte; der Bericht über dieses Verhör war höchst ergötzlich zu lesen. Terl ließ nicht locker, er stocherte gleich nach: »Aber eure Vorfahren haben nur Kisangani erobert, nicht die Hauptstadt Kinshasa.«

Das stimmte mit den vagen Informationen, die General Snith besaß, überein. Er hatte allerdings gehofft, daß der Punkt nicht zur Sprache käme. Mitten in die Aktion seiner Altvordern hinein waren die Psychlos mit ihrer verdammten Invasion geplatzt. Er merkte, daß der Boden für Verhandlungen ein bißchen unsicher wurde.

»Diese Internationale Bank, bei der ihr unter Vertrag steht, ist übernommen worden«, behauptete Terl. Er hoffte, daß der Hohlkopf Snith sogar diese geballte Ladung Lügen schlucken würde. »Die Galaktische Bank aus dem Sternensystem Gredides hat sie aufgekauft.«

Snith klappte der Kiefer herunter. »Stennsistemkredites?«

»Galaxis acht«, sagte Terl. Das entsprach sogar der Wahrheit, dort war der Sitz der Galaktischen Bank. Immer schön ein paar Lügen mit einem Schuß Wahrheit verbrämen!

»Aha«, machte Snith, kapierte aber gar nichts. Er mußte auf der Hut sein. Dieser Psychlo führte ihn vielleicht an der Nase herum. Ähnliche Erfahrungen hatte er mit den Kerlen schon gemacht. Na gut, er würde aufpassen.

»Und es wird dich freuen zu hören, daß die Galaktische Bank alle vertraglichen Verpflichtungen mit übernommen hat«, log Terl drauflos. »Das betrifft natürlich auch euren Vertrag.«

Dieser rasche Wechsel brachte Snith ganz durcheinander.

»Ich als Agent der Galaktischen Bank«, fuhr Terl fort (und dachte: Wär ich das mal bloß), »also, ich bin berechtigt, euch die rückständigen Gehälter auszuzahlen. Aber weil eure Vorfahren nur halbe Arbeit geleistet haben, gibt's natürlich auch nur halbe Gehälter. Die Summe beläuft sich demnach auf fünfhunderttausend Dollar.« Er fragte sich, was so ein Dollar überhaupt war. »Ich halte das für ein akzeptables Angebot.«

Snith war sofort hellwach. Er hatte sich schon damit abgefunden, daß er gar nichts bekäme! »Ja, ich glaub, ich krieg das bei meinen Männern schon hin«, sagte er bedächtig. Himmel, Arsch und Wolkenbruch! Das waren zehn Dollar für jeden und der Rest für ihn. Jede Menge Geld! »Nun, gibt's sonst noch Probleme? Wie steht's mit der Unterbringung, ist das geregelt?«

Mhm, meinte Snith, sie hätten ihnen einen ganzen »Vo'ort« zur Verfügung gestellt, drüben in der Stadt, einen von den Außenbezirken, ein paar Quadratkilometer alte Häuser und Mietskasernen, sehr komfortabel, leider ein bißchen heruntergekommen.

»Du solltest auch darauf bestehen, daß man euch Uniformen gibt«, riet ihm Terl. Angewidert sah er sich die schmutzige Kreatur an, in ihrem Affenfell, mit den gekreuzten Lederriemen, in denen die Giftpfeile steckten, und mit dieser albernen Lederkappe, auf deren Spitze vorn ein Diamant prangte. »Du selber solltest dich auch um Reinlichkeit bemühen. Kämm dir den Pelz. Kümmere dich darum, daß du ein bißchen militärischer aussiehst!«

Das war eine herbe Rüge! Snith geriet in Rage. Er persönlich sah doch aus wie aus dem Ei gepellt, oder? Na also. Und für seine Männer galt dasselbe. Alle zwanzig Kommandos, jedes fünfzig Mann stark, erstklassig ausgebildet und hervorragend geführt! (Wobei er hoffte, es sei niemandem aufgefallen, daß im Augenblick jedes Kommando nur fünfunddreißig Mann stark war. Das lag daran, daß es zur Zeit mit der Verpflegung ...)

»Und wie steht's mit der Verpflegung?« erkundigte sich Terl.

Snith zuckte zusammen. Konnte dieser Psychlo etwa Gedanken lesen? »Beschiss'n«, sagte er. »Lieg'n zwar jede Menge Tote rum, überall in 'n Häusern. Aber die sinn alt und vertrocknet, da kriegt ma' kein Bissen von runter. Ich mach kein Vertrag mehr, wo nix übers Essen drinsteht.«

Im Nachhinein erinnerte sich Terl daran, daß diese Briganten in dem Ruf standen, Kannibalen zu sein. Das hatte sich durch all die Jahrhunderte etwas nachteilig auf ihre Handelsbeziehungen zur Psychlo-Außenstation ausgewirkt. »So eine Vertragsklausel wird es nicht geben!« wehrte er entschieden ab. Sein ganzer Plan konnte ruiniert sein, wenn man diese Kreaturen wieder hinauswerfen würde. Damals, als er an dieser Sache mit der Goldader arbeitete, hatte er in Chinko-Büchern gelesen, daß die Menschendinger seltsamerweise etwas gegen Kannibalismus hatten, im allgemeinen jedenfalls. Er hatte mit dem Gedanken gespielt, für den Abbau des Goldes die Briganten einzusetzen, aber erstens waren die Kerle zu weit weg, und zweitens wären sie ja doch bloß rumgerannt und hätten sich über die Verpflegung beschwert, weil es da oben in den Bergen nicht genug Menschen gab.

»Für die Dauer unseres Vertrages werdet ihr euch mit Rindern begnügen müssen«, sagte Terl.

»Die schmeck'n so komisch«, murrte der Chef der Briganten. Aber gut, er würde sich in diesem Punkt fügen. Bedauerlicherweise waren seine Leute ohnehin jahrelang gezwungen gewesen, dieses Kroppzeug von Wasserbüffeln und Affen und Elefanten zu essen. Aber bloß nicht so schnell nachgeben, immer schön hart bleiben, solange noch verhandelt wurde! »Einverstan', wenn die Kasse stimmt!«

Terl unterrichtete ihn dann darüber, daß er vorhabe, sehr bald nach Psychlo zurückzukehren, und daß er persönlich die rückständigen Gehaltszahlungen bei der Galaktischen Bank abholen und auf die Erde bringen werde. Und für die Zwischenzeit empfehle er Snith, seine Leute durch den Rat als Wach- und Sicherungsverband für das Camp und den Rat anwerben zu lassen.

»Und du bringst uns das Geld bestimmt?« fragte Snith. »'ne halbe Million?«

»Natürlich, darauf hast du mein Wort.«

Ausgerechnet – das Wort eines Psychlos? »Weißte was«, sagte Snith, »ich schnapp mir sechs meiner besten Leute, und wir kommen mit und sehn zu, daß auch alles richtig läuft.«

Terl war sofort einverstanden, obwohl er bezweifelte, daß die Regierung des Imperiums daran interessiert war, ausgerechnet diese Kreaturen zu verhören. An sich wünschte sich die Regierung für solche Zwecke ein Exemplar, das eine gewisse Bedeutung hatte und genug wußte. Diese Briganten ... Na ja, es konnte ihm andererseits egal sein, was mit Snith passierte, wenn seine Pläne erst mal ins Rollen gekommen waren.

»Du willst mitkommen? Gern!« Terl lächelte. »Natürlich unter der Voraussetzung, daß du mir nach Kräften behilflich bist, solange wir noch hier sind. Gibt's sonst noch was?«

Ja, da war noch was. Snith kramte etwas aus den Taschen und näherte sich vorsichtig dem Käfig. Er legte das Ding, das er in der Hand hielt, zwischen die Gitterstangen (ein Glück für ihn, daß für die Dauer des Gesprächs der Strom abgeschaltet worden war), und zog sich schleunigst wieder zurück.

Terl schleppte sich an seiner Kette heran und hob das Ding auf.

»Mit dem Zeug wollense uns bezahlen«, sagte Snith. »Is nur auf einer Seite bedruckt. Könnt 'ne Fälschung sein, nich?«

Terl hielt das Ding ins Licht. Komisch. Lauter Buchstaben, die er nicht lesen konnte. Na schön, er würde einfach diesem Snith ein bißchen auf den Zahn fühlen. »Ich wette, du kannst das nicht lesen!«

»Na, klar doch«, behauptete Snith. Er konnte es natürlich auch nicht lesen, aber jemand hatte ihm gesagt, was draufstand. »Da is draufgedruckt, daß es 'ne Wäh'nseinheit is un 'n gesessliches Zahl'nsmittel un so. Un ums Bild steht: ›Jonnie Goodboy Tyler, der Sieger über die Psychlos‹. Steht da.« Das hatte ihn nämlich vollends verwirrt. Diese Psychlos sollten besiegt worden sein?

Terl dachte blitzschnell nach. »Es *ist* eine Fälschung. Und was da draufsteht, ist natürlich eine Lüge.«

»Hab's mir doch gedacht!« sagte Snith. Immer wollten sie einen reinlegen! Schon seine Vorfahren hatten das genau gewußt. Hau jeden, mit dem du's zu tun hast, übers Ohr, sonst tut er's mit dir, war ihre ständige Redensart gewesen. »Aber ich sag dir, was ich tun werde«, fing Terl wieder an. »Damit du weißt, für wen du wirklich arbeitest, nimmst du die Papierscheine widerspruchslos an, und wenn wir beide zur Galaktischen Bank kommen, werde ich sie für dich in gute, harte Währung eintauschen!«

Das war anständig. Tatsächlich, nun wußte er, für wen er wirklich arbeitete. Hörte sich gut an, der Vorschlag, sehr ordentlich! Die einen zahlten, und für die anderen arbeitete er. Sauber, dieser Psychlo, da gab's nichts zu rütteln!

»Bestens«, stimmte Snith zu. »Übrigens, den Mann auf'm Bild, den kenn ich.«

Darauf hatte Terl gar nicht geachtet, er schaute schnell noch mal genauer hin. Beim Steiß des Meteoriten, das sah ja aus, als ob es sein altbekanntes Menschending wäre, dieser ... na, wie hieß er denn gleich? Das Menschending hatte doch einen Namen gehabt, so was wie ... na ... egal. Jedenfalls war es das verdammte Menschending.

»Is'n komischer Kauz – kommt da ina Dschungel anspaziert un putzt mir glatt 'n ganzes Kommando weg«, erzählte Snith. »Is noch gar nich so lang her. Kommt an, red't nich erst lang rum un machtse alle tot. Un dann hat er die Leich'n geklaut un 'n Laster mit Waren!«

»Wo war das?«

»Na, im Dschungel, wo sonst?«

Interessant! Soweit Terl informiert war, flog die Kreatur herum und besuchte irgendwelche Stämme! War es das vielleicht, was er unter Rundreisen bei fremden Stämmen verstand? Ein durchaus naheliegender Gedanke; Terl wußte ja, was er selbst bei solchen Rundreisen gemacht hätte. Sieh mal an, Staffor würde bestimmt sehr, sehr glücklich sein, solche Neuigkeiten zu erfahren! Das Menschending war gar nicht da, wo jeder es vermutete, und es führte Krieg gegen friedliche Stämme. Als Schüler der fein gesponnenen politischen Intrigen und Ränke war Staffor sehr begabt. Und nun würde Terl ihm noch ein bißchen militärischen Schliff beibringen. Natürlich nur auf die ganz einfältige Tour, zu mehr reichte es bei dem Dummkopf ja nicht.

Doch zurück zum Geschäft. Er legte die Banknote auf den Mauersims zwischen den Gitterstäben, trat ein Stück zurück und ließ Snith den Schein holen.

»Was deinen Vertrag betrifft, so haben wir wohl alles besprochen«, sagte Terl. »Die Einzelheiten kannst du mit dem Rat aushandeln. Laßt euch erst einmal nieder, und dann könnt ihr in ein paar Wochen – wenn's geht, sogar früher – in diesem Camp hier in Rang und Ansehen stehen. Sind wir uns da einig?«

»So isses«, stimmte Snith zu.

Terl leckte sich die Mundknochen. »Und als kleine Zugabe werde ich gewisse einflußreiche Leute überreden, dich zu ermächtigen, diese Kreatur, die euch unrecht getan hat, augenblicklich kaltzumachen – sobald sie euch unter die Augen kommt.«

Das war gut. Das war sogar ausgezeichnet. Hochbefriedigt ließ Snith sich zur alten Stadt zurückfahren; eine Pflicht, der sich Lars trotz des Gestanks im Interesse der Verbreitung faschistischen Glaubensgutes und im Namen Hitlers, des größten Feldherrn aller Zeiten, geduldig unterzog.

9

Der unterirdische Raum im Rohstoffcamp am Victoriasee war eisig kalt. Angus hatte riesige Motor-Kühlröhren an den Wänden installiert. Die Luftfeuchtigkeit war so hoch, daß das Tropfwasser sich auf dem Boden zu dunklen Pfützen sammelte.

Das Gerät, mit dem man Metalle und Mineralien analysieren konnte, summte leise vor sich hin. Der Schirm tauchte alles ringsum in unheimliches grünes Licht. Fünf Augenpaare blickten gespannt auf den Schirm: Dr. MacKendrick, Angus, Sir Robert, Dunneldeen und Jonnie.

Wie ein Klotz lag der häßliche Kopf des Psychlo-Leichnams auf der Stützplatte, fast einen halben Meter im Durchmesser. So ein Kopf bestand hauptsächlich aus Knochen. Er hatte gewisse Ähnlichkeit mit einem menschlichen Kopf, von der Größe abgesehen. Aber wo beim Menschen Haare, Augenbrauen, Lippen, Nase und Ohren waren, hatten die Psychlos Knochen, allerdings ähnlich geformt. Auch die Anordnung und die Relationen im Abstand zueinander entsprachen denen eines menschlichen Kopfes. Auf den ersten Blick hätte man gar nicht gedacht, daß es Knochen waren, aber beim Hinfassen stellte man fest, daß es sich um eine harte, starre Substanz handelte.

Der Analysator schien es zunächst einmal nicht zu schaffen, den Kopf zu durchdringen. Nicht nur das Äußere dieser Köpfe war knochig, auch innen bestand der halbe Schädel aus Knochen. Wie schon der Pastor seinerzeit bei seiner laienhaften Autopsie festgestellt hatte, lag das Gehirn ausgesprochen tief und ziemlich weit hinten. Mehr hatte er nicht herausfinden können, weil er bei der Leichenöffnung nicht bis ins Gehirn hinein vorgedrungen war.

»Lauter Knochen!« rief Angus. »Fast so schwer durchzukommen wie durch Metall!«

Jonnie konnte ihm das bestätigen. Er hatte damals im Leichenschauhaus wenig Erfolg damit gehabt, seine Keule auf Terls Hinterkopf tanzen zu lassen.

Angus stellte die Skala neu ein. Die Bezeichnung durch Buchstaben aus dem Psychlo-Alphabet stand für verschiedene Metalle und Erze. Er drehte den Stärkeregler fünf Stufen weiter.

»Langsam!« rief MacKendrick. »Gehen Sie eine Stufe zurück! Ich glaub, ich hab was gesehen.«

Angus drehte den Regler zurück, erst eine Stufe, dann zwei. Er stand jetzt auf »Kalk«.

Auf dem Bildschirm erschien ein kleiner Fleck, sehr vage, nur wie eine Unregelmäßigkeit in der Feldschärfe. Angus stellte das Gerät auf Tiefenwirkung ein und peilte den Fleck an. Die innere Knochenstruktur des Schädels war nun samt allen Furchen und Linien deutlich auf dem Schirm zu erkennen. Fünf gespannte Gesichter rückten ein Stück näher.

Der Schotte fingerte auf der Tastatur. Ein zweiter Analysestrahl schwenkte über den Schädel. Sie konnten das Objekt ihrer Untersuchung jetzt aus zwei Winkeln betrachten.

»Halt!« rief MacKendrick. »Schwenken Sie den Strahl ein bißchen zurück. Ungefähr fünf Zentimeter hinter der Mundhöhle ... Ja! Jetzt stellen Sie die Schärfe ein. So ist es gut. Das ist es!«

Da war irgendwas. Hart. Schwarz. Irgend etwas, das bei dieser Intensität nicht von den Strahlen durchdrungen wurde. Angus schaltete das Aufzeichnungsgerät ein. In der Stille des Raumes klang das leise Surren und Klicken, mit dem der Zeichengeber auf und ab glitt, unwirklich laut.

»Die haben wahrhaftig irgendwas im Schädel«, sagte Robert der Fuchs verblüfft.

»Langsam, keine voreiligen Schlüsse!« warnte MacKendrick. »Es könnte sich um ein Überbleibsel von einer früheren Verletzung handeln. Um ein Metallstück etwa, das bei einer Grubenexplosion eingedrungen ist.«

»Ach wo, sieht doch ganz glatt aus«, meinte Robert der Fuchs.

Jonnie hatte die Blätter mit den Aufzeichnungen aus dem Gerät genommen. Die Erkennungskurven der Metallanalyse standen am Rand. Das Analyse-Handbuch der Psychlos, das normalerweise verwendet wurde, um die Aufklärungsergebnisse der Drohnen auszuwerten, lag drüben in einem anderen Raum. Hier war es sowieso kalt und feucht, und es roch zum Erbarmen. So wichtig das, was sie hier machten, auch sein mochte, er schätzte diese Art von Arbeit nicht besonders. Also nutzte er die gute Gelegenheit, ins Nebenzimmer zu gehen und im Analyse-Handbuch zu blättern.

Seite auf Seite verglich er das Kurvenmaterial, das er hatte, mit den Illustrationen im Buch. Er hatte keine Übung darin und brauchte entsprechend lange. Er fand nichts. Dann kam er auf die Idee, in den Illustrationen nach Kombinationen von *zwei* Kurvenmerkmalen zu suchen.

Ein technischer Spezialist der Psychlos hätte ihm wahrscheinlich die Antwort sagen können, ohne das Analyse-Handbuch zu benutzen. Im stillen verfluchte er die blinde Wut, in der die Russen die Psychlos niedergemetzelt hatten, bloß weil sie dachten, sie müßten ihren Colonel rächen. Die vier Gefangenen, die drüben im Schlaftrakt bewacht wurden, befanden sich in schlechter Verfassung. Zwei von ihnen waren, wie man an der Kleidung und aus den Papieren sehen konnte, gewöhnliche Minenarbeiter, einer war ein leitender Angestellter und einer ein Ingenieur. MacKendrick bezweifelte sehr, daß sie durchkämen. Er hatte die Geschosse herausoperiert und die Wunden genäht, aber die vier waren immer noch nicht bei Bewußtsein. Schwach atmend lagen sie auf ihren Betten, angekettet, ständig mit Atemgas versorgt. Eine Art Erste-Hilfe-Handbuch für Psychlos gab es offenbar nicht; Jonnie hatte jedenfalls noch nie eins gesehen. Wahrscheinlich hatte man dafür keine Verwendung. Die Company verlangte zwar, daß alle Leichen auf den Planeten Psychlo zurückgebracht wurden, aber ob einer am Leben blieb oder nicht, das spielte keine Rolle. Wieder ein Anzeichen dafür, daß der Rücktransport der Toten nichts mit Pietät und Gefühlsmomenten zu tun hatte, sondern daß es einzig und allein darum ging, die Leichen keinem Angehörigen einer fremden Spezies in die Hände fallen zu lassen. Tatsächlich, wenn Jonnie darüber nachdachte ... Es gab in diesen Außenstationen nicht mal eine Krankenabteilung, obwohl Grubenunfälle sehr häufig vorkamen.

Stop! Eine von den Kurvenillustrationen im Buch paßte ... nein, paßte beinahe. Kupfer! Jetzt fehlte nur noch ein kleiner Schwanz an der Kurve ... Da! Zinn! Er legte die beiden Kurven übereinander, verglich sie noch einmal sorgfältig ... Ja, schon besser. Aber ganz stimmte es noch nicht. Es war noch eine winzige kleine Schwingung zusätzlich drin. Er mußte weitersuchen. Und er fand, was er suchte: Blei!

Hauptsächlich Kupfer, etwas Zinn und eine Spur Blei. Er verglich die Merkmale noch einmal. Jetzt stimmten sie überein, ohne Zweifel.

Es gab da noch ein anderes Nachschlagewerk, einen dicken Wälzer mit dem Titel »Erzvorkommen – Handbuch zur Auswertung von Ergebnissen der Luftaufklärung«. Jonnie hatte sich nie drangewagt, weil es ungefähr zehntausend symbolische Kennzeichnungen enthielt. Doch mit der Information, die er gerade gefunden hatte, ging es natürlich leichter. Zuerst suchte er unter »Kupferablagerungen« und dann im Unterabschnitt »Zinnablagerungen« und schließlich im Unter-Unterabschnitt »Bleiablagerungen«. Tatsächlich, er fand die Kurvenkombination. Und nicht nur das, auch der Proelfanteil (Psychlos benutzten ja die Elf als Grundzahl) war angegeben: fünf Teile Kupfer, vier Teile Zinn, zwei Teile Blei.

Er ging der Sache weiter nach und fand in einem irdischen Buch für diese Verbindung die Bezeichnung »Bronze«. Offenbar handelte es sich um eine sehr dauerhafte Legierung, die durch Jahrhunderte Bestand hatte. Eine bestimmte Periode war sogar »Bronzezeit« genannt worden, weil damals fast alle Geräte aus Bronze hergestellt wurden. Großartig. Aber es erschien ihm merkwürdig, daß eine Spezies wie die Psychlos, die einen hohen technischen Standard erreicht hatte, so etwas Altertümliches wie Bronze in einem Schädel verwendete. Das war ulkig.

Er ging zurück in den Operationsraum und kam gerade zurecht, um festzustellen, daß MacKendrick den Psychlo-Schädel mit einem Hammer und einem meißelähnlichen Instrument geöffnet hatte. Jonnie war es ganz recht, daß er das nicht hatte mit ansehen müssen.

»Wir haben mit dem Analysator den Schädel bis in den letzten Winkel abgesucht«, unterrichtete ihn Angus. »Das einzig Bemerkenswerte ist dieses eine Objekt, das da drinsitzt.«

»Ich hab inzwischen in seinen Taschen herumgekramt«, sagte Robert der Fuchs. »Ein Grubenarbeiter. Unterste Gehaltsstufe. Aus dem Personalausweis geht hervor, daß er Cla heißt, einundvierzig Dienstjahre auf dem Buckel und zu Hause auf Psychlo drei Frauen hatte.«

»Hat die Company ihnen Unterhalt gezahlt?« fragte Dunneldeen.

»Nein, ganz im Gegenteil«, antwortete Robert der Fuchs und wedelte mit dem zerknitterten amtlichen Schreiben. »Hier steht, daß die Company ihm zusätzlich das ausgezahlt hat, was die Frauen in einem ›öffentlichen Haus‹ der Company verdient haben. Was für ein Haus das auch immer gewesen sein mag.«

Dunneldeen meinte: »Diese Art von Nebeneinnahmen für den treusorgenden Ehemann wirft ein bezeichnendes Licht darauf, welchen hohen Stellenwert die Moral auf Psychlo hat.«

»Machen Sie jetzt keine Witze«, wies ihn Jonnie zurecht. »Das Ding in diesem Schädel besteht aus einer Legierung, die man Bronze nennt. Wir haben Pech, das Zeug ist nicht magnetisch, wir können es nicht mit dem Elektromagneten herausholen. Wir müssen es herausoperieren.«

Dr. MacKendrick hatte das Gehirn bloßgelegt. Mit der Routine eines erfahrenen Chirurgen zog er die fadendünnen Stränge auseinander.

Und da war das Ding!

Es hatte die Form von zwei mit der Rückseite aneinanderstoßenden Halbkreisen, die – an den Enden einwärts gebogen – je einen Strang umschlossen.

»Ich vermute, das sind Nerven«, sagte MacKendrick. »In Kürze werde ich's genau wissen.« Vorsichtig löste er die Halbkreise von den Strängen. Er wischte das grüne Blut ab und legte das Ding auf den Tisch. »Faßt nichts an!« ermahnte er die anderen. »Die Berührung von Gewebsteilen aus einer Autopsie kann tödliche Folgen haben.«

Jonnie sah sich den Gegenstand an. Er hatte eine gelbliche Farbe und maß an der längsten Stelle nicht viel mehr als einen Zentimeter.

Mit einer Pinzette nahm Angus das Ding hoch und legte es auf die Stützplatte des Analysators. »Hohl ist es nicht«, stellte er fest. »Massives Metall.«

MacKendrick hatte einen kleinen Kasten dabei, Drähte hingen heraus, an deren Enden Klemmen saßen; es war ein tragbarer Stromerzeuger. Doch er zögerte noch, mit seinen behandschuhten Händen irgend etwas an den Apparat anzuschließen. Er rätselte immer noch an dem sonderbaren Aufbau dieses Gehirns herum. Ein Gehirn war es, kein Zweifel, aber diese Stränge ... Ganz anders als bei einem menschlichen Gehirn.

Er schnitt ein kleines Stück von einem Strang und etwas Haut aus der Pranke des Toten und ging zu dem alten behelfsmäßigen Mikroskop. Er legte zwei Gewebsschnitte an und schaute durchs Okular.

Überrascht pfiff er durch die Zähne. »Der Körper eines Psychlos ist nicht aus Zellen aufgebaut. Der Stoffwechsel ist mir unbekannt, aber um ein Zellgewebe handelt es sich nicht. Es ist ein Viralgewebe. Ja, tatsächlich. Die Struktur ist aus Viren aufgebaut!« Er wandte sich an Jonnie. »Stellen Sie sich das vor! Diese riesigen Gestalten! Und die Grundstruktur besteht aus Zusammenballungen von Viren.« Er bemerkte Jonnies befremdeten Blick und fügte rasch hinzu: »Das ist natürlich nur von rein akademischem Interesse. Immerhin, es bedeutet, daß diese Körper wahrscheinlich in sich viel fester gefügt sind. Sie haben eine höhere Gewebsdichte. Möglicherweise interessiert Sie das gar nicht? Na schön, dann wenden wir uns wieder diesen Hirnsträngen zu.«

Er befestigte eine der Klemmen des Stromerzeugers an einem Hirnstrang und klemmte die Gegenleitung am Arm des Leichnams fest. Danach stellte er durch Messung fest, welche Stromstärke erforderlich war, um durch den Hirnstrang einen geschlossenen

Stromkreis zu erzielen. Nachdem er den Widerstand genau ermittelt hatte, trat er zurück und betätigte einen Schalter.

Den anderen standen die Haare zu Berge.

Der Leichnam bewegte den linken Fuß.

»Gut, es sind Nerven«, sagte MacKendrick. »Es gibt bei diesen Körpern keine Leichenstarre, sie sind noch immer flexibel. Was ich jetzt gefunden habe, ist der Nerv, der die Impulse für die Fortbewegung weiterleitet.« Er markierte den Nerv durch ein winziges Schildchen. Zuvos hatte er schon die Stelle gekennzeichnet, an der sie das Metallstück entnommen hatten. Er hatte die beiden Nervenstränge, die von den Kupferhalbkreisen eingeschlossen waren, mit Farbtupfen versehen. Aber jetzt wandte er sich zunächst anderen Nervensträngen zu.

Seine Zuschauer fielen von einem Schrecken in den anderen. Ein toter Psychlo, der die Klauen krümmte, die Zähne fletschte, mit einem Ohrknochen wackelte, die Zunge herausstreckte ... je nachdem, durch welchen Nerv der Arzt den Stromstoß jagte. Und MacKendrick kennzeichnete seelenruhig einen Nerv nach dem anderen mit kleinen Schildchen.

Er bemerkte, wie die anderen reagierten. »Nichts Ungewöhnliches, bis jetzt. Der elektrische Impuls ruft dieselben Reflexe hervor wie ein Kommando, das vom Gehirn ausgeht. Es gab auf der Erde irgendeinen Wissenschaftler, der diese Experimente vor ungefähr dreizehnhundert Jahren angestellt hat. Man dachte daraufhin, man sei endlich hinter das letzte Geheimnis menschlichen Denkens gekommen und machte einen regelrechten Kult aus der Sache. »Psychologie« nannten sie das. Das ist längst überholt. Sie waren nicht etwa dem Denken auf die Spur gekommen, sondern hatten lediglich die Mechanismen von Körpern entdeckt. Anfangs hat man die Experimente mit Fröschen durchgeführt. Sie sehen, da ist gar nichts Aufregendes dabei. Ich identifiziere nur die Kommunikationskanäle in einem Körper, das ist alles.«

Aber grausig war es trotzdem. Urgründe alten Aberglaubens taten sich in ihnen auf, als sie sahen, wie die Leiche sich bewegte, wie der Brustkorb sich hob und senkte, wie sogar das Herz sekundenlang zu schlagen begann.

Die Schutzhandschuhe, die MacKendrick trug, waren längst von grünem Blut überdeckt. Aber er arbeitete ruhig und umsichtig weiter, bis mehr als fünfzig Schildchen an den verschiedenen Nervensträngen hingen.

»So, und nun das, was wir eigentlich feststellen wollen«, sagte MacKendrick. Er schickte Impulse durch die beiden Nerven, die in den Kupferhalbkreisen gelegen hatten.

Eine schwierige Arbeit. Der Raum war kalt. Die Leiche stank. Offenbar roch ein Psychlo als Leiche noch muffiger und strenger als zu Lebzeiten.

MacKendrick richtete sich auf, er sah müde aus. »Tut mir leid, aber ich muß Ihnen sagen, daß meiner Ansicht nach dieses Metallstück keines von den Monstern je dazu gebracht haben kann, Selbstmord zu begehen. Aber ich kann jetzt eine recht gute Vermutung darüber anstellen, welchen Effekt es wirklich hat.«

Er zeigte auf seine Schildchen. »Soweit ich sehen kann, zweigen von diesem Strang die Geschmacks- und Sexualimpulse ab. Und der andere kontrolliert den Bereich der Emotionen und des Handelns. Das Metallstück ist dem Psychlo schon in frühester Kindheit eingesetzt worden. Sie können noch die schwachen, längst vernarbten Eingriffsspuren hier am Schädel sehen. Damals war das Knochengerüst noch weich, es schloß sich schnell wieder zusammen.«

»Tja – und was hat das Metallstück nun bewirkt?« wollte Angus wissen.

»Ich vermute, daß es eine Art Kurzschluß zwischen dem Bereich der Empfindungen von Lust und Vergnügen und dem Bereich zur Steuerung des Aktivitätsniveaus herstellte. Man hat möglicherweise erreichen wollen, daß ein Psychlo nur durch Arbeit glücklich werden kann. Aber ... Nun ja, um es mit Sicherheit sagen zu können, müßte ich noch eine Menge weiterer Nervenverzweigungen untersuchen ... Aber ich glaube, der eigentliche Effekt bestand darin, einen Psychlo dazu zu bringen, daß er brutale Grausamkeiten aller Art *genießen* kann.«

Plötzlich fiel Jonnie ein Ausdruck ein, den Terl benutzt hatte. Er hatte ihn Grausamkeiten begehen sehen und dazu murmeln hören: »Köstlich! Ach, wie köstlich!«

»Ich nehme an, ursprünglich ist es darum gegangen, ihre Arbeitslust zu wecken«, sagte MacKendrick. »Aber den alten Mentalspezialisten der Psychlos muß wohl ein Berechnungsfehler unterlaufen sein. Und so haben sie eine Spezies von wahren Monstern geschaffen.«

Da gab ihm jeder ohne Zögern recht.

»Aber das würde sie noch lange nicht veranlassen, Selbstmord zu begehen, bloß um ihre Technologie geheimzuhalten!« meinte Robert der Fuchs. »Hier haben wir ja noch eine andere Leiche. Der da, der war nach seinen Papieren stellvertretender Betriebsleiter. Sein Gehalt war doppelt so hoch wie das von dem Handlanger da drüben. Also los, Mann, packen Sie ihn schon auf den Tisch!«

MacKendrick zog einen anderen Tisch heran. Er durfte nicht vergessen, über die Ergebnisse der ersten Untersuchung sowohl schriftlich als auch mit einem Bildrecorder seine Aufzeichnungen zu machen.

Sie manövrierten den riesigen Kopf des zweiten Psychlos in den Analysator. Die Maschine war jetzt schon richtig eingestellt. Und so dauerte es nicht lange, bis das tote Gehirn von einem, der Blo geheißen hatte, vor ihren Blicken lag.

Und Jonnie, der schon fast den Mut verloren hatte, mußte plötzlich lächeln, so grauenhaft das Ganze auch sein mochte.

In diesem Schädel befanden sich zwei Metallgegenstände!

Der Kurvenschreiber des Analysators surrte. Und sobald die Aufzeichnung fertig war, rannte Jonnie hinaus, um im Analyse-Handbuch die Metallart zu bestimmen.

Da war sie schon, eindeutig und klar: Silber!

Als er in den Autopsieraum zurückkam, hatte MacKendrick, dem nun auch schon jeder Handgriff ein wenig leichter fiel, das Gehirn bloßgelegt. Er tupfte wieder Farbmarkierungen auf die Stränge, die mit dem zweiten Metallstück in Berührung standen; dann erst nahm er das Stück Silber heraus.

Es war etwa zwei Zentimeter lang. Da das Blut der Psychlos keinen Sauerstoff enthielt, war der Silberglanz ungetrübt erhalten geblieben. Das Metallstück war von zylindrischer Form. An beiden Enden gab es kleine, sorgfältig vom Silber isolierte knotenförmige Ausbuchtungen.

Angus legte das Metallstück unter den Analysator. Es war hohl.

Jonnie ließ ihn das Gerät genauer einstellen. Im Inneren des Zylinders befand sich eine Art feiner Draht.

Sie vermuteten, daß die gleichen Silberzylinder auch in den Schädeln anderer Leichen zu finden waren, soweit es sich um leitende Angestellte gehandelt hatte. Daher erschien es ihnen nicht zu riskant, das Metallstück aufzuschneiden. Jonnie erledigte das sehr vorsichtig, nachdem MacKendrick den Zylinder sterilisiert hatte.

Das Innere sah ähnlich aus wie bei bestimmten Bestandteilen einer Fernbedienung, aber es handelte sich nicht um einen Funkempfänger.

»Ich habe die Funktionen dieser beiden Nervenstränge noch nicht feststellen können«, sagte MacKendrick. »Ich weiß noch nicht genau, wo sie hinführen. Aber ich werde daran arbeiten.«

»Könnte es sich um einen Oszillator handeln, der Schwingungen auf der Wellenlänge des Denkens erzeugt?« fragte Jonnie.

»Oder ein Gerät, mit dem man Unterschiede bestimmen kann?« vermutete Angus. »Zum Beispiel den Unterschied in der Wellenlänge zwischen dem Denken der Psychlos und dem fremder Spezies?«

Jonnie wollte die Arbeit nicht stören, aber in ihm festigte sich die Vorstellung, daß dieses Gerät dazu gedacht war, unter bestimmten Bedingungen einen Impuls auszusenden, der einen Psychlo veranlaßte, jemanden anzugreifen und Selbstmord zu begehen.

»Eins macht mir allerdings Sorgen«, sagte MacKendrick. »Diese Kapsel ist einem Baby oder Kleinkind eingesetzt worden. Wenn man nun versuchen will, sie einem lebenden erwachsenen Psychlo herauszuoperieren ... also, bei dieser dichten Knochenstruktur ... Für einen solchen Versuch könnte ich keine Garantie übernehmen.« Er las die Enttäuschung auf ihren Gesichtern. »Schon gut, ich werd's versuchen!« Aber er glaubte nicht, daß es möglich sei. Außerdem standen ihm nur vier Psychlos zur Verfügung, und auch die sahen schon mehr tot als lebendig aus.

Teil XIX

1

Brown Limper Staffor war in miserabler Stimmung, als er die Sitzung des Rates leitete.

Da saßen sie nun im Versammlungsraum, die Ratsmitglieder, ihm gegenüber, ein Stückchen tiefer, wie es sich gehörte, und redeten und redeten und redeten. Sie erlaubten sich, mit ihm zu diskutieren, mit dem Ratsvorsitzenden des Planeten! Sie wagten es, mit seinen Maßnahmen nicht einverstanden zu sein!

Dieser schwarze Bursche aus Afrika! Dieses gelbe Geschöpf aus Asien! Dieser lederhäutige Schwachkopf aus Südamerika! Dieses dämliche, stiernackige Scheusal aus Europa! Ekelhaft, widerlich, unausstehlich!

Machten sie sich denn gar nicht klar, daß er die denkbar größten Anstrengungen zum Wohl der Menschheit unternahm? Schließlich repräsentierte er, Brown Limper Staffor, seitdem die Briganten gekommen waren, nun immerhin fünf Stämme. Er war der wirkliche Oberbürgermeister von Amerika, das ließ sich doch wohl nicht bestreiten!

Sie diskutierten über die Kosten und über die Vertragsbedingungen für die Anwerbung der Briganten. Ausgerechnet darüber! Der Planet brauchte eine Verteidigungsstreitmacht. Und die Klauseln, die er so sorgfältig ausgetüftelt hatte – eine Arbeit, die ihn Stunden zähen Feilschens mit General Snith gekostet hatte – waren unbedingt notwendig.

Der Oberbürgermeister von Afrika regte sich über die Besoldung auf. Führte aus, daß hundert Währungseinheiten pro Brigant und Tag die reine Verschwendung wären, zumal sogar Ratsmitglieder nur fünf WE pro Tag erhielten. Hatte die Stirn, darauf hinzuweisen, daß eine derart großzügige Verteilung des Geldes letzten Endes nur zu seiner Entwertung führen könne. Gerede, Geschwätz, Wortgeklingel. Kleinliches Herumreiten auf völlig unwichtigen Nebensächlichkeiten!

Dabei war Brown Limper bis jetzt so gut vorangekommen. Er hatte es fertiggebracht, den Rat auf fünf Mitglieder schrumpfen zu lassen. Aber es sah wirklich so aus, als wären es immer noch vier zuviel.

Er zermarterte sich das Hirn, wie er aus dieser Zwickmühle herauskommen könnte.

Morgens hatte er sich von Lars zur Vorstadt der Briganten hinausfahren lassen. Zugegeben, es war ein bißchen abstoßend gewesen, mit ansehen zu müssen, wie diese Brigantenweiber splitternackt herumliefen und was sie alles auf offener Straße trieben. Aber General Snith hatte ihn während der Besprechung beruhigt und ihm versichert, das sei nur ein übermütiger Spaß.

Auf dem Rückweg hatte ihm Lars von diesem großartigen, einmaligen Feldherrn vergangener Zeiten erzählt, ein Mann namens ... Bitter? ... oder Hitler? Ja, Hitler war der Name. Daß er ein Vorkämpfer für Rassenreinheit und moralische Rechtschaffenheit gewesen sei, hatte Lars ihm vorgeschwärmt. Das mit der Rassenreinheit sagte Brown Limper nicht viel, aber beim Stichwort »moralische Rechtschaffenheit« horchte er auf. Denn dafür hatte sich zeitlebens auch sein Vater eingesetzt.

Und nun saß er hier und hörte sich diese endlose Kette von Gegenargumenten und Einwänden an. Seine Gedanken schweiften ab, er erinnerte sich eines Gesprächs, das er mit dieser freundschaftlich verbundenen Kreatur Terl geführt hatte. Es war darum gegangen, wie man *Druckmittel* gegen jemanden in die Hand bekam. So etwas eröffnete einem die Möglichkeit, fortan quasi nach Belieben zu verfahren. Dahinter schien eine Menge Lebensweisheit zu stecken. Brown Limper leuchtete das sofort ein. Er hoffte sehr, daß Terl in ihm einen gelehrigen Schüler sah, denn ihm lag viel an dessen Freundschaft und hilfreicher Anleitung.

Leider war es so, daß er gegen den Rat überhaupt kein Druckmittel besaß. Er dachte über einen Weg nach, wie er sie dazu bringen könnte, ihn und einen Sekretär als Generalbevollmächtigte Autoritäten für den Planeten einzusetzen. Ihm fiel nichts ein, und er ließ sich durch den Kopf gehen, was ihm Terl noch so alles erzählt hatte: lauter gute, praktische Ratschläge. Zum Beispiel, wie man gezielt bestimmte Gesetze durchbrachte, um anschließend den Gesetzesbrecher einzusperren oder Übertretungen als Druckmittel gegen ihn anzuwenden.

Und da hatte er einen Geistesblitz.

Er klopfte auf den Tisch und bat um Ruhe.

»Wir wollen die Resolution über den Vertrag mit den Briganten zunächst vertagen«, sagte er und bemühte sich, es so klingen zu lassen, daß gar kein Widerspruch möglich war.

Die Ratsmitglieder gaben Ruhe. Nur, auf diesen Burschen aus

Asien mußte er künftig ein Auge haben. Die Geste, mit der er seine Roben um sich warf, sah sehr nach Trotz und Widerspenstigkeit aus.

»Ich habe einen anderen Tagesordnungspunkt einzubringen«, sagte Brown Limper, »und zwar zum Thema der allgemeinen Moral.« Er hob an, eine Rede über Moral zu halten. Daß sie doch der Rückhalt allen gesellschaftlichen Zusammenlebens sei. Und daß gerade die Männer des öffentlichen Lebens ehrenhaft und verläßlich sein und sich eines untadeligen Verhaltens befleißigen müßten. Und daß sie auf keinen Fall in verfänglichen Situationen oder in zweifelhafter Umgebung ertappt werden dürften.

Die Sache ließ sich gut an. Die Ratsmitglieder waren durchweg Männer von Ehre und vertraten eindeutig die Auffassung, daß mit einem öffentlichen Amt eine besondere Verpflichtung zur Moral verbunden sei, wobei es allerdings geringfügige Unterschiede im Verständnis von Moral und Unmoral gab.

Einstimmig verabschiedeten sie die vorgeschlagene Resolution, wonach jemand, der ein öffentliches Amt bekleidete, bei skandalösem Verhalten von seinem Posten zu entfernen sei. Es war ein Beschluß, hinter dem sie mit tiefster Überzeugung standen.

Nun hatten sie wenigstens eine Resolution unter Dach und Fach und konnten sich beruhigt vertagen.

Als er wieder in seinem Büro war, ließ sich Brown Limper von Lars über die Anwendung von Minikameras unterrichten. Lars wußte einiges darüber und war sicher, daß ihnen Terl sagen könnte, wo sie hier, in der ehemaligen Außenstation der Psychlos, solche Geräte fänden.

Am nächsten Morgen, als alle Ratsmitglieder ihre Hotelzimmer verlassen hatten, versteckte Lars (im Interesse von Anstand und Sitte) einige Minikameras in den Räumen und präparierte sie so, daß die Übertragung auf automatische Bildrecorder sichergestellt war. Abends führte Brown Limper ein streng vertrauliches Gespräch mit General Snith. Das Ergebnis war, daß ein Dutzend recht appetitlich anzusehender Brigantenmädchen sich um Anstellung im Hotel bewarb. Und der Manager, dem es ohnehin an Personal fehlte, stellte die wohlproportionierten weiblichen Wesen gern ein, wobei er ihnen insbesondere solche Posten zuwies, in denen sie in direkten Kontakt mit den Gästen kamen; so etwas trug ja dazu bei, die Annehmlichkeit des Hotelaufenthalts zu erhöhen.

Am nächsten Abend beurteilte Terl all diese Maßnahmen als außerordentlich klug und versäumte auch nicht, seinen Stolz darüber auszudrücken, daß Brown Limper sich das ganz allein ausgedacht hatte.

Brown Limper fühlte sich sehr geschmeichelt und eilte zurück ins Büro, um bis in die späte Nacht hinein sämtliche weiteren Schritte auszuarbeiten, die seine Pläne abrunden sollten. Eine besondere Rolle spielten dabei die Anklagepunkte, die er gegen Jonnie Goodboy Tyler vorbringen würde, wenn er nur erst freie Hand hatte. Oh, das war eine ellenlange Liste von Schuldvorwürfen! Eine Schande, daß all das bisher ungesühnt geblieben war!

2

Mondlose Dunkelheit. Die Lichter rund um den Käfig waren gelöscht. Der Posten hatte Anweisung, sich anderswo aufzuhalten.

Brown Limper saß auf dem Boden. Terl kroch dicht an die Gitter heran. Lars Thorenson hielt sich bereit; er hatte sich eine Tarnlicht-Taschenlampe besorgt, falls er mal was im Wörterbuch nachschlagen mußte.

Sie sprachen leise. Nichts von dem, was sie zu bereden hatten, durfte irgendwo mitgehört werden. Dies war die entscheidende Nacht ...

Terls Klauen zuckten. Vor lauter Anspannung durchfluteten ihn kleine, heiße Wogen. Sein Atem ging schwer, denn diese Besprechung war ungeheuer wichtig, und von ihrem glücklichen Ausgang hing für seine Pläne alles ab. Seine Stimme mußte leidenschaftslos gelassen klingen. Hilfsbereitschaft (auch so ein frisch dazugelerntes Wort) mußte herauszuhören sein. Was er am liebsten getan hätte, war genau das, was er jetzt nicht tun durfte: zum Beispiel, plötzlich durch die Gitter langen und ... (Daß der Strom ausgeschaltet war, wußten die Menschendinger da draußen nicht, er hatte das mit Hilfe der im Käfig versteckten Fernbedienung bewerkstelligt.) Das Vergnügen, sie mit den Klauen in Stücke zu reißen, war längst nicht so hoch anzusetzen wie das Ziel, das er sich für diese Nacht gesteckt hatte. Er zwang sich zu strenger Konzentration auf die Aufgabe, die vor ihm lag.

Flüsternd erzählte ihm Brown Limper, wie erfolgreich er in seinem Bemühen gewesen war, es zum offenen Skandal im Rat kommen zu lassen. Er hatte jeden der vier anderen Kontinentalvorsitzenden beiseite genommen und ihm bestimmte Aufzeichnungen gezeigt, und sie hatten einsehen müssen, daß ihr

Verhalten unvereinbar mit dem von ihnen einmütig beschlossenen Gesetz war. Jeder einzelne von ihnen hatte dagesessen und auf den Bildschirm gestarrt und sich Perversionen treiben sehen, von denen er früher, ehe die Brigantenmädchen sich seiner angenommen hatten, nicht einmal geahnt hatte ... mein Gott, mit vier Mädchen gleichzeitig ... Und sie hatten beschämt eingestehen müssen, daß sie mit ihrem Verhalten dem Rat zur Schande gereichten. (Lars hatte einige Mühe, das Wort »Schande« im Psychlo-Wörterbuch zu finden; schließlich entdeckte er es im Anhang, in einer Aufzählung veralteter Wörter aus der Hockner-Sprache.)

Per Resolution war Brown Limper zum Bevollmächtigten des Rates ernannt worden, assistiert durch einen Sekretär (der es nach einiger Übung inzwischen fertigbrachte, mit seinem Namen zu unterschreiben, im übrigen aber des Lesens und Schreibens unkundig war). Die gesamte Autorität des Rates hatte nun Brown Limper als Generalbevollmächtigter für den Planeten inne. Die Ernennung galt ab sofort und war unwiderruflich, sie wurde begründet durch die Tatsache, daß er der verdienstvollste und erfahrenste unter allen im Rat war. Die anderen hatten gepackt und waren heimgeflogen. Brown Limpers Wort war nun *Gesetz* für den ganzen Planeten.

Terl hätte gedacht, bei so viel Erfolg müßte das Menschending sich doch freuen; ihm wäre es jedenfalls so gegangen. Also flüsterte er seine Glückwünsche und gleich noch ein paar Lobhudeleien über das eindrucksvoll staatsmännische Verhalten durch die Gitter. Aber Brown Limper schien keineswegs beglückt zu sein.

»Gibt's sonst noch was, womit ich dir behilflich sein kann?« erkundigte sich Terl.

Brown Limper holte tief Luft, es hörte sich fast wie ein verzweifelter Seufzer an. Er hatte eine Liste der Verbrechen und Vergehen dieses Jonnie Goodboy Tyler aufgestellt.

»Gut«, sagte Terl so leise wie möglich, »du hast nun die Macht, mit ihm abzurechnen. Handelt es sich um schwerwiegende Anklagepunkte?«

»Oh, ja!« flüsterte Brown Limper, und seine Züge hellten sich auf. »Er hat die vom Rat angeordnete Umsiedlung eines Stammes sabotiert, Koordinatoren gekidnappt, einige Stammesangehörige ermordet, ihnen Hab und Gut gestohlen und ihr Stammesrecht verletzt.«

»Ich denke doch, das wiegt schwer genug!« flüsterte Terl.

»Und das ist noch nicht einmal alles!« fuhr Brown Limper fort. »Er hat einem Konvoi der Psychlos aufgelauert, die Psychlos erbarmungslos niedergemetzelt, kein Pardon gegeben und ihnen obendrein die Fahrzeuge gestohlen.«

»Kannst du das alles beweisen?« fragte Terl.

»Was den Stamm betrifft, so befinden sich die Zeugen hier. Und von diesem hinterhältigen Überfall werden da drüben in der Akademie - du weißt schon, ein Stück hinter den Hügeln - Nacht für Nacht Bildaufnahmen gezeigt. Lars hat Kopien davon angefertigt.«

»Da möchte ich aber meinen, das ist mehr als hinreichend, um der Gerechtigkeit Genüge zu tun«, sagte Terl. Das Wort »Gerechtigkeit« war wieder so eins, das man erst nach langem Blättern im Wörterbuch finden konnte.

»Und sogar das ist noch nicht alles!« fuhr Brown Limper fort. »Als er das Geld übergeben hat, das hier gefunden worden ist - du weißt schon, die zwei Milliarden Galaktische Währungseinheiten - da haben mehr als dreihunderttausend GW gefehlt! Das ist schwerer Diebstahl, ein Kapitalverbrechen!«

Terl schnaufte. Aber ihm ging es nicht um die paar Scheine, die angeblich fehlten. Nein, die zwei Milliarden nahmen ihm den Atem. Dagegen waren ja die Särge, die - hoffentlich - beim Friedhof auf Psychlo angekommen waren, bloß kümmerliches Kerbango-Kleingeld.

Er brauchte ein paar Minuten, um das zu verdauen. Um Zeit zu gewinnen, behauptete er, er brauche eine frische Druckpatrone für die Atemgasflasche. Lars besorgte ihm eine und legte den Stromschalter um, ohne zu bemerken, daß er den Strom so in Wirklichkeit einschaltete. Terl mußte blitzschnell die Fernbedienung drücken, sonst wäre der Schwachkopf am Gitter verkohlt! Na ja, es war gerade noch einmal gutgegangen.

Während er die Druckpatrone einsetzte, überschlugen sich Terls Gedanken. Steckte der alte Numph dahinter? So mußte es wohl sein. Schau an, der aufgeblasene Idiot war gar nicht so schwachsinnig gewesen! Er hatte neben dem Gemogel, bei dem Terl ihm auf die Schliche gekommen war, noch andere Schwindeleien betrieben, und zwar ... dreißig Jahre lang? Ja, das mußte wohl hinkommen. Zwei Milliarden Galaktische Währungseinheiten! Eine völlig neue Situation. Terl mußte seine Pläne schleunigst anpassen. Er wußte genau, was mit den zwei Milliarden zu geschehen hatte. Zwei Milliarden, die paßten in drei oder vier Särge. Und wenn er die Särge mit dem Vermerk »Getötet durch radioaktive Strahlung« versah, würde man sie auf keinen Fall öffnen, sondern auf schnellstem Wege zum Friedhof schaffen. Bis jetzt hatte er nicht ganz so brauchbare Pläne gehabt. Aber die gab er jetzt auf. Ein ganzes Spektrum völlig neuer Möglichkeiten tat sich vor ihm auf. Möglichkeiten, die nicht nur absolut narrensicher waren, sondern auch enormen Gewinn versprachen. In Windeseile war der neue Plan geboren. Ein Plan, der noch weitaus sicherer war als der frühere. Viel einfacher zu verfolgen. Und ohne jedes Risiko.

Das geheime nächtliche Gespräch konnte fortgesetzt werden.

»Was ist denn nun wirklich dein Problem?« fragte Terl flüsternd. Er wußte doch genau, wo diesen Idioten der Schuh drückte. Er konnte das Menschending Tyler nicht zwischen die Klauen kriegen, das war's!

Brown Limper sank wieder wie ein Häufchen Elend in sich zusammen. »Wie ich diesen Tyler anklagen könnte, wüßte ich ja. Aber wie soll ich ihn packen?«

»Mhm«, machte Terl und hoffte, daß es sich nachdenklich und besonnen anhörte. (»Besonnen« ... das war auch so ein neugelerntes Wort.) »Laß mich überlegen ... Tja ... mhm ... Das wichtigste ist, ihn auf irgendeine Weise *hierherzulocken.*« Soweit war das eine Binsenweisheit, Grundwissen für jeden Sicherheitschef. »Du kannst nicht einfach losziehen und ihn irgendwo aufspüren. An den Kerl ist nicht ranzukommen, entweder entgleitet er dir, oder er wird zu gut geschützt. Also mußt du ihn herlocken, weg von denen, die ihn schützen. Und hier kannst du dich dann auf ihn stürzen.«

In Brown Limper keimte Hoffnung auf. Was für eine brillante Idee!

»Das letzte Mal hat er sich aus eigenem Antrieb hier zu schaffen gemacht, als die Teleportations-Anlage betätigt wurde«, dachte Terl laut vor sich hin, wobei er schon wieder nur mit Mühe ein aufgeregtes Zucken unterdrücken konnte. »Wenn wieder eine solche Abfeuerung bevorstünde und er wüßte das, dann wäre er wie der Blitz hier. Und dann könntest du ihn packen.«

Das leuchtete Brown Limper ein.

»Aber da ist noch ein anderes Problem«, sagte Terl. »Er benutzt Flugkörper, Maschinen und alle möglichen Ausrüstungsgegenstände, die Company-Eigentum sind. Wenn du es irgendwie hinkriegst, daß das alles zu *deinem persönlichen Eigentum* erklärt wird, könntest du ihn auf Diebstahl in ganz großem Stil festnageln.«

Brown Limper kam nicht mehr mit. Lars mußte alles wiederholen und genau erklären. Aber Brown Limper kapierte es immer noch nicht ganz.

»Und er verfügt über den Planeten, als ob er ihm gehörte«,

fuhr Terl in aller Ruhe fort. »Ich weiß nicht, ob dir bekannt ist, daß die Intergalaktische Rohstoff Company der Imperialen Regierung von Psychlo viele Billionen Währungseinheiten für diesen Planeten bezahlt hat. Er gehört also der Company.«

Lars mußte daraufhin einiges in Psychlo nachschlagen und danach in einem alten englischen Wörterbuch, und dann mußte er die Zahl für Brown Limper auf einen Zettel schreiben, um klarzustellen, wieviel eine Billion ist. Brown Limper begriff schließlich, daß es sich um eine unvorstellbare Menge Geld handelte.

»Aber der Planet ist fast vollständig ausgebeutet«, sagte Terl. Das war zwar eindeutig gelogen, aber die beiden Menschendinger konnten das ja nicht beurteilen. Natürlich konnte ein Planet niemals endgültig ausgebeutet sein, es sei denn, man hätte sich schon durch die gesamte Erdkruste bis zum flüssigen inneren Kern durchgewühlt. »So wie die Dinge jetzt liegen, ist er nur noch ein paar Milliarden Währungseinheiten wert.« Selbstverständlich betrug der Wert immer noch rund vierzig Billionen. Heilige Supernova! Er mußte unbedingt dafür sorgen, daß von diesem Kuhhandel niemals auch nur ein Sterbenswörtchen bekannt wurde! Aber es war ein vorzüglicher Plan.

»Ich bin der zuständige örtliche Vertreter und Bevollmächtigte der Company«, flüsterte Terl. »Ich bin autorisiert, rechtsgültige Verfügungen über das Eigentum der Company zu treffen.«

Was für eine Lüge! Er mußte aufpassen, daß ihm niemand auf die Schliche kam! »Dir war das natürlich von Anfang an klar. Und dieser Tyler hat es auch gewußt, deshalb hat er mich überhaupt am Leben gelassen.«

»Aha!« machte Brown Limper. »Das ist mir schon immer ein Rätsel gewesen! Er ist doch so ein blutrünstiger Kerl, ich konnte überhaupt nicht verstehen, warum er dich am Leben ließ und am selben Tag die Chamcos einfach ermordete.«

»Na ja, nun weißt du, was dahintersteckt«, sagte Terl. »Er selber hat versucht, mit mir Verhandlungen über den Verkauf der irdischen Zweigunternehmung der Intergalaktischen Rohstoff Company und über den Verkauf des gesamten Planeten zu führen. Deshalb denkt er, er könne nach Belieben über das Company-Eigentum verfügen und rund um den Erdball trampeln, wie es ihm gerade gefällt. Natürlich wollte ich nichts davon hören. Ich weiß ja, was für einen schlechten Charakter er hat.« (Auch das Wort »Charakter« gehörte zu den Neuerwerbungen Terls.)

Brown Limper war geradezu überwältigt, als er erkannte, was für eine gemeine Falle Tyler ihm gestellt hatte. Ein paar Sekunden lang kam es ihm vor, als bröckelte das Stück Erde, auf dem er sich niedergelassen hatte, unter seinem Hintern weg.

»Weiß er, wo die zwei Milliarden aufbewahrt werden?« erkundigte sich Terl.

»Ja«, flüsterte Brown Limper zurück, ganz angespannt vor Aufregung. Grundgütiger Himmel, wie blind war er gewesen! Tyler hatte vor, das Company-Eigentum und sogar den ganzen Planeten zu kaufen! Ach du liebe Zeit, was sollte denn dann aus ihm werden?

Es war genau die Reaktion, mit der Terl gerechnet hatte. »Aber ich denke gar nicht daran, ihm alles zu verkaufen. Nicht dieser Kreatur Tyler! Ich habe an dich gedacht.«

Brown Limper pustete erleichtert durch die Lippen. Er äugte über die Schultern zurück, nach links und nach rechts, und dann beugte er sich vor. Zu ärgerlich, daß alles erst hin und her übersetzt werden mußte, das kostete nur Zeit! »Käme denn ein Verkauf in Frage ... an mich? Also, ich meine natürlich – an uns, an den Rat?«

Terl schien darüber nachzudenken. Schließlich antwortete er: »Nun ja, der Wert ist höher als zwei Milliarden. Aber bei Barzahlung ... und unter gewissen anderen Bedingungen wäre ich einverstanden.«

Brown Limper hatte sich erst kürzlich gründlich mit Wirtschaftslehre beschäftigt. Er wußte, worauf er achten mußte. »Mit einem ordnungsgemäßen Kaufvertrag?«

»Natürlich«, versicherte Terl, »der Kaufvertrag wäre im Augenblick der Unterzeichnung rechtskräftig. Der Vertragsabschluß müßte natürlich nach Psychlo gemeldet werden, eine reine Formalität.« Wenn er je den Versuch unternähme, so etwas zu melden ... wenn sie da oben auch nur andeutungsweise davon erführen ... Sie würden ihn auslöschen, und zwar auf die qualvoll langsame Art!

Er tat so, als wäre die alte Druckpatrone jetzt tatsächlich aufgebraucht und müßte gewechselt werden. Er mußte einfach nochmals etwas Zeit gewinnen. Es gab eine Vorschrift, wie zu verfahren war, wenn ein Planet abgeschrieben wurde. Ein Verkauf kam auch in solchen Fällen für die Company nie in Frage. War ein Planet ausgebeutet, dann wurde er mit einer bestimmten Waffe zerstört. Und genau das war das Schicksal, das Terl dem Planeten zugedacht hatte. Die ersten Schritte waren schon getan. Und er wußte auch, wie es weitergehen würde. Seine Unterschrift unter dem Stück Papier, das er Brown Limper geben wollte? Kein Problem, sie würde mitsamt dem Kaufvertrag in Rauch aufgehen, wenn er den Planeten zerstörte. Die Company mochte zwei Jahre brauchen, bevor sie den Gegenangriff auf die Erde unternahm. Er hatte jede Menge Zeit. Er konnte unbesorgt diesen wertlosen Kaufvertrag unterzeichnen.

Noch einmal steckten sie die Köpfe zusammen. »Damit du dieses Zugeständnis bekommen kannst, müßtest du folgendes tun: Erstens, laß mein altes Büro wieder herrichten. Zweitens, laß mich dort ungestört arbeiten, damit ich die Kontrollen und Schaltanlagen für ein neues Teleportations-Terminal berechnen und aufbauen kann. Drittens, sorg dafür, daß mir alles zur Verfügung steht, was ich brauche. Und viertens, verschaff mir eine angemessene Schutztruppe, die mir bei der Abfeuerung am Terminal zur Verfügung steht.«

Brown Limper sah aus, als wären ihm einige Zweifel gekommen.

»Natürlich werde ich die zwei Milliarden ins Hauptbüro der Company auf Psychlo bringen müssen«, sagte Terl. »Ich bin ja schließlich kein Dieb.«

Brown Limper hatte Verständnis dafür.

»Und ich muß selbstverständlich melden, daß ich eine Übertragungsurkunde für das Company-Eigentum und für den Planeten ausgestellt habe, sonst wäre das rechtlich nicht vollkommen abgesichert«, sagte Terl. »Ich möchte nicht, daß du eine nicht eingetragene Urkunde in der Hand hast. Ich möchte fair zu dir sein.« (Auch das Wort »fair« hatte er erst aus dem Wörterbuch gelernt.)

Ja, sagte Brown Limper, man könne ja sehen, daß er sich große Mühe gab, fair zu sein und alles den gesetzlich vorgeschriebenen Weg gehen zu lassen. Trotzdem, ein kleiner Rest Zweifel blieb.

»Und wenn du die Verkaufsurkunde hast, dann gehören dir alle Außenstationen auf der Erde, samt dem Gerät, und der Planet natürlich auch. Tyler hat dann kein Recht mehr, in der Gegend herumzufliegen.«

Brown Limper richtete sich ein wenig auf. Sein Interesse wurde etwas lebhafter.

»Außerdem«, fuhr Terl fort, »kannst du auf verschiedenen Kanälen durchsickern lassen, daß du vorhast, eine Teleportationsladung nach Psychlo abzufeuern. *Und sobald er davon hört, wird er hier auftauchen, und dann kannst du ihn dir schnappen!*«

Das war der entscheidende Satz!

Brown Limper hätte beinahe durch die Gitter gelangt, um die Abmachung durch Handschlag zu bestätigen. Lars konnte ihn gerade noch rechtzeitig daran erinnern, daß die Stäbe unter Strom standen. Brown Limper erhob sich; er konnte nur mit Mühe das Bedürfnis unterdrücken, einen Freudentanz aufzuführen.

»Ich werde den Vertrag aufsetzen!« sagte er. Hoppla, das war ihm eine Spur zu laut herausgerutscht. »Ich werde den Vertrag aufsetzen«, wiederholte er flüsternd. »Ich erkenne alle deine Bedingungen an. Wir werden es genauso machen, wie du gesagt hast.« Hastig hinkte er los, vor lauter Überschwang in die falsche Richtung. Lars mußte ihn einholen und zum Fahrzeug führen. Brown Limpers Augen funkelten gefährlich.

Den ganzen Weg zurück nach Denver murmelte er immer wieder vor sich hin: »Nun wird die Gerechtigkeit ihren Lauf nehmen!«

Terl in seinem Käfig mochte gar nicht an so viel Glück glauben. Es juckte ihn in allen Nervensträngen, er mußte sich mächtig beherrschen, um nicht in dröhnendes Gelächter auszubrechen.

Macht! Erfolg! Er hatte es geschafft! Er mußte nur noch dafür sorgen, daß dieser verfluchte Planet auch wirklich in Rauch aufging. Und zwar, sobald er ihn verlassen hatte.

3

Jonnie saß am Steilufer und warf kleine Steinbrocken hinunter in den See. Der riesige See, eigentlich ein Binnenmeer, erstreckte sich bis zu den Wolken am Horizont. Da hinten braute sich ein Sturm zusammen. Ein Naturschauspiel, wie man es an so ausgedehnten Wasserflächen oft erleben kann.

Das Steilufer ragte rund siebzig Meter über dem Wasserspiegel auf, eine fast senkrechte Wand. Durch Erosion oder durch einen Vulkanausbruch von den wolkenverhangenen Gipfeln im Nordosten war die Klippe mit Steinen übersät, faustgroße Brocken. Ein ideales Spielzeug, um Kringel in den See zu malen.

Er hatte sich angewöhnt, täglich die paar Kilometer vom Rohstoffcamp bis hierher im leichten Trab zurückzulegen. Es war zwar heiß und schwül hier am Äquator, aber die Bewegung tat ihm gut. Daß es in der Gegend von Tieren wimmelte, kümmerte ihn nicht weiter, obwohl eine Menge Raubtiere darunter waren. Er ging nie ohne Waffen los, und sogar Raubtiere griffen selten an, wenn man sie nicht gerade aufstörte. Es gab eine Art Trampelpfad, woraus er schloß, daß auch die Psychlos oft vom Camp aus hierhergekommen waren, vielleicht um zu schwimmen; der Weg führte über die Klippe und dann seitlich hinunter zu einem Sandstrand. Nein, zum Schwimmen waren sie wohl nicht gekommen, davon hielten sie nichts. Vielleicht hatten sie von dort unten aus Bootspartien unternommen?

Er hatte gelesen, daß das Gebiet um den See einst eine der dichtestbesiedelten Gegenden auf diesem Kontinent gewesen war. Mehrere Millionen Menschen hatten hier gelebt. Die Psychlos mußten sich wohl auf ihre Weise um die Bevölkerung gekümmert haben, und zwar vor langer, langer Zeit, denn von den Feldern und Behausungen oder gar von den Menschen war nicht die geringste Spur übriggeblieben.

Er fragte sich, wieso die Psychlos mit Vorliebe Menschen gejagt hatten. Dr. MacKendrick war der Ansicht, es hinge vielleicht mit gewissen Ähnlichkeiten in den Schwingungen des Nervensystems zusammen: Tiere litten möglicherweise nicht in so scharf ausgeprägtem Maße, daß es den Monstern hinreichenden Genuß verschaffte. Es konnte auch mit bestimmten Ähnlichkeiten im äußeren Erscheinungsbild von Psychlos und Menschen zusammenhängen, mit der gleichen Anordnung der Gliedmaßen und mit dem aufrechten Gang, so daß das Nervensystem in vergleichbarer Weise aufgebaut war. Sogar ihr Killer-Gas war speziell gegen denkende Wesen ausgelegt; gegen Vierbeiner und Reptilien hatte es eine wesentlich geringere Wirkung. So stand es übrigens auch in einem Instruktionstext der Psychlos zur Anwendung des Gases: Von der »Wirkungsabstimmung auf höherentwickelte zentrale Nervensysteme« war da die Rede. Was es auch immer für Gründe haben mochte, die Menge an Wild hatten die im Rohstoffcamp angesiedelten Psychlos jedenfalls kaum vermindert. Und das Wild lief nicht vor Jonnie weg, auch wenn es seine Witterung aufnahm. Allerdings roch er ja keineswegs wie ein Psychlo.

Die Vorzeichen des nahenden Unwetters wurden immer deutlicher. Jonnie schaute hinüber zum ziemlich weit entfernten Camp, ob man dort womöglich schon Vorkehrungen zum Schutz vor dem Sturm traf.

Vom Camp war ein kleines dreirädriges Bodenfahrzeug losgefahren; Jonnie konnte es gerade noch als kleinen dunklen Punkt in der Ferne ausmachen. Jemand kam zu ihm herüber. Um ihn zu treffen? Oder war es eine Fahrt, die gar nichts mit ihm zu tun hatte?

Er beschäftigte sich wieder damit, Steine in den See zu werfen. Im Augenblick entwickelten sich die Dinge nicht so, wie Jonnie sich das gewünscht hätte. Einer der Psychlos war gestorben, die drei anderen lebten noch. Inzwischen hatten sie durch Untersuchung der Leichen festgestellt, daß ungefähr ein Drittel von ihnen zwei metallene Fremdkörper im Hirn hatte. Dr. MacKendrick nahm laufend Versuchsoperationen an den Toten vor, um herauszufinden, wie man die Fremdkörper entfernen konnte, ohne dem zu Operierenden tödliche Verletzungen beizubringen. Er übte sich vorsorglich darin, für den Fall, daß einer der drei Psychlos durchkam. Zwei von denen hatten außer den Bronzehalbmonden auch noch die silberne Sonde in ihren Köpfen. Vielleicht war es sogar eine Wohltat für sie, die scheußlichen Dinger endlich loszuwerden?

Dieses ganze Herumoperieren an den Leichen mißfiel Jonnie, so sehr er auch die Notwendigkeit einsah. Er wandte seine Gedanken lieber erfreulicheren Dingen zu.

Während des Gefechts mit den Psychlos hatte er eine interessante Entdeckung gemacht. Er hatte die fliegende Plattform mit *beiden* Händen gesteuert. Zunächst war ihm das gar nicht aufgefallen, erst eine Woche später hatte er sich daran erinnert und darüber nachgedacht. MacKendrick vermutete, daß ein anderer Teil seines Gehirns in diesem Fall die Steuerungsfunktionen übernommen hätte. Er glaubte, daß es etwas mit der Anspannung während des Gefechts zu tun haben könnte. Aber das kam Jonnie ziemlich unwahrscheinlich vor. Unter dem Streß eines Kampfes sollten diese »verlorengegangenen« Funktionen und Nerven von selbst verheilen?

Seine persönliche Theorie war, daß *er selber* die Nerven dirigierte, und zwar durch Willenskraft. Jedenfalls funktionierte es! Er brauchte es nur zu wollen, und sein Arm und sein Bein führten die gewünschten Bewegungen aus. So hatte er es angegangen, und jeden Tag war es ein bißchen besser geworden. Und jetzt konnte er wieder im Trab laufen, sogar weite Strecken, ohne Stock. Und er konnte Steine werfen.

Als geübter Jäger hatte er sich recht hilflos darüber gefühlt, daß er nicht in der Lage gewesen war, die Keule zu schleudern. Schluß damit. Hier saß er und warf im weiten Bogen Steinbrocken hinunter in den See!

Er nahm den nächsten Brocken, den größten, den er finden konnte, und schleuderte ihn los. Das Felsstück beschrieb einen Bogen durch die Luft, sauste abwärts, schlug auf der Wasserfläche auf. Zuerst sah er die kleine Fontäne aufspritzen, erst den Bruchteil einer Sekunde später hörte er das platschende Geräusch.

Ziemlich gut! Er war mit sich zufrieden.

Die Sturmwolken da draußen türmten sich immer höher auf,

schwarzgrau, ein wenig bedrohlich. Er warf noch einmal einen Blick zum Camp hinüber und entdeckte bei dieser Gelegenheit, daß das Bodenfahrzeug schon fast bei ihm angekommen war. Jetzt hielt es.

Im ersten Augenblick erkannte Jonnie den Fahrer nicht. Er ging ihm ein Stück entgegen. Aha, es war der dritte von seinen Doppelgängern, ein Mann, den alle Stormalong nannten. Sein richtiger Name war Stam Stavenger. Er gehörte zu einer Gruppe Norweger, die schon vor vielen Jahrhunderten nach Schottland ausgewandert war. Sie hatten ihre Namen und ihre Herkunft nie verleugnet, aber an ihren heimischen Sitten hielten sie längst nicht mehr fest; sie kleideten und verhielten sich wie Schotten.

Er hatte Jonnies Größe und Gestalt, die gleichen Augen, nur sein Haar war eine Spur dunkler und seine Haut viel stärker gebräunt. Seit den Tagen oben an der Goldader hatte er nicht mehr in Jonnies Rolle schlüpfen müssen, und da er sich dieser Pflichten jetzt ledig glaubte, trug er einen kräftig gestutzten Bart.

Stormalong war an der Akademie stationiert. Als erfahrener Pilot tat er nichts lieber, als Flugschüler auszubilden. Er hatte irgendwo eine alte Fliegerkombination aus längst vergangenen Tagen gefunden, dazu einen weißen Schal und eine Schutzbrille, die fast das halbe Gesicht bedeckte. An den Sachen hing er, er wußte, daß er recht schneidig darin aussah.

Sie begrüßten sich schulterklopfend und grinsten.

»Man hat mir gesagt, daß Sie hier oben sitzen und mit Felsbrocken nach Krokodilen schmeißen«, sagte Stormalong. »Was macht der Arm?«

»Sie müssen ja noch meinen letzten Wurf gesehen haben«, antwortete Jonnie. »Mag sein, daß ich damit nicht gerade einen Elefanten umgelegt hätte, aber es klappt schon wieder ganz gut.« Er führte ihn zu einer flachen Felsnase, von der aus man den See überblicken konnte; dort setzten sie sich nebeneinander. Der Sturm braute sich mehr und mehr zusammen. Aber im Notfall waren sie ja rasch wieder im Camp.

Stormalong war gewöhnlich nicht sehr gesprächig, aber jetzt brachte er eine Menge Neuigkeiten mit. Überhaupt herauszufinden, wo Jonnie steckte, war mindestens so schwierig gewesen, wie einen Dachs mit Hilfe von Frettchen aus seinem Bau herauszujagen. In Amerika hatte es ihm niemand sagen können. So war er nach Schottland geflogen, in der Hoffnung, daß er dort vielleicht Jonnie oder wenigstens eine Spur fände, die ihn zu ihm führte.

Chrissie schickte ihm übrigens liebe Grüße, die von Pattie an

Bittie hatte er schon ausgerichtet. Der Clanchef Fearghus ließ seinen Respekt übermitteln, wohlgemerkt, nicht einfach Grüße, sondern seinen *Respekt*. Ach ja ... und alles Gute von Tante Ellen; sie war jetzt mit dem Pastor verheiratet und wohnte in Schottland.

Zwei Koordinatoren, die nach Schottland zurückgekehrt waren, hatten Stormalong schließlich auf Jonnies Spur gebracht. Es waren die beiden, die man losgeschickt hatte, um irgendeinen Stamm umzusiedeln ... Wie hatten sie sich gleich ausgedrückt? Brigaden? Nein, Briganten ... Menschenskind, dieser Pöbel trieb sich jetzt in Denver herum! Schreckliche Leute, davon hatte er sich mit eigenen Augen überzeugt. Na ja, wie auch immer, man hatte Allisons Leiche zur Beisetzung nach Schottland gebracht, und dort waren alle über den Mord an dem Koordinator sehr aufgebracht.

Aber das war's eigentlich gar nicht, was er Jonnie erzählen wollte. Nein, es ging um diese unglaublich verrückte Geschichte, die sich während des Überflugs von Amerika nach Schottland ereignet hatte.

»Erinnern Sie sich, daß Sie immer auf die Gefahr einer neuen Invasion gegen die Erde hingewiesen haben?« fragte Stormalong. »Nun, das scheint jetzt wirklich in den Bereich des Möglichen gerückt zu sein.«

Er war auf der Nordroute nach Schottland geflogen, in einem ganz gewöhnlichen Kampfflugkörper, er war gut vorangekommen. Und gerade, als er die Nordspitze von Schottland erreichte, hatte er plötzlich ein riesiges, ein gewaltiges Raumschiff gesehen, und zwar auf dem Schirm und auch mit bloßem Auge. Ein Raumschiff, so groß, wie er sich's bis dahin nie hatte träumen lassen. Einen Augenblick lang dachte er, er könne nicht mehr ausweichen, der Zusammenstoß wäre unvermeidlich. Er sah es ganz deutlich auf dem Schirm. Und da war es, riesengroß, unmittelbar vor dem Cockpit. Aber ... da! Jetzt prallte er auf! Und es geschah nichts. Es war überhaupt nichts da.

»Es war nichts da?« fragte Jonnie.

Ja, genauso war es. Er prallte auf ein festes fliegendes Objekt auf, das nicht da war. Genau vor ihm am Himmel. Es füllte den ganzen Himmel aus, aber es war nicht da. Hier ... er hatte ja die Luftaufnahmen in der Pilotentasche.

Jonnie sah sie sich an. Ein kugelförmiges Objekt, das von einem Ring umgeben war. Ganz anders als jeder Flugkörper, von dem er je gehört hatte. Wirklich, ein riesengroßes Ding. Und da ... ganz unten in der Bildecke ... konnte man die Orkney-Inseln sehen. Das fliegende Objekt schien eine Ausdehnung zu haben, die von Mittelschottland bis zu den Orkneys reichte. Auf dem nächsten Bild sah man, wie das Objekt den Kampfflugkörper einhüllte, der die Aufnahme machte. Und auf dem dritten Bild war das Objekt einfach verschwunden.

»Ein Raumschiff, das es überhaupt nicht gab«, sagte Stormalong nachdenklich.

Jonnie erinnerte sich an physikalische Theorien, die er in irdischen Büchern aus alter Zeit gelesen hatte. »Es muß etwas mit dem Licht zu tun haben. Es könnte sein, daß das Objekt sich schneller als das Licht bewegt hat. Dann ist seine wahrnehmbare Erscheinung weit hinter ihm gewesen. Natürlich ist das alles nur eine Vermutung. Aber die Wissenschaftler früherer Zeiten haben angenommen, daß ein Gegenstand, wenn er sich schneller als das Licht bewegt, eine – allerdings nur scheinbar – riesige Ausdehnung annehmen könnte; er könnte so groß aussehen wie das ganze Universum. Ich habe das in alten Büchern über Nuklearphysik gelesen. Ich muß zugeben, das meiste davon habe ich nicht verstanden.«

»Das könnte genau zutreffen«, meinte Stormalong. »Zumal die alte Frau gesagt hat, es sei gar nicht so groß gewesen.«

Was für eine alte Frau?

Na ja, die Sache war so ... Als der erste Schreck vorbei war, hatte Stormalong noch einmal die Recorderaufnahmen zurückverfolgt. Er hatte es nicht bemerkt, während er sich Schottland näherte. Aber Jonnie wisse ja, wie das so ging: Man ist nach einem langen Flug völlig kaputt, man paßt nicht auf ... Und er hatte auch in letzter Zeit ein bißchen wenig Schlaf abgekriegt. Die Flugschüler ... man wußte ja, wie sie sich anstellten, und bei der ständigen Überforderung der Piloten wurde der Nachwuchs dringend gebraucht, und es konnte gar nicht schnell genug gehen mit den Fortschritten der Flugschüler.

Also, beim nachträglichen Durchprüfen der Recorderaufnahmen hatte er die Annäherung eines Objekts bemerkt, er konnte die Spur bis zu einem Bauernhof westlich von Kinlochbervie zurückverfolgen. Jonnie wisse schon ... diese Ecke da oben an der Nordwestküste Schottlands, ja? Na schön, Stormalong hatte also die Geschwindigkeit gedrosselt und den Bauernhof angeflogen, innerlich darauf gefaßt, daß dort alles in Schutt und Asche geschossen wäre.

Aber er fand nur einen verbrannten Fleck in den Steinen – Jonnie müsse wissen, daß die Bauernhöfe dort in der Gegend hauptsächlich Steine anbauen ... Und da er keine Zerstörungen entdecken konnte und nichts auf die Anwesenheit feindlicher Kräfte schließen ließ, setzte er in der Nähe des Bauernhofes zur Landung an. Eine alte Frau kam heraus, ganz aufgeregt, weil heute gleich zwei Besucher vom Himmel zu ihr herunterkamen, während sie sonst oft monatelang überhaupt keinen Besuch bekam. Er wurde genötigt, Platz zu nehmen und Gewürztee zu trinken, und die Frau zeigte ihm ein funkelnagelneues Taschenmesser.

»Ein Taschenmesser?« fragte Jonnie verblüfft. Verflixt, der gewohnheitsmäßig schweigsame Stormalong brauchte ziemlich lange, bis er zur Sache kam!

Ja, ganz recht. Eins von der Sorte, wie man sie auch in den Trümmern der Städte gefunden hatte. Jonnie wußte doch, was er meinte, oder? So ein Ding, das man in sich zusammenklappen kann. Aber dieses hier war, wie gesagt, funkelnagelneu. Ja doch, er käme ja gleich zur Sache ... Er sei sozusagen schon mitten drin.

Kurz und gut, wie ihm die alte Frau erzählte, saß sie gerade da und kämmte ihren Hund, weil der doch so häufig Kletten im Fell hat, da sträubten sich dem plötzlich die Haare, er fing zu knurren an, und sie ... also, sie erschrak fast zu Tode, als sie direkt hinter sich den kleinen grauen Mann stehen sah. Und draußen im Vorgarten war die Kugel gelandet, eine große graue Kugel mit einem Ring drumrum. Ja, genau da, wo normalerweise die Kuh angepflockt war. Vor Schreck hätte sie bald den Verstand verloren, sagte sie. Ein Geräusch? Nein, sie hatte nichts gehört. Na ja, vielleicht etwas, das irgendwie an Wind erinnerte.

Sie bat also den kleinen grauen Mann auf eine Tasse Kräutertee herein, genau wie sie hinterher dann auch mich hereingebeten hat. Bloß daß ich mich bei meiner Ankunft mit manierlichem Getöse angekündigt habe.

Aber der kleine graue Mann war außerordentlich höflich. Und klein ...? Nun ja, eben ein bißchen kürzer geraten als andere Männer. Alles an ihm war grau, die Haut, die Haare, die Kleidung, alles. Das einzige, was der Frau wirklich merkwürdig vorkam, war dieser Kasten, der an einem Halsband hing und vor seiner Brust baumelte. Er sprach etwas hinein, und unmittelbar danach ertönte aus dem Kasten ein englischer Satz. Der Mann sprach zwar ruhig, aber in abgestuften Tonlagen. Aus dem Kasten dagegen kam alles in einem monotonen Singsang.

»Ein Sprachumwandler«, sagte Jonnie, »ein tragbares Übersetzungsgerät. In einem Buch der Psychlos wird so ein Gerät beschrieben. Die Psychlos haben allerdings selbst nichts dergleichen benutzt.«

So? Na schön. Also, dieser kleine graue Mann fragte sie jedenfalls, ob sie wohl irgendwelche Zeitungen habe. Und sie antwortete natürlich: nein, eine Zeitung habe sie in ihrem ganzen Leben noch nicht gesehen, und das ginge den meisten Leuten so. Und dann erkundigte er sich, ob sie irgendwelche historischen Bücher habe. Und sie war ganz betrübt, daß sie ihm antworten mußte: ja, was Bücher wären, das wüßte sie wohl, sie hätte schon davon gehört, aber leider besitze sie keine.

Tja, er schien anzunehmen, daß sie ihn gar nicht richtig verstanden hatte. Also führte er ihr eine regelrechte Pantomime vor, um ihr zu verdeutlichen, daß er einfach etwas haben wollte, was auf Papier gedruckt ist.

Sie wollte ihm unbedingt helfen. Und offenbar war es so, daß jemand vor kurzem von ihr Wolle gekauft und ihr dafür ein paar von diesen neuen Währungseinheiten gegeben hat. Und er hatte ihr bei dieser Gelegenheit natürlich auch erklärt, was das eigentlich war.

»Was für Währungseinheiten?« fragte Jonnie dazwischen.

»Oh, haben Sie die noch gar nicht gesehen?« Stormalong kramte in seinen Taschen herum und fand einen Geldschein. »Neuerdings werden wir bezahlt, und zwar damit.« Es war eine Note über eine Währungseinheit, ausgestellt von der neuen Planetarischen Bank. Jonnie sah sich das Stück Papier mit mäßigem Interesse an, bis sein Blick auf das Bild fiel. Das war ja ein Bild von ihm! Und es zeigte ihn, wie er eine Waffe schwang! Seiner Meinung nach war er auf dem Bild nicht besonders gut getroffen, und ein bißchen peinlich war ihm die Sache außerdem.

Stormalong fuhr in seinem Bericht fort und erzählte, daß die alte Frau die bedruckten Papierscheine überhaupt nur wegen seines Bildes genommen habe. Einen davon hatte sie an die Wand geheftet. Und den verkaufte sie nun an den grauen Mann, das heißt, sie tauschte ihn gegen das Taschenmesser, weil sie ja noch einen anderen Schein hatte, den sie an die Wand hängen konnte.

»Dann hat sie das Taschenmesser billig bekommen, wenn es wirklich so gut gearbeitet war«, meinte Jonnie.

Wie? Ach so. Also, darüber hatte sich Stormalong, ehrlich gesagt, noch gar keine Gedanken gemacht. Zurück zu seiner Geschichte ... Der kleine graue Mann trank den Kräutertee aus, verwahrte die Banknote sehr sorgfältig zwischen zwei Metallscheiben und steckte alles in die Innentasche seines Anzugs. Er bedankte sich höflich, ging zu seinem Raumschiff, sagte etwas zu jemandem, der drin saß, und stieg ein. Er rief der alten Frau noch zu, sie solle nicht zu nahe herankommen, dann schloß er die Tür. Danach – ein Flammenkringel, und das Schiff hob ab. Im Nu war es so groß wie der ganze Himmel, und im nächsten Augenblick war es verschwunden. Ja ... doch, genau, wie Jonnie gesagt hatte ... vielleicht so eine Art Lichtphänomen. Die Flugbewegungen waren nicht so wie bei den Flugkörpern, die sie selber benutzten. Nein, mit Teleportation hatte das nichts zu tun. Überhaupt, das war bestimmt kein Raumschiff der Psychlos. Zumal es sich ja um einen *kleinen* grauen Mann gehandelt hatte.

Jonnie war sehr still geworden. Also ... *andere* außerirdische Lebewesen? Und sie zeigten jetzt, nachdem die Psychlos nicht mehr da waren, Interesse an der Erde?

Sein Blick schweifte über den See, über dem die Sturmwolken sich immer höher türmten. Aber seine Gedanken waren bei dieser Geschichte, die Stormalong erzählt hatte und die eine Menge Rätsel aufgab.

Und Stormalong meinte, na ja, wie das auch gewesen sein mochte, eigentlich wäre er ja gar nicht deswegen gekommen. Er suchte in der Kartentasche herum, die er bei sich trug.

»Hier«, sagte er schließlich, »ein Brief von Ker. Er hat mir aufgetragen, ihn ja nicht aus den Händen zu geben, sondern Ihnen persönlich zu überreichen. Na gut, ich schulde ihm sowieso noch eine Gefälligkeit. Ker hat gesagt, wenn der Brief nicht bei Ihnen ankäme, würde der ganze Schacht zusammenbrechen. So, hier ist er.«

4

Jonnie sah sich den Umschlag an. Es war eine von den Papierhüllen, in denen normalerweise die Wärmeschutzkleidung verpackt wurde. Sie trug lediglich die Aufschrift: »SCHRECKLICH GEHEIM«. Er hielt den Umschlag gegen das Licht, das jetzt, da der Sturm näher heranzog, nicht mehr so hell war. Er konnte keine versteckte Sprengladung erkennen und riß den Umschlag auf. Aha, es war wirklich Kers Handschrift. Die ungelenken Haken und Kurven glichen vielleicht nicht dem Schriftbild, wie es in Lehrbüchern zu finden war, aber Ker hatte eben seine eigene Vorstellung davon, wie man in Psychlo zu schreiben hatte. Jonnie zog den Bogen heraus, entfaltete ihn und begann zu lesen. Da stand:

»SCHRECKLICH GEHEIM«

»An ... na, Du weißt schon, an wen.

Wie Dir bekannt ist, sind nach den Vorschriften der Company persönliche Briefe verboten, und wenn ich dabei erwischt würde, daß ich Dir einen schreibe und schicke, dann müßte ich dafür drei Monatsgehälter berappen. Haha! Aber Du hast, bevor Du gegangen bist, zu mir gesagt, ich müßte Dir, wenn eine bestimmte Sache passieren würde, unbedingt schreiben und den Brief einem Piloten geben wie zum Beispiel ... na, Du weißt schon, wie wer ... also, jedenfalls einem, der ihn Dir schnell bringen kann. Gut, ich werde keine Namen verwenden, das ist mir zu unsicher. Aber diese bestimmte Sache, von der Du ja weißt, worum es sich handelt, wird bald passieren, und deshalb schreibe ich Dir, auch auf die Gefahr hin, daß mir die Company dafür drei Monatsgehälter abknöpft. Wie Du siehst, hab ich auch meine Handschrift verstellt. Gestern kam dieser übergeschnappte Expilot Lars, dieser Volltrottel, der sich einbildet, er wäre der großartigste Kunst- und Kampfflieger der Welt, bloß weil er ein paar Gespräche geführt hat mit jemandem, den ich nicht erwähnen will, und zwar aus Sicherheitsgründen (*Sicherheit*, hast Du kapiert?) ... Er hat sich übrigens sein stockdämliches Genick angeknackst und ist jetzt Assistent von jemandem geworden, den Du kennst (nein, keine Namen!) ... Also, der kam gestern und bat alle Psychlos, die da im Bunker hocken, sie möchten doch so nett sein und mithelfen, die Atemgaspumpen und die Ventilatoren wieder in Ordnung zu bringen, und zwar in dem früheren Büro von ... na, Du weißt schon, von wem. Na, die hatten natürlich alle keine Lust, dabei mitzumachen, wie Du Dir denken kannst. Sie glauben nämlich – und ich bin sicher, daß sie da gar nicht so falsch liegen – daß dieser gewisse Jemand, von dessen Büro die Rede war, derselbe ist, der den alten ... Du weißt schon, wen ich meine ... hinterrücks umgebracht hat. Da war nämlich einer (der aber hinterher auch umgebracht worden ist), der hatte das seinerzeit rausgekriegt und den anderen erzählt, und dann ist er plötzlich irgendwie abhanden gekommen, einfach so, na ja, und da kannst Du Dir ja vorstellen, daß die anderen seine Geschichte jetzt erst recht glauben. Sie denken gar nicht daran, für ... Du weißt schon, für wen ... auch nur eine Klaue krumm zu machen und irgendwas mit der früheren

Bleibe von ... Du weißt schon, von wem ... zu schaffen zu haben, weil nämlich alle überzeugt sind, daß derselbige sie eines schönen Tages alle in die Luft jagen will. Kurz und gut, die Atemgaspumpen und die ganze Zirkulationsanlage in diesem Gebäudetrakt sind, wie wir beide wissen, sowieso vollständig hin und müßten natürlich, bevor jemand ohne Atemmaske dort arbeiten kann, repariert werden, aber da ist ja nur noch Schrott übrig. So kam also dieser Vollidiot ... dieser großartigste Kampfflieger des Universums, der keinen Schimmer vom Luftkampf hat und sich um ein Haar das Genick gebrochen hätte, und der so vertrottelt ist, daß wir ihn nicht ausbilden konnten ... Also, der kam zu mir spaziert, und ich hab gesagt, ja, ich könnte die Büroräume von ... Du weißt schon, von wem ... also, die könnte ich schon wieder hinkriegen, aber ich bräuchte natürlich das eine oder andere Ersatzteil, vielleicht sogar von anderen Außenstationen, weil ja die Atemgasanlage vollständig hin ist. Und er hat gesagt, es ginge hier um eine Anordnung des Rates, und er könnte schon dafür sorgen, daß ich alles bekäme, was ich brauche. Na schön, ich hab ihm eine tolle Konstruktionszeichnung für die Reparaturarbeiten hingemalt, bei der man jede Menge Ersatzteile braucht, und nun ziehe ich die Sache so lange hin, wie's nur irgend geht. Mir haben sie erzählt, daß der ... Du weißt schon, wer ... im Rat gesagt hätte, die ganze Geschichte wäre geheim und außerordentlich dringend, und nun trampeln sie mir dauernd auf den Nerven rum, daß ich das endlich hinkriege, und 'ne Sonderzulage haben sie mir auch versprochen. Haha! Na ja, bis jetzt schinde ich ganz schön Zeit. Aber, wie Du damals selber gesagt hast, unter bestimmten Umständen ist es schon besser, wenn Du herkommst. Ich hab denen inzwischen klargemacht, daß ich Gehilfen brauche. Aber benutz bloß nicht Deinen richtigen Namen, denn wenn man irgendwas zu tun hat mit ... Du weißt schon, wen ich meine ... oder mit dem anderen, den Du ja auch kennst ... also, dann gerät man hier schneller in Teufels Küche, als man sich umgucken kann. So, nun weißt Du, wie es hier steht, und ich hab mir die Klaue wundgeschrieben, um Dir alles mitzuteilen, und den Ohrknochen dabei ausgerenkt, mir das ganze Geplärr anzuhören, wie dringend es alles ist, aber ich zieh die Sache weiter hin, so gut es geht, und laß mir alle möglichen und unmöglichen Ersatzteile für die Atemgasanlage einfallen, und was die Anlage betrifft, na ja, die war tatsächlich hin, als ich angefangen hab, daran zu arbeiten, aber jetzt ist sie völlig im Arsch. Haha! Au weia, für diesen persönlichen Brief könnten die mir doch glatt drei Monatsgehälter abknöpfen! Haha! Also, die Summe bist Du mir schuldig, falls sie mich erwischen. Haha! Schöne Grüße von ... na, Du weißt schon, von wem.

Noch was: Zerrupf den Brief, damit die Sache mich nicht am Ende doch noch drei Monatsgehälter kostet. Oder gar mein pelziges Genick. Nee, nix haha.«

Jonnie las den Brief noch einmal und riß ihn dann, wie Ker gewünscht hatte, in lauter kleine Fetzen. »Wann hat er Ihnen den gegeben?« fragte er Stormalong.

»Gestern früh. Ich mußte Sie ja erst aufspüren.«

Jonnie sah wieder auf den See hinaus. Die Sturmwolken standen himmelhoch aufgetürmt, ein riesiges schwarzes Gebilde, das fast schon bis zu ihnen gezogen war.

Jonnie gab Stormalong ein Zeichen, daß es höchste Zeit war, in das Bodenfahrzeug zu steigen. Er startete den Motor. Schweigend fuhren sie durch die Savanne zurück zum Rohstoffcamp.

Donnergrollen. Und peitschender Regen.

Jonnie wußte, daß er jetzt nach Amerika aufbrechen mußte. Sofort!

5

»Das ist ein Falle!« warnte Robert der Fuchs.

Jonnie war zurückgekommen und hatte ihnen rasch erzählt, was in Kers Brief stand. Er hatte Anweisung gegeben, Stormalongs Flugkörper durchzuchecken und aufzufüllen und alles so vorzubereiten, daß er innerhalb einer Stunde starten konnte. In diesem Augenblick standen der Copilot, der mit Stormalong gekommen war, und Angus vor ihm. Jonnie sah sich die beiden genau an.

»Können Sie Ker wirklich vertrauen?« fragte Robert der Fuchs.

Jonnie antwortete nicht. Er war mit dem Ergebnis seiner

Prüfung zufrieden. tsächlich, man hätte Angus für den Copiloten halten könn . Er mußte nur seinen Bart ein bißchen dunkler färben, ein enig Walnußcreme auftragen, um Sonnenbräune vorzutäusc n, und natürlich andere Kleidung anzeihen.

»Nun antworte Sie endlich! Es fällt mir wirklich schwer zu glauben, daß Sie I fünf Sinne beisammen haben!« Robert der Fuchs war sehr au ebracht. Wie ein gereizter Stier rannte er in dem unterirdische Raum hin und her, immer von einer Wand zur anderen.

Jonnies Antv t kam hart und klar. »Ich muß gehen. So schnell wie mögli . Sofort.«

»Nein!« wider rach Dunneldeen.

»Nein!« sagte uch Robert der Fuchs.

Nach hastig Übersetzungsgetuschel mit dem Koordinator stand auch Colo l Iwans Meinung fest: »Njet!«

Jonnie ließ gus und den Copiloten die Kleidung tauschen. »Überlegen Sie sich noch einmal, Angus«, sagte Jonnie. »Sie müssen nicht tkommen. Vielleicht haben Sie zu überstürzt zugestimmt.«

»Natürlich omme ich mit«, antwortete Angus. »Ich werde zwar vorher be n und mein Testament machen, aber ich komme mit Ihnen.«

Jonnie zo Stormalong mit zu einem übergroßen Spiegel der Psychlos; sie ellten sich nebeneinander. Die tropische Sonne hatte Jonnie bräunt. Ihr Teint besaß jetzt ungefähr die gleiche Tönung. Stor alongs Bart war eine Spur dunkler. Das konnte man mit W ußcreme hinkriegen. Aber da waren noch die Spuren von onnies jüngster Verletzung. Die Wunde war gut verheilt, ab die Narbe blieb, und dagegen ließ sich nichts machen. Es ei denn, hoffte Jonnie, die Leute würden denken, Stormalong ätte einen Unfall gehabt. Ja, Moment mal ... Er konnte ein Verband umlegen. Ach so ... und dieser eckige Schnitt am nteren Teil von Stormalongs Bart ... Er hatte doch gleich das efühl gehabt, daß da irgend etwas nicht stimmte. Er langte nac dem Werkzeugkasten, den Angus stets bei sich trug, nahm eine charfe Drahtschere heraus und stutzte seinen Bart so zurecht, d ß er genau dem Stormalongs glich. Danach tauschten sie die Kl dung. Jetzt noch ein bißchen Walnußcreme ... gut so. Er prüfte ein Spiegelbild. Ach ja, der Verband ... Er nahm eine Mullbind und brachte sie an seinem Kopf an. Na? Sehr gut. So konnte für Stormalong durchgehen. Die Kleidung tat ein übriges: e große, altmodische Schutzbrille, der weiße Schal, die lederne Fliegermontur. Es sei denn, jemand nähme ihn allzusehr aus der Nähe in Augenschein. Oder ... tja, dieser kleine Unterschied in der Aussprache. Er bat Stormalong, etwas zu sagen, und dann wiederholte er es. Der gutturale Akzent, der für einen Schotten typisch war, fehlte bei Stormalong. Da blieb eigentlich nur ... ja, Stormalong sprach alles ein bißchen weicher, melodischer aus, wie es an der schottischen Universität üblich war. Jonnie probierte es. Ja, das kam hin. Er konnte also auch Stormalongs Stimme nachahmen.

Die anderen, die im Raum standen, schienen sehr beunruhigt zu sein. Colonel Iwan spielte unablässig mit den großen Händen, ließ die Knöchel knacken. Und da steckte Bittie MacLeod den Kopf zur Tür herein. Er kam ein paar Schritte näher. Seine Augen glänzten. Es war nicht schwer zu erraten, was er auf dem Herzen hatte.

»Nein!« sagte Jonnie entschieden. Stolz hin, Stolz her. Bei der Sache, die vor ihnen lag, ging es auf Leben und Tod. »Diesmal kannst du nicht mitkommen!« Dann fügte er versöhnlich hinzu: »Paß gut auf Colonel Iwan auf.«

Bittie schluckte ein paarmal schwer, dann ging er.

Auch Angus war fertig. Von drüben, vom Hangar, hörte man das Scheppern der Energiebatterien, die ausgewechselt wurden, und das Dröhnen der Arbeitsgeräte. Sie waren dabei, die Maschine startklar zu machen.

Jonnie winkte Colonel Iwan heran. Der Koordinator trat ebenfalls vor. »Colonel, veranlassen Sie alles, um die unterirdische Basis in Amerika dichtmachen zu lassen. Alle Eingänge müssen verschlossen sein. Richten Sie alles so her, daß außer uns niemand hineinkann. Das ist wichtig, achten Sie sorgfältig darauf. Veranlassen Sie dasselbe beim Waffenarsenal fünfzig Kilometer weiter nördlich, wo die taktischen Nuklearwaffen lagern. Nehmen Sie alles unter Verschluß. Übrigens auch sämtliche Sturmgewehre, soweit sie nicht bei Schotten in Gebrauch sind. Haben Sie alles genau verstanden?«

Ja, er hatte es verstanden. Und eine Gruppe seiner Russen stand sowieso dort in Bereitschaft.

Jonnie machte Dunneldeen und Sir Robert ein Zeichen, und die beiden gingen mit ihm zum Hauptgebäude hinüber. Kurz und bündig, in knappen Worten, erklärte ihnen Jonnie, was sie tun sollten, um seine Aufgaben fortzuführen, falls er getötet würde. Ihre Mienen waren ernst, sie waren voller Sorge um ihn. Sein Plan war waghalsig, und es gab so vieles, was schiefgehen konnte. Aber sie verstanden, worauf es ihm ankam. Und sie versicherten ihm, die Dinge in seinem Sinne weiter voranzutreiben.

»Und Sie, Dunneldeen, richten es so ein, daß Sie in ungefähr vierundzwanzig Stunden drüben in der Akademie auftauchen«, bat Jonnie am Schluß. »Angeblich kommen Sie aus Schottland, um anstelle von Stormalong dessen Aufgaben bei der Pilotenausbildung zu übernehmen. Der wird, wenn alles gut läuft, um diese Zeit schon mit einem ›anderen dienstlichen Auftrag‹ beschäftigt sein.«

Dunneldeen nickte zustimmend.

Die alte Frau, die vor kurzem mitsamt ihrer ganzen Familie aus den Mondbergen heruntergekommen war und jetzt als Wirtschafterin im Camp fungierte, mußte irgendwie Wind davon bekommen haben, daß etwas geplant wurde. Sie hatte ein großes Paket mit Verpflegung für zwei Mann zusammengepackt und ein paar Kürbisflaschen mit Süßwasser gefüllt. Außerdem brachte sie ein großes Sandwich mit gegrilltem afrikanischen Rindfleisch in einem Brotfladen aus Rispenhirse, und sie blieb so lange vor Jonnie stehen, bis er davon zu essen begann.

Sir Robert nahm das Paket mit den Lebensmitteln und Dunneldeen die Kürbisflaschen. Sie gingen alle in die frühere Flugleitzentrale der Psychlos. Vom Flugfeld, wo Angus die Arbeiten am Flugkörper überwachte, hörte man immer noch Hämmern und das hohe Kreischen von Drillbohrern. Jonnie nahm den Stapel der letzten Funkmeldungen aus dem Ablagekasten des Druckers und sah sie durch, eigentlich nur, weil er feststellen wollte, ob beim Funkverkehr der Piloten irgendwelche ungewöhnlichen Wetterbeobachtungen erwähnt wurden.

Schau an! Einmal ... nein, sogar zweimal wurde über dieses Raumschiff berichtet, das so groß wie der Himmel wurde. Es hörte sich alles genauso an wie in der Geschichte, die Stormalong ihm erzählt hatte. Beide Male wurde der kleine graue Mann erwähnt. Einmal war er in Indien aufgetaucht und einmal in Südamerika.

»Der kleine graue Mann kommt ganz schön rum«, murmelte Jonnie vor sich hin. Dunneldeen und Sir Robert reckten die Hälse und wollten einen Blick auf die Funkmeldungen werfen, um zu verstehen, wovon Jonnie redete. »Stormalong wird Ihnen die Einzelheiten erzählen«, sagte Jonnie. Soviel war sicher, es gab da irgendeine andere Zivilisation im All, die sich für die Erde interessierte. Aber der kleine graue Mann schien keine feindlichen Absichten zu haben, jedenfalls bis jetzt noch nicht. »Richtet auf diesem Camp eine Abwehrbereitschaft rund um die Uhr ein«, sagte Jonnie. »Und wenn ihr woanders hingeht, haltet ihr es genauso.«

Der Lärm draußen am Flugzeug war verstummt. Sie gingen hinaus. Der Flugkörper wurde gerade von einem Arbeitswagen bis unter das offene Hangartor gezogen.

Stormalong und sein Copilot standen dort. »Ihr bleibt hier«, sagte Jonnie. »Beide. Und Sie ... « Er tippte Stormalong mit dem Finger auf die Brust. »Sie sind ich. Tragen Sie meine Kleider und machen Sie, genauso wie ich's getan habe, jeden Tag denselben kleinen Lauf und werfen Sie Steine von der Klippe. Und Sie ...« Er deutete auf den Copiloten, einen Schotten namens Darf. »Sie schlüpfen in die Rolle von Angus.«

»Mann! Angus, der ist in manchen Sachen große Klasse, da hab ich keine Ahnung von!« lamentierte der Copilot.

»Sie werden alles so machen, wie Angus es gemacht hätte. Sie schaffen das schon«, sagte Jonnie.

Ein Russe kam und meldete, daß alles in Ordnung sei, keine Überwachungsdrohnen in der Nähe. Durch Augenbeobachtung festgestellt und durch das Bild auf den Radarschirmen bestätigt. Der Mann hatte Englisch gelernt, gut sogar. Aber es hörte sich an wie bei einem gebürtigen Schotten.

Jonnie und Angus bestiegen den Flugkörper. Sir Robert und Dunneldeen verluden das Verpflegungspaket und die Kürbisflaschen mit Wasser. Dann standen sie da und schauten zu Jonnie hoch, der schon in der Kabine saß. Sie schienen zu überlegen, was sie sagen sollten. Aber am Ende brachten sie doch kein einziges Wort heraus.

Ein bißchen weiter hinten stand Bittie und winkte schüchtern.

Jonnie schloß die Einstiegstür. Angus gab ihm das Klarzeichen. Jonnie bedeutete der Besatzung des Arbeitswagens, sie sollten den Flugkörper ganz hinausziehen. Dann drückte er mit dem Handballen den Schnellstartknopf. Er schaute zurück. Die Männer dort unten unter dem Hangartor winkten nicht mehr. Jonnies Finger tanzten über das Armaturenbrett.

Stormalong hielt die Luft an. Natürlich hatte er gewußt, daß Jonnie ein unvergleichlicher Pilot war. Aber er hatte noch nie gesehen, daß eine Maschine so schnell in einer so steilen Kurve hochgezogen und auf Überschallgeschwindigkeit gejagt wurde. Als der Flugkörper die Schallmauer durchbrach, hallte der scharfe Knall von den Gipfeln der afrikanischen Berge wider. Oder war es ein heftiger Donnerschlag aus dem tobenden Unwetter, in dessen Zentrum die Maschine hineinflog?

Wieder Donnergrollen und ein zuckender Blitz.

Die Gruppe stand immer noch unter dem Hangartor. Die

Männer schauten hinauf zu der Stelle, wo der Flugkörper im brodelnden Wolkengebirge verschwunden war. Da oben war Jonnie nun unterwegs nach Amerika. Die ganze Sache gefiel ihnen nicht. Nein, überhaupt nicht.

6

Sie wählten die Flugroute seitlich am Nordpol vorbei. Da sie vor Morgengrauen ankommen wollten, mußten sie schneller sein als die Sonne. Und sie schafften es wirklich, noch während der Dunkelheit auf dem Gelände der Akademie aufzusetzen.

Es gab nur ein paar spärliche Lichter, niemand hatte die Flugfeldbeleuchtung eingeschaltet. Sie waren auf einer Nebenpiste gelandet und hatten sich im Instrumentenflug und anhand ihrer Bildschirme heruntergetastet. Es war eine Landung ohne Aufsehen.

Den Flugschüler, der als Wachoffizier eingeteilt war, mußten sie erst aufwecken, damit er sie ins Wachbuch eintragen konnte: »Stormalong Stam Stavenger, Pilot, und Darf McNulty, Copilot, zurück aus Europa, Ausbildungs-Kampfflugkörper 86290567918. Keine besonderen Vorkommnisse, keine Meldungen.« Der Wachoffizier trug alles ein, er machte sich nicht die Mühe, die beiden unterschreiben zu lassen.

Jonnie wußte nicht, wo Stormalong und Darf ihre Schlafplätze hatten. Er hatte vergessen, danach zu fragen. Stormalong ... vielleicht da, wo die Schlafkojen für die höheren Dienstgrade waren? Und Darf? Er dachte fieberhaft nach. Angus als Doppelgänger von Darf schleppte sich immer noch mit dem Verpflegungspaket und dem Werkzeugkasten ab. Na ja, alles was recht war, Stormalong galt immerhin als As unter den Ausbildern, die hier tätig waren ...

Jonnie nahm das Verpflegungspaket und den Werkzeugkasten und schob beides dem wachhabenden Flugschüler hin. »Bitte, tragen Sie mir das in mein Zimmer.« Der Flugschüler guckte ihn verdutzt an. Normalerweise trug Stormalong seine Sachen doch selber? »Wir sind fünf Tage im Flugeinsatz gewesen, haben keinen Schlaf bekommen«, fügte Jonnie erklärend hinzu und tat so, als taumele er schon ein wenig vor Müdigkeit.

Achselzuckend nahm der Flugschüler das Gepäck. Jonnie blieb stehen und ließ ihn vorausgehen und den Weg zeigen.

Sie kamen zu einem Einzelzimmer. Aha, das war sicher Stormalongs Raum. Klar, da hing ein Wandteppich, eine norwegische Handarbeit. Stormalong hatte sich's ein bißchen gemütlicher gemacht.

Der Flugschüler ließ das Verpflegungspaket und den Werkzeugkasten auf den Tisch fallen und wollte gehen. Aber da war ja noch Angus, und obwohl er damals mitgeholfen hatte, das Ausbildungszentrum wiederherzurichten, so daß er hier jeden Winkel kannte, hätte er natürlich nicht ahnen können, wo Darf seinen Schlafplatz hatte. Rasch nahm Jonnie ein paar Sachen aus dem Verpflegungspaket und drückte sie dem Flugschüler in die Arme; den Werkzeugkasten packte er gleich mit dazu. »Und jetzt helfen Sie bitte noch Darf.«

Der Flugschüler machte Anstalten zu protestieren. »Er hat sich beim Kegeln den Arm verletzt«, sagte Jonnie erklärend.

»Ach? Und Sie haben sich wohl dabei das Gesicht verletzt, Sir?« meinte der Flugschüler vorlaut. Er war ziemlich mürrisch, weil er um seinen Schlaf kam. Aber schließlich setzte er sich doch in Bewegung.

Das fängt ja gut an, dachte Jonnie. Ungefähr jetzt hätte Sir Robert sicherlich wieder seinen Lieblingsspruch über geplante und ungeplante Unternehmen angebracht. Ehe man etwas anfängt, muß man vorher einen Plan haben, hätte er gesagt. Und er hatte natürlich recht. Für eine Sache, die so gefährlich war wie diese hier, wäre eine gründliche Planung keine Zeitverschwendung gewesen.

Der Flugschüler und Angus kamen nicht zurück, also schien alles klargegangen zu sein. Er streifte die Kleidung ab und ließ sich in Stormalongs Bett fallen. Er zwang sich, ruhig zu werden, alle Gedanken abzuschalten und einzuschlafen. Er mußte Kraft sammeln, er würde sie brauchen.

Es schienen nur Sekunden vergangen zu sein, als er plötzlich hochschreckte, weil ihn eine Hand an der Schulter rüttelte. Im Nu saß er senkrecht, griff automatisch unter das Bettuch und tastete nach der Waffe. Eine Maske ... Eine Atemmaske. Die Hand war in Wirklichkeit eine Pranke.

»Hast du meinen Brief abgeliefert?« erkundigte sich Ker flüsternd.

Es war heller Tag. Die Vormittagssonne fiel durch die ungetönten Fensterscheiben.

Ker trat einen Schritt zurück, guckte argwöhnisch, und dann schlich der kleinwüchsige Psychlo wie auf Samtpfötchen zur Tür und vergewisserte sich, daß sie gut verschlossen war. Sorgfältig suchte er den Raum nach Wanzen und anderen Überwachungsgeräten ab. Als er schließlich zum Bett zurückkam, hatte Jonnie gerade die Beine herausgeschwungen.

Ker lachte schallend.

»Sieht man's so deutlich?« fragte Jonnie etwas ärgerlich und strich sich die Haare aus dem Gesicht.

»Jeder dahergelaufene Dummkopf wird's nicht gleich merken«, antwortete Ker. »Aber wenn einer zusammen mit dir an so vielen Maschinen und in so vielen Schächten seinen Schweiß vergossen hat wie ich, dann kennt er dich, Jonnie.«

Er klatschte die Pranke gegen Jonnies Hand. »Willkommen bei deinem alten Hauer vor Ort, Jonnie. Oh – ich meine natürlich: Stormalong! So steht's ja im Wachbuch. Auf daß die Erze fliegen und die Loren rollen!«

Jonnie grinste. Ker hatte immer solche lockeren Sprüche auf der Zunge, und irgendwie mochte er ihn.

Ker kam ganz dicht heran und senkte die Stimme zum Flüsterton. »Du weißt hoffentlich, daß man hier zerquetscht werden kann wie eine Wanze. Apropos Wanzen – hier haben die Wände Ohren! Besonders in den Räumen der wichtigen Leute. Bei dir und mir genauso, wenn sie uns aufs Korn nehmen! Also Vorsicht bei allem, was du tust! Warst du schon mal in einem Strafregister eingetragen? Nein? Na schön, wenn sie mit dir fertig sind, wirst du eine ganze Latte kriminelle Handlungen auf dem Kerbholz haben. Sei froh, daß du in guten Händen bist – bei einem, der wenigstens ein echter Krimineller ist! Übrigens, wer ist der Kerl, der mit dir kam? Der sich Darf nennt?«

»Angus MacTavish«, antwortete Jonnie.

»Oho! Abgesehen davon, daß du hier bist, ist das die beste Neuigkeit, die ich heute gehört habe. Angus hat ein Händchen für alle Schrauben und Bolzen. Gut, ich kümmere mich darum, daß die Dinge ins Rollen kommen. Was machen wir zuerst?«

»Zuerst ziehe ich mich an und frühstücke«, sagte Jonnie. »Aber ich gehe nicht in den Speisesaal. Die meisten Flugschüler sind von Stormalong ausgebildet worden, sie kennen ihn genau.«

»Das ist wahr. Er hat den Flugunterricht gegeben, und ich hab die Jungen an den Maschinen ausgebildet. Du weißt hoffentlich, daß ich hier großartige Arbeit geleistet habe.« Während Jonnie sich anzog, schwatzte Ker munter drauflos. »Ich hab noch nie so viel Spaß gehabt wie hier an dieser Akademie. Diese Flugschüler ... also, ich erzähl denen Geschichten, wie ich dich ausgebildet habe und was du gemacht hast ... Das meiste ist natürlich geschwindelt, und ich erzähl's ja auch nur so, damit sie sich mehr

Mühe geben. Und sie mögen das. Die wissen genau, daß alles nur Schwindel ist. Niemand kann mit dem Schaufelbagger neununddreißig Tonnen Erz in einer Stunde bewegen. Aber ... ach, du weißt schon, du kennst mich ja ... Ich häng an dem Job. Es ist das erste Mal, daß ich wirklich froh darüber bin, so klein geraten zu sein. Ich bin nicht viel größer als die Flugschüler, und ... also, Jonnie, wenn dir keiner von deinen Feinden an den Kragen geht, dann bringt dich bestimmt um, was ich dir jetzt sage: Ich hab sie dazu gebracht, zu glauben, daß ich ein *Halbmensch* bin!« Er hatte sich aufs Bett gesetzt, das unter seinen knapp siebenhundert Pfund Lebendgewicht bedrohlich durchsackte, und jetzt bekam er fast einen Erstickungsanfall vor Lachen. »Ist das nicht köstlich, Jonnie? Ein Halbmensch, kapierst du? Ich hab ihnen weisgemacht, meine Mutter wäre eine Psychlofrau und hätte einen Schweden vergewaltigt!«

Obwohl das, was vor ihnen lag, eine verflixt ernste Sache war, mußte Jonnie doch lächeln. Er zog die letzten von Stormalongs Kleidungsstücken an.

Ker hatte aufgehört zu lachen. Er saß da und guckte nachdenklich ins Leere. »Weißt du, Jonnie ...« Und er atmete so schwer, daß seine Atemmaske zu vibrieren anfing. »Weißt du, ich glaube, es ist das erste Mal in meinem Leben, daß ich wirklich Freunde habe.«

Jonnie kaute an seinem Frühstück herum und spülte es mit ein paar Schlucken Wasser herunter. »Paß auf«, sagte er, »zuerst gehst du zum Lagerkommandanten und sagst ihm, du möchtest, daß dir Stormalong und Darf für deine Spezialaufgabe zugeteilt werden, und zwar ab sofort. Ich nehme an, du hast eine Generalvollmacht von ganz oben?«

»Oh, ich hab jede Menge Vollmacht«, sagte Ker. »So viel, daß sie mir schon wieder zu meinen pelzigen Ohren rauskommt. Die ganz oben tun alles für mich, bloß damit ich die Atemgasanlage wieder hinkriege. Aber ich hab ihnen schon gesagt, daß ich erstens Hilfe brauche und zweitens Ersatzteile von der Außenstation in Cornwall.«

»Sehr gut«, sagte Jonnie. »Erzähl ihnen, daß Dunneldeen in ein paar Tagen kommt und Stormalongs Aufgaben bei der Pilotenausbildung übernimmt. Sag ihnen, du hättest das so arrangiert, damit es beim Ausbildungsprogramm keine Unterbrechung gibt. Danach besorgst du ein geschlossenes Fahrzeug, bringst es hier vors Haus, lädst Angus ... ich meine: Darf ... ein, kommst hierher, klopfst bei mir an, und schon sind wir weg.«

»Alles klar!« bestätigte Ker und rumpelte mit wuchtigen

Schritten davon.

Jonnie überprüfte seine Waffe und steckte sie unter die Jacke. In ein bis spätestens zwei Stunden würde er wissen, ob Ker ihm gegenüber aufrichtig war. Und bis dahin ...

7

Es gab keinen Zwischenfall, bis sie im Fahrzeug saßen. Das heißt, abgesehen von ein paar flapsigen Bemerkungen, die ihnen Flugschüler im Vorbeigehen zuriefen. »Haben Sie 'ne Bruchlandung gebaut, Stormy?« fragte einer und schaute auf den Verband, den Jonnie um den Kopf trug. Und ein anderer: »War das 'ne Schlägerei, Stormalong? Oder Ihr Mädchen in Inverness? Oder gar ihr Daddy?«

In dem Fahrzeug befand sich ein so großer Packen, daß es selbst in den Sitzschalen der Psychlos eng wurde. Ker steuerte den Wagen mit der Mühelosigkeit, die von langer Erfahrung und Zehntausenden von Stunden am Armaturenbrett zeugte. So ging es aus der Akademie hinaus in die weite Ebene.

Jonnie hatte gar nicht mehr gewußt, daß Ker so ein ausgezeichneter Fahrer war; er war viel gewandter als Terl, und das nicht nur an Fahrzeugen, sondern an allen Arbeitsmaschinen.

»Ich hab denen erzählt, daß ihr beide es wart, die mir die Grundausrüstung aus Cornwall mitgebracht haben«, sagte Ker. »Und ich hab es sogar hingekriegt, daß man mich beobachten konnte, wie ich den ganzen Krempel aus eurem Flugkörper abgeladen habe.«

Das veranlaßte Jonnie zu der Bemerkung, daß es eben nichts Besseres gäbe, als einen erfahrenen Kriminellen an der Hand zu haben. Für Ker war das nur ein Anreiz, den Wagen auf beinahe zweihundertfünfzig Stundenkilometer zu beschleunigen. So ein Tempo auf diesem rauhen Gelände? Angus saß mit geschlossenen Augen da, als das Fahrzeug über Krüppelgebüsch und Steine hinwegjagte.

»Übrigens, da liegen zwei Atemmasken samt Vorratsflaschen, die hab ich für euch mitgebracht«, sagte Ker. »Wir werden behaupten, daß durch das Röhrensystem Atemgas eindringt, zuwenig für mich, aber zuviel für euch. Setzt die Dinger auf.«

Sie warteten damit, bis sie sich der ehemaligen Außenstation näherten. Die Atemmasken, die ja noch von den Chinkos stammten, waren – auch auf menschliche Größenverhältnisse abgeändert – immer ein bißchen unbequem.

Wegen der hohen Geschwindigkeit, mit der sie fuhren, machte Jonnie sich keine Sorgen. Er geriet geradezu in Verzückung, so sehr genoß er diesen wunderschönen Tag. Um diese Jahreszeit sahen die Ebenen ein wenig braun aus, und die Schneehauben auf den Gipfeln waren kleiner als sonst. Aber ... es war *sein Land*. Er hatte genug vom Regen und von der schwülen Hitze. Es war ein gutes Gefühl, wieder zu Hause zu sein.

Jäh schreckte er aus seinen Gedanken hoch, als die Bremsen kreischten und der Wagen in einer Staubwolke zum Stehen kam, nicht weit vom Käfig entfernt. Ker hatte eine ziemlich sorglose Art zu fahren. Jetzt lehnte er sich aus dem Fenster und schrie zum Käfig hinüber: »Das Gehäuse, das ich brauche, ist angekommen. Ich glaub allerdings nicht, daß es paßt. Mal sehen.«

Terl! Da drüben stand er. Die Pranken an den Gitterstäben. Also hatten sie den Strom abgeschaltet. »Gut, sehen Sie zu, daß Sie ein bißchen Dampf machen!« brüllte Terl zurück. »Ich hab's satt, hier in der Sonne zu rösten. Wie viele Tage noch, alter Schwachkopf?«

»Zwei oder drei, mehr nicht«, schrie Ker. Er jagte das Fahrzeug so plötzlich auf Touren, daß es fast zwei Meter hoch in die Luft stieg; dann sauste es nach drüben, zur anderen Seite des Camps, und fuhr dort durch das Tor der Fahrzeughalle.

Ker schoß geradewegs ins Innere und raste eine Rampe hinunter, die in einen abgelegenen Trakt führte. Dort hielt er an.

»So, jetzt gehen wir in sein Büro«, sagte er.

»Noch nicht«, widersprach Jonnie. »Erinnerst du dich an die Kammer, in der Terl zuerst eingesperrt war?«

»Mhm ... ja«, machte Ker, und man merkte ihm an, daß er nicht recht wußte, was die Frage eigentlich sollte.

»Ist dort die Atemgasanlage noch betriebsbereit?« fragte Jonnie.

»Ja, das denk ich doch«, sagte Ker.

»Gut, dann fahr zuerst zum Elektroniklager, hol einen Mineralanalysator und bring ihn zu dieser Kammer.«

So ganz gefiel das Ker nicht. »Ich dachte, wir wollten ins Büro gehen?«

»Kommt noch«, vertröstete ihn Jonnie. »Wir haben erst noch was zu erledigen. Nun sei nicht gleich beunruhigt! Um alles in der Welt würde ich dir nichts zuleide tun. Nimm's ganz locker und tu, was ich gesagt habe.«

Ker ließ den Motor aufheulen und jagte das Fahrzeug durch

den Irrgarten der Rampen und Auffahrten, schon unterwegs, um Jonnies Wunsch zu erfüllen.

Im ganzen Trakt war seit dem Gefecht um die Außenstation nicht viel aufgeräumt worden. Immer noch standen Hunderte von Flugkörpern, Tausende von Fahrzeugen und Bergbaumaschinen herum, das ganze Sammelsurium aus tausend Jahren Company, Krimskrams und Plunder neben wertvoller Ausrüstung. Jonnie musterte alles mit nachdenklichen Blicken. Soweit man das Zeug instand setzen konnte, war es von unschätzbarem Wert für den Wiederaufbau des Planeten. Die gesamte Ausrüstung mußte sorgfältig gesichtet, gelagert und gewartet werden; sie war unersetzlich, denn die Fabriken für ihre Herstellung lagen in fernen Galaxien. So viele Flugkörper und Fahrzeuge und Maschinen es auch waren, irgendwann würden sie verschleißen, und dann würde diese hochwertige Ausrüstung zur Mangelware. Ein weiterer Grund, sich der interstellaren Gemeinschaft bewohnter Planeten anzuschließen. Er bezweifelte, daß viel von diesem Gerät auf Psychlo hergestellt worden war. Die Psychlos hatten sich immer darauf verstanden, fremde Rassen für sich arbeiten zu lassen und deren Territorien auszubeuten. Hatten sie sich nicht auf diesem Wege nahezu ihr gesamtes technisches Wissen und sogar ihre Sprache geholt? Allein die Teleportation schien der Schlüssel zu ihrer Macht zu sein. Nun gut, daran arbeitete er ja.

Sie kamen zur alten Kammer. Angus mühte sich mit dem Analysator ab, und Jonnie machte sich an der Atemgasanlage zu schaffen. Sie überprüften ihre eigenen Masken, dann schlossen sie die Tür und sagten Ker, er solle seine Maske abnehmen.

Ker war zwar momentan ein wenig besorgt, aber eben doch mit allen Wassern gewaschen. Geistesgegenwärtig griff er sich einen Klumpen schwarzen Wergs und deckte damit den Sehschlitz in der Tür zu.

Jonnie und Angus machten sich ans Werk. Sie überredeten Ker, seinen Kopf auf die Stützplatte des Analysators zu legen. Er tat es, aber seine Bernsteinaugen verfolgten jede ihrer Bewegungen. Anscheinend hielt er sie doch irgendwie für leicht verrückt. Er erklärte Jonnie noch einmal genau, wozu die Maschine diente, und versuchte ihm klarzumachen, daß man ihm niemals in den Kopf geschossen habe ... oder dergleichen ... jedenfalls nicht nennenswert ...

Sie machten unverdrossen weiter. Angus war jetzt schon sehr geübt darin, den Analysator richtig einzustellen. Routiniert bediente er die Knöpfe, mit denen man die Tiefe und Schärfe des Bildes verändern konnte. Ker mußte sich so weit zurückbeugen, daß er sich beschwerte, er bekäme davon einen Krampf im Rücken. Die beiden bedeuteten ihm nur, er solle ruhig sein. Sie drehten seinen Kopf auf der Stützplatte nach allen Seiten. Fünfunddreißig Minuten lang ließen sie ihn in dieser unbequemen Stellung schwitzen, dann durfte er endlich aufstehen.

Ker stand da, massierte sich den Nacken und versuchte, die Wirbelsäule wieder einzurenken.

Jonnie sah ihm in die Augen. »Erzähl uns was über deine Herkunft, Ker.«

Ker kam die Geschichte immer verrückter vor. Er klappte die Mundknochen auf, aber dann, nach einem mißtrauischen Blick auf die Tür, zog er erst einmal ein kleines Gerät aus der Tasche und heftete es in der Nähe des Sehschlitzes fest. Es war ein Sensor mit einem Lichtring, der sofort ein Alarmsignal blinken würde, wenn jemand sich draußen vor der Tür herumtrieb. Angus überprüfte zusätzlich die eingebaute Gegensprechanlage und schaltete sie aus.

»Tja, also ...«, fing Ker dann an, »ich wurde als Sohn reicher Eltern geboren ...«

»Oh, Ker, bitte nicht!« rief Jonnie aus. »Erzähl uns die Wahrheit, nicht irgendein Schauermärchen!«

Ker sah ein bißchen gekränkt aus. Er seufzte, als werde ihm schweres Unrecht angetan. Er zauberte ein Taschenpäckchen Kau-Kerbango hervor und biß ein kleines Stückchen ab; das brauchte er jetzt einfach. Dann hockte er sich hin, mit dem Rücken gegen die Wand, und begann nochmals von vorn.

»Ich wurde als Sohn reicher Eltern auf Psychlo geboren«, wiederholte er. »Mein Vater hieß Ka. Unsere Familie hielt sich was auf ihr Ansehen zugute. Die erste Frau meines Vaters brachte, was ganz normal ist, einen Wurf Mehrlinge auf die Welt; darunter versteht man auf Psychlo gewöhnlich vier, manchmal auch fünf Kinder. Aber bei uns waren's sechs auf einen Streich. Na ja, bei so einer ... hm, Massenproduktion ... kommt es oft vor, daß einer von den Mehrlingen ein lächerlicher Zwerg wird. Muß wohl daran liegen, daß im Mutterschoß nicht genug Platz für ihn war ... oder so. Na, jedenfalls, ich war der sechste, also der Zwerg, und weil sie nicht wollten, daß ich Schande über die Familie bringe, haben sie mich kurzerhand in die Mülltonne geworfen, wie es bei uns auf Psychlo in solchen Fällen üblich ist.

Ein Sklave der Familie las mich auf und trug mich weg; er hatte seine eigenen Gründe dafür. Er war Mitglied einer revolutionären Untergrundorganisation. Unter der Imperial City gibt es kilometerlange stillgelegte Schächte. Dahin flüchten sich die Sklaven, und niemand kann sie dort unter Kontrolle halten. Da bin ich also gelandet. Vielleicht kommt's daher, daß ich mich in Schachtanlagen so heimisch fühle? Die Sklaven gehörten zur Spezies der Balfan, das sind blauhäutige Wesen. Und weil sie eben so andersartig aussehen und auch nicht mit Atemmasken herumlaufen müssen, denn sie können das Atemgas, aus dem die Atmosphäre auf Psychlo besteht, ohne weiteres einatmen, kann man sie im Straßenbild auf den ersten Blick erkennen. Kann sein, daß sie sich gedacht haben, es wäre ganz gut, einen Psychlo zu haben, der für sie das Bombenlegen und dergleichen erledigen könnte. Kurz und gut, sie zogen mich auf und brachten mir bei, alles mögliche für sie zu stehlen. Weil ich so klein war, konnte ich überall rein- und rausschlüpfen. Als ich acht Jahre alt war ... Da ist man als Psychlo noch ein Kleinkind ... Also, jedenfalls zu der Zeit schleuste ein I.B.I.-Agent namens Jayed sogenannte Lockspitzel in unsere Gruppe ein, die unsere Leute dazu bringen sollten, schwere Verbrechen zu begehen. Die Idee war, dadurch einen Grund für ihre Verhaftung zu schaffen, und tatsächlich, nach einer Weile rollte das I.B.I. die Untergrundorganisation auf.

Weil ich so klein war, konnte ich durch einen alten Ventilationsschacht entkommen. Ich hatte einen Mordshunger und strolchte in den Straßen herum. Da entdeckte ich an der Rückfront einer Imbißstube ein schmales Fenster, unvergittert, weil es so winzig war, daß ein normaler Psychlo ohnehin nicht reinkonnte. Ich, nicht faul, klettere da rein und latsche - zack - mitten in ein Alarmsystem! Der Schlamassel war für mich Grund genug, mich später ganz intensiv mit diesen verflixten Dingern zu beschäftigen.«

Ker unterbrach seine Erzählung und benutzte die Pause, um rasch einen weiteren kleinen Kerbangohappen zu sich zu nehmen. Die Gelegenheit war günstig, weil er gerade keine Atemmaske trug; denn unter der Maske ging es schlecht, weil man den körnigen Rückstand nicht ausspucken konnte. Er verspürte überhaupt ein Gefühl der Erleichterung; er hatte die Geschichte nie zuvor jemandem erzählen können.

»Kurz und gut«, fuhr er fort, »sie schnappten mich, ich wurde für schuldig befunden, mit den drei Runen der Verbannung gebrandmarkt und für ein Jahrhundert zum Strafdienst in die Schachtanlagen des Imperiums geschickt. Da fand ich mich wieder, acht Jahre alt, bei schwerer Arbeit, mitten unter lauter Schwerverbrechern. Ich war noch so klein, daß mir die Ketten dort alle nicht gepaßt haben. So ließen sie mich frei rumlaufen. Darum sieht man auch keine Kettenspuren an meinen Knöcheln;

ich muß nicht jedesmal aufpassen, wenn ich mir die Schuhe ausziehe. Weil ich also frei war ... na ja, was man so frei nennt, nicht wahr? Also, weil ich mich frei bewegen konnte, mußte ich für die alten Knastbrüder geheime Mitteilungen hin und her tragen, und als Lohn dafür bildeten sie mich gründlich zum Verbrecher aus.

Als ich so um die fünfzehn war, brach in den Schachtanlagen eine Seuche aus. Viele von den Wachen starben, und ich, der ich keine Ketten trug, konnte fliehen. Wie gesagt, ich war erst fünfzehn, was für einen Psychlo immer noch zartes Kindesalter ist, aber ich hatte zu der Zeit schon alle Tricks drauf. Ich konnte durch Fensterluken und Dachkammern ein- und aussteigen, bei denen niemand ein Gitter für nötig hielt, und ich machte massenhaft schnelles Geld. Ich kaufte mir einen gefälschten Ausweis, bestach einen Angestellten in der Personalabteilung der Intergalaktischen Rohstoff Company und wurde als Hauer angeworben, weil ich auch da, wo's eng wurde, noch rein- und rauskam. Ich habe an allen möglichen und unmöglichen Orten für die Company Dienst geschoben und mich während der letzten fünfundzwanzig Jahre irgendwie durchgeschlagen. Ich bin ja erst einundvierzig, und ein Psychlo bringt's auf rund hundertneunzig. Also hab ich noch hundertneunundvierzig Jahre vor mir, und das unmittelbare Problem ist für mich, wie ich die rumzubringen gedenke, haha!«

»Schönen Dank«, sagte Jonnie. »Sag mal, womit kann Terl dich eigentlich unter Druck setzen?«

»Dieser Affe? Jetzt – durch gar nichts mehr. Er hatte ein Druckmittel, aber damit ist jetzt Schluß, dem Teufel samt seiner Großmutter sei Lob und Dank!«

»Hast du eine mathematische Ausbildung gehabt?« wollte Jonnie wissen.

Ker lachte. »Nee, auf dem Gebiet bin ich dämlich. In praktischen Dingen, da kenn ich mich aus. Ich hab keine Schulbank gedrückt, ich hab Erfahrungen gesammelt. Auch kriminelle Erfahrungen, versteht sich.«

»Hast du Spaß an Grausamkeiten, Ker?«

Der kleinwüchsige Psychlo senkte den Kopf. Wie er da so im Lichtschein des Analysators stand, sah er regelrecht verschämt aus. »Wenn ich darauf eine ehrliche Antwort geben soll ... was für mich etwas ganz Neues ist, das kann ich dir versichern ... also, ich muß immer nur so tun, als hätte ich Spaß an Grausamkeiten, als wäre es mir ein Vergnügen, anderen Lebewesen weh zu tun. Sonst würden die anderen Psychlos denken, ich wäre abartig veranlagt! Aber ... in Wirklichkeit macht mir das keinen Spaß. Tut mir ja leid, aber so ist es nun mal.« Er gab sich einen Ruck. »Und nun mal raus mit der Sprache, Jonnie, was soll das alles?«

Angus und Jonnie sahen sich an. Dieser Psychlo hatte keine Sonde und kein Metallstück in seinem Kopf, überhaupt nichts dergleichen.

Jonnie wollte ihm allerdings nicht uneingeschränkt die Wahrheit sagen. Ker wußte nichts über diese Fremdkörper, die in Hirne eingepflanzt wurden. Wahrscheinlich wußten die wenigsten Psychlos darüber Bescheid. »Deine Schädelstruktur unterscheidet sich stark von der anderer Psychlos«, sagte Jonnie. »Du bist ganz anders.«

Ker schreckte zusammen. »Wirklich? Siehste! Ich hab schon immer so ein komisches Gefühl gehabt.« Er wurde sehr nachdenklich. »Die Psychlos mögen mich nicht, und ich mag sie eigentlich auch nicht. Ich bin froh, daß ich endlich den Grund dafür erfahre.«

Jonnie und Angus waren über das Ergebnis ihrer Untersuchung sehr erleichtert. Es hätte gar nicht in ihre Pläne gepaßt, wenn Ker plötzlich auf sie losgegangen wäre und sich das Leben genommen hätte, sobald er merkte, daß sie hinter das Geheimnis der Teleportation kommen wollten.

Sie waren gerade dabei, ihre Siebensachen zusammenzupacken, als plötzlich das Alarmlicht an der Tür aufleuchtete. Irgend jemand trieb sich da draußen herum.

8

Ker stülpte die Atemmaske über. Auf Zehenspitzen schlich er zum Analysator, nahm die schwere Maschine mit einem Arm hoch, schlich lautlos weiter zur Tür und schwenkte sie plötzlich auf, ganz so, als wolle er zufällig in diesem Augenblick hinausspazieren.

Ein Schwall Atemgas schwappte durch die offene Tür hinaus.

Und da stand Lars, gerade damit beschäftigt, ein Horchgerät an der Tür zu befestigen. Er erstarrte mitten in der Bewegung. Aber, was wichtiger war, er trug keine Atemmaske.

Die unsichtbare Wolke aus Atemgas traf ihn mitten ins Gesicht.

Er hatte wohl zu allem Unglück auch noch gerade einatmen wollen, denn er fing zu zappeln an und reckte sich, als würde er an einem Strick nach oben gezogen.

Er würgte, taumelte rückwärts, rang nach Luft und lief blau an. Nur noch ein paar Sekunden, und er würde sich in Krämpfen winden.

Jonnie und Angus packten ihn an den Armen und zogen ihn aus der unmittelbaren Gefahrenzone. Angus hob eine Blechplatte vom Boden auf und fächelte ihm damit Luft zu.

Langsam kam Lars wieder zu sich. Die Blaufärbung ließ nach. Und als er wieder sprechen konnte, waren seine ersten Worte: »Was habt ihr da drin gemacht?« Und das fragte er auch noch in höchst vorwurfsvollem Ton!

»Na, na, alter Junge!« redete ihm Angus ins Gewissen. »Wir retten hier einem das Leben, und der spuckt große Töne! Tz tz!«

Lars musterte Jonnie, und dabei lag ein merkwürdiger Ausdruck auf seinem Gesicht. Jonnie ging zu Ker hinüber, der im Fahrzeug herumhantierte und dabei mit dem Grundgerüst für die Atemgasanlage klapperte, als hätte er das Ding gerade erst verladen.

»Da ist soweit alles in Ordnung«, sagte Ker. »Keine Verarbeitungsfehler und nichts beschädigt am Gehäuse. Jetzt sollten wir feststellen, ob's auch paßt.«

Sie fuhren los. Lars, der ihnen mit unverändert merkwürdigem Gesichtsausdruck hinterhergaffte, ließen sie einfach liegen.

»Warum guckt er mich denn so komisch an?« fragte Jonnie.

»Vor dem nimm dich in acht!« riet ihm Ker. »Bei dem ist 'ne Schraube locker. Er spioniert für den Rat und macht überall lange Ohren. Er hat verrückte Ideen, daß jemand namens Bitter oder Hitter oder so der größte Feldherr in eurer Geschichte gewesen sein soll, und wenn du auch nur zehn Sekunden bei ihm stehenbleibst, erzählt er dir den Quatsch. Muß irgend so 'ne Glaubensrichtung sein. Nichts gegen Religion, aber was der verzapft, ist der letzte Mist. Terl hat ihn völlig um den Verstand gebracht, obwohl da auch schon vorher nicht viel war, worum man ihn bringen konnte, haha!«

»Aber dieser seltsame Gesichtsausdruck ... Und zwar jedesmal, wenn er *mich* angesehen hat!« bohrte Jonnie weiter.

»Angeborener Argwohn, sonst nichts«, vermutete Ker. »Weißt du was? Mich mit euch zu unterhalten, das tut mir richtig gut. Mann, bin ich froh, daß ich anders bin als andere Psychlos!«

Sie hielten auf der Rampe unter dem Stockwerk, in dem Terls Büro lag, stiegen aus und schoben das Gehäuse das letzte Stück die Auffahrt hinauf.

Angus hielt sie auf, als sie schnurstracks ins Büro gehen wollten: »Warum bringt Terl hier eigentlich nicht selbst wieder alles in Ordnung?«

Ker lachte. »Frag Jonnie! Als er weggegangen ist, hat er überall verbreiten lassen, daß hier alles mit versteckten Sprengsätzen gespickt ist. Aber das ist nicht der einzige Grund.« Er wies mit der Pranke auf die Bürotür. »Wenn den Psychlos, die jetzt als Gefangene da unten im alten Schlaftrakt sitzen, der Ausbruch gelänge, dann könnten sie jemanden, der hier arbeitet, auf der Stelle umbringen. Natürlich nur, wenn sie rauskämen. Terl weiß genau, daß sie ihn töten würden, wenn sie frei wären. Sie *hassen* ihn.«

»Augenblick mal«, warf Jonnie ein, »das bedeutet doch, daß Terl, bevor er hierher umzieht, auf jeden Fall dafür sorgen wird, daß alle Psychlos sterben!« Er hatte die Hand schon auf der Türklinke. »Du hast doch wohl den Raum nach Wanzen abgesucht? Und nach versteckten Sprengladungen?«

»Haha!« machte Ker. »Was denkst du denn? In der Zeit, in der ich auf euch warten mußte, hab ich den Raum sozusagen in seine Einzelteile zerlegt.«

Sie gingen hinein und setzten das Gehäuse ab. Hier herrschte wirklich ein einziges Chaos. Drähte hingen herum, auf dem Boden lagen Bruchstücke der früheren Atemgasanlage, Schreibtische und Stühle standen verquer, überall war Papier verstreut.

Jonnie sah sich um. Sogleich entdeckte er, daß im angrenzenden Raum, Terls eigentlichem Büro, im unteren Teil der rechten Wand – von Terls Schreibtisch aus gesehen – große Verschlußfächer eingebaut waren. »Hast du da auch nachgesehen?« fragte er den kleinwüchsigen Psychlo.

Ker schüttelte den Kopf. »Hab keine Schlüssel. So 'n Sicherheitschef hat's eben immer mit der Geheimniskrämerei.«

Jonnie schickte Angus los, einen Wachposten zu holen – einen von den Flugschülern, die immer noch zur Bewachung der ehemaligen Außenstation eingeteilt waren. Ker, der ja mit einer Blankovollmacht ausgestattet war, gab dem Posten die Anweisung genauso, wie Jonnie sie ihm vorher zugeflüstert hatte: Man solle Chirk herschaffen.

Jonnie, Angus und Ker fingen an, herumhängende Drähte zu ordnen, Akten aufzulesen und Abfall beiseite zu räumen, und es dauerte nicht lange, da erschien Chirk, von drei Posten bewacht.

Sie war längst nicht mehr die gepflegte, gutaussehende Sekretärin wie in früheren Tagen. Die drei Ketten, in denen sie vorgeführt wurde, waren an einem Halseisen befestigt. Ihr Pelz war ganz zerzaust, der Nasenknochen glänzte ungepudert, und die dreigelenkigen Klauen wirkten ungepflegt. Als einziges Kleidungsstück trug sie ein von den Schultern lose herabhängendes Tuch.

»Wo sind die Schlüssel?« herrschte Ker sie an, wie Jonnie es ihm aufgetragen hatte.

Schlüssel! Jeder fragte hier nach Schlüsseln! Ihre Stimme schnappte fast über, sie zischte und fauchte und knirschte auch ein bißchen mit den Zähnen. Nicht genug damit, daß Terl ihnen den ganzen Schlamassel eingebrockt hatte und ihr die Beurteilung versauen wollte, indem er behauptete, sie wäre aufsässig und hielte sich nicht an seine Weisungen ... nein, nun wurde sie auch noch in Ketten hergeschleift, bloß um Auskunft zu geben ... Was für Schlüssel denn überhaupt? Damals, als überall gekämpft und geschossen wurde, was ja wohl auch auf Terls Rechnung ging, also damals waren auch schon alle hinter den Schlüsseln her. Schlüssel, Schlüssel, Schlüssel! Zu ihren Pflichten als Angestellte der Company gehörte es nicht ...

Jonnie flüsterte Ker etwas in den Ohrknochen, und der flüsterte entsetzt zurück: »Willst du, daß es zu einem Aufruhr kommt?« Aber Jonnie ließ sich nicht umstimmen, und so wandte Ker sich an Chirk und sagte barsch: »Nun halten Sie mal den Schnabel! Bloß weil Terl vorhat, euch da unten alle umzubringen, müssen Sie Ihre Wut ja nicht an uns auslassen!«

Chirk wurde ganz still und bekam große runde Augen. Das Atemventil ihrer Maske begann heftig zu flattern.

Wieder flüsterte Jonnie etwas in Kers Ohrknochen, und der Psychlo sagte laut: »Mir kann's ja egal sein, aber eins ist sicher: Sobald Terl hierher umzieht und über den ganzen Komplex wieder das Regiment führt, wird er Ihnen ganz schön die Hölle heiß machen, wenn die Schlüssel nicht gefunden werden!«

Die Muskeln rings um Chirks Körpermitte, wo das Herz saß, begannen krampfhaft zu zucken. Eine halbe Minute lang bewegte sich das Atemventil überhaupt nicht mehr. Dann kam wieder Leben in sie. »Er zieht hierher um?« fragte sie so leise, daß man es durch die Atemmaske kaum noch hören konnte.

»Ja, was glauben Sie denn, warum wir hier alles in Ordnung bringen?« fragte Ker zurück, und dann ging er drohend auf sie los: »Also, wo sind die Schlüssel für diese Fächer?«

Chirk schüttelte den Kopf. »Da hat er nie jemanden rangelassen. Vielleicht sind sie weg?« Klang da ein unterdrücktes Schluchzen mit?

»Na schön, bringt sie zurück«, wies Ker die Posten mürrisch an.

Sie schoben sie hinaus.

»Was geht hier eigentlich vor sich?« wollte Lars wissen, der plötzlich in der Tür auftauchte.

»Wir versuchen, die Platten für den Zugang zur elektrischen Verkabelung zu finden«, fertigte Ker ihn ab. »Hier ist alles nur noch ein einziger Kurzschluß.«

Im Raum standen ein paar Atemgasbehälter bereit. Jonnie langte hinter sich und drehte bei einem das Ventil auf. Angus, Ker und er selbst trugen ja ihre Masken.

Ker langte in seine Tasche, zog einen Klumpen undefinierbares Zeug heraus und drückte es Lars in die Hand. »Was ich hier mache, ist saumäßig gefährlich! Ich verlange Gefahrenzulage! Dies Zeug hier, das hab ich gleich in der ersten Kabelbuchse gefunden!«

Lars sah sich das zusammengeklumpte Zeug an. Da waren drei verbeulte Patronen dabei, die wie Radioaktiv-Munition aussahen, aber keine waren. Und das große Ding, das war ein ramponierter Zeitzünder, wie die Psychlos ihn in kleine Sprenglöcher einsetzten.

Und drumherum, dieser Klumpen ... ach du liebe Zeit! Das war doch Plastiksprengstoff!

»Irgend jemand hat sich hier im Büro herumgetrieben!« schimpfte Ker vor sich hin. »Ab sofort verlange ich, daß die Tür *verschlossen* bleibt. Ich wünsche nicht, daß außer uns hier irgend jemand rein- und rausspaziert. Und du entfernst dich gefälligst umgehend, am besten gleich kilometerweit, bevor du dir den Tod holst und mir die Schuld daran gegeben wird. Ich kenn dich, ich weiß, wie du arbeitest.«

Lars bekam von dem Atemgas, das aus dem Behälter ausströmte, schon wieder einen Hustenanfall.

»Merkste was?« fragte Ker. »Das Röhrensystem ist immer noch mit Atemgas gefüllt, und da gibt's undichte Stellen!«

Lars verschwand schleunigst nach draußen, immer noch hustend und prustend. Er hob die Hand mit dem zusammengeklumpten Zeug. »Und wie ist es damit? Ist das auch gefährlich?«

»Nimm's mit, beschmeiß deine Obermacker damit und find selber raus, was damit los ist«, sagte Ker. »Und wenn ich dich noch einmal hier erwische, werd ich ein Wörtchen mit deinen Vorgesetzten reden und ihnen sagen, daß du uns hier aufhältst, indem du Befehle erteilst, daß wir immer schön langsam machen sollen. Raus mit dir, verschwinde und bleib draußen, und wenn ich deine Nase hier noch einmal sehe, dann mußt du dir 'nen anderen Experten für diesen Job suchen. Kapiert? Gut, das war alles!«

Lars fixierte schon wieder Jonnie, und zwar mit dem gleichen merkwürdigen Gesichtsausdruck. Aber in diesem Moment setzte von ferne Gebrüll und Geheule ein; es kam aus dem ehemaligen Schlaftrakt, drei Stockwerke tiefer, in dem jetzt die gefangenen Psychlos saßen. Lars machte sich schleunigst davon.

»Hast du dieses Zeug wirklich hier gefunden?« fragte Angus.

»Natürlich nicht«, antwortete Ker. »Mach die Tür zu, verschließ sie und leg den Riegel vor. Und dann laßt uns an die Arbeit gehen. Hier wird sich Terl jetzt bestimmt zuallerletzt sehen lassen. Er wartet, bis wir fertig sind, und dann schickt er jemanden, um rauszufinden, ob der in die Luft fliegt. Bevor er in dem Punkt nicht ganz sicher ist, wird er keine Lust haben, hierher zu kommen.« Er horchte auf das ferne Heulen und Brüllen. »Da hast du schon deinen Aufruhr, Jonnie. Terl wird das draußen im Käfig auch ganz deutlich hören. Diese Chirk hat ihnen natürlich alles brühwarm weitererzählt!«

Jonnie verschloß und verriegelte die Außentüren und winkte dann Angus zu den Verschlußfächern in der Wand hinüber. Angus hatte auf einmal einen Satz Dietriche in der Hand und fing an, damit zu hantieren.

Na also, sie waren ja schon mitten dabei!

Teil XX

1

Sie standen vor einem schwierigen Problem: Sie mußten den Raum so mit verborgenen Abhör- und Kameravorrichtungen spicken, wie es nie zuvor irgendwo geschehen war, und sie mußten all diese Wanzen so gut verstecken, daß sie nicht einmal von einem Kerl entdeckt wurden, der, so verrückt er auch sein mochte, dennoch einer der gewieftesten Sicherheitschefs war, die jemals auf Psychlo eine entsprechende Spezialausbildung durchlaufen hatten.

Wenn ihnen das gelang, würden sie einen vollständigen Überblick über die Technologie der Teleportation und über ihre mathematischen Grundlagen erhalten. Sie würden endlich wissen, was auf Psychlo geschehen war, denn sie wären in der Lage, Bildrecorder ins All auszuwerfen. Sie würden etwas über die Position und eventuell die Absichten anderer Spezies erfahren. Sie wären in Verbindung mit den Sternensystemen und Galaxien. Und – nicht zuletzt, sie könnten sich und die Erde verteidigen.

Terl mußte das ganze Schalt- und Kontrollsystem eines Teleportations-Terminals vollständig neu entwerfen und konstruieren, denn die Konsole draußen beim alten Terminal war restlos ausgebrannt.

Sie brauchten Sensoren, die ihm sozusagen über die Schulter schauen und alles mitlesen konnten, jedes Buch, das er aufschlug, jede Skizze, jede Seite, auf die er Zahlen schrieb. Sie mußten den Arbeitsbereich in seinem Büro so herrichten, daß ihnen keine Kleinigkeit verborgen blieb; selbst wenn er nur einen elektrischen Widerstand ausbaute oder eine noch so winzige Kabelverbindung irgendwo einbaute, mußten sie es mitkriegen.

Es war klar, daß er den Raum jedesmal, bevor er mit der Arbeit begann, und vielleicht auch abends nach getaner Arbeit mit einem Detektor sorgfältig überprüfen würde. Und er würde mit peinlicher Genauigkeit vorgehen, um jede noch so kleine Wanze aufzuspüren.

Wenn Terl auch nur den leisesten Verdacht hatte, daß jemand versuchte, das Geheimnis der Technologie zu lüften, würde er mit seiner Arbeit einfach nicht anfangen. Sobald er annehmen mußte, daß ein Nichtpsychlo sich des technologischen Wissens bemächtigt hatte, würde er Selbstmord begehen. Denn es gab keinen Zweifel, daß Terl in seinem Schädel beide Vorrichtungen trug, die sie bei den toten Psychlos festgestellt hatten.

Dr. MacKendrick hatte sich, bevor sie aus Afrika abgeflogen waren, sehr pessimistisch über die Möglichkeit geäußert, diese Gehirnmanipulatoren herauszuoperieren. Die Knochenstruktur der Psychlo-Schädel war zu stark, als daß er hoffen konnte, ein Psychlo würde eine solche Operation lebend und arbeitsfähig überstehen. Es gab zwar noch Chancen, daß es gelingen könnte, aber man durfte nicht fest damit rechnen.

Erst allmählich fing Angus an zu begreifen, warum Jonnie das Monster Terl hatte weiterleben lassen und warum sie nicht einfach ein paar Kampfflugkörper aufsteigen ließen, um diesen ganzen neuen politischen Spuk wegzuwischen. Es war eine Lage, die Fingerspitzengefühl verlangte. Und es gab den Hauch einer Chance. Es mußte einfach alles klappen! Aber mit welchen Risiken war der Versuch verbunden! Angus machte sich nichts vor, er wußte genau, daß Jonnie sein Leben aufs Spiel setzte. Das allein war ein hohes, nicht mehr kalkulierbares Risiko. Andererseits war auch der Preis, um den sie es eingingen, verlockend: die Psychlo-Technologie der Teleportation! Der Fortbestand der Erde hing davon ab.

Nach Angus' Meinung war Jonnie unglaublich beherrscht. Sich selber hätte er diese Gelassenheit nicht zugetraut. Er glaubte einfach nicht, daß er es fertiggebracht hätte, sich einen so kühlen, rationalen Überblick über die gesamte Lage zu bewahren, ohne dabei persönliche Rücksichten mit hineinspielen zu lassen.

Angus schaute von seiner Arbeit an den Schlössern auf. Er war von Jonnie zutiefst beeindruckt, als er darüber nachdachte, was sie hier taten. Diese Leute, die neuerdings in Colorado den Ton angaben, oder das Monster Terl würden Jonnie umbringen, ohne mit der Wimper zu zucken, wenn sie ihn fänden oder wüßten, was er vorhatte. Robert der Fuchs hatte es ein törichtes, verzweifeltes, unangemessenes Risiko genannt. Dieser Meinung war Angus allerdings nicht. Er hielt es für ein Zeichen von Mut, wie er ihn nie zuvor erlebt hatte.

Er schaffte es, die Verschlußfächer zu öffnen. Sie enthielten all den Kram, den ein Sicherheitschef irgendwann brauchen konnte, vor allem Akten und Berichte, die Terl als wichtig eingeschätzt hatte.

Jonnie suchte nach streng vertraulich eingestuften Notizen über Teleportation und ihre verwirrenden mathematischen Grundlagen. So sorgfältig er auch alles durchsah, er konnte nichts in dieser Richtung finden. Trotzdem war es nicht ganz vergeblich gewesen, denn etwas Wichtiges fand er doch.

Es war ein Bericht über sämtliche noch abbauwürdigen Mineralvorkommen auf der Erde. Die Company hatte sich mit den ursprünglichen Forschungsberichten begnügt und seit Jahrhunderten keine neuen Daten mehr zusammengestellt. Aber Terl hatte das getan.

Jonnie lächelte vor sich hin. Da lagen die Aufzeichnungen über *sechzehn* Goldadern, von denen jede beinahe so ergiebig war wie die, an deren Ausbeutung sie gearbeitet hatten. In den Anden, im Himalaja ... Sie lagen nur einfach nicht so nahe an dieser zentralen Station, und es wäre eher aufgefallen, wenn dort gearbeitet worden wäre. Ach ja ... und auch bei diesen anderen Adern gab es überall Uran.

Die Berichte über noch vorhandene und lohnende Erzvorkommen füllten dicke Aktenordner. In Hunderten von Jahren hatten die Sicherheitschefs die Aufklärungsergebnisse der Drohnen aufgezeichnet. Denn auch wenn man diese Drohnen später als fliegende Überwachungsstationen eingesetzt hatte, waren sie doch ursprünglich dafür konstruiert, Mineralvorkommen aufzuspüren.

Die Company hatte Verfahren entwickelt, mit denen man fast bis zum flüssigen Kern vordringen konnte, bis an den untersten Boden des Mantels, ohne jedoch durchzubrechen. Was an den existierenden Abbaustellen ausgebeutet wurde, genügte ihr, und die Bodenschätze, die ansonsten noch übrigblieben, waren sozusagen ein unangetasteter Aktivposten der Gesellschaft.

Terl hatte einfach der Company die Unterlagen vorenthalten und sie für seine eigenen Zwecke genutzt.

Erze, Metalle ... überall! Der Planet war immer noch reich an allen möglichen Bodenschätzen.

Jonnie fertigte in Windeseile Aufnahmen von den Unterlagen an. Das war zwar eigentlich nicht das, wonach er gesucht hatte, aber es war doch gut zu wissen, daß die Mineralvorkommen der Erde nicht erschöpft waren. Sie würden all das, was dort noch lagerte, sehr brauchen.

Angus hatte inzwischen das Ding gefunden, hinter dem sie im Augenblick wirklich her waren – Terls Spürgerät. Ein länglicher Kasten, aus dem eine Antenne mit einer kleinen, an der Spitze aufgesetzten Scheibe herausragte. Es gab Regulatoren für verschiedene Frequenzen und optische und akustische Signalgeber.

Jonnie hatte damals bei seiner Ausbildung in der Elektronikwerkstatt gut aufgepaßt. Er wußte, daß Wellen, die von diesem Spürgerät ausgestrahlt wurden, Blei oder Bleilegierungen nicht durchdringen konnten. Normalerweise war das bedeutungslos, weil auch die Wellen, mit denen Lauschsensoren oder optische Erfassungsgeräte arbeiteten, nicht durch Blei drangen. Der Zusammenhang schien ganz einfach zu sein: Warum hätte sich jemand die Mühe machen sollen, eine Wanze oder eine Minikamera hinter Blei aufspüren zu wollen, wenn sie dort gar nicht arbeiten konnte?

Zuerst mußte er sich die Regulatoren an dem Spürgerät vornehmen.

Er ging zu den Lagerräumen für elektronisches Zubehör hinüber, suchte – und fand, was er brauchte. Als er zurückkam, hatte Ker inzwischen den gesamten Bereich nach versteckten Wanzen abgespürt und keine gefunden.

Sie wählten einen Platz aus, an dem Terl – nach ihrer Entscheidung – künftig seine praktische Werkarbeit verrichten sollte: Chirks früheres Vorzimmer. Es war groß genug als Arbeitsraum, und das Grundgerüst, das Terl zu konstruieren hatte, ließ sich durch die Tür transportieren.

Jonnie setzte sich an den Schreibtisch und beschäftigte sich mit Terls Spürgerät. Inzwischen richteten die beiden anderen aus Metallplatten eine Werkbank her, schweißten sie auf dem Boden fest und glühten die Schweißnähte aus, so daß es ungeheure Mühe gekostet hätte, das Gestell aus seiner Verankerung zu lösen und an einen anderen Platz zu schieben. Sie stellten noch einen Stuhl davor, und nach dem letzten Handgriff fanden sie selber, daß alles ganz hübsch und praktisch aussähe. Jonnie ließ sich gleich an der Werkbank nieder und setzte seine Arbeit dort fort.

Er kam ausgezeichnet voran. Mit Hilfe von Minisendezellen, wie sie normalerweise in Fernbedienungsgeräten verwendet wurden, hatte er jeden einzelnen Regulator an Terls Spürgerät so präpariert, daß bei der Inbetriebnahme ein Sendeimpuls vom Fernbedienungs-Relais her ausgelöst wurde. Die winzigen Sendezellen hatte er mit Molekular-Spray befestigt; es war eine scheußliche Tüftelei gewesen, bis er sie an der richtigen Stelle plaziert hatte. Sie waren so mikroskopisch klein, daß niemand sie mit bloßem Auge erkennen konnte.

Er überprüfte seine Arbeit, indem er in einiger Entfernung ein optisch anzeigendes Überwachungsgerät anbrachte und dann die einzelnen Regulatoren des Spürgerätes aufdrehte. Das Überwachungsgerät sprach sofort an, der Sendeimpuls war also ausgestrahlt worden.

Der nächste Schritt wurde besonders schwierig. Er mußte hauchfeine Irisblenden anbringen, die er aus den optischen Einrichtungen der Flugkörper ausgebaut hatte. Es waren komplizierte Präzisionsgeräte, die automatisch auf jede Lichtquelle reagierten und je nach deren Intensität ein kleines ringförmiges Loch weiter öffneten oder schlossen.

Sie mußten diese feingeschliffenen Dinger auseinandernehmen, die einzelnen Blätter mit einer extrem dünnen Bleischicht besprühen und sie dann so anbringen, daß sie exakt und zuverlässig arbeiteten, und zwar auf Dauer. Angus erwies sich bei dieser Arbeit als der geschickteste.

Um die besprühten Blenden legten sie Kontraktionszwingen und befestigten Mikrosensoren daran.

Nachdem sie in mühevoller Kleinarbeit fünfzehn solche Vorrichtungen fertiggestellt hatten, testeten sie sie der Reihe nach mit äußerster Sorgfalt. Und die Sache funktionierte. Sobald Terls Spürgerät eingeschaltet wurde, schloß sich augenblicklich die Blende. Schaltete man das Spürgerät aus, öffnete sie sich.

Es schien eine geniale Idee zu sein, und doch war die Sache ganz einfach. Die bleibesprühten Blenden waren geschlossen, sobald und solange das Spürgerät eingeschaltet war. Auf diese Weise verbargen sie alle Wanzen unter einem winzigen Bleischirm, so daß sie nicht aufgespürt werden konnten; natürlich konnten die Wanzen dann für den Augenblick auch selbst nicht »sehen« und »hören«. Wurde das Spürgerät aber ausgeschaltet, dann waren die Lauschgeräte und Minikameras nicht mehr durch die Sprühschicht aus Blei abgeschirmt und konnten ihre heimliche Arbeit tun.

So weit, so gut. Danach unternahmen sie einen Streifzug durch sämtliche Lagerräume und suchten bis in die verborgensten Winkel nach weiteren Spürgeräten und allen elektronischen Einzelteilen, aus denen man solche Geräte zusammenbauen konnte. Das dauerte natürlich seine Zeit, und während sie noch herumstöberten, erschien Lars. Sie machten ihm weis, daß sie nach »Spindelpuffern« suchten, was immer er sich darunter vorstellen mochte. Offenbar war er mit der Auskunft zufrieden, denn er trollte sich. Sie sammelten sämtliche Spürgeräte und Bauelemente ein, verstauten alles in einem Kasten und luden ihn in ihr Fahrzeug. Der ganze Kram mußte außer Landes gebracht werden.

Sie hatten jetzt ein Spürgerät, das nichts aufspüren würde, obwohl es scheinbar funktionierte, und fünfzehn bleibesprühte

Blenden, die sie vor Abhörgeräten oder Minikameras anbringen konnten.

Kurz darauf platzte Lars schon wieder herein: Er wolle nur mal nachschauen, weil es so merkwürdig still sei. Sie sagten ihm, er solle sich zum Teufel scheren, aber Ker hielt es doch für besser, fortan einen Tonträger ablaufen zu lassen, auf dem eine Geräuschkulisse aus Hämmern, Stampfen und Bohren zu hören war.

Sie verwischten die Spuren ihrer bisherigen Arbeit und versteckten die winzigen Geräte, die sie gebastelt hatten.

Auf einmal merkten sie, daß ein langer Tag hinter ihnen lag. Sie hatten nichts gegessen. Es gab noch unendlich viel zu tun, aber sie waren alle der Meinung, für heute reichte es.

Jonnie und Angus wollten nicht Gefahr laufen, allzu vielen Flugschülern zu begegnen; das wäre ein zu gewagtes Spiel mit dem Feuer gewesen. Also entschlossen sie sich, lieber in Chars früherer Unterkunft Quartier zu nehmen. Ker wollte zur Akademie zurückfahren, etwas zu essen holen und Arbeitskleidung für Jonnie und Angus besorgen. In der Hoffnung, daß Dunneldeen inzwischen eingetroffen sei, schrieb Jonnie auf Chirks riesiger Schreibmaschine eine Nachricht für ihn:

> Alles in Ordnung. Bereiten Sie den Transport der dreiunddreißig gefangenen Ps von hier nach Cornwall vor, und zwar so, daß Sie in drei Tagen starten können. Melden Sie anschließend, daß bei einer Notlandung auf See alle umgekommen seien. Liefern Sie sie beim Doktor ab. Aber erst in drei Tagen. Sie werden keine Schwierigkeiten mit ihnen haben, die sind ganz wild darauf, ausgeflogen zu werden. Verschlucken Sie diese Notiz.

Ker versprach ihm, die Nachricht abzuliefern, und brauste davon.

Jonnie und Angus streckten ihre müden Knochen aus. Soweit war alles gut gelaufen. Sie hatten noch einiges vor sich.

2

Jonnie wartete auf Kers Rückkehr. Er fühlte sich etwas verloren in Chars Vier-Meter-Bett, und das riesige, leere Gebäude, in dem jedes noch so kleine Geräusch von den Wänden widerhallte, war nicht gerade der geeignete Ort, um sich zu entspannen. Es wurde immer später. Er grübelte, wodurch Ker wohl aufgehalten sein mochte. Er versuchte zu lesen, um sich die Zeit zu vertreiben.

Char hatte, als er seine Siebensachen für die Rückkehr nach Psychlo packte, alles mögliche weggeworfen, lauter Kram, den er nicht mitnehmen wollte. Darunter war auch ein Kinderbuch mit dem Titel »Die Geschichte von Psychlo«. Vielleicht stammte es noch aus Chars ersten Schuljahren, denn auf der Titelseite stand, in kindlicher Krakelschrift: »Das Buch gehört Char. Wer's klaut, soll's gefälligst zurückgeben!« Und darunter die Drohung: »Sonst pack ich ihn mit meinen Pranken!« Nun, Char würde keinen mehr mit den Pranken packen, er war nun schon geraume Zeit tot, dafür hatte Terl gesorgt.

Weil Ker von den weit ausgedehnten stillgelegten Schächten auf Psychlo erzählt hatte, fand Jonnie es ganz interessant, jetzt in diesem Buch zu lesen, daß sich unter der gesamten Imperial City und ihrer näheren Umgebung ein tief hinabreichendes Netz von Schächten und Sohlen erstreckte. Schon vor dreihunderttausend Jahren hatten die Psychlos alle Mineralvorkommen in der Oberkruste ihres Planeten ausgebeutet und sodann, als oben nichts mehr zu holen war, die Methode des Mantelabbaus entwickelt. Etliche ihrer Schächte reichten bis auf einhundertdreiunddreißig Kilometer hinab, und in einigen Fällen waren sie damit schon so tief vorangetrieben, daß nur noch ein Kilometer harter Schichten sie vom flüssigen Kern des Planeten trennte. In diesen Schachtanlagen mußte eine schreckliche Hitze geherrscht haben! In diesen Tiefen konnten nur noch Maschinen arbeiten, keine Lebewesen. Das unterirdische Labyrinth war so ausgedehnt, daß an der Oberfläche von Zeit zu Zeit Gebäude einsackten.

Er war gerade bei einem Kapitel angelangt, dessen Überschrift lautete: »Der erste interplanetarische Krieg zur Rettung vor dem bedrohlichen Mangel an Bodenschätzen«. Da kam Ker zurück, mit ernster Nachricht: Dunneldeen war verhaftet worden!

Dunneldeen, berichtete Ker, war kurz vor Sonnenuntergang mit einem Kampfflugkörper gelandet und hatte sich um Quartier und Essen kümmern wollen. Als er aus dem Speisesaal kam, traten ihm zwei Männer, mit Affenfellen und gekreuzten Schultergürteln bekleidet, in den Weg und teilten ihm mit, daß er ab sofort unter Arrest stünde. Ein paar andere von diesen Gestalten lauerten ganz in der Nähe.

Dunneldeen wurde in ein Fahrzeug genötigt (der Fahrer war übrigens Lars) und zum Kapitol gefahren, ja, ganz recht, zu diesem großen Gebäude mit der frischgestrichenen Kuppel. Sie stießen ihn in einen Raum, den sie Gerichtssaal nannten. Dort saß dieser Generalbevollmächtigte für den Planeten und fing an, ihm eine ganze Liste mit Beschuldigungen vorzulesen. Zum Beispiel, daß er sich störend in Aktivitäten des Rates eingemischt und Kriegshandlungen betrieben habe ... Tja, und dann sah der Kerl auf einmal Dunneldeen scharf an und rief aus: »Sie sind ja gar nicht Tyler!« Und er ließ einen Wachoffizier kommen, es gab einen Mordswirbel, und er nahm Dunneldeen das Versprechen ab, daß er wegen dieses Zwischenfalls nichts unternehmen werde, was womöglich zum Krieg mit Schottland führen könnte ... Na ja, und dann ließen sie ihn laufen.

Dunneldeen befand sich jetzt wieder in der Akademie. Er hatte Lars kurzerhand das Fahrzeug weggenommen und war hingefahren. Und warum es so lange gedauert hatte? Nun, Ker hatte auf Dunneldeen warten müssen, weil er ihm doch die Nachricht geben sollte. Dunneldeen ließ ausrichten, ihm ginge es gut, aber Jonnie solle auf der Hut sein.

»Das alles bedeutet ja wohl, sie rechnen damit, daß du hier auftauchst«, schloß Ker seinen Bericht. »Sie haben ihre Augen und Ohren überall. Wir müssen uns mit der Arbeit ranhalten und sehr vorsichtig sein, und was dich betrifft, du solltest so bald wie möglich von hier verschwinden.«

Jonnie und Angus aßen ein wenig von dem, was Ker ihnen mitgebracht hatte, und dann legten sie sich schlafen: Vier Stunden, mehr blieb ihnen nicht von der Nacht. Ker begab sich in seine frühere Unterkunft und schlief unter der Atemmaske, denn die Atemgasanlage war ja in der Station allgemein außer Funktion gesetzt.

Noch vor Morgengrauen waren sie wieder auf den Beinen und stürzten sich in die Arbeit. Ker ließ den Tonträger laufen, Hammerschläge dröhnten und dumpfes Stampfen erklang. In Wirklichkeit hatte das, was sie taten, überhaupt keine Ähnlichkeit mit solchen groben Arbeiten.

Jetzt mußten sie nämlich Beobachtungssonden und Übertragungsgeräte so geschickt anbringen, daß sie nicht entdeckt werden konnten.

Sie nahmen sich die Kuppel aus Panzerglas vor. Ihre Absicht war, sie so anzubohren, daß es wie Einschußlöcher aussah. Das Problem bestand allerdings darin, daß sie die Sonden nicht einfach an jedem beliebigen Platz anbringen konnten, denn wenn der Sonnenschutz zugezogen war, verdeckte er den Beobachtungssonden die Sicht. Die Schutzjalousien reichten nicht bis zum Zentrum der Kuppel, statt dessen war das Glas dort besonders stark gefärbt. Also mußten sie die Minikameras oben anbringen, in der Kuppelspitze.

Die Einschußlöcher mußten natürlich echt aussehen, und das hieß, daß rundherum feine Haarrisse verlaufen mußten, um den Anschein zu erwecken, als wären die Löcher durch Einwirkung von außen entstanden. Damit auch wirklich alles perfekt war, bohrten sie ähnliche Löcher in die Kuppeln angrenzender Räume. Nun sah es überall so aus wie in Terls Büro, und das machte die Sache unverdächtig.

Sie versteckten knopfgroße Minikameras und winzige Übertragungssender in den Löchern. Dann richteten sie alles so her, als seien die Einschußlöcher nachträglich repariert worden, ein bißchen rauh und uneben, damit es schön echt wirkte. Sie verwendeten dazu eine Spezialklebemasse, die - ähnlich wie ein Einwegspiegel - nur aus der Blickrichtung der Minikameras durchsichtig war.

Jede der winzigen Sonden, die sie auf diese Weise angebracht hatten, steckte in einer kleinen Bleidose und war nach vorn durch eine der bleibesprühten Blenden abgeschirmt. Alles in allem sah das, was sie zuwege gebracht hatten, wie das Ergebnis einer oberflächlichen Reparatur aus, durch ungelernte Arbeitskräfte ziemlich schlampig hingeschustert. Niemand hätte vermutet, daß hinter den Reparaturstellen Minikameras lauerten, von denen jede ihre Optik auf einen anderen Arbeitsbereich in den beiden Räumen richtete.

»Daran wird er bestimmt nicht herumfummeln«, meinte Ker grinsend. »Da hat er nämlich Angst, wenn was von der Klebmasse abbricht, könnte Atemgas ausströmen und Luft eindringen.«

Inzwischen war es Nachmittag geworden. Sie testeten mit Terls Spürgerät und mit Empfängern, ob die versteckten Sonden einwandfrei arbeiteten. Alles klappte bestens. Die Minispione wurden blind und unaufspürbar, sobald Terls Gerät eingeschaltet war, und sie lieferten ausgezeichnete Aufnahmen, sobald man das Spürgerät ausdrehte.

Sie legten eine kurze Vesperpause ein und schalteten dazu den Tonträger aus; das Hämmern und Stampfen hatte ihnen lange genug in den Ohren gedröhnt. Aber in diesem Augenblick fing draußen das Getöse an.

Ker ging zur Tür und entriegelte sie. Lars bekam einen Schwall Atemgas ab und wich zurück. Er verlangte, daß Ker herauskäme. Er habe mit ihm zu reden, ja, jetzt sofort.

»Du hältst uns von der Arbeit ab!« blaffte Ker ihn an, ging

aber nach draußen.

»Du hast vielleicht Nerven!« raunzte Lars zurück, zitternd vor Wut. »Das verklumpte Zeug, das du mir gegeben hast, war voll von radioaktivem Staub! Du hast mich ganz schön in Schwierigkeiten gebracht! Als ich's heute morgen Terl gezeigt habe, fing das Zeug zu explodieren an. Und du hast genau gewußt, daß das passieren würde! Er hat mich fast aufgefressen!«

»Ja, ist ja schon gut«, versuchte Ker ihn zu beruhigen. »Wir werden hier alles gründlich überprüfen, bevor wir den Raum mit Atemgas befüllen.«

»Das Zeug stammte von Radioaktiv-Geschossen!« schimpfte Lars vor sich hin.

»Kann schon sein«, meinte Ker. »Die sind von außen durch die Kuppel eingeschlagen. Aber die finden wir alle. Reg dich nicht so auf!«

»Mich in die Pfanne hauen wollen!« meckerte Lars weiter herum.

Ker wußte schon, wie er ihn loswerden konnte. »Bleib lieber weg von hier. Das Zeug bewirkt nämlich einen Zerfall im menschlichen Knochengerüst, verstehst du?«

Das hatte Lars gar nicht gewußt. Er wich vorsichtshalber gleich noch ein paar Schritte zurück, machte dann endgültig kehrt und verschwand.

Als Ker zurückgekommen war und die Tür verriegelt hatte, fragte Angus: »Waren das wirklich Reste von Radioaktiv-Geschossen?«

Ker lachte und schaufelte sich mit der Pranke eine Ladung psychloisches Schleckerzeug unter die Atemmaske. Jonnie sah staunend zu. Ker war der einzige Psychlo, der das Kunststück fertigbrachte, sich notfalls auch unter der Atemmaske einen Happen Kau-Kerbango zu genehmigen. Und nun mampfte er auch noch diesen Schmierbrei und redete sogar dabei!

»Das war nur so 'n Flitterkram«, erklärte ihnen Ker lachend. »Es ist 'ne Masse, die blaue Funken sprüht, wenn Sonnenlicht drauffällt. Ich hab ein bißchen was davon auf die verbeulten Patronen gestäubt. Harmloses Zeug. Kinderkram.« Lachen schüttelte ihn, bis es schließlich in einem tiefen Seufzer endete.

»Wir haben da oben die Einschußlöcher gebohrt, und für die muß es ja eine glaubhafte Erklärung geben. Also mußten wir so tun, als hätten wir ein paar Patronenhülsen gefunden. Aber dieser Terl ... Er kommt sich so schlau vor, daß er manchmal schon wieder schrecklich dämlich ist!«

Jonnie und Angus stimmten in sein Lachen ein. Sie konnten

sich die Szene gut vorstellen, wie Terl dastand und Lars ihm den Klumpen Zeug hinhielt, das angeblich aus seinem früheren Büro stammte, und dann fiel das Sonnenlicht darauf, und die blauen Funken sprühten ... Terls ständige Angst, daß es jeder auf ihn abgesehen hätte, mußte ihn fast rückwärts durch die Käfigwand getrieben haben! Vermutlich hatte er gedacht, der Atem, der aus seiner Maske strömte, hätte die Reaktion von Uran hervorgerufen.

Jetzt kam der gröbere Teil der Arbeit dran, bei dem es wirklich einiges zu hämmern und zu stemmen gab. Sie mußten das Kunststück fertigbringen, die hinter bleibesprühten Blenden verborgenen Minikameras so in die Zu- und Ableitungen der Atemgasanlage einzusetzen, daß sie einerseits in den Röhren nicht entdeckt werden konnten, andererseits aber aus den dunklen Schächten heraus den Teil von Terls Arbeitsräumen überwachen konnten, der bisher noch nicht von Beobachtungseinrichtungen abgedeckt war. Es erforderte eine ganz besondere Geschicklichkeit, an den Ventilationsrohren zu arbeiten, und es war ein Glück, daß Ker, obwohl er unter den Psychlos als Winzling galt, mit seinen kräftigen Pranken Eisenblech biegen konnte, als wäre es Papier.

Ker baute die Zuleitungs- und Ableitungsrohre für das Atemgas in solcher Weise zusammen, daß es nach einer notdürftigen Reparatur aussah und sich auch beängstigend wackelig anfühlte. Berührte man die Rohre, dann mußte man den Eindruck gewinnen, sie kämen einem im nächsten Augenblick entgegen und fielen heraus. In Wirklichkeit waren sie durch verborgene, fest verschweißte Verankerungen gesichert.

Sie montierten die Minikameras in den Rohren, überprüften, ob auch die Blenden einwandfrei arbeiteten, und sahen zu, daß die Rohre alle in endgültiger Position waren. Nachdem das erledigt war, begannen sie trotz der späten Stunde mit der Arbeit an der eigentlichen Atemgasanlage. Kurz vor ein Uhr früh hatten sie es geschafft, daß das Zirkulationssystem zuverlässig funktionierte.

Sie schätzten, daß ihnen nicht mehr viel Zeit blieb, und entschlossen sich daher, noch nicht aufzuhören. Jetzt kam es darauf an, eine zentrale Übertragungseinrichtung zu schaffen, mit der sie all das, was die Minikameras und die Lauschgeräte künftig registrieren würden, in die Akademie senden und dort klar und deutlich aufnehmen konnten. Immerhin ging es um eine Übertragung über mehrere Kilometer.

Alle optischen und akustischen Geräte, die sie irgendwo in verborgenen Winkeln installiert hatten, waren so beschaffen, daß weder die Energiequelle noch die Empfangsanlage weiter als höchstens ein- oder zweihundert Meter entfernt sein durften. Die Beobachtungs- und Horchgeräte arbeiteten alle auf verschiedenen Frequenzen, so daß sie zusätzlich ein umfangreiches Hauptkopplungssystem brauchten.

Jonnie nahm sich noch einmal Terls Spürgerät vor und baute einen Fernbedienungsregler ein, der automatisch den Mehrkanalkoppler ein- und ausschalten würde. Während ein Spürgerät in Betrieb ist, will man ja schließlich keine Radiowellen umhersausen lassen. So weit, so gut; das war noch der leichteste Teil der Aufgabe.

Wirklich schwierig wurde es erst, als sie sich dem Problem zuwandten, wie sie die Übertragung bis zur Akademie sicherstellen sollten. Bodenwellen, das war die Lösung. Bodenwellen breiten sich – im Gegensatz zu luftübertragenen Wellen – nur innerhalb des Erdbodens aus. Als Übertragungsantenne fungiert ein in den Boden getriebener Stab, und als Empfangsantenne braucht man einen zweiten, gleichen Stab. Verwendeten sie Bodenwellen, so bestand der Vorteil vor allem darin, daß Terl mit seinem Spürgerät die Übertragung nicht orten konnte; sie erfolgte auf einer völlig anderen Wellenlänge. Nachteilig war es dagegen, daß die Übertragungstechnik durch Bodenwellen normalerweise von den Psychlos auf der Erde nicht angewandt worden war, so daß auch keine entsprechende Ausrüstung vorhanden war. In fieberhafter Arbeit mußten sie sich das, was sie brauchten, erst selber schaffen, indem sie bestimmte Komponenten aus Funkübertragungsgeräten für ihre Zwecke abwandelten.

Es war Herbst und daher immer noch dunkel, als Angus und Ker mit dem Fahrzeug zur Akademie hinüberjagten, um die Empfänger und die Aufzeichnungsgeräte zu installieren: einen Satz in einer Toilette, einen anderen in einem unbenutzten Telefonhäuschen und den dritten unter einer lockeren Fliese, vorn am Altar in der Kapelle.

Inzwischen vergrub Jonnie den Mehrkanalkoppler draußen vor dem Gebäude in der Erde. Er hatte sich die Ausrede zurechtgelegt, er suche nach Energiekabeln. Aber er brauchte die Ausrede nicht, alle Welt schlief. Er bestückte den Kasten mit Energiebatterien, die für einen Halbjahresbetrieb oder sogar länger ausreichen mußten, wickelte alles in wasserdichte Schutzhüllen, grub das Loch wieder zu, trieb den Antennenstab in den Boden und verwischte die Spuren seiner Arbeit. Es war das Werk eines Mannes, der sich in langen Jahren als Jäger und Fallensteller geübt hatte: Niemand hätte auch nur die geringste Veränderung entdecken können, das Gras sah aus, als wäre es nie berührt worden.

Danach überprüfte er drinnen die Funktionstüchtigkeit. Sämtliche bleibesprühten Blenden arbeiteten fehlerfrei. Die Energieversorgung der Beobachtungs- und Lauschgeräte war sichergestellt. Sie schalteten sich durch Impuls des Hauptkopplers ein und aus. Jonnie ließ die Übertragung weiterlaufen, damit drüben bei der Akademie ein Funksignal ankam, auf das Ker und Angus die Empfänger ausrichten konnten.

Solange die beiden noch unterwegs waren, beschäftigte er sich damit, die Schreibtische und das Zeichenbrett an den geeigneten Stellen fest auf dem Boden zu verschweißen. Nicht einmal mit einem Molekularschneider würde man diese Schweißnähte wieder auftrennen können!

Es war acht Uhr früh, als Angus und Ker lässig hereingeschlendert kamen, als wären sie eben erst aufgestanden und wollten nun ihren Arbeitstag beginnen. Sie verriegelten die Tür und nickten Jonnie mit zufriedenem Grinsen zu.

»Es funktioniert tadellos«, sagte Angus. »Wir haben Sie bei der Arbeit genau beobachten und sogar die Seriennummer auf dem Schweißgerät lesen können. Die Übertragungen von allen fünfzehn Minikameras kommen auf dem Schirm an. Hier, wir haben das Band mit der Aufnahme mitgebracht.«

Sie ließen es abspielen. Was hatte Angus gesagt? Daß er die Seriennummer gelesen hatte? Ach was! Sie konnten sogar die Körnung im Material erkennen!

Erleichtert schnauften sie auf.

Dann legte Angus den Arm um Jonnies Schultern und deutete auf die Tür. »Bis jetzt haben wir Ihre Erfahrung und Ihre Ideen gebraucht. Aber was jetzt noch nötig ist, um Terl hinters Licht zu führen ... das ist nur noch Sahne auf den Haferbrei. Jede Minute, die Sie jetzt noch bleiben, kann eine zu viel sein.«

Ker war schon dabei, das präparierte Spürgerät wieder im Verschlußfach zu verstauen, genau auf dem gleichen Platz, auf dem es vorher gelegen hatte, und alles so herzurichten, wie es gewesen war. »Als man mir diesen Job anbot, hab ich natürlich damit gerechnet, daß du herkommst. Also hab ich vorsichtshalber einen Flugkörper für dich reserviert«, sagte er über die Schulter zurück. »Er steht, mit frischen Energiebatterien bestückt, genau gegenüber dem Hangartor. Die letzten Ziffern der Seriennummer sind 93. Es ist alles für dich vorbereitet. Denk dran, die Kerle sind nicht hinter uns her, sondern hinter dir!«

»Für das, was hier noch zu tun ist, brauchen wir 'ne Dreiviertelstunde, höchstens 'ne Stunde«, redete auch Angus auf Jonnie ein. »Also machen Sie, daß Sie hier wegkommen! Das ist übrigens ein Befehl von Sir Robert: dafür zu sorgen, daß Sie unverzüglich verschwinden, wenn Sie nicht mehr gebraucht werden.«

Ker hatte die Tür des Verschlußfachs geschlossen und fing an, mit einem Brecheisen an der Ecke zu hantieren, damit es so aussähe, als hätte sich jemand ohne Erfolg daran zu schaffen gemacht. Ohne sich umzudrehen, aber mit allem Nachdruck sagte er: »Gute Reise!«

Ja, sie hatten recht. Mit dem Rest kamen sie allein klar. Für sie bestand keine Gefahr. Andererseits, es war eben doch noch der eine oder andere Handgriff zu tun. Und bevor er zurückflog, wollte er wissen, ob bis zum Ende alles gut verlaufen war. Er konnte sich startfertig machen und in der Maschine warten.

»Fliegen Sie sofort los!« redete ihm Angus zu.

Jonnie schüttelte den Kopf. »Kommt beim Flugkörper vorbei und sagt mir Bescheid, wenn alles erledigt ist.«

Er winkte ihnen zu und ging. Sie verschlossen die Tür hinter ihm. Er durchquerte den Flur zu Chars ehemaligem Quartier, um seine Sachen zu holen. Es war acht Uhr dreiundzwanzig. Schon zwei Stunden zu spät.

3

Um fünf Uhr an diesem Morgen wußte Brown Limper, daß er Tyler aufgespürt hatte.

Seit Tagen hatte er nicht mehr schlafen – oder auch nur ruhig sitzen oder einen Bissen herunterbringen können. Vergessen waren die Staatsgeschäfte, vergessen waren all die anderen Aufgaben, die normalerweise seine Zeit in Anspruch nahmen. Beinahe rund um die Uhr hatte er sich ganz darauf konzentriert, endlich die Falle zuschnappen zu lassen, die schon lange aufgestellt war. Verbrechen schrie nach Bestrafung! Sicherheit und Integrität des Staates hatten absoluten Vorrang vor allen anderen Überlegungen. Er hatte ganze Stapel von Büchern über Staatsrecht und Regierungskunst durchgeblättert und fast in jedem eine Bestätigung für diese Auffassung gefunden. Alles lief darauf hinaus: Er mußte diesen Tyler kriegen!

Einen Zipfel des nahen Erfolges hatte er zum ersten Mal erwischt, als er um drei Uhr früh die Bildmeldung einer Drohne aus dem Empfänger zog. Er hatte immer Schwierigkeiten mit diesen Geräten. Nichts als Ärger, seitdem man ihm die Recorder im Kapitol aufgestellt hatte. Die unbegreiflich komplizierte Technik verwirrte ihn. Wenn gar nichts mehr half und sie partout nicht das ausspucken wollten, was er brauchte, blieb ihm in seiner hilflosen Wut nichts anderes übrig, als die Dinger mit Fußtritten zu traktieren.

Es gab ihm ein Gefühl selbstloser Aufopferung, daß er sich um alles kümmern mußte und kaum Schlaf fand. An ihm blieb es hängen, die neuesten Bildmeldungen der ferngelenkten Aufklärungsflugkörper zu prüfen, die auf dem Funkweg aus Schottland übermittelt wurden. Der eigentlich zuständige Pilot, der den Einsatz der Drohnen überwachen und die Empfänger bedienen sollte, war natürlich um diese Tageszeit nicht da! Zu ärgerlich!

Aber da war Tyler! Da hüpfte er bei einem dieser dämlichen Tänze mit herum, die die Hochländer veranstalteten. Mit einem halben Dutzend anderen, immer rund um ein Freudenfeuer. Obwohl er ja nur Bilder vor Augen hatte, keine Aufnahmebänder mit Tonspuren, taten ihm die Ohren weh, wenn er sich dieses verrückte Dudelsackgejaule vorstellte, das dabei erklang. Ja, kein Zweifel, die Jagdkleidung ... und überhaupt alles. Es war Tyler!

Die Schwierigkeiten mit dem Gerät machten ihn fast verrückt, als er versuchte, die Aufnahmeserie zurückzuverfolgen. Er konnte die verschiedenen Psychlo-Ziffern nicht auseinanderhalten. Aber schließlich bekam er es hin, und das Bildwiedergabegerät leuchtete auf.

Nein, es war doch nicht Tyler! Er hatte einfach nicht logisch nachgedacht. Tyler würde nicht dort herumhüpfen und die Arme schwingen. Als er ihn das letzte Mal drüben im früheren Camp der Psychlos gesehen hatte, war Tyler humpelnd am Stock dahergekommen und hatte den rechten Arm nicht richtig bewegen können.

Und dann ... es war vier Uhr achtundvierzig ... Da spuckte das Gerät wieder eine Bildmeldung aus, diesmal von einer anderen Drohne, die das Gebiet am Victoriasee überflog. Und darauf war ein Mann zu sehen, der auf einem Felsen über dem See saß und Steine ins Wasser warf. Ein Mann in Jagdkleidung. Tyler, man erkannte es an den Haaren und am Bart! Aber es konnte gar nicht Tyler sein, denn der Mann warf die Steine mit dem rechten Arm! Und als er einen Schritt zurücktrat, sah man auch ganz deutlich, daß der Mann nicht humpelte.

Er hatte das Bild gerade wütend auf den Boden geworfen, als Lars Thorenson hereingestürmt kam. Brown Limper donnerte ihn gleich fürchterlich an: Was hatte es zu bedeuten, daß zwei verschiedene Drohnen in kurzem Zeitabstand an zwei weit voneinander entfernten Orten zwei Tylers aufnahmen?

»Darüber will ich ja gerade mit Ihnen sprechen!« Lars Thorensons Stimme schnappte vor Aufregung beinahe über. »Es gibt nämlich drei Schotten, die wie Tyler aussehen. Aber das ist noch nicht alles. Erinnern Sie sich, was Terl uns gesagt hat, worauf wir achten sollten? Narben am Genick, weil Tylers Hals so lange im Eisen gesteckt hat! Ich hab die ganze Zeit über nicht verstanden, warum Stormalong seinen Schal so merkwürdig trägt, so hoch drapiert. Das hat er doch früher nicht gemacht. Und gerade erst vor fünf Minuten fiel's mir auf einmal wie Schuppen von den Augen! Er versteckt diese Narben! Tyler ist drüben im Camp, in der Maske von Stam Stavenger! Er ist Stormalong!«

Am Ende aller Irrwege waren sie also doch zur richtigen Lösung gelangt!

Brown Limper ging sofort ans Werk. Immer wieder hatte Lars ihm über die imposante militärische Heldenfigur Hitler und dessen geniale Feldzüge erzählt. Und Terl hatte ihm eingeschärft, stets weit vorausschauend zu planen. Daher war Brown Limper auf diesen Augenblick vorbereitet.

Vor zwei Tagen hatte er den Vertrag mit General Snith unter Dach und Fach gebracht. Hundert Währungseinheiten pro Mann und Tag, das war zwar eine Menge, aber Snith war es wert.

Zwei Kommandos waren mit Lastwagen zum Dorf in den Bergen geschickt worden. Für eine Beratung und langes Palaver hatte man den Leuten keine Zeit gelassen. Ohne Rücksicht auf irgendwelche Proteste waren die Dorfbewohner zusammengetrieben worden. Überstürzt hatte man sie in das entfernt liegende Dorf auf der anderen Seite der Berge gebracht, an den Ort, den Tyler damals schon für sie ausgewählt hatte. Die fünf jungen Männer, die sich vielleicht ernsthaft hätten widersetzen können, waren jetzt auf der Akademie. Drei von ihnen wurden an Maschinen und Arbeitsgeräten ausgebildet und lernten, wie sie im Winter mit Planierraupen die Pässe freihalten konnten. Die beiden anderen wurden zu Piloten ausgebildet. Auf die alten Leute und die Kinder brauchte man keine Rücksicht zu nehmen. Ihr Gejammer, daß nun alle Vorbereitungen für den nächsten Winter vergebens gewesen wären, konnte man ruhig überhören. Man hatte ihnen erzählt, daß sie umgesiedelt würden, damit man die alten taktischen Minen ausgraben und abtransportieren könne, aber das war mehr eine politisch motivierte Erklärung gewesen. Die Leute wußten inzwischen, daß es sich bei diesen Minen um Explosivkörper handelte, die schon vor sehr langer Zeit in der Erde vergraben worden waren, und Brown Limper hatte die Gelegenheit benutzt, ihnen klarzumachen, daß sie auch aus diesem Umstand wieder Tylers Unaufrichtigkeit erkennen könnten. Für ihn sollten diese Minen eine ganz spezielle Rolle in seinem ausgeklügelten strategischen Plan spielen.

Kurz und gut, das Dorf stand nun leer, und man hatte Tylers früheres Zuhause mit versteckten Ladungen und Sprengsätzen gespickt. Und die Sprengstoffexperten der Briganten hatten Brown Limper versichert, daß Tyler bloß eine Tür zu öffnen brauchte, und schon würde er in Stücke zerrissen.

Hinterher würde man erzählen, Tyler sei – allen Warnungen vor den alten Minen zum Trotz – in dieses Haus gegangen und prompt in die Luft geflogen. Auf diese Weise konnte sich die Volkswut nicht gegen Brown Limper richten, es war unmöglich, ihm einen Vorwurf zu machen. Der Generalbevollmächtigte für den Planeten wußte nicht mehr genau, ob die Idee von ihm oder von Terl stammte, aber auf jeden Fall handelte es sich um das Ergebnis brillanter, politisch geschulter Denkarbeit. Staat und Nation mußten von dieser Geißel befreit werden, die sich in dem Erzkriminellen Tyler personifizierte, und das alles mußte mit möglichst geringen Auswirkungen auf das politische Gefüge geschehen. Brown Limper hatte auch irgendwo gelesen, daß der Zweck die Mittel heilige, und das hörte sich durchaus nach vernünftigem, realpolitischem Denken an. Überhaupt, als Brown Limper über all diese Pläne und Vorbereitungen nachdachte, wurde ihm schlagartig klar, daß er auf dem Wege war, ein Staatsmann zu werden, der sich mit den herausragendsten Persönlichkeiten der Menschheitsgeschichte messen konnte.

Um sechs Uhr früh gab er General Snith Weisung, mit dem Austausch der Wachen im Camp zu beginnen. Die Flugschüler sollten von diesem Wachdienst für immer befreit werden, und zwar mit der Begründung, daß sie die Aufgabe sowieso nicht mochten und es nur eine Unterbrechung der Ausbildung darstellte; und schließlich verfügte der Staat ja jetzt über eine richtige stehende Armee. Ab acht Uhr hatten die Briganten den Wachdienst im Camp zu übernehmen.

Durch einen raschen Anruf war festgestellt worden, daß die beiden anderen, die sich in der Gesellschaft dieses angeblichen Stormalong herumtrieben, das Camp schon vor einiger Zeit verlassen hatten und in die Akademie zurückgefahren waren; der diensttuende Offizier im Camp hatte es so ins Wachbuch eingetragen.

Halbautomatische Thompson-Gewehre waren an das Kommando der Briganten verteilt worden. Komisch, irgendwie waren auf einmal keine Sturmgewehre mehr da ... Aber – na ja, die Thompsons taten's auch.

Lars wurde in seine Aufgaben eingewiesen. Zwei ausgewählte Männer, mit halbautomatischen Gewehren bewaffnet, wurden ihm mitgegeben. Er sollte ins Camp gehen und sich auf die Lauer legen, bis der falsche Stormalong erschien, und ihn dann möglichst unauffällig festnehmen. Er sollte ihn hierher bringen, in den Gerichtssaal. Er durfte sich nicht in einen Kampf mit Tyler verwickeln lassen. Sobald man Tyler die offizielle Beschuldigung bekanntgegeben hatte, würde man ihm sagen, daß sein Fall vor dem Weltgerichtshof verhandelt würde, der demnächst eingesetzt werden sollte. Und da das noch ein paar Wochen dauern konnte, würde er so lange zu seinem früheren Heimatdorf gebracht. »Hausarrest« und »Untersuchungshaft« waren die Fachausdrücke, die Brown Limper nachgeschlagen hatte. Kurzum, er würde Tyler mitteilen, daß er unter Hausarrest stehe. Dann oblag es Lars, ihn in die Berge zu bringen. Es durfte nicht dahin kommen, daß die Flugschüler irgend etwas merkten – und auch nicht die Russen, die sich in der alten Gruft aufhielten.

Lars hatte gemeint: »Am besten schnapp ich ihn mir, während er noch in Terls Büro ist.«

»Nein«, hatte Brown Limper widersprochen, »besser nicht. Terl hat mich nämlich ausdrücklich darauf hingewiesen, daß Tyler möglicherweise deshalb noch dort geblieben ist, um irgendwelche verbrecherischen Maßnahmen zu ergreifen, nachdem die anderen beiden schon weg sind. Terl hat mir aber versichert, daß er das alles wieder in Ordnung bringen kann, sobald er selber in die Büroräume umgezogen ist. Also ... nicht im Büro. Sie müssen ihn allein erwischen, sonst helfen ihm die beiden anderen womöglich. Wir sind hinter dem Verbrecher Tyler her, sonst hinter keinem. Wir müssen ihn ohne Aufsehen kriegen, ihn anklagen und in die Berge schaffen. Seien Sie höflich. Gehen Sie auf alle berechtigten Wünsche ein. Immer schön geschmeidig, keinen Zwischenfall provozieren. Und im Büro darf nichts kaputtgehen, das hat Terl ausdrücklich verlangt.«

Lars erschien die Einweisung zwar ein bißchen ungeordnet und verwirrend, aber die Punkte, auf die es ankam, hatte er richtig verstanden. Er holte sich die beiden Briganten, überprüfte nochmal, ob sie auch ihre Waffen hätten, ließ sich ein gepanzertes Regierungsfahrzeug geben und zog los.

Brown Limper wies General Snith an: »Sorgen Sie dafür, daß

sich Ihre Söldner vorläufig im Camp nicht offen zeigen, aber in Alarmbereitschaft bleiben, falls es heute morgen noch Schwierigkeiten gibt. Sagen Sie den Leuten, sie sollen keine Schießerei anfangen. Keine Feuererlaubnis, solange sie nicht angegriffen werden.«

General Snith hatte genau verstanden. Seine Männer standen bereit, sich ihren Sold zu verdienen.

Brown Limper hatte vor kurzem den Schnitt für die Amtsroben entdeckt, die in früheren Zeiten von den Richtern getragen wurden. Eine davon hatte er für sich schneidern lassen, ganz speziell für diese Gelegenheit. Er zog sie an, hinkte von Zeit zu Zeit zum Fenster, schaute ungeduldig hinaus und stellte sich schließlich vor dem alten, gesprungenen Spiegel auf, um sich selber zu betrachten.

Die Zeit war gekommen, Rache zu nehmen für all die Kränkungen und Beleidigungen, die ihm ein Leben lang widerfahren waren!

4

Jonnie kam, als er Chars früheres Quartier betrat, nur zwei Schritte weit.

Eine Gewehrmündung wurde ihm in die linke Seite gestoßen.

Hinter einem Stuhl tauchte ein weiterer Brigant auf. Noch ein Gewehr, genau auf ihn gerichtet.

Dann kam auch noch Lars zum Vorschein, der sich bis dahin hinter dem Bett versteckt hatte. Er hielt einen Handfeuer-Killer auf Jonnie gerichtet.

»Wir sind nicht hier, um Sie zu töten«, sagte Lars. Er hatte sich den gesamten Ablauf der Aktion vorher genau überlegt und ihn noch mit ein paar eigenen Ideen ausgeschmückt. Nach allem, was er gehört hatte, stand er hier einem heimtückischen und gefährlichen Kriminellen gegenüber, dem alles zuzutrauen war. Er mußte geschickt und umsichtig vorgehen, um die grundsätzlichen Weisungen auszuführen, die er erhalten hatte. So geschickt und umsichtig, wie Hitler in diesem Fall gewesen wäre. »Folgen Sie unseren Anweisungen, dann wird Ihnen nichts passieren. Dies ist eine völlig legale Aktion. Auf Anordnung des Rates stehen Sie unter Arrest. Diese beiden Männer sind Angehörige der Armee des Rates.«

Wäre Jonnie, als er den Raum betrat, nicht gerade erst dabei gewesen, die Atemmaske abzulegen, dann hätte er den widerlichen Eigengeruch der Briganten und den Gestank der schlecht gegerbten Affenfelle bemerkt.

Eine Stunde, überlegte er. Angus und Ker hatten gesagt, daß sie noch eine Stunde brauchten, um die letzten Handgriffe in Terls Büro zu erledigen. Diese komischen Figuren hier hatten vielleicht auch Arrestbefehle für Angus und Ker, und möglicherweise würden sie gleich anschließend hinüber ins Büro marschieren und ... Nein, er würde dafür sorgen, daß Angus und Ker diese eine Stunde lang ungestört blieben.

Dann wurde ihm klar, daß Lars und die beiden Briganten offenbar schon eine Weile hier warteten. Ker hatte, als Jonnie ihn um Arbeitskleidung bat, einfach alles, was Stormalong gehörte, zusammengepackt. Das Bündel hatte ordentlich neben dem Bett gestanden, jetzt aber lagen die Kleidungsstücke und die anderen Habseligkeiten verstreut herum. Auch die beiden Verpflegungspakete, das aus Afrika und das aus der Akademie, waren dabei und ebenfalls gründlich durchsucht worden. Aber sie waren sicher nicht dahintergekommen, daß es sich eigentlich um das Gepäck von zwei Leuten handelte, denn Angus hatte nur wenige Kleidungsstücke dabeigehabt und seine Werkzeugtasche inzwischen wieder mitgenommen.

Der Brigant, der hinter Jonnie stand, überzeugte sich durch einen raschen Seitenblick, daß sein Gefährte ihm Feuerschutz gab, packte dann blitzschnell zu und zog Jonnie die Waffe aus dem Halfter.

Jonnie zuckte die Achseln. Er mußte Zeit gewinnen, darauf kam es an. »Ihr wollt mich doch sicher irgendwohin bringen, wie?«

»Sie haben noch heute morgen vor dem Rat zu erscheinen, um sich die Anklagepunkte anzuhören«, antwortete Lars.

Scheinbar beiläufig gab Jonnie der Tür einen Schubs, daß sie zufiel; er wollte nicht, daß jemand vom Flur hereinschauen konnte. Angus und Ker würden zwar auf ihrem Weg zum Hangar nicht gerade hier vorbeikommen, aber es konnte ja sein, daß sie bei der Arbeit in Terls Büro Lärm machten und Lars und die Briganten auf sie aufmerksam würden. Oder es kam noch schlimmer: Die beiden da hinten merkten etwas, ließen ihre Arbeit im Stich und griffen hier ein!

»Ich habe seit gestern nichts gegessen«, sagte Jonnie. »Was dagegen, wenn ich erst einen Bissen zu mir nehme?«

Lars trat bis an die Wand zurück. Auch einer der beiden Briganten hielt es für sicherer, etwas deutlicher auf Abstand zu gehen. Der andere, der hinter dem Stuhl stand, suchte sich eine neue Position, aus der er Jonnie besser überwachen konnte. Jonnie sammelte ein, was in den beiden Verpflegungspaketen gewesen war, hob auch die Kürbisflaschen mit Wasser auf, setzte sich und trank ein paar Schlucke. Er hatte auch ein Bündel Bananen dabei, davon brach er ein paar Früchte ab.

Die Briganten hatten seit ihrem Weggang aus Afrika keine Bananen mehr gesehen und bekamen große Augen. Jonnie bot ihnen welche an, und sie hätten sie auch gern genommen, aber Lars rief sie so scharf zur Ordnung, daß sie sich schnell wieder auf ihre militärischen Pflichten besannen.

Jonnie biß Stück um Stück von einer Banane ab, schön langsam. Dann kramte er umständlich herum, bis er Hirsebrot fand, und wieder ein Weilchen, bis er auch das gebratene Fleisch entdeckt hatte, und noch einmal ein, zwei Minuten, bis er endlich die Scheiben herausgesucht hatte, die ihm aus unerfindlichen Gründen schmackhafter zu sein schienen als die anderen. Auf der riesigen Psychlo-Armbanduhr, die er trug, rannen die Sekunden und Minuten dahin. Er hatte sich genau eingeprägt, wann die Stunde herum war.

»Worum geht es denn bei den Anklagen, die Sie vorhin erwähnt haben?« fragte Jonnie.

Lars lächelte dünn. Der Bursche wollte ihn ausfragen, ihm vertrauliche Ratsinformationen entlocken! »Das werden Ihnen die richtigen Leute schon zur richtigen Zeit sagen.«

Jonnie hatte das Sandwich aufgegessen. Nun fand er einen Becher mit wilden Beeren, pickte sie einzeln heraus und schob sie sich genüßlich in den Mund. Die Leuchtziffern der Armbanduhr rückten weiter und weiter. Noch neunundvierzig Minuten mußte er die drei hinhalten.

Er durchsuchte die Verpflegungspakete und entdeckte in dem, das er aus Afrika mitgebracht hatte, wildes Zuckerrohr. Er verwandte äußerste Sorgfalt darauf, es zu schälen, dann kaute er bedächtig darauf herum, und von Zeit zu Zeit nahm er einen Schluck aus der Kürbisflasche.

Auf einmal fiel ihm ein: Wenn sie alle so ruhig hier saßen, konnte es passieren, daß Angus oder Ker hereinplatzten, um zu sehen, ob er schon weg wäre. Oder Angus wollte sich überzeugen, daß Jonnie das Gepäck bereits mitgenommen hatte. Oder Ker war der Meinung ... Ganz egal, was für ein Grund sie hertreiben mochte, sie liefen Gefahr, ebenfalls festgenommen oder sogar auf der Stelle erschossen zu werden. Es war sicherlich ratsam, Lars dazu zu bringen, daß er irgend etwas redete, und zwar jetzt gleich, damit Angus und Ker, falls sie vorbeikamen, die fremde Stimme hörten.

Noch zweiundvierzig Minuten.

»Ihr habt mein Gepäck durchwühlt«, fing Jonnie an. »Ich muß neu packen.«

Aber Lars war auf etwas ganz anderes aus. Er wollte sich absolute Sicherheit über Jonnies Identität verschaffen, und das hatte er bisher in der Eile vergessen. Er mußte herauskriegen, ob das mit den Narben vom Halseisen stimmte. Und er mußte es klug anstellen. Hier war ein militärischer Schachzug erforderlich. Er wollte natürlich diesem Tyler keine Gelegenheit geben, sich einen Briganten zu packen und ihn als lebenden Schutzschild zu benutzen. Aber er mußte sich Gewißheit verschaffen, denn bis jetzt verdeckte der Kragen der Arbeitsjacke immer noch den Hals dieses Mannes, der vermutlich ... nein, ganz sicher ... das heißt, eben doch nicht so sicher ... Jonnie Tyler war.

»Es liegt uns fern, Ihnen in irgendeiner Weise Unannehmlichkeiten zuzumuten«, sagte Lars. »Sie tragen immer noch Ihre Arbeitskleidung. Aber ich nehme an, Sie möchten vor einem so erlauchten Gremium wie dem Rat in Ihrer besten Kleidung erscheinen, nicht wahr? Wenn Sie es wünschen, können Sie sich gern noch umziehen. Die Messer und die Waffen haben wir vorher schon aus Ihren Kleidungsstücken entfernt. Also, fangen Sie ruhig an.«

Bei der Formulierung »erlauchtes Gremium« war ein spöttisches Lächeln über Jonnies Züge gehuscht. Meine Güte, wie hochgestochen sich das anhörte! Aber er antwortete: »Ach so, na schön, ich glaube, das sollte ich wirklich tun.«

Er fing an, die verstreuten Kleidungsstücke einzusammeln und in Stapeln zu ordnen, und dabei ging ihm durch den Kopf, daß er Lars irgendwie dazu bringen müßte, weiterzureden. Noch neununddreißig Minuten.

Es war eine Menge Kleidung; Ker hatte offenbar alles mitgebracht, was zu Stormalongs Gepäck gehörte. Er nahm sich viel Zeit, jedes einzelne Stück sauber zu falten. Dann hob er das eine oder andere Stück hoch und schaute es prüfend an, als ob er sich erst schlüssig werden müßte, was er denn tragen sollte. Fortwährend murmelte er vor sich hin. »Ob das hier das Richtige ist?« Und: »Wie wär's damit?« Und: »Wie kleidet man sich denn normalerweise, wenn man vor dem Rat erscheint? Trägt man so etwas?« Und schließlich brachte er Lars tatsächlich dazu, ihm Ratschläge zu erteilen. Im Rat ginge es sehr formell zu, ließ Lars ihn wissen. Die Bräuche seien äußerst streng. Man sei auf Würde bedacht, denn es handele sich ja um eine Institution mit außerordentlicher Machtfülle, und man erwarte von jedermann, daß er sich dessen bewußt sei. Noch achtundzwanzig Minuten.

Auf einmal sah Jonnie, daß Stormalong, der es – bei aller Vorliebe für schneidige Kleidung – mit dem, was er anzuziehen pflegte, sehr genau nahm, auch den Anzug aufgehoben hatte, den er seinerzeit oben an der Goldmine trug, wenn er für Jonnie in die Doppelgängerrolle schlüpfte. Chrissie hatte diese Jagdkleidung aus Rehleder gleich in mehreren Ausfertigungen genäht, wobei Jonnie ursprünglich die treibende Kraft gewesen war, weil er sie durch diese Beschäftigung von trüben Gedanken während der Gefangenschaft ablenken wollte. Schließlich hatte er Dunneldeen, Thor und Stormalong je einen Anzug gegeben, um das Täuschungsmanöver, das sie für Terl inszenierten, zu erleichtern.

Er packte das rehlederne Obergewand aus, die Kniehosen und den Gürtel. Ja, es war alles da, sogar die Mokassins. Und – ein Blick auf die Uhr ... noch dreiundzwanzig Minuten!

Jonnie zog seine Jacke aus, er wollte sich vor dem Ankleiden noch ein wenig säubern.

Lars, voller Eifer, beugte sich vor, immer eingedenk dessen, was Terl ihm beigebracht hatte: daß man nur dann ein guter Sicherheitschef sein könne, wenn man sich stets die besonderen körperlichen Merkmale einprägte, mit deren Hilfe sich eine spätere Identifizierung ermöglichen ließ. Und wie recht hatte er damit! Da waren sie, diese kleinen Narben vom Halseisen. Er hatte den richtigen Mann erwischt. Innerlich jubelte er auf, das Herz hüpfte ihm vor Freude.

»Nun können Sie ruhig 'n bißchen schneller machen, Tyler«, sagte Lars. »Ich weiß jetzt, daß Sie's sind. Die Narben vom Halseisen haben Sie verraten.«

Ach so, das hat er herausfinden wollen, dachte Jonnie.

»Die beiden anderen sind schon seit Stunden weg, nicht wahr?« fragte Lars.

»Ja, das ist schon richtig«, bestätigte Jonnie. Auf einmal ahnte er, wieso Lars zu dieser Annahme kam. Vermutlich hatte man Angus und Ker, als sie zur Akademie gefahren waren, um die Recorder zu installieren, im Wachbuch ausgetragen und sie bei ihrer Rückkehr versehentlich nicht wieder eingetragen. Großartig! Noch zwanzig Minuten.

»Und Sie sind noch dageblieben, um ein paar von Ihren kleinen Tricks einzubauen, wie?« fragte Lars weiter. »Aber die finden wir später schon, darauf können Sie sich verlassen. Ihre Maske ist gefallen, Tyler!« Lars fand, das habe sehr gut geklungen. Und er hatte es sich selber ausgedacht. »Also los, ziehen Sie sich an!«

Jonnie nahm ein Stück Rehleder, gab Wasser darauf und rieb sich damit die Haut ab. Die Briganten machten Kulleraugen dazu, denn sie hatten noch nie gehört oder gesehen, daß ein Mensch sich waschen kann.

»Wie sind Sie mir eigentlich auf die Spur gekommen?« fragte Jonnie.

»Tut mir leid, das ist ein Staatsgeheimnis«, entgegnete Lars reserviert.

»Ah, ich verstehe.« Noch siebzehn Minuten. »Bestimmt irgendwas, was Sie von Hitter oder Bitter oder wie er heißt gelernt haben, wie?« Ihm fiel ein, daß Lars für diesen Kerl geradezu hirnrissig schwärmte; Ker hatte das erwähnt.

»*Sie meinen Hitler!*« verbesserte Lars ihn aufgebracht.

»Ach, Hitler? Ja, kann sein. Hört sich nicht wie ein Psychlo-Name an, oder? Die Psychlos haben meistens keine zweisilbigen Namen. Oder ... na ja, manchmal schon.«

»Hitler war doch kein Psychlo!« rief Lars aus. »Er war ein Mensch. Er war der größte Feldherr aller Zeiten – und außerdem ein Kirchenmann ohne Fehl und Tadel!«

»Ach ja?« bemerkte Jonnie. »Na, das muß aber schon lange her sein.« Noch fünfzehn Minuten und siebzehn Sekunden mußte er überbrücken. Falls Angus und Ker nur eine Dreiviertelstunde gebraucht hatten, dann war die Gefahr bereits vorüber. Aber es konnte sich auch eine Stunde lang hinziehen.

Lars gab zu, das stimme, es sei schon lange her. Und Jonnie fragte, nur um Zeit zu schinden, wie er denn überhaupt auf diesen Hitler gestoßen sei. Worauf Lars auch prompt hereinfiel und zu erzählen begann: daß seine Familie aus Schweden stamme und zu den gebildeten Kreisen gehöre und daß sein Vater sogar Geistlicher gewesen sei. Tja – und in der Kirche, da habe man eine Reihe alter Bücher aufbewahrt, die seien alle vom »Ministerium für Volksaufklärung und Propaganda des Großdeutschen Reiches« gedruckt worden, also, Bücher ... im reinsten Schwedisch geschrieben und wirklich gehaltvoll. Die Sache schien ungefähr so gewesen zu sein, daß man ein reinrassiger Arier sein mußte, wenn man sich zum wahren Glauben bekennen wollte, na ja, und noch reinere Arier als die Schweden ... das gab's ja gar nicht. Die meisten Leute in seinem Stamm hatten es tatsächlich gewagt, mit solchen heiligen Glaubensdingen ihren Spott zu treiben. Unerhört, wenn man bedachte, daß das schließlich die Staatsreligion in Schweden gewesen war!

»Schade, daß ich nicht schon früher von ihm gehört habe«,

sagte Jonnie. Noch zwölf Minuten und sieben Sekunden. »War er wirklich ein so großer Führer?«

O ja, das sei er wahrhaftig gewesen, da solle Jonnie sich bloß keiner Täuschung hingeben. Hitler habe die ganze Welt erobert und sich überall für die Rassenreinheit eingesetzt. Jonnie müsse diese Bücher wirklich mal lesen. Sie waren ungeheuer beeindruckend. Ach so, er könne gar nicht Schwedisch lesen? Tja, Lars könne ihm ja gelegentlich daraus vorlesen – das heißt, übersetzen, natürlich. Wie bitte? Was da so alles drin stehe? Du meine Güte, es würde Wochen dauern, wenn man das vollständig wiedergeben wollte. Aber da war zum Beispiel ein Buch mit dem Titel »Mein Kampf«, darin wurde das von der Vorsehung vorherbestimmte Schicksal der auserwählten reinen Rasse erläutert ... Jonnie müsse das so verstehen: Es gab eben Menschen und Übermenschen, und wenn man zu den Übermenschen gehören wollte, dann mußte man das tiefreligiöse Geistesgut des Faschismus gründlich durchdringen.

»Haben die Leute denn Gott verehrt?« fragte Jonnie. Noch sieben Minuten und zwölf Sekunden. Er begann sich anzukleiden, wobei er sich viel Zeit mit den Schnürriemen nahm.

Aber natürlich hatten sie Gott verehrt. Gott hieß mit richtigem Namen »Der Führer«, und Hitler war sein Statthalter auf Erden, um den Menschen, die guten Willens waren, Frieden zu bringen. Es hatte zwar auch schon vorher große Feldherrn gegeben, zum Beispiel Napoleon und davor Cäsar und davor Alexander den Großen und noch früher den Hunnenkönig Attila. Aber die waren alle keine heiligen Männer gewesen. Oh, man mußte sich schon in der Geschichte auskennen, um den wahren Unterschied beurteilen zu können. Zum Beispiel dieser Napoleon ... Gewiß, er war ein großer Feldherr gewesen, aber in vielerlei Hinsicht schnitt er bei einem Vergleich mit Hitler gar nicht gut ab. Er hatte zwar auch Rußland erobert, aber bei seinem Vorgehen vermißte man eben die Vollkommenheit, die Hitler an den Tag gelegt hatte. Nun ja, das waren uralte Geschichten, die lange zurücklagen, und seither war viel Leid über die Menschen gekommen, allerdings, das mußte betont werden, nicht durch Hitlers Verschulden. So lag es ja wohl auf der Hand, daß die Menschheit, wenn sie sich wieder zu alter Größe erheben wollte, dem religiösen Glaubensbekenntnis des Faschismus folgen mußte. Und wer weiß, vielleicht tauchte irgendwo ein neuer Führer auf, um den Menschen Frieden und Verständnis füreinander zu bringen, so wie Hitler es getan hatte. Und übrigens, so merkwürdig es klingen mochte, seine Mutter habe beim Betrachten der alten Bilder immer gesagt, daß er, Lars, doch große Ähnlichkeit habe mit ...

Da klangen Motorengeräusche auf, weit entfernt. Und dann näherkommend – und wieder gedämpfter, je nachdem, ob der Wagen gerade in ihrer Richtung oder nach einer Kurve wieder in Gegenrichtung fuhr, immer höher die Rampen hinauf, die zum Ausgang führten. Kers wilde Fahrweise, unverkennbar. Die beiden hatten es geschafft und waren auf dem Heimweg.

Jonnie kleidete sich fertig an, packte alles andere sorgfältig ein, besonders die Fliegermontur, an der Stormalong so hing, und schnürte ein Bündel daraus.

»Können Sie sich darum kümmern, daß Stormalong das bekommt?« fragte er. Da Lars ihm keine Antwort gab, entschloß sich Jonnie, selber alles mitzunehmen.

Sie hatten es geschafft!

Er wußte noch nicht, wie er aus dem Schlamassel wieder herauskommen sollte. Ein bißchen rätselhaft war ihm noch, warum die beiden anderen weggefahren waren, obwohl sie doch gesehen haben mußten, daß der Flugkörper immer noch am Boden stand. Einerlei, er war froh, daß sie wenigstens draußen waren.

»Also dann, gehen wir!« sagte er.

5

Sie verließen das Gebäude durch ein Seitentor, das normalerweise verschlossen war. Jonnie schaute sich suchend nach einem der Flugschüler um, weil er ihm Stormalongs Gepäck geben wollte, aber er sah keinen.

»Ich kümmere mich darum, daß die Sachen in die Akademie gebracht werden«, sagte Lars, der wohl ahnte, was Jonnie wollte. Dieser Tyler durfte auf keinen Fall wissen, welche Vorkehrungen Lars getroffen hatte, um unbemerkt davonzukommen. Ein Gefecht mit den Flugschülern ... das hätte ihm gerade noch gefehlt! Oder gar mit den Russen, die vor kurzem in der unterirdischen Basis in den Bergen eingetroffen waren und eine nicht zu unterschätzende Streitmacht darstellten!

Ein Sturm war aufgekommen, aus den Bergen zogen dunkle Wolken heran, und in der Ferne, oben bei den Gipfeln, zuckten schon die ersten Blitze. Das hohe braune Gras bog sich im Wind, Laub segelte durch die Luft. Es war Herbst geworden, und hier auf dem Hochplateau spürte man schon die Vorboten winterlicher Kälte.

Jonnie fröstelte. Es war fast wie eine böse Vorahnung. Er hatte Afrika während eines Sturmes verlassen, und jetzt zog wieder ein Sturm auf. Er warf das Gepäck auf den Rücksitz und stieg in das wartende Fahrzeug. Die Fenster waren abgedunkelt, so daß von draußen niemand hereinsehen konnte. Die Briganten richteten die Gewehrmündungen auf ihn. Und so begann die Fahrt zum Kapitol.

Lars war ein miserabler Fahrer. Jonnie wunderte sich nicht, daß er sich das Genick angeknackst hatte und mit einem dicken Gipsverband herumlaufen mußte. Er kannte viele Schweden und schätzte sie als gute Leute; er wußte, daß die meisten von ihnen für Lars auch nur Verachtung empfanden.

Der Kerl wollte schon wieder mit seinem albernen Geschwätz über diesen angeblich großen Feldherrn anfangen, aber Jonnie hatte genug davon. »Ach, halten Sie endlich den Schnabel!« fuhr er Lars an. »Sie sind eine miese Krämerseele, ein Verräter unserer Sache. Ich frage mich, wie Sie sich selber ertragen können. Also, halten Sie gefälligst die Luft an!« Das war vielleicht in der Situation, in der er sich befand, nicht besonders klug, aber er konnte das dumme Gerede einfach nicht mehr hören.

Lars hielt den Mund. Seine zusammengekniffenen Augen funkelten böse. Auf einmal empfand er grimmige Freude darüber, daß dieser Kriminelle nur noch wenige Stunden zu leben hatte.

Vor einem gewöhnlich unbenutzten Seiteneingang des Kapitols hielt das Fahrzeug an. Hier draußen war weit und breit niemand zu sehen, und auch auf den Fluren hinter der Eingangstür herrschte gähnende Leere. Lars hatte das so arrangiert.

Man schob Jonnie auf eine Tür zu. Aus dem Halbdunkel tauchten plötzlich weitere Briganten auf, alle hatten die Waffen auf ihn gerichtet. Und auch im Gerichtssaal waren zwei postiert, einer links in der Ecke und einer rechts, mit geladenen, feuerbereiten Thompsons.

Und da thronte Brown Limper.

Er saß auf einem Podest hinter einem hohen Schreibtisch, in eine schwarze Robe gekleidet. Zu beiden Seiten hatte er alte Gesetzbücher aufgestapelt. Auf seinem Gesicht lag ein unnatürlicher, krankhafter Glanz, in seinen Augen ein irres Leuchten. Er hockte da wie ein Geier, der sich im nächsten Augenblick auf einen Kadaver stürzen will.

Brown Limper hatte es in dem Augenblick gewußt, in dem der Bursche durch die Tür gekommen war: Es war Tyler, kein Zweifel. Der hatte so was an sich ... unverwechselbar. Er hatte das schon gehaßt, als sie beide noch Kinder waren. Dieses Selbstvertrauen, das sich in dem lässigen Gang ausdrückte ... Diese regelmäßigen Gesichtszüge und diese hellen blauen Augen ... Er hatte es gehaßt, daß Tyler so war, wie er nie sein konnte. Aber – wer saß denn nun an den Hebeln der Macht, he? Er, Brown Limper! Wie lange hatte er auf diesen Augenblick gewartet!

»Tyler?« begann Brown Limper. »Treten Sie vor die Schranken des Gerichts! Antworten Sie: Sind Sie Jonnie Goodboy Tyler?« Er hatte einen Recorder eingeschaltet. Alles mußte ordnungsgemäß und legal ablaufen.

Jonnie stand vor dem erhöhten Schreibtisch, sehr lässig und unverkennbar gelangweilt. »Was soll die Farce, Brown Limper? Du weißt doch, wie ich heiße.«

»Ruhe!« rief Brown Limper und hoffte, daß seine Stimme sich tief und voll anhörte. »Der Gefangene hat in korrekter und angemessener Form zu antworten. Anderenfalls riskiert er eine Strafe wegen Mißachtung des Gerichts.«

»Gericht? Ich sehe kein Gericht«, sagte Jonnie. »Sag mal, was machst du denn in dieser komischen Verkleidung?«

»Tyler, ich füge den Beschuldigungen, die gegen Sie vorliegen, noch die der Mißachtung des Gerichts hinzu.«

»Füg doch hinzu, was du willst«, sagte Jonnie. Das alberne Theater ödete ihn an.

»Sie werden das gleich nicht mehr auf die leichte Schulter nehmen, wenn ich Ihnen die Liste der Beschuldigungen vorlese! Dies ist vorläufig nur eine Anhörung zur Sache. In ein oder zwei Wochen wird ein Weltgerichtshof eingerichtet, und dann wird die eigentliche Verhandlung stattfinden. Als Beklagter haben Sie das Recht, die Beschuldigungen schon vorher zu erfahren, damit Sie Ihre Verteidigung vorbereiten können.«

Er räusperte sich und versuchte, seine Stimme würdevoll klingen zu lassen. »Dem Beschuldigten wird folgendes kund und zu wissen getan: Es wird ihm vorsätzlicher Mord zur Last gelegt, begangen an den Chamco-Brüdern. Besagte haben im Dienste des Staates treu ihre Pflicht erfüllt, wurden von ihm in vorsätzlicher Tötungsabsicht angegriffen und so schwer verwundet, daß sie später infolge unerträglicher Schmerzen Hand an sich selber gelegt haben.«

Ein prüfender Blick, ob Jonnie schon Erschrecken zeige ... na gut, Brown Limper hatte ja noch mehr. »Besagtem Tyler wird ferner ein Fall schweren Menschenraubes zur Last gelegt, durch geplanten, verbrecherischen Angriff begangen an zwei Koordinatoren, welchselbige im Auftrag des Rates den ihnen rechtmäßig auferlegten Pflichten nachzugehen strebten. Hinzu kommt ein in verbrecherischer Absicht begangener Angriff mit der Folge des Mordes in mehreren Fällen, verübt an den friedliebenden, harmlosen Mitgliedern eines Stammes, welcher als Briganten bezeichnet wird, einschließlich des Dahinmetzelns eines halben Einsatzkommandos. Hinzu kommt ein Blutbad, angerichtet in einem Konvoi friedlich Handel treibender Leute, die in böser Absicht und auf heimtückische Art und Weise bis zum letzten Mann niedergemacht wurden.«

»Von wegen Leute, es handelte sich um Psychlos«, sagte Jonnie. »Sie waren übrigens gerade dabei, einen Angriff auf eure Hauptstadt hier vorzubereiten.«

»Das wird aus dem Protokoll gestrichen!« entschied Brown Limper. Er würde das nachher aus der Bandaufnahme herausschneiden müssen. »Dies ist keine Gerichtsverhandlung. Ich verlese Ihnen lediglich die Beschuldigungen, die von anständigen, dem Staat treu ergebenen Bewohnern dieses Planeten gegen Sie vorgebracht worden sind. Verhalten Sie sich also ruhig und hören Sie sich die Beschuldigungen an!«

Wieder legte er so viel Würde in die Stimme, wie ihm nur möglich war. »Gerichtsnotorisch ist ferner ...«, fuhr er fort und dachte daran, was für eine Plackerei es gewesen war, all diese Redewendungen aus den alten Büchern herauszusuchen, »daß gar mannigfache andere Beschuldigungen vorgebracht werden könnten ...«, wobei er inständig hoffte, daß die Formulierungen richtig und verfahrensgerecht waren, »wovon jedoch zur Zeit noch Abstand genommen wird.«

»Zum Beispiel?« fragte Jonnie, der nicht recht wußte, was er von diesem Hanswurst halten sollte.

»Zum Beispiel, daß Sie sich des Fernbedienungsgerätes eines gewissen Terl bemächtigt und in feindlicher Absicht eine Drohne zum Einsatz gegen die Menschheit gestartet und sodann und dieserhalb obgenannten Terl niedergeschossen haben, und zwar im nämlichen Augenblick, als er Anstrengungen unternahm, die vorerwähnte Drohne durch Waffeneinwirkung zum Absturz zu bringen. Indessen, da gewisse Zeugen sich Pressionen Ihrerseits ausgesetzt sehen, so daß sie, würde man derzeit ihre Aussage verlangen, unzweifelhaft der Gefahr des Meineides unterlägen, werden genannte Beschuldigungen derzeit noch nicht in die Gesamtanklage aufgenommen, woraus natürlich nicht geschlossen werden darf, daß sie nicht später und andernorts vorgebracht würden.«

»Und das ist alles, was du zusammenstoppeln konntest?«

fragte Jonnie spöttisch. »Nichts zum Beispiel über den Diebstahl von Babymilch? Da bin ich ja direkt enttäuscht.«

»Ihre Arroganz wird Ihnen vergehen, wenn Sie weiter zuhören!« sagte Brown Limper drohend. »Dies ist ein ordentliches und unabhängiges Gericht unter Vorsitz eines unparteiischen Richters. Verfügt wird hiermit, daß es Ihnen, solange das Verfahren anhängig ist, strengstens untersagt bleibt, irgendwelche Teile meines Eigent...« Er verbesserte sich schnell: »... des öffentlichen, durch den Rat verwalteten Eigentums zu benutzen, was Flugkörper, Fahrzeuge, Gebäude, Ausrüstungsgegenstände und Gerät aller Art einschließt.«

So, nun hatte Brown Limper ihn da, wo er ihn haben wollte! Blitzschnell zog er die Verkaufsurkunde über alle Einrichtungen der Intergalaktischen Rohstoff Company heraus und drängte sie Tyler auf.

Jonnie nahm die Urkunde und las: »Ein gewisser Terl, ordnungsgemäß bevollmächtigter Vertreter der Intergalaktischen Rohstoff Company, im folgenden Verkaufsbeauftragter genannt, übereignet hiermit für die Summe von zwei Milliarden Galaktischen Währungseinheiten sämtlichen Landbesitz sowie Gruben und Verarbeitungsanlagen, Gebäude, Flugkörper, Geräte und Maschinen, Fahrzeuge und Panzer ...«, und so weiter und so weiter, »... dem Rat der Erde, ordnungsgemäß ausgewiesen als rechtmäßige Regierung des besagten Planeten, im folgenden Aufkäufer genannt, vom heutigen Tage an und für alle Zeiten ...« Unterschrieben war das Stück Papier mit dem Namen »Terl«, aber Jonnie kannte Terls Unterschrift und merkte gleich, daß er den Namen mit der linken Pranke hingekritzelt hatte. Er wollte diese sogenannte Urkunde einstecken.

»Nicht doch, nicht doch!« rief Brown Limper, »das ist das Original!« Er kramte in den Papieren auf dem Schreibtisch herum, gab Jonnie eine Kopie und nahm das Original an sich. Jonnie steckte die Kopie in die Tasche.

»Und nicht nur das«, sagte Brown Limper, »sondern der gesamte Planet war Company-Eigentum, und darüber gibt es ebenfalls ein Verkaufsdokument.« Beinahe hätte er wieder das Original hergegeben, besann sich aber im letzten Moment und reichte Jonnie eine Kopie über den gewaltigen Schreibtisch.

Jonnie warf einen Blick darauf. Terl hatte diesen Idioten tatsächlich ihren eigenen Planeten verkauft!

»Diese Urkunden sind rechtsgültig«, verkündete Brown Limper mit aufgeblähter Würde. »Das heißt, sie werden rechtsgültig, sobald der Verkauf gemeldet worden ist.«

»Wohin gemeldet?« fragte Jonnie.

»Nun, nach Psychlo, natürlich! Aus reiner Freundlichkeit und ungeachtet aller Umstände, die ihm das bereitet, wird Terl diese Urkunden höchstpersönlich nach Psychlo bringen und dort amtlich eintragen lassen.«

»Und wann wird er das tun?« wollte Jonnie wissen.

»Sobald es ihm gelungen ist, die technische Einrichtung instand zu setzen, die Sie, Tyler, bösartig und hinterhältig zerstört haben!«

»Und das Geld nimmt er mit?«

»Natürlich. Er muß es ja bei der Company abliefern. Er ist ein ehrlicher Mann!«

»Psychlo«, verbesserte Jonnie.

»Ja, Psychlo, mein ich ja«, wiederholte Brown Limper und war im nächsten Augenblick wütend auf sich, weil er es zugelassen hatte, daß während dieser juristischen Prozedur ein anderer als ein strenger, der Würde des Gerichts angemessener Ton aufgekommen war.

Rasch ein Räuspern, und schon hatte er ein Blatt Papier in der Hand und las vor: »In Anbetracht der vorgebrachten Beschuldigungen und nichtsdestotrotz und in voller Übereinstimmung mit den Stammesrechten des besagten Jonnie Goodboy Tyler wird er in seinem eigenen Hause in dem gerichtsbekannten Bergdorf unter Arrest gestellt, wobei es ihm hiermit untersagt ist, den genannten Arrestort zu verlassen, solange ihm nicht eine Vorladung vor den Weltgerichtshof zugestellt wird. Solches ist ordnungsgemäß und rechtskräftig verfügt durch den gewählten Rat der Erde, welchselbiger befugt ist, die alleinige und absolute Regierungsgewalt auf dem gesamten Planeten auszuüben. Aa-men!« Er hatte sich gedacht, diese religiöse Schlußformel gebe der Sache einen gewissen Stil, und nun saß er, zufrieden mit sich und stolz auf seine Leistung, hinter seinem Monsterschreibtisch auf dem Podest. »Dem Arrestierten ist es freigestellt, noch einen Wunsch vorzubringen; falls er aber nicht die Absicht hat ...«

Jonnie hatte rasch nachgedacht. Früher hatte er sich nicht viel um Brown Limper gekümmert, und das Maß an Bösartigkeit und Falschheit, dem er sich nun gegenübersah, überraschte ihn doch ein wenig. Nun, da stand immer noch der startbereite Flugkörper beim Hangar ...

»Doch, ich habe einen Wunsch«, sagte Jonnie. »Wenn ich ins Bergdorf gehe, möchte ich gern erst meine Pferde holen.«

»Diese Pferde und Ihr Haus sind alles, was Sie noch besitzen. Darum ist der Wunsch angemessen. Entgegenkommenderweise und infolge meines ausgeprägten Gerechtigkeitssinns wie auch aus gewissen väterlichen Gefühlen eines Bürgermeisters gewähre ich Ihnen den Wunsch, vorausgesetzt, Sie begeben sich alsdann sofort in das Bergdorf und in Ihr Haus.«

Jonnie sah ihn mit Verachtung an und verließ den Raum.

Brown Limpers aufgeregt glänzende Augen folgten ihm. Das bedeutete das Ende für Tyler! Ein tiefer Seufzer entrang sich Brown Limpers zitternder Brust. Ach, wie gut tat ihm das alles! Und wie lange hatte er das herbeigesehnt! Zwanzig Jahre! Nein, hier handelte es sich nicht um billige Rache. Er mußte es tun, die Pflicht verlangte es. Von nun an waren die Stämme der Erde in guten Händen, in seinen, Brown Limpers Händen. Er würde stets um ihr Wohl besorgt sein, so wie er es jetzt schon ständig war. Mochte es ihm noch soviel Mühe bereiten.

6

Am Mittag dieses Tages, als Bittie unglücklicherweise Jonnie in der Nähe des Kapitols von Denver entdeckte, nahmen jene Ereignisse ihren Anfang, die später als »der Mord an Bittie MacLeod« bekannt wurden, den Planeten an den Rand eines Krieges brachten, viele Männer das Leben kosteten und in Balladen besungen, in Romanen beschrieben und in Legenden erzählt wurden.

Als drüben in Afrika der Anführer des russischen Kontingents den Auftrag erhalten hatte, sämtliche Ein- und Ausgänge der unterirdischen Basis in Amerika zu verschließen, lag es für die Russen klar auf der Hand, daß weder sie noch Jonnie sich in nächster Zeit auf diesem Kontinent aufhalten würden, und das warf die Frage auf, was sie mit den Pferden machen sollten. An denen hingen die Russen. Sie hatten sich eine kleine Herde in Amerika gehalten und wollten die Tiere nicht einfach im Stich lassen.

Bittie MacLeod fühlte sich für Jonnies Pferde persönlich verantwortlich. Ganz entschieden trug er Colonel Iwan vor, daß er mit nach Amerika gehen und Jonnies Pferde holen müsse. Verbissen kämpfte er gegen alle Einwände an: Erstens waren doch die Russen bei ihm, also konnte ihm nichts passieren. Zweitens kannten die Pferde ihn. Windsplitter, Dancer, Old Pork und Blodgett würden sich während des langen Fluges fürchten, wenn nicht jemand, den sie gut kannten und dem sie vertrauten, bei ihnen wäre und sie beruhigte. Nach stundenlangen Diskussionen gab Colonel Iwan nach.

Die Russen hatten an diesem Tage kurz vor Morgengrauen die unterirdische Basis und das Arsenal der Nuklearwaffen gründlich verbarrikadiert. Wenn jemand dort eindringen wollte und keine Schlüssel besaß und sich nicht auskannte, wurde er in der Luft zerrissen. Die Flugkörper standen schon bereit und waren fertig beladen mit sämtlichem Gerät, das die Russen wieder mit zurücknehmen wollten. Sie mußten jetzt nur noch die Pferde einfangen, und um das zu erledigen, waren sie am frühen Morgen in einem kleinen Konvoi von der Basis aufgebrochen.

Ihr Weg führte sie durch die alte Ruinenstadt Denver, die bisher nur wenige Männer aus dem russischen Kontingent kannten. Und da war noch etwas: Vor kurzem hatte man angefangen, ihnen Sold zu zahlen. Sie waren auf dem Heimweg ... und sie hatten Schwestern und Ehefrauen und Freundinnen daheim, und Mütter und gute alte Freunde ...

In letzter Zeit waren in Denver ein paar kleine Geschäfte eröffnet worden. Die Eigentümer stammten von auswärts, und als Kunden kamen die vielen Besucher in Betracht, die fast täglich aus aller Welt zur Besichtigung des früheren Hauptquartiers der Psychlos eintrafen. Bei den angebotenen Waren handelte es sich vorwiegend um Gegenstände, die man aus den Ruinen großer Städte geborgen und wiederhergerichtet hatte. Es gab allerdings auch schon neue Produkte, mit deren Herstellung sich die verschiedenen Stämme beschäftigten. Kleidung, Schuhe, Tuche, Schmuckstücke, Gebrauchsgegenstände, Reisemitbringsel und Andenken waren die hauptsächlichen Handelsgüter in den wenigen, weit verstreut liegenden Geschäften.

Da die Russen noch viel Zeit bis zur festgelegten abendlichen Abflugzeit aus der Akademie hatten und da es ihnen durchaus nicht verlockend erschien, womöglich stundenlang wartend im Gras herumzusitzen, beschlossen sie, sich ein bißchen Zeit für einen Einkaufsbummel in Denver zu gönnen.

Ihre Fahrzeuge hatten sie in der Nähe des Kapitols abgestellt, weil es dort genügend Platz gab und auch, weil man die Kuppel von überallher wie einen Wegweiser erkennen konnte, so daß es einfach war, dorthin zurückzufinden. So schwärmten sie aus, jeder der eigenen Nase nach.

Bittie hatte einen speziellen Leibwächter bekommen, einen bärenstarken Russen namens Dmitri Tomlov, der eng mit Bittie befreundet war. Colonel Iwan hatte Dmitri ausdrücklich beauftragt, sich immer dicht an Bitties Seite zu halten und ja nicht leichtsinnig zu werden und nur ja das Sturmgewehr und die Munitionstaschen mitzunehmen, wohin sie auch gingen. Damit schien alles bestens geregelt zu sein.

Bittie und sein Leibwächter hatten ein kleines Geschäft gefunden, in dem Juwelen und Schmuck verkauft wurden. Ein Schweizer Ehepaar und dessen Sohn betrieben es. Der alte Schweizer hatte irgendwo ein Graviergerät gefunden und wieder instand gesetzt. Er war außerdem sehr geschickt im Reparieren von Schmuckstücken und anderen Kleinodien, wie sie gelegentlich in verfallenen alten Läden zu finden waren – selten genug, denn die metallhungrigen Psychlos hatten kaum etwas Wertvolles übersehen.

Der Sohn hielt sich gerade in einem Hinterzimmer des Geschäfts auf, mit gutem Grund: Er erholte sich im Augenblick von einem Versuch, den Laden davor zu bewahren, daß er von Briganten ausgeraubt wurde. Allem Anschein nach stromerten die Briganten, mit Keulen bewaffnet, durch die Stadt, erzählten überall, sie seien die »Polizei«, nahmen sich kurzerhand alles, was ihnen gefiel, und ließen es in ihren Taschen verschwinden. Als die wenigen Einwohner, die es in Denver nun gab, sich beim Rat beklagten, bestätigte man ihnen dort: Ja, die Briganten seien tatsächlich die »Polizei«, und Gesetz und Ordnung komme eine hohe Bedeutung zu, und es sei ein schweres Vergehen, Widerstand gegen die Polizei zu leisten. Niemand wußte genau, was das Wort »Polizei« eigentlich ausdrücken sollte, aber allmählich begriffen alle, daß es ein großes Übel sein müsse. So hatte der alte Schweizer sich entschlossen, aus Denver wegzuziehen, und daher waren die Preise stark reduziert.

Die Frau bediente Dmitri. Er hatte eine unglaublich große Verwandtschaft. Aber zunächst interessierte er sich für eine Reitpeitsche mit versilbertem Knauf, die er für Bittie erstehen wollte. Bittie hätte zwar die Idee, ein Pferd zu schlagen, entsetzt von sich gewiesen, aber der Knauf ... also, das mußte er zugeben, der Knauf war sehr hübsch. Die Peitsche war ungefähr sechzig Zentimeter lang (was übrigens etwa der Länge eines Bogens entsprach, wie die Briganten ihn benutzten – eine Tatsache, der zu diesem Zeitpunkt freilich niemand Beachtung schenkte).

Obwohl alles so wohlfeil angeboten wurde, machte Bittie in diesem Geschäft eine schwere Zeit durch. Er suchte etwas ganz Besonderes für Pattie, denn er rechnete damit, sie in Kürze wiederzusehen. Er suchte und suchte, und der alte Mann half ihm nach Kräften. Bittie hatte leider nicht viel Geld dabei. Sein Sold betrug nur zwei Währungseinheiten pro Woche, während die Soldaten eine Währungseinheit pro Tag erhielten. Die Besoldung war außerdem erst vor kurzem eingeführt worden, darum besaß Bittie insgesamt nur vier Währungseinheiten, und alles, was ein bißchen was hermachte, kostete um die zehn. Die Sache wurde noch komplizierter dadurch, daß die Schweizer nur gebrochen Englisch sprachen, vermischt mit deutschen und französischen Brocken. Der Russe war in dieser Situation keine Hilfe, er sprach überhaupt kein Englisch, und andererseits konnte niemand Russisch, auch Bittie nicht. Sie verständigten sich mit Gesten und erhobenen Augenbrauen und indem sie mit dem Finger zeigten und Zahlen aufs Einwickelpapier schrieben.

Schließlich fand Bittie genau das Richtige! Ein vergoldetes Medaillon in Herzform mit einer Rose in strahlendem Rot als Einlegearbeit. Man konnte es öffnen und Bilder darin unterbringen, das Scharnier war sehr hübsch repariert, und auch eine dünne Kette gehörte dazu. Auf der Rückseite war genug Platz, um etwas einzugravieren, und der alte Schweizer versicherte, er würde das mit Freuden tun. Alles in allem kam es auf sechs Währungseinheiten, die eine für die Gravur schon mitgerechnet. Es war genau das, was Bittie gesucht hatte. Aber ... sechs Währungseinheiten! Er hatte doch nur vier!

Na schön, der alte Schweizer veranstaltete sowieso einen Ausverkauf, und als er die Enttäuschung auf Bitties Gesicht sah, gab er noch ein bißchen mit dem Preis nach und ließ ihm das Medaillon, einschließlich Schachtel, Gravur, letztem Aufpolieren, fertig zum Mitnehmen, für vier Währungseinheiten.

Der alte Mann schob Bittie ein Stück Papier hin: Er solle doch bitte aufschreiben, was er eingraviert haben wollte. Und da fingen die Schwierigkeiten erst richtig an. Wie sollte die Inschrift auf der Rückseite des Medaillons lauten? Jonnie und die anderen hatten ihm gesagt, daß Pattie und er zum Heiraten noch viel zu jung wären, und das stimmte ja auch. So konnte er doch nicht gut »Für meine künftige Frau« draufschreiben lassen, denn darüber hätten die anderen gelächelt, und das war eine ernste Sache, über die es nichts zu lächeln gab. Der Text, den ihm anscheinend der alte Schweizer vorschlagen wollte, »Für Pattie – in Liebe – Bittie«, gefiel ihm nicht; das hörte sich so alltäglich an. Vom Russen hatte er überhaupt keine Hilfe zu erwarten. Und auf einmal wußte er, wie die Inschrift lauten mußte: »Für Pattie, die Auserwählte meines Herzens, Bittie«. Der alte Schweizer zählte die Buchstaben und sagte bedauernd, es seien zu viele, der Text passe nicht drauf. Darum mußte er eben doch auf die Formulierung »Für Pattie, meine künftige Frau« zurückkommen. Der Schweizer zählte wieder, und diesmal nickte er zustimmend. Es war nicht ganz das, was Bittie eigentlich haben wollte, und es konnte tatsächlich sein, daß jemand lächelte, aber eine bessere Lösung fand er beim besten Willen nicht; der alte Schweizer hatte schon das Graviergerät in der Hand, und bald darauf war alles fertig.

Die ganze Geschichte hatte sich ziemlich lange hingezogen, Bittie wurde allmählich unruhig. Er befürchtete, sie könnten die anderen Russen verpassen, und er mußte sich doch um Jonnies Pferde kümmern, zumal er ja extra deswegen nach Amerika gekommen war. Er hüpfte von einem Bein aufs andere und drängte den Schweizer zur Eile. Der legte das Medaillon in eine hübsche Schachtel und wickelte Papier darum, und der Russe hatte schließlich auch alles gefunden, was er suchte; sie zahlten, stürmten hinaus auf die Straße und rannten zu den Fahrzeugen.

Es war ein kalter Tag. Über Nacht hatte es schon Frost gegeben. Abgestorbene Blätter trieben umher. Über den Bergen tobte ein Sturm. Und all das kam Bittie wie eine Mahnung vor, sich noch mehr zu beeilen.

Aber als sie bei den Fahrzeugen ankamen, stellten sie fest, daß die anderen alle noch unterwegs waren. Am Stand der Sonne, die mitunter zwischen treibenden Wolkenfetzen sichtbar wurde, konnten sie ablesen, daß es erst Mittag war.

Der russische Soldat setzte sich auf seinen Platz in der Fahrerkabine und fing an, die Geschenke, die er gekauft hatte, zu sortieren. Bittie ertrank fast in dem riesigen Beifahrersitz. Zum Schutz vor dem scharfen Wind und herumtreibenden Blättern schloß er das Fenster, und dann saß er da, drehte ungeduldig den Knauf der neuen Reitpeitsche zwischen den Fingern und hielt Ausschau, wo denn die anderen Russen blieben (was gar nicht so einfach war, weil er nur gerade noch über den unteren Rand des Fensterrahmens hinwegspähen konnte).

Von seinem Platz aus konnte er einen Seiteneingang des Kapitols beobachten. Dort stand ein gepanzertes Regierungsfahrzeug mit abgedunkelten Scheiben.

Und plötzlich sah er Sir Jonnie! Natürlich, das war er, unverkennbar in seiner Jagdkleidung aus Rehleder. Er kam aus dem Seiteneingang des Kapitols. Die Fahrzeugtür wurde von innen aufgestoßen, und Jonnie stieg ein.

Bittie kurbelte wie verrückt, um das Fenster zu öffnen. Er wollte Sir Jonnie etwas zurufen. Er schaffte es nicht, er bekam das Fenster nur halb auf.

Dann kam noch jemand aus dem Kapitol. Der Kleidung nach einer der Flugschüler. Mit einem Gipsverband um den Hals. Und dieser zweite blieb stehen, drehte sich um und rief etwas die Stufen hinauf, woraus Bittie schloß, daß oben jemand stand, den er von hier aus nicht sehen konnte.

Der Mann in der Uniform der Flugschüler rief: »Er fährt nur noch zum Camp rüber, um seine Pferde zu holen.« Dann stieg er auch ein, und das Fahrzeug fuhr los.

Bittie drehte beinahe durch! Er hatte es nicht geschafft, das Fenster herunterzukurbeln und Sir Jonnie etwas zuzurufen. Die Pferde holen! Deswegen war er doch hier! Darum hatte er doch die weite Reise nach Amerika gemacht!

Er versuchte, den Russen dazu zu bringen, daß er startete und dem anderen Fahrzeug folgte. Aber Herumfuchteln mit den Armen war nutzlos. Der Russe begriff nicht, was Bittie ihm sagen wollte, und machte keine Anstalten, sich hinter das Regierungsfahrzeug zu setzen. Warum auch? Sein Auftrag lautete, hier auf den Rest des Kontingents zu warten.

Schließlich brachte Bittie ihn wenigstens dazu, aus der Fahrerkabine zu steigen. Sie rannten herum und hielten Ausschau, ob die anderen Männer endlich kämen. Die Minuten verrannen. Nirgendwo jemand zu entdecken. Die alte, halbverfallene Stadt war einfach zu groß und zu weitläufig.

Plötzlich sahen sie doch einen Russen. Er spazierte ganz allein den Parkweg entlang und knabberte Nüsse, die er gekauft hatte. Ein netter Kerl namens Amir. Allerdings stand er nicht gerade im Ruf, der allerschnellste Denker zu sein.

Bittie rasselte ihm einen kurzen Lagebericht herunter, wieder unter Gestikulieren und mit Hilfe des einzigen russischen Wortes, das ihm einfiel: »Skarjejie!«, was so viel wie »Nun mach schon!« hieß. Meine Güte, wenn der Mann doch bloß verstehen wollte, daß er die anderen suchen und schleunigst herholen sollte!

Er hatte nicht viel Erfolg mit seinen Bemühungen und sah das auch selber ein; Amir schaute drein, als hätte er überhaupt nichts begriffen. Aber immerhin, Bitties Wortschwall war so eindrucksvoll und sein Überredungsversuch so überzeugend gewesen, daß Dmitri sich nun bereit fand, dem anderen Fahrzeug zu folgen. Also rannten sie zum Lastwagen zurück, der Russe startete ihn, und sie jagten mit donnerndem Motor zur Stadt hinaus, um das Fahrzeug einzuholen, in das – wie Bittie gesehen hatte – Jonnie eingestiegen war.

7

Lars Thorenson hatte jede erdenkliche Vorsorge getroffen und war dabei äußerst umsichtig vorgegangen. Gelang es, diesen Tyler die ganze Zeit über unter angemessener Bewachung zu halten, ohne daß die Waffen und die Posten gleich jedem auffielen, dann würde niemand Alarm schlagen, und es kam erst gar nicht dazu, daß etwa irregeleitete Freunde dieses Übeltäters ausschwärmten, um ihn zu retten.

So hatte Lars die Posten im Fahrzeug zurückgelassen und dafür gesorgt, daß sich kein Brigant auf der Straße oder auf den Fluren des Kapitols zeigte. Dem Kommando, das sich zur Zeit im Camp aufhielt, hatte er aufgetragen, die Leute sollten sich einsatzbereit, aber schön in Deckung halten. Und schießen sollten sie auf keinen Fall, es sei denn, sie würden angegriffen.

Er hatte im Camp eine kleine Überraschung für diesen Tyler vorbereitet, aber es sollte doch alles ohne Aufsehen und Komplikationen über die Bühne gehen. Seiner Meinung nach hätte das taktische Geschick, das er an den Tag legte, sogar Hitlers Beifall gefunden. Sie würden die Pferde holen, durch den Paß hinauf zur Bergwiese fahren und diesem Tyler befehlen, in sein Haus zu gehen. Und damit würde dann alles erledigt sein. Kein Ärger mehr. Aus und vorbei mit der Gefahr für die innere Sicherheit des Staates. Ein für alle Mal. Und zwar so, daß niemand dem Rat etwas anlasten konnte.

Der Tag hatte sich grau verfärbt. Die Wolkendecke, hinter der die Sonne sich versteckte, wurde immer dichter. Der Wind war heftiger geworden, die Luft voll aufgewirbeltem Staub. Die Windböen ließen Blätter und dürres Gras tanzen. Nicht mehr lange, und der Sturm würde zu toben beginnen.

Lars' Fahrkünste reichten kaum aus, um mit den heftigen Windstößen fertig zu werden, die das Fahrzeug immer wieder unvermutet packten und zur Seite drückten. Nachträglich wurde ihm klar, daß er nicht gerade die bei diesen Wetterbedingungen günstigste Strecke gewählt hatte. Er mußte ziemlich langsam fahren.

Jonnie schätzte seine Chancen ab. Er glaubte keine Minute

daran, daß sie etwa vorhätten, ihn lebend davonkommen zu lassen. Dafür hatten sie alles zu aufwendig eingefädelt. Dieser Gipsverband um den Hals des jungen Schweden ... Welche Stelle mußte er treffen, um dem Verräter endgültig das Genick zu brechen? Wie gut konnten diese beiden übelriechenden Briganten mit den halbautomatischen Gewehren umgehen?

Es waren altmodische Flinten, die schon ein Jahrhundert vor dem Angriff der Psychlos ins Armeemuseum gehört hätten. Die für sie verwendete Pistolenmunition war zu schwer für eine Waffe, mit der man gezieltes Einzelfeuer abgeben sollte. Man mußte immer tief unter dem Ziel anhalten, denn beim Abfeuern wurde die Waffe heftig hochgerissen. Mündungsdämpfer, mit denen man diesem Effekt entgegenwirken konnte, waren damals, als man die Thompson als Standardgewehr verwendete, noch nicht üblich gewesen. Sie waren mit Sechzig-Schuß-Trommelmagazinen bestückt, und die Nachführfedern in diesen Magazinen waren brüchig und hatten nicht mehr genug Spannkraft. Jonnie kannte die alten Spritzen gut. Seinerzeit, als Angus sie aus dem Lastwagen hervorgegraben hatte, war er tagelang damit beschäftigt gewesen, sie praktisch zu erproben und sich mit ihnen vertraut zu machen. Es waren, obwohl sie jahrhundertelang auf dem Lastwagen gelegen hatten, durchaus noch funktionstüchtige Waffen. Man hatte sie unter einer dicken Fettschicht eingemottet und luftdicht verpackt. In der Hand eines guten Schützen konnten es immer noch tödliche Waffen sein. Aber diese Briganten ... waren sie gute Schützen? Sie hatten vielleicht ein paar Probeschüsse damit abgegeben. Es war überhaupt das erste Mal gewesen, daß sie eine Feuerwaffe in der Hand hielten. Die Situation war so eindeutig, daß Jonnie sogar für einen kurzen Moment mit einer abenteuerlichen Idee gespielt hatte: die Briganten in ein Gespräch über die Waffen verwickeln ... so tun, als wolle er ihnen eine Besonderheit erklären ... scheinbar mit diesem Ziel nach einer der Waffen greifen ... und den beiden die widerwärtig dreckigen Köpfe wegpusten. Aber er hatte den Gedanken ebenso schnell wieder beiseite geschoben.

Trotzdem – irgend etwas mußte ihm einfallen, sonst war das seine letzte Fahrt. Er merkte es an der Art, wie Lars sich benahm. Und er sah es an den Blicken, mit denen die Briganten ihn musterten. Sie schienen sich ihrer Sache absolut sicher zu sein.

In einiger Entfernung tauchte vor ihnen das Camp auf. Auf den Ebenen, durch die sie fuhren, weidete Vieh. Lars kurvte im letzten Augenblick an ein paar Büffeln vorbei, wich gerade noch einem breitausladenden Baum aus, wäre um ein Haar in eine tief ausgewaschene Erdrinne hineingejagt und ließ den Wagen schließlich über Findlinge holpern, an denen normalerweise jeder Anfänger vorbeigelenkt hätte. Endlich hielt er an. Sie befanden sich ungefähr dreißig Meter vor dem Fuß des Hügels, der zum Plateau in der Nähe des Käfigs anstieg.

Jonnie war überrascht, daß Lars so früh anhielt. Sie waren noch ein gehöriges Stück vom Camp entfernt. Aber er ahnte, was der Grund dafür war. Es gab hier auf dem sanft ansteigenden Gelände keinen Schutz, von ein paar Findlingen abgesehen. Jemand, der hier wegzulaufen versuchte, konnte leicht niedergemacht werden.

Da waren ja auch seine Pferde, jedenfalls drei davon. Sie standen so, daß sie nicht mit dem Wind Jonnies Witterung aufnehmen konnten. Und wo war Dancer? Ach ja ... Er entdeckte die Stute oben auf dem Plateau. Es sah so aus, als trüge sie ein Halfter, was nicht allzu ungewöhnlich war. Vor allem aber ... so, wie sie stand, den Kopf zu ihm gedreht, mußte sie Jonnie schon gewittert haben. Sie mußte ihn sogar sehen. Warum kam sie nicht angerannt? Aha, das Zaumzeug hatte sich zwischen Steinen verfangen. Direkt hinter der Stelle, an der sie stand, lag ein großer Findling. Und noch ein Stück weiter hinten, schon auf dem Gelände des Camps, gab es genug Deckungen für einen Scharfschützen. Jonnie erinnerte sich genau, wieviel Ärger sie deswegen beim Kampf um das Camp gehabt hatten. Er schaute durch die Windschutzscheibe, suchte das Gelände ab. Hatte man hier einen Hinterhalt vorbereitet? Ihm eine Falle gestellt? Weit und breit kein Flugschüler zu sehen, obwohl sie doch eigentlich dort oben Posten stehen mußten.

Lars fand, das sei der richtige Augenblick für die kleine Überraschung, die er vorbereitet hatte. In Hitlers Werken hatte er gelesen ... Oder, Moment mal, hatte Terl ihm das gesagt? Na, jedenfalls lautete der Lehrsatz: »Will man jemanden in Lethargie versetzen, braucht man ihm nur jegliche Hoffnung zu nehmen. Alsdann muß man vorübergehend neue Hoffnung in ihm keimen lassen; jedoch nur so, daß er in eine Richtung gelenkt wird, wo man ihn endgültig fertigmachen kann!« Eine außerordentlich kluge und weitsichtige militärische Maxime.

In diesem Sinne fing Lars, lässig hingelümmelt, an: »Sie kennen doch sicher diesen Kampfflugkörper ... ich meine den, dessen Seriennummer mit 93 endet und der gleich hinter dem Hangartor bereitgestellt war, fertig zum Abflug und mit frischen Energiebatterien bestückt. Oh, ich bin sicher, Sie wissen, welche Maschine ich meine. Tja, die steht nun leider nicht mehr da. Man hat heute morgen die Energiebatterien herausgenommen und den Flugkörper wieder ganz nach hinten in den Hangar zurückgeschoben.«

Aha, dachte Jonnie, deshalb hatten Angus und Ker nicht angehalten, als sie aus dem Gebäude hinausgefahren waren. Sie hatten keinen Flugkörper gesehen und angenommen, er sei abgeflogen und befinde sich in Sicherheit. Das erklärte auch, warum niemand auf den Gedanken kam, nach ihm zu suchen. Na schön, er hatte sowieso nicht erwartet, daß jemand erschiene, um ihm zu helfen. Im Gegenteil, er war froh, daß sie nicht plötzlich aufgetaucht und diesen nervösen Briganten vor die Gewehre gelaufen waren.

Lars ließ ihm Zeit, die erste kleine Überraschung zu verdauen. Dann fuhr er fort: »Übrigens werden wir's nicht so machen, daß wir auf den Pferden in die Berge reiten. Ich werde in die Fahrzeughalle gehen und einen Tieflader mit Seitenverstrebungen holen. Darauf können wir die Pferde verladen. Und vielleicht laß ich mich sogar überreden, für den Weg hinauf in die Berge Sie ans Steuer zu lassen.« Er hatte natürlich nichts dergleichen vor. Aber es war der klassische Fall, bei jemandem falsche Hoffnung keimen zu lassen. Hitler ... Das heißt, stammte der Rat nicht doch von Terl? Na, jedenfalls, die beiden hätten ihre helle Freude an ihm gehabt. »Sie können schon mal aussteigen und Ihre Pferde einfangen. Allerdings unter ständiger Bewachung durch die beiden Briganten.«

Lars stieg selber aus und schlenderte in Richtung Fahrzeughalle davon, zur anderen Seite des Camps hinüber.

Mit Hilfe der Gewehrmündungen wurde Jonnie hinausgestoßen. Er stand links vom Fahrzeug, auf beiden Seiten von Briganten flankiert, die ihre Waffen auf ihn gerichtet und ihre Finger am Abzug hatten. Jonnies Blick schweifte über das anscheinend menschenleere Camp. War das nicht ein geradezu idealer Ort für einen Meuchelmord?

8

Der Wind trug das schwere Rumpeln eines Lastwagens zu ihm herüber. Er schaute nach Norden. Mit ziemlicher Geschwindigkeit näherte sich ein Lastwagen, offenbar unbeladen. Wegen der schlechten Sicht konnte er nicht erkennen, wer in der Fahrerkabine saß. Es war nur dieser eine Wagen, keine weiteren Fahrzeuge dahinter. Bis zum Horizont erstreckte sich die weite, leere Ebene.

Und dann hörte er noch ein anderes Motorengeräusch. Ein Flugkörper? Richtig, er flog aus östlicher Richtung an, sehr langsam, dicht unter der Wolkendecke. Es war nur eine von den Drohnen, die auf ihrem vorgegebenen Kurs dahinzog und in endloser Folge ihre Millionen Aufnahmen machte.

Nun, da hatte er also weder von dem Lastwagen, der von Norden her kam, noch von der Drohne irgendwelche Hilfe zu erwarten. Er war auf sich selbst gestellt. Der Lastwagen, jetzt schon ziemlich nahe, gehörte wahrscheinlich zu den Fahrzeugen der Briganten und spielte wohl bei der Falle, die ihm hier gestellt wurde, irgendeine Rolle.

Er wandte sich um und blickte zum Camp zurück. Irgendwie hatte er das Gefühl, daß man ihn von dort aus beobachtete ... Irgendwo schien Gefahr zu lauern.

Die beiden Briganten hielten sich links und rechts schräg hinter ihm, mit ungefähr einer Schrittlänge Abstand. Das näherkommende Fahrzeug schien ihre Aufmerksamkeit zu erregen. Sie selbst waren halb durch das Regierungsfahrzeug verdeckt, so daß man vom Lastwagen aus ihre Waffen nicht erkennen konnte.

Der große Transporter erreichte mit heulendem Motor ihre Höhe, fuhr rechts an ihnen vorbei und jagte noch ein Stück den Hügel hinauf, in Dancers Richtung. Abrupt stoppte er ab und sank, sobald die Schwebevorrichtung ausgeschaltet war, in einer Wolke aus aufwirbelndem Staub zu Boden.

Jemand sprang da vorn – mitten in der Staubwolke – aus der zweieinhalb Meter hohen Fahrerkabine herunter und rannte den Hügel hinauf, auf Dancer zu.

Jonnie wollte seinen Augen nicht trauen.

Bittie MacLeod! Und was trug er denn da in der Hand? Eine Gerte? Eine Reitpeitsche?

»Bittie!« rief Jonnie beunruhigt.

Halb vom Wind verweht, halb von ihm getragen, kam die Antwort des Jungen: »Ich hole die Pferde, Sir Jonnie. Das ist *meine* Aufgabe!« Und schon stürmte er weiter den Hügel hinauf.

»Komm zurück!« rief Jonnie. Aber der Lärm der Drohne und ein fernes Donnergrollen in den Bergen übertönten seine Stimme.

Der russische Fahrer war noch mit ein paar nachträglichen Rangiermanövern beschäftigt. Er hatte den Lastwagen seitlich auf einem Findling aufgesetzt und bemühte sich jetzt, ihn aus der Schräglage in die Waagrechte zu bringen. Aber er bekam wohl mit, was sich draußen abspielte, denn plötzlich stieß er die Tür auf und schrie hinter Bittie her: »Bittuschka! Astanowka!« Bittie sollte stehenbleiben. Aber auch seine Worte gingen halb im Dröhnen des Aufklärungsflugkörpers unter. »Vasvratne!« Bittie sollte zurückkommen.

Der Junge rannte weiter. Er war schon beinahe bei Dancer angelangt.

»Gott im Himmel!« schrie Jonnie verzweifelt. »Bittie, komm zurück!«

Zu spät.

Hinter dem großen Findling, genau da, wo Dancer stand, tauchte plötzlich ein Brigant auf. Er legte das Gewehr an und feuerte eine volle Salve ab. Der Junge, mitten im Lauf, rannte in den Geschoßhagel hinein.

Es traf ihn wie ein Schlag. Die Wucht des Feuerstoßes schien ihn ein Stück hochzuheben und dann auf die Erde zu schmettern.

Der Russe stürmte los, wollte zu Bittie, und noch im Laufen zerrte er sich das Sturmgewehr vom Rücken.

Zwei andere Briganten tauchten auf, wie aus dem Erdboden gewachsen. Sie hatten ein Stück weiter seitlich in Deckung gelegen. Aus drei Thompsons wurde jetzt das Feuer eröffnet. Der Russe brach zusammen.

Unheimliche Wut packte Jonnie.

Den beiden Briganten, die zu seiner Bewachung da waren, blieb nicht die leiseste Chance. Ein Sprung, und Jonnie war hinter ihnen. Er packte sie und stieß sie mit den Köpfen zusammen, daß man die Knochen brechen hörte.

Einem der niedersinkenden Briganten nahm er die Waffe weg. Und zugleich versetzte er ihm mit einem wuchtigen Tritt gegen den Schädel den Rest.

Er lud die Waffe durch. Aus kürzester Entfernung feuerte er ab, pumpte den zweiten Briganten mit Munition voll.

Kniend ging er in Anschlag, die Waffe auf die Seite gestemmt, um ihren Rückschlag auszunutzen. So schoß er die beiden Briganten nieder, die zuletzt aufgetaucht waren und das Feuer auf den Russen eröffnet hatten.

Aber er hatte es auf den einen abgesehen, auf den, der Bittie mit einer ganzen Salve niedergemäht hatte. Er konnte ihn nirgendwo entdecken.

Aus einer Tür in einem der Randgebäude des Camps stürmten fünf Briganten und überschütteten Jonnie mit einem Bleihagel.

Die Thompson hatte Ladehemmung, der Verschluß klemmte. Er warf das Gewehr weg und nahm das andere.

Ohne auf die Einschläge zu achten, die rings um ihn die Erde aufspritzen ließen, rannte er geduckt und noch im Laufen nach allen Seiten feuernd dahin, wo der gefallene Russe lag.

Er nahm hinter dem Toten Deckung, riß die Thompson hoch und deckte die fünf Briganten mit einem Feuerhagel ein. Hals über Kopf wollten sie sich in den Schutz des Camps zurückziehen, aber die nächste Salve erwischte sie, noch ehe sie es geschafft hatten. Der Geschoßhagel traf sie mitten im Lauf. Man sah noch, wie sie sich zuckend verkrampften, ehe sie zusammenbrachen.

Jonnie nahm das Sturmgewehr des toten Russen, setzte ein neues Magazin ein und lud durch.

Es ging ihm um den einen, um den, der Bittie erschossen hatte.

Links hinter ihm tauchten acht weitere Söldner auf, die dort in einem Hohlweg auf der Lauer gelegen hatten.

Jonnie wirbelte herum. Er blieb einfach stehen und wartete, bis der letzte ganz nach oben gekommen war.

Feuernd rannten sie auf ihn zu.

Jonnie brachte das Sturmgewehr in Anschlag und zielte sorgfältig. Er schoß den letzten Mann nieder. Die anderen, die ihn nicht fallen sahen, stürmten vorwärts. Er stellte auf Dauerfeuer und jagte - schnurgerade wie eine Linie - eine tödliche Salve quer hinüber bis zum anderen Ende der Sturmreihe.

Sie stürzten wie ein Mann. Eine Linie tödlich Getroffener. In einer Reihe hatten sie angegriffen, in einer Reihe lagen sie da.

Unten in der Fahrzeughalle hörte Lars das Gewehrfeuer. Er rannte hoch zum Plateau. Aber auf einmal konnte er den schärferen Klang des Sturmgewehrs heraushören, wie hartes Bellen, das von den Gebäudemauern im Camp widerhallte. Er wußte sofort, daß Jonnie nicht tot war. Die Briganten hatten keine Sturmgewehre. Und er wußte noch mehr über die Unterschiede der beiden Waffen. Zum Beispiel, daß die Hochleistungsmunition der Sturmgewehre viel wirkungsvoller und zielgenauer war als die der Thompson. Das wußte er nur zu gut, er hatte ja vergeblich versucht, so ein modernes Gewehr zu bekommen. Er blieb stehen.

Wieder eine Salve aus dem Sturmgewehr. Das schwerfällige Hämmern der halbautomatischen Thompsons war jetzt spärlicher geworden. Lars wurde ziemlich schnell klar, was in dieser Situation das beste für ihn selber war.

Er verdrückte sich schleunigst in die Fahrzeughalle. Er rannte, bis er den hintersten Winkel erreicht hatte. Dort stand ein altes Fahrzeugwrack herum. Seitenteile, Blechverkleidungen und Bodenteile waren abmontiert und auf einen Haufen geworfen worden. Darunter verkroch er sich. Und als er von ferne das

Sturmgewehr wieder loshämmern hörte, kroch er rasch noch weiter, zitternd vor Angst, und machte sich ganz klein.

Jonnie rannte ein Stück zur Seite, um ein besseres Schußfeld hinter den großen Findling zu bekommen. Er war immer noch hinter dem her, der Bittie erschossen hatte.

Eine Gruppe Briganten stürmte von der anderen Seite des Camps her an und eröffnete das Feuer. Jonnie ging hinter einem Felsen in Stellung, nahm dessen Oberkante als Auflage, feuerte zurück und durchsiebte sie.

Terl hatte sich in seinem Käfig hinter die niedrige Mauer geworfen, in die die Gitterstangen eingelassen waren. Er lag flach auf dem Boden, um nichts von diesem Geschoßhagel abzubekommen. Vorsichtig hob er den Kopf. Verdammt, es war dieses Menschending! Er duckte sich rasch wieder. Jetzt war er jeden Augenblick darauf gefaßt, daß die Kreatur angestürmt käme und ein Ende mit ihm machte. Er hätte jedenfalls so gehandelt. Er überlegte, ob es ihm wohl gelingen würde, die im Käfigboden versteckte Sprengladung an sich zu bringen und als Wurfgranate zu verwenden. Aber dann sah er ein, daß er dazu aus der Deckung hochkommen mußte, und so verwarf er die Idee wieder. Er blieb liegen, leise keuchend vor Angst.

Jonnie war immer noch auf der Jagd nach dem Briganten, der Bittie erschossen hatte. Es war eine mächtige, todbringende Entschlossenheit. Er rannte von einer Deckung zur anderen, geschickt jeden Baumstamm und jeden herumliegenden Findling ausnutzend.

Der Wind war stärker geworden. Donnergrollen vermischte sich mit dem Gewehrfeuer. Die langsam fliegende Drohne war jetzt beinahe über ihm.

Wo steckte der Kerl? Wo war der Brigant, den er suchte?

Aus einer Tür sprangen zwei Briganten heraus. Aus zwei Thompsons wurde das Feuer auf ihn eröffnet. Ein Geschoß streifte ihn seitlich am Nacken.

Das Sturmgewehr bellte los. Die beiden waren tot, ehe sie nachladen konnten.

Jonnie legte ein neues Magazin ein. Irgendwo mußte der verdammte Kerl doch stecken! Vielleicht dort, hinter der ausrangierten Zugmaschine? Jonnie beschloß, Abpraller gegen die dahinterliegende Wand zu schießen, um den Briganten, falls er dort war, hervorzutreiben.

Feuernd rannte er los.

Tatsächlich, da war der Kerl!

Der Brigant rannte weg. Jonnie legte auf ihn an. Der Söldner drehte sich um und wollte schießen.

Jonnie kam ihm mit dem Sturmgewehr zuvor.

Die Drohne entfernte sich nun, der Motorenlärm wurde leiser. Sogar der Donner schien einen Augenblick lang den Atem anzuhalten. Das Geräusch des Windes, wie ein Seufzen. Aber sonst lag auf einmal eine merkwürdige Stille über dem Gelände.

Jonnie setzte noch einmal ein neues Magazin ein. Dann ging er los, rasch ausschreitend, warf hier und da einen Blick auf die Toten, die herumlagen. Einer der Söldner machte eine Bewegung, wollte vorwärts kriechen, nach seiner Thompson langen. Mit einem Feuerstoß streckte Jonnie ihn endgültig nieder.

Jonnie sicherte nach allen Seiten. Nichts rührte sich. Im Camp war es still geworden. Offenbar drohte im Augenblick keine Gefahr.

Dancer hatte sich während des Feuergefechts losgerissen und war nach unten in die Ebene geflohen.

Jonnie hielt das Sturmgewehr schußbereit im Arm. Die blinde Wut, die ihn bis jetzt erfüllt hatte, klang langsam ab.

Er ging den Hügel hinunter zu Bittie.

9

Der Junge lag auf dem Rücken. In einer Blutlache. Er war den Hügel hinaufgerannt, so hatte die Feuersalve ihn umgerissen, und so lag er nun da, den Kopf hügelabwärts.

Jonnie hatte die ganze Zeit über geglaubt, daß der Junge tot sein müsse. Von einer solchen Feuergarbe mitten in den Bauch getroffen werden, das konnte keiner überleben, ein kleiner Junge schon gar nicht.

Als er neben Bitties zerfetztem Körper kniete, fühlte er sich elend. Er wollte den Jungen hochheben; er schob ihm die Hand unter den Kopf und hob ihn sanft an.

Da bemerkte er auf einmal einen schwachen Atemzug.

Bitties Augenlider zitterten, öffneten sich. Unter der Schockeinwirkung waren die Augen starr und glanzlos. Aber sie nahmen Jonnie wahr. Der Junge erkannte ihn.

Er bewegte die Lippen. Wollte etwas flüstern. Es war nur wie ein Hauch. Jonnie beugte sich tiefer.

»Ich ... ich war kein guter Knappe ... oder doch, Sir Jonnie?«

Aus den Augen des Jungen kullerten Tränen.

Jonnie war wie erstarrt. Er konnte es nicht begreifen. War das ein böser Traum, oder erlebte er das wirklich? Dachte der Junge tatsächlich, er hätte versagt?

Jonnie wollte antworten. Er wollte Bittie sagen: nein, wirklich nein, Bittie, du warst ein großartiger Knappe. Weißt du nicht, daß du mir eben das Leben gerettet hast? - Aber er konnte nicht sprechen.

Die Schockwirkung ließ nach, und damit hörte die Betäubung auf, unter der Bittie bisher die Schmerzen nicht gefühlt hatte.

Seine Hand, die sich zitternd gehoben und nach Jonnies Handgelenk getastet hatte, verkrampfte sich plötzlich, zuckte im Kampf mit dem nahen Tod. Noch einmal bäumte der Junge sich auf. Dann fiel Bitties Kopf zur Seite.

Er war tot. Kein Herzschlag mehr. Kein Atem.

Jonnie blieb lange Zeit dort sitzen. Er schämte sich seiner Tränen nicht. Er hatte nicht sprechen können, hatte Bittie nicht mehr sagen können, wie sehr er sich irrte, wenn er glaubte, ein schlechter Knappe gewesen zu sein. Nein, wahrhaftig, das war er nicht gewesen.

Nach einer Weile hob Jonnie den Jungen hoch und trug ihn, in seine Arme gebettet, den Hügel hinunter. Behutsam legte er ihn auf einen Sitz im Fahrzeug.

Er ging noch einmal zurück, hob den toten Russen auf, trug auch ihn zum Fahrzeug und legte ihn hinein.

Windsplitter hatte ihn aus einiger Entfernung erkannt und kam zu ihm. Auch die anderen Pferde hatten ihre Furcht überwunden und näherten sich.

Jonnie bettete den toten Jungen auf seinen Schoß. Ganz langsam fuhr er zur Akademie hinüber. Die Pferde folgten dem Fahrzeug. Es war wie das letzte Geleit für Bittie. So überquerten sie die Ebene.

Sie brauchten lange für die Strecke bis zur Akademie. Schließlich hielt Jonnie an. Er saß da, hielt Bittie in seinen Armen und schaute hinaus. Dort, neben dem Fahrzeug, lag der Schützengraben, aus dem vor langer Zeit die siebenundsechzig jungen Offiziersanwärter den letzten verzweifelten Widerstand gegen die Psychlos geleistet hatten.

Einer der Flugschüler, der zur Wache eingeteilt war, hatte das Fahrzeug kommen sehen. Es dauerte nicht lange, bis die ersten Flugschüler in den Türen der Ausbildungsgebäude auftauchten. Einer sagte dem anderen Bescheid, es wurden immer mehr, die aus den Gebäuden herauskamen. Der Schulmeister sah aus einem Fenster im oberen Stockwerk, wie sich die Menge da draußen um das Fahrzeug scharte, und lief ebenfalls los. Dunneldeen, Angus und Ker erschienen.

Jonnie stieg aus. Er hielt den toten Jungen in den Armen. Er wollte etwas sagen, aber er konnte nicht sprechen.

Plötzlich kamen noch einige Lastwagen angebraust. Sie hielten, Russen stiegen aus und stießen zu der Menge, die sich inzwischen versammelt hatte.

Etliche von den Flugschülern waren in die Unterkünfte zurückgeeilt. Sie hatten aus den Waffenkammern Sturmgewehre und Magazintaschen geholt, die sie jetzt an die anderen weitergaben. Auf einmal sah die Sache bedrohlich aus: bewaffnete Männer, den Blick starr dorthin gerichtet, wo das Camp lag.

Das zornige Murren wurde lauter und lauter.

Wieder verschwanden ein paar Flugschüler, holten ihre eigenen Seitenwaffen, schnallten sich die Koppel mit den Magazintaschen um ...

Das ferne Donnergrollen wurde als vielfaches Echo von den Bergwänden zurückgeworfen, rollte wie eine verebbende Woge bis in die Ebenen herunter. Ein wütender, kalter Wind peitschte die Männer, die hier unten standen.

Ein Mannschaftstransporter der Russen war zum Camp hinüber gefahren. Er kam zurück, hielt in einer Staubwolke. Die Russen berichteten aufgeregt und zeigten hinüber zum Camp. Sie wollten den anderen wohl erzählen, was da drüben los sei. Aber niemand konnte sie verstehen.

Ein kleineres Fahrzeug jagte aus Richtung Denver heran. Mit kreischenden Bremsen hielt es an, wieder alles in Staub hüllend. Der Offizier, der mit der Drohnen-Leitzentrale betraut war, sprang heraus. Eine Serie von Aufklärungsfotos wehte wie eine Fahne hinter ihm her, als er sich den Weg durch die Menge bahnte. Aus seinem hastigen Bericht und aus dem, was er vorzuzeigen hatte, erfuhren sie, daß ein ferngelenkter Flugkörper Aufnahmen von den Ereignissen im Camp gemacht hatte. Er hatte die Funkbilder und die Bänder mit den Tonaufnahmen sofort an sich genommen und hierhergebracht.

Endlich gelang es einem Koordinator, sich Gehör zu verschaffen. Er hatte sich inzwischen erkundigt, was die Russen, die mit dem Mannschaftstransporter im Camp gewesen waren, dort festgestellt hatten. »Die Briganten da drüben ... die sind alle tot. Das ganze Kommando.«

»Lebt etwa dieses Psychlo-Monster, dieser Terl, noch?« fragte jemand.

Ein wütendes Murren lief durch die Reihen. Man riß sich die

Drohnen-Aufnahmen aus den Händen. Jeder wollte sehen, ob Terl darauf zu erkennen war.

»Ja, der lebt noch«, antwortete der Koordinator, nachdem er sich bei den Russen erkundigt hatte.

In die Menge kam Bewegung. Die ersten rannten zu den Lastwagen, wollten aufsteigen. Die Russen traten auf das Kommando eines Offiziers in Linie an. Zackig wurden die Waffen geprüft.

Colonel Iwan stand nun dicht neben Jonnie, den Blick starr und betroffen auf den toten Jungen gerichtet. »Der Psychlo stirbt!«

Jonnie, der bisher wie in Trance gestanden hatte, gab sich einen Ruck. Er stieg auf eines der Fahrzeuge. Immer noch hielt er den Jungen in den Armen. Sein Blick glitt über die Menge. Die Männer sahen zu ihm hoch und wurden still.

»Nein!« sagte Jonnie. »Nein, ihr dürft jetzt nichts unternehmen. Eine viel größere Gefahr, als es die Briganten je sein könnten, droht uns aus dem Weltall. Wir befinden uns mitten in einer gewaltigen, gefährlichen Schlacht. Wir haben einen Fehler begangen, und deswegen mußte dieser unschuldige Junge sterben. Ich habe seinen Mörder getötet. Den Fehler können wir nicht ungeschehen machen. Aber wir müssen unseren Blick jetzt auf das richten, was vor uns liegt.«

Er wandte den Kopf. »Da drüben, in diesem Schützengraben, haben vor über tausend Jahren siebenundsechzig Offiziersanwärter ihr Leben gelassen, als sie den Invasoren, den Psychlos, das letzte Gefecht lieferten. Als ich diesen Ort zum ersten Mal gesehen habe, hat mir das Hoffnung gegeben. Daß sie im Kampf unterlagen, ist unwichtig. Wichtig ist, daß sie gekämpft haben, in hoffnungsloser Lage, gegen eine gewaltige Übermacht. Sie sind nicht vergebens gestorben. Denn jetzt stehen wir hier, und wir setzen den Kampf fort. Ihr und eure Kameraden, die Piloten, beherrschen den Himmel über der Erde. Wenn die Zeit gekommen ist, werde ich den einen oder anderen von euch brauchen, und ich werde euch rufen. Werdet ihr kommen, wenn ihr gebraucht werdet?«

Alle Augen richteten sich einen Augenblick ungläubig auf ihn. Zweifelte er wirklich daran? Die Zustimmung aus vielen Kehlen klang wie ein einziger Schrei, der minutenlang andauerte.

»Ich verlasse euch jetzt«, fuhr Jonnie fort. »Ich bringe diesen Jungen nach Schottland, damit die Menschen, in deren Mitte er aufgewachsen ist, ihn begraben können.«

Er stieg vom Fahrzeug herunter.

Der Pilot, dessen riesiger Erztransporter für den Heimflug der

Russen bereitstand, meldete dem Koordinator die Abflugbereitschaft. Die Russen verluden Jonnies Pferde und holten Stormalongs Gepäck aus dem Fahrzeug, in dem Jonnie gekommen war.

Dann übernahmen sie den Leichnam Dmitri Tomlows. Auch er sollte nach Hause fliegen.

Jonnie stieg ins Cockpit. Selbst jetzt gab er Bittie nicht aus seinen Armen frei.

Bevor er die Tür schloß, schaute er die Männer, die zurückblieben, eindringlich an und sagte mit deutlicher Betonung: »Denkt daran, dies ist nicht die Zeit, Rache zu nehmen.« Und grimmig fügte er hinzu: »*Noch nicht!*« Die Männer nickten. Sie hatten ihn verstanden. Noch nicht. Später – später würde es eine ganz andere Sache sein.

Der riesige Flugkörper hob ab und stieg hoch zum Himmel, an dem der Sturm alle Farben zu einem tristen Grau vermischt hatte.

Er stieg höher. Von unten sah man ihn nur noch ganz klein. Und dann war er verschwunden.

10

Die Lage, die Jonnie in Schottland antraf, war so kritisch, daß er fürchten mußte, sie könne all seine Pläne zunichte machen.

Das Bodenpersonal lotste den Frachtflugkörper durch die dunkel brodelnden Herbstnebel herunter. Die Schotten hatten mit dem Wiederaufbau von Castle Rock in Edinburgh begonnen. Sie versuchten, das alte Bauwerk in der ursprünglichen Form wieder erstehen zu lassen. Vor zwei Jahrtausenden war das Castle Symbol des schottischen Nationalbewußtseins gewesen. Jetzt trug es wieder den alten gälischen Namen *Dunedin*: die Burg auf dem Hügel von Edin. Jonnie landete in einem Park unterhalb des Felsens, gegenüber den Ruinen der alten Nationalgalerie von Schottland.

In ganzen Schwärmen waren die Leute gekommen, um ihn zu sehen. Das eingeteilte Hilfspersonal mußte harte Arbeit leisten, um wenigstens den schmalen Streifen freizuhalten, auf dem der Flugkörper landen sollte.

Unglücklicherweise waren die Aufnahmen der Drohne vom Kampf im amerikanischen Camp über die Recorder der Cornwall-Außenstation auch nach Schottland gelangt; eine Flugkörperbesatzung hatte sie hergebracht, lange bevor Jonnie kam. Die Schotten machten ausgiebig Gebrauch von sämtlichem Transportgerät, das von den Psychlos stammte. Jetzt, nachdem eine ganze Reihe von Fahrern nach ihrer Ausbildung wieder zurückgekehrt waren, ging das so weit, daß man regelmäßige Busverbindungen aufgebaut hatte. Als Transporter wurden die Tieflader eingesetzt.

Bitties Familie war da, und Jonnie übergab ihnen den Leichnam des Jungen, damit sie ihn für die Beisetzung vorbereiten konnten. Dudelsackpfeifer stimmten eine klagende Weise an, dumpf und getragen klang die Kadenz der Trommeln. Die Frauen unter den Wartenden begannen zu weinen und zu wehklagen. Die Männer ballten die Fäuste, ein Ausdruck finsterer Entschlossenheit, denn nach ihrer Überzeugung war ein Krieg unvermeidlich geworden.

Die Dunkelheit begann sich herabzusenken, als eine Ehrengarde von kilttragenden Hochländern aufmarschierte, deren Offizier Jonnie respektvoll mitteilte, er sei hier, um ihn durch die Menge zu einer Versammlung der Clanchefs zu geleiten. Das Parlamentsgebäude oben auf dem Felsen war noch nicht wiederaufgebaut, und so waren die Clanchefs, die man eilig aus den Hügeln herbeigerufen hatte, unter freiem Himmel in einem Park zusammengetroffen, vor den Ruinen der Königlich-Schottischen Akademie.

Dorthin war Jonnie also unterwegs, begleitet von den traurigen Lauten der Dudelsäcke. Ein loderndes Feuer im Zentrum des Platzes warf seinen Schein nach allen Seiten. Das Flackern der Flammen spiegelte sich in den breiten Gürtelschnallen und den Schwertern der Clanchefs und ihrer Gefolgsleute wider. Über das Ziel der Versammlung waren sich alle einig: Krieg!

Auf den letzten Metern gesellte sich Robert der Fuchs, der gerade aus Afrika gekommen war, zu Jonnie. Sie hatten fast schon den äußeren Ring der Versammlung erreicht. Die Ehrengarde, die vor ihnen herging, schritt auf eine Rostra zu, die aus Steinplatten errichtet war. Der Clanchef Fearghus kam ihnen entgegen; es war eine Geste der Höflichkeit, daß er Jonnie hinauf zur steinernen Rednertribüne geleiten wollte.

»Sind Sie für einen Krieg?« fragte Robert der Fuchs leise. »Ich kann es mir nicht vorstellen. Das würde doch all Ihre Pläne zunichte machen.«

»Auf keinen Fall!« flüsterte Jonnie zurück. »Es ist das letzte, was ich mir wünsche. Nur ohne Krieg haben wir noch eine Chance.«

»Gerade deshalb hätten Sie Ihre Kleidung wechseln sollen.

Sie konnten sich doch denken, daß hier eine Versammlung stattfindet.«

Die Kleidung ... daran hatte Jonnie überhaupt nicht gedacht. Er sah an sich herunter. Das lederne Obergewand war an der Schulter dunkelrot vom Blut, das aus der Wunde an seinem Hals getropft war. Es war nur ein Streifschuß gewesen, und inzwischen war das Blut geronnen. Vorn waren Oberteil und Hosen, bis herunter zu den Knien, von Bitties Blut getränkt.

In diesem Augenblick war der Clanchef der Campbell in seiner Rede an die Versammlung bei dem Satz angekommen: » ... und so sage ich denn, daß diese Blutfehde nur durch einen Krieg gesühnt werden kann!«

Ein wilder Schrei der Zustimmung wurde laut. »Krieg! Krieg!« Lochaber-Äxte blitzten im Schein der zuckenden Flammen. Das Klirren der Schwerter, die aus den Scheiden gezogen wurden, war wie ein todbringender Kriegsschwur.

Jonnie stieg die Stufen zur steinernen Rostra empor. Mit erhobener Hand bat er um Ruhe. Schweigen senkte sich über die Versammlung. Man spürte die knisternde Spannung, und dieser Eindruck wurde durch die knackenden Holzscheite im lodernden Feuer noch verstärkt.

»Wir wollen keinen Krieg«, sagte Jonnie.

Wie die Dinge lagen, war es der falsche Satz am falschen Ort. Lauter Protest scholl Jonnie entgegen.

»Das Blut, das seine Kleider befleckt hat, schreit nach Krieg!« rief der Clanchef der Argylls.

»Der Mörder des Jungen ist tot«, sagte Jonnie.

»Und was ist mit Allison?« schrie der Clanchef der Camerons. »Der gemeine Mord an ihm ist noch ungerächt! Der Chef der Briganten, der Allison auf dem Gewissen hat, lebt noch! Ist das etwa nicht Anlaß genug für eine Blutfehde?«

Jonnie merkte, daß sie sich in Raserei geredet hatten. Sie verlangten Piloten und Flugkörper. Sie wollten die gesamte Streitmacht der Briganten niedermachen. Und sie wollten es sofort tun! Das alles hatten sie längst entschieden, bevor er mit seinem langsam fliegenden Erztransporter eintreffen konnte. Er sah die Gefahr, daß sich alles, was sie mit viel Mühe vorbereitet hatten, in Schall und Rauch auflöste. Kam es zu einem Vernichtungskampf da drüben in Amerika, dann bedeutete dies das Ende all seiner Pläne.

Jonnies Augen suchten Robert den Fuchs, aber wohin sie sich auch wandten, sie trafen überall nur auf die zornigen Gesichter der Clanchefs und ihrer Gefolgsleute. Seine Pläne ... er konnte sie doch nicht offen vor allen ausbreiten! Das Beispiel des jungen Schweden Lars hatte nur allzu deutlich gezeigt, daß es überall Verräter geben konnte.

Er versuchte ihnen klarzumachen, daß der Planet einer größeren Bedrohung ausgesetzt war, daß sie nicht genau wußten, was wirklich auf Psychlo geschehen war, und daß es irgendwo da draußen im Weltall noch andere Lebewesen gab ... Aber er hätte sich jedes Wort sparen können. Was er sagte, ging im Tumult unter.

Endlich sprang Fearghus, der mächtigste und angesehenste unter den Clanchefs, zu ihm herauf und rief mit donnernder Stimme in die Menge: »Laßt MacTyler reden!«

Es wurde still. Aber es war eine angespannte Stille, und man merkte, daß sie nicht bereit waren, von ihrer einmal getroffenen Entscheidung abzurücken.

Jonnie war müde. Seit Tagen hatte er nicht genug geschlafen. Er rief die letzten Energiereserven in sich wach und begann zu ihnen zu sprechen, mit einer Stimme, die eindringlich um Vertrauen warb: »Ich verspreche euch, ihr bekommt euren Krieg. Einen Krieg, der uns allen Erfolg bringen wird. Wenn ihr euch meiner Führung anvertraut, wenn ihr bereit seid, jeden Mann und all eure Zeit in den Dienst eines gewagten Unternehmens zu stellen, wenn ihr nur wenige Monate stillhaltet und euch mit mir für die entscheidende Stunde vorbereitet, dann werden wir Krieg führen, dann werden wir Rache nehmen, und wir werden die Chance zum endgültigen Sieg haben!«

Sie hörten ihn an. Ein paar Augenblicke saßen sie schweigend da, ließen seine Worte auf sich wirken. Dann brachen sie in lärmende Zustimmung aus. Höher als zuvor wurden die Kriegsäxte geschwungen. Wilder tanzte der Widerschein des Feuers auf den gereckten Schwertern. Auf einmal klangen wieder die Dudelsäcke auf, doch nun waren es erregte Weisen, kriegerische Melodien. Sie ließen Jonnie hochleben, bis sie sich heiser geschrien hatten. Jonnie stieg die Stufen herunter. Robert der Fuchs trat zu ihm und geleitete ihn. Kräftige Hände klopften ihm auf die Schultern, während er sich durch die Menge schob. Männer, an denen er vorüberkam, wollten ihm die Hände schütteln. Andere erhoben sich vor ihm, salutierten mit ihren Breitschwertern. Einer fing einen Sprechgesang an: »MacTyler! MacTyler! MacTyler!« Die Dudelsäcke stimmten in die eintönige Weise ein, und die Trommeln schlugen den Takt dazu.

»Sie verlassen sich auf das, was sie von Ihnen gehört haben, alter Junge«, sagte Robert der Fuchs mit liebevollem Stolz, während er Jonnie dahin führte, wo man ein Nachtquartier, ein Bad und frische Kleidung für ihn vorbereitet hatte. »Ich hoffe nur, daß Sie Wort halten können!«

Am nächsten Tag setzten sie Bittie MacLeod in der Krypta der alten Kathedrale Saint Giles bei. Der Zug, der dem Sarg folgte, war fast zwei Kilometer lang.

Jonnie hatte zum Clanchef der Fearghus gesagt: »Er starb als Knappe. Aber wir sind es ihm schuldig, ihn als Ritter zur letzten Ruhe zu betten.«

Fearghus, als Titularkönig von Schottland und jetzt der gesamten britischen Inseln, ließ den Leichnam des Jungen mit einer Robe bekleiden und schlug ihn zum Ritter, indem er Bitties Schulter fast zärtlich mit dem Schwertblatt berührte.

Ein Steinmetz hatte die Nacht durchgearbeitet, um einen Sarkophag fertigzustellen.

Der Pastor las das Totengebet, und so wurde Bittie – unter der trauernden Klage der Dudelsäcke – zur Ruhe gebettet.

Eine Gedenktafel war mit Bitties neuem Wappen geschmückt, und darunter waren die Worte eingemeißelt:

Sir Bittie
Ein wahrer Ritter

Sie wußten, daß Bittie sich darüber sehr gefreut hätte.

Pattie stand da, ihr Gesicht zu Stein erstarrt, seit sie die traurige Nachricht von Bitties Tod erfahren hatte. Nach der Totenfeier wurde ihr das Päckchen ausgehändigt, das man in der Tasche des Jungen gefunden hatte. Es war die Schachtel mit dem Medaillon. Wie betäubt las sie die Gravur: »Für Pattie, meine künftige Frau.«

Sie konnte ihre Tränen nicht länger zurückhalten. Vom Weinen geschüttelt, brach sie über dem Sarkophag zusammen.

Aber Bittie war nicht wirklich von ihnen gegangen. Er war zur Legende geworden. Solange es Menschen gab, würden sie in Liedern und Sagen das Andenken an Sir Bittie wachhalten, und wo immer man von ihm erzählte, würde es heißen, daß er Jonnie das Leben gerettet hatte.

Teil XXI

1

Der Raumkreuzer Aknar II kreiste auf einer Umlaufbahn in sechshundertsechsundsiebzig Kilometern Höhe um den Planeten Erde.

Der kleine graue Mann saß in einem kleinen grauen Büro des Raumschiffes. Sein Blick ruhte auf kleinen grauen Instrumenten.

Er war mit einem analytischen Denkprozeß beschäftigt, dessen bisherige Ergebnisse – und es handelte sich vorläufig nur um Teilergebnisse – ihn nicht einmal annähernd zufriedenstellten.

Ein Fläschchen mit Pillen stand auf dem Arbeitstisch, ein Medikament gegen die Magenverstimmung, die er sich in Erfüllung seiner Pflichten zugezogen hatte. Alle Getränke zu sich zu nehmen, die man ihm gastfreundlich angeboten hatte, sogar den bitteren Kräutertee, war seinem Magen gar nicht bekommen.

Der kleine graue Mann befand sich in großen Schwierigkeiten. Er war daran gewöhnt, mit Problemen konfrontiert zu sein; das brachte seine Position mit sich. Es waren stets Probleme, die ein höchstmögliches Maß an Erfahrung und Urteilskraft erforderten. In seinem langen Leben hatte er sich oftmals in prekären Situationen befunden, die meist mit geradezu überwältigenden Schwierigkeiten verbunden waren. Aber nie zuvor in ... er hatte das rasch mit Hilfe eines Taschenrechners überschlagen ... in dreihundertunddreizehntausend Jahren waren er oder seine Amtsvorgänger einer Situation ausgesetzt gewesen, in der ein derart ungeheures Vernichtungspotential steckte.

Er seufzte und schluckte noch eine Magentablette. Die letzten Nachrichten, die sein Kommunikator bei ihm abgeliefert hatte, enthielten Einzelelemente, die selbst einen – in mathematisch genauer Analyse geschulten – Experten vor die denkbar größte Herausforderung stellten. Was sich da entwickelte, war äußerst explosiv und konnte leicht zu einer Katastrophe führen.

Schlimm genug, daß durch Blitzeinwirkung in einem Gewittersturm die Deutlichkeit der ersten übermittelten Nachricht stark beeinträchtigt war. Ein mit Infrarotstrahl arbeitendes Bildübertragungs- und Abhörgerät ist eben – ganz egal, wie genau man es einstellen kann – eine elektronische Vorrichtung, und bei solchen Geräten mußte man immer mit Störungen rechnen, wie sich ja jetzt erwiesen hatte. Mit seinen eigenen technischen Fähigkeiten war es nicht weit her, so etwas gehörte schließlich nicht zu seinen Aufgaben. Aber auch die Techniker, die sich an Bord befanden, konnten nicht für Abhilfe sorgen. Die Schwierigkeiten, mit denen er sich konfrontiert sah, waren um so größer, weil es keine Verbindung mit erstklassigen technischen Laboratorien gab. Er war zweieinhalb Flugmonate weit von allen solchen Hilfsquellen entfernt.

Müde ließ er zum siebten Mal das, was ihn als erste Meldung erreicht hatte, durch die Wiedergabemaschine laufen.

Da war das Camp, die frühere Zentralstation der Psychlos auf dem Planeten Erde. Und da waren ein paar Männer, die Waffen trugen und sich hinter Steinen versteckt hielten. Und ein Fahrzeug kam an. Ein Mann stieg aus, ging auf das Camp zu, verschwand darin. Dann stiegen drei Männer aus, zwei davon hielten ihre Waffen auf den dritten gerichtet.

Er hatte immer wieder versucht, das Bild klarer einzustellen, insbesondere die Aufnahmen von diesem dritten Mann. Aber die Störung durch das Gewitter war wirklich schlimm. Noch einmal nahm er eine von diesen Banknoten mit dem Aufdruck »Eine Währungseinheit« zur Hand. Zum Glück war es ihm gelungen, sich ein paar davon zu verschaffen, so daß er die Bilder vergleichen konnte. Aber das brachte ihn auch nicht weiter. Er konnte einfach nicht mit Sicherheit feststellen, ob es sich um denselben Mann handelte. Es war sinnlos, noch einen Techniker kommen zu lassen; den Versuch hatte er ja schon hinter sich.

Er schaltete die automatische Entschlüsselung wieder ein und ließ das Bild-Wiedergabegerät weiterlaufen. So, da tauchte nun dieses zweite Fahrzeug auf. Ein Lastwagen. Eine kleine Gestalt sprang heraus, hielt irgendeine Art Waffe in der Hand und stürmte angreifend vorwärts. Das heißt, wie ein richtiger Angriff sah es eigentlich nicht aus. Aber der Mann hinter dem Felsen mochte es für einen Angriff gehalten haben. Dann die Feuerstöße ...

Der Kampf ... lauter Einzelszenen, aneinandergereiht ... Ja, es mußte wohl der sein, der auch auf der Banknote zu sehen war. Herrje, wirklich eine miserable Übertragung! Sonst erkannte man immer alles so klar.

So, jetzt – Szenenwechsel. Das Fahrzeug ... dahinter die Pferde ... Aha, und nun stieg der Mann auf das Fahrzeug, redete zur Menge und hielt dabei den kleinen Körper ...

Hier, vor allem an dieser Stelle, hätte er unbedingt eine deutliche Aufzeichnung gebraucht. Aber nein, nur Bildsalat. Und die Tonübertragung wurde durch das Gewitter dermaßen überlagert, daß praktisch nur Wortsplitter ankamen. Ein paar Satzfetzen. Die Bildübertragung zeigte, daß Waffen hervorgeholt wurden. Doch sie wurden nicht eingesetzt. Vielleicht sprach der Mann auf dem Fahrzeug eine flehentliche Bitte aus, daß es keinen Krieg geben solle?

Wer mochte das gewesen sein, dessen kleinen Körper der Mann trug? Wer konnte es sein, daß all dies seinetwegen geschah? Ein Prinz, der Sohn eines regierenden Fürsten?

Nun, zum Glück waren die Ereignisse auf jener Insel dann in sehr viel besserer Bildqualität aufgezeichnet worden, und der Ton wurde laut und klar übertragen. Und ... da gab's keinen Zweifel, dort wurde ein Krieg versprochen!

Aber gegen wen? Und warum?

Es war derselbe Mann. Die Annäherung des Flugkörpers über den Pol des Planeten bis zur Insel war genau verfolgt worden. Derselbe Mann wie in der Zentralstation.

Nur, ob es auch derselbe war wie auf der Banknote, das ließ sich wiederum nicht mit letzter Sicherheit feststellen. Die Aufzeichnung war beim Licht lodernder Feuer gemacht worden. Und Feuerlicht ... das war ein Wellenband, das fast den untersten Rand des Infrarotspektrums verließ.

Der kleine graue Mann stieß wieder einen tiefen Seufzer aus. Er konnte sich einfach keine ausreichende Sicherheit verschaffen. Jedenfalls nicht so, wie es für die – unzweifelhaft wichtige – Analyse notwendig gewesen wäre.

Er langte gerade nach einer weiteren Pille, als das Lichtsignal zu blinken begann. Ein Zeichen, das ihm die Leute oben im Flugkontrollraum des Raumkreuzers gaben. Da oben gab es, solange sie auf einer Umlaufbahn kreisten, nur wenig zu tun. Und ein Alarmzeichen aus dem Flugkontrollraum ... ungewöhnlich. Er drückte einen Knopf, der Bildschirm leuchtete auf, das Bild wurde ihm ins Büro überspielt. Aha. Er wandte den Kopf und schaute durch die Sichtkuppel in den freien Raum.

So, so. Das hatte er beinahe schon erwartet. Ein Kampf-Raumgleiter. Da draußen war er. Schwenkte auf eine Umlaufbahn ein, dicht bei ihnen. Strahlend hob er sich gegen den schwarzen Himmel ab. Diese Burschen in den Kampf-Raumgleitern machten einen etwas dramatischen Auftritt, auch wenn es völlig unnötig war. Mal sehen ... Ein Rhombus mit querverlaufendem Schnitt, das Kennzeichen der Tolneps. Er hatte sich schon gefragt, wann sie wohl endlich kämen.

Er schaltete den Indikator ein, auf dem beleuchteten Anzeigefeld erschienen die gespeicherten Informationen, eine Zeile nach der anderen. Tolneps ... Kampfschiffe der Tolneps ... Hatte dieser Raumgleiter da draußen eine Kommandobrücke, die als Rhombus geformt war? Ja. Vulcor-Klasse ... Technische Angaben im einzelnen ... Aha, da kam es ja schon: »Gesamtgewicht zweitausend Tonnen, Solarantrieb, Hauptbewaffnung 64 Maxun Wucht-Druck-Kanonen ...« Ach, diese endlosen Einzeldaten, wie langweilig! Wen kümmerte schon die Anzahl der schußfesten Schotten! Wen interessierte es schon, daß sich auf so einem Kampf-Raumgleiter 524 Tolnep-Kampfsoldaten und 63 Tolneps als Betriebsmannschaft befanden, daß es ... Meine Güte, war es denn zuviel verlangt, daß diese Computerfritzen endlich mal begriffen, welche Daten man wirklich brauchte? »... unter dem Kommando eines Semi-Kapitäns, der zu selbständigem Handeln entsprechend den Erfordernissen begrenzter taktischer Situationen berechtigt ist, in Fragen von strategischer Bedeutung jedoch nur auf Weisung handeln darf.« Na also! Das war's, was der kleine graue Mann wissen wollte.

Das Summzeichen des Nahbereichs-Kommunikationsgerätes für die Verbindungsaufnahme im All ertönte. Der kleine graue Mann schaltete den Schirm für die Sichtverbindung ein. Das harte Gesicht eines Tolneps erschien, nach oben hin von einem kleinen Schutzhelm abgegrenzt. Nach dem Abzeichen auf dem Helm handelte es sich um einen Semi-Kapitän. Also wußte der kleine graue Mann, daß er es mit dem Kommandanten des Raumgleiters zu tun hatte. Er gab einen Sendeimpuls frei, so daß der Tolnep auf seinem Bildschirm nun auch ihn, den kleinen grauen Mann, sehen konnte.

»Allzeit gute Raumfahrt, Sir!« sagte der Tolnep. »Ich bin Rogodeter Snowl.« Er sprach Psychlo, wie es in der Verständigung zwischen den Spezies im All durchaus üblich war. Er stellte seine dicken Sichtverstärkungsgläser genauer ein, damit er den kleinen grauen Mann besser erkennen konnte.

»Ich grüße Sie, Semi-Kapitän«, sagte der kleine graue Mann. »Können wir irgend etwas für Sie tun?«

»Nun, in der Tat, Euer Exzellenz. Wir wären Ihnen außerordentlich verbunden, wenn Sie uns möglicherweise irgendwelche wichtigen Daten über diesen Planeten übermitteln könnten.«

Der kleine graue Mann seufzte. »Ich fürchte, Semi-Kapitän, daß all das, was ich Ihnen zur Verfügung stellen könnte, noch nicht in ausreichendem Maße einer kritischen Analyse unterzogen ist. Und obwohl wir natürlich immer gern zu Diensten stehen, wären solche Informationen, so fürchte ich, eher irreführend. Meine Daten sind einfach noch unvollständig.«

»So, na ja ... Es wird nicht lange dauern, dann habe ich die Dinge hier im Griff«, meinte der Tolnep. »Wir haben einen langen Raumflug hinter uns, und meine Besatzung liegt noch im Tiefschlaf. Aber innerhalb der nächsten Stunden können wir ein Kommandounternehmen starten, und dann werden wir sehr schnell über die Daten verfügen, die wir zunächst mal brauchen.«

Der kleine graue Mann hatte befürchtet, daß der Tolnep so etwas sagen würde. »Ich würde mir natürlich nicht herausnehmen, mich unzulässig in Ihre Absichten einzumischen, Semi-Kapitän, aber meiner Meinung nach wäre das durchaus nicht ratsam.«

»Oh? Aber so eine schnelle kleine Rums-bums-Aktion ... ein paar von diesen Wesen da gepackt, ein paar dort gegriffen ... dann ein rasches Verhör ... Und schon hätten wir alles, was wir brauchen.«

»Semi-Kapitän, ich glaube, ich sollte Ihnen wirklich zu bedenken geben, daß Sie sich meiner Meinung nach davon keinen Erfolg versprechen dürfen. Ich bin nun schon seit längerer Zeit damit beschäftigt, Informationen zu sammeln, und das, was Sie bei Ihrer Aktion herausbringen könnten, liegt mir bereits vor. Ich kann Ihnen sämtliche Daten, über die ich verfüge, selbstverständlich übermitteln.«

»Das wäre außerordentlich zuvorkommend von Ihnen, Euer Exzellenz. Aber ... warum denn nicht trotzdem so 'ne kleine Rums-bums-Überfallaktion? Ich meine da einige Überlegungen Ihrerseits herauszuspüren.«

»Nun, Sie bemerken in der Tat einige Vorbehalte«, sagte der kleine graue Mann. »Die Entdeckung zeugt von Ihrem Scharfsinn. Es könnte von nicht unerheblicher Bedeutung sein, sich zunächst abwartend zu verhalten, und zwar hier oben.«

»Vermuten Sie etwa, daß es sich um ... um den *einen* handelt?« fragte Snowl.

»Mein lieber Freund«, antwortete der kleine graue Mann, »ich glaube, daß es dreihundert Planeten gibt, die diesbezüglich in Frage kommen.«

»Dreihundertundzwei, glaube ich«, erwiderte Snowl. »Jedenfalls ist das die Zahl, die zur Zeit kursiert.«

»Wir sehen uns außerstande festzustellen, daß es sich mit Sicherheit um den *einen* handelt«, sagte der kleine graue Mann. »Ich bin natürlich – wie Sie – nur für diesen Sektor zuständig. Hinsichtlich anderer Planeten und Sternensysteme kann ich überhaupt keine Aussagen machen. Aber es ist meine Überzeugung, daß es sich durchaus um den *einen* handeln *könnte*. Allerdings stützt sich das bisher nur auf ganz spärliche Indizien.«

»Na, wer sagt's denn!« rief der Tolnep aus. »Das klingt doch schon recht vielversprechend!«

»Wie die Dinge liegen, ist uns eine abschließende Entscheidung zur Zeit nicht möglich. Aber ein Überfall von Ihnen könnte zu einer empfindlichen Störung führen, und zwar in einem Augenblick, in dem es da unten eine sehr kritische politische Situation zu geben scheint. Eine solche Störung würde sich möglicherweise zu unserem Nachteil auswirken.«

»Nun denn, Sie raten uns also zu warten?« fragte der Tolnep.

»Genau das«, bestätigte der kleine graue Mann. »Ich werde Ihnen meine gesammelten Erkenntnisse rüberschicken, den gesamten Speicherinhalt, und ich denke, Sie werden zum gleichen Schluß kommen.«

»Eine schwierige Lage!« meinte der Tolnep. »Ohne Überfall gibt's für uns kein Prämiengeld, so ist es doch. Andererseits ... Da ist eben auch noch diese andere Sache. Und die ist von übergeordneter strategischer Bedeutung.«

»Eben! Darum sollten wir nicht durch irgendeine taktische Aktion irgend etwas in Bewegung setzen, was zu einer Störung im strategischen Bereich führen könnte.«

»Ah ... ja«, machte der Tolnep. Und dann fragte er: »Was meinen Sie, wie lange kann sich das hinziehen? Tage? Monate? Oder Jahre?«

»Monate, würde ich sagen.«

Der Tolnep seufzte. Dann hellte seine Miene sich auf. Er lächelte. Und wenn ein Tolnep lächelte, dann sah das wegen seiner giftigen Fangzähne immer ein wenig erschreckend aus. »Nun gut, Euer Exzellenz, es ist sehr entgegenkommend von Ihnen, mir Ihre Unterlagen anzubieten, und ich werde mir mit Vergnügen einen Überblick verschaffen. Übrigens, dürfen wir uns als Eskorte und Geleitschutz anbieten? Ich habe Grund zu der Annahme, daß hier ein Raumschiff der Hockner auftauchen wird, und diese Burschen sind recht gefährlich, wie Sie wissen.«

»Ich danke Ihnen, Semi-Kapitän.« Die Stimme des kleinen grauen Mannes klang etwas erschöpft. »Aber, wie Sie wissen, sind wir für unseren Teil nicht in irgendwelche Streitigkeiten mit den Hocknern verwickelt.«

»Nein, das freilich nicht, natürlich«, sagte der Tolnep. »Versorgungsprobleme? Sonst irgend etwas, womit wir Ihnen helfen können?«

»Danke, derzeit nicht, vielleicht später. Ich weiß Ihr Entgegenkommen stets zu schätzen.«

»Ich bitte Sie! Wir stehen bereits in Ihrer Schuld«, sagte der Tolnep und lachte. »Kommen Sie doch gelegentlich mal zum Tee vorbei.« Er schaltete ab.

Der bloße Gedanke an noch mehr Tee brachte den Magen des kleinen grauen Mannes in Aufruhr. Er langte rasch nach einer neuen Pille. Wenn er's recht bedachte, war diese Geschichte hier das schwierigste und komplizierteste Problem, mit dem er es je zu tun gehabt hatte.

Das Mittel gegen die Magenverstimmung begann gerade zu wirken, als ihm plötzlich klar wurde, daß die Bolbods, die Hawvins und weiß der Himmel wer sonst noch auf den Plan treten könnten. Er hoffte, daß sie sich untereinander friedlich verhielten. In der Lage, in der er sich befand, dauerte es jetzt Monate, ordnungsgemäße Meldungen nach Hause zu übermitteln, und wiederum Monate, um irgendeine Reaktion darauf zu erhalten. Er hatte das bedrückende Gefühl, ganz auf sich allein gestellt zu sein.

Er schaute noch einmal durch die Sichtkuppel auf dieses waffenstarrende Ungetüm von einem interstellaren Kampf-Raumgleiter, der neben ihm im blendend hellen Sonnenlicht dahinglitt. Hartgesottene Wesen, diese Tolneps. Aber eigentlich nicht viel schlimmer als die Bolbods oder die Hockner.

Er warf einen Blick hinunter auf den Planeten. War das nun wirklich derjenige, welcher? Wenn es so war, dann wäre das natürlich in gewisser Hinsicht eine Erleichterung. Doch andererseits – was für entsetzliche Gewalten konnten sich in diesem Fall auf ihn entladen!

Der Seufzer, der sich ihm entrang, kam aus tiefsten Tiefen seiner Brust.

2

Terl schnurrte vor Vergnügen. Heute ... heute war der Tag, an dem er in sein Büro umzog.

Es hatte freilich auch ein paar nicht ganz so vergnügliche Augenblicke gegeben.

Morgens hatte er Lars losgeschickt. Er sollte überprüfen, ob irgendwo Sprengladungen versteckt waren. Wenn schon einer in die Luft flog, dann lieber Lars als er.

Irgendwie hatte ein bißchen Aufruhrstimmung über dem Camp gelegen. General Snith war hergekommen und hatte die Leichen beschlagnahmt, die noch vom letzten Kampf herumlagen, und dann war es zu einer Auseinandersetzung mit ein paar von seinen Offizieren gekommen – es ging offenbar um die Tischzuteilungen in der Messe. Snith hatte sich am Ende durchgesetzt. Es waren achtundzwanzig Tote, und es gab achtzehn aktive Kommandos der Briganten. So hatte er die wahrhaft meisterliche Entscheidung getroffen, daß jedes Kommando einen Leichnam bekam, zwei wurden fürs Offizierskasino vorgesehen, sechs für die Frauen und Kinder, und zwei reservierte er für sich privat. So war es gelungen, die Sache beizulegen.

Das Dreizehnte Kommando wurde zum Aufräumdienst eingeteilt, das Fünfte übernahm den Wachdienst. Alles lief reibungslos und sehr militärisch ab. Die Briganten verhielten sich durchweg betont höflich gegenüber Terl. Offenbar wußten sie ganz genau, wer hier in Wirklichkeit das Sagen hatte.

Aber als es gerade so aussah, als seien die Dinge ordentlich eingerenkt, kam Lars zum Käfig zurück, kreischte herum und erzählte Terl, daß es im Büro tatsächlich versteckte Sprengladungen gäbe. Der Blödmann hatte natürlich nicht die leiseste Ahnung, wie er so ein Ding entschärfen sollte. Von dem Gedanken, die Briganten dort herumstöbern zu lassen, wollte Terl nichts wissen. Sie hätten ihm alles vollgestunken und womöglich den Laden in die Luft gejagt. Also mußte er selber losziehen und die Sache in die Pranken nehmen.

Der Sprengsatz befand sich unter dem Schreibtisch – da, wo man beim Sitzen die Knie hatte. Terl ging mit äußerster Vorsicht vor. Er wußte, daß sich unter einem versteckten Sprengsatz zuweilen ein zweiter befinden konnte, der genau in dem Moment hochging, wenn man den ersten entfernte.

Als er die Ladung entschärft hatte und sie gerade hinauswerfen wollte, entdeckte er, daß sich ein paar Haare drin verfangen hatten. Graue Haare von einem Psychlo, und zwar anscheinend vom Körperpelz am Unterarm. Kers Pelz war orangefarben. Und jemand hatte sich – offenbar beim Bemühen, an den Rändern Plastiksprengstoff festzustopfen – die Spitze eines Klauennagels abgebrochen. Dieses Überbleibsel konnte auch nicht von Ker stammen, so groß, wie es war.

Terls erster Gedanke, als er von der versteckten Sprengladung hörte, war gewesen: Das Menschending mußte hinter der Sache stecken. Zumal man ihm erzählt hatte, daß die Kreatur noch geblieben war und im Büro herumgewerkelt hatte, als die anderen beiden schon gegangen waren. Da wäre es ihr durchaus möglich gewesen, den Sprengsatz zu verstecken.

Die Tatsache, daß dieses Menschending, nachdem es mit dem Brigantenkommando aufgeräumt hatte, nicht einfach bei ihm aufgetaucht war und ihn kurzerhand getötet hatte, beunruhigte Terl sehr. Das war nun schon das zweite oder dritte Mal, daß es ihn hätte umbringen können und es dennoch nicht getan hatte. Irgendwie unheimlich. Widernatürlich. Die einzig logische Erklärung schien Terl die zu sein, daß die Kreatur den verborgenen Sprengsatz angebracht und gedacht hatte, damit seien ja die Weichen gestellt.

Aber nun sah alles wieder ganz anders aus. Diese Pelzhaare ... und das Stück vom Klauennagel ... Schon wieder stellte sich heraus, daß die Kreatur ihn nicht getötet ... das heißt, daß sie es gar nicht erst versucht hatte. Ein sehr abartiges Verhalten. Nun, das ließ eigentlich nur eine Schlußfolgerung zu: Das Menschending war nach all der groben Behandlung, die es von ihm erfahren hatte, so sehr von Terl beeindruckt, daß es ihn zutiefst fürchtete. Klar, das war die richtige Antwort.

Eine Antwort, die Terl mit Zufriedenheit erfüllte. Allerdings nur so lange, bis ihm klar wurde, daß es die Psychlos gewesen sein mußten, und zwar die unten im Schlaftrakt, die sich hergeschlichen und ihm den Sprengsatz unter den Schreibtisch geschmuggelt hatten.

Augenblicklich verlangte er, daß sie abgeschlachtet würden. Er wollte sowieso keinen von denen in seiner Nähe haben. Aber Lars kam zurück und erzählte ihm, die Psychlos, alle dreiunddreißig, seien gerade heute morgen von einem Wachkommando der Flugschüler abgeführt und nach Übersee geflogen worden. Hier sehe er übrigens als Nachweis die Anforderungen für ... ach, wie hieß doch dieser Schmierbrei, den die Psychlos so gern aßen? ... ja, richtig, für Goo-food und natürlich für Kerbango und Atemgas und so weiter. Terl überwand seine Furcht, sammelte seine Siebensachen im Käfig ein, auch das Wörterbuch und ein paar Reserveflaschen mit Atemgas, und stampfte hinaus. Für immer und alle Zeiten. Er kehrte in sein Büro zurück.

Welche Wohltat, nicht mehr draußen in der Sonne und inmitten der tödlichen Luft dieses verfluchten Planeten zu sein!

Er schloß die Tür ab, schaltete die Atemgasanlage ein und konnte bald darauf die Maske abnehmen. Ein köstliches Gefühl, dieses Ding endlich mal wieder los zu sein!

Er sah sich um. Ein paar Dinge hatte man weggeschafft. Keine

Bildrecorder mehr mit Direktverbindung zu den Aufklärungsdrohnen. Na ja, wer brauchte die schon? Kein Anschluß ans Funknetz. Na und? Auch die Leitungen des internen Sprechnetzes waren tot. Aber was kümmerte ihn das?

Alles in allem war das Büro ordentlich als Arbeitszimmer hergerichtet. Er hatte den Eindruck, einer der Tische befände sich nicht mehr da, wo er sein sollte. Er versuchte, ihn wieder an den alten Platz zu rücken, und stellte fest, daß er festgeschweißt war. Schau an, sie hatten die Schweißnähte sogar durch Ausglühen gehärtet. Hoho! Da wollte wohl jemand, daß der Tisch genau hier stand, wie? Deshalb war also das Menschending ein bißchen länger dageblieben. Der Raum war mit Wanzen gespickt!

Seine Kleidung hatten sie nicht weggeschafft. Er würde sich nachher umziehen, damit er wieder wie ein zivilisierter Psychlo aussah. Was er sofort brauchte, waren seine grünen Stiefel. Da standen sie ja. Und die feine Staubschicht ringsherum bewies ihm, daß sie auf den Zentimeter genau am alten Platz standen; keiner hatte sie angerührt. Er nahm den rechten Stiefel, drehte ihn um, schob den Absatz zur Seite, und der Schlüssel für den Sicherheitsschrank fiel heraus.

Er ging aus dem Vorzimmer ins eigentliche Büro hinüber. Aha, sie hatten versucht, die Verschlußfächer mit einem Stemmeisen zu öffnen. Die Spuren waren ganz deutlich zu sehen, und die eine Tür war leicht verbogen. Aber ein Sicherheitsschrank ließ sich nicht so einfach aufstemmen, das wußte Terl genau. Er öffnete die Schlösser. Alles lag noch haargenau am alten Platz. Sehr schön, die Dinge ließen sich immer besser an.

Er nahm das Spürgerät heraus und kontrollierte es gründlich. Er schaltete es ein. Und schon fing es zu summen an! Die Warnleuchten blinkten auf! Zur Hölle, sie hatten ihm ja haufenweise Wanzen eingebaut!

Eine geschlagene Stunde lang war er vollauf damit beschäftigt, die teuflischen kleinen Dinger zu entfernen. Mini-Mikrofone, knopfgroße Kameras, winzig kleine Drehkameras für den Gesamtüberblick. Alles fein säuberlich versteckt. Und jedes einzelne Lausch- und Beobachtungsgerät exakt auf einen bestimmten Arbeitsbereich ausgerichtet.

Einunddreißig waren es insgesamt. Er hatte sie alle, so, wie er sie gefunden hatte, auf den Schreibtisch geworfen. Einunddreißig. Oh, das Menschending war ganz schön fleißig gewesen! Aber eben auch ganz schön einfältig. Terl wäre jede Wette eingegangen, daß sie sämtliche anderen Spürgeräte, die im Camp aufzutreiben waren, weggeschafft hatten.

Schließlich war er soweit, er konnte in ein bequemes Obergewand schlüpfen. Jemand hatte ihm an der Wand eine ganze Batterie Kerbangoflaschen aufgebaut. Terl sah das durchaus nicht ungern, und er wollte sich schon einen genehmigen. Aber dann sagte er sich, es könne ja nichts schaden, vorsichtshalber nochmal das Spürgerät umherzuschwenken. Und siehe da, der Detektor jaulte auf.

Fünfzehn Minuten lang suchte er umher. Und dann fand er das Ding. Es war ein Mikrofon, das in das Muster des obersten Knopfes an seinem Gewand eingearbeitet war. Er trug es am eigenen Leib!

Also zweiunddreißig.

Er überprüfte nun auch noch sämtliche Kleidungsstücke. Nichts mehr.

Vielleicht war's auch besser, wenn er noch die Zuleitungs- und Absaugrohre in Augenschein nahm. Das Prüfgerät hatte dort nicht angesprochen, aber ... wer weiß. Er zog einen Stuhl heran, mußte mit einem Griff in die Rohröffnung ein bißchen balancieren, bis er ruhig darauf stand ... und das alles nur um herauszufinden, daß die Einfassung um die Rohröffnung schon bei der geringsten Berührung zu wackeln anfing. Bloß nicht mehr dranfassen! Womöglich strömte sonst Luft herein. Schlampige Arbeit. Aber was konnte man schon groß erwarten?

Noch ein letzter prüfender Rundgang durch den Raum. Gut, alles in Ordnung. Dann, als er sich das Werkstattregal ansah, brach er in lautes Gelächter aus. Jedes nur denkbare Bauelement, säuberlich sortiert, und über jedem Kasten hing ein großes Etikett. Und er hatte doch vorhin tatsächlich in einem Beleuchtungskörper eine Minikamera gefunden, deren Objektiv direkt auf dieses Regal gerichtet war. Ach, dieses dämliche Menschending!

Dann fiel ihm auf einmal ein, daß ja auch irgendwo eine Energiequelle und Sendeanlage versteckt sein mußte, da die Minispione sonst nicht arbeiten und ihre Ergebnisse nicht weitergesendet werden konnten.

Er stülpte sich die Atemgasmaske über und holte Lars. Zusammen mit ihm ging er die Flure ab, rauf und runter. Und da war das Ding auch schon! Eine komplette Energieanlage, sauber verkabelt, direkt hinter der Stahlblechtür, hinter der – in einer Wandnische – die Feuerlöschgeräte untergebracht waren. Na prima, so ein Ding konnte ein halbes Jahr lang arbeiten, so lange reichten die Energiebatterien. Aber nun war es aus damit. Terl riß die Anlage heraus und schaltete sie ab.

Und ... wie stand's denn mit Bildaufzeichnungsgeräten?

Irgendwohin mußte das Ding ja weitergesendet haben. Also ... Im Umkreis von ein- oder zweihundert Metern ... Er ging ins Büro zurück, holte ein Funkgerät und ließ es auf verschiedenen Frequenzen Sendeimpulse ausstrahlen. Es dauerte nicht lange, bis der Recorder darauf ansprach. Direkt hinter der Eingangstür zur Fahrzeughalle hatten sie ihn aufgebaut. Da, wo jeder ganz beiläufig rein und raus konnte, um die Bänder auszuwechseln. Wirklich, das Menschending war zu dämlich!

Er schaltete auch den Recorder aus und trug ihn weg. Vielleicht waren irgendwo noch andere aufgestellt, aber was machte das schon? Es gab keine Lausch- und Beobachtungsgeräte mehr, die ihnen irgendwas liefern konnten. Die Recorder waren blind und taub.

Zufrieden kehrte er ins Büro zurück, verriegelte es und ließ noch einmal das Prüfgerät kreisen. Köstliche Stille. Kein Warnlämpchen blinkte. Herrlich. Endlich die Atmosphäre, in der Geheimnisse gedeihen konnten!

Er zog Hosen und Schuhe an, öffnete eine Kerbangoflasche, ließ sich in den Sessel fallen und schwelgte in Wohlgefühl.

Er saß wieder an den Hebeln der Macht. Und er war auf dem Weg nach Hause, zu Reichtum und noch mehr Macht. Und diesmal würde er dem Menschending eine Falle aufbauen, von der es mit tödlicher Sicherheit aufgefressen würde, wenn es auch nur in ihre Nähe kam.

Nach fast einer Stunde fand er, nun wäre es wohl Zeit, an die Arbeit zu gehen.

Aber zunächst mal das Wichtigste. Er mußte genau berechnen, wieviel Zeit ihm blieb, um seine Aufgabe zu bewältigen. Und dann würde er daran gehen, eine Waffe zu konstruieren, so unvorstellbar todbringend, daß die Company sie nie anwandte, es sei denn im äußersten Notfall, wenn es darum ging, einen Planeten zu zerstören. Nach seiner Abreise würde die Erde nur noch ein Schmutzfleck im All sein.

Er ging zu den Verschlußfächern und klappte einen doppelten Boden auf.

3

Seit er zum afrikanischen Rohstoffcamp zurückgekehrt war, hatte Jonnie abends Schwierigkeiten einzuschlafen. Er rollte und wälzte sich im viel zu großen Psychlo-Bett herum. Er litt unter der feucht-schwülen Hitze in dem unterirdischen Raum, in dem es stand. Immer wieder ging er die Einzelheiten der Ereignisse durch, die gerade erst hinter ihm lagen, hielt sich vor, daß er diesen oder jenen Fehler begangen hatte, und machte sich klar, wie es eigentlich hätte laufen müssen. Natürlich, sie waren hinter einer ganz bestimmten Information her, und sie brauchten sie unbedingt, aber das Leben eines Jungen schien ihm doch ein zu hoher Preis dafür zu sein.

Sir Robert war nicht hier. Er hielt sich noch in Schottland auf und kümmerte sich um den Aufbau einer Rundum-Luftverteidigung für Edinburgh. Auch MacKendrick war nicht hier. Er war nach Hause gereist, um den Umzug seines unterirdischen Hospitals zu überwachen, da jetzt andere geeignete Gebäude zur Verfügung standen. Und er wollte sich auch ganz allgemein ein Bild davon machen, wie denn sein Assistent mit allem zurechtkäme. Colonel Iwan hielt sich in Rußland auf.

Stormalong wurde hier in Afrika zurückgehalten, denn sie hatten Sorge, man werde ihn dafür büßen lassen, daß er Jonnie bei dessen letztem Unternehmen sozusagen seine Identität überlassen und ihm sogar seine Fliegermontur geliehen hatte. Der Norweger kam sich ohne die gewohnte Ausbildungstätigkeit ein wenig verloren vor und beschäftigte sich mit einer umfassenden Inventur der »fliegerischen Hardware« (was nichts anderes war als eine Umschreibung des Wortes »Flugkörper«; er mußte den Ausdruck irgendwo aufgeschnappt oder vielleicht selber erfunden haben).

Stormalongs Bemühungen war es zu verdanken, daß Jonnie allmählich eine Ahnung von der wahren Bedeutung dieser afrikanischen Basis bekam. Die Psychlos hatten von hier aus kaum Roherztransporte vorgenommen; die Wolframerze waren an Ort und Stelle geröstet und reduziert worden. Daher gab es auch keine Transport-Flugkörper mit großer Ladekapazität, wie man sie für die Roherz-Verschiffung gebraucht hätte. Damit hing es wohl auch zusammen, daß man alles, was an Antriebsenergie und Atemgas gebraucht wurde, auf dem Landweg aus der Außenstation im Ituri-Regenwald hergeschafft hatte. Aber hier in der afrikanischen Zentralstation gab es erstaunlich viele andere Flugkörper, und das brachte Stormalong zu der Schlußfolgerung, daß das Rohstoffcamp zugleich eine bedeutende Rolle in der Verteidigungsplanung der Psychlos gespielt haben mußte. Aus einem alten Psychlo-Instruktionstext hatte er erfahren, daß die afrikanische Basis offensichtlich die Funktion hatte, im Falle eines

Angriffs gegen die Zentrale bei Denver alle erforderlichen Maßnahmen für einen überraschenden Gegenangriff zu ergreifen. Und genau das hatten die Psychlos ja auch vorgehabt, als sie durch die Überraschungsaktion unter Jonnies Führung vernichtend geschlagen wurden.

Es faszinierte Stormalong, verschiedene Typen fliegerischer Hardware zu finden, die er nie zuvor gesehen hatte und die auch in den gängigen Handbüchern der Psychlos nicht aufgeführt waren. Es handelte sich nicht einfach um Kampfflugkörper, wie er sie kannte. Vielmehr waren es Maschinen mit doppeltem Zweck, die man für die Durchführung von Spezialaufgaben hergebracht und später, anscheinend nach Erledigung dieser Aufträge, einfach in den hintersten Winkel der Hangars geschoben und dort vergessen hatte. Das war ein für die Company typisches Verfahren: Die Rückholung nach Psychlo hätte sich zu schwierig gestaltet oder wäre zu kostspielig gewesen.

Die Logbücher lagen noch in den Maschinen, und man konnte daraus folgende Informationen entnehmen: Diese Spezialflugkörper waren dazu eingesetzt worden, in beträchtlicher Menge irgendwelche Materialien zu bergen, die in einer Umlaufbahn um den Planeten Erde kreisten. Eine solche Situation fanden die Psychlos ganz ungewöhnlich. Aber offensichtlich enthielten die im freien Raum kreisenden Objekte Metalle von unschätzbarem Wert, Mineralien, die man andernorts kaum finden konnte. Und so hatte sich die Company zu dem ungewöhnlichen Schritt entschlossen, einige Spezialmaschinen auf die Erde zu schicken.

Jeder normale Flugkörper konnte ohne besondere Schwierigkeiten zum Mond und zurück fliegen, vorausgesetzt, daß alle Türen verläßlich abgedichtet waren. Das hing mit den Teleportationsmotoren zusammen, die von keinerlei aerodynamischen Bedingungen abhängig waren. Aber normale Flugkörper waren eben nicht für die Rohstoffgewinnung im All ausgerüstet. Während des Fluges in einem Vakuum war es nicht ohne weiteres möglich, Gegenstände irgendwelcher Art aus einem Flugkörper abzusetzen oder frei im Raum schwebende Gegenstände an Bord zu nehmen. In einer Fabrik auf Psychlo oder auf einem von den Psychlos kontrollierten Planeten waren schwere, gepanzerte Truppentransporter umgerüstet worden. Man hatte sie mit Atemgasschleusen und ferngelenkten Greifarmen ausgestattet. Die Spezialflugkörper setzten sich längsseits georteter Objekte, packten sie mit den Greifern und sammelten sie ein. Ein paar Überreste von solchen aus dem freien Raum geborgenen Objekten hingen immer noch in den Greifarmen der Spezialmaschinen – Teile, die abgebrochen waren, zum Beispiel eine kleine Platte mit der Aufschrift »NASA«. Stormalong suchte in alten irdischen Verzeichnissen nach der Bedeutung, konnte aber das Wort nicht finden. Das deutete seiner Meinung nach darauf hin, daß es sich um irgend etwas handeln mußte, was in früheren Zeiten nur von eng begrenztem lokalen Interesse gewesen war.

Jonnie sah sich die alten Kisten unschlüssig an. Der Zustand der Abdichtungen an den Türen war nicht mehr der allerbeste. Allerdings, und das sagte er auch, konnte man kaum erwarten, daß eine Abdichtung noch nach elfhundert Jahren luftdicht abschließt. Die Scharniere und alle beweglichen Elemente, insbesondere auch in den Greifarmen, waren zu starr und steif geworden, um noch ordentlich zu funktionieren. Im Innern der Flugkörper fanden sie sogar ein paar Spinnweben. Die Spinnen hatten sich seit unzähligen Generationen von einer bestimmten Art Insekten ernährt, und diesen wiederum war die Innenpolsterung ein willkommener Futterplatz gewesen. Die alten Dinger waren in erbärmlichem Zustand. Tja, wenn sie einen Flugkörper mit besonders starker Bewaffnung gefunden hätten ... Dafür hätte Jonnie sich erheblich mehr interessiert.

Aber Stormalong gab nicht auf. Er hatte ein paar frischausgebildete, unbeschäftigte Mechaniker an der Hand, dazu drei Männer aus der Pilotenreserve, und Werkstätten gab es auch. So dauerte es nicht lange, und er hatte diese Oldtimer wieder einsatzbereit gemacht. Er malte sogar auf jede Seite der Pilotenkanzel eine brennende Fackel, die, wie er sagte, ein Symbol der Freiheit sei. Stormalong hatte künstlerisches Geschick, das mußte Jonnie zugeben. Insgeheim hoffte er allerdings, dieses Symbol werde kein böses Vorzeichen dafür sein, daß die Dinger eines Tages als flammende Fackeln vom Himmel fielen.

Stormalong war enttäuscht, weil die erwartete Begeisterung ausblieb. Und so fragte er ein wenig herausfordernd: »Haben Sie vielleicht irgendwas anderes, womit Sie aufsteigen und den Burschen einen Besuch abstatten können, die da in sechshundertfünfzig Kilometer Höhe ihre Runden drehen?«

Seit ein paar Tagen waren es vier hell glänzende Flugobjekte, die sich auf einer Umlaufbahn um die Erde aufhielten. Zuerst war es eines gewesen, dann zwei – und jetzt vier.

»Den Burschen einen Besuch abstatten?« fragte Jonnie entgeistert zurück. »Der alte Kasten hier hat nicht mal mehr Kanonen!«

»Die haben wir wieder eingebaut«, sagte Stormalong. »All die Bildschirme und Instrumente arbeiten jetzt wieder. Es gibt ja genug Ersatzteile.«

»Sie sollten die Mühle erst mal im Flug testen«, riet Jonnie. »Aber nehmen Sie vorsichtshalber einen Düsentornister mit.«

»Hab ich gestern gemacht«, ließ ihn Stormalong wissen. »Das Armaturenbrett ist ein bißchen altmodisch, aber das Ding fliegt großartig.«

»Na schön, aber steigen Sie bloß nicht zu diesen Flugobjekten auf!« schärfte Jonnie ihm ein.

»Nein, das hab ich nicht gemacht«, beruhigte ihn Stormalong. Und ganz beiläufig fügte er hinzu: »Ich hab nur ein paar Fotos geschossen.«

Er hatte sie dabei. Eines der Objekte war ein großer Raumgleiter, dessen Kommandobrücke die Form eines Rhombus hatte; eine fliegende Festung, wie man an den unzähligen Waffenmündungen erkennen konnte. Ein anderes war ein Zylinder, an dessen flachem Bug das Kontrollzentrum saß. Das dritte Objekt sah wie ein fünfzackiger Stern aus, wobei die Spitze des Zackens jeweils mit einer Art Kanone bestückt war. Und das vierte war ein kugelförmiges, von einem Ring umgebenes Objekt.

»He!« machte Jonnie, »dieses vierte hier, das entspricht doch der Beschreibung, die Sie mir von dem Flugkörper des kleinen grauen Mannes gegeben haben. Sie wissen schon, dieses Flugobjekt, in das Sie hineingerast sind, ohne mit ihm zusammenzuprallen.«

Stormalong nickte. »Stimmt genau. Wir werden also überwacht.«

Jonnie hatte das schon lange gewußt. Und an dieser Überwachungsaktion war nicht nur ein potentieller Gegner beteiligt. Niemand besaß ein Monopol auf solche Unternehmungen.

Sie hatten ihre eigenen Drohnen und deren Kontrollzentrum nach Cornwall verlegt, und von dort wurden bereits die Aufklärungsergebnisse hierher übermittelt. Zwölf Drohnen drehten langsam und stetig ihre Kreise rund um den Globus. Alle paar Stunden überflog eine das Camp in Amerika. Sie lieferten auch Meldungen über die Objekte auf der Umlaufbahn. Allerdings waren die Aufklärungsergebnisse in dieser Richtung nicht von der gewohnten erstklassigen Qualität, weil die Ausrüstung der Drohnen mehr für eine Bodenbeobachtung geeignet war. Nein, keinem der potentiellen Gegner da oben gehörte der Luftraum allein. Die Menschen mischten mit. Und auch die Boden-Luft-Abwehr befand sich in Alarmbereitschaft. Es war allerdings, wie Jonnie nur zu gut wußte, eine minimale Abwehr.

Und an diesem Abend konnte er dann erst recht nicht einschlafen. Dunneldeen war überfällig mit den ersten Aufzeichnungen von Terls Aktivitäten. Jonnie wußte nicht einmal, ob sie überhaupt Aufzeichnungen darüber erhalten würden. Ein Funkgespräch über dieses Projekt kam natürlich nicht in Frage. Er tappte im dunkeln.

Schließlich stand er auf und ging ruhelos im Zimmer umher. Dann trieb es ihn nach draußen. Außerhalb des Gebäudes war es feuchtwarm, schwül. Irgendwo unten am See brüllte ein Löwe. Der Himmel war wolkenverhangen. Auf einmal überkam ihn das Verlangen nach kühler Luft und nach einem Blick auf die Sterne.

Es gab ein paar startklare Kampfflugkörper, die ständig für Alarmstarts bereitgehalten wurden. Aber die konnte er nicht benutzen, sie gehörten zum Einsatzmaterial, falls es notwendig wurde, das Rohstoffcamp zu verteidigen. Einer von diesen Oldtimern, die Stormalong wieder in Schuß gebracht hatte, stand gar nicht weit entfernt, mattgrün im Widerschein der Campbeleuchtung. Jonnie mußte irgend etwas tun, statt nur herumzuhocken und alle möglichen Gedanken auszubrüten. Einem raschen Impuls folgend, ging er hinein zum wachhabenden Offizier, teilte ihm mit, was er vorhatte, und nahm sich eine Atemmaske und eine Fliegerkombination.

Es stimmte wirklich, das Armaturenbrett war ein bißchen altmodisch. Die Funktionsknöpfe für Aufstieg und Flugstabilisierung sahen größer aus als in den anderen Flugkörpern und saßen an einer anderen Stelle. Man hatte die Auslöseschalter für die Waffen an die Seite verlegt, um so Platz zu schaffen für die Instrumente, mit denen der Einsatz der Greifarme gesteuert wurde. Aber ... sei's drum. Er legte einen Düsentornister an, gurtete sich fest, schloß alle Fenster luftdicht ab und startete den alten Kasten himmelwärts.

Er brach durch die Wolkendecke, und da waren die Sterne. Fliegen versetzte ihn immer in einen Rausch. Seit jenem Tage, an dem er den Zauber der Losgelöstheit zum ersten Mal erlebt hatte, war dieses erregende Hochgefühl für ihn immer lebendig geblieben. Der schwarze, sternenbesäte Himmel ... die halbe Sichel des Mondes ... schneebedeckte Gipfel, deren weiße Hauben sich durch die Wolkendecke schoben, ganz so, als wollten auch sie dem nächtlichen Himmel näher sein ... Jonnie spürte, wie die innere Spannung sich langsam löste.

Er genoß den Flug in vollen Zügen. Und eins stand fest: Hier oben war es erfrischend kühl.

Gewohnheitsmäßig ließ er den Blick über die Anzeigetafeln gleiten. Ein paar Radarzeichen! Er überprüfte es visuell auf den

Bildschirmen und hatte eigentlich erwartet, vier Flugobjekte auf einer Umlaufbahn zu sehen. Aber – nein, es waren *fünf*. Ein neues Flugobjekt näherte sich den vier anderen, die alle heller und klarer als die Sterne auszumachen waren. Ihre Umlaufbahn mußte etwa sechshundertfünfzig Kilometer über der Erde liegen.

Hochfliegen und sich auf kürzeste Distanz annähern, das wäre wahrhaftig das letzte gewesen, was er tun wollte. Unbekannte Flugobjekte dort oben ... Und er steuerte einen Flugkörper, mit dem sie erst wenig Erfahrung besaßen. Niemand, der ihn unterstützen konnte. Nein, auch wenn dieser alte Kasten die ganze Strecke bis zum Mond und zurück fliegen konnte ... Jonnie hatte durchaus keinen Bedarf an zusätzlichen Zwischenfällen, gerade jetzt nicht.

Aber vielleicht konnte er ein paar bessere Aufnahmen machen. Stormalongs Fotos, bei Tage aufgenommen, waren durch Ultraviolettstrahlung getrübt. Er zog seinen Flugkörper hoch auf etwa dreihundertzwanzig Kilometer, also erheblich dichter an die unbekannten Flugobjekte heran. Seine Aufmerksamkeit galt jetzt hauptsächlich den Recordern, die er für die Aufnahmen vorbereiten mußte.

Da plötzlich ... was war denn das? Ein Lichtblitz vom fünften, dem neu hinzugekommenen Raumschiff? Ja, eindeutig. Und noch ein Lichtblitz ... Schossen die etwa auf ihn?

Schon in Bereitschaft für ein rasches Ausweichmanöver, sah er plötzlich ein wildes Lichtblitzgewitter. Eines der vier Flugobjekte, die schon längere Zeit hier oben kreisten, spuckte die Blitze aus. Und auf dem fünften Flugobjekt sprühten die Funken. He! Das fünfte Raumschiff schoß auf eines der vier, die schon vorher dagewesen waren, und das erwiderte das Feuer!

Hastig trommelte er auf den alten Funktionsknöpfen herum und verringerte den Abstand zu den Flugobjekten auf etwa zweihundertvierzig Kilometer. Er war so intensiv damit beschäftigt, die Recorder einzustellen, daß er gar nicht merkte, wie sein Flugkörper weiter drauflos sauste. Mit voller Kraft, weit über Schallgeschwindigkeit, schoß er auf die Raumschiffe zu.

Kaum zu glauben! Zwei dieser fremden Flugobjekte lagen miteinander im Feuergefecht. Die Strahlenwaffen malten blaugrüne und rote Feuerlinien an den schwarzen Himmel. Orangefarbene Flammenbälle zeigten die Treffer an.

Plötzlich wurde ihm bewußt, daß die Raumschiffe auf seinen Bildschirmen schon verdammt groß erschienen. Eine Digitalanzeige mit Psychlo-Ziffern flatterte in dem Tempo mit, in dem die Distanz sich verringerte. Nur noch hundertzwanzig Kilometer!

Einen Augenblick, bevor er den Funktionsknopf für eine Alarm-Wende rückwärts und Blitz-Rückflug zur Erde drückte, brach das Feuergefecht urplötzlich ab.

Jonnie ließ die alte Mühle mit voller Kraft absinken. Bloß weg hier! Mit diesem Kampf hatte er nichts zu tun. Er wußte ja nicht einmal, ob sein Flugkörper mit einsatzbereiten Waffen bestückt war.

Rund hundertfünfzig Kilometer über der Erdoberfläche verlangsamte er den Sturz, und erst bei achtzig Kilometer Höhe befand er sich wieder in horizontaler Flugrichtung.

Er schaute zurück. Dort wurde jetzt nicht mehr geschossen. Die Raumschiffe lagen ruhig auf ihrer Umlaufbahn. Das fünfte Flugobjekt schien zu den anderen aufgeschlossen zu haben.

Jonnie schüttelte über sich selber den Kopf. Das war nun wirklich nicht der geeignete Augenblick, um leichtsinnig irgendwelche Dummheiten zu begehen. Er hatte so ziemlich genau das getan, wovor er Stormalong eindringlich gewarnt hatte. Er war den Fremden aus dem Weltall zu nahe auf die Pelle gerückt.

Der Oldtimer, den er flog, hatte sich von der Luftreibung stark aufgeheizt. Na schön, der alte Kasten konnte das vertragen, er war dafür konstruiert. Er selbst jedoch war aufgestiegen, weil er sich nach kühler Frische sehnte. Und nun dampfte das Cockpit vor Hitze! Wenn er tatsächlich vorgehabt hätte, bis nach dort oben aufzusteigen, hätte er einen normalen Kampfflugkörper benutzt, sorgfältig die Abdichtungen an den Türen überprüft und sich vergewissert, daß die Waffen geladen und feuerbereit waren. Nein, Sir Robert wäre auf das, was Jonnie sich eben geleistet hatte, bestimmt nicht besonders stolz gewesen!

Ein weiteres Radarzeichen – ein Flugkörper unter ihm in ungefähr dreißigtausend Meter Höhe. Im Anflug aus Richtung Schottland? Oder gar auf der Polroute von Amerika gekommen?

Egal, wie heiß es im Cockpit war, er jagte hinunter, um das Flugobjekt abzufangen und zu identifizieren. Er schaltete das Funkgerät auf den Nahbereichskanal um, und als er gerade mit der Feinabstimmung fertig war, meldete sich schon jemand aus dem Flugkörper, dem Jonnie sich angenähert hatte.

»Wenn Sie versprechen, nicht auf mich zu schießen, heirate ich Ihre Tochter!« Es war Dunneldeen.

Jonnie lachte. Zum ersten Mal, seitdem er von Amerika zurückgekommen war, hatte ihn jemand zum Lachen gebracht.

Er zog den Oldtimer in eine Kurve und setzte sich hinter Dunneldeen. Der Schotte setzte mit donnernden Motoren zum Landeanflug auf das Rohstoffcamp an.

4

Der kleine graue Mann in seinem kleinen grauen Büro seufzte geduldig. Na ja, so geduldig nun auch wieder nicht. Mit seiner Magenverstimmung war es überhaupt nicht besser geworden. Und nun auch noch das!

Die Dinge waren auch so schon nervenzehrend genug. Es war durchaus nicht nötig, daß diese Kommißköpfe sich auch noch untereinander Feuergefechte lieferten. Aber – bitte, das waren militärische Angelegenheiten, sie hatten nichts mit politischen, ökonomischen oder strategischen Interessen zu tun, also gingen sie ihn notgedrungenermaßen nichts an. Er war lediglich Zuschauer.

Jetzt hatte er vier Gesichter auf den Bildschirmen, auf jedem eins. Wenn es so weiterging, mußte er den Nachrichtenoffizier bitten, noch ein paar Bildschirme aus dem Lagerraum zu holen und sie auf einem Gestell aufzubauen. Keine erfreuliche Aussicht, sich das Büro so vollzustopfen.

Das Gesicht des tolnepschen Semi-Kapitäns sah ziemlich ärgerlich aus. Er drehte aufgeregt an seinen Sichtverstärkungsgläsern. »Es interessiert mich absolut nicht, ob Sie überrascht waren, mich hier zu sehen. Mir ist nichts über einen Kriegszustand zwischen unseren beiden Nationen bekannt.«

Das Gesicht des Hawvins hatte sich in helles Violett verfärbt, was bei einem Hawvin ein untrügliches Zeichen für äußerste Gereiztheit war. Der viereckige Helm hatte sich so tief auf den ovalen Kopf gedrückt, daß die Antennenohren verbogen waren. Der zahnlose, aber mit messerscharfem Zahnfleisch versehene Mund verzerrte sich, als ob er im nächsten Augenblick zuschnappen wollte. »Woher wollen Sie denn wissen, wer gegen wen Krieg führt und ob Sie nicht vielleicht doch beteiligt sind? Es muß mindestens fünf Monate her sein, seit Sie zum letzten Mal Kontakt mit einer Ihrer Basisstationen hatten!«

Der Super-Leutnant der Hockner, der das sternförmige Raumschiff befehligte, sah – in all der vielen Goldlitze und wohl auch wegen seines Monokels – ein wenig hochmütig aus. Im übrigen hatte er dem langen, nasenlosen Gesicht jenen Ausdruck verliehen, den man im Duraleb-System für eine verächtliche Miene hielt.

Der Bolbod ... nun, er war einfach abgrundhäßlich wie alle Bolbods. Massiger sogar noch als ein Psychlo und irgendwie unförmig. Man fragte sich, wie sie eigentlich irgend etwas mit ihren stets zur Faust zusammengepreßten »Händen« tun wollten. Auf den groben Pullover war ein hoher, steifer Stehkragen aufgesetzt, der beinahe gegen den riesigen Mützenschirm stieß. Rangabzeichen trugen die Bolbods nicht, das hielten sie für unter ihrer Würde. Aber der kleine graue Mann wußte, daß es sich um den Kommandanten des zylinderförmigen Raumschiffs handelte, den Rottenchef Poundon – einen bolbodschen Militär, nach dessen Meinung der Rest des Universums nur mit kraftlosen, degenerierten Wesen erfüllt war.

Der Tolnep schnappte nach Luft. »Na schön, sind unsere Spezies nun im Kriegszustand oder nicht?«

Der Hawvin sagte: »Darüber habe ich weder eine bestätigende noch eine verneinende Information. Aber das bedeutet ja nicht, daß sie *nicht* im Krieg miteinander liegen. Es wäre nicht das erste Mal, daß ein Raumschiff der Hawvins sich friedlich auf den Posten begibt und plötzlich von einem hinterlistigen Tolnep mit einer Breitseite belegt wird.«

Der Tolnep wandte sich spontan an den kleinen grauen Mann. »Euer Exzellenz, wissen Sie etwas darüber, ob die Tolneps und die Hawvins sich im Kriegszustand befinden?«

Es handelte sich um eine militärische Angelegenheit, aber politische Interessen konnten berührt sein. »Das Kurierschiff, das kürzlich hier bei mir war, hat nichts dergleichen erwähnt«, sagte der kleine graue Mann, und der Überdruß an all diesen Querelen war deutlich herauszuhören. Ob vielleicht eines der Mannschaftsmitglieder irgendein anderes Mittel gegen Magenverstimmung dabeihatte? Nein, wahrscheinlich nicht. »Mello-Gest« war das einzige, was heutzutage verkauft wurde. Aber er wünschte sich wirklich, die Kerle würden endlich mit ihren Streitereien aufhören.

»Na sehen Sie!« zischte der tolnepsche Semi-Kapitän. »Es gibt gar keinen Krieg. Und trotzdem kommen Sie hier angedampft und greifen mich grundlos an und verbiegen mir die Panzerplatten und ...«

»Habe ich Ihnen tatsächlich die Panzerplatten verbogen?« fragte der Hawvin mit jähem Interesse.

»Hören Sie doch mal! Hören Sie doch mal alle beide zu!« mischte sich der Super-Leutnant der Hockner ein. »Sie sind überhaupt nicht bei der Sache! Hier ist eben ein fremder Abfang-Flugkörper rumgekurvt! Wenn Sie sich irgendwohin in ein stilles Eckchen im Weltraum verziehen und sich gegenseitig in Grund und Boden schießen wollen, dann ist das Ihre Sache. Was mich interessiert: Was war das für ein Abfang-Flugkörper? Und wer saß drin?«

»Kann ja nur 'n Psychlo gewesen sein«, schnaubte der Bolbod vor sich hin.

»So schlau bin ich auch, alter Freund«, sagte der Hockner und klemmte sich das Monokel fester ein. »Aber ich habe das bereits überprüft und festgestellt, daß ein solches Objekt in der Liste der militärischen Flugkörper der Psychlos nicht aufgeführt ist.« Er hielt das Verzeichnis so dicht vor die Kamera, daß sie alle den Titel lesen konnten: »Bekannte Modelle der Psychlo-Kriegs-Flugkörper«. Es war natürlich ein in Psychlo geschriebenes Buch. Sie konnten alle Psychlo; die ganze Verständigung untereinander geschah in Psychlo, denn die Muttersprachen der anderen Spezies beherrschten sie nicht. »Hier drin ist der Flugkörper nicht zu finden.«

Der Hawvin war froh, daß sie endlich das Thema wechselten. So überrascht er auch im ersten Augenblick gewesen war, ein Raumschiff der Tolneps hier anzutreffen, war es ihm doch nachträglich etwas peinlich, daß er es derart spontan angegriffen hatte. »Ich habe noch nie einen Flugkörper wie diesen gesehen.«

Der Bolbod dachte praktisch. »Wieso hat er eigentlich genau in dem Augenblick abgedreht, als ihr das Feuer eingestellt habt?«

Sie rätselten eine Weile an dieser Frage herum. Dann rückte der Hockner das Monokel zurecht und sagte: »Ich glaube, ich weiß, warum. Er hatte wohl angenommen, daß wir ihn wegen des Feuergefechts gar nicht bemerkt hätten. Und er hatte vermutlich damit gerechnet, daß einige von uns bei dem Kampf ganz schön Federn lassen müßten und er mit dem, was übrigbleibt, leicht aufräumen könnte.«

Wieder etwas, worüber sie eine Weile zu reden hatten. Der kleine graue Mann hörte sich ihre militärischen Fachsimpeleien höflich an. Ihn ging das im Grunde nichts an. Schließlich kamen sie zu dem Ergebnis, daß es wohl so gewesen sei, wie der Hockner vermutet hatte. Der Abfang-Flugkörper hatte sich mit der Absicht rangemogelt, Nutznießer ihrer bewaffneten Auseinandersetzung zu werden und, sobald sie alle ein bißchen was abgekriegt hatten, den Rest zu erledigen.

»Scheint so, als wären die Burschen ziemlich clever«, meinte der Hockner. »Vielleicht lauern hier irgendwo in der Nähe noch andere Abfang-Flugkörper.«

»Den Kerl, der vorhin da war, den hätte ich doch mit einem

Schnapper erledigen können!« trauerte der Hawvin der verpaßten Gelegenheit nach.

»Ein Schlag von mir, und von dem Burschen wäre nur noch ein Haufen Trümmer übriggeblieben!« grollte der Bolbod vor sich hin. »Wenn die Kerle was könnten, wären sie schon vor ein paar Tagen hier oben erschienen und hätten uns fertiggemacht. Ich glaub nicht, daß das Psychlos sind. Und von irgendeiner Spezies, die als Kennzeichen eine Fackel hat, hab ich noch nie was gehört. Also, ich glaub, daß die ziemlich schwach auf der Brust sind. Ich frag mich, warum wir nicht einfach runtergehen und ihnen den Garaus machen. Und zwar gemeinsam, als gemischter Verband!«

Das mit dem gemischten Verband war eine völlig neue Idee. Die drei anderen hatten die Bolbods immer für dumm und stark gehalten, aber jetzt lag in ihren nachdenklichen Blicken so etwas wie aufkommende Hochachtung.

»Wenn's die Psychlos wären ...«, meinte der Hockner, »also, gegen die wirklich was auszurichten, das hat noch keiner von uns fertiggebracht. Aber es sieht nicht so aus, als hätten wir's mit Psychlos zu tun. Der Flugkörper ist ganz anders. Und das Kennzeichen ... völlig unbekannt. Also, ich denk mir, da mal kurz als gemischter Verband runterzustoßen, das wär doch nicht mehr als ein Nachmittagsspaziergang.«

»Wir machen sie fertig und teilen uns die Beute«, sagte der Tolnep.

Jetzt geriet die Sache auf die politische Ebene, weshalb der kleine graue Mann zu bedenken gab: »Und was ist, wenn es sich um den *einen* handelt?«

Um das herauszufinden, waren sie ja hier. Sie ließen sich den Einwand durch den Kopf gehen und faßten schließlich einstimmig folgenden Beschluß: Auf jeden Fall würden sie als gemischter Verband operieren. Jeder, der noch dazustieß, sollte ihnen willkommen sein. Zunächst wollten sie allerdings die Rückkehr des Kurierschiffes abwarten, das der kleine graue Mann losgeschickt hatte, auch auf die Gefahr hin, daß darüber ein paar Monate vergehen konnten. Brachte er die Nachricht mit, daß der *eine* woanders gefunden worden war, dann würde der gemischte Verband seinen Angriff starten, runtergehen und aus dem Planeten Kleinholz machen und – als Entschädigung für die verlorene Zeit – die gesamte Beute unter den Angreifern aufteilen. Über den Schlüssel für diese Aufteilung trafen sie vorläufig keine Vereinbarung, denn jeder hatte seine eigenen Vorstellungen, was alles passieren könnte, wenn es erst soweit war. Der Plan fand allseits Zustimmung.

»Und wenn sich nun in der Zwischenzeit irgend etwas ereignet, was als Beweis dafür gelten könnte, daß es sich eben doch um den *einen* handelt?« fragte der kleine graue Mann. Gewalt, immer nur Gewalt! Diese Kommißköpfe konnten an nichts anderes denken als immer nur an Gewalt und Tod!

Tja, in diesem Fall, meinten die anderen, würde es sich quasi um eine politische Angelegenheit handeln, und dann müßte man halt mal sehen ... Doch selbst wenn es der *eine* wäre, sollte er wahrscheinlich kurz und klein geschlagen werden, so daß sie ihre Pläne voraussichtlich gar nicht ändern mußten.

Es war das erste Mal, daß der kleine graue Mann erlebte, wie sich unabhängige Raumschiffkommandanten unterschiedlicher Spezies, die sonst aus alter Gewohnheit untereinander spinnefeind waren, auf ein gemeinsames Vorhaben einigten. Doch es handelte sich auch um höchst ungewöhnliche Zeiten.

Als die anderen ihre Bildschirme abgeschaltet hatten, langte der kleine graue Mann nach einer neuen Mello-Gest-Pille, um endlich mit seiner Magenverstimmung aufzuräumen. Doch dann warf er sie wieder in das Fläschchen zurück.

Er nahm sich vor, runterzugehen und noch einmal diese alte Frau zu besuchen. Vielleicht hatte sie ja ein *Gegenmittel* für Kräutertee.

5

Im mattgrünen Widerschein der Bildwiedergabegeräte steckten sie die Köpfe zusammen. Sie befanden sich in einem kleinen ehemaligen Lagerraum im untersten Stockwerk des afrikanischen Rohstoffcamps. Jonnie konnte sich zum ersten Mal mit eigenen Augen davon überzeugen, daß die Arbeit, die sie drüben in Amerika geleistet hatten, Früchte trug.

Ein beachtlicher Stapel Bänder lag vor ihnen, die Ausbeute aus zehn Tagen. Dunneldeen hatte ihnen erklärt, warum er nicht früher gekommen war: Viele Piloten hatten für die Abschlußprüfung noch einmal zeigen müssen, was sie konnten, und wenn er ausgerechnet in diesem Augenblick Amerika verlassen hätte, wäre das ziemlich verdächtig gewesen. Er hatte auch gleich vierzehn frischgebackene Piloten mitgebracht; Jonnie und Stormalong konnten ihnen hier in Afrika den letzten Schliff geben. Es waren lauter prächtige Burschen, Schweden und Deutsche. Ker war übrigens mit Volldampf dabei, Maschinisten und Fahrer auszubilden. Offenbar meldete jeder Stamm dringenden Bedarf an Planierraupen und Gabelstaplern an – und auch an Tiefladern, die man für den Busverkehr umfunktionieren wollte. Brown Limper verkaufte den Stämmen alles, was nicht niet- und nagelfest war, einschließlich Gerät von Außenstationen, die in ihrem eigenen Land lagen. Jedenfalls brauchten sie überall Maschinisten und Fahrer. Riesige Erztransporter flogen das Gerät rund um den Erdball, und dafür benötigten sie dringend neue Piloten. Ach ja ... und Angus war mit Dunneldeen zurückgekommen. Er konnte es einfach nicht mehr ertragen, dauernd diesen Lars Thorenson vor der Nase zu haben und ihn nicht kurzerhand umlegen zu dürfen.

Tja, und dann noch diese Geschichte mit der Seite *eins* ...

Jonnie ließ die Bänder ablaufen, zuerst die Aufnahmen davon, wie Terl wieder in sein altes Büro eingezogen war. Die Einzelheiten interessierten ihn nicht. Es genügte zu wissen, daß jene kritische Stunde, die Angus und Ker dort noch zugebracht hatten, sehr nützlich gewesen war. Zweiunddreißig falsche Wanzen hatten sie versteckt – und dazu noch Energiequellen und Recorder. Und da sahen sie Terl in voller Lebensgröße, wie er die Dinger auf den Schreibtisch warf, felsenfest davon überzeugt, daß er nun gründlich aufgeräumt hätte. An einer Stelle des Bandes hielt Jonnie sekundenlang die Luft an: Es war der Augenblick, als Terl ein Funkgerät benutzte, um festzustellen, auf welcher Wellenlänge die Übertragung zu den Recordern stattfand. Doch dann atmetete er auf; sie hatten ja den Mehrkanal-Koppler vergraben und arbeiteten mit Bodenwellen.

Ein doppelter Boden in den Verschlußfächern! Damit hatte Jonnie nicht gerechnet, zumal sie so stabil aussahen. Und dann dieses riesige, dicke Buch, das Terl herausholte ... In der Breite maß es nahezu einen Meter, in der Höhe mehr als einen halben, und es war etwa zwanzig Zentimeter dick. Das Ganze auf unvorstellbar dünnem Papier gedruckt ... Das mußten Tausende von Seiten sein!

Jede Seite war in ungefähr vierzig Spalten eingeteilt. Ganz links, in der breitesten Rubrik, stand jeweils der Name eines Sternensystems. Darunter waren die Planeten aufgeführt, die zu dem System gehörten. In den Spalten rechts daneben waren alle Daten enthalten, die die Bewegung des Systems beschrieben, z.B. seine Geschwindigkeit und Richtung, die kreisförmige Verlagerung der Achse und das Drehmoment, sowie auch die Masse und Eigenschaften der Sonne (oder der Sonnen, falls es sich um ein Doppel- oder Dreigestirn handelte). Entsprechende Angaben folgten in den Spalten neben einem jeden Planeten des Systems, wie z. B. seine Masse, Rotationsperiode, atmosphärische Zusammensetzung, Oberflächentemperaturen usw., aber auch allgemeine Daten über die Spezies (falls es sich um einen bewohnten Planeten handelte), über die Koordinaten von Städten, Schätzungen über mineralische Vorkommen (in Symbolform) einschließlich der Wertangaben in Galaktischen Währungseinheiten und die genaue Lage von Gruben und Förderstätten.

Alle Geschwindigkeiten und Bewegungsrichtungen waren in Relation zum jeweiligen Nullpunkt des betreffenden Universums und in dreidimensionalen Kompaß-Koordinaten angegeben, wobei natürlich auch hier das übliche Elfer-Zahlensystem der Psychlos verwendet wurde, die Angaben also in Teilen oder Potenzen von elf erfolgten.

Terl hatte sich Tag um Tag mit diesem Buch beschäftigt, eine Seite nach der anderen aufgeschlagen und immer mit der Klaue eine bestimmte Spalte verfolgt. So hatte er sich durch das ganze Buch geblättert, und sie besaßen nun durch ihre Aufnahmen eine genaue Kopie. Sie hatten alle Seiten auf Band!

»Außer Seite eins«, sagte Dunneldeen. »Einige Angaben habe ich nicht verstanden, ich kenne die Abkürzungen nicht. Und dann diese winzig kleinen Zahlen! Aber das Problem lag darin, daß wir die Seite eins nicht hatten. Wir nahmen an, daß dort ein Verzeichnis der Abkürzungen und eine Legende für die Symbole abgedruckt wäre. Terl kennt die so genau, daß er gar nicht nachgeschlagen hat. Aber ... na, warten Sie mal, bis das letzte Band dran ist.«

Jonnie war ein wenig verwirrt. Er hatte gar nicht geahnt, daß es so viele bewohnte Systeme gab, von den Planeten ganz zu schweigen. Tausende und Abertausende. Allein sie zu zählen, würde viel Zeit kosten. Sechzehn Universen, und das waren nur die, an denen die Psychlos Interesse gezeigt hatten! Es mußte Jahrtausende gedauert haben, um diese Fülle an Wissen zusammenzutragen. Er studierte mit zusammengekniffenen Augen die Schriftzeichen. Er hätte schwören können, daß es die Chinko-Schrift war. Er löste sich einen Augenblick davon. »Einige Zeichen verstehe ich auch nicht«, gab er zu.

»Das sage ich ja! Das war auch ein Grund dafür, daß es so lange gedauert hat. Wir wollten nicht, daß Sie an all diesen Symbolen und Abkürzungen herumrätseln müssen. Darum haben wir noch ein bißchen Zeit zugegeben. Und es hat sich gelohnt. Schauen Sie sich mal das letzte Band an!«

Jonnie tat es. Terl hatte das Buch auf den Boden geworfen,

und dabei war zufällig der Deckel aufgeschlagen. Na also, da war sie ja, die Seite eins, mit allen Symbolen und Abkürzungen und ihrer Bedeutung!

»Nun haben wir sämtliche Positionsangaben aus sechzehn Universen«, sagte Jonnie. »Einschließlich der genauen Koordinaten für alle Teleportations-Terminals. Aber ... wonach hat er eigentlich gesucht?«

Terl hatte das Buch vor Wut auf den Boden geworfen, das war klar. Jonnie ließ das Band ein Stück weiterlaufen. Auf der Tonspur war nichts anderes zu hören als kräftige Flüche in deftigem Psychlo.

Die ganze Zeit über, zwei geschlagene Tage lang, hatte ein Stück Papier auf dem Schreibtisch gelegen, völlig weiß und leer. Und nun schrieb Terl – mit so viel Schwung, daß er fast den Stift dabei zerbrochen hätte – eine Zeitangabe darauf.

Jonnie ließ das Band ein Stück zurücklaufen und achtete genauer darauf, welcher Spalte Terls Klaue folgte. Nach dem Symbol, mit dem die Spalte gekennzeichnet war, handelte es sich um »Zeiten für Teleportations-Abfeuerungen von und nach Psychlo«. Und da wußte Jonnie, worum es ging: Terl versuchte, eine Zeit herauszufinden, in der er eine Teleportation vornehmen konnte, ohne Gefahr zu laufen, daß seine Abfeuerung mit der eines anderen Planeten kollidieren könne. Schon damals, als er am Maschinenpark der Psychlos ausgebildet worden war, hatte er festgestellt, daß die Psychlos immer genau dieselben Zeiten einhielten, offensichtlich jahrzehntelang. Wenn er sich ansah, was da alles auf Psychlo ankam und von dort abging, mußte auf dem Terminal Tag und Nacht Hochbetrieb herrschen. Überdies gewann er den Eindruck, daß auf jedem Planeten immer nur ein Terminal betrieben werden konnte. Anscheinend bestand sonst die Gefahr, daß die Abfeuerungsanlagen sich gegenseitig störten oder die Ladungen kollidierten. Die Mindestentfernung zwischen zwei Terminals betrug achtzigtausend Kilometer, und da der Planet Psychlo auch nur einen Durchmesser von etwa vierzigtausend Kilometern hatte, gab es auch dort nur einen Teleportations-Terminal.

Wenn Terl also vermeiden wollte, daß es zum Zusammenstoß mit einer irgendwoher ankommenden Erzladung oder mit einer von Psychlo aus erfolgenden Abfeuerung von metallischen Werkstoffen oder militärischer Ausrüstung kam, dann mußte er sehr sorgfältig nach einer noch nicht fest eingeplanten Zeit suchen.

Für die Teleportation von Roherz oder Material aller Art brauchte man nicht viel Zeit, das ging sehr schnell. Anders war es bei der Teleportation von Personal. Lebende Wesen brachen zusammen, wenn die Überwindung des Raumes zu schnell vor sich ging. Und Terl würde gewiß nicht seinen eigenen Hals in Gefahr bringen wollen.

Die Zeitangabe, die er so wütend und mit so viel Schwung aufs Papier gekritzelt hatte, lautete: »Tag 92«.

Er hatte keinen anderen Tag gefunden als diesen, und das bedeutete, daß er noch mehr als fünf Monate warten mußte. In all den Flüchen, die auf der Tonspur aufgezeichnet waren, hörte man ihn immer wieder etwas über »diesen verfluchten Planeten« murmeln. Die Unmengen Kerbango, die er anschließend in sich hineinschüttete, zeigten nur zu deutlich, wie ihn der Gedanke daran in Rage brachte.

Er war auf den halbjährlichen Abfeuerungstermin angewiesen, den der reguläre Teleportations-Zeitplan für den Planeten Erde vorsah. Er brauchte eine Weile, sich damit abzufinden, aber am nächsten Tag schien er die bittere Wahrheit geschluckt zu haben.

Jonnie hatte damit gerechnet, daß er nun auf den folgenden Bändern beobachten könne, wie Terl anfing, Berechnungen anzustellen und Entwürfe für die Teleportations-Kontrollkonsole zu zeichnen. Zu seiner Verblüffung kam es ganz anders.

Terl machte sich wieder an den Verschlußfächern zu schaffen und öffnete ein *hinter der Rückwand* verborgenes Geheimfach. Das Päckchen, das er herauszog, schien ziemlich schwer zu sein, denn er mußte mit beiden Pranken zupacken.

Er öffnete das Packpapier. Dann holte er eine Zange, die groß genug gewesen wäre, um einen mittleren Felsbrocken damit zu fassen. Er verstellte das Greifgewinde so, daß der Abstand zwischen den beiden Zangenbacken nur noch wenig mehr als einen halben Zentimeter betrug. Nach all diesen umständlichen Vorbereitungen langte er mit der Zange in das Paket hinein.

Zuerst konnte man gar nicht erkennen, was er herausholte. Dann fiel es ihm herunter und schlug schwer auf dem Boden auf. Terl fluchte so lästerlich, daß es einem in den Ohren weh tat.

Er langte mit der Zange hinunter und hob ein graues, erbsengroßes Etwas auf. Sekundenschnell huschte auf dem Bildwiedergabegerät die Stelle auf dem Fußboden vorbei, wo das Ding aufgeschlagen war. Jonnie hielt das Band an. Der Metallbelag des Fußbodens war tief eingebeult.

Es war gar nicht so einfach, den kleinen Gegenstand wieder zwischen die Zangenbacken zu bekommen, denn er lag ja nun in der Delle, die er geschlagen hatte. Irgendwie schaffte es Terl dann doch, hob das Ding hoch und legte es auf den Tisch. Jonnie stellte eine überschlägige Schätzung an. Er wußte ziemlich genau, wie stark Terl war. Der Kraftaufwand, den Terl betrieben hatte, ließ abzüglich der schweren Zange darauf schließen, daß dieses erbsengroße Stück Metall ... na, so über den Daumen gepeilt ... rund einen dreiviertel Zentner wiegen mußte, wenn nicht gar mehr.

Jonnie ging sofort ans Werk. Er rief Angus und bat ihn, den Analysator aufzubauen und so einzustellen, daß er die auf Band aufgezeichneten Daten über dieses Metall in ein Kurvenmerkmal umwandeln konnte. Er holte inzwischen das Analyse-Handbuch.

Drei Stunden war er anschließend damit beschäftigt, das Kurvenmerkmal, das der Analysator angezeigt hatte, im Handbuch zu finden. Vergeblich. Das Analyse-Handbuch enthielt weder das vollständige Kurvenmerkmal noch vernünftig zusammenpassende Teile davon. Sie hatten es demnach mit einem Metall zu tun, das die Psychlos besaßen, in ihren Verzeichnissen aber nicht aufführten.

Jonnie versuchte, nach Gewicht und Umfang anhand des Periodensystems der Elemente die Kernladungszahl abzuschätzen.

Die irdischen Tabellen waren dafür nicht zu gebrauchen. Das rätselhafte erbsengroße Ding fiel völlig aus dem Rahmen.

Er sah die Psychlo-Tabellen durch, die ganz anders aufgebaut waren und viel weiter reichten. Er fand zahlreiche Elemente mit entsprechend hoher oder sogar höherer Kernladungszahl, aber solange sie den Namen des Elements nicht wußten ... Und dann wurde ihm klar, daß das gesuchte Metall, wenn er es schon nicht im Analyse-Handbuch finden konnte, wahrscheinlich auch in der Tabelle nicht enthalten war.

»Ich wünschte, ich würde mich in diesen Dingen besser auskennen«, murmelte Jonnie vor sich hin.

»Aber – alter Junge!« sagte Dunneldeen. »Für mich sind Sie ein wahrer Hexenmeister. Ich versteh seit ungefähr zwei Stunden rein gar nichts mehr, ich weiß nicht mal, wonach Sie eigentlich suchen.«

Jonnie erklärte es ihm. »Es geht um die Kernladungszahl. Ein Atom, sagt man, besteht aus einem Kern mit Energiepartikeln, die zum Teil positiv geladen und zum Teil überhaupt nicht geladen sind. Die Anzahl der positiv geladenen Partikel nennt man die »Kernladungszahl« oder »Ordnungszahl« des betreffenden chemischen Elements; die positiv geladenen und die ungeladenen Partikel ergeben zusammen in etwa das Atomgewicht. Rund um den Kern kreisen negativ geladene Partikel, sogenannte Elektronen;

ring- oder schalenförmig angeordnet, könnte man sagen, obwohl es sich eigentlich mehr um Hüllen handelt. Jedenfalls, durch den Kern und die negativ geladenen Partikel drumherum ergeben sich die unterschiedlichen Elemente. Dementsprechend baut sich, ganz einfach gesagt, die Tabelle des periodischen Systems der Elemente auf.«

»Aber die Menschen ...«, fuhr er fort, »die Menschen haben damals ihre Tabelle auf der Grundlage von Sauerstoff und Kohlenstoff aufgebaut, vermutlich weil diese Elemente für den Menschen so wichtig sind, denn sein Organismus basiert auf ihnen. Aber der Stoffwechsel der Psychlos ist anders. Bei dem chemischen Verbrennungsvorgang, der in ihrem Körper stattfindet, um Energie zu gewinnen, werden andere Elemente eingesetzt. Daher ist auch die Tabelle der Psychlos anders aufgebaut. Dazu kommt, daß die Psychlos in allerhand verschiedenen Universen tätig sind und daß sie Metalle und Gase zur Verfügung hatten, von denen die früheren Wissenschaftler auf der Erde nie etwas gehört hatten. Sie haben auch den *Zwischenräumen* – und zwar sowohl dem zwischen Kern und Hülle, wie auch denen zwischen den einzelnen Teil-Hüllen – als variabler Größe keine Beachtung geschenkt. Sie haben also nicht erkannt, daß trotz gleichem Kern und gleichen Hüllen allein durch die Veränderung der Abstände etwas wesentlich anderes entstehen kann. Kapiert?«

»Ach du liebes Lottchen!« sagte Dunneldeen. »Jetzt stehe ich völlig im dunkeln!«

»Glauben Sie bloß nicht, daß das nur Ihnen so geht«, tröstete Jonnie ihn. »Ich kenne das Gefühl. Jedesmal, wenn ich mich mit diesen Dingen beschäftige, bringt mich das ganz durcheinander. Aber das, was uns wirklich interessiert, ist ja die Frage: Worauf will Terl hinaus? Das hat alles überhaupt nichts mit dem Grundgerüst für einen Teleportations-Terminal zu tun!«

Er sah sich andere Bänder mit späteren Aufzeichnungen an. Sie zeigten Terl, wie er mit Metallen arbeitete. Und das schien für ihn ähnlich einfach zu sein wie für einen Menschen der Umgang mit Papier.

Da scheuchte er zum Beispiel Lars los, ihm ein Stück Berylliumlegierung zu holen. Du liebe Zeit, die Ohren konnten einem platzen bei dem Gebrüll, das Terl ausstieß, als Lars zurückkam und nichts gefunden hatte! Das sei doch, verdammt und zugenäht, dieses Sch...zeug, das sie überall als Deckplatten an den Armaturenbrettern in den Fahrzeugen hätten, machte Terl ihm klar. Und er solle, zum Teufel nochmal, gefälligst runterlatschen in die Sch...fahrzeughallen, und zwar in die Sch...reparaturwerkstatt von diesem verdammten Zzt und ihm ein Sch...stück von diesem Sch...zeug holen, aber ein bißchen dalli!

Nach kurzer Zeit kam Lars angelaufen, man hörte ihn keuchen. Und tatsächlich, er brachte eine Platte Berylliumlegierung mit, die rumpelnd hin- und herschwenkte. Terl schmiß ihn raus und verriegelte die Tür.

Sie stellten rasch eine Metall-Analyse an, und diesmal hatte sogar Dunneldeen keine Schwierigkeiten damit. Es handelte sich bei diesem rauhen, unpolierten Metallstück um eine Legierung aus Beryllium, Kupfer und Nickel.

Die Bandaufnahme zeigte weiter, wie Terl mit Hilfe einer Metallschere saubere Schnitte auf dem Metallstück anbrachte, sodann sechs Seiten zu einer Kastenform hochbog und die Kanten mit Molekularbindung zusammenfügte. Dann stellte er ein paßgenaues Oberteil her - mit einem kleinen Knauf in der Mitte, so daß es leicht hochzuheben war. Auf diese Weise hatte er eine Art Metallschachtel gebastelt, und in den Boden schnitt er nun eine Öffnung. Die letzten Handgriffe bestanden darin, für das eben erst in den Boden des Kastens geschnittene Loch eine Abdeckplatte herzustellen; er versah sie mit Löchern, so daß man sie festschrauben konnte. Und während er noch arbeitete, begann er zu lachen, grölend und hämisch. Es war nicht schwer zu erraten, daß es sich bei dem, womit er da beschäftigt war, um eine Gemeinheit von der übelsten Sorte handelte.

Eine Schachtel, ein metallener Behälter ... Er polierte das Ding, wienerte daran herum, bis es goldfarben glänzte wie ein Schmuckstück. Sehr hübsch. Ein sechseckiger Kasten, bei dem alle Seitenflächen und Winkel präzise geometrisch waren. Ein richtiges kleines Kunstwerk. Der Deckel ließ sich leicht abnehmen. Die Bodenplatte wurde vorläufig nicht festgeschraubt. Ein Behälter von ungefähr dreißig Zentimeter Breite und zwölf Zentimeter Höhe ...

Am nächsten Tag arbeitete er weiter, und zwar ging es ihm nun um das Innere des Kastens. Mit äußerster Präzision fertigte er einige an Scharnieren befestigte Stäbe, was eine recht trickreiche Sache war. Er befestigte sie im Kasten und prüfte, ob sie funktionierten. Es waren sechs Scharnierstäbe, in jeder Ecke einer, und alle sechs wurden oben vom Deckel gehalten. Hob man den Deckel, dann stießen die Stäbe blitzgeschwind eine Art kleiner, vorläufig noch leerer Hülsen ins Zentrum des Behälters. Er probierte das mehrmals aus, verfolgte jeden Versuch aufmerksam durch das Loch im Boden und wollte sich ausschütten vor Lachen. Der Mechanismus funktionierte tadellos, jedesmal schwuppte an allen sechs Stäben eine leere Hülse in die Mitte des Behälters.

Dann jagte er Lars wieder los, ihm verschiedene gewöhnliche Substanzen zu holen, und schließlich hatte er drei Metalle und drei Nichtmetalle beieinander auf dem Tisch liegen. Es war nichts Außergewöhnliches dabei. Der Analysator identifizierte: Eisen, Silizium, Natrium, Magnesium, Schwefel und Phosphor.

Tja, warum das alles? Was hatte er vor?

Jonnie schaute in fliegender Eile ein paar Bücher durch. Natrium, Magnesium, Schwefel und Phosphor hatten eins gemeinsam, man konnte sie - in der einen oder anderen Weise - bei der Herstellung von Explosivstoffen gebrauchen. Danach hatte Jonnie zuerst gesucht, denn er kannte Terl. Aber die Kombination von diesen vier Stoffen führte bestimmt nicht zu einer Explosion, was schon allein daran zu sehen war, daß sie jetzt ziemlich dicht nebeneinander auf dem Tisch lagen und trotzdem nicht hochgingen. Eisen und Silizium? Tja, das waren ja nun wirklich Allerweltsstoffe, die in der Erdoberfläche und im Erdinnern mengenweise vorkamen.

Beunruhigt verfolgte Jonnie den Ablauf der Dinge weiter. Was nun, wenn Terl irgend etwas herstellte und es irgendwo außerhalb seines Büros versteckte, und sie fanden es später nicht? Was hatte dieser Teufel vor? Ah! Terl mochte zwar die sechs Elemente achtlos zusammen hingeworfen haben, aber dieses erbsengroße Stück eines unbekannten Stoffes war verschwunden. Das mußte Jonnie sich genauer ansehen. Er ließ das Band ein Stück zurücklaufen.

Ach so. Terl hatte dieses kleine, schwere Metallstück genommen, es ausgemessen, es dann wieder eingepackt und in sein Verschlußfach zurückgelegt, hinter die herausnehmbare Rückwand. Und da, wo das Metallstück gelegen hatte, sah man eine deutliche Delle!

Dann bastelte Terl eine starke Halterung, wie einen kleinen Korb, den er im Berylliumbehälter verschweißte, und zwar so, daß die Metallerbse in der Mitte liegen würde. Die Halterung blieb vorläufig leer; das Metallstück lag ja wieder im Verschlußfach. Nun stopfte er in die Hülsen, die auf den Scharnierstäben steckten, jeweils eines der sechs gewöhnlichen Elemente - Eisen, Silizium, Natrium, Magnesium, Schwefel und Phosphor.

Wenn man jetzt den Deckel des Behälters öffnete ... Natürlich, dann würden die Stäbe sie alle in die Mitte des Behälters stoßen, und dort würden die sechs Stoffe miteinander und mit der Metallerbse in Berührung kommen.

Spätestens seit dem Kampf ums Camp hatte Jonnie einige Erfahrung mit Strahlung und dem Verhalten von Elementen. Er wußte, daß es nur einer *Reizung* bestimmter Atome bedurfte, um eine Kettenreaktion in Gang zu setzen.

Aber nein, Terl arbeitete bestimmt nicht mit einer Art radioaktiver Strahlung wie der des Urans. Das war wegen der unmäßigen Reizwirkung von Radioaktivität auf das Atemgas der Psychlos ausgeschlossen.

Also mußte es sich bei der bewußten Erbse um einen Stoff handeln, dessen Anwendung mit einer höheren Ebene von Reizung verbunden war.

Wie er Terl kannte, war das bestimmt eine verheerende Reaktion. Wenn sich dieses überschwere, erbsenförmige Metallstück im Zentrum des Behälters befand, jemand den Deckel öffnete und die sechs in den Hülsen befindlichen Stoffe mit dem Metall in Berührung kamen, dann hatte das schreckliche Folgen, dessen war Jonnie sicher.

Terl schloß den goldglänzenden Metallbehälter weg, reinigte den Arbeitstisch und nahm ein Buch zur Hand. Ein mathematisches Fachbuch mit dem Titel »Kraftgleichungen«. Kraftgleichungen? Das hatte doch überhaupt nichts mit Teleportation zu tun! Was hatte er denn nun wieder vor?

Und damit waren die Aufzeichnungsbänder zu Ende.

Ein Blick auf die Uhr zeigte ihnen, daß es inzwischen Mittag geworden war. Sie hatten sich die ganze Zeit über mit den Bändern beschäftigt, ohne Pause, ohne Schlaf, ohne einen Happen zu essen.

»Wenn der Teufel einen Vater gehabt hat, dann muß es Terl gewesen sein«, sagte Dunneldeen.

6

Da Terl sich offenbar mit anderen Dingen beschäftigte als mit der Teleportation, die für sie in der gegenwärtigen Lage eine Schlüsselrolle spielte, wandte auch Jonnie sich zunächst anderen Problemen zu.

Er hatte die Hoffnung noch nicht ganz aufgegeben, das Rätsel der Psychlo-Technologie vielleicht doch lösen zu können, vorausgesetzt, die verwundeten Psychlos erholten sich und waren zur Zusammenarbeit bereit. Wenn es gelang, die beiden Metallstücke aus dem Kopf eines gut ausgebildeten Psychlo-Ingenieurs herauszuoperieren, bestand immerhin die Möglichkeit, hinter einige von diesen wohlgehüteten Geheimnissen zu kommen. Und dann hatten sie die Zukunft dieses Planeten ein Stück fester in den Händen.

Dr. MacKendrick war zurückgekehrt. Zwei von den Leuten, die hier in der afrikanischen Zentralstation tätig waren, hatten sich eine Krankheit geholt. MacKendrick bezeichnete sie als »Malaria«, die von Moskitos übertragen wurde. Er hatte Chinarinde aus Südamerika als Heilmittel beschafft. Und er veranlaßte, daß alle Pfützen in der Station aufgewischt wurden. Er ließ die Ansaugschächte der Ventilatoren mit Netzen versehen. Und nach kurzer Zeit sah es so aus, als hätte er die Dinge in dieser Hinsicht unter Kontrolle.

Um die drei verwundeten Psychlos stand es schlimm. Zwei von ihnen waren Diplomingenieure. In ihrem Zustand trat keine Besserung ein. Sie blieben nur gerade so am Leben. Und hier stand MacKendrick vor einem Problem, mit dem er nicht so leicht fertig wurde wie mit der Malaria.

Die dreiunddreißig Psychlos aus dem ehemaligen amerikanischen Hauptquartier waren ohne Zwischenfall in Afrika angekommen. Man hatte sie in einem vorbereiteten Trakt untergebracht, in dem früher Wohn- und Schlafräume gelegen hatten. Die offizielle Meldung, die man nach Amerika geschickt hatte, lautete: »Nach einer Notlandung auf hoher See vermißt.«

Der Doktor machte sich keine großen Hoffnungen, seine Aufgabe lösen zu können. Eines Abends, als er mit Jonnie in dem unterirdischen Operationsraum zusammensaß, sagte er: »Ich habe alle Möglichkeiten erwogen, die mir nur eingefallen sind. Man kann nicht durch die komplizierte Schädelstruktur bis zu diesen eingepflanzten Dingern vordringen, ohne lebensgefährliche Verletzungen zu riskieren. Ich habe solche Operationen an mehreren Psychlo-Leichen simuliert, und es hat sich ganz klar herausgestellt, daß es zu erheblichen Verletzungen an kritischen Punkten der Schädelknochen gekommen wäre und daß ich lebenswichtige Nerven im Hirn geschädigt hätte. Diese Objekte werden in den weichen Schädel eines neugeborenen Kindes eingesetzt, und schon ein paar Monate später ist die Schädelstruktur so hart, daß man die Metallkapseln nicht mehr herausholen könnte. Ich werde es weiter versuchen und die Operationstechnik noch an anderen Leichen studieren, aber ich kann Ihnen keine allzu große Hoffnung machen.«

Jonnie ließ MacKendrick allein, ging nachdenklich davon und

dachte über eine Lösung nach. Es sah ganz danach aus, als müsse er sich eine Menge Lösungen für eine Menge Probleme einfallen lassen. Aber die Probleme wuchsen schneller nach, als ihm die Lösungen einfielen. Und wenn er diesen Wettlauf nicht bald zu seinen Gunsten entschied, dann konnte man die Menschheit wahrscheinlich abschreiben.

Er hörte seinen Namen rufen, als er gerade an einer der Türen vorbeiging, hinter denen jetzt die neu in Afrika angekommenen Psychlos hausten. Er ging die paar Schritte hinüber zur Tür, in der ein Sehschlitz eingelassen und eine Gegensprechanlage eingebaut waren.

Es war Chirk!

Nun, gegen Chirk hatte er eigentlich nie etwas gehabt. Eine törichte Plaudertasche, bei der's ein wenig mit dem logischen Denken haperte, das mochte sein, aber Schwierigkeiten hatte sie ihm nicht gemacht.

»Jonnie, ich wollte dir nur danken, daß du uns gerettet hast«, sagte sie.

Aha, da mußte wohl jemand den Psychlos ein bißchen mehr erzählt haben als unbedingt nötig, vielleicht Dunneldeen.

»Wenn ich daran denke, was dieser schreckliche Terl mit uns vorgehabt hat, sträubt sich mir jetzt noch der Pelz. Ermorden wollte er uns! Ich hab schon immer gewußt, daß du ein netter Kerl bist, Jonnie, ich glaub, das weißt du auch. Mir war sofort klar, daß du es gewesen bist, der uns das Leben gerettet hat.«

»Nicht der Rede wert«, sagte Jonnie. »Kann ich irgendwas für dich tun?« Sie sah ein bißchen verloren aus, wirklich. Das Pelzhaar verfilzt, keine Kleider, nur dieses umgeschlungene Tuch.

»Nein, ich wollte dir nun danken.«

Jonnie ging weiter und war schon halb den Flur hinunter, als ihn wie ein Blitz die Erkenntnis traf: Das war ja geradezu unheimlich! Ein Psychlo - dankbar? Und Chirk hatte ihre Anerkennung zum Ausdruck gebracht? Nicht aus Berechnung, weil sie irgend etwas gewollt hätte? Unmöglich! Das heißt, mit weiblichen Psychlos hatte er eigentlich kaum zu tun gehabt. So viele gab es ja nicht in der Company. Aber trotzdem, sie war eben doch eine Psychlo. Und daß sie wirklich Dankbarkeit empfinden sollte ... das gab's doch gar nicht!

Er handelte schnell. Zehn Minuten später hatten sie einen Mineral-Analysator aufgebaut und Chirks Kopf auf dem Bildschirm. Nach zwanzigminütiger Untersuchung hatten sie die Antwort.

Chirk hatte kein Bronzeobjekt im Kopf. Sie hatte allerdings

eine Silberkapsel, doch war sie von anderer Form und Größe.

Unter den Psychlos, die aus Amerika gekommen waren, befanden sich zwölf Frauen. Es wurde eine regelrechte Fließbandarbeit mit dem Analysator, bis sie festgestellt hatten, daß bei keiner der Frauen das Bronzeobjekt im Gehirn eingesetzt war, daß sie aber alle dieselbe silberne Kapsel wie Chirk im Kopf trugen.

MacKendrick, in dicke Pelze gehüllt, flog mit zwei Piloten hoch in die Berge, zum Gletscher, wo sie – wie in einem natürlichen Leichenschauhaus – die toten Psychlos liegen hatten. Es war ein hartes Stück Arbeit, das sie dort leisten mußten, ein Kampf gegen schneidende Kälte und eisigen Wind. Aber schließlich fanden sie heraus, daß es unter den Toten drei weibliche Psychlos gab.

Noch in dieser Nacht war MacKendrick soweit, daß er Jonnie und Angus die Silberkapsel hinhalten konnte, die er einer der weiblichen Leichen herausoperiert hatte.

Eine sorgfältige Untersuchung ergab, daß der feine Draht in der Röhre einfacher gestaltet war. Aber das war auch alles, was sie herausfanden.

»Meiner Meinung nach kann man diese Kapseln ebensowenig herausoperieren«, sagte Dr. MacKendrick. »Die Schädelstruktur der weiblichen Psychlos ist sogar noch komplizierter als die der männlichen. Alles, was ich an Erkenntnissen beisteuern kann, ist die Vermutung, daß diese Art von Kapseln bei Aktivierung einen anderen Impuls aussendet.«

Mehr ließ sich da für den Augenblick nicht herausholen.

Immerhin, das Bronzeobjekt – sozusagen der Grausamkeitsfaktor – fehlte bei den Frauen. Also führte Jonnie am nächsten Morgen noch einmal ein Gespräch mit Chirk.

»Wie ist es, hättest du gern eine Aufgabe?« fragte er.

Oh, das wäre wunderbar. Na bitte, sie hatte doch gleich gesagt, daß er ein Schlaukopf war. Und wo sie doch jetzt sowieso nicht nach Psychlo zurückkehren konnte. Terl hatte ihr mit seinen dämlichen Bemerkungen über angeblichen Ungehorsam die ganze Personalakte verhunzt, und mit *der* Beurteilung ... na ja. Also, wenn Jonnie ihr versprach, sie nicht nach Psychlo zurückzuschicken, und wenn er ihr das übliche Gehalt von zweihundert Galaktischen Währungseinheiten pro Monat zahlte ... also, dann wäre so ein Job ganz wunderbar. Sie wurde sowieso schon verrückt vom Rumsitzen und Nichtstun. Und natürlich auch davon, daß sie keine Möglichkeit hatte, sich ein bißchen zu pflegen.

Das mit den Galaktischen Währungseinheiten war überhaupt keine Schwierigkeit. Seit langem sammelten sie alles Geld ein, das in den Lohnbüros und in den Wechselgeldkassen der Kantinen lag oder in den Brieftaschen der toten Psychlos steckte. Alles in allem mochte es eine runde Million sein, die auf diese Weise zusammengekommen war. Also machten sie den Handel aus.

Chirk wurde mit einer Atemgasmaske ausgestattet, man gab ihr einen Posten mit und ließ sie frei. Es dauerte nicht lange, bis sie irgendwo in einem Vorratsraum ein paar Meter Stoff auftrieb. Dann ließ sie sich zum See hinunterführen und nahm ein Bad, wobei sie offenbar vor den Krokodilen nicht die geringste Angst hatte. Danach verlangte sie, man solle sie in den Raum lassen, in dem die Mineralproben aufbewahrt wurden. Sie nahm ein Stück weißen Gips, warf ihn in einen Mörser und zerrieb ihn zu feinem Pulver. Das Gipspulver sammelte sie in einem Säckchen. Sie warf ein paar Kupferbrocken in eine Retorte, goß Säure dazu, verkochte das Ganze, wusch den Bodensatz aus und vermischte ihn mit farblosem Schmierfett. Den so entstandenen Brei füllte sie in einen Krug. Aus einem Lagerraum holte sie Farbe, die für den Anstrich von Werkmaschinen vorgesehen war, vertiefte die Farbe durch Einkochen in ein leuchtendes Purpurrot, goß Beizfarbe dazu und rührte scharfen Verdünner hinein. Die Mixtur füllte sie in eine Flasche.

Ihr nächstes Ziel war die Schneiderei, wo sie Uniformen auftrennte und – für ihre Größe passend – wieder zusammennähte. Aus Sitzbezügen schneiderte sie sich ein Paar Stulpenstiefel. Und das war's dann, sie verlangte, in ihre Unterkunft zurückgebracht zu werden.

Nach kurzer Zeit tauchte sie wieder auf, geradezu in ein Modepüppchen verwandelt, wie es adretter nirgendwo auf Psychlos Straßen flanieren konnte. Wegen der Atemgasmaske war von ihrem Make-up nicht viel zu sehen, aber man spürte an ihrem ganzen Gehabe, daß sie sich kunstvoll aufgeputzt haben mußte. Bei einem Blick aus nächster Nähe sah man durch den Sichtschild der Maske, daß Chirks Lippenknochen in leuchtendem Grün glänzten, daß der Nasenknochen weiß schimmerte und daß die Augenknochen mit weißen und grünen Kreisen geziert waren. Die Klauen hatte sie mit einem leuchtenden Purpurhauch überzogen. Die weiße Uniform schloß oben mit einem goldglänzenden Kragen ab. Auch der Gürtel, den sie umgeschlungen hatte, war goldfarben. Und sogar auf den Schuhen lag Goldflimmer, fein abgesetzt gegen eine purpurfarbene Sohle.

Chirk wollte unbedingt dahin geführt werden, wo sich die anderen Psychlo-Frauen aufhielten, und nachdem man ihr den Wunsch erfüllt hatte, konnte sich der Offizier vom Wachdienst kaum noch vor weiblichen Psychlos retten, die alle einen Vertrag haben und zweihundert Galaktische Währungseinheiten im Monat verdienen wollten und ihn bestürmten, auch ihnen zu so schicker Kleidung zu verhelfen.

Eigentlich hatte Jonnie sich ausgerechnet aus dieser Ecke keine große Hilfe versprochen, aber er erlebte eine angenehme Überraschung. Fürs erste war es vor allem sehr aufschlußreich. Später sollte ihm die Geschichte ein paar Schwierigkeiten bereiten. Nun, der Reihe nach ...

Chirk machte einen Spaziergang und suchte nach – Schlamm. In der Gegend gab es wahrhaftig genug Schlamm, aber nein, sie wollte eine ganz bestimmte Sorte haben. Sie redete ohne Punkt und Komma auf Angus ein, der sie begleitete. Unter dem Arm trug sie ein beinahe zwei Zentner schweres Mikroskop, als wäre es eine federleichte Handtasche. Jonnie sah die beiden am Rand eines Sumpfes entlanggehen; neben der psychloischen Siebeneinhalb-Zentner-Maid wirkte Angus ein wenig schmächtig. Daß zwei Posten ihnen folgten, geschah in erster Linie zum Schutz vor wilden Tieren.

Jonnie ging zu ihnen hinüber. Chirk suchte immer noch nach Schlamm. Sie stocherte mit einer Art Paddel herum, holte sich einen Klecks aus dem matschigen Boden, prüfte den Fund unter dem riesigen Mikroskop, schüttelte den Kopf und ging weiter. Das, was sie suchte, schien sie nirgendwo zu finden.

Jonnie fiel auf, daß sich am Verhalten der Tiere etwas geändert hatte. Wenn er unterwegs war, ließ das Wild sich durch seine Gegenwart gar nicht weiter stören. Aber hier ... bei Chirk ... Man konnte, soweit das Auge reichte, überhaupt kein Wild sehen. Keinen Elefanten, keinen Löwen, keinen Hirsch, nichts. Das mußte mit dem Eigengeruch der Psychlos zusammenhängen. Vor langer Zeit waren die Tiere geflohen, sobald sie die Witterung eines Menschen aufnahmen. Und während der vergangenen Jahrhunderte hatte sich ihr Überlebensinstinkt den neuen Verhältnissen angepaßt: Vor einem Psychlo nahmen sie Reißaus, auch wenn er noch kilometerweit entfernt war. Und dennoch war hier – wie auch in anderen Gegenden, in denen Jonnie die gleiche Erfahrung gemacht hatte – der Wildbestand durchaus nicht erschöpft.

»Oh, den Psychlos geht es nie darum, möglichst viele Tiere zu fangen«, erklärte ihm Chirk und hantierte weiter mit dem Paddel und dem Mikroskop. »Unsere verrückten Männer spüren immer nur ein Tier auf, und dann jagen sie es, und wenn sie es haben, sitzen sie im Kreis drumherum und lassen sich drei Tage Zeit, es ganz langsam zu töten. Allerdings kommt es nicht oft vor, daß sie sich drei Tage frei nehmen können, nicht in dieser Company. Männer sind eben ein bißchen verrückt.«

Jonnie legte es nicht darauf an, ihr klarzumachen, worauf dieses Verhalten zurückzuführen war, das Chirk schlicht für »ein bißchen verrückt« hielt.

Nach einer Weile fand sie genau die Sorte Schlamm, die sie gesucht hatte. Sie füllte einen Grubenkübel damit, und dann trug sie ohne weiteres das zwei Zentner schwere Mikroskop und den drei Zentner schweren Eimer mit Schlamm zum Camp zurück.

Sie füllte den Schlamm in Flaschen ab, dann goß sie eine grünliche Flüssigkeit dazu ... aha, es war eine flüssige Form von diesem schmierigen Goo-food. Sie vermischte alles gut und streckte die Flaschen MacKendrick hin. Der starrte nur verwundert darauf.

»Hach, sind Sie ein närrisches Geschöpf! Streichen Sie das den kranken Psychlos auf die Wunden! Wie wollen Sie die Verwundeten denn heilen, wenn Sie keinen Gegenvirus anwenden? Jedes Kind hätte das gewußt!«

MacKendrick ging ein Licht auf. Er hatte es bisher mit Behandlungsmethoden auf bakterieller Basis versucht, und das bei Lebewesen mit einer Virus-Struktur! Innerhalb der nächsten drei Tage besserte sich der Zustand seiner Psychlo-Patienten zusehends, ihre schwärenden Wunden schlossen sich endlich, und es sah so aus, als würden sie bald drei Psychlos haben, die wieder völlig auf der Höhe waren.

Chirk begann in der Bibliothek zu arbeiten. Mit Entsetzen sah sie, daß die Folianten überall auf dem Boden verstreut lagen. Drei Tage lang war sie damit beschäftigt, die Psychlo-Bücher einzusammeln, zu ordnen und zu stapeln. Die anderen Psychlo-Frauen begannen derweil, in den übrigen Bereichen das aufzuräumen, was von den Psychlos stammte.

Jonnie hielt sich eines Tages in der früheren Kommandozentrale der Psychlos auf, als Chirk hereinplatzte. »In deiner Bibliothek herrscht ein heilloses Durcheinander!« sagte sie. »Gemäß Company-Verordnung müssen in jeder Außenstation ganz bestimmte Bücherbestände geführt werden, und mit einem Blick auf diese Vorschrift kannst du dich selber davon überzeugen, daß der Leiter der hiesigen Bibliothek schlampig gearbeitet hat. Er verdient einen Tadel in der Personalakte. Aber jetzt arbeite ich ja für dich, und darum muß ich dich bitten, dich um den vorgeschriebenen Vordruck 2-345-980-A zu kümmern. Wenn du diese Anforderung nach Psychlo schickst, kommen die fehlenden Bücher mit der nächsten Teleportations-Sendung hier an. Eine unvollständige

Bibliothek, das ist eine Sache, die man sehr ernst nehmen muß.«

Chirk war wohl nicht ganz auf dem laufenden, wie es hier auf der Erde um die Company stand. Sie hatte tatsächlich das Anforderungs-Formular ausgefüllt.

Jonnie hatte nicht einmal gewußt, daß es so einen Vordruck gab. Er sah ihn durch, und sein Blick blieb an einer Zeile hängen, in der der Titel eines fehlenden Buches eingetragen war: »Verzeichnis der Kampf-Raumschiffe feindlich gesinnter Spezies, mit allen Erkennungsmerkmalen«. Und noch ein interessanter Titel: »Personelle Kampfkraft-Stärken fremder Spezies«.

Chirk ging zurück in die Bibliothek und fuhr fort, Bücher in die Regale einzuordnen. Aber innerhalb weniger Minuten hatte Jonnie dreißig Mann, darunter auch zwei Piloten, aufgetrieben, die das ganze Camp durchsuchten. Die fremden Wesen, die da irgendwo über ihnen lauerten, diese Besucher aus dem Weltall, konnten identifiziert werden! Vielleicht gab es sogar Mittel und Möglichkeiten, sich gegen sie zu verteidigen!

An diesem Morgen war Sir Robert aus Schottland zurückgekommen, und er war es auch, der jetzt den richtigen Einfall hatte: »Jonnie, die Psychlos hier im Rohstoffcamp wußten nicht, von wem sie angegriffen wurden. Könnte doch sein, daß jemand, der hier verantwortlich war, im letzten Augenblick nach diesen Büchern gesucht hat. Hat schon mal jemand bei den Leichen nachgesehen?«

Und da waren sie auch! Oben im Schnee fand man sie in der Schultertasche des früheren Grubenmanagers.

Jonnie verglich die Angaben in den Büchern mit den Aufnahmen, die er und Stormalong gemacht hatten, und nach knapp drei Stunden wußte er, daß er es mit Tolneps, Hocknern, Bolbods und Hawvins zu tun hatte. Er wußte über ihr Aussehen und ihre Einsatzstärke Bescheid. Alles lief darauf hinaus, daß sie gefährliche, finstere Burschen waren. Nur über dieses kugelförmige, von einem Ring umgebene Flugobjekt stand nichts in den Büchern. Und nichts über die Spezies, zu der der kleine graue Mann gehörte.

Wie gesagt, es hatte alles gut angefangen mit Chirk, sie war ihnen eine wirkliche Hilfe. Aber dann, am nächsten Tag, verließ sie das Glück. Und das lag daran, daß Jonnie einen Fehler machte.

Chirk saß in der ganzen Fülle ihrer siebeneinhalb Zentner an einem Schreibtisch in der Bibliothek und stellte Verzeichnisse auf. Jonnie beschäftigte sich mit einem Blatt Papier, auf dem er verschiedene Zahlen aufgeschrieben hatte.

Es ging bei seinen Aufzeichnungen um die Entfernung von

der Erde zu den jeweils nächstgelegenen Stützpunkten der verschiedenen potentiellen Gegner und um die Geschwindigkeit der fremden Raumschiffe. Sie verwendeten unterschiedliche Antriebsarten. Vorwiegend wurden die Raumschiffe durch Sonnenenergie angetrieben, die in Akkumulatoren gespeichert wurde; dennoch gab es da gewisse Verfahrensunterschiede. Jonnie versuchte auszurechnen, wie viele Flugmonate diese Schiffe von ihren jeweiligen Stützpunkten entfernt waren. Von Terls Verzeichnis der bewohnten Planeten hatte man inzwischen eine Kopie in Form von Papierbögen hergestellt und rasch erkannt, daß es nicht alle Sternensysteme und Sonnen umfaßte, sondern nur diejenigen, an denen Psychlo interessiert war.

Verblüfft stellte Jonnie anhand der anderen Bücher fest, daß es allein in dieser Galaxis vierhundert Milliarden Sonnen und im Universum mehr als hundert Milliarden Galaxien gab. Was aber nach den Erkenntnissen irdischer Wissenschaftler als *das* Universum verstanden worden war, machte immer noch nicht das gesamte Weltall aus; vielmehr gab es noch mindestens fünfzehn andere Anhäufungen von Galaxien. Ganze *sechzehn* Universen waren in den Listen und Fachbüchern der Psychlos aufgeführt.

Verstandesmäßig leichter zu erfassen war, wo die Basen fremder, möglicherweise feindlicher Völker im Weltraum liegen mochten. Die Entfernung von der Erde zum Zentrum der Galaxis beträgt etwa dreißigtausend Lichtjahre. Ein Lichtjahr entspricht der Entfernung von 9,46 Billionen Kilometern. Alle diese fremden Raumschiffe konnten sich schneller als das Licht bewegen. Um jedoch ausrechnen zu können, in welcher Zeitspanne sie die Erde erreichen konnten, mußte man zunächst wissen, um wieviel sie die Lichtgeschwindigkeit überschreiten konnten, und diese Daten dann mit der Entfernung zu ihrer nächstgelegenen Basis in Bezug setzen.

Jonnie kämpfte sich durch wahre Zahlengebirge dieser monströsen Psychlo-Arithmetik hindurch, und es fehlte ihm an Geduld, das alles persönlich auf dem Papier auszurechnen. Ohne sich etwas dabei zu denken, fragte er Chirk: »Kannst du mir mal helfen und diese Zahlen zusammenrechnen?«

Sie sah auf. Etwa eine Minute lang schien sie völlig verwirrt. Dann sagte sie: »Ich ... ich weiß nicht, wie man das macht.«

Jonnie lächelte. »Einfache Arithmetik. Hier, ich zeig dir ...«

Chirks Augen wurden glasig. Sie brach über dem Schreibtisch zusammen.

Sie gab keine Antwort mehr. Sie war bewußtlos. Sie mußten

einen Gabelstapler holen, sie in ihre Unterkunft fahren und aufs Bett hieven.

Drei Tage später sagte MacKendrick zu Jonnie: »Sie liegt immer noch im Koma. Vielleicht erwacht sie mit der Zeit aus der Bewußtlosigkeit. Sie scheint unter einem schweren Schock zu stehen.«

Die Sache bedrückte Jonnie natürlich, aber immerhin hatte er jetzt eine Vorstellung davon, welche Funktion die Silberkapsel in den Köpfen weiblicher Psychlos hatte. Es war eine Art Sperrvorrichtung gegen jegliche Beschäftigung mit psychloischer Mathematik.

Mathematik, das mußte der Schlüssel zur Macht der Psychlos sein. Und Jonnie kam, von der Arithmetik mal abgesehen, mit ihren Gleichungen nie zurecht. Es schien alles kreuz und quer durcheinander zu gehen und ins Leere zu laufen.

7

Sie waren gerade damit fertig, das Radioteleskop zu installieren, als der Kurier eintraf.

Angus war sehr stolz auf das, was sie fertiggebracht hatten. Seine gesunde, im Augenblick ein bißchen ins Rötliche spielende Gesichtsfarbe verdankte er einem Wechselbad der Witterungseinflüsse: Erst hatte ihn die Sonne unten am See kräftig gebräunt, dann war er dem eisigen Wind und dem Schneegestöber auf dem Gipfel des Mount Elgon ausgesetzt gewesen. Die deutschen und schwedischen Piloten, die froh waren, mal für eine Weile Stormalongs unbarmherziger Ausbildung zu entkommen, hatten ihm geholfen, die riesigen Parabolspiegel und die Übertragungseinrichtungen vom Gipfel hinunter bis zum Camp aufzubauen.

Angus meinte, nachdem sie nun die Frequenzen hätten, würden sie schon bald alles mithören können, was diese Affen da oben über den Wolken miteinander zu bereden hatten. Mehr noch, sie würden sie sogar auf den Bildschirmen haben!

Jonnie hörte das ferne Motorengeräusch des Flugkörpers, mit dem der Kurier kommen sollte. Er dankte Angus und den Piloten für ihre Arbeit, sagte, das hätten sie ausgezeichnet gemacht, und er glaube auch, daß sie nun vielleicht bald mehr über die Absichten ihrer Besucher aus dem Weltraum wissen würden.

Glencannon hatte die Aufgabe übernommen, die so überaus

wichtigen Bänder von Amerika nach Afrika zu bringen. Man lieferte jetzt eine Kopie an den Historiker MacDermott, der sie in einem tiefen unterirdischen Gewölbe aufbewahren wollte. Die Originale waren für Jonnie in Afrika bestimmt.

Glencannon brachte eine Menge Neuigkeiten mit. Pattie war wochenlang sehr krank gewesen. Chrissie hatte sie gepflegt, und nun ging es wieder aufwärts. Ach ja ... und Chrissie schickte liebe Grüße und ließ ihm ausrichten, sie habe ein hübsches altes Haus ganz nahe am Castle Rock gefunden, und die Frauen einiger Clanchefs wären ihr behilflich, in den alten Ruinen nach richtigen Möbeln zu suchen, und ... sie schickte ihm liebe Grüße ... Oder hatte er das schon gesagt? Ach ja, und wann er denn zurückkäme?

Um Castle Rock lag jetzt ein Verteidigungsring aus Flugabwehrkanonen, es machte einen geradezu nervös, wenn man da in der Nähe herumfliegen mußte.

Dunneldeen? Oh, der sorgte dafür, daß die neuen Flugschüler ihren Flaum verloren. Aber so viele Neulinge waren es jetzt gar nicht. Die meisten, die bei der Akademie ankamen, wollten an Maschinen und Fahrzeugen ausgebildet werden. Ker war ganz der alte. Übrigens, er schickte ihm ein paar selbstgefertigte, nagelneue Atemmasken, die besser paßten. Und er ließ ausrichten, Jonnie solle ihn ja nicht verpfeifen, daß er Company-Material gestohlen habe, haha. So, und hier hatte er noch ein paar persönliche Briefe für Sir Robert. Und hier ... das war der brandneue Satz Bänder vom Tun und Treiben dieses ... na ja, er wisse schon.

Jonnie ging in einen tiefgelegenen unterirdischen Raum und legte das erste Band ein. Hier war jetzt alles erstklassig eingerichtet. Sie hatten den Psychlo-Frauen zwar nicht den Zugang zu wirklich wichtigen Dingen gestattet, aber ihnen bei ihrer Arbeit genau zugesehen und dabei den Umgang mit einigen Bürogeräten gelernt, denen sie früher gar keine Beachtung geschenkt hatten. So konnten sie jetzt Aufnahmebänder kopieren und Ausschnittvergrößerungen von so haarfeiner Klarheit herstellen, wie sie es nicht für möglich gehalten hatten. Sie hatten Ablageschränke, und vor allem war die Wiedergabequalität der Bänder jetzt in Bild und Ton viel besser.

Terl! Da saß er und beschäftigte sich mit den Kraftgleichungen. Unbegreifliches Zeug. Die Gleichungen gingen nicht auf, sie ergaben überhaupt keinen Sinn. Seite um Seite kritzelte er damit voll. Und, wie gehabt, mit Teleportation hatte das nicht das geringste zu tun.

Jonnie ließ die Bänder rasch durchlaufen, es ging ihm nur um einen Überblick. Fast hätte er etwas übersehen! Er spulte das

Band zurück. Darauf war zu sehen, wie Terl aufstand, zu den Verschlußfächern ging, einen *zweiten* doppelten Boden öffnete und ein riesiges Blatt Papier herausnahm, so groß, daß es nur mit den Blickwinkeln dreier Minikameras vollständig würde erfaßt werden können. Das Papier war schon sehr alt und so oft gefaltet worden, daß es ganz brüchig erschien. Terl breitete das Blatt aus, betrachtete den verschossenen, mit braunen Flecken übersäten Aufdruck eine Weile kopfschüttelnd, folgte mit einer Klaue dem Verlauf der Nordseite des großen Staudamms, der sich weit im Südwesten der amerikanischen Außenstation befand, und schließlich nickte er vor sich hin.

Dann zerknüllte er das Blatt und warf es in den Papierkorb. Er schrieb ein paar Größenangaben auf, machte sich Notizen über die Voltstärken elektrischer Spannung und beschäftigte sich danach wieder mit den Gleichungen. Dabei blieb es während der nächsten beiden Tage: Gleichungen, nichts als Gleichungen, und das war auch alles, was sie auf den Bändern hatten.

Sie brauchten eine geschlagene Stunde Flickarbeit und die Aufzeichnungen von drei Kamerakanälen, dann lag die Zeichnung, die Terl – zuerst kopfschüttelnd, später mit zufriedenem Nicken – betrachtet hatte, als vollständige Abbildung vor ihnen. Jonnie ließ ein halbes Dutzend riesige Kopien davon fertigen.

Der Titel der Skizze lautete: »Verteidigungseinrichtungen auf dem Planeten Nummer 203.534«. Jonnie wußte bereits, daß dies die Psychlo-Bezeichnung für die Erde war.

Die Zeichnung enthielt alle Außenstationen, alle Staudämme, jede einzelne Feuerstellung und ... tja, was war das denn nun? Ein kleines Kartensymbol, das sich um jeden Staudamm zog und entlang jeder Energieleitung von den Dämmen zu den Stationen und Nebenstationen verlief. Er hatte keine Ahnung, was das Symbol bedeuten sollte.

Und trotzdem war das Ganze wegen einer bestimmten Eintragung so ein Glückstreffer, wie er ihn sich nie erträumt hätte: Klar und deutlich war auf der Kartenzeichnung ein Teleportations-Zentrum zu sehen!

Er verglich die bei den Psychlos üblichen Codezahlen mit den Ortsangaben auf einer alten irdischen Karte. Diese zweite Teleportationsanlage befand sich bei einem Staudamm, der in alten Zeiten »Kariba-Damm« genannt wurde, in einem Land, das zunächst »Rhodesien«, später »Simbabwe« hieß.

Der Terminal war mit der Bezeichnung »Notanlage für die Aufnahme von Verteidigungskapazität« versehen. Offensichtlich war es so, daß Psychlo, falls die Hauptanlage in Amerika zerstört war, frische Kräfte teleportieren oder die für den Planeten Erde zuständige Einsatzführung solche Kräfte anfordern oder zumindest Lageinformationen absenden konnte.

Ein Hoffnungsschimmer, allerdings gemischt mit Bedenken und Zweifeln, denn die Kartenskizze war schon sehr alt, und Terl hatte sie schließlich schnöde zerknüllt und weggeworfen. Jonnie ließ einen Truppentransporter startklar machen und ein schottisches Kontingent an Bord gehen. Robert der Fuchs kam eilig an, wollte auch mit. Und als sie gerade dabei waren, die Türen zu schließen, erschien MacKendrick mit seinem Arztkoffer. Dann konnte es endlich losgehen, volle Kraft nach Süden.

Die Entfernung betrug nur etwa zweitausend Kilometer, und nach fünfunddreißig Flugminuten entdeckten sie unter sich den Stausee, den Damm und die gewaltigen Turbinenanlagen. Ein Stück weiter südöstlich sahen sie einen der größten Wasserfälle der Erde; in alten Zeiten hatte man ihn »Victoriafälle« genannt. Was für eine großartige, aufregende Landschaft!

Da die Gegend auf der Skizze ausdrücklich als »stark befestigt« bezeichnet war, achtete Jonnie bei der Annäherung auf äußerste Vorsicht. Es handelte sich um eine weitere Nebenstation der Psychlos, von deren Existenz sie nichts gewußt hatten. Sie lag unweit östlich des Dammes.

Ein Teilkontingent in Zugstärke, ausgerüstet mit Sturmgewehren und radioaktiver Munition, wurde dort abgesetzt und arbeitete sich vorsichtig an das Objekt heran. Eine halbe Stunde später kam die Meldung übers Grubenradio: Die Anlage war verlassen, sie ähnelte, wie der Zugführer berichtete, der nördlichen Psychlo-Station im Ituri-Regenwald.

Nach der Karte befand sich die zweite Plattform nicht bei der Nebenstation, sondern unweit des Dammes. Jonnie ließ alle Mann an Bord gehen und kreiste mit dem Flugkörper über dem Gebiet.

Bäume, Bäume, so weit das Auge reichte. Sie befanden sich über einem Hochplateau, das aber dicht bewachsen war. Ganze Schneisen waren in den Baumbestand geschlagen, da, wo Elefantenherden sich ihren Pfad getrampelt hatten. Es gab viele Hügel, doch auch sie waren von niedrigem Krüppelgebüsch überwuchert. Ganz selten, daß einmal eine schmale Lichtung auszumachen war.

Jonnie ließ den Flugkörper kreisen und beobachtete angestrengt das unter ihnen liegende Gelände. Elefantenherden und Gruppen weidender afrikanischer Büffel schauten zu ihnen herauf. Jonnie hatte schon bei anderen Gelegenheiten festgestellt, daß ein Blick auf eine Karte etwas ganz anderes war als eine Beobachtung an Ort und Stelle; genauso ging es ihm hier.

Immer wieder studierte er die Karte, während Stormalong als Copilot sie weiter über den Baumkronen dahingleiten ließ. Schließlich holte Jonnie einen Stechzirkel heraus und maß die Entfernung zum Staudamm sorgfältig ab. Sie flogen exakt diesen Punkt an. Im Langsamflug – nicht schneller, als ein Pferd ausschreitet – zog der Flugkörper darüber hin. Da – das mußte das gesuchte Ziel sein! Stormalong warf eine Rauchpatrone hinunter, um die Stelle zu markieren. Eine Gruppe Elefanten stob erschreckt davon.

Es sah aus wie ein Krater, den die Detonation einer Bombe geschlagen hat. Eine schalenförmige Vertiefung in der Erde, ungefähr dreihundert Meter im Durchmesser, an den Seiten mehr als fünfzig Meter über der tiefgelegenen Mitte aufragend.

Was diese Schale auch immer sein mochte, die üppige Vegetation hatte es bis zur Unkenntlichkeit überwuchert. Und während noch die spiralenförmigen Kringel der weißen Rauchmarkierung hochstiegen, wurde Jonnie mit einem Mal klar, wie alles zusammenhängen mußte.

Die für diesen Planeten zuständigen Sicherheitsoffiziere der Company hatten sich anscheinend jahrhundertelang um die einstmals sorgfältig ausgebauten Verteidigungseinrichtungen nicht mehr gekümmert. Kein Wunder, daß Terl die Karte einfach weggeworfen hatte. Die Enttäuschung zeichnete sich so deutlich auf Jonnies Gesicht ab, daß Sir Robert ihm Mut zusprechen wollte. »Wir müssen uns das erst näher ansehen, vorher wissen wir gar nichts.« Nun, so viel wußten sie eben doch schon vom Augenschein: Es war die reine Wildnis, seit Jahrhunderten hatte sich keiner auch nur einen Deut um die Anlage geschert.

Jonnie setzte das Kontingent am oberen Rand des Kraters ab, und während Gewehrträger zum Schutz gegen wilde Tiere Stellung bezogen, nahmen die anderen Männer Äxte und begannen, sich den Weg nach unten freizuschlagen.

»Nehmt euch in acht«, warnte Dr. MacKendrick, »hier in der Gegend gibt es alten Angaben zufolge ein Insekt, das Tsetse-Fliege genannt wird und die Schlafkrankheit überträgt. Und im Wasser fand man eine Wurmart, die in den menschlichen Blutkreislauf eindringt. An Medikamenten, die dagegen helfen könnten, habe ich nicht viel bei mir. Also, tragt Netze und geht möglichst nicht ins Wasser.«

»Na – großartig!« seufzte Jonnie. Das fehlte ja gerade noch.

Sie schlugen sich den Weg frei bis hinunter in das tiefgelegene Zentrum der Schale. Die Vegetation war so dicht, daß drei

Gruppen unmittelbar an einem der Teleportations-Masten vorbeigezogen waren, ehe ihn schließlich eine vierte zufällig entdeckte. Sie schwärmten in verschiedene Richtungen aus und suchten nach den anderen Masten. Nachdem sie zwei weitere gefunden hatten, war es leicht, den vierten auszumachen.

Jonnie nahm eine Schaufel und grub tief in den Humus. Er hoffte, daß der alte Grundsatz der Company, sich auf keinen Fall mit der Bergung früherer Einrichtungen aufzuhalten, auch hier gegolten hatte. Und richtig, ungefähr knietief unter einer Schicht aus Erdreich und dürrem Laub stieß er auf die Plattform.

Äxte klangen auf, Bäume wurden gefällt, Büsche abgeschlagen. Sie stießen auf das Beton-Fundament des Leitzentrums, und schließlich fanden sie auch, ein Stück weiter, den umgestürzten Kuppelbau.

Aber das Herzstück eines Teleportations-Terminals, die Konsole, fanden sie nicht!

Sie legten schließlich einen Teil der Verkabelung frei, die durch das Betonfundament führte. Wenn man den Humus abkratzte, sah man, daß die Drahtleitungen – typisch für die Elektrotechnik der Psychlos – noch immer gut isoliert waren.

Was Jonnie verblüffte, war die Tatsache, daß sie keine Energiezuleitung fanden. An sich hätte es eine solche Zuleitung aus der Richtung des Staudamms geben müssen. Auf der Karte war sie jedenfalls verzeichnet. Und da war auch noch eine andere Markierung: die mit dem seltsamen Kartensymbol, dessen Bedeutung er nicht kannte.

Sie hätten, als der Abend dämmerte, weitergemacht, aber MacKendrick drängte darauf, daß sie sich in höher gelegenes Gebiet zurückzogen. Dort verbrachten sie die Nacht und horchten auf das Trompeten der Elefanten und das Gebrüll der Löwen und all die anderen schaurigen Laute eines von Leben erfüllten Dschungels. Das Plateau lag ziemlich hoch, und so wurde es eine kalte Nacht.

Am nächsten Morgen hoben sie kreuzweise verlaufende Gräben aus, und dabei stießen sie auf die Energieleitung. Mit äußerster Sorgfalt, um nichts zu beschädigen, legten sie ein Stück der Leitung frei. Als sie weitergruben, fanden sie eine Querleitung, die hinüber zur Außenstation führte.

Und da war noch ein anderes, parallel zur Energieleitung verlaufendes Kabel. Aber sie konnten nicht feststellen, wozu es diente.

Sie bahnten sich einen Weg durchs Gestrüpp und gingen hinüber zu dem riesigen Staudamm. Ein kolossales, hoch aufragendes Bauwerk. Der Damm schien noch intakt zu sein. Aus den Überläufen rauschte das Wasser. Es gab Anzeichen dafür, daß die Psychlos noch in jüngster Zeit in der Nähe der Staumauer gelandet und wiederholte Male in dem Gebäude mit den Turbinenanlagen gewesen waren.

Jonnie war nie zuvor in den Innenräumen einer Staudamm-Anlage gewesen. Alles schien hier vor ungebremster, roher Kraft zu vibrieren. Das donnernde Rauschen des Wassers und das Heulen der Generatoren verschluckten jedes Wort.

Allem Anschein nach war auch hier die bei den Psychlos übliche technologische Anpassung vorgenommen worden. Schon der Maschinenpark, den die Psychlos installiert hatten, war uralt, aber die beiseite geräumten Überreste der ursprünglichen, von Menschen erbauten Ausstattung schienen aus grauer Vorzeit zu stammen.

In einem angrenzenden Kontrollraum entdeckte Angus die Schaltanlage und die Stromleitungen, eine gewaltige, hoch aufragende Installation. Es gab überhaupt nur zwei Hebel, die nicht mit einer dicken, schmierigen Schmutzschicht bedeckt waren, und es war – selbst wenn sich nicht an einem der Hebel ein paar Haare von einem Körperpelz festgeklemmt hätten – nicht schwierig zu erraten, daß dies die Ein- und Ausschaltvorrichtungen für die Kraftanlage sein mußten. Nur von diesen beiden Hebeln hatten die Psychlos offensichtlich von Zeit zu Zeit Gebrauch gemacht.

Aber wozu dienten all die anderen Schalteinrichtungen? Sie nahmen ein Stück Sackleinen und versuchten, die Schalttafel sauberzuwischen, mit der nötigen Vorsicht, damit es keinen Kurzschluß gab. An den Hebeln, Handrädern und Funktionsschaltern waren Beschriftungen in Psychlo angebracht. Zum Beispiel stand da, in einer Reihe nebeneinander angeordnet: »Kraftstufe Eins – Kraftstufe Zwei – Kraftstufe Drei«. Und in einer zweiten Reihe stand: »Teleportation Eins – Teleportation Zwei – Teleportation Drei«.

Jonnie rieb ein bißchen mehr mit dem Sackleinen, äußerst behutsam, um nicht ungewollt eine Überbrückung zwischen den Stromleitungen herzustellen. »Hier sind nur Farbmarkierungen«, wollte er zu Angus sagen, aber es war unmöglich, sich bei diesem Getöse verständlich zu machen. Sie gingen nach draußen.

»Terl beschäftigt sich mit Kraftgleichungen«, sagte Jonnie, zu Angus und Sir Robert gewandt. »Anscheinend gibt es da irgend etwas an der Nordseite des amerikanischen Staudamms, was er unbedingt haben will. Diese unbekannte Markierung auf der Karte muß etwas mit Kraft oder Kraftfeldern zu tun haben.« Er schickte

Angus in den Kontrollraum zurück und plazierte ein paar von den Schotten, mit tragbaren Funkgeräten ausgerüstet, entlang dem Verlauf der nicht identifizierten Kartenmarkierung, was auch immer dort unter der Erde liegen mochte.

Über Funk gab er Angus die Anweisung: »Kraftstufe Eins schließen!«

Die Wirkung war gewaltiger und dramatischer als alles, was sie erwartet hatten.

Ein wahres Inferno brach los!

Da, wo auf der Karte die Linie der unbekannten Symbole verlief, rings um den Krater, wurden Bäume entwurzelt, geknickt, hochgewirbelt oder umgerissen.

Es war, als hätte eine Bombe eingeschlagen.

Eine Minute lang wirbelten Äste und Zweige, ja – ganze Baumstämme durch die Luft.

Sir Robert rannte los, um festzustellen, was mit den Männern geschehen war, die sie als Beobachter ausgestellt hatten. Waren sie alle umgekommen? Über Funk kam kein Lebenszeichen von ihnen.

Es dauerte eine Stunde, bis sie die verschütteten Männer geborgen hatten, sechs an der Zahl. Einer war, als sie ihn herauszogen, immer noch bewußtlos. Die anderen waren mit Quetschungen und leichten Schnittwunden davongekommen.

MacKendrick ließ sie an eine Sammelstelle tragen, untersuchte die Verletzungen, nahm antiseptische Wundbehandlungen vor und legte Verbände an. Jonnie kam vom Staudamm zu ihnen herüber. Es sah aus wie auf einem Verbandplatz nach einem Gefecht. Der Bewußtlose kam wieder zu sich, er war ein Stück weit durch die Luft gewirbelt worden. Jonnie drückte ihnen allen sein Bedauern aus.

Der Schotte, den es am schlimmsten erwischt hatte, meinte grinsend: »So 'ne Kleinigkeit bringt einen Schotten nicht um. Aber was war das eigentlich?«

Ja – tatsächlich, was war das gewesen?

»Hab ich was falsch gemacht?« fragte Angus über Funk an.

Die Schotten faßten das alle als Witz auf, also sagte Jonnie: »Ich glaube, Sie haben etwas richtig gemacht!« Er überzeugte sich, daß sich keiner der Schotten mehr in der Gefahrenzone befand. »Schalten Sie dieselbe Kraftstufe noch mal ein!«

Einen Augenblick lang wurde ein Teil der umgestürzten Bäume und entwurzelten Büsche wie von einem unterirdischen Beben erschüttert, dann trat Ruhe ein. Jonnie bewegte sich vorsichtig auf die schalenförmige Vertiefung zu. Aber er kam nicht weit.

Er konnte das oben am Staudamm gelegene Gebiet nicht verlassen.

Er strengte sich an, als müsse er sich gegen eine Wand anstemmen. Er kam kein Stück voran. Die Luft lag wie eine unsichtbare Barriere vor ihm, er konnte sie nicht durchdringen.

Er warf einen Stein. Der prallte zurück. Er versuchte es noch einmal, mit mehr Kraft. Wieder dasselbe Ergebnis.

Er ließ Angus den Stromkreis öffnen. Keine Barriere. Schließen. Die unsichtbare Barriere.

Im Verlaufe der nächsten beiden Stunden waren sie mit Versuchen beschäftigt, erprobten die Wirkung bei den verschiedenen Kraftstufen und fanden heraus, daß der Schirm eines Kraftfeldes den Staudamm schützte und die eigentliche Teleportationsanlage durch ein Kraftfeld auch nach oben hin abgeschirmt wurde.

Sie versuchten es nicht nur mit Steinen, sie schossen auch mit Gewehren dagegen. Die Geschosse prallten ab.

Als sie die Stufe Zwei einschalteten, lag ein Flimmern in der Luft. Angus meldete von drinnen, daß das Meßgerät des Spannungsreglers abfiel. Bei Stufe Drei konnte man die Elektrizität riechen. Drinnen sank die Leistungsanzeige rapide ab, fast die gesamte Energie des Staudamms wurde verbraucht.

Es gab also verschiedene Intensitätsstufen der Verteidigung. Ein Teleportationsvorgang, der auf der Plattform innerhalb der schalenförmigen Vertiefung vorgenommen wurde, konnte nicht durch einen Angriff von außen gestört werden. Weder durch eine Einwirkung von den Seiten noch durch einen Angriff von oben. Und ebenso war der Staudamm geschützt.

Die Energie, die man zum Aufbau dieses Kraftfeldes brauchte, verschlang einen großen Teil dessen, was durch diesen riesigen Staudamm überhaupt bereitgestellt werden konnte. Jonnie vermutete, daß die Psychlos zur unmittelbaren Abwehr eines Angriffs die höchste Stufe vorgesehen hatten, daß man aber dann auf Stufe Eins zurückschalten konnte und damit Kraftreserven für die Teleportation verfügbar hatte.

Jonnie ließ die Eingänge, die ins Innere der Staudammanlage führten, durch versteckte Sprengladungen sichern. Er hielt das für besser, falls die Besucher aus dem Weltraum auf die Idee kommen sollten, sich hier unten umzusehen. Am frühen Nachmittag starteten sie zum Heimflug.

Es war ein Hoffnungsschimmer. Nicht mehr, aber immerhin das. Und genauso sagte es Jonnie auf dem Heimflug zu Sir Robert.

Er bat Sir Robert, für die nächste Zeit in Afrika die Leitung zu übernehmen, da er selber sich anderswo um ein paar Dinge kümmern mußte. Er wies den grauhaarigen alten Haudegen in die allgemeine Lage ein: Eine Bedrohung, der sie ausgesetzt waren, bestand in der Möglichkeit eines Gegenangriffs von Psychlo aus. Zweitens gab es die Besucher aus dem Weltraum, die offenbar auf irgend etwas warteten. Er wußte nicht genau, worum es ihnen ging, aber es lag auf der Hand, daß sie am Ende zum Schlag ausholen würden. Die Entwicklung der politischen Lage drüben in Amerika war eine geringere Bedrohung; dennoch, es waren Gefahren damit verbunden, aber man mußte die Dinge zunächst laufen lassen. Jonnie sagte, das einzige, was sie aus ihren Schwierigkeiten befreien konnte, wäre der technologische Zugriff auf die Teleportation oder mindestens der Besitz eines einsatzbereiten Grundgerüstes für einen Teleportations-Terminal. Damit wären mit einem Schlag all die Grenzen beseitigt, die ihren Operationsmöglichkeiten jetzt noch gesetzt waren. Aber es schien das bestgehütete Geheimnis der Psychlos zu sein, und alles, was sie bis jetzt unternommen und eingeleitet hatten, um das Geheimnis zu lüften, war nicht sehr erfolgversprechend.

Die wichtigste Aufgabe, sagte er, bestünde darin, den Rest der Menschheit zu schützen. So viele waren ja nicht mehr übriggeblieben. Ein großangelegter Angriff durch die Besucher aus dem Weltraum ... oder ein Gegenangriff von Psychlo ... das eine wie das andere konnte die Spezies Mensch für alle Zeiten auslöschen. Er werde, sagte Jonnie, gleich nach der Landung wieder aufbrechen, nach Rußland fliegen und sich speziell um Schutzmaßnahmen für die überlebenden Reste der Menschheit kümmern.

Er bat Sir Robert, einige örtliche Schutzmaßnahmen zu ergreifen, und zählte im einzelnen auf, was ihm vorschwebte.

Robert der Fuchs versicherte, er fühle sich geehrt und werde selbstverständlich alles Nötige veranlassen. Soweit erscheine ihm auch alles ziemlich einfach und unkompliziert. Aber ... wenn nun einer der Besucher aus dem Weltraum zu ihnen kam ... Mußten sie ihn mit Samthandschuhen anfassen?

Nein, das müßten sie nicht, sagte Jonnie, und Sir Robert lächelte.

Teil XXII

1

Der Rammgleiter der Bolbods war auf dem Bildschirm ziemlich klar zu erkennen. Es war ein zylinderförmiges Fahrzeug, die getreue Miniaturausgabe des Raumschiffes, aus dem es kam. Es setzte zur Landung in der Nähe des Staudamms an.

Der kleine graue Mann saß in seinem kleinen grauen Büro und beobachtete. Die Sache interessierte ihn, wenn auch aus ganz besonderen Gründen.

Nachträglich war er doch froh, daß er seinen Nachrichtenoffizier gebeten hatte, die Regale und zusätzlichen Bildschirme zu installieren. Es war noch ein Raumschiff der Jambitchows zu ihnen gestoßen. Der Kommandant – über und über mit goldglitzernden Schuppen bedeckt und mit Augen, die da saßen, wo man normalerweise den Mund vermutet hätte – hatte sich über die Lage informieren lassen, auch darüber, daß sie noch nicht genau wußten, ob es sich um den *einen* handelte. Er war damit einverstanden gewesen, sich dem gemischten Verband anzuschließen, und kreiste nun mit den anderen auf der Umlaufbahn. Einer der zusätzlichen Bildschirme zeigte das Gesicht des Jambitchows, der – genau wie alle anderen – aufmerksam verfolgte, was wohl bei diesem »Stoßtruppunternehmen« (so nannten die Bolbods den Vorstoß) herauskäme. Sechs Bildschirme. Auf fünf davon gespannte Gesichter, auf dem sechsten die Fernübertragung des Angriffs.

Während der letzten paar Tage hatte der kleine graue Mann sich viel besser gefühlt. Es war eine gute Idee gewesen, noch einmal hinunterzufliegen und die alte Frau zu besuchen. Sie war ganz sicher gewesen, daß seine Magenverstimmung nicht von dem Kräutertee herrühren könne. Ob er denn irgendwo in einem heidnischen Land irgendein Getränk zu sich genommen habe? Nun gut, er solle sich nichts draus machen und das hier trinken. »Buttermilch« hatte sie es genannt.

Er hatte die Buttermilch getrunken. Sie war ziemlich kalt gewesen, hatte recht gut geschmeckt, und kurz danach hatte sein

Magen aufgehört zu rebellieren. Aber die alte Frau hatte es nicht dabei bewenden lassen. Irgendwann vor langer Zeit hatte ein in der Ferne lebender Verwandter ihrer Familie ein paar Pflanzen geschickt, die prächtig gediehen waren und sich wuchernd auf einem nahegelegenen Hügel ausbreiteten. Man nannte das Kraut »Pfefferminze«, davon wolle sie ihm jetzt was holen. Das hatte sie dann auch getan, wobei sie allerdings sehr darauf bedacht war, einen weiten Bogen um sein Raumschiff zu schlagen. Die grünen Blätter hatten ein angenehmes Aroma. Er hatte ein paar davon gekaut, und siehe da, von seiner Magenverstimmung war fast nichts mehr zu spüren gewesen. Sie hatte ihm einen ganzen Packen von diesen Blättern mitgegeben.

Der kleine graue Mann hatte ihr etwas dafür bezahlen wollen, aber das hatte sie abgelehnt. Einander zu helfen, das gehöre sich so unter Nachbarn, hatte sie gesagt. Aber er hatte hartnäckig darauf bestanden, ihr doch etwas zu geben. Und da war sie schließlich mit folgender Bitte herausgerückt: Ein Stück weiter die Küste hinauf gebe es eine schwedische Siedlung, und sie habe sich nie mit den Leuten unterhalten können ... und ob wohl dieses Ding, das er da um den Hals trüge, er wisse schon, dieser Kasten, in den er hineinspreche und der dann Englisch rede ... ob der wohl auch was auf Schwedisch sagen könne?

Da er mehrere von diesen tragbaren Übersetzungsgeräten besaß, hatte er ihr den Sprachumwandler gern überlassen. Er hatte draußen auf der Bank Platz genommen und die Mikrochips ausgewechselt, flankiert von Hund und Kuh, die ihm mit offensichtlicher Neugier bei der Arbeit zusahen. Es war ein wirklich sehr angenehmer Nachmittag gewesen.

Der bolbodsche Rammgleiter setzte dröhnend in der Nähe des Staudamms auf. Die aussteigenden Bolbods trugen einen Sprengsatz bei sich.

»Ich bin davon ausgegangen, daß es sich lediglich um eine Sondierungsaktion handeln sollte!« sagte der Hawvin. »Hatten wir nicht vereinbart, daß sie nur erkunden sollten, was diese Wesen da unten am Staudamm getrieben haben?« Sie hatten von der Umlaufbahn aus beobachtet, welche merkwürdigen Possen diese Irdischen da unten trieben, und als reihenweise Bäume in die Luft geflogen waren, hatte das natürlich die Neugier der Raumschiffbesatzungen erregt, zumal dieses plötzliche Herumwirbeln von Bäumen ohne Wärmeentwicklung und ohne gleichzeitigen Ausbruch von Bränden erfolgt war. »Wenn wir einen Sprengsatz am Staudamm anbringen, könnte die Sache eine politische Bedeutung bekommen.«

»Meine Männer erhalten ihre Befehle von mir!« hörte man den Bolbod auf dem Bildschirm raunzen. Das war immer der Ärger bei gemischten Verbänden, daß jeder jedem ins Raumschiff reinkommandieren wollte! Andererseits war die Sache mit dem gemischten Verband seine Idee gewesen. Daher mußte er sich bei seinen Äußerungen ein wenig zurückhalten.

Drei Mann Besatzung gehörten zum Rammgleiter. Der erste trug den Sprengsatz, die beiden anderen folgten ihm mit ein paar Schritten Abstand.

Mit allen Anzeichen äußerster Spannung verfolgten die Gesichter auf den Bildschirmen die Operation, die da unten ablief. Es war der erste Vorstoß bis auf die Erdoberfläche. Wäre es nach dem kleinen grauen Mann gegangen, dann hätte er von dieser Aktion abgeraten. Aber es handelte sich um eine rein militärische Angelegenheit. Und man mußte schließlich, wie allgemein bekannt, herausfinden, welche Verteidigungsvorkehrungen ein Gegner getroffen hatte.

Der erste Bolbod war noch knapp zwanzig Meter vom Eingang zum Turbinenhaus entfernt. Das donnernde Rauschen des Überlaufwassers war laut und deutlich über den Infrarotstrahl zu hören. Wirklich ein gewaltiger, eindrucksvoller Staudamm.

Und plötzlich zuckte ein Blitz auf!

Eine Flammenkugel schoß himmelwärts.

Das Bild auf dem Schirm fing von der Erschütterung zu zittern an.

Der erste Bolbod war verschwunden, es mußte ihn wohl zerrissen haben. Er hatte irgend etwas ausgelöst, und dabei war sein eigener Sprengsatz hochgegangen.

Die Druckwelle hatte die beiden anderen Bolbods, die nicht weit hinter dem ersten gewesen waren, von den Beinen gerissen.

»Aha!« sagte der hocknersche Super-Leutnant. Es hörte sich an, als habe er die Ereignisse schon lange vorausgesehen.

Dabei meinte er mit seinem »Aha!« gar nicht die Explosion, sondern den Truppentransporter, den sie einen Augenblick vorher nicht auf ihren Bildschirmen gehabt hatten und der gerade eben dort unten landete, nicht weit von der Detonationsstelle entfernt. Ein paar Männer sprangen aus dem Flugkörper.

Schweden, dachte der kleine graue Mann, als er die blonden Haare sah. Angeführt wurde die Gruppe von einem schwarzbärtigen jungen Offizier, der einen Kilt trug, mit einem Breitschwert gegürtet war und zusätzlich eine Psychlo-Handfeuerwaffe im Halfter stecken hatte.

An der Seite des Kampfflugkörpers wurde eine Rampe heruntergelassen, ein Gabelstapler rollte auf den Boden.

Die Schweden hatten Ketten dabei, die sie um die beiden bewegungslos daliegenden Bolbods schlangen. Kurze Kommandorufe klangen auf, aber sie kamen nur schwach über den Infrarotstrahl, weil das Tosen der Wasserüberläufe sie übertönte.

Der schottische Offizier bemühte sich, Überreste des durch die Sprengladung zerrissenen Bolbods zu finden. Hier und da las er ein paar blutgetränkte Kleidungsfetzen auf; doch er schien etwas zu finden, stopfte es in einen Sack und winkte nach dem Gabelstapler. Der hievte die plumpen, schweren Bolbods in den Flugkörper, kam noch einmal zurück, nahm den Rammgleiter auf und verlud ihn ebenfalls.

Der Flugkörper hob ab und schwebte nach Norden davon. Die kleine Gruppe der Irdischen ging ins Turbinenhaus und war damit für die Beobachter oben auf der Umlaufbahn verschwunden.

Sie mußten alle erst versuchen, mit der Situation fertig zu werden, das sah man den Gesichtern auf den Bildschirmen an. Aber über die Gedanken, die jeder für sich hegte, verrieten die undurchdringlichen Mienen nichts.

Viel Zeit zum Nachgrübeln hatten sie nicht, denn der zweite Vorstoß zur Erdoberfläche war bereits im Gang. Die Leitstrahlen der Infrarotaufklärung schwenkten hinüber zum schneebedeckten Kamm des Mount Elgon, der von unten – gerade noch über der Wolkendecke herausragend – zu ihnen heraufschimmerte.

Es hatte sie mächtig geärgert zuzusehen, wie da unten dieses alte technische Gebilde aufgerichtet wurde, bei dem es sich offensichtlich um eines dieser Radioteleskope aus längstvergangenen Zeiten handelte. Das Ding schien sie auf ihrer Umlaufbahn unter Beobachtung zu halten.

Eine hocknersche Aufklärungs-Fähre mit fünf Hockner-Kämpfern war dazu ausersehen, das alte Ding unbrauchbar zu machen. Und in diesem Augenblick näherte sich die Fähre ihrem Ziel. Sie war nicht mit Bordwaffen bestückt, aber die Männer waren bewaffnet. Man sah sie – nasenlos, im vollen Schmuck ihrer überprächtigen Uniformen – unter der Glaskanzel der Fähre hocken. Das düsengetriebene Fahrzeug war nicht viel mehr als ein Schlitten. Es schien da unten sehr stürmisch zu sein, und die Hockner hatten Mühe, ihre Fähre auf dem mit Schnee und Eis bedeckten Bergrücken zu landen. Sie mußten sehr vorsichtig operieren, denn nicht weit von der vorgesehenen Landestelle gähnte ein Abgrund, dessen Tiefe von der Wolkendecke verborgen wurde. Genau dort, gerade noch in sicherer Entfernung vom Klippenrand, ragte dieses Ärgernis erregende Radioteleskop auf. Nach der anderen Seite hin, für die Besatzung der Aufklärungs-Fähre hinter dem riesigen Parabolspiegel verborgen, erstreckte sich ein Gletscher. O ja, es war wirklich stürmisch dort unten: ganze Schneewolken wehten vom Gipfel herunter.

Die Kommandanten oben in der Umlaufbahn beobachteten das Landeunternehmen mit gemischten Gefühlen. Die Hockner-Fähre brauchte unheimlich lange, setzte immer wieder zur Landung an, startete erneut durch, zog ein Stück hoch, versuchte es noch einmal ... Die Aufmerksamkeit der Zuschauer ließ nach.

Der tolnepsche Semi-Käpitan beschäftigte sich mit Berechnungen über den Verkaufserlös, der sich aus dem Sklavenhandel erzielen ließ. Er kannte einen Sauerstoff-Planeten, auf dem man ihm tausend Währungseinheiten pro Sklave zahlen würde, vorausgesetzt natürlich, er lieferte ihn lebend dort ab. Seiner Schätzung nach konnte er aus einer Ladung von rund dreißigtausend Gefangenen ungefähr fünfzehntausend lebend durchbringen. Das ergab einen Verkaufserlös von fünfzehn Millionen Galaktischen Währungseinheiten. Die neunzehn Prozent, die er als persönliches Prämiengeld erhalten würde, machten zwei Millionen achthundertfünfzigtausend Währungseinheiten aus. Bei seinen Gläubigern hatte er Spielschulden in Höhe von zweiundfünfzigtausendachthundertundsechzig Währungseinheiten; deshalb war er ja froh gewesen, sich auf diese lange Raumfahrt verdrücken zu können. Summa summarum blieben ihm ... zwei Millionen siebenhundertsiebenundneunzigtausendeinhundertvierzig Währungseinheiten, genug, um sich zur Ruhe setzen zu können!

Der Hawvin dachte über all die Silber- und Kupfermünzen nach, die es in den Ruinen der früheren Banken geben mußte. Bei den Psychlos standen die beiden Metalle nicht hoch im Kurs, aber er kannte einen Markt dafür.

Die Gedanken des Bolbods hatten mehr um all die schönen Maschinenparks der Psychlos da unten gekreist, allerdings nur so lange, bis man ihm den Rammgleiter weggeschnappt hatte. Seitdem beschäftigte er sich mehr mit Überlegungen, wie er es den Irdischen heimzahlen könne.

Der Kommandant der Jambitchows fragte sich, wie er die anderen Mitglieder des »gemischten Verbandes« um die Sklaven, das Metall und die Maschinen bringen könnte.

Und dann hatte es die Aufklärungs-Fähre endlich geschafft, an der Klippe aufzusetzen, so daß sie nun alle wieder ihre Aufmerksamkeit nach unten richteten.

Die fünf Hockner stiegen aus. Ein bißchen plump sahen sie in ihren phantasievoll verzierten Raumanzügen aus, und wie sie sich die Gewehrriemen von den Schultern streiften ... das wirkte auch nicht gerade graziös.

Plötzlich schepperte da unten in den Funkgeräten die Stimme des hocknerschen Offiziers, der von oben aus der Umlaufbahn das Landeunternehmen überwachte. Die Zuschauer hörten es über den Infrastrahl mit.

»Vorsicht! Paßt auf den Kampfflugkörper auf!«

Ja, freilich gab es da einen Kampfflugkörper. Er kreiste in ungefähr sechzigtausend Meter Höhe, aber schon seit einer Stunde. Er hatte bisher keinerlei Anstalten gemacht einzugreifen, und er tat es auch jetzt nicht. Die fünf Hockner schauten suchend in die Höhe. Der Kampfflugkörper erschien für sie nur als winziges Pünktchen, kaum gegen den blauen Himmel auszumachen.

»Nein, *da* doch nicht!« hörte man den Überwachungsoffizier der Hockner ins Funkgerät bellen. »Von euch aus gesehen um die Ecke! Er kommt den Gletscher hoch!«

Jetzt erst sahen ihn die Beobachter aus der Umlaufbahn auf ihren Bildschirmen. Sie konnten ihn lediglich als schmalen Strich auf dem Gletscher erkennen, weil nur die Oberkante herausragte, während die Masse des Rumpfes durch den fast bis über das Teleskop ragenden Felsvorsprung verborgen war. Der Kampfflugkörper hatte sich während der gesamten Annäherung dicht an diesem Gletscher emporgeschlichen. Und jetzt war er bis auf ungefähr hundert Meter an das Teleskop herangekommen. Dort verharrte er, durch die Kraft der Teleportationsmotoren in der Schwebe gehalten, direkt über dem starken Gefälle des Gletschers. Ob jemand von der Besatzung ausstieg ... von hier oben war nichts zu erkennen.

Die fünf Hockner waren sich nun der Gefahr bewußt, aber sie konnten immer noch nichts sehen. Geduckt, die Waffen im Anschlag, stürmten sie vor.

Wuchtdruckwaffen hämmerten los. Mündungsfeuer flammte hinter dem Teleskop auf.

Ein Hockner, dicht am Klippenrand, wurde getroffen und hochgerissen. Wirbelnd flog er durch die Luft und verschwand durch die Wolkendecke in der Tiefe.

Die Aufklärungs-Fähre bekam einen Treffer ab, rutschte nach hinten weg, kippte über die Felskante und stürzte ins Nichts.

Vier Hockner waren noch übriggeblieben. Aus allen Rohren feuernd stürmten sie durch Schneegestöber und eisigen Wind vorwärts.

Ohne Unterlaß konnten die Zuschauer über den Infrarotstrahl das dumpfe Hämmern der Waffen vernehmen. Der ganze Bereich unter dem Teleskop schien unablässig grüne Feuerbälle aus donnernder Energie zu spucken.

Ein Hockner brach zusammen. Noch einer. Dann waren es schon drei! Der vierte kam bis fast an den riesigen Parabolspiegel heran, ehe es auch ihn erwischte. Dumpf schlug sein Körper auf der Schneedecke auf.

Das scharfe Heulen des Gipfelwindes war nun das einzige Geräusch, das von unten heraufdrang.

Aus der Deckung hinter dem Radioteleskop sprangen ein paar Irdische auf. Sie stürmten vorwärts. Ihre rot-weißen Höhenanzüge leuchteten wie Blutstropfen auf der Schneefläche. Sie drehten die Hockner um, nahmen ihnen die Waffen weg. Einer der Irdischen spähte über den Klippenrand in den Abgrund, der die Fähre und einen der Angreifer verschlungen hatte. Aber da gab es nicht mehr zu sehen als das dicht gebauschte Polster der oberen Wolkenschichten.

Die vier Hockner wurden von den Irdischen hochgehoben und weggeschleift. Mit Seilen gesichert ging es rutschend und schlitternd den Gletscher abwärts. Dort stand der Flugkörper, jetzt besser zu erkennen, und in den verluden sie die vier Hockner.

Einer der Irdischen kam noch einmal zurück, überzeugte sich, daß das Radioteleskop keine Beschädigungen davongetragen hatte, rutschte den Gletscher hinunter, kriegte die Seitentür des Flugkörpers zu fassen und schwang sich an Bord.

Die Maschine hob ab und schwebte durch die Wolkendecke nach unten. Der Infrarotstrahl tastete sich durch die grauweiße Schicht und verfolgte den Flugkörper auf seinem Weg bis zurück zum Rohstoffcamp.

»Das beweist alles!« murmelte der tolnepsche Semi-Kapitän düster vor sich hin. »Es ist genauso gekommen, wie ich's mir gedacht habe.«

Die Bemerkungen der anderen, daß schließlich er es gewesen wäre, der die Sondierungsaktionen befürwortet habe, überhörte er geflissentlich.

»Sie haben einen Köder für uns ausgelegt«, fuhr der Tolnep fort. »Die Sache ist doch sonnenklar. Gestern am Staudamm ... diese herumwirbelnden Bäume ... das war bloß fauler Zauber, um uns neugierig zu machen. Dann haben sie sich auf die Lauer gelegt und auf uns gewartet und prompt zwei Mann von der Besatzung der Bolbods geschnappt.«

»Und was dieses Radioteleskop betrifft«, setzte er seine Spekulationen fort, »das ist nur Attrappe, wie ich übrigens von Anfang an vermutet habe. Diese Dinger sind schon seit Jahrhunderten nicht mehr in Gebrauch. Wer es darauf abgesehen hat, besonders schwache Signale und entfernte Funkkommunikationen aufzunehmen, benutzt natürlich Infrarotstrahlen. Also haben sie da mit viel Mühe diese Scheinanlage aufgebaut, um uns zu verleiten, daß wir eine Aufklärungsmannschaft losschicken. Keiner von den Hocknern ist getötet worden, außer dem einen, der so ungeschickt war, in den Abgrund zu stürzen. Sie hatten ihre Waffen auf ›Betäubung‹ gestellt. Und so war ihr Unternehmen, den Hockner-Männern aufzulauern, letzten Endes ein voller Erfolg.«

»Müssen Sie das alles so offen über Funk durchgeben?« fragte der Kommandant der Jambitchows und strich sich bedenklich über seine polierten Schuppen. »Die haben uns vielleicht auf dem Monitor.«

»Unsinn«, befand der Tolnep. »Unsere Sensoren zeigen keine Funkaufklärung durch Infrarotstrahlen an. Und wir haben ja auf Nahbereich geschaltet. Ich sage Ihnen, daß diese Radioteleskope seit ... seit dem Hambon-Sonnen-Krieg von niemandem mehr benutzt werden! Sie sind viel zu störanfällig. Und dann dieser massige Aufbau! Das ist nur eine Scheinanlage. Haben Sie nicht den raffinierten Trick von diesem Offizier bemerkt, der noch mal zurückgekommen ist und so getan hat, als ob er alles überprüfen wollte? Die rechnen doch bloß damit, daß wir es wieder versuchen.«

»Meiner Ansicht nach haben sie das gar nicht nötig«, meinte der Hawvin. »Sie haben jetzt zwei Bolbods und vier Mann von der Besatzung der Hockner, und die können sie in aller Ruhe verhören. Wenn ich mir die Verhörmethoden der Psychlos vorstelle, möchte ich nicht in der Haut der Besatzungsmitglieder stecken!«

»Na, sie sind ja keine Psychlos«, sagte der Super-Leutnant der Hockner. Er sagte es wohl mehr zu seiner eigenen Beruhigung, denn er war über das Schicksal seiner Leute außerordentlich bestürzt.

»Aber ja doch!« behauptete der Bolbod. »Wir haben doch neulich alle dieses Psychlo-Weib zusammen mit den Irdischen unten am See gesehen. Bei den Psychlos war das schon immer so, daß sie fremde abhängige Spezies für ihre Zwecke benutzt haben. Dafür gibt es genügend Beispiele aus der Vergangenheit. Ich schlage vor, daß wir einen massiven Sofortangriff starten und ihnen alles, was sie da unten an Gerät haben, kurz und klein schlagen, bevor sie sich noch weiter gegen eine solche Aktion wappnen können.«

Aber in diesem Augenblick erschien, wenn auch ein wenig unklar, auf sämtlichen Schirmen ein Bild, das sie erstarren ließ. Es war ein menschliches Antlitz mit grauschwarzen Haaren und von einem grauschwarzen Bart umrahmt, blauäugig. Was das Wesen um sich geschlungen hatte, schien so eine Art alter Umhang zu sein.

»Bitte, gehen Sie auf eine so starke Sende- und Empfangsleistung, daß wir uns untereinander verständigen können«, sagte das wie aus dem Nichts aufgetauchte Wesen in Psychlo-Sprache. »Ich möchte mit Ihnen über die Rückgabe Ihrer Leute verhandeln. Die beiden Bolbods sind noch ein bißchen benommen, aber unverletzt. Die vier Hockner sind lediglich betäubt. Ach ja ... einer hat sich den Arm gebrochen.«

Sie gingen auf volle Sendeleistung. Aber die Antworten, die sie gaben, waren ein einziges nachdrückliches Nein!

Die Stimme des tolnepschen Semi-Kapitäns übertönte den allgemeinen Aufruhr. »Ach, damit wir einen Rettungstrupp losschicken und Sie den auch noch schnappen können, wie? Nein, und zwar ganz entschieden!«

»Da drüben bei dem schwarzen Vulkankegel gibt es einen Schräghang, völlig offen und weithin einzusehen. Keiner von unseren Flugkörpern wird in der Nähe sein. Dort können wir Ihre Männer zur Abholung bereitlegen.« Dem Irdischen lag offensichtlich daran, sie zu überzeugen. »Wir können einen Waffenstillstand vereinbaren. Wir werden das Landefahrzeug nicht beschießen oder anderweitig behelligen.«

»*So* schnell könnt ihr sie noch gar nicht verhört haben«, sagte der Jambitchow. »Also müssen sie tot sein!«

»Nein, sie sind wohlauf«, widersprach der Irdische. »Ihr wollt sie also wirklich nicht abholen?«

Wieder ein nachdrückliches Nein.

»Auch gut«, meinte der Irdische achselzuckend. »Dann sagt uns wenigstens, welche Art Nahrung sie zu sich nehmen.«

Der Tolnep gab den anderen über die Bildschirmverbindung ein Zeichen: Man solle *ihn* sprechen lassen ... In verbindlichem Tonfall, aber mit verkniffenem Lächeln gab er seine Antwort: »Nun, wenn's darum geht ... Wir werden ein Verpflegungspaket zusammenstellen und hinunterschicken.«

Sie schalteten auf die Nahbereichsfrequenz zurück. »Alles, was sich bisher ereignet hat, ist nur so gekommen, weil sie uns an der Nase herumgeführt haben. Ich hab's ja gleich gesagt. Zwei von euch haben die Sache verpfuscht. Jetzt kümmere ich mich darum.«

Nicht lange, und aus dem tolnepschen Kampf-Raumgleiter schoß ein raketengetriebenes Paket heraus. Es war punktgenau gezielt, und als es die Wolkendecke durchdrungen hatte, öffnete sich der Fallschirm. Es trudelte nach unten und landete nahe am Seeufer.

Sofort kam vom Camp ein Fahrzeug angejagt, Richtung Landestelle. Ein Lächeln glitt über die Gesichter auf den Bildschirmen. Wenn die Burschen da unten Psychlos waren ... ach, ganz egal, wer und was sie waren, es stand ihnen eine hübsche Überraschung bevor!

Der hocknersche Super-Leutnant hatte eilig ein Erkennungsbuch durchgeblättert, und nun rief er aus: »Na, wer sagt's denn! Ein Sturmpanzer vom Typ ›Wir schlagen uns durch, dem Sieg entgegen!‹ Perfekt gepanzert!«

Der Panzer fuhr dicht an das Paket heran, senkte ein Turmgeschütz und feuerte. Es war ein Schuß mit schwacher Ladung gewesen, aber es genügte, um das Paket – das natürlich eine Bombe gewesen war – in einem Feuerball explodieren zu lassen. Der Panzer gab auf die Überreste noch einen zweiten Schuß ab. Dann stieg jemand aus und sammelte die heißen Splitter ein.

»So, nun haben sie auch noch die Überreste unserer Bombe und können sie analysieren!« regte der Hawvin sich auf.

Eilends begannen sie zu beraten. Der kleine graue Mann beschränkte sich aufs Zuhören. Kommißköpfe, dachte er bei sich, können mitunter recht merkwürdig sein. Sie stimmten überein, daß diese Irdischen es jedesmal darauf anlegten, ihnen ein Schnippchen zu schlagen, und daß der strategische Plan dieser Leute darin bestand, sich die Invasoren stückchenweise vorzunehmen und sie auf diese Weise zu zerreiben, und daß sie jetzt besser warten sollten, bis der Kurier käme, dessen Rückkehr der kleine graue Mann angekündigt hatte. Von ihm könnten sie dann vielleicht erfahren, ob der *eine* gefunden worden war. In der Zwischenzeit sollte es Vorstöße nur unter Einsatz des sichersten Aufklärer-Typs, über den sie verfügten, und nur in militärisch ungeschützte Gebiete geben. Sobald sie dann Bescheid wußten, ob es sich da unten um den *einen* handelte, wie auch immer die Antwort ausfiel, würden sie in einem konzentrierten Angriff hinunterstürzen und alles zerstören und ausplündern.

Außer dem Tolnep waren alle Kommandanten damit einverstanden. Der Tolnep kochte immer noch vor Wut, weil ihm der Trick mit der Bombe nicht gelungen war.

»Eigentlich sollte ich sofort runtergehen und alles, was da kreucht und fleucht, einfach totbeißen!« zischte er.

Der Hockner rückte das Monokel zurecht. »Wir sind alle der Meinung, daß das eine hervorragende Idee wäre«, sagte er mit spöttischem Säuseln.

»Ja, warum tun Sie's nicht?« stimmten die anderen zu. »Wir sind vollkommen einverstanden!«

Der Tolnep merkte, daß sie nur zu froh gewesen wären, ihn endlich loszuwerden. Er gab klein bei, fürs erste jedenfalls. Später würde man dann weitersehen.

2

Jonnie hatte die Reise unternommen, um sich Verteidigungsanlagen anzusehen. Aber bis jetzt hatte er noch nicht viel mehr zu Gesicht bekommen als überall nur Leute, Leute, Leute.

Der Flug war recht angenehm verlaufen. Als der junge, frisch ausgebildete Pilot Jonnie den Steuerknüppel überlassen mußte, stand ihm die Enttäuschung deutlich ins Gesicht geschrieben. Jonnie hatte es sehr wohl registriert und sich innerlich darüber amüsiert. Wozu sollte er sich denn herumfliegen lassen, wenn ihm gar nichts fehlte – kein gebrochener Arm, nichts?

Eine Eskorte aus drei Kampfflugkörpern Mark 32 stieg auf, sobald Jonnie gestartet war, und hielt sich dicht in seiner Nähe. Es waren Flugkörper der Langstreckenversion, groß genug, um zusätzlich eine Gruppe Psychlos zu transportieren. Jonnie flog mit Nordwestkurs über Afrika, überquerte das Rote Meer und gelangte über den Mittleren Osten nach Rußland. In sechzigtausend Meter Flughöhe kam er schnell voran. Er orientierte sich an den Umrissen von Seen und am Verlauf der Flüsse; Colonel Iwan hatte ihm die wichtigsten Markierungen mit dem Finger in den Sand gemalt. Er war auf Schnee gefaßt gewesen, aber obwohl es schon Herbst war, lag nur auf den Berggipfeln Schnee, unter ihm und östlich der Route. Er fand die Orientierungspunkte, die der Colonel ihm genannt hatte, er fand den vorgesehenen Landepunkt, aber ... als er unten war, kam er sich vor, als wäre er mitten in eine Brandung aus wild durcheinander wogenden Menschen eingetaucht. Gut, daß Colonel Iwan und ein Dutzend berittener Lanzenträger ihm in diesem Gewimmel wenigstens einen Landeplatz freihielten! Fünfhundert Leute mußten es mindestens sein, die sich da unten drängten.

Er öffnete die Tür, der Lärm traf ihn wie ein Schlag. Sie brachten Hochrufe aus, so laut und ausdauernd, daß sie sich bestimmt heiser schrien! Das Getöse brandete in Wellen auf ihn ein, es war unmöglich, irgend etwas zu verstehen. Ja, das Gedränge war so dicht, daß die vielen Gesichter zu einer einzigen Masse zu verschmelzen schienen.

Colonel Iwan saß ab, als Jonnie aus dem Flugkörper stieg. Der Colonel gab sich ein wenig steif und betont formell, denn er fürchtete, Jonnie könne ihm wegen Bitties Tod Vorwürfe machen. Er trug einen schwarzen Trauerflor am Ärmel. Erst als Jonnie ihm spontan den Arm um die Schultern legte, war für den Colonel die Welt wieder in Ordnung.

Man brachte Jonnie ein Pferd, einen Hengst mit goldschimmerndem Fell, mit einem Sattel aus Schaffell, und er schwang sich hinauf. Wieder brach die Menge in Hochrufe aus. Das einzige russische Wort, das er kannte, war »Strastvuitje«, was soviel wie »guten Tag« hieß. Er rief es – immer wieder und so laut er konnte, und die Menge jubelte ihm zu.

Jonnie sah sich um. Sie befanden sich in der Nähe ... na, man konnte schon sagen: direkt am Fuße gewaltig aufragender Berge. Ein sehr hohes Gebirge ... Viertausender? Die Gipfel waren schneebedeckt. Die frühere russische Basis konnte nicht weit entfernt sein. Er hatte angenommen, sie würden gleich dorthin gehen, und er könne sich sofort an Ort und Stelle ein Urteil bilden. Aber er schien der einzige zu sein, der das für eine gute Idee hielt. Aus Fellen und Filzstoffen waren Zelte aufgerichtet, aus Feuerstellen stieg kringelnder Rauch auf, und die Leute trugen – was Jonnie erst jetzt auffiel – ihre besten Kleider. Da wurde ein Fest gefeiert, und daraus, wie sie ihn alle bedrängten, mußte er schließen, daß es seinetwegen geschah. Die Frage ging ihm durch den Kopf, ob Thor eigentlich auf seiner Rundreise auch hier gewesen wäre, denn dann mußten ja viele dieser Leute glauben, daß sie ihn schon einmal gesehen hätten. Nun, wie auch immer, mit seinem einen Wort Russisch war er ja bis jetzt über die Runden gekommen.

Die Berittenen bahnten ihm den Weg. Sooft Jonnie zum Gruß die Hände hob oder nach allen Seiten nickte, brach von neuem ohrenbetäubender Jubel aus. Dieses farbenprächtige Bild! Dieses Gesichtermeer! Die Melodie der russischen Sprache war ihm soweit bekannt, daß er die fremden Töne um so deutlicher registrierte. »Bravo!« erklang und »Bueno!« und »Viva!« Nanu, das hörte sich doch nach den Llaneros an? Richtig, da war so ein breitkrempiger, schwarzer Lederhut ... nein, gleich mehrere ... und auch ein paar hohe Strohhüte.

Der Duft von frischgebratenem Fleisch und der scharfe Geruch von Dungfeuern lag in der Luft. Balalaikamusik ertönte, spanische Gitarren und Holzflöten aus den Anden fielen ein, begleitet vom dumpfen Dröhnen mongolischer Trommeln.

Der Colonel geleitete ihn zu einem Zelt aus Fellen, das man für ihn errichtet hatte. Er winkte der Menge noch einmal zu, rief – obwohl es ja jetzt eigentlich nicht mehr paßte – sein einziges russisches Wort und trat ein.

Ein Koordinator war mit hereingekommen, und mit seiner Hilfe erkundigte sich Jonnie, ob es nun soweit wäre, daß sie die Basis besichtigen könnten.

Der Colonel war entsetzt. Njet, njet, jetzt doch nicht! Man mußte ja auch an die Leute denken! Viele von ihnen ... ach was, die allermeisten waren noch nie mit Jonnie zusammengetroffen, sie hatten noch nicht einmal ein Bild von ihm gesehen.

Jonnie erwiderte, das sei es ja gerade, was er ständig tue: an die Leute zu denken. Nämlich daran, daß ihnen kein Unglück widerfahren dürfe.

Unglück, entgegnete der Colonel, könne einem immer und überall widerfahren, aber nicht jeder Tag bringe die Gelegenheit, Jonnie bei sich zu haben. »Wjerna?« fragte er, was wohl soviel wie »hab ich nicht recht?« heißen mußte.

Nun, Jonnie war froh, daß er seine schwere Fliegermontur ausziehen konnte. Es war hier längst nicht so kalt, wie er erwartet hatte. Der Colonel hatte die Reisetasche für Jonnie mit hereingebracht, aber er legte sie beiseite. Er hatte einen Anzug anfertigen lassen, aus geschmeidigem, fast weißem Rehleder. Er sah nicht ganz so aus wie der auf dem Bild der Banknote, die Schnürbänder waren durch Patronenschlaufen links und rechts auf der Brust ersetzt. Hübsch hatten das die Mädchen aus dem Dorf gemacht. Und ein Paar Mokassins hatte der Colonel auch noch. Die müßten doch wohl passen, oder? Aber er könne natürlich auch, wenn ihm das lieber wäre, Militärstiefel und bauschige, rote Hosen bekommen. Und was er denn von dem Goldhelm hielte? Nein, natürlich kein echtes Gold. Ein russischer Leichtmetallhelm, aus schußsicherem Aluminium. Jemand, der hier vorbeigekommen war, hatte ihn zur alten Mine bei Grosny mitgenommen und mit Beryllium überzogen. Es war zwar kein roter Stern drauf, überhaupt kein Abzeichen, aber hier, dieser dünne Kinnriemen mit den aufgesetzten schweren Ohrenschützern, über und über mit bunten Perlen bestickt, das war sibirische Handarbeit, hübsch, nicht? Übrigens habe doch Dr. MacKendrick ausdrücklich gesagt, Jonnie solle nach den Schädelbrüchen besonders gut auf seinen Kopf achtgeben, nicht wahr? Also, dann solle er ihn auch aufsetzen! Jonnie wandte ein, er könne darunter nichts hören, wenn er den Riemen zuband. Nichts da, er solle ihn tragen!

Jonnie wusch sich das Gesicht und zog sich an, nicht ohne den Colonel wissen zu lassen, daß er ihn für einen rechten Tyrannen halte. Was den überhaupt nicht beeindruckte, sondern nur zu dem Eingeständnis verleitete, das sei noch das Harmloseste, was man über ihn sagen könne.

Während Jonnie bei den letzten Vorbereitungen war, erzählte ihm der Colonel, wie sich die Dinge hier in der Nähe der alten unterirdischen Basis entwickelt hatten. Der ursprüngliche Plan war ja gewesen, sie durch Amerikaner besetzen zu lassen. So hatte es der Rat ... also, noch der alte Rat, nicht das, was sich heute so nannte ... so hatte er es zustimmend zur Kenntnis genommen. Sie hatten ein paar Südamerikaner angeheuert und herübergeholt. Aber oben, schon in den arktischen Gefilden, gab es Nachfahren der nach Sibirien Verbannten, und die waren ständig am Verhungern gewesen. Deshalb waren sie nun geschlossen südwärts gezogen, mit Kind und Kegel, und lebten jetzt hier: die Sibirier (er hatte sie ja draußen gesehen, die in den weißen Bärenfellen). Und dann war ein kleiner Stamm aufgefunden worden, der im Kaukasus überlebt hatte, die Leute waren nun auch da. Also, wenn man's recht bedachte, bestand die Besatzung der Basis schließlich doch überwiegend aus Russen. Aber sie hatten auch einen Amerikaner hier, o ja! Ob er ihn sehen wolle? Er stünde schon draußen.

Der Amerikaner wurde hereingebeten. Er zog ein junges Mädchen hinter sich her. Grinsend stand er da. Es war ein Junge aus Jonnies Dorf! Tom Smiley Townsen. Beide freuten sich über das Wiedersehen. Tom Smiley war ein hoch gewachsener Bursche, ungefähr von Jonnies Statur, ein Jahr jünger. Er erzählte, daß er die Ausbildung im Maschinenwesen abgeschlossen und zufällig vom Mangel, der in Rußland an Maschinenpersonal herrsche, gehört habe, und da habe er kurzentschlossen den nächsten Flug genommen, und nun arbeite er schon seit über einem Monat hier: als Fahrer der schweren Grubenmaschinen und als Ausbilder und auch mal als Mechaniker, wenn etwas kaputt sei.

Und das hier ... das war sein Mädchen, Margarita. »*Margarita, permiteme presentarte al Gran Señor Jonnie.*«

Das Mädchen war bildhübsch, aber sehr scheu, ganz von Ehrfurcht im Bann gehalten. Jonnie verbeugte sich, wie er das bei Sir Robert gesehen hatte. Und sie machte einen artigen Knicks.

Tom Smiley erzählte, daß sie in ein paar Wochen heiraten

wollten, und Jonnie wünschte ihnen einen Haufen Kinder. Als Tom Smiley ihr das übersetzte, wurde Margarita über und über rot, nickte aber eifrig dazu.

Zum ersten Mal hörte Jonnie davon, daß die Dorfbewohner drüben in Amerika umgezogen waren. Dank seiner Ausbildung wäre Tom Smiley in der Lage gewesen, die Pässe im Winter mit einem Frontschaufler freizuhalten, so daß die Dorfbewohner nicht mehr - wie früher - Hunger leiden müßten. Aber da, wo sie jetzt lebten, gab es weniger Schnee. Es war dieselbe alte Stadt, die ihnen Jonnie damals empfohlen hatte. Nur, bei Brown Limper war alles ganz anders gelaufen. Er hatte Soldaten geschickt und die Leute einfach zum Umzug gezwungen. Sie hatten sogar ihr Hab und Gut zurücklassen müssen. Aber es waren ja noch vier andere Jungen aus dem Dorf ausgebildet worden, zwei an Arbeitsmaschinen und zwei als Piloten, und die würden wohl das Eigentum der Dorfbewohner inzwischen nachgeholt haben.

Der Colonel komplimentierte die beiden hinaus. Er schenkte Jonnie einen Wodka ein - einen vom »edelsten Tröpfchen, das je gebrannt wurde«. Es sprengte Jonnie fast die Schädeldecke weg! Ein wahres Wundermittel nach der Strapaze des Fluges! Das Zeug mußte aus Bärenzähnen gebraut sein!

Richtig, bestätigte der Colonel, genauso sei es, und wie er denn so schnell hinter dieses alte Geheimrezept gekommen sei? Dann nahm er ihn mit nach draußen.

Die meisten der Leute waren eifrig mit den letzten Vorbereitungen für ein großes Fest mit gutem Essen und bei fröhlichen Tänzen beschäftigt, aber soviel Zeit, Jonnie im Vorbeigehen immer und immer wieder zuzulächeln, nahmen sie sich allemal.

Zwei deutsche Piloten, die mit aus Afrika gekommen waren, saßen - mit Trinkbechern in den Händen - an einer der Feuerstellen, der dritte zog hoch oben in der Luft seine Kreise, und das Motorengeräusch, so schwach es auch wegen der großen Flughöhe zu hören war, gab dennoch das beruhigende Gefühl, daß dort einer Wache hielt. Jonnie nickte den beiden wachfreien Piloten freundlich zu und meinte, sie sollten sich's ruhig gemütlich machen und sich ein bißchen entspannen. Sie schauten ihn nur ernst und respektvoll an, was ihn daran erinnerte, daß ihre Anweisungen eigentlich ganz anders lauteten. Einer hatte jeweils Patrouille zu fliegen, die beiden anderen mußten sich ständig für einen Alarmstart bereithalten, sogar die Schlafperiode in ihren Maschinen verbringen und stets die Funkgeräte eingeschaltet haben. Er merkte, daß die Fröhlichkeit und die festliche Stimmung ringsumher bei ihm das Bewußtsein für die latent lauernde Gefahr ein wenig eingelullt hatten. Dabei war die Lage unverändert ernst, sie lebten unter der ständigen Drohung eines Krieges mit Kräften, die nicht unterschätzt werden durften.

Der Colonel führte ihn auf einen kleinen Hügel und zeigte ihm mit einer weitausholenden Geste, wie großartig dieses Land war. Baumwolle wuchs in solcher Fülle, daß man Tausende damit kleiden konnte. Es gab wilden Weizen und wilden Hafer, Kühe und Schafherden, und alles so reichlich, daß es Hunderttausende ernährt hätte. Die Ruinen dort drüben ... das war einmal eine Stadt mit vielen Fabriken gewesen. Die Maschinen liefen nicht mehr, sie waren längst verrostet und verrottet. Aber, ließ der Colonel ihn wissen, Tom Smiley glaubte, er bekäme mindestens ein paar von den Webstühlen wieder hin. Jonnie fragte sich im stillen, ob sie womöglich in Tom Smiley einen zweiten Angus gefunden hätten.

Ach ja ... und ob Jonnie denn wisse, daß es dort drüben, weit im Südosten, eine alte Gruft gab, in der ein früherer Beherrscher der Welt seine letzte Ruhestätte gefunden hatte? Ein Mongole namens Timur-Leng. Beinahe zweitausend Jahre war es jetzt her, da hatte er über die ganze Welt regiert, wirklich. Er würde Jonnie mal mit hinübernehmen und ihm die alte Gruft zeigen. Die Grabinschrift war ja schließlich unmißverständlich.

Jonnie hatte nun wirklich schon genug gehört über diese Hitlers und Napoleons und wie sie alle hießen. Er hatte sich oft gefragt, ob es da nicht einen Zusammenhang gäbe: Wenn dieses Geschmeiß nicht immer nur auf persönliche Machtfülle und Weltherrschaft erpicht gewesen wäre, hätte sich vielleicht die Entwicklung der Menschheit so vollzogen, daß es möglich gewesen wäre, den Angriff der Psychlos zurückzuschlagen. Er hatte mal eine These gehört, daß nur der Krieg die Erfindung neuer Techniken fördere, aber seiner Meinung nach konnte das eigentlich nur eine Maxime der Psychlos sein. Er sprach das alles nicht aus; der Colonel mochte denken, er stehe nur da und freue sich über den wahrhaft schönen Ausblick, den sie vom Hügel hatten.

Die Basis? Ach ja, die frühere unterirdische Verteidigungsanlage. Der Colonel deutete in die Richtung: da drüben, gar nicht weit. Morgen würde er ihm alles genau zeigen.

Als sie sich anschickten, wieder hinunterzugehen, begegneten ihnen drei Männer: Sir Andrew MacNulty, Vorsitzender der Föderation und Chef aller Koordinatoren, ein Schotte, dem die Fröhlichkeit ins Gesicht geschrieben stand, und zwei Begleiter. MacNulty hatte gehört, daß Jonnie hier wäre, und war gerade mit einem Flugkörper eingetroffen. Ein Mann mit angenehmen Umgangsformen und von ansteckender Fröhlichkeit; bei der großen

Schar seiner Koordinatoren erfreute er sich allgemeiner Beliebtheit. Jonnie war froh über die Gelegenheit, ihn kennenzulernen, denn zu MacNultys Aufgaben gehörte es auch, sich darum zu kümmern, daß die Stämme, wo immer das angebracht war, in Gegenden umzogen, in denen sie sicher waren und versorgt werden konnten. Er sprach Sir Andrew seine Anerkennung aus für die eindrucksvolle Arbeit, die von den Koordinatoren geleistet wurde, und Sir Andrew dankte ihm dafür, daß er damals in Afrika seinen beiden Mitarbeitern das Leben gerettet hatte. Jonnie hatte das Gefühl, daß er mit diesem Mann gut auskommen werde.

Bei Sonnenuntergang begann das Fest, und es dauerte die ganze Nacht, bis die Sterne verblaßten. Da wurde getanzt und musiziert und wieder getanzt ... Spanische Tänze, eine Tanzpantomime aus Sibirien, die eine Bärenjagd darstellte, wilde Springtänze aus dem Kaukasus, Feuerschein und fröhliches Lachen, gutes Essen und genug zu trinken für jeden. Weil Jonnie nie viel getrunken hatte, in dieser Nacht aber anscheinend jeder mit ihm anstoßen wollte, hatte er am nächsten Morgen, als der Colonel zu ihm ins Zelt gestürmt kam und ihn voller Tatendrang weckte, einen mächtigen Brummschädel.

Nach einem kurzen Frühstück brachen sie mit großem Gefolge auf, um die alte Verteidigungsanlage zu besichtigen. Der Colonel erklärte ihm, die vielen Leute, die mit ihnen unterwegs waren, hätten alle dort gearbeitet und wollten sich nun auch persönlich davon überzeugen, ob er zufrieden wäre, und für alle Fälle in der Nähe sein, um die Dinge, die er vielleicht bemängelte, sofort in Ordnung zu bringen. Sie trugen jetzt nicht mehr ihre Festkleidung, sondern hatten sich umgezogen, um sofort an die Arbeit gehen zu können, wenn es notwendig würde.

Ein Tunnel, halb unter Felsüberhängen verborgen, führte in die frühere Basis, die – entsprechend ihrer Bestimmung als Befehlszentrale und sicheres Arsenal für Nuklearwaffen – tief in den Fels gehauen war. Wegen der Erdbeben, die es gelegentlich in dieser Gegend gab, hatte man alles durch einen besonders starken Betonausbau gesichert. Die Anlage war zwar nicht so komfortabel eingerichtet wie die drüben in Amerika, aber sogar noch weitläufiger.

Als Lichtquellen waren Grubenlampen aus Psychlo-Beständen aufgehängt. Die vielen Toten, die hier gefunden wurden, hatte man feierlich beigesetzt, und dann war mit Hilfe großer Kehrmaschinen, die aus Grosny eingeflogen wurden, überall gründlich aufgeräumt worden. Tom Smiley war es gelungen, die Wasserversorgung wieder in Gang zu bringen. Der Colonel betonte, er habe ursprünglich nicht die Absicht gehabt, so viele seiner eigenen Männer hier einzusetzen, weil dies ja eigentlich eine amerikanische Basis werden sollte. Aber sie waren nun mal da und verstanden etwas von den Dingen, und so hatten sie eben kräftig Hand angelegt.

An Vorräten gab es keinen Mangel. Manches, wie zum Beispiel die Uniformen, war nicht so aufwendig und dauerhaft verpackt gewesen wie drüben in Amerika. Aber es gab genug, was sie gut gebrauchen konnten, und mitunter war es sogar besser erhalten als in der Basis in den Rocky Mountains. Hier, zum Beispiel ... diese tragbaren Flammenwerfer ... die funktionierten sogar noch!

Man hatte einhunderttausend tadellos erhaltene Sturmgewehre mit der Typenbezeichnung »AK 47« gefunden und verfügte über genügend Munition, sowohl herkömmliche als auch gesondert hergestellte Radioaktiv-Geschosse. Eines dieser Sturmgewehre wurde Jonnie als Geschenk überreicht, es war in Grosny molekularverchromt worden. Fünftausend Schuß Munition in Ladestreifen gehörten dazu, und man versicherte Jonnie ausdrücklich, daß bestimmt keines der Geschosse ein Versager wäre.

Offensichtlich war der frühere russische Staatschef nie hier eingetroffen, aber die Befehlszentrale für ihn war vorbereitet. Jonnie nahm an, das große Gemälde an der Wand sei ein Bild von ihm, aber man sagte ihm: nein, dies stelle einen früheren Zaren namens Lenin dar. Vielleicht hatte der so etwa zu Zeiten des großen Timur-leng geherrscht, sie wußten es nicht genau. Aber da es sich anscheinend um ein Bild handelte, das den Menschen seinerzeit viel bedeutet hatte, war es nicht abgenommen worden.

Sie durchstreiften die weitläufige Anlage, einen Flügel nach dem anderen, durch alle Stockwerke hindurch. Von Zeit zu Zeit blieben sie stehen, machten Jonnie auf etwas aufmerksam, quittierten sein Lob mit Lächeln und freuten sich, daß er zufrieden war.

Die wichtigste Entdeckung für Jonnie waren die großen unterirdischen Hangars, in denen es genug Platz für Tausende von Flugkörpern gab. Darauf kam es an: Raum für eine sichere Lagerung. Genau das hatte er zu finden gehofft. Mit Frontschauflern hatten sie die alten Wracks hinausgeräumt, Flugzeuge aus früheren Zeiten, darunter auch solche mit der Bezeichnung »Mig«. Jonnie konnte die Schrift nicht lesen, aber viele von denen, die ihn begleiteten, kannten sie noch. Man zeigte ihm Schilder, die man eingesammelt hatte, bevor die alten Kampfmaschinen hinausgeschafft worden waren.

»Migs«, erklärte man ihm, war das russische Wort für Flugzeuge.

Die Hangars besaßen eigene, durch große Tore gesicherte Einflugschneisen. Der Idealfall, den Jonnie sich gewünscht hatte!

Man zeigte ihm auch die alten Instruktions-Handbücher für den Einsatz nuklearer Waffen. Sie waren natürlich alle in russischer Sprache verfaßt, doch es fand sich ein alter Mann aus dem Hindukusch, der Jonnie versicherte, er könne sie lesen.

Im Nordtrakt der Anlage war eine große Menge an Nuklearwaffen eingelagert, und es schien nicht ratsam, diesen Spezial-Arsenalen allzu nahe zu kommen, bevor nicht jemand die Handbücher studiert hatte. Es gab auch zahlreiche sogenannte »Silos«, in denen sich immer noch Feststoffraketen befanden. Allerdings war dieses Antriebsmaterial in Pulverform jetzt in einem Zustand, der den Umgang damit gefährlich machte. Es war unbrauchbar geworden, aber wenn man einzelne Krümel davon mit einem Hammer bearbeitete, gab es kleine Explosionen. Es sah nicht so aus, als ob man den Feststoffantrieb noch verwenden könnte.

Schließlich zeigte man ihm eine nahegelegene Kohlenmine. Die schwarzen Steine, die man dort fand, brannten und gaben Wärme und Energie ab.

Die Russen hatten wieder mit der Förderung dieser schwarzen Steine begonnen. Sie waren auch dabei, große Mengen des wilden Weizens zu ernten. Sie hatten Pläne, und Jonnie sagte ihnen, daß er ihre Pläne großartig fände – und alles, was sie bisher geleistet hätten, und daß sie selber einfach großartige Burschen seien. Von dem, was er gesehen hatte, war er sehr angetan. Er schüttelte Hunderte von Händen.

Der Tag verging, und erst, als der nächste Morgen graute, konnte er zur Weiterreise nach Tibet aufbrechen. Was er sich als Zwei-Stunden-Besichtigung der alten Basis vorgestellt hatte, war zu einer regelrechten Rundreise geworden, die sich zwei volle Tage hinzog. Für ihn war es eine erstaunliche Erfahrung gewesen, wozu Menschen fähig waren, wenn man sie in Ruhe arbeiten ließ und nicht versuchte, ihre Aktivitäten durch alle möglichen amtlichen Anordnungen zu lenken.

Als er die Basis verließ, trug Jonnie den neuen Helm. Der Colonel hatte darauf bestanden und persönlich überprüft, ob auch der Kinnriemen richtig festgeschnallt wäre. Es kümmerte ihn wenig, ob Jonnie unter den dicken Ohrenschützern noch etwas hören konnte oder nicht. Das laute Motorengeräusch sei sowieso schädlich, sagte er, und in großer Flughöhe werde Jonnie bloß kalte Ohren bekommen. Jonnie lachte ihn zwar aus, aber ... na schön, dann trug er eben den Helm.

3

Als erfahrener, wenn auch nicht immer erfolgreicher Spieler glaubte Semi-Kapitän Rogodeter Snowl vom Tolnep-Raumfahrt-Elitekorps fest daran, daß er eine gute Chance auf den ersten Blick erkennen könne, wie schlecht seine Augen auch in letzter Zeit geworden sein mochten.

Vor einer Woche hatte er da unten auf dem Planeten eine Frequenz entdekt, die den anderen Mitgliedern des gemischten Verbandes noch nicht aufgefallen war. Sie hieß offenbar »Föderations-Frequenz«, und auf ihr wurden Nachrichten, Anweisungen und Meldungen bestimmter Kreaturen, die man »Koordinatoren« nannte, gesendet und empfangen. Alle diese Funksprüche hatten etwas mit Stämmen zu tun. Für ihn als Offizier eines Raumfahrerkorps, das wegen des Prämiengeldes sehr viel mit Sklavenhandel zu tun hatte, war jede Nachricht, bei der es um die Leute dort unten ging, von ungeheurem Interesse. Sklavenhandel war ein Geschäft, in dem die Tolneps sich auskannten, für das sie bestens ausgerüstet waren und mit dem sie sich liebend gern beschäftigten.

Den anderen hatte er weisgemacht, daß es seiner Meinung nach dringend erforderlich wäre, eine Überwachungsstation auf der anderen Seite des Planeten einzurichten, und dann hatte er sich von ihnen getrennt und eine Position eingenommen, auf der sie ihn nicht sehen konnten.

Zwei Tage vorher hatte er sich noch gewundert, wie leichtsinnig diese potentiellen Sklaven da unten selbst die einfachsten Sicherheitsmaßnahmen unterließen. Sie führten ihre Gespräche ganz offen in einer Sprache, die man »Englisch« nannte; aus längstvergangenen Jahrhunderten besaß er noch ein dazu passendes Sprachübertragungsmuster. So war es für ihn nicht schwierig mitzukriegen, daß sie Vorbereitungen für den Besuch einer angesehenen Persönlichkeit trafen.

Es war derselbe Prominente, der sich gerade eben erst zu einem Besuch in einer weiten Ebene irgendwo oben im Norden aufgehalten hatte. Davon hatte der Tolnep zu spät Wind bekommen, um noch irgend etwas unternehmen zu können. Immerhin, er hatte alles genau beobachtet und mit einiger Verblüffung festgestellt, daß es sich um den Mann handelte, der auf der Banknote abgebildet war. Er trug jetzt einen Goldhelm, wodurch er noch leichter zu erkennen war.

Auf der Föderations-Frequenz wurde unablässig über den bevorstehenden nächsten Besuch geplaudert. Er sollte in einer alten, in den Bergen gelegenen Stadt namens Lhasa stattfinden. Und die Koordinatoren hatten sich darum zu kümmern, daß sich verschiedene Stämme dort versammelten, um den Prominenten zu empfangen und dies zu tun und jenes zu tun. Von da an war alles einfach. Durch sorgfältige Beobachtung der Berge stellte er fest, daß eine Menge Leute unterwegs war, hinüber zu der alten Stadt. Diese Stadt, selber sehr hoch gelegen, war ringsum von Bergen eingeschlossen. Lhasa!

Semi-Kapitän Snowl plante rasch und vorzüglich. Den anderen würde er gar nichts erzählen. Er würde diesen Prominenten gefangennehmen, ihn so verhören, wie das nur die Tolneps ... na, vielleicht noch die Psychlos konnten, sich diese eine unschätzbar wertvolle Information verschaffen, hinter der sie alle her waren, das bißchen, was von dem Prominenten noch übrig war, als Druckmittel einsetzen, um die Planetarier zur Übergabe zu zwingen, und im übrigen würde er sich den Teufel was drum scheren, die Beute mit den anderen zu teilen. Die Irdischen aufladen, die Spielschulden bezahlen und sich zur Ruhe setzen! Es war seine Stunde, er kannte den Ort, und er saß am Drücker. Also – handeln!

Auf der Brücke des rautenförmigen intergalaktischen Kampf-Raumgleiters der Vulcor-Klasse nahm Snowl die Liste der Wachoffiziere zur Hand, und er fand einen, gegen den er zweitausendundeinundzwanzig Währungseinheiten verloren hatte, die er immer noch schuldig war. Es handelte sich um den Zwei-Sterne-Leutnant Slitheter Pliss. Falls das Unternehmen fehlschlug, blieb dem Semi-Kapitän immerhin der Trost, daß er *diese* Spielschulden nicht zu bezahlen brauchte. Aber es konnte eigentlich nichts schiefgehen. Es war eine Routineaktion.

Er rief den Zwei-Sterne-Leutnant Pliss auf die Brücke, machte ihm klar, was er von ihm wollte, ließ zwei Mann vom Sturmtrupp aus dem Tiefschlaf holen, genehmigte den Einsatz einer kleinen Stoßtrupp-Barkasse und gab Befehl zum Kidnappen.

Es war ein klarer, herrlicher Tag. Jonnie übergab den Steuerknüppel an den deutschen Copiloten. Er war überwältigt vom

Anblick der Berge, die in der Ferne auftauchten. Er hatte den Himalaja noch nie zuvor gesehen. Majestätisch! Achttausender ragten auf, einige Gipfel schienen sogar noch höher zu sein. Schnee, Gletscher, tief eingeschnittene Täler, bizarr gefrorene Flußlandschaften ... eine Bergwelt von gewaltiger Schönheit, die sich so weit erstreckte, wie das Auge reicht.

Ihr Flug verlief in großer Höhe in allgemein südöstlicher Richtung. Sie waren früh dran und wollten nicht vor der geplanten Landezeit ankommen, deshalb lag die Geschwindigkeit nur knapp über der Schallgrenze. Es war richtig entspannend, das schwere Dröhnen der Motoren nicht zu hören. Die Ohrenschützer des Helms waren nicht nur – wie gewöhnlich bei Schutzhelmen – geräuschdämpfend, nein, sie schlossen absolut dicht ab. Anfangs war es ein merkwürdiges Gefühl gewesen: zu fliegen und kein Motorengeräusch zu hören. Vielleicht hatte der Colonel recht, vielleicht schadete es wirklich den Ohren.

Der Copilot hatte einen beherrschenden Berggipfel zur Rechten ausgemacht, der als Orientierungspunkt diente. Ihr Kurs war genau richtig. Jonnie entspannte sich; dieser Aufenthalt in Rußland war ein interessanter, sehr angenehmer Besuch gewesen. Das Sturmgewehr, das man ihm geschenkt hatte, fiel ihm ein. Es war unter der Bodenplatte zu seinen Füßen verstaut, und da er Zeit hatte und sich damit beschäftigen wollte, holte er es hervor. Ein verchromtes Gewehr! Er fragte sich, ob sie vielleicht den Lauf innen verchromt hätten, denn dann konnte es gut sein, daß ihm das Ding beim ersten Schuß um die Ohren flog. Er fand heraus, wie die Waffe zu zerlegen war, und schaute durch den Lauf. Nicht verchromt, das war gut. Er setzte die Waffe wieder zusammen, legte den Finger an den Abzug und machte sich mit dem Druckpunkt vertraut. Er führte das Magazin ein, überzeugte sich, daß die Waffe einwandfrei nachlud, probierte verschiedene Visierstellungen aus und beschäftigte sich eine Zeitlang mit Zielübungen. Alles funktionierte tadellos, nur an die Visiereinrichtung mußte er sich erst gewöhnen. Noch ein paar Zielübungen, auf einen entfernt liegenden Gipfel ... Ja, jetzt kam er zurecht, die Waffe war ihm schon vertraut.

Wegen der dicken Ohrenklappen bekam er es nicht mit, als ihm der Copilot mitzuteilen versuchte, sie würden in Kürze landen. Er war völlig überrascht, als er zufällig nach unten schaute und plötzlich Lhasa sah. Sie flogen direkt darauf zu.

Was für eine eindrucksvolle Stadt mußte das einst gewesen sein! Die Ruine eines gewaltigen Palastes klebte am rot schimmernden Steilhang eines Berges. Der Palast war so riesig, daß der

Berg ganz unter ihm verschwand. Direkt unter dem Palast lag eine weite offene Fläche, vermutlich eine frühere Parkanlage, die von anderen Ruinen umgeben war. Die alte Stadt lag in einem Kessel inmitten hoher Berge.

Aha, und da war auch schon eine kleine Menschenmenge versammelt, da unten auf der offenen Fläche ... die meisten in Pelze gekleidet, einige in gelbe Gewänder. Es gab genug Platz für eine Landung. Jonnie ließ den Copiloten über einen großen Haufen aus Bruchsteinen – die Überreste eines früheren Gebäudes – anfliegen und am Boden aufsetzen. Rechts von ihnen ragte der riesige alte Palast auf, ungefähr hundert Meter vor dem Flugkörper war die Menschenmenge versammelt, knapp zweihundert Meter hinter ihm lag eine alte Ruine.

Jonnie löste den Haltegurt und öffnete die Tür ein Stück weit.

Die Menschen standen da einfach, rund zweihundert an der Zahl, vielleicht auch mehr. Sie kamen nicht auf den gelandeten Flugkörper zu. Sie jubelten nicht ... Na schön, dachte Jonnie, man kann nicht überall bekannt sein.

Der Tragriemen der AK 47 verfing sich in einer Halterung. Jonnie war eine Weile damit beschäftigt, ihn zu lösen, dann erst stieß er die Tür ganz auf und sprang auf den Boden. Normalerweise wäre jetzt der Copilot auf den Pilotenplatz herübergerutscht. Jonnie wartete darauf und schaute hoch zum Cockpit. Der Deutsche blieb auf seinem Platz sitzen und blickte starr geradeaus.

Jonnie wandte sich um, schaute wieder zu der Menschenmenge hinüber. Die Leute verharrten bewegungslos, niemand kam auf ihn zu. Irgendwie unheimlich! Da drüben standen sie, nicht weiter als hundert Meter entfernt ... Er sah, daß drei Koordinatoren dabei waren. Und die standen auch da wie festgewurzelt.

Sie wirkten wie Leute ... ja, wie Leute, auf die eine Waffe gerichtet ist!

Viele Jahre in freier Wildnis hatten Jonnies Gespür für solche Situationen geschult. Er schnellte herum. Rasch ein Blick hinter den Flugkörper, auf das halb eingestürzte Gebäude ungefähr zweihundert Meter hinter der Landestelle ...

Drei Gestalten kamen auf ihn zugestürmt, die Waffen im Anschlag.

Graue Gestalten. Ungefähr von der Größe eines Menschen. Sie trugen große Gesichtsmasken.

Tolneps!

Sie kamen rasch näher. Nur noch sechzig Meter bis zu ihm.

Instinktiv griff Jonnie nach der Waffe, die er im Gürtelhalfter trug, dann fiel ihm ein, daß er die AK 47 in der Hand hielt. Er duckte sich, zog den Abzug durch und jagte den Gestalten eine ganze Salve entgegen.

Einen Augenblick lang schienen sie überrascht zu sein. Dann stürmten sie weiter auf ihn los, geduckt, aber unvermindert schnell.

Der Feuerhagel aus der AK 47 hatte sie nicht aufgehalten.

Tolneps! Was wußte er über die Tolneps? Es war doch erst ein paar Tage her, daß er in einem Psychlo-Buch über sie gelesen hatte ... Ach ja: die Augen! Sie waren halbblind, und ohne die Sichtplatten in den Masken konnten sie nicht sehen.

Er stellte auf Einzelfeuer um.

Sie kamen gefächert an. Einer war nur noch vierzig Meter entfernt, der letzte ungefähr fünfzig Meter.

Er kniete, zielte auf die Gesichtsmaske dessen, der am weitesten entfernt war, drückte ab. Dann nahm er den mittleren aufs Korn, zielte wieder auf die Gesichtsmaske und feuerte.

Es hatte zu lange gedauert.

Der erste war schon fast über ihm.

Reißzähne!

Die Gesichtsmaske!

Für einen Schuß blieb keine Zeit mehr.

Jonnie sprang hoch und schlug den Schaft der AK 47 wuchtig gegen das Gesicht des Tolneps.

Und noch ein Hieb, diesmal mit dem Gewehrlauf.

Der Tolnep brach nicht zusammen, aber er wich aus.

Giftige Reißzähne ... man durfte ihnen nicht zu nahe kommen.

Jonnie machte einen Satz rückwärts, nahm das Gewehr in die Linke und zog die Handfeuerwaffe, eine Wuchtdruckpistole der Psychlos.

Er feuerte, wieder und wieder, aus nächster Nähe. Die Wucht der Schüsse schlug den Tolnep zu Boden.

Immer noch feuernd, kam Jonnie näher. Der gewaltigen Druckwirkung der Psychlo-Waffe konnte der Tolnep nicht standhalten. Staubfontänen spritzten hoch, nahmen Jonnie die Sicht.

Er hatte die Waffe nicht auf »Flammenwirkung« eingestellt. Die Wucht allein hatte gereicht, den Tolnep umzuwerfen. Die Sichtplatten der Maske waren zersplittert. Die seltsamen Augen des Tolneps nahmen einen glasigen Ausdruck an, rollten, verdrehten sich ... Der Bursche war außer Gefecht gesetzt.

Und die anderen, wo waren die? Einer rannte weg, auf die hoch aufragende Palastruine zu. Offenbar war er nicht mehr in der Lage, sich zu orientieren. Der andere war auf dem Weg zu der Ruine, die hinter der Landestelle lag. Und in diesem halb zusammengestürzten Gebäude stand ... Ja, jetzt konnte Jonnie es genau erkennen: Versteckt hinter einem Haufen Steinschutt ragte der metallen glänzende Bug eines kleinen Raumfahrzeuges heraus.

Aha, der Bursche wollte zu seinem Raumschiff zurück!

Jonnie jagte mit einem Satz zum Cockpit, warf die AK 47 hinein und riß ein psychloisches Wuchtdruckgewehr aus der Halterung.

Als er wieder unten stand, kniete er sich hin, nahm sicheren Halt und gab einen gut gezielten Schuß auf den Tolnep ab, der sein Raumschiff erreichen wollte. Keine Wirkung!

Jonnie schaltete auf »Flammenwirkung« und höchste Durchschlagskraft um. Der Tolnep befand sich schon in der Ruine, nicht mehr weit von seinem Raumfahrzeug entfernt.

Jonnie zielte und zog den Abzugshebel durch.

Der Tolnep wirbelte in einer Flammensäule hoch.

Jonnie nahm sich den anderen vor, zielte wieder und drückte ab. Ein Aufblitzen, als der Geschoßstrahl den Tolnep traf. Und dann ein berstender Feuerball, als dessen eigene Waffe explodierte.

Jonnie suchte mit den Augen das Raumschiff ab. Offenbar hielt sich dort kein weiterer Tolnep auf. Er konzentrierte seine Aufmerksamkeit auf den Außerirdischen, der zu seinen Füßen lag. Den Abzeichen nach mußte es ein Offizier sein.

Er holte aus dem Flugkörper eine Sicherheitsleine, verschnürte den Tolnep nach allen Regeln der Kunst und verknotete die Seilenden hinter dessen Rücken. Ein Gewehr hatte der Tolnep nicht bei sich gehabt, nur eine kleine handliche Waffe. Die war zwar unter der Einwirkung von Jonnies Schüssen unbrauchbar geworden, aber er hielt es dennoch für ratsam, sie weit wegzuwerfen. Dann schleifte er den Tolnep in sichere Entfernung vom Flugkörper. Gott im Himmel, war der Bursche schwer! Bei der Berührung des Körpers stellte er fest, daß sich das Gewebe hart wie Eisen anfühlte. Obwohl er im Aussehen einem Menschen ähnelte, war das Körpergewebe von einer solchen Dichte, daß es nachträglich nicht verwunderte, wie gering die Wirkung der AK 47 gewesen war. Die Geschosse waren einfach abgeprallt.

Er war sicher, die Situation jetzt im Griff zu haben. Alles war viel zu schnell gegangen, so daß die drei Begleitflugkörper nicht eingreifen konnten. Sie kreisten jetzt über Lhasa. Jonnie vermutete, daß sie zu weit zurückgelegen hatten, um sehen zu können, wie der Angriff der Tolneps begann.

Als er sich weiter umschaute, stellte er mit Verblüffung fest, daß die Menschenmenge immer noch unbeweglich dort stand, hundert Meter vor dem Flugkörper. Keiner kam auf ihn zu. Und im Flugkörper ... der deutsche Copilot saß auch noch so da und starrte unverwandt vor sich hin.

Jonnie langte ins Cockpit, stellte die Nahbereichsfrequenz ein und wies die anderen Piloten über Funk an: »Vorläufig hier nicht landen!«

Dieses fremde Raumschiff da drüben ... Da stimmte doch etwas nicht! Ob das Ding wohl im nächsten Augenblick aus allen Rohren feuern würde? Vielleicht stand es kurz vor der Explosion? Oder was?

Jonnie nahm das Psychlo-Gewehr, schlug einen weiten Bogen und näherte sich dem Raumfahrzeug.

Sie hatten es wirklich gut versteckt. Es gab da eine Aushöhlung im Steinschutt, wie eine Grotte im Trümmerberg, und dort hinein hatten sie das Raumschiff geflogen, vermutlich in einem Rückwärtsmanöver. Jedenfalls konnte es so, wie es da stand, aus der Luft nicht entdeckt werden.

Er näherte sich vorsichtig. In der Bugnase war eine Wuchtdruckkanone installiert. Der silberglänzende Flugkörper hatte die Form eines Rhombus. Die Kuppel aus Plattenglas, die jetzt aufgeklappt war, diente gleichzeitig als Luftabdichtung. Es gab drei Sitzplätze, dahinter blieb noch ein wenig Raum für Gepäck oder kleinere Frachtgüter.

Jonnie hielt sich weiter auf Distanz. Er stieß das Raumfahrzeug mit der Mündung des Psychlo-Gewehrs an. Na gut, in die Luft flog es jedenfalls nicht gleich. Es fing zu schaukeln an. Merkwürdig, wie leicht es sich bewegen ließ, wenn es doch für den Flug solch schwerer Lebewesen bestimmt war.

Er legte die Hände auf die Seitenwand, um sich ins Cockpit hochzustemmen. Da spürte er, daß ein Vibrieren durchs Schiff lief. Irgendein Gerät mußte eingeschaltet sein.

Im Inneren angekommen, ließ er den Blick über das Armaturenbrett gleiten. Ein paar von den Leuchtanzeigen blinkten. Die Anordnung der Anzeige- und Meßinstrumente war ihm völlig fremd. Die Beschriftung konnte Jonnie nicht lesen, nicht einmal einzelne Buchstaben. Er wußte auch nicht genau, wie der Kraftantrieb des Raumfahrzeuges erfolgte; im Handbuch der Psychlos hatte nur gestanden, daß sie durch Sonnenenergie angetrieben wurden.

Es war wohl besser, keines der Instrumente zu berühren. Womöglich hob das Ding ab.

Er warf einen Blick hinaus auf die Menschenmenge, die nun ungefähr dreihundert Meter von ihm entfernt war. Die Leute standen immer noch wie gebannt da, als wären sie gelähmt.

Und einen Augenblick lang hatte auch er das Gefühl, als befalle ihn so eine Art Lähmung. Aber das war wohl nur eine Reaktion auf die Anstrengungen des Kampfes mit den Tolneps.

Irgendein Gerät war in diesem Raumfahrzeug eingeschaltet, irgendein Motor lief! Er versuchte, mit den Händen den Verlauf der Vibration zu ertasten. Es mußte seiner Meinung nach etwas mit der Kanone im Bug zu tun haben, die vermutlich nicht einfach eine Bugkanone war. Es gab zwei übereinander angeordnete Mündungsrohre. Und an der Mündung des oberen Laufs flackerte etwas.

Das Gefühl dumpfer Betäubung wuchs.

Na gut. Wenn da irgend etwas in diesem Raumschiff lief und ein Vibrieren auslöste, dann mußte es auch irgendeinen Kraftantrieb geben. Wo verlief ein Energiekabel? Unter dem Instrumentenbrett, ein starkes, dickes Kabel. Es führte zu einem offen liegenden Akkumulator hinunter.

Hinten im Raumschiff lag ein aufgerolltes Seil. Jonnie band es – dicht über der Zuführung zum Akkumulator – am Energiekabel fest, trat zurück, stützte sich ab und zog mit heftigem Ruck.

Die Kabelzuführung riß heraus.

Die Funken sprühten nur so.

Und in diesem Augenblick geschah auf einmal dreierlei. Das Vibrieren hörte auf. Das Gefühl dumpfer Müdigkeit, das Jonnie beschlichen hatte, war wie weggeblasen. Und all die vielen Menschen, die da draußen wie festgewurzelt gestanden hatten, brachen zusammen, sie stürzten zu Boden, und da lagen sie nun.

Jonnie zog das Kabel so weit vom Akkumulator weg, daß nicht zufällig durch eine Erschütterung wieder eine Verbindung zustande kommen konnte. Dann rannte er hinaus und auf die Menschenmenge zu.

Als er an seinem eigenen Flugkörper vorbeikam, tastete der deutsche Copilot sich gerade – immer noch benommen – zur Tür heraus. Er rief etwas, aber Jonnie konnte ihn nicht hören.

Jonnie lief weiter. Einer der Koordinatoren stemmte sich hoch, kam mühsam auf die Knie. Auch ein paar andere rührten sich schon, saßen allerdings noch halb betäubt da. Ein einziges Durcheinander von Fahnen und Musikinstrumenten und allerlei Krimskrams, der wohl etwas mit den Vorbereitungen für eine Feier zu tun gehabt hatte und jetzt zu Boden gefallen war.

Der Koordinator bewegte den Mund, lautlos. Der Schotte

mußte die Stimme verloren haben, anders konnte Jonnie sich das nicht erklären. Es sah so aus, als versuche der Koordinator etwas zu sagen, aber Jonnie konnte nichts verstehen. Er drehte sich um, und da entdeckte er, daß inzwischen einer der Begleitflugkörper gelandet war. Auch davon hatte er nichts gehört.

Und dann wurde ihm auf einmal klar, daß es an diesem verflixten Helm liegen mußte, den Iwan ihm gegeben hatte! Jonnie öffnete den Kinnriemen und klappte die riesigen, dick gepolsterten Ohrenschützer weg.

»... Sie eigentlich hergekommen sind?« hörte er den Koordinator gerade noch fragen.

»Na, ich bin hergeflogen«, sagte Jonnie, ein bißchen kurz angebunden. »Da drüben, das ist mein Flugkörper.«

»Und da liegt irgendeine Kreatur auf dem Boden«, wunderte sich der Koordinator und zeigte auf den verschnürten Tolnep. »Wie ist die denn hergekommen?«

Im ersten Augenblick reagierte Jonnie ein wenig gereizt. Da hatte er nun weiß Gott was angestellt, sich mit den Tolneps herumgeschlagen und ... Ach so. Auf einmal dämmerte ihm: Niemand hier, keiner von all diesen Leuten hatte irgend etwas von dem bemerkt, was vorgefallen war.

Die Leute waren ganz durcheinander. Und offensichtlich empfanden sie die Situation als peinlich. Die drei Stammesführer erhoben sich, verbeugten sich tief, wirkten sehr aufgeregt. Sie hatten »das Gesicht verloren«. Da hatten sie mit aller Sorgfalt den Empfang für ihn vorbereitet ... er solle sich doch, bitte, nur die Fahnen ansehen – und die Musikinstrumente und die Geschenke! Und nun war er bereits da, schon gelandet! Er müsse, bitte, vielmals entschuldigen ...

Der Koordinator bemühte sich, all die Fragen zu beantworten, mit denen Jonnie ihn bestürmte. Nein, irgend etwas Ungewöhnliches hatten sie nicht bemerkt. Kurz nach Sonnenaufgang hatten sie sich hier draußen versammelt, um ihn zu erwarten, und nun war ihr ganzer Zeitplan durcheinandergeraten, denn es mußte ja mindestens schon neun Uhr morgens sein ... Wie bitte? Mittags, zwei Uhr? Nein, das war ausgeschlossen. Ob der Koordinator mal auf Jonnies Uhr schauen könnte?

Sie wollten den feierlichen Empfang auf der Stelle nachholen, obwohl sie sich eigentlich gar nicht besonders fühlten. Jonnie gab dem Koordinator den Auftrag, die Leute noch ein wenig hinzuhalten, und eilte ans Funkgerät.

Auf der Nahbereichsfrequenz wies er die Piloten der beiden Maschinen, die immer noch über dem Ort kreisten, zu äußerster

Wachsamkeit an und warnte sie vor den Raumschiffen in der Umlaufbahn. Dann schaltete er auf die allgemeine Pilotenfrequenz um, obwohl er wußte, daß er auf dieser Wellenlänge von den Besuchern aus dem Weltraum abgehört werden konnte. Er bekam Verbindung mit Sir Robert in Afrika.

»Die kleinen Vögelchen haben uns hier was zwitschern wollen«, teilte er ihm mit. Bis jetzt hatten sie keinen Code, aber den würden sie jetzt dringend brauchen. Jonnie mußte eben versuchen, so zurechtzukommen. »Jetzt ist hier alles wieder im Lot. Aber unser Freund Iwan braucht in seiner neuen Höhle ein Dach. Haben Sie kapiert?«

Robert der Fuchs hatte genau verstanden, was Jonnie ihm sagen wollte. Die russische Basis brauchte eine Abschirmung gegen Angriffe aus der Luft. Gut, er würde sich darum kümmern.

»Für alle unsere Dudelsackpfeifer gilt auf dieser Wellenlänge ab sofort Swensons Trauergesang!« fuhr Jonnie fort. Eine Dudelsackmelodie mit diesem Titel gab es natürlich nicht. Funkstille auf der planetarischen Pilotenfrequenz, hieß das. Wenn die Besucher aus dem Weltraum gewußt hatten, daß er sich hier befand, wurde die Frequenz mit Sicherheit überwacht. »Ich selber spiele vielleicht die eine oder andere Note, aber ansonsten: Swensons Trauergesang!«

Er schaltete ab. Die Lage war gefährlicher, als er gedacht hatte. Und zwar für die ganze Menschheit, rund um den Erdball.

Ihn hatte seine »Taubheit« geschützt, und so war er allein in der Lage gewesen, zu handeln. Da war also dieses Raumfahrzeug der Tolneps ... und die glockenförmige Mündung des zweiten Rohres, das er zunächst für den Lauf einer Waffe gehalten hatte, war in Wirklichkeit die Quelle einer Schallwelle von hoher Intensität gewesen, die eine völlige Lähmung hervorrief. So gingen die Tolneps also vor, um ihren Sklavenhandel zu betreiben.

4

Der Pilot des Begleitflugkörpers, der gerade gelandet war, verstand natürlich auch nicht, was eigentlich vorgefallen war, und versuchte, mit dem Koordinator ins Gespräch zu kommen, aber der verstand kein Deutsch. Psychlo war wieder einmal die einzige Möglichkeit für eine Verständigung. Jonnie ließ sich von dem Deutschen bestätigen, daß er die Ereignisse mit einem Bildrecorder verfolgt und auf Band aufgenommen hatte. Und dann erklärte Jonnie beiden, dem einen auf Englisch und dem anderen auf Psychlo, daß alles mit einer speziellen Einrichtung im Bug dieses fremden Raumschiffes zusammenhing, das da drüben versteckt stand. Und er sagte ihnen, daß sie nun lieber die Menschenmenge irgendwohin in einen geschlossenen Raum in den alten Ruinen bringen sollten. Und daß sie den Leuten dann alles erläutern und auch die Bänder für sie abspielen sollten, damit sie nicht am Ende noch dächten, hier habe der Teufel die Hand im Spiel gehabt. Sie sollten die Leute beruhigen, und was den feierlichen Empfang betreffe, für den sei später noch Zeit.

Die Menschenmenge folgte dem Koordinator in eine nahegelegene Ruine, in der ein großer Raum wenigstens noch soweit erhalten war, daß die Leute ein Dach über dem Kopf hatten. Jonnie ging inzwischen zu dem Tolnep.

Die Kreatur war völlig verwirrt. Ohne die Gesichtsmaske waren die Augen blind. Der Sehvorgang der Tolneps spielte sich normalerweise in einem anderen Wellenbereich ab, so daß sie hier auf der Erde auf Korrekturfilter angewiesen waren. Jonnie sah sich suchend um, fand die halb zersplitterte Gesichtsmaske und stülpte sie dem Außerirdischen über die Augen, wobei er sehr darauf achtete, den gefährlichen Fangzähnen nicht zu nahe zu kommen. Das war auch gut so, denn kaum spürte der Tolnep die Nähe des Menschen, da schnappte er auch schon nach ihm.

Jonnie ging in die Hocke und sagte: »So, dann wollen wir mal mit deiner Geschichte anfangen: mit deiner langen, traurigen Jugend, und wie die Umstände dich dem Verbrechen in die Arme getrieben haben, und wie der unabänderliche Weg des Schicksals dich zu diesem jammervollen Ende geführt hat.«

»Du willst mich wohl auf den Arm nehmen?« fauchte der Tolnep.

»Ah!« rief Jonnie aus. »Wir sprechen Psychlo? Sehr gut. Dann fahr mal mit deiner Geschichte fort.«

»Ich werde dir gar nichts erzählen!«

Jonnie blickte sich um. Abgrundtief gähnte die Fallstrecke von den oberen Gebäuden des riesigen Palastes bis hinunter ins Hochtal. Er suchte sich den höchsten Punkt aus und zeigte darauf. »Wir werden dich da hinaufschaffen und hinunterstürzen. Siehst du das kleine Podest am Ende des langgezogenen Giebels?«

Der Tolnep lachte nur. »Davon krieg ich nicht mal 'ne Beule!«

Jonnie dachte einen Augenblick nach. »Na schön, wir sind ja eigentlich nicht eure Feinde. Also werde ich das Kabel, das ich in deinem Raumschiff gelöst habe, wieder befestigen, und dann ... ich hab da zufällig eine Fernbedienung, und mit deren Hilfe schick ich dich zurück zu deinem Mutterraumschiff.«

Der Tolnep schwieg. Es schien ein beunruhigtes Schweigen zu sein.

»So, dann werd ich mich mal um die Fernbedienung kümmern«, meinte Jonnie, stand auf und schickte sich an, zum Flugkörper zu gehen.

»Warte!« rief der Tolnep. »Das hast du doch wohl nicht allen Ernstes vor? Du wirst mich doch nicht zum Mutterschiff zurückschicken, oder?«

»Aber natürlich, das gehört sich doch so!«

Der Tolnep fing zu schreien an. »Ihr verdorbenen, hinterhältigen Psychlos! Alles bringt ihr fertig, wirklich alles! Euer ekelhafter Sadismus kennt keine Grenzen!«

»Na – hör mal! Was würden sie dir denn tun?«

»Die würden mich abschießen, und das weißt du ganz genau! Ich würde in der atmosphärischen Reibung verbrutzeln und verglühen!«

»Aber wieso würden sie dich denn nicht mehr haben wollen?« fragte Jonnie.

»Mach keine dummen Spielchen mit mir!« tobte der Tolnep. »Hältst du mich für blöde? Oder hältst du die da oben für blöde? Meinst du, ich merke nicht, was du mir verschweigst? Du wirst mich von Kopf bis Fuß mit Viren-Puder bestäuben, damit ich die Crew da oben anstecke! Du bist ein Satan! Ich soll mir wohl die Lungen aushusten, wie? Soll mich krümmen, wenn der Todeskampf beginnt, was? Und mit jedem Kilometer, den ich tiefer falle, nimmt die Hitze der Luftreibung zu, bis ich bei lebendigem Leib verbrenne ... Ach, fahr doch geradewegs zur Hölle!«

Jonnie runzelte die Stirn. »Aber es gehört sich einfach so, daß man Gefangene zurückschickt«, sagte er und machte wiederum Anstalten, zum Flugkörper zu gehen.

»Warte! So warte doch! Ich sag dir ja alles. Was willst du wissen?«

Und so erfuhr Jonnie von dem Ärger, den der Zwei-Sterne-Leutnant Slitheter Pliss mit seinem Semi-Kapitän Rogodeter Snowl hatte, und er hörte ein Klagelied darüber, wie riskant es war, wenn man seine vorgesetzten Offiziere nicht beim Spiel gewinnen ließ. Er erfuhr viele andere Dinge, die eigentlich alle nichts zur Sache taten. Aber dann sagte der Zwei-Sterne-Leutnant: »Davon hat Snowl natürlich der Crew nichts erzählt, weil er den Preis ganz allein für sich behalten will, doch gerüchtweise ist bekannt geworden, daß eine Belohnung von hundert Millionen Währungseinheiten dafür ausgesetzt ist, den *einen* zu finden.«

»Welchen *einen*?« fragte Jonnie.

Tja, darüber wußte der Zwei-Sterne-Leutnant Slitheter Pliss auch nicht mehr. Er erklärte, daß sie da oben warteten, um sich Gewißheit zu verschaffen, und daß der gemischte Verband, ob das Ergebnis nun so oder so ausfiel, am Ende zu einem massiven Angriff starten würde. Über die Bildschirmverbindung veranstalteten die Kommandanten der Raumschiffe Glücksspiele, deren Ausgang über die Verteilung der Beute entscheiden sollte. Er berichtete, Rogodeter Snowl habe bereits die Bevölkerung des Planeten gewonnen. Das heißt ... soviel er wisse, denn ganz sicher könne man da nie sein, weil Snowl ein notorischer Lügner sei. Mit Sicherheit benötigten sie zusätzlichen Transportraum, und wahrscheinlich müßten sie Transporter von zu Hause heranholen. Wo dieses Zuhause wäre? Nun, ob ihm je ein besonders heller Stern aufgefallen sei, eigentlich ein Doppelstern? Von hier aus gesehen müsse er sehr hell strahlen. Die darüber liegende Konstellation erscheine aus diesem Blickwinkel wie eine rechteckige Schachtel. Ja, das sei sein Zuhause. Der neunte Planet in den Ringen. Der einzige Planet, den die Tolneps hatten. Sie lebten von Überfällen auf andere Planeten. Sklavenhandel ...

Für den Augenblick schien das alles zu sein. Jonnie versprach ihm, ihn nicht zurück zum Mutterschiff zu schicken. Jedenfalls noch nicht.

Jonnie hatte irgendwo gelesen, daß es – wenn ein Tolnep erst einmal zugebissen hatte – sechs Tage dauerte, bis sich genügend neues Gift bildete. So holte er aus dem Flugkörper einen Glasbehälter für Mineralproben und einen Tuchfetzen und ließ den Tolnep ein paarmal heftig hineinbeißen. Ganz in sein Schicksal ergeben, gehorchte der Tolnep. Jonnie stopfte das Tuch in den Glasbehälter und schloß den Deckel fest zu. MacKendrick kannte sich mit Seren gegen Schlangenbisse aus, vielleicht konnte er auch ein Serum gegen die Bisse der Tolneps entwickeln.

Der zweite Begleitflugkörper war gelandet. Zu seiner Besatzung gehörte auch ein Copilot. Ein Stück bergabwärts lag eine ehemalige Abbaustation der Psychlos. Dort mußte es, obwohl die Station jetzt zerstört war, Frachtflugkörper für den Erztransport geben. An Energiebatterien hatten sie ja keinen Mangel. Jonnie schickte die Besatzung hin, sie sollten einen solchen Flugkörper auswählen und herbringen. Und bei der Gelegenheit sollten sie gleich nachschauen, was es dort an Transportmitteln gab, die für den Personenverkehr geeignet waren. Mit dem Frachtflugkörper würden sie später den Tolnep und sein Raumfahrzeug mitnehmen.

Jonnie blickte in den Nachmittagshimmel hinauf. Natürlich konnte er bei diesem hellen Licht und über eine Distanz von mehr als sechshundert Kilometern nichts von dem, was sich da oben im Raum bewegte, erkennen. Aber ... es war einer von diesen Tagen, die einen ausgesprochen unruhig machten.

Inzwischen hatten der Koordinator und der deutsche Pilot den Leuten die Bildaufnahmen abgespielt und sie auch zu dem Raumschiff hinübergeführt, es ihnen gezeigt und die Bugkanone erklärt. Gerade kamen die Menschen wieder von dort zurück. Sie bewegten sich, lebhaft miteinander plaudernd, auf die Stelle zu, an der Jonnie stand, und als sie bis auf Rufweite herangekommen waren ...

Als hätte ihnen jemand ein Zeichen gegeben, fielen sie alle miteinander auf die Knie und verneigten sich tief, bis ihre Köpfe den Boden berührten. Und in dieser Stellung verharrten sie.

Für heute hatte Jonnie wahrhaftig schon genug Leute auf der Erde liegen sehen! »Was ist denn nun schon wieder los?« fragte er den Koordinator.

»Sie sind tief beschämt«, gab der Koordinator Auskunft. »Sie haben eine große Willkommenszeremonie geplant, und dann ging alles schief. Und nicht nur das, der Respekt vor Ihnen ist noch größer geworden. Sie waren schon vorher voller Hochachtung für Sie, aber jetzt ...«

»Also, sagen Sie ihnen, sie sollen aufstehen!« Aus Jonnies Stimme klang leichte Ungeduld. Tiefe Verehrung war etwas, wofür er wirklich nichts übrig hatte.

»Sie haben ihnen eben das Leben gerettet«, meinte der Koordinator.

»Unsinn!« widersprach Jonnie. »Ich hatte ganz einfach Glück, daß ich den Helm mit den Ohrenklappen trug. Nun sagen Sie ihnen schon, daß sie aufstehen sollen!«

Auch der deutsche Pilot schlich um Jonnie herum und ... Ach du liebe Zeit, heute schienen sich aber auch alle vor Verlegenheit geradezu zu winden! Nun fing er auch noch an, Jonnie zu erklären, daß er einfach nicht gewagt hätte, das Feuer zu eröffnen. Denn mit den Kanonen eines Mark 32 hätte er womöglich den halben Palast zum Einsturz gebracht, und – nicht auszudenken, wenn dann die Trümmer auf die Menschenmenge und auf Jonnie gestürzt wären. Und dazu dienerte er unaufhörlich und versuchte, mit übertriebenen Gesten sein Bedauern auszudrücken ... also, nein! Jonnie schüttelte nur den Kopf und scheuchte ihn mit einer Handbewegung davon.

Der Koordinator begann damit, Jonnie die Stammesführer vorzustellen. Als erster trat ein kleingewachsener Mann vor. Er trug eine Pelzkappe. Ein breites Lächeln lag auf seinem Mongolengesicht. Jonnie schüttelte ihm die Hand, und der Koordinator erklärte ihm, das sei der Stammesführer Norgay, das Oberhaupt der letzten Sherpas. Sie galten als geschickte Bergsteiger; früher hatten sie Salzkarawanen über die Gipfel des Himalaja von Nepal nach Indien geführt. Dereinst waren sie ein großer Stamm gewesen, so um die achtzigtausend Köpfe stark, aber jetzt waren sie nur noch hundert - oder vielleicht zweihundert, eben die, die sich an unzugänglichen Orten verborgen hatten. Dort gab es wenig zu essen, und daß sie gute Jäger waren, nutzte nicht viel, weil in diesen Höhenlagen nur spärliche Wildbestände existierten.

Der nächste Stammesführer war der Mönch Ananda. Er trug ein orangefarbenes Gewand. Er war hoch gewachsen, sein Gesicht strahlte Friedfertigkeit aus. Der Koordinator erklärte, daß Ananda ein tibetanischer Mönch sei und von den Überlebenden seines Stammes allgemein als Oberhaupt anerkannt werde. Sie hätten es immer schwer gehabt, die Tibetaner, denn schon vor der Invasion der Psychlos seien sie von den Chinesen aus ihrem Land vertrieben worden und hätten anderenorts Zuflucht suchen müssen. Den Chinesen sei es darum gegangen, den Buddhismus zu unterdrücken. Ananda sei nämlich ein Buddhist. Sie hätten ein Kloster da oben in den Bergen, in Höhlen verborgen, in einer hochgelegenen Schlucht, fast schon bei den Gipfeln, nur unter äußerster Mühsal zu erreichen. Darum sei es den Psychlos auch nie gelungen, die Tibetaner auszurotten. Aber die armen Leute litten sehr unter Hunger. Sie hätten sich ja nicht in die Ebenen heruntertrauen dürfen und darum auch kein Getreide anbauen können. Tja – und im letzten Sommer, als das endlich möglich gewesen wäre, da hätten sie es wieder nicht tun können, weil es ihnen an Saatgut fehlte.

Und dieser Mann hier ... das war der Stammesführer Chong-Won, Oberhaupt aller Chinesen, die es noch gab. Ob Jonnie wisse, daß es einstmals sechshundert oder gar achthundert Millionen Chinesen gegeben hatte? Das müsse er sich mal vorstellen! Es existierte noch ein zweiter Stamm, weiter oben in Nordchina, der Zuflucht in einer alten Verteidigungsbasis gesucht habe. Diese Basis? Nun, die war nicht groß, die Chinesen hatten sie nie fertiggestellt. Aber dieser zweite Stamm zählte auch nur hundert oder zweihundert Köpfe. Der Stammesführer Chong-Won brachte es immerhin auf dreihundertundfünfzig Leute. Sie lebten in einem Tal, das vermutlich vermint war, denn die Psychlos hatten sich nie in die Nähe getraut. Auch dort gab es kaum etwas zu essen. In so großer Höhe wuchs eben nicht viel. Schrecklich kalt. Nein, sagte der Koordinator, die Kommunikation mit den Chinesen bereite keine Schwierigkeiten. Die Leute hätten zahlreiche Aufzeichnungen aus ihren Hochschulen retten können und seien sehr gebildet. Viele von ihnen beherrschten noch Mandarin, eine alte höfische Sprache.

Wieder schüttelte Jonnie Hände. Und alle, die er begrüßte, verneigten sich tief. So machte er ihnen die Freude und verbeugte sich auch, und das gefiel ihnen außerordentlich.

»Da wir gerade über Sprachen reden«, sagte der Koordinator, »die Leute haben eine kleine Vorführung vorbereitet, Ihnen zu Ehren. Sie warten alle dort drüben. Wollen Sie sich das mal ansehen?«

Jonnie warf einen besorgten Blick zum Himmel hinauf. Nun ja, einer der Flugkörper hielt dort oben Wache, und sein eigener stand startbereit in der Nähe ... Er schickte den Deutschen hin und trug ihm auf, für alle Fälle bei der Maschine zu bleiben. Also gut, dann wollte er sich die Vorführung ansehen. Es war ohnehin alles schlimm genug: die Fahnen, die auf dem Boden lagen, die Musikinstrumente, kreuz und quer durcheinander ...

Ungefähr achtzig Leute in orangefarbenen Gewändern saßen da, in einer Reihe ausgerichtet. Sie gehörten zum Stamm des Mönches Ananda. Als Jonnie näherkam, stellte er fest, daß beinahe alle Altersgruppen vertreten waren, von achtjährigen Kindern bis zu fünfzigjährigen Erwachsenen, Mädchen und Jungen, Frauen und Männer. Sie hatten alle kahlgeschorene Köpfe. Sie wirkten sehr feierlich und ernst, wie sie da mit untergeschlagenen Beinen saßen, aber in ihren Augen lag ein trauriger Schimmer, der ein bißchen vom Unglück ihres Lebens verriet. Ein alter Mönch, der eine lange Schriftrolle trug, stand vor ihnen.

»Letztes Frühjahr hatten wir einige Schwierigkeiten«, berichtete der Koordinator. »Niemand, aber auch niemand konnte sich mit diesen Leuten unterhalten. Nirgendwo fanden wir irgendwelche Anhaltspunkte, mit deren Hilfe wir Zugang zu dieser tibetanischen Sprache gefunden hätten, weder in Indien noch in Ceylon ... das ist eine Insel. Wir haben uns verzweifelt bemüht. Und schließlich haben wir das Problem doch gelöst. Hören Sie mal zu!« Er gab dem alten Mönch ein Zeichen.

Der Buddhist las eine Zeile aus der Schriftrolle vor. Die ganze Gruppe fing im Chor zu singen an. Aber dieser Singsang war nicht einfach eine Wiederholung.

Nein, sie sangen in Psychlo!

Der alte Mönch las die nächste Zeile.

Die Gruppe sang die psychloische Übersetzung.

Jonnie wollte es nicht glauben! Und schon ging die Vorführung weiter: eine Zeile – und dann der Singsang in Psychlo.

»Er liest in einer alten Sprache, die man früher »Pali« genannt hat«, flüsterte der Koordinator Jonnie zu. »Es ist die Sprache, in der der Urtext der buddhistischen Kanons geschrieben wurde. Das Kloster unterhält eine umfangreiche Bibliothek aller überlieferten Lehren und Leitsätze des Gautama Siddhartha Buddha, das ist der Mann, der die Religion vor dreitausendsechshundert Jahren gegründet hat. Und sie sind alle noch in dieser Sprache ausgebildet worden. Aber es ist eben eine tote Sprache, und deshalb haben wir eine von den Chinkos stammende ...«

»... Sprachmaschine genommen und sie gründlich in Psychlo unterrichtet!« vollendete Jonnie den Satz.

»Ja, richtig. Und sie haben sich das neue Wissen in Pali zurückübersetzt. Die ehemalige Abbaustation der Psychlos, hier ganz in der Nähe, ist zwar weitgehend zerstört, aber in einem feuersicheren Panzerschrank wurden ein Wörterbuch und ein paar andere Bücher gefunden, und unsere Buddhisten haben mit ihren Studien losgelegt wie die Rennpferde. Tja, so können wir uns jetzt mit ihnen unterhalten.«

Der Singsang ging immer noch weiter. Die Leute sprachen mit Chinkoakzent, genau wie Jonnie und die Piloten.

»Gefällt Ihnen das, Lord Jonnie?« fragte das Stammesoberhaupt, der Mönch Ananda, in Psychlo. »Meine Leute können diese Sprache nicht nur singen, sondern auch normal sprechen.«

Jonnie klatschte ihnen Beifall, und das spornte sie an. Er hatte schon eine Idee, wie sich diese erstaunliche Fähigkeit nutzen ließ.

»Sind das alle Leute, die die psychloische Sprache beherrschen?« fragte Jonnie.

Nein, es gab noch ungefähr vierzig andere. Aber die befanden sich im Kloster, und der Weg dorthin war eine anstrengende Klettertour. Man brauchte Kletterseile und eine Menge Erfahrung und die Unterstützung der Sherpas.

Der Gedanke, daß die Worte eines Religionsstifters und Friedenslehrers so übersetzt wurden, wie er es in dem Singsang gehört hatte, und zwar ausgerechnet in Psychlo, eine Sprache, in der für Gefühle und Werte normalerweise gar kein Raum war, dieser Gedanke erschien Jonnie geradezu umwerfend.

Ein paar Musikanten hatten sich inzwischen ihre Instrumente geholt, und nun fingen sie an, auf kleinen und langen Hörnern zu spielen und die Trommeln zu schlagen, und ein paar Frauen hatten Feuer entfacht und wärmten das wenige, was sie zu essen besaßen.

Die Piloten, die Jonnie zur Abbaustation der Psychlos geschickt hatte, kamen zurück und brachten einen Frachtflugkörper mit. Alle packten mit zu, und so verstauten sie mit vereinten Kräften das fremde Raumfahrzeug in diesem großen Flugkörper und schoben auch gleich noch den Tolnep hinterher, der immer noch sorgsam gefesselt war.

»Da unten in der Psychlo-Station steht eine Menge Fluggerät herum«, erzählte der Copilot. »Die Schotten müssen bei der Bombardierung der Station wohl eine Explosion ausgelöst haben. Es sieht so aus, als hätten sie einen Volltreffer in die Atemgasvorräte gelandet. Jedenfalls sind die Kuppelbauten völlig zerstört. Die Trümmer sind über eine Fläche von zwei Hektar verstreut. Dann haben unsere Piloten sich gar nicht mehr damit aufgehalten, auch die Vorräte an Munition und Antriebsenergie zu bombardieren. Und die Hangars sind unterirdisch angelegt. Da stehen jetzt noch achtzig bis neunzig Kampfflugkörper herum. Ein paar davon sehen ein bißchen angesengt aus, aber sie sind durchaus noch flugtüchtig. Außerdem gibt es haufenweise Panzer und Arbeitsmaschinen. Und schließlich noch ungefähr fünfzig von diesen Frachtflugkörpern. Weiß der Himmel, warum sie so viele davon brauchten. Und die Werkstatteinrichtungen und die Ersatzteilvorräte ... alles in Hülle und Fülle. Scheint so, als hätten sie eine Menge Bauxit verladen. Psychlos treiben sich dort nicht mehr herum, die sind alle tot.«

Jonnie faßte einen Entschluß. Er ging zum Flugkörper, schaltete das Funkgerät an und stellte die allgemeine Planetenfrequenz ein. Er rief Dunneldeen, der drüben in Amerika war.

Um seine Nachricht zu verschleiern, griff er den Scherz auf, den Dunneldeen kürzlich gemacht hatte: »Wahrscheinlich haben Sie nicht geahnt, daß ich fünfzehn Töchter habe. Es ist dringend notwendig, sie zu verheiraten.«

»Kapiert!« antwortete Dunneldeen bloß und brach das Funkgespräch ab.

Jonnie wußte, daß innerhalb der nächsten zehn bis zwölf Stunden fünfzehn Piloten hier eintreffen würden, wenn auch vielleicht manche von ihnen noch Anfänger sein mochten. Dunneldeen war genau darüber unterrichtet, wo Jonnie sich aufhielt.

Und inzwischen hatte nun hier der feierliche Empfang für Jonnie begonnen. Die Leute hatten den ersten Schreck und die anfängliche Verwirrung überwunden. Sie reichten Speisen herum. Sie vergaßen nie zu lächeln, sooft einer von ihnen an Jonnie vorbeiging. Und natürlich verbeugten sie sich jedesmal tief.

Es war Abend geworden. Überall brannten Feuer, an Holz war kein Mangel. Sollte sich ein Feind oben am Himmel nähern, würde man ihn ja wenigstens auf einem Überwachungsbildschirm entdecken können.

Sie hielten Reden, in denen sie Jonnie mehrmals versicherten, wie dankbar sie ihm waren und wie sehr sie sich freuten, ihn als Gast in ihrer Mitte zu haben. Dann war Jonnie an der Reihe.

Links von ihm stand ein Koordinator, der chinesisch sprechen konnte, und rechts von ihm ein Mönch, der zusätzlich die Sprache der Sherpas beherrschte. Jonnie mußte seine Sätze zunächst in Englisch formulieren – für den Koordinator, der sie ins Chinesische übertrug, und dann in Psychlo für den Mönch, der sie in Sherpa oder Tibetanisch oder was auch immer übersetzte. So mußte er jedesmal eine Weile warten, bis die Übersetzer fertig waren, aber gemessen an den Sprachbarrieren, mit denen sie es zu tun hatten, ging eigentlich doch alles ganz flott vonstatten.

Nach ein paar höflichen Erwiderungen auf die vorangegangenen Reden kam Jonnie rasch zu seinem eigentlichen Punkt. »Ich kann euch nicht einfach hier zurücklassen«, sagte er und deutete zum Himmel hinauf. »Und ihr könnt nicht einfach eure eigenen Leute daheim zurücklassen.«

O ja, da waren sie ohne Zweifel einer Meinung mit ihm.

Jonnies Blick schweifte über die verschiedenen Gruppen, die rund um die Feuerstellen saßen, er sah in die Gesichter der Menschen. »Es ist kalt in diesen Bergen.« Da hatte er ganz bestimmt recht, besonders die Chinesen empfanden das genauso wie er. »Offensichtlich gibt es hier nicht genug Nahrungsmittel.«

O ja, da traf er den Nagel auf den Kopf. Lord Jonnie war sehr aufmerksam und hatte gleich gesehen, wie dünnwangig ihre Kinder waren. »Auch ihr könnt mithelfen bei den Aufgaben, mit denen wir fertig werden müssen. Ihr könnt mithelfen, die Psychlos zurückzuschlagen, wenn sie wiederkommen, und vielleicht werden wir sie dann für immer zurückwerfen. Ihr könnt mithelfen bei der Abwehr gegen die Außerirdischen da oben am Himmel.«

Man hätte eine Schneeflocke fallen gehört, so still war es geworden. Er glaubte, sie hätten ihn vielleicht nicht richtig verstanden, und er öffnete schon den Mund, um noch einmal von vorn anzufangen und alles zu wiederholen. Aber da kam plötzlich Leben in die Menge. Vergessen war die beherrschte Ruhe, die sie gewöhnlich an den Tag legten. Wie eine Woge brandete die Menge gegen ihn an. Die Leute drängten sich so dicht an ihn heran, daß er aufstehen mußte.

Es war eine einzige Frage, die sie bewegte, und sie klang wie ein Aufschrei in drei verschiedenen Sprachen: »Wie denn? Wie können wir mithelfen?«

Diese vom Unglück geschlagenen Leute, diese zerlumpten, vom Hunger geplagten Überlebenden einstmals großer Volksgruppen hatten nicht einmal mehr im Traum daran gedacht, daß sie für das Geschick der Erde wichtig und zu etwas nütze wären. Daß sie etwas zur Gestaltung des Schicksals beitragen könnten. Daß sie in der Weltgeschichte noch eine andere Rolle zu spielen hätten, als irgendwo hungernd dahinzuvegetieren. Helfen zu können, das war ein Gedanke, der all ihre Sinne aufrüttelte.

Irgendwie schafften es die Stammesoberhäupter und die Koordinatoren, die Leute wieder an ihre Plätze zurückzubringen. Rings um die Feuerstellen kehrte wieder Ordnung ein. Aber setzen mochten die Menschen sich nicht, dazu waren sie jetzt viel zu aufgeregt.

Als erneut Stille eingetreten war, so daß Jonnie weitersprechen konnte, da zögerte er. Denn inzwischen hatte er sich klargemacht, daß es vielleicht noch mehr Zuhörer gab, auch unerwünschte. Konnten die Besucher aus dem Weltraum womöglich mithören, was hier unten geredet wurde? Wahrscheinlich. Rasch, mit gesenkter Stimme, beriet er sich mit einem der älteren Koordinatoren. Der Mann nickte eifrig und flüsterte Jonnie zu, daß es unten, am Fuß des aufragenden Palastbaus, eine große Halle gäbe. Ja, dort habe man kürzlich erst gründlich aufgeräumt.

Jonnie wechselte ein paar Worte mit dem Mönch Ananda. Und gleich darauf stürmten die Buddhisten los, mit leuchtenden Augen, voller Eifer. Sie versammelten sich alle in dieser Halle. Jonnie holte Grubenleuchten aus dem Flugkörper. Er schloß die Tür. Ja, das gefiel ihnen: eine heimelige, vertrauliche Atmosphäre ...

Eindringlich fuhr Jonnie in seiner Rede fort. War es nicht so, daß sie Psychlo sprachen? Und sogar Pali, eine tote Sprache? Und ihre eigentliche Muttersprache, das Tibetanische? Ja, versicherten sie flüsternd, genauso wäre es. Jonnie sagte ihnen, er werde sich darum kümmern, daß man ihre Bibliothek auf dem Luftweg an einen sicheren Ort bringe. In der russischen Basis könne ein tiefgelegener Trakt dafür bereitgestellt werden. Und auch ihren Tempel könnten sie sich dort einrichten. Ach ... übrigens, ob sie unter Höhenangst litten? Da mußten sie herzlich lachen. Komisch, so etwas ausgerechnet Angehörige eines Bergvolkes zu fragen! Und ob es ihnen etwas ausmache, wenn sie rund um den Erdball verstreut leben müßten, bei fremden Stämmen? Nein, überhaupt nicht. Das ging schon in Ordnung. Bloß weil sie in einem Kloster lebten, müsse er nicht glauben, sie hätten sich völlig von der Welt zurückgezogen. Sie hatten in diesen Höhlen gelebt, weil es anderswo zu gefährlich war.

Er erklärte ihnen, was eine Funkverbindung war. Und wenn ihnen nun jemand einen Funkspruch in die Hand drückte, der in Psychlo abgefaßt war ... konnten sie ihn dann nicht in Pali übersetzen, ihn so in den Äther schicken und – am anderen Ende der Funkverbindung – durch jemanden, der dieselben Sprachen beherrschte, wieder in Psychlo zurückübersetzen lassen? Dann würden die lauernden Gegner oben am Himmel kein Wort mehr verstehen. Oh, der Gedanke erschien ihnen großartig! Ein Funknetz – rund um die Erde, und überall wurde Pali gesprochen! Ja, ja doch, natürlich!

Aber da gab es noch etwas, was man bedenken mußte, ganz nüchtern. Irgendwann konnte es geschehen, daß einer von ihnen in Gefangenschaft geriet und gezwungen wurde, Funksprüche abzusetzen. Sollte das jemals der Fall sein, dann ... und das war ihr Geheimnis ... dann würde der Betreffende Tibetanisch sprechen. Obwohl das, darüber sollten sie sich keiner Täuschung hingeben, ziemlich gefährlich wäre.

Ach, gefährlich! Das ganze Leben war gefährlich. Sie waren damit einverstanden, alle miteinander, Männer, Frauen und Kinder. Und sie erklärten ihr Einverständnis zugleich auch für alle, die jetzt zu Hause waren. Jonnie wollte ihnen noch mitteilen, daß sie eine Währungseinheit pro Tag erhalten würden. Das entsprach etwa dem Durchschnittseinkommen in den meisten Stämmen. Aber davon mochten die Leute nichts hören. Sie waren bereit, loszuziehen und zu tun, was er von ihnen wollte, alles andere spielte keine Rolle. Sie wußten, daß die Sache geheim bleiben mußte. Sie würden niemandem etwas davon erzählen. Und als ob sie das beweisen müßten, schlichen sie sogar auf Zehenspitzen zur Tür hinaus.

Als nächste kamen die Sherpas an die Reihe. Es gab viel Arbeit für Jäger. Und mancherorts gab es Gipfel, auf die jemand hinaufklettern mußte, jemand, der darin geübt war. Es gab die weiten Ebenen in Rußland, auf denen es von Schafen und Kühen wimmelte. Da mußten Unmengen Fleisch getrocknet und gepökelt werden. Ob sie denn bereit wären, alle miteinander nach Rußland zu gehen und mitzuhelfen, in der alten Basis ein Vorratslager anzulegen? Was denn, es ging um Nahrungsmittel? Du liebe Zeit, wer den Hunger kannte wie sie, der war natürlich bereit, auf die Jagd zu gehen und Fleisch zu trocknen und Vorräte anzulegen!

Danach brachte der Stammesführer Chong-Won seine Leute herein. Geheimnisse zu hüten war das Salz des Lebens für sie. Jonnie erzählte ihnen zunächst, daß es da eine Gegend gäbe, die leider nicht zu den gesündesten der Erde gehöre. Er erwähnte die Fliege, die Krankheiten übertrug, sagte aber auch, daß man durch gewisse Vorsichtsmaßnahmen und den Gebrauch von Netzen damit fertig werden könne. Es gäbe auch wilde Tiere, aber man würde bewaffnete Wachen zu ihrem Schutz aufstellen, und sie könnten auch selber lernen zu schießen. Insekten? Wilde Tiere? Das scherte sie keinen Deut! Wo war die Gegend? Was sollten sie dort tun? Sie waren bereit, sofort aufzubrechen. Ob sie sich auf einen langen Fußmarsch vorbereiten müßten?

Nein, sagte ihnen Jonnie, sie würden mit einem Flugkörper hingebracht. Aber da war noch etwas: Obwohl die Gegend ziemlich hoch über dem Meeresspiegel lag, konnte es dort sehr heiß werden.

Heiß? Es war wirklich heiß dort? Wunderbar! Nichts Schöneres konnten sie sich wünschen! Wen störte es schon, wenn es heiß war?

Jonnie fragte sie, ob sie sich aufs Bauhandwerk verstünden? Und sie wiesen mit Stolz darauf hin, daß sie das alle gelernt und sich ständig in Übung gehalten hätten, ein paar von ihnen seien sogar Ingenieure. Sie konnten alles bauen.

Na schön, meinte Jonnie, was nun käme, müsse natürlich ganz geheim bleiben: Es handele sich um eine Gegend in der Nähe eines Staudammes. Dort müsse alles von Grund auf in Ordnung gebracht werden. Man müsse Stollen in die Hügel graben und Bunker bauen. Natürlich bekämen sie technische Unterstützung und auch Maschinen und Leute, die diese bedienen konnten, und sie könnten auch selber lernen ...

Was denn! Acht von ihren eigenen Leuten wurden zur Zeit drüben in Amerika zu Maschinisten ausgebildet! Warum denn noch lange herumreden und Zeit vertrödeln? Wo lag die Gegend, von der Jonnie gesprochen hatte?

Jonnie bot ihnen eine Währungseinheit pro Tag für jeden an und versprach ihnen eine zusätzliche Prämie, wenn alles fertiggestellt wäre.

Der Stammesführer Chong-Won fragte die Leute, ob sie einverstanden wären, und sie meinten, nun wäre er es, der unnötig Zeit vertrödele. Natürlich waren sie einverstanden!

Jonnie ging wieder hinaus auf den Festplatz, wo sich vorher

alle zur feierlichen Begrüßung versammelt hatten. Aber dort bot sich ihm jetzt ein ganz anderes Bild. Die Leute standen in Grüppchen, steckten die Köpfe zusammen und flüsterten in Sprachen, die niemand außer ihnen verstehen konnte. Sie berieten sich, wie sie zu Werke gehen wollten. Jonnie wünschte ihnen eine gute Nacht, und da drehten sich alle zu ihm um und verneigten sich tief. Na, da mußte er eben auch seine Verbeugung machen.

Schon unterwegs zum Flugkörper, wo er, für alle Fälle, die Nacht verbringen wollte, blieb Jonnie bei der Transportmaschine stehen, in der der gefesselte Tolnep lag. Es hätte ihn gereizt, über Funk den Semi-Kapitän Rogodeter Snowl zu rufen und ihm ein bißchen was zum Nachdenken aufzugeben. Aber er ließ es dann doch bleiben. Mochte der Semi-Kapitän noch eine Weile vor sich hin schmoren. Das Duell mit ihm konnte Jonnie sich für später aufheben.

5

Wieder in Schottland, zögerte Jonnie ein Treffen mit den Clanchefs so lange wie möglich hinaus. Er erwartete neue Recorderbänder aus Amerika – und mit ihnen neue Erkenntnisse, die sie ein Stück weiterbrachten. Aber Glencannon war immer noch nicht eingetroffen.

Inzwischen war Robert der Fuchs aus Afrika herübergekommen, auch er wollte an dem Treffen teilnehmen. Und schließlich ließ er Jonnie wissen, daß die Chefs nun allmählich unruhig würden. Also zog Jonnie zusammen mit ihm los.

Das Haus, das Chrissie gefunden hatte, lag in unmittelbarer Nähe des Castle Rock, und so war der Weg nicht weit. Sie sprachen unterwegs nicht; ab und zu äugten sie nach dem wolkenverhangenen Himmel über sich.

Am Eingang eines unterirdischen Ganges hielten zwei Krieger Wache, bewaffnet mit Streitäxten und Psychlo-Gewehren. Man ließ Jonnie und Sir Robert passieren, und sie kamen in tiefgelegene Gewölbe, wo in den Nischen Grubenleuchten brannten und ihr Licht auf die Banner der Clans warfen, die oben im Kreuzgewölbe aufgehängt waren. Diese unterirdischen Räume, ehemalige Munitionslager aus Kriegen längstvergangener Zeiten, hatten die Clanchefs zufällig entdeckt und daraufhin beschlossen, den Wiederaufbau des Parlaments eine Weile ruhen zu lassen und statt dessen zuerst diese alten Gewölbe instand zu setzen.

Jetzt waren die Clanchefs alle hier unten versammelt, seit Stunden warteten sie schon. Sie umringten Jonnie, schlugen ihm auf den Rücken, schüttelten ihm die Hand. Fearghus hatte seine liebe Mühe damit, wieder Ordnung in die Versammlung zu bringen.

Robert der Fuchs spielte ihnen ein paar Bänder mit den Aufklärungsergebnissen des Radioteleskops vor. Für die Clanchefs gab es viel Neues und Ungewohntes zu sehen, aber am meisten verblüffte sie die Verschiedenartigkeit der Gesichter in den Raumschiffen. Und auch das Brettspiel, mit dem die Außerirdischen sich die Zeit vertrieben, interessierte sie sehr. Robert der Fuchs hatte einem der Gefangenen die Aufnahmen gezeigt, und der hatte ihm gesagt, es handele sich um das »Klepp-Spiel«. Jeder Spieler hatte vor sich ein sechskantiges Brett und Spielfiguren in sechs verschiedenen Farben. Machte nun einer der Spieler einen Zug, dann setzten ihn die anderen auf ihrem Brett nach. Die Spielsteine stellten kleine Raumfahrzeuge, Panzer, Schiffseinheiten und Soldaten dar. Mit jeder Art von Spielfigur konnte man nur ganz bestimmte Züge tun, und dazu war das Spielbrett in sechshundertsechzehn Sechsecke eingeteilt, auf denen die Spielfiguren mit Hilfe kleiner Magnete haften blieben. Es war weniger das Spiel, was die Clanchefs so interessierte, als vielmehr die Tatsache, daß die Außerirdischen als Einsatz verschiedene Beutestücke von der Erde vereinbart hatten.

Dann erzählte ihnen Robert der Fuchs von den Möglichkeiten der Infrarotaufklärung und machte ihnen klar, daß – und warum – es sehr unklug wäre, sich über bestimmte Dinge draußen im Freien zu unterhalten. Sir Robert war durch die Aussagen eines gefangenen Hockners sehr genau darüber im Bilde. Wenn man sich im Freien unterhalten wollte, mußte ein »Störgeräusch-Erzeuger« eingeschaltet sein, aber so ein Gerät besaßen sie leider nicht.

Die Clanchefs wollten sofort über einen Antrag beraten, durch den jegliches Gespräch im Freien verboten oder die Weitergabe schutzbedürftiger Informationen an die Bevölkerung untersagt würde, damit die Leute gar nicht erst in Versuchung gerieten, sich darüber außerhalb geschlossener Räume zu unterhalten. Es wurde auch vorgeschlagen, eine Aufklärungsaktion unter dem Slogan »Der Feind hat lange Ohren« zu starten. Aber da ergriff der Clanchef der Argylls das Wort und wies darauf hin, daß sie in Angelegenheiten, die alle Stämme betrafen, keine legislative Kompetenz besäßen. Sie seien ja schließlich nicht die Regierung, die ihren Sitz eben immer noch drüben in Amerika habe, wobei es keine Rolle spiele, daß man sich möglicherweise mit eben dieser Regierung im Kriegszustand befinde. Also sei das, was hier vorgeschlagen werde, eine widerrechtliche Anmaßung der Regierungsgewalt.

Das war Jonnies Stichwort. Er stand auf und erinnerte sie daran, daß oben im schottischen Hochland, auf einer Bergwiese in der Nähe eines Sees, zum ersten Mal Maßnahmen beschlossen wurden, die so etwas wie regierungsamtliches Handeln gewesen waren. Also waren eigentlich sie das ursprüngliche legislative Gremium. Natürlich mußte der Schein gewahrt bleiben. Sie durften nicht einfach so handeln, als gäbe es die Regierung drüben in Amerika nicht, denn das würde letzten Endes nur ihren Plänen schaden. Dennoch war es erforderlich, Maßnahmen einzuleiten, um die Bevölkerung dieses Planeten zu schützen. Dieses Gremium hier, die Versammlung der Clanchefs, hatte entscheidenden Einfluß auf die Weltweite Föderation für den Zusammenschluß der Menschheit. Jonnie war sicher, daß die Koordinatoren lieber Weisungen der Clanchefs entgegennehmen und sich um Anordnungen aus Amerika nicht mehr kümmern würden. Man konnte also entsprechende Anordnungen einfach als »Föderations-Weisungen« bezeichnen, Hauptsache, sie würden sich international auswirken.

»Hört, hört!« rief Sir Andrew MacNulty, dem die Föderation unterstand.

Dunneldeen, fuhr Jonnie fort, sei ein Titularprinz von Schottland, was ja jedermann leicht daran erkennen könne, daß er seinen Namen nach eben diesem Felsen trüge: Dunedin. Und ihm unterstünden die Piloten – oder die könnten ihm jedenfalls unterstehen, so daß ...

»Dunneldeen *und Ihnen* unterstehen die Piloten!« verbesserte ihn der Clanchef der Campbells.

Jonnie brachte es auf die Formel, daß es diese gesetzgebende Versammlung der Clanchefs sei, der die Piloten unterstünden. Und Sir Robert, der in Schottland als militärischer Oberbefehlshaber gelte, unterstünden sämtliche einsatzbereiten Verbände, mal von den Briganten abgesehen. In Wirklichkeit läge also aller Einfluß, der tatsächlich auf der Erde ausgeübt werden könne, in den Händen dieser Versammlung. Und wenn sie soweit mit ihm übereinstimmten, dann sollten sie diese Auffassung durch einen vertraulichen Beschluß untermauern und gestützt darauf künftig entsprechende Anordnungen treffen.

Sie diskutierten eine Weile darüber, und dann waren die letzten Zweifel zerstreut. Sir Andrew MacNulty erhielt den Auftrag, die verschiedenen Stämme mit den Vorstellungen der Clanchefs vertraut zu machen, und Sir Robert oblag es, ihre Weisungen auf militärischem Gebiet durchzusetzen. Die absonderliche Situation machte es nötig, Anweisungen der Regierung in Amerika unbeachtet zu lassen, dabei aber so vorzugehen, daß niemand Verdacht schöpfen konnte. Diese Regierung dort drüben unterstützte Feinde Schottlands, Menschen, mit denen sie in einer Blutfehde lagen. Es war eine außergewöhnliche Lage, in der sie sich befanden, und eine solche Lage verlangte außergewöhnliches Handeln.

Genau so hatte Jonnie es gewollt.

Danach erhob sich Sir Robert und beschrieb, wie weit verstreut die wenigen überlebenden Menschen auf diesem Planeten angesiedelt waren. Er gab seiner Überzeugung Ausdruck, daß man die Bevölkerung auf wenige befestigte Punkte konzentrieren mußte, auf Orte, die man verteidigen konnte. Er hatte einen Plan, wie das zu bewerkstelligen war.

Sie baten MacTyler, ihnen – kurz zusammengefaßt – seine Lagebeurteilung zu geben. Seine Meinung war ihnen wichtig, und zwar aus vielen Gründen, nicht zuletzt aber deshalb, weil er zu ihrer Gemeinschaft gehörte, zu jedem einzelnen Clan, den sie vertraten.

Jonnie hatte gehofft, über neue Nachrichten aus Amerika zu verfügen, bevor er mit einer solchen Bitte konfrontiert wurde. Vieles hing davon ab, was Terl inzwischen tat. Aber es war mittlerweile eine gehörige Zeitspanne vergangen, über die er mangels neuer Informationen im dunkeln tappte. Ohnehin war er nicht bereit, sich über einige der entscheidenden Punkte vor diesem Gremium im einzelnen auszulassen. Bei allem Vertrauen zu den Clanchefs wollte er selbst das geringste Risiko ausschließen. Es durfte einfach keine undichten Stellen geben. Andererseits fiel der Versammlung der Clanchefs bei den Ereignissen, die vor ihnen lagen, eine sehr wichtige Rolle zu.

Er erhob sich, weil er ihnen verschiedenes zu sagen hatte. Erstens, daß sie nicht genau wüßten, was sich auf Psychlo ereignet hatte, und daß sie schon deshalb die Möglichkeit eines Gegenangriffs einkalkulieren mußten. Zweitens, daß die Besucher aus dem Weltraum eine schwere Bedrohung darstellten, daß er zwar nicht wisse, warum sie noch abwarteten, daß sie selbst aber – wie beunruhigend das alles auch sein möge – letzten Endes dadurch Zeit gewinnen könnten; sie müßten nur schnell genug ans Werk gehen, um rechtzeitig fertig zu sein. Drittens, daß ihre Hauptsorge dem Schutz der Menschheit gelten müsse, weil es sich nicht bloß darum handele, daß die Menschen bedroht seien, sondern um die Gefahr, daß alles menschliche Leben auf einen Schlag für immer erlöschen könnte.

Die Clanchefs waren sich des Ernstes der Stunde bewußt. Sie dankten Jonnie für seine Darstellung und stimmten Sir Roberts Plänen zu.

Sie riefen Dr. Allen herein, der sich sehr eingehend mit der Frage einer Umsiedlung der Stämme beschäftigt hatte. Seiner Meinung nach war es gefährlich, Stammesgruppen an einem Ort zusammenzubringen und in allzu dichter Nachbarschaft miteinander leben zu lassen. Die Immunität gegen verschiedene Krankheiten war geringer geworden. Die Stämme hatten zu lange ohne Kontakt miteinander gelebt. Es konnte zu Epidemien kommen, alle möglichen Krankheiten – wie Blattern oder Typhus – konnten sich ausbreiten. Er war viel unterwegs gewesen, hatte sich überall umgesehen und getan, was in seinen Kräften stand. Und er hatte jetzt mehrere Assistenten an seiner Seite. Er hatte jedes alte medizinische Buch gelesen, dessen er habhaft werden konnte, über Impfungen, Behandlung mit Seren, Bekämpfung von Insekten, allgemeine Gesundheitsvorsorge und so weiter. Man hatte auch damit begonnen, Impfstoffe herzustellen. Zwei Maßnahmen aber schienen ihm besonders wichtig. Erstens mußte jeder, bei dem Anzeichen einer ansteckenden Krankheit festgestellt wurden, sofort und nötigenfalls auch gegen seinen Willen von den anderen isoliert werden. Zweitens war es notwendig, eine allgemeine vorsorgliche Pflichtimpfung durchzuführen. Die Koordinatoren arbeiteten ausgezeichnet mit ihm zusammen, und die Stammesführer unterstützten ihn, aber er wollte, daß sein Programm offiziell angeordnet wurde.

Die Clanchefs stimmten dem Antrag zu und billigten ihn als Föderations-Weisung, und die Anordnung sollte demzufolge durch Sir Andrew MacNulty ergehen.

Dann wurde MacAdam, der Chef der Planetarischen Bank, hereingeführt. Er hatte aus drei Gründen um eine Unterredung mit den Clanchefs gebeten. MacAdam – grauhaarig, gesetzt, sehr kurz und präzise in seiner Ausdrucksweise – war ein Mann von gewinnender Höflichkeit. Er trug eine Aktenmappe bei sich, die er vor sich auf den Tisch legte.

Diese Regierung in Amerika – um mal damit zu beginnen – warf mit Geld nur so um sich und verursachte dadurch eine Inflation, die zwar zunächst auf den amerikanischen Kontinent begrenzt war, sich aber leicht ausbreiten und auch auf andere Gebiete auswirken konnte. Die Briganten erhielten pro Mann und

Tag einhundert Währungseinheiten als Sold, was sich bei einer geschätzten Stärke von siebenhundertsechzig Söldnern auf sechsundsiebzigtausend Währungseinheiten *pro Tag* belief und etwa dem Doppelten des Jahresbudgets der meisten anderen Stämme entsprach. Natürlich wußten die Briganten den Wert des Geldes überhaupt nicht mehr zu schätzen, sie warfen es sozusagen mit vollen Händen zum Fenster hinaus. Es gab drüben in Amerika nicht viel zu kaufen; da wurde nichts erzeugt, womit man die umlaufende Geldmenge abschöpfen konnte. Er trug ihnen das alles nicht vor, ohne einen konkreten Vorschlag damit zu verbinden:

Er wollte von irgend jemandem die Vollmacht erhalten, eine spezielle amerikanische Banknote in Umlauf zu bringen, die dann gegenüber der in der übrigen Welt gültigen Währung abgewertet werden konnte. Er glaubte Grund zu der Annahme zu haben, daß die Regierung drüben den Vorschlag akzeptieren würde, wenn man bei dieser neuen Spezialwährung auf das Bild von Tyler verzichten und statt dessen eines von Brown Limper Staffor drucken würde. Die Inschrift könnte lauten: »Brown Limper Staffor, Generalbevollmächtigter für den Planeten«. Seiner Meinung nach würde der Verzicht auf Tylers Bild die Entwertung der amerikanischen Währung noch beschleunigen, aber, sagte er, er hielte nun mal nichts davon, daß Tylers Bild auf einer Währung erschiene, deren Wert zunehmend verfalle. Wie sie denn darüber dächten?

Tyler lächelte nur, die Clanchefs lachten laut, und alle gaben MacAdam ihren Segen.

MacAdams Wünsche gingen noch weiter. Er wollte eine zweite Vollmacht, etwa mit den gleichen Bankprivilegien wie schon in der ersten, aber von diesem Gremium ausgestellt. Die Sache mußte nicht allgemein bekannt werden, er würde keinen öffentlichen Gebrauch davon machen, aber er wollte die Vollmacht in seinem Safe haben.

Sie lasen den Entwurf, den er mitgebracht hatte, und stimmten zu.

Danach kam MacAdam auf eine vorläufige, vertrauliche Beratung zu sprechen, die er mit Sir Robert geführt hatte und bei der es um eine Verlegung der Bank von Zürich nach Luxemburg gegangen war. Das Vorhaben war mit Unbequemlichkeiten verbunden und ziemlich schwierig, denn sie mußten nicht nur die gesamte technische Einrichtung der Notenpresse verlagern, sondern in Luxemburg überhaupt erst noch Unterkünfte für die Mitarbeiter finden.

Die Clanchefs erteilten Sir Robert das Wort, und er führte aus, daß es in Luxemburg eine ehemalige Abbaustation der

Psychlos gäbe, in der man Eisenerz für den Sofortbedarf auf der Erde gewonnen habe. Nicht weit davon läge eine Festung aus alten Zeiten (wie übrigens der Name »Luxemburg« nichts anderes bedeute als »kleine Festung«). Luxemburg war jahrtausendelang ein Knotenpunkt des Handels und des internationalen Bankgewerbes gewesen. Es solle sich bei der Verlegung nur um eine vorübergehende Maßnahme handeln. Luxemburg könne man verteidigen, Zürich aber nicht.

Sie waren alle der Meinung, daß MacAdam die Bank wirklich verlegen solle.

Resignierend versprach MacAdam, er werde es tun. Aber da war noch eine Angelegenheit zu besprechen, und zwar die Kosten für die Verteidigungsaufwendungen. Die Investitionen erforderten einen Finanzaufwand, der durch die Stammesbudgets nicht mehr gedeckt war und für den der öffentliche Landbesitz als Sicherheit nicht ausreichte. Sein Vorschlag lief darauf hinaus, Anleihen zu machen und dafür andere Sicherheiten anzubieten.

Jonnie bat ums Wort. Er sagte, daß ihm einige Mineralvorkommen bekannt seien (er verriet aber nicht, woher er darüber Bescheid wußte). Es seien sehr ergiebige Vorkommen, und sobald wieder ruhige Zeiten kämen, könne man dort mit dem Abbau beginnen. Sie wüßten ja, daß er einige Erfahrungen im Rohstoffabbau gesammelt hatte, und sollten sich auf sein Wort verlassen. Wenn man die Mineralvorkommen nicht als allgemeines öffentliches Eigentum, sondern als Werte unter der Verfügungsgewalt der Stammeschefs ansehe, könnten sie als Sicherheiten für die Anleihen gelten.

MacAdam fragte, ob sie wüßten, daß Brown Limper Anspruch darauf erhebe, den gesamten Planeten zu besitzen? Ja, sagten die Clanchefs, das sei ihnen bekannt. Und ob sie auch wüßten, daß er die Besitzrechte am gesamten ehemaligen Eigentum der Intergalaktischen Rohstoff Company auf der Erde für sich in Anspruch nähme?

Der Clanchef der Fearghus erklärte, er wolle mal dahingestellt sein lassen, ob dieser Anspruch rechtsgültig sei oder nicht, jedenfalls hätten sie Anteile an solchen Besitzansprüchen, und ihren Anteil an den Mineralvorkommen würden sie als Sicherheit für die notwendigen Verteidigungsinvestitionen verpfänden.

MacAdam lächelte still vor sich hin. Er merkte schon, woher der Wind wehte. Er akzeptierte die angebotenen Sicherheiten und versprach, die Sache vertraulich zu behandeln.

Die Clanchefs verabschiedeten einen entsprechenden Beschluß, durch den Sir Robert ermächtigt wurde, von einem Darlehen in unbegrenzter Höhe nach Belieben Gebrauch zu machen; dies sei sozusagen seine Kriegskasse.

Es dauerte noch lange, bis die Versammlung endete und die Mitglieder in ernster Stimmung aufbrachen.

Schottische Krieger geleiteten Jonnie bis zur Tür seines Hauses.

Chrissie wartete schon auf ihn und servierte ihm Tee und Gebäckstücke, die sie »Teekuchen« nannte.

Und so saß Jonnie im Wohnzimmer, die Beine lang ausgestreckt, die Verschnürung des Oberteils gelöst und die Füße in weichen Mokassins. Immer wieder gingen ihm sorgenvolle Gedanken über das, was sich in Amerika anbahnte, durch den Kopf, aber er gab sich Mühe, nicht darüber nachzugrübeln, sondern sich mal für eine Weile nur mit dem zu beschäftigen, was sein Zuhause betraf.

Chrissie erzählte ihm, daß Tante Ellen und der Pastor morgen zum Mittagessen kämen. Sie hoffte, daß er auch zu Hause wäre. Tante Ellen lebte hier in Schottland richtig auf, sie hatte volle Wangen bekommen, und von dem bösen Husten, der sie früher immer so plagte, war nichts mehr zu merken. Sie sah richtig jung aus, wirklich.

Jonnie meinte, das könne man von Chrissie erst recht behaupten. Sie sah sehr hübsch aus mit ihrem langen strohblonden Haar, das sie hochgekämmt und zu einem großen Knollen geschlungen hatte. Ihre Augen kamen ihm eine Spur dunkler vor, und sie glänzten mehr als je zuvor. Sie trug ein elegant geschnittenes Kleid, das ihre Figur erheblich besser zur Geltung brachte als das rehlederne Gewand, in dem sie früher herumgelaufen war. Die Spuren des Halseisens waren kaum noch zu bemerken. Er machte ihr so viele Komplimente, daß sie über und über rot wurde.

Pattie ging es besser. Sie war erschreckend dünn geworden. Sie lag immer noch mit Fieber im Bett, es war zwar gesunken, aber sie fühlte sich noch schwach. Jonnie sollte sie gleich am Morgen besuchen. Das einzige, worüber man sich wirklich Sorgen machen mußte, war, daß Pattie so teilnahmslos erschien. Vielleicht konnte Jonnie ihr irgend etwas erzählen, was sie ein wenig aufmunterte.

Jonnie fragte, ob das Haus einen Keller habe, und sie sagte, es sei sogar ein besonders tiefer, fest gebauter Keller. Er meinte, sie habe da einige wirklich hübsche Möbelstücke gefunden, und wenn es hart auf hart käme, dann solle sie die wertvolleren Stücke in den Keller bringen, wo sie besser geschützt wären. Und ob sie für sich selber einen sicheren Platz in den unterirdischen Gewölben von Castle Rock habe? Chrissie beruhigte ihn. Sie habe über all das auch schon nachgedacht, und er müsse sich keine Sorgen machen. Sie sei ja nun bereits ein Stück in der Welt herumgekommen und habe ein wenig dazugelernt. Ob er vielleicht noch eine Tasse Tee haben wolle? Oder ein zweites Stück Teekuchen?

Es gefiel ihm alles ausnehmend gut. Ein wunderschönes altes Haus, gar kein Vergleich mit den halbverfallenen Hütten im alten Dorf in den Bergen. Wenn sie Erfolg hätten und ihr Glück von Dauer wäre, dann ... ja, dann könnte er sich vielleicht sogar eines Tages daran gewöhnen, gemütlich in so einem Wohnzimmer zu sitzen und mit Chrissie oder mit Freunden über Dinge zu plaudern, die nichts mit Krieg und mit Kampf zu tun hatten.

Die Türglocke schlug an, und Chrissie ging öffnen.

Mit einem Aufschrei freudiger Überraschung sprang Jonnie hoch und begrüßte Glencannon.

Teil XXIII

1

Verdammter Terl!

Jonnie hatte fest damit gerechnet, er werde nun endlich Angaben über die genaue Position der Teleportationsmasten erhalten. An Ort und Stelle hatte er sich nicht davon überzeugen können, denn er hatte kein hinreichendes Bildwiedergabegerät in seinem Haus in Schottland. Also hatte er die Bänder nur kurz durchgesehen und dann einen kurzen Blick in den Kasten geworfen, den Ker ihm geschickt hatte. Der schien allerdings nichts Besonderes zu enthalten, nur ein Stück Kabel. Nun, es dauerte noch Monate bis zum Tag 92, er konnte sich also Zeit lassen, zum Mittagessen bleiben und sich über die Gelegenheit freuen, Tante Ellen und den Pastor wiederzusehen. Und er vergaß auch nicht, alles zu tun, was in seinen Kräften stand, um Pattie ein wenig aufzumuntern.

Beim Rückflug zum afrikanischen Rohstoffcamp war er guten Mutes gewesen. Und heute morgen war er in der Überzeugung aufgestanden, daß sie nun endlich den Durchbruch schaffen würden. Und dann diese Riesenenttäuschung!

Glencannon hatte ihm berichtet, warum es diesmal mit den Bändern so lange gedauert hatte: Terl hatte sich die meiste Zeit im Freien herumgetrieben und Vermessungen durchgeführt. Dabei wurde die Arbeit im Freien dem Psychlo eigentlich durch einen kleinen Trick vergällt, von dem Jonnie auch durch Glencannons Bericht erfahren hatte. Damals, bei den Instandsetzungsarbeiten in Terls Büro, hatte man bei der Füllung der Atemgasflaschen ein bißchen Luft beigemengt, um ihm die Lust an allzu ausgedehnten Spaziergängen zu nehmen. Und noch etwas hatte Glencannon ihm berichtet: Sie hatten bei ihrer ursprünglichen Planung versäumt, einen Bildrecorder so aufzubauen, daß ihnen eine Beobachtung der Arbeitsfortschritte am Teleportations-Terminal selbst möglich gewesen wäre. Das war inzwischen nachgeholt worden, sie hatten – von den Briganten unbemerkt – einen Recorder in einem Baum installiert, so daß sie nicht auf die bruchstückhaften Aufklärungsergebnisse der Drohnen angewiesen waren.

Als Jonnie sich jetzt das Bildmaterial aus diesem Recorder ansah, stellte er fest, wie peinlich genau Terl bei seinen Meßarbeiten vorgegangen war. Es fehlte gerade noch, daß er eine Mikrometerschraube benutzt hätte! Aber er hatte *nicht* die exakte Position für die Mastbäume der Teleportationsanlage vermessen!

Da gab es gar nichts mehr zu vermessen, der Plan war fix und fertig, und jetzt konnte Jonnie ihn endlich mit eigenen Augen sehen: die Terminalplattform, die Stelle, an der die Konsole eingebaut werden sollte, und ... und wieder diese Linie mit der merkwürdigen Markierung, mit diesen rätselhaften Zeichen, die Jonnie neulich auf der Karte nicht hatte identifizieren können.

Auf einmal wußte Jonnie, warum Terl sich tagelang mit Kraftgleichungen beschäftigt hatte. Er hatte genau ausgerechnet, wie groß der Mindestabstand zwischen dieser Schnörkellinie und dem eigentlichen Terminal sein mußte, damit der Teleportationsvorgang nicht gestört wurde. Und hier, auf dem endgültigen Plan, war der Abstand eingetragen: zweihunderteinunddreißig plus sieben Elftel Zentimeter, und zwar rings um den Terminal und die neue Konsole, die das Kernstück der ganzen Anlage war.

Der Kasten, den Ker ihm geschickt hatte, enthielt auch eine kurze Notiz, die Ker bestimmt, wie Jonnie ihn einschätzte, mit verstellter Handschrift geschrieben hatte.

> An ... na, Du weißt schon, an wen.
> Das Stück Kabel, das ich Dir schicke, wurde natürlich aus Versehen abgesägt, haha. Ich bin dabei, das Zeug für die Typen auszubuddeln, und zwar beim Staudamm dort im Südwesten. Es wird ja da nicht mehr gebraucht. Falls Du's nicht weißt, man nennt es »Ionisationskabel zur Atmosphärenpanzerung«. Die Versorgungsnummer schreib ich Dir gar nicht erst auf, du wirst ja sicher keine Bestellung für das Zeug nach Psychlo schicken, haha. Ich erinnere Dich daran, daß es drei Monatsgehälter Strafe kostet, Company-Eigentum wegzugeben. Wenn ich also erwischt werde, schuldest Du mir noch mal drei Monatsgehälter. Wenn das so weitergeht, bist Du bald pleite, haha.
>
> Dein ... na, Du weißt schon wer ...
>
> PS: Man zahlt mir übrigens 'ne fette Zulage, solange ich mit den Buddelarbeiten beschäftigt bin. Du kriegst Deinen Anteil daran, wenn wir das nächste Mal unsere Butterbrote austauschen, hahaha!

Jonnie sah sich das Kabelstück näher an. Der Querschnitt schien der gleiche zu sein wie bei der Kabelleitung am Kariba-Staudamm. Jetzt konnte Jonnie allerdings einen Blick auf den inneren Aufbau werfen. Es mußte so verlegt werden, daß der austretende Energiefluß in die Richtung erfolgte, in der die Abstrahlung zum Aufbau eines Schutzschirmes erfolgen sollte. Das Kabel war gepanzert, und es war Jonnie rätselhaft, wie Ker es fertiggebracht haben mochte, dieses Stück abzutrennen.

Das Verfahrensprinzip war ziemlich klar. Die innere Grundisolierung bestand aus einem Reflektor. Direkt darüber verlief die Hauptenergieleitung, wiederum darüber verlief ein zweiter Draht, über diesem ein dritter – und so weiter. Alles in allem war es eine Anordnung aus fünfzehn übereinander liegenden Leitungen. Offensichtlich verstärkte jeder einzelne Draht die Ladung des darunter liegenden. Ganz am Ende dieses Aufbaus befand sich noch einmal ein zusätzlicher Verstärkerkasten, der hier nicht mit dabei war. Die geradezu unwahrscheinlich verstärkte Spannung, die auf diese Weise entstand, mußte sodann auf die elektrischen Felder der Kern- und Schalenpartikel in den Atomen abgestimmt sein, aus denen die Luft zusammengesetzt ist. Das Auftreffen der Spannung bewirkte eine augenblickliche Kohäsion der Luftmoleküle, und so entstand ein unsichtbarer Wall, den die Psychlos als »Ionisations-Atmosphärenpanzer« bezeichneten. Es war das Phänomen, mit dem sie schon am Kariba-Staudamm praktische Erfahrung gesammelt hatten. Nicht mal ein Geschoß konnte diese unsichtbare Mauer durchdringen.

Es war nicht dasselbe wie eine Feldverdichtung. Das Verfahren der Feldverdichtung wurde im freien Raum angewandt; die Hawvins bedienten sich seiner bei den größeren Kampf-Raumgleitern. Hier dagegen handelte es sich um einen Luftschirm.

Und Terl wollte dieses Ionisationskabel zur Luftpanzerung zweihunderteinunddreißig plus sieben Elftel Zentimeter rund um den Terminal und die Konsole ziehen?

Ursprünglich hatte Jonnie vorgehabt, so lange abzuwarten, bis Terl die Konsole fertiggestellt und die Teleportationsanlage eingerichtet hatte; dann, so war sein Plan gewesen, wollte er die ganze technische Anlage irgendwie in seine Gewalt bringen.

Aber nun lagen die Dinge anders.

Wenn es einen so starken Luftpanzer gab, wie sollte er da durchkommen?

Verdammter Terl!

In trüber Stimmung fertigte Jonnie eine ganze Reihe Kopien vom Plan der Teleportationsanlage. Er holte die Karte der Intergalaktischen Rohstoff Company hervor, auf der die einstmaligen Verteidigungseinrichtungen verzeichnet waren. Er sah nach, wo das Kabel verlief, das Ker zur Zeit ausgrub, damit es später rund um die Plattform erneut verlegt werden konnte.

Weil die Karte so alt und zerknittert war, hatte er vorher nie bemerkt, daß es dieselben Kabelleitungen bei allen Außenstationen gab, und zwar jeweils rund um den dazugehörenden Staudamm und entlang der Energieleitung, die vom Damm zur Station führte. Er stellte fest, daß auch hierher, zum Rohstoffcamp, eine zweite unterirdische Energieleitung führte, und zwar offensichtlich vom Staudamm an den Owens-Fällen; jedenfalls war dieser Damm durch eine Luftpanzerung geschützt. Er rief Angus und bat ihn, da mal eben runterzufliegen und nachzusehen, ob die Anlage noch intakt war. Wenn es das Kabel noch gab, dann sollte er mit einem Frontschaufler den Baumbewuchs darüber entfernen, und wenn die Schaltanlage im Turbinenhaus noch einwandfrei arbeitete, dann sollte die Energiezuführung künftig über die unterirdische Leitung erfolgen. Er trug Angus auf, die Wachen so einzuweisen, daß sie die Schalttafel allein bedienen konnten. Auf diese Weise würde es dann möglich sein, durch Ein- oder Ausschalten des Luftschirms die Zugangsmöglichkeiten sowohl zum Damm als auch zum Camp zu kontrollieren.

Jonnie mußte mit den neuen Erkenntnissen, die er gewonnen hatte, erst einmal fertig werden. Um mit sich und seinen Gedanken allein zu sein, begab er sich auf einen Rundgang durchs Camp. Als er allerdings sah, daß Sir Robert gerade angekommen war, unterrichtete er ihn über die neue Lage, zeigte ihm auf der alten Karte, daß alle ehemaligen Psychlo-Stationen über diese Luftpanzerungs-Anlage verfügten, und meinte, es wäre gut, wenn sie selber von dieser Schutzeinrichtung Gebrauch machen würden.

Dann setzte er seinen Rundgang fort, tief in Gedanken versunken.

Teleportation! Das Geheimnis der Psychlos. Universen hatten sie damit beherrscht. Ohne dieses Geheimnis wußte er nicht einmal, wie er diesen Planeten verteidigen sollte.

Irgendwo traf er MacKendrick. Ja, berichtete der ihm, den verwundeten Psychlos ginge es jetzt ganz gut. Nur Chirks Zustand sei leider unverändert. Nein, er habe noch keine brauchbare Möglichkeit entdeckt, die Fremdkörper aus den Köpfen der Psychlos herauszuoperieren. Der erforderliche Eingriff in die Schädelstruktur sei so schwer, daß er unweigerlich zum Tode führen würde. Ja, natürlich wisse er, was auf dem Spiel stand. Wenn man die männlichen Psychlos auf technische Details ansprach, dann gingen sie zum Angriff über oder töteten sich selbst. Und wenn man mit den weiblichen Psychlos über Mathematik reden wollte, dann fielen sie, wie man es bei Chirk erlebt habe, in tiefe Bewußtlosigkeit.

Ernsthafte Sorgen bereitete MacKendrick die Frage, was er den Gefangenen zu essen geben sollte. Die Psychlos hatten natürlich in ihren Handbüchern nichts darüber verzeichnet. Was kümmerte es sie, wie sich andere Lebewesen ernährten? Die Gefangenen selber wußten zwar, was sie normalerweise aßen, aber sie konnten sich nicht so ausdrücken, daß es möglich gewesen wäre, auf der Erde eventuell verfügbare, entsprechende Nahrungsmittel ausfindig zu machen. Und soweit sie MacKendrick Beschreibungen gegeben hatten, war er nicht schlau daraus geworden. Womöglich würde es nicht mehr lange dauern, und sie hatten keine Gefangenen mehr!

Ob Jonnie überhaupt wisse, daß unter den Gefangenen jetzt auch drei Jambitchows wären? Nun ja, das war letzte Nacht passiert, und zwar folgendermaßen: Man hatte offenbar ein Aufklärungsunternehmen losgeschickt, um sich ein Bild über die jüngsten Aktivitäten am Kariba-Staudamm zu machen, und der schottische Offizier, der dort das Kommando führte, war unverzüglich darüber unterrichtet worden. Er wußte also, daß eine Landefähre vom Raumschiff der Jambitchows losgejagt war und aus der Umlaufbahn zu ihnen herunterstieß. Er löste sofort eine Aktion aus, die die Chinesen sich ausgedacht und als »Unternehmen Tigernetz« bezeichnet hatten. Man hatte – ein Stück abseits vom Camp, in der Nähe eines Teiches – eine Strohpuppe aufgestellt, die wie ein Chinese angezogen war. Die Jambitchows stürzten sich sofort darauf, um den vermeintlichen Irdischen zu schnappen. Aber sie tappten in die Falle: Man hatte ein Tigernetz ausgelegt, das schwuppte zu, und schon zappelten die Jambitchows hilflos unter den Baumkronen. Diese Jambitchows ... also, wirklich übel und brutal sahen die Burschen aus.

MacKendrick wollte wissen, ob er vielleicht eine Ahnung hätte, wovon sie sich ernährten? Nein, auch nicht? Na schön, die alte Frau oben aus den Mondbergen half mit, und möglicherweise fanden sie es heraus.

Jonnie setzte seinen Rundgang fort. Verdammter Terl! Die Sache wurde zu riskant. Er mußte versuchen, auf irgendeine andere Weise – irgendwo und irgendwie – hinter das Geheimnis der Teleportation zu kommen.

Vor einer Weile hatte er versucht, die Sache dadurch zu lösen, daß er einen Teleportations-Motor untersuchte. Ein Motor entsprach natürlich nicht wirklich der technischen Einrichtung eines Terminals, aber er arbeitete auch auf der Basis von Koordinaten-Veränderungen im Raum.

Er hatte einen Motor und das um ihn herum gebaute Grundgerüst zur Verfügung, und zwar von dem kaputten Panzer, der ihnen beim Kampf in der Schlucht in die Hände gefallen war; daran konnte er herumbasteln. Das Ungetüm war zum Instandsetzungsplatz in der Fahrzeughalle geschleppt worden. Vielleicht, wenn er ihn aufschraubte ... Es war nicht mehr als ein Hoffnungsschimmer, denn er hatte sich solche Motoren bereits angeschaut. Aber er zog sich Arbeitskleidung an und begab sich in die Reparaturwerkstatt.

Der Sturmpanzer sah böse verschrammt aus, ein paar von den Panzerplatten waren aufgeplatzt. Jonnie überprüfte, ob Energiebatterien eingelegt waren, stellte auf der Koordinateneingabe »Keine Ortsveränderung« ein und startete den Motor. Er sprang sofort an. Eins mußte man den Psychlos lassen: ihr Material war für die Ewigkeit gebaut!

Er stellte den Motor ab, nahm einen Schraubenzieher und begann an den Schrauben der oberen Abdeckung der Motorkonsole zu arbeiten. Er löste sie eine halbe Drehung, dann eine ganze.

Weiter kam er zunächst nicht. Er wurde durch einen Wachposten gestört, der oben zum Panzerturm hereinschaute, ihm ein Paar Ohrenschutzklappen hinstreckte und ihn bat, die Dinger aufzusetzen, jetzt gleich. Jonnie kam hoch, um einen Blick aus dem Turm zu werfen und zu sehen, was eigentlich los wäre.

Aha, Stormalong war da – und der Tolnep, der Zwei-Sterne-Leutnant Slitheter Pliss, von mehreren Posten bewacht.

»Was ist denn los?« fragte Jonnie.

Sie hörten ihn nicht, sie hatten auch Schutzklappen über die Ohren gezogen. Jonnie sah, daß man die Barkasse der Tolneps in die Halle gebracht hatte. Den Rest konnte er sich denken. Stormalong wollte wahrscheinlich alles über die Flugeigenschaften des fremden Raumfahrzeugs herausbringen, damit er seinen Piloten beibringen konnte, wie sie nötigenfalls mit so einer Stoßtruppbarkasse der Tolneps fertig würden. Vielleicht steckte auch Angus dahinter, der bestimmt wissen wollte, wie dieser Vibrationsstrahl arbeitete, der alles in Erstarrung versetzte.

Slitheter Pliss machte einen sehr aufgeschlossenen Eindruck. Offensichtlich hatte er eingesehen, daß es für ihn bei den Tolneps keine Zukunft mehr gab. Er entdeckte Jonnie und winkte einen

Gruß herüber.

Die Sache war klar. Sie wollten kein Risiko eingehen und ganz sicher sein, daß der Tolnep, wenn er jetzt wieder an sein Fluggerät herankam, nicht plötzlich den Vibrationsstrahl einschaltete, sie alle bewegungsunfähig machte und dann die Flucht ergriff. Nach Jonnies Meinung wäre der Tolnep nicht auf so einen Gedanken gekommen, er hätte ja gar nicht gewußt, wohin er fliehen sollte. Trotzdem legte er die Ohrenschutzklappen an.

Als der Tolnep sah, daß sich jemand am Energiespeichergerät zu schaffen gemacht hatte, schien er ein bißchen ärgerlich zu werden. Er gestikulierte herum, und man gab ihm das nötige Werkzeug, damit er die verbogenen Halterungen geradebiegen und das Energiekabel wieder am Akkumulator befestigen konnte. Sofort begann die Barkasse zu laufen, er schaltete den Antrieb aus. Noch einmal führte der Tolnep eine ganze Pantomime auf, diesmal, um Stormalong die Funktion der einzelnen Schalter zu erklären. Die Anordnung auf dem Armaturenbrett schien ziemlich einfach zu sein, denn Stormalong nickte eifrig und gab schon nach kurzer Zeit den Wachen einen Wink, den Tolnep wegzuschaffen.

Da Pliss sich nicht mehr in der Nähe seines Raumfahrzeugs aufhielt, nahm Jonnie die Ohrenklappen wieder ab und wollte nach unten tauchen und seine Arbeit fortsetzen.

Aber der Tolnep blieb beim Panzer stehen und riß die seitliche Einstiegsluke auf, was die Wachen in helle Aufregung versetzte; es fehlte nicht viel, und sie hätten ihn auf der Stelle über den Haufen geschossen. Jonnie konnte gerade noch eingreifen und sie zurückhalten. Wenn es wirklich soweit kam, daß der Tolnep ihn mit den Reißzähnen attackierte, konnte er sich mit dem Schraubenzieher zur Wehr setzen.

»Ihr Kerle steht gar nicht unter dem Kommando der Psychlos, wie?« fragte der Tolnep, an die Einstiegsluke gelümmelt. Jonnie machte keine Anstalten, ihm zu antworten. Wenn die Fluchtgefahr auch sehr gering schien, so war sie eben doch nicht ganz auszuschließen, und er sah nicht ein, warum er einem so unsicheren Kantonisten Informationen liefern sollte. »Was hast du eigentlich vor?« fragte der Tolnep. »Was willst du mit dem Panzermotor machen?«

Einen Augenblick lang sah Jonnie ihn nur stumm an. Aber dann sagte er sich, Pliss – als tolnepscher Offizier – könnte womöglich an diesen Dingern ausgebildet sein. »Kennst du dich mit so einem Motor aus?«

»Nein, zum Teufel!« antwortete Pliss. »Und ich kenn im ganzen Universum niemanden, der sich damit auskennt. Wir haben zwar nie den Planeten Psychlo direkt angegriffen, aber gegen psychloische Stützpunkte auf anderen Planeten haben wir häufig Angriffe gestartet. In Tausenden von Exemplaren haben wir die Bedienungsanleitungen mitgebracht, damit unsere Experten sie studieren konnten. Aber ...« Er verzog das Gesicht zu einem Lächeln, bei dem einem eine Gänsehaut über den Rücken laufen konnte. »Ich wette mein nächstes Monatsgehalt, das ich allerdings leider nie bekommen werde, daß ihr Kerle hinter derselben Sache her seid, hinter der jeder her ist, die Galaxien rauf und runter, wie?«

Jonnie sah ihn aufmunternd an. Sollte er ruhig weiterreden, sogar auf die Gefahr hin, daß nur lauter Bosheiten dabei herauskamen!

»Wir haben uns die Bedienungsanleitung geholt, wir haben uns sogar mathematische Lehrbücher der Psychlos besorgt. Noch mehr, wir haben es fertiggebracht, uns die intakte Kernkonsole einer Teleportationsanlage zu beschaffen. Es steht absolut fest, daß das Ding völlig in Ordnung war. Aber als unsere Experten herausfinden wollten, wie es eigentlich aufgebaut war, plop ... da tat das Ding keinen Mucks mehr.«

»Wir haben die besten tolnepschen Kommandanten zum Verhör psychloischer Ingenieure eingesetzt«, fuhr Pliss fort. »Es kam nichts dabei heraus. Zuerst haben die Burschen verrückt gespielt, dann haben sie sich selber umgebracht. Ich hab mal gelesen, daß das jetzt schon dreihundertundzweitausend Jahre so geht.«

Der Tolnep wechselte das Thema. »Habt ihr hier einen Lagerraum, in dem Metallproben liegen? Ich bin hungrig. Vielleicht find ich da was zu essen.«

Jonnie sagte den Wachen, sie sollten den Tolnep hinführen.

»Na dann, viel Glück!« meinte Pliss. Es hörte sich spöttisch an, und auch der Abschiedswink sah eher wie eine höhnische Geste aus. Man schaffte ihn weg.

Vielleicht hat der Tolnep seine Bemerkungen wirklich nur aus reiner Bosheit gemacht, dachte Jonnie. Aber er glaubte es eigentlich nicht.

Er wußte nicht mehr genau, womit er gerade beschäftigt gewesen war, als man ihn gestört hatte. Also fing er noch einmal ganz von vorn an. Er überprüfte die Koordinateneinstellung »Keine Ortsveränderung« und drückte den Starterknopf, um den Motor anzuwerfen.

Keine Reaktion.

Er sah die Verbindungskabel durch. Alles normal.

Er versuchte sich zu erinnern ... Hatte der Tolnep vielleicht irgend etwas angefaßt? Nein, hatte er nicht.

Noch ein Startversuch. Wieder rührte sich nichts.

Die Sache, die er damals zusammen mit Ker erlebt hatte, fiel ihm ein. Sie waren mit einem Frontschaufler im Rückwärtsgang gefahren. Die Dachkuppel war geöffnet gewesen, weil Jonnie ja kein Atemgas brauchte, und durch die geöffnete Kuppel war eine ganze Ladung Dreck eingedrungen und hatte sich auf der Motorkonsole abgesetzt. Danach war die Maschine nicht mehr angesprungen. Ja, und dann ... Ker hatte ihm gesagt, er solle alles so lassen, und einen Ingenieur gerufen. Nicht etwa einen Mechaniker, nein, einen Ingenieur! Und der Ingenieur war gekommen, hatte die gesamte Konsole aus dem Fahrzeug herausgelöst und durch einen kleinen Arbeitskran in eine der unterirdischen Werkstätten schaffen lassen.

Damals hatte Jonnie sich noch mehr für den Kran interessiert. Diese Kräne waren mit kreisförmig angeordneten magnetischen Platten ausgerüstet; zwischen den Platten befanden sich Federungen. Es gab keinen Motorantrieb, die Kranarme bewegten sich lediglich durch die Kraft der Magneten. Tja, nachträglich wünschte sich Jonnie, er hätte damals lieber darauf geachtet, was sich im einzelnen abspielte, als die Konsole herausgehoben wurde.

Was war eigentlich sein letzter Handgriff gewesen, ehe der Tolnep dazwischenkam? Mal sehen ... Er hatte die Schrauben an der oberen Abdeckung gelöst. Schrauben, das war etwas, wovon die Psychlos nur gelegentlich Gebrauch machten. Vorwiegend verbanden sie Metallteile mit Hilfe eines Messers, dessen eine Seite eine Kohäsion der Materialien bewirkte, während man mit der anderen die Kohäsion wieder aufheben konnte. Schrauben ... das fiel eigentlich ein bißchen aus dem Rahmen.

Er löste nun sämtliche Schrauben und nahm die obere Platte ab. Die Bohrungen der Schrauben reichten hinunter bis in eine andere Abdeckung aus schwarzem Material. An der unteren Seite dieser zweiten Abdeckung waren die zahlreichen technischen Komponenten installiert, die das eigentliche Kernstück der Konsole darstellten.

Diese Schrauben ... Abgesehen davon, daß sie zur Befestigung der äußeren Abdeckplatte dienten, mußten sie außerdem noch die Funktion haben, irgendeine Verbindung herzustellen. Aber er konnte keinen Schalter entdecken. Es schien sich einfach nur um Schrauben zu handeln. Und dennoch war es ganz sicher so, daß die Konsole unbrauchbar wurde, sobald man an einer dieser Schrauben herumdrehte.

Er legte die Abdeckplatte wieder auf. An einer anderen Motorkonsole stellte er fest, in welchem Winkel die Schrauben eingesetzt wurden, und damit war er in der Lage, auch hier beim Sturmpanzer die äußere Platte der Konsole wieder festzuschrauben.

Aber starten konnte er den Motor nicht, was immer er auch probierte.

Es mußte an den Schrauben liegen. Vielleicht war es damals bei dem Frontschaufler so gewesen, daß ein Dreckklumpen gegen eine Schraube geflogen war und dadurch den Motor blockiert hatte?

Er ging noch einmal alles genau durch, jetzt schon zum fünften Mal. Er versuchte, die Justierung der Schrauben zu verändern.

Aber es blieb dabei: Der Motor des Sturmpanzers machte keinen Mucks mehr.

Schließlich gab Jonnie seine Bemühungen auf.

Er ging hinunter zum See und reagierte sich ab, indem er mit Steinen nach den Krokodilen warf. So lange, bis er sich schämte, die armen Tiere so zu ärgern.

Verglichen mit Terl waren sie liebenswerte Geschöpfe.

Ein Kurierfahrzeug kam angebraust. Sir Robert hatte es losgeschickt, um Jonnie sagen zu lassen, es sei unklug, sich abseits vom Camp im Freien aufzuhalten, wenn nicht über ihm ein Flugkörper kreiste und Wache hielt. Die Besucher aus dem Weltraum könnten leicht auf den Gedanken kommen, eine Landefähre loszuschicken.

Jonnie verwirrte den Kurier mit der zornig gemurmelten Frage: »Wie ist es, hätten Sie nicht zufällig Lust, einen Psychlo abzuknallen?«

Verdammter Terl! Zur Hölle mit allen Psychlos!

Und zu wissen, daß Tausende von Spezies im Weltall seit dreihundertundzweitausend Jahren dasselbe sagten, machte ihm das Herz auch nicht leichter.

Er mußte sich irgend etwas ausdenken, irgendeinen Plan schmieden, ganz egal, wie verzweifelt oder wie gefährlich er sein mochte. Oder dieser Planet war verloren!

2

In Denver war es Winter geworden.

Aber nicht einmal der eiskalte Wind und die heftigen Schneegestöber konnten Brown Limper Staffors freudige Erregung dämpfen.

Die neuen Banknoten waren eingetroffen.

Ein ganzer Stapel davon lag auf seinem Schreibtisch, vier Geldscheine hatte er, schön gefächert, vor sich ausgebreitet. Wie wundervoll! Sie waren in glänzendem Gelb gehalten, auf einer Seite bedruckt, und dort – genau in der Mitte – befand sich in einem Oval das Bild von Brown Limper!

Welchen Berg von Schwierigkeiten hatten sie überwinden müssen, bis dieses Bild fertiggestellt war! Unzählige Posen hatte Brown Limper ausprobiert, mal so geschaut und mal so, wieder und wieder einen anderen Gesichtsausdruck erprobt, mal stirnrunzelnd, mal finster blickend ... Aber keiner war so recht zufriedenstellend ausgefallen.

Schließlich hatte Lars Thorenson ihm den entscheidenden Hinweis geben müssen, indem er ihm erklärte, daß es am Bart läge. Brown Limper trug einen Oberlippenbart und einen Kinnbart, und mit dem Bärtchen über den Lippen stimmte alles, bloß der Kinnbart war dünn und ruppig. Da gab's nur eins: den Kinnbart wegrasieren und den Oberlippenbart so weit stutzen, bis nur noch ein dickes Büschel übrigblieb, direkt unter der Nase. Das war genau die Art von Bärtchen, wie sie auch das große militärische Genie Hitler getragen hatte; also mußte es so in Ordnung sein.

Und dann war da noch das Problem der richtigen Kleidung gewesen. Zuerst sah es so aus, als wolle es niemandem gelingen, das Passende zu finden. General Snith hatte die rettende Idee. Seine Männer hatten ihm gemeldet, daß es irgendwo einen alten Friedhof gäbe, und daß man dort luftdicht versiegelte Särge finden könne. So waren also – auf der Suche nach einem entsprechend vornehm gekleideten Leichnam – mehrere Särge ausgegraben worden, aber das Problem bestand darin, daß die Stoffe allesamt ein rundes Jahrtausend nicht unbeschadet überstanden hatten. Das einzige, was dabei herausgekommen war: Die Briganten hatten sich eine Krankheit geholt. Zwei waren sogar gestorben, und ein zufällig vorbeikommender Arzt hatte gesagt, es handele sich um eine »Formaldehyd-Vergiftung«, was immer das sein mochte.

Schließlich hatte jemand in einem Keller einen Ballen graues Tuch gefunden, das noch nicht allzu fadenscheinig geworden war, und jemand anders hatte einen Schnittmusterbogen entdeckt, auf dem »Chauffeursuniform« stand, und ein paar Brigantenfrauen hatten danach zu nähen begonnen. Dann hatte noch jemand eine Mütze mit schwarzem Schirm gefunden; das Ding hielt gerade lange genug, daß sie noch das Foto machen konnten.

Snith besaß eine Handvoll Glitzersteine, keine echten Rubine oder Diamanten, wie Brown Limper sehr wohl wußte, wahrscheinlich nur gefärbtes Glas. Das Glitzerzeug heftete man ihm auf die linke Brustseite, so daß es aussah, als ob er Orden trüge.

Die Frage der richtigen Pose wurde mit Hilfe eines Bildes gelöst, das sich in Lars' Besitz befand und jemanden namens Napoleon zeigte, der ebenfalls ein großes militärisches Genie in den alten Zeiten der Menschheit gewesen war. Die Pose bestand darin, die Finger einer Hand in Brusthöhe unter die Knopfleiste der Jacke zu schieben.

MacAdam hatte sich ein bißchen schwierig angestellt und noch einmal nachgefragt, ob das denn wirklich die Art Porträt sei, die Brown Limper haben wolle. Und Brown Limper war ganz schön wütend geworden. So eine Frage – nach all den Umständen, die sie sich gemacht hatten! Natürlich war es genau das, was er haben wollte!

Na schön, zu guter Letzt lag die Banknote nun vor ihm. Es war ein Geldschein über hundert Währungseinheiten. MacAdam hatte behauptet, er könne nur einen Nennwert drucken, und das müsse der über hundert Währungseinheiten sein. Brown Limper machte sich klar, daß die Note natürlich durch den hohen Nennwert an Bedeutung gewann. Die Beschriftung, zu der auch der Name der Bank gehörte, war nur in Englisch gedruckt, nicht noch zusätzlich in anderen Sprachen. Und da stand es, klar und deutlich: »Einhundert Amerikanische Währungseinheiten.« Und daneben: »Gültig als Zahlungsmittel für den öffentlichen und privaten Zahlungsverkehr in Amerika.«

Eine der Bedingungen, die MacAdam gestellt hatte, bestand darin, daß im ganzen Land das gesamte früher ausgegebene Geld eingesammelt und gegen die neuen Banknoten eingetauscht werden mußte. Das war gar nicht so einfach, weil die frühere Ausgabe den Nennwert von einer Währungseinheit hatte, diese amerikanische Ausgabe aber den von hundert Währungseinheiten. Aber der Traum, daß all die Tyler-Noten endlich aus dem Umlauf gezogen würden, war so verlockend, daß Brown Limper überall da, wo es für einen ordnungsgemäßen Umtausch nötig gewesen war, aus eigener Tasche zugezahlt hatte.

Der offenkundige Erfolg, den er errungen hatte, war sehr dazu angetan, Brown Limpers Gemüt aufzuheitern. Wozu auch aller Anlaß bestand, denn in letzter Zeit hatte er sich ziemlich niedergeschlagen gefühlt.

Nicht nur, daß dieser Tyler nicht in die mit verstecktem Sprengstoff gespickte Falle seines Hauses im Bergdorf getappt war, nein, der Kerl war zu allem Überfluß munter und vergnügt außer Landes spaziert! Brown Limper war so entmutigt gewesen, daß er am liebsten Terls Projekt ganz abgeblasen hätte.

Aber Lars hatte ihm gut zugeredet. Es schien so, als habe sich in Lars ein regelrechter Haß gegen Tyler aufgestaut. Er redete nicht darüber, daß es mit der Demütigung zusammenhing, die er erfahren hatte, als er sich in der Fahrzeughalle unter einem Haufen Blechmüll verkriechen mußte. Und auch nicht darüber, daß ihn der Neid wegen Tylers Flugkünsten beinahe auffraß. Aber Brown Limper verstand Lars und dessen Beweggründe auch so sehr gut. Ihm kam das wie eine ganz natürliche Abneigung vor.

Lars hatte ihn daran erinnert, wie die Dinge lagen: Wenn sie auf dem begonnenen Weg fortfuhren und eine Teleportation vorbereiteten, dann würde Tyler wieder hier in Amerika auftauchen.

Auch Terl hatte ihm zugeredet. Wenn es soweit wäre, daß sie eine Teleportation Richtung Psychlo abfeuern konnten, dann würde Tyler zur Stelle sein. Und er, Terl, habe Fallen für ihn bereit, mit denen diesmal sogar ein Tyler nicht fertig werden könne.

Also verfolgte Brown Limper das Projekt weiter.

Trotzdem, ein paar andere Dinge liefen nicht gut. Er hörte zum Beispiel nur noch äußerst selten etwas von den Stammesführern. Lars erklärte ihm, das sei doch ganz natürlich, sie vertrauten ihm eben, daß er die Dinge vorantriebe. Und dann ... es kamen keine Besuchergruppen mehr zur ehemaligen Außenstation der Psychlos. Na ja, das war andererseits auch natürlich, es war eben Winter.

Immer mehr Leute waren verschwunden. Zuerst der Hotelkoch. Dann ein paar Schweizer, die Ladengeschäfte betrieben hatten. Dann dieser, dann jener ... und jetzt war es dahin gekommen, daß das Hotel zugemacht hatte und man weit und breit keinen offenen Laden mehr fand.

Die Schuhmacher ... wie vom Erdboden verschluckt. Niemand wußte, wo die Deutschen geblieben waren, die so geschickt alle möglichen Werkzeuge repariert hatten. Die Llaneros hatten die großen Herden nach Süden getrieben, weil sie dort, wie sie sagten, besseres Winterfutter fanden, und dann waren sie ganz verschwunden.

Brown Limper hatte sich Snith vorgeknöpft. Hatte diese Entwicklung etwas mit den Briganten zu tun? Sogar Terl hatte ihm diese Frage schon gestellt. Aber Snith schwor hoch und heilig, er und seine Männer hätten sich ordentlich benommen.

Die Akademie der Flugschüler gab es noch, der Betrieb lief weiter. Zur Zeit schienen besonders viele Pilotenanwärter dort zu sein und noch mehr junge Männer, die Maschinisten werden wollten. Aber sie hielten sich immer nur in der Akademie auf, und alles, was man zu sehen bekam, waren die Ausbildungsflugkörper bei ihren gelegentlichen Überflügen.

Aus seinem Büro waren sämtliche Funkgeräte und Fernschreiber verschwunden. Sie waren kaputtgegangen, mußten zur Reparatur gegeben werden und waren nie zurückgekommen. Aber darum war's nicht schade, Brown Limper konnte die Dinger sowieso nicht bedienen und wußte auch niemanden, der das verläßlich für ihn erledigen konnte.

Diese neue Banknote verlieh Brown Limper ein völlig neues Selbstbewußtsein. Er nahm sich vor, die Piloten nicht damit zu bezahlen. Das hatten sie nun davon! Er würde schon mit ihnen fertig werden!

Jetzt würden die Leute *ihn*, Brown Limper, an den Wänden ihrer Wohnungen aufhängen!

Plötzlich kam ihm der Einfall, als Führer der amerikanischen Stämme läge es doch in seinem politischen Interesse, den Leuten die neue Banknote zu zeigen. Er rief Lars und General Snith zu sich, und sie stiegen in einen Passagierflugkörper, den Lars ständig in der Nähe des Kapitols zum Abflug bereithielt. Sie starteten in Richtung des Dorfes, in das er seine Leute umgesiedelt hatte.

Brown Limper hielt während des ganzen Fluges eine von den Banknoten in der Hand, in stille Bewunderung versunken. Der Gedanke, wie er sie jetzt gleich den Dorfbewohnern zeigen würde, wärmte ihm das Herz. Er merkte nicht mal, wie haarsträubend Lars Thorenson den Flugkörper steuerte.

Nur um Haaresbreite an schneebedeckten Gipfeln vorbei (die gar nicht einmal auf ihrem Kurs lagen), brachte Lars die Maschine schließlich in der Nähe der alten Bergarbeitersiedlung auf den Boden.

Alles machte einen verlassenen Eindruck.

Da kräuselte sich nicht ein einziges Rauchwölkchen irgendwo über einer Feuerstelle. Nicht einmal der Geruch von verbranntem Holz war noch wahrzunehmen.

Mit einer Thompson bewaffnet, erkundete Snith die Gegend. Leer! Nicht die geringste Spur von irgendwelchen Habseligkeiten. Nichts.

Brown Limper ging selber auf die Suche. Es mußte doch irgendeinen Fingerzeig geben! Und so zog er – den Klumpfuß hinter sich her durch den weichen Schnee schleppend – von Haus zu Haus. Schließlich fand er den Platz, an dem die Dorfbewohner offensichtlich eine Versammlung abgehalten hatten. Ein paar Papierfetzen lagen herum. Und unter einem Tisch fand Brown Limper einen Brief; der Wind hatte ihn wohl dorthin geweht.

Es war ein Brief von Tom Smiley Townsen.

Ein Blick darauf genügte, und schon war Brown Limper von heller Wut erfüllt. Es ging gar nicht um den Inhalt. Nein, daß Tom Smiley sich erfrechte, überhaupt schreiben zu können! Was für eine bodenlose Anmaßung? Aber dann sah er, der Brief war gar nicht richtig geschrieben, sondern in Druckschrift, und zwar mit ziemlich plumpen Drucklettern. Sogar die Unterschrift war gedruckt. Na schön, dann wollte er's noch mal durchgehen lassen und den Wisch lesen.

Endlos lang war in dem Brief die Rede davon, wie hübsch es in einer Gegend sei, die unter dem Namen »Taschkent« bekannt war. Hohe Berge, schier grenzenlose Ebenen voller wildem Weizen und riesigen Schafherden. Und ein mildes Winterklima. Und jetzt war er verheiratet mit ... Wie? Mit einem Mädchen, das romanische Vorfahren hatte? Wie ehrvergessen! Überhaupt kein Gespür für Rassenreinheit.

Brown Limper warf den Brief weg. Na schön, vielleicht waren die Dorfbewohner in ihre frühere Heimat zurückgekehrt. Sie waren ja von Anfang an gegen diesen Umzug gewesen. Aber er wunderte sich doch, daß nicht wenigstens die Indianer und die Leute aus der Sierra Nevada und die anderen aus British Columbia hiergeblieben waren, denn sie hatten sich aus dem alten Bergdorf nie viel gemacht; es war ihnen zu kalt dort, und in jedem Winter drohte von neuem eine Hungersnot.

Sie flogen zum alten Dorf hinüber. Lars hatte einige Schwierigkeiten, die Maschine herunterzubringen. Beinahe wäre er mitten in einer dieser kreisförmigen Anlagen mit den Atomminen gelandet. Als Brown Limper endlich aufhören konnte, sich am Sitz festzuklammern, sah er sich um.

Auch hier kein Rauchwölkchen über den Schornsteinen.

Er trottete herum, spähte in das eine oder andere Haus. Als sie so Hals über Kopf umziehen mußten, war das meiste von ihrem persönlichen Besitz zurückgeblieben. Eigentlich hätte es noch da sein müssen. Aber nein, alle Häuser waren leer. Und es sah nicht danach aus, als hätten die Briganten hier geplündert. Nein, es war alles ordentlich leer geräumt.

Sehr vorsichtig und durchaus nicht ohne Furcht näherte er sich dem früheren Haus der Tylers. Schließlich wußte er ja am besten, daß hier alles mit versteckten Sprengladungen gespickt war. Die Hütte stand noch. Vielleicht waren die Sprengladungen einfach nicht hochgegangen.

Dann sah er, daß ein Stück vom Dach weggeflogen war. Er ging um die Hütte herum, dahin, wo die Haustür gewesen war. Die war nun weggesprengt, die Türpfosten gähnten leer. Lars und Snith stöberten in merkwürdigen Bündeln herum, die im Schnee lagen.

Nein, keine Bündel. Sondern das, was von zwei Briganten übriggeblieben war. Die Kleider waren verbrannt, die Haut versengt. Den Rest hatten die Wölfe zerrissen. Man sah auf einen Blick, was passiert war: Sie mußten die versteckten Sprengladungen ausgelöst haben, und das offensichtlich schon vor langer Zeit.

General Snith stocherte mit der Mündung des halbautomatischen Gewehrs in den Resten aus Knochen, Haut und verstreutem Geld herum. »Die ham hier Beute mach'n woll'n, denk ich.« Und seufzend fügte er hinzu: »Schade ums schöne Fleisch!«

Brown Limper wollte allein sein. Er schleppte sich hinkend den Weg entlang, der in vielen Windungen hinaufführte zu der Stelle, an der sie früher die Toten begraben hatten. Als er oben auf dem Hügel angekommen war, starrte er hinunter auf das leere Dorf, das immer mehr verfiel und nun für immer verlassen war.

Die ganze Zeit über hatte ihn etwas gewurmt, und auf einmal wußte er, was es war.

Er war ein Stammesführer ohne Stamm.

Fünf Stämme hatten ihm unterstanden, aber nur einer war ihm geblieben – die Briganten. Und die stammten von Geburt nicht einmal aus Amerika.

Es dämmerte ihm, daß er solche Überlegungen lieber hübsch still für sich behalten sollte. Sie waren ganz dazu angetan, sein Ansehen zu untergraben.

Irgendwo blieb sein Blick hängen. Was war denn das? Ein Denkmal? Ein keilförmig zurechtgehauener Stein ragte aus dem Boden heraus. Er ging um den Stein herum und fand eine Inschrift:

TIMOTHY BRAVE TYLER
- ein guter Vater -
Zu seinem Gedächtnis in Dankbarkeit errichtet
von seinem Sohn, der in Liebe an ihn denkt
J.G.T.

Brown Limper kreischte schrill auf. Er versuchte, den Gedenkstein mit einem Tritt umzuwerfen. Aber er verstauchte sich nur die Zehen, der Stein war zu fest verankert. So stand er da und schrie unartikuliert und lamentierte, und aus den Hochtälern kam sein heulendes Gebrüll als Echo zurück.

Plötzlich verstummte er. An allem war Jonnie Goodboy Tyler schuld. Alles, was Brown Limper je in seinem Leben widerfahren war, war einzig und allein Tylers Schuld.

Nun ja, Tyler würde zurückkommen. Das würde er doch wohl? Terl mochte seine Pläne geschmiedet haben, und es mochten sogar gute Pläne sein. Aber Brown Limper wollte diesmal sichergehen, ganz sicher.

Sollte Tyler es je wagen, zum Teleportations-Terminal zu kommen, dann war er ein toter Mann.

Brown Limper ging hinunter zum Flugkörper, wo man schon auf ihn wartete. Er sagte zu Lars und Snith: »Ich glaube, es wäre ganz gut, wenn mir jemand beibringen würde, wie man mit so einer halbautomatischen Thompson umgeht. Dann könnten wir uns gegebenenfalls gegenseitig Schutz geben.« Worum es ihm wirklich ging, das mußten sie ja nicht unbedingt wissen.

Sie gaben ihm recht, das wäre wirklich eine vernünftige Maßnahme.

Er erinnerte sich, daß Terl ihm – es lag schon einige Zeit zurück – gesagt hatte, man dürfe auf keinen Fall während eines Teleportationsvorganges ein Gewehr abfeuern. Aber wer kümmerte sich schon darum? Zwei Gewehre ... ja, er würde zwei Gewehre abfeuern! Und auf dem Rückweg nach Denver dachte er die ganze Zeit darüber nach, wie er das anstellen würde.

3

Der kleine graue Mann saß da und beobachtete das merkwürdige Treiben eines irdischen Raumfahrzeuges, das sich einige Kilometer oberhalb ihrer Umlaufbahn befand.

Vor etwas mehr als einem Monat hatte der gemischte Verband die Erfahrung gemacht, daß es ratsam war, diese Raumfahrzeuge ungeschoren zu lassen. Semi-Kapitän Rogodeter Snowl, auf dem bereits die Schande lastete, versucht zu haben, in verstohlenem Alleingang ein Kidnapping zu landen und die anderen von der Beute auszuschließen, war – aus allen Rohren feuernd – mit seinem Kampf-Raumgleiter der Vulcor-Klasse zum Angriff gegen so ein Raumfahrzeug der Irdischen gestartet, und zwar gegen eines, das genau derselben Beschäftigung nachging, wie es dieser Flugkörper dort oben gerade tat. Der Flugkörper der Irdischen hatte geschickt beigedreht, und dann hatte es – wie jedermann hören konnte – am Rumpf des Kampf-Raumgleiters eine ganze Serie klirrender Geräusche gegeben.

Snowl hatte sein Fluggerät hochgezogen, es war ihm schleierhaft gewesen, was dieses Klirren bedeuten konnte. Er hatte einige seiner Besatzungsmitglieder an Sicherheitsleinen nach draußen geschickt; sie sollten den Rumpf überprüfen. Und er war zu Tode erschrocken, als ihm gemeldet wurde, daß an der Außenhaut rund zwanzig Haftminen klebten, durch Magneten unverrückbar fest mit der Hülle verbunden.

Anscheinend hatten die Irdischen ihnen die Umlaufbahn, in der sie sich befanden, mit Minen gepflastert.

Snowls Entsetzen war noch größer geworden, als er entdeckte, daß die Minen nicht explodierten. Es waren Minen mit Luftdruckzündern, und das bedeutete: Wenn er seinen Kampf-Raumgleiter der Vulcor-Klasse bis auf dreißigtausend Meter an die Erdoberfläche heransteuerte, dann würde der dort herrschende höhere Luftdruck die teuflischen Dinger zur Explosion bringen.

Alle anderen Kommandanten hatten hastig ihre Raumschiffe inspiziert, um zu sehen, ob sie sich etwa auch solche Minen eingefangen hätten. Nein, sie waren verschont geblieben. Aber dadurch war ihnen zugleich eine Erkenntnis über Ursache und Wirkung gekommen. Griff man das Raumfahrzeug der Irdischen an, dann wurde einem von dort ein Satz Minen vor den Bug geschleudert. Und dieses Wissen zerrte ganz schön an den Nerven. Also ließen sie die Raumfahrzeuge der Irdischen von Stund an ungeschoren.

Der Flugkörper, um den es ging, hatte eine riesige seitliche Tür und war mit zahlreichen Kränen ausgerüstet. Der kleine graue Mann war kein Militärexperte, und von der Rohstoffgewinnung verstand er auch nicht viel. Aber es war ganz offensichtlich, daß das Raumfahrzeug da oben frei im All schwebende Trümmer einsammelte. Da es hierbei die Kräne nicht einsetzte, mußte es wohl mit einem starken - im Innern, hinter der Türöffnung eingebauten - Magneten ausgerüstet sein.

Offenbar war das Raumfahrzeug in der Lage, solche Raumtrümmer auf den Bildschirmen zu orten. Es flog ja gerade jetzt genug von dem Zeug da oben herum, nachdem vor kurzem ein riesiger Komet auf seinem Weg quer durch die Sternensysteme hier vorbeigekommen war. Abgesprengte Teile davon trudelten herum. Die Meteorschilde der meisten Raumschiffe hatten davon gelegentlich schon einen Treffer abbekommen. Die Irdischen gingen bei der Rohstoffgewinnung so vor, daß sie sich vor das geortete Objekt setzten, das sich nicht selten mit einer Geschwindigkeit von dreißig Kilometer pro Sekunde bewegte, und dann wichen sie plötzlich seitwärts aus, so daß der Magnet im Innern des Flugkörpers das Objekt einfangen konnte.

Recht interessant, dachte der kleine graue Mann. Es war so ähnlich wie bei einem Kolibri, den er einmal beobachtet hatte. Der blieb flügelschlagend in der Luft stehen, dicht über einer Blume, schnellte dann plötzlich hoch und stürzte sich auf ein Insekt. Ja, wirklich, ganz ähnlich. Und es tat ihm gut, sich für eine Weile mit solchen Erinnerungen zu beschäftigen und alles andere zu vergessen.

Bis jetzt hatte ihn keine Nachricht erreicht. Womöglich mußte er noch ein paar weitere Monate darauf warten. Man hatte ihm keinen Kurier geschickt, was vermutlich bedeutete, daß der *eine* bisher nicht anderswo entdeckt worden war. Schwere Zeiten waren das, schwere Zeiten.

Seine Magenverstimmung hatte sich wieder bemerkbar gemacht. Vor ungefähr drei Wochen war er noch einml hinuntergeflogen, um die alte Frau zu besuchen; sein Vorrat an Pfefferminzblättern war zur Neige gegangen. Sie hatte sich gefreut, ihn wiederzusehen, und der Hund auch. Mit Hilfe des Sprachumwandlers hatte sie einen kleinen Handel mit den Schweden begonnen und ihnen Hafer und Butter verkauft, und nun schwamm sie im Geld. Er solle sich das nur mal ansehen, sechs Währungseinheiten! Genug, um eine zweite Kuh oder einen halben Hektar Land zu kaufen! Und an den langen Abenden war sie sehr fleißig gewesen. Die kalte Jahreszeit hatte begonnen, und da oben über den Wolken mußte es doch noch viel kälter sein, oder etwa nicht? Na also. Aber sie hatte ihm eine hübsche graue Wolljacke gestrickt.

Der kleine graue Mann trug die Wolljacke, sie war wirklich weich und warm. Er strich mit der Hand darüber und fühlte sich ein bißchen traurig.

Er hatte diesen Kommißköpfen klargemacht, daß es aus politischen Gründen nicht ratsam sei, irgendeine Aktion gegen das schottische Hochland zu starten, und es schien so, als hätte ihnen das eingeleuchtet. Aber vor genau einer Woche war er wieder hinuntergeflogen, um noch ein bißchen Pfefferminzkraut zu holen, und da war die alte Frau verschwunden. Das Haus war zugeschlossen. Der Hund war nicht mehr da. Die Kuh auch nicht. Spuren von Gewalt konnte er nicht entdecken, aber andererseits war man nie ganz sicher bei diesen Kommißköpfen. Manchmal konnten sie sehr hinterhältig und gemein sein. Er hatte ein paar Strünke Pfefferminz aus dem Schnee ausgegraben. Aber er war sehr bedrückt gewesen. An sich waren ihm Gefühlsregungen gänzlich fremd. Trotzdem, irgendwie hatte er sich bedrückt gefühlt.

Diese Militärs ... Sie waren so besessen von der Idee, den Planeten in Grund und Boden zu stampfen, daß sie – sooft er sie bat, doch noch zu warten, bis sein Kurier käme – nur immer ungeduldiger wurden.

Sie brüteten die verrücktesten Ideen aus. Es war ihnen aufgefallen, daß sich neuerdings in jedem Flugkörper der Irdischen und an jeder militärischen Einrichtung da unten ein kleinwüchsiges Wesen in orangefarbener Kleidung aufhielt. Sie konnten die Funkmeldungen, die rund um den Erdball gingen, nicht mehr verstehen. Sie hatten alle möglichen Übersetzungsmaschinen ausprobiert, aber ohne Erfolg. Sie hatten ihre Decodier- und Dechiffriermaschinen eingesetzt, wieder ohne Erfolg. Alle Funksprüche schienen mit den Worten »Om mani padme om« zu beginnen und zu enden, es war so eine Art Sprechgesang.

Da unten im südlichen Afrika, nahe dem großen Damm ... der Ort, an dem die Irdischen zwei Stoßtruppunternehmen in eine Falle gelockt hatten ... also, diese ganze Gegend war nun vollständig gerodet, und für sie hier oben war das wie ein erster Fingerzeig gewesen. Ein pagodenähnliches Bauwerk war errichtet worden. Das heißt, eigentlich handelte es sich um mehrere Pagoden. In alten Nachschlagewerken hatten sie den Hinweis gefunden, daß Bauwerke dieses Aussehens religiöse Tempel waren. Die Militärs waren daher einmütig der Ansicht, daß sich auf dem Planeten ein politischer Umbruch vollzöge. Fanatische religiöse Eiferer hatten die Macht ergriffen. Und Religionsbewegungen waren nun mal höchst gefährlich; sie weckten Begeisterung in den Leuten. Es war die Pflicht jeder nüchtern denkenden Regierung und ihrer bewaffneten Macht, so etwas auszumerzen. Aber – im Augenblick waren politische und religiöse Belange nicht das, was ihr Denken beschäftigte. Sie würden die Entwicklung abwarten.

Der kleine graue Mann wandte seine Aufmerksamkeit vom irdischen Raumschiff ab, hin zum gemischten Verband. Er war um einiges größer geworden und zählte nun dreizehn Raumfahrzeuge. Neuankömmlinge. Und zwar von anderen galaktischen Spezies. Die Nachzügler hatten die Neuigkeit mitgebracht, daß nunmehr ein Preis von hundert Millionen Währungseinheiten für das Raumschiff oder die Raumschiffe ausgesetzt war, die den *einen* ausfindig machten. Und das war das Ziel, das sie jetzt mit Gier verfolgten: irgendwelche Vorstöße zu unternehmen und stichhaltige Beweise zu bekommen. Demgegenüber trat ihre ursprüngliche Idee, den Planeten auszuplündern, vorläufig in den Hintergrund.

Semi-Kapitän Rogodeter Snowl war von wildem Zorn erfüllt auf alles, was da unten kreuchte und fleuchte; die Wut nagte an ihm. Aber sein militärischer Sachverstand sagte ihm, daß der gesammelte Rest des gemischten Verbandes ihm zahlenmäßig weit überlegen war, und so hatte er sich vor ein paar Wochen abgesetzt, um zu seinem Heimatplaneten zurückzukehren und sich Verstärkung durch zusätzliche Kampf-Raumgleiter zu holen. Es würde hier in der Umlaufbahn ein ganz schönes Gedrängel geben. Dem kleinen grauen Mann hatte darum sein eigener Raumschiffkommandant nahegelegt, sie sollten ein wenig auf Distanz zu den übrigen Raumfahrzeugen gehen. Es war vorauszusehen, daß es zu einem schrecklichen Durcheinander kommen mußte, sobald diese Kommißköpfe über ein ausreichend sicheres Aufklärungsergebnis verfügten und sich über die Aufteilung des Preises einig waren und losjagten, um den Planeten auseinanderzunehmen. Der kleine graue Mann war mit dem Vorschlag, auf Abstand zu gehen, einverstanden gewesen.

Er wandte sich wieder dem irdischen Raumschiff zu und beobachtete es mit trägem Interesse. Es sah so aus, als wäre es mit seiner Arbeit fertig, vielleicht war es voll beladen. Langsam tauchte es in die Atmosphäre hinunter und schwebte in Richtung auf die afrikanische Basis davon.

4

Jonnie beobachtete, wie Stormalong den alten Spezialflugkörper für Rohstoffgewinnung herunterbrachte. Ein Posten schaltete den Luftschirm aus, ließ den Flugkörper durch und schaltete die unsichtbare Abschirmung wieder ein. Die Reaktivierung der Energiezufuhr war jedesmal von einem leichten schwirrenden Geräusch begleitet, das jedoch kurz darauf verstummte. Es war eine technische Einrichtung, die niemand wahrnehmen konnte, wenn nicht gerade mal ein Vogel unglücklich dagegen flog und ein paar Federn lassen mußte oder ein Insekt sich verflog und das Pech hatte, einen Fühler zu verlieren. Aber es war eine wirksame Anlage, und man hatte alle Piloten warnen müssen und eine umfangreiche Signalbefeuerung installiert, damit nicht irgendeiner der Piloten seinen Flugkörper zuschanden flog.

Stormalong parkte das alte Luftfahrzeug längsseits einer Art Metallmühle. Die Psychlos hatten dort ein Gerät verwendet, das zuerst den molekularen Zusammenhalt des Metalls zerbrach und es so gewissermaßen weich machte, worauf es durch schwere Walzen gepreßt wurde, die es zerkleinerten und zermalmten. Heraus kam ein Metallpuder von solcher Feinkörnigkeit, daß es – wenn man eine Handvoll davon hochwarf – als feiner Staub in der Luft schwebte. In dieser pulverisierten Form hatten die Psychlos Metalle zur Herstellung der Energiepatronen und der Munition verwendet.

Der Copilot fing an, die Beute aus dem freien Raum zu entladen; er benutzte dazu die Krananlagen des Flugkörpers. Stormalong stieg aus und kam herüber. »Fünfundfünfzig Tonnen bei dieser Fuhre!« sagte er zufrieden. »Da ist noch 'ne Menge von dem Zeug dort oben. Es kann nicht aus der Umlaufbahn raus. Glauben Sie, wir brauchen noch mehr davon?«

Jonnie konnte ihm das auch nicht sagen. Er war in Gedanken gerade mit anderen Dingen beschäftigt gewesen. Sie gingen zum Hauptgebäude hinüber, um sich einen Überblick zu verschaffen.

Unterwegs begegneten sie einem der buddhistischen Funker. Diese Leute hatten eine Art, sich zu bewegen, die Jonnie jedesmal faszinierte. Sie schoben die rechte Hand in den linken – und die linke Hand in den rechten Ärmel, und dann bewegten sie die Füße in einer Art hastigem Schleifschritt. Die Schultern hielten sie dabei bewegungslos starr, und so sah es aus, als ob sie schwebend oder rollend dahinglitten. Bis gestern hatten viele von ihnen noch die traditionellen orangefarbenen Gewänder getragen. Aber diese Kleidung und die kahlgeschorenen Köpfe machten es gar zu leicht, sogar von hoch oben einen Mönch unter allen anderen herauszufinden. Eine große Sendung mit Paketen und Uniformen war angekommen, Iwan hatte das alles geschickt. Der Stoff für die Uniformen stammte aus Webereien, die neuerdings in Luxemburg tätig waren, um die weitere Verarbeitung hatten sich Iwans Leute gekümmert. Es handelte sich um grüne Uniformen, zu denen ein – ebenfalls grüner – schußfester Aluminiumhelm gehörte. Vermutlich würden bald alle Männer, die mit Jonnie zusammenarbeiteten, diese Uniformen tragen, so wie der Buddhist es jetzt schon tat. Er verneigte sich ... natürlich, ohne Verneigung ging's ja nicht! Dann händigte er Jonnie ein Päckchen aus und versicherte, er sei untröstlich, aber Iwans Sendung sei so umfangreich gewesen, und die Verteilung habe sich leider verzögert. Jonnie machte seinerseits eine artige Verbeugung ... es war ansteckend!

Er ging mit Stormalong weiter durch das Gebäude und hielt nach Angus Ausschau. Unterwegs öffnete er das Päckchen. Es kam von Iwan. Ein Helm. Einfach ein grüner Helm, wie alle anderen. Ein Helm mit abklappbaren Ohrenschützern. Und obenauf war ein Brief befestigt, den wohl einer der Koordinatoren für Iwan geschrieben hatte:

Lieber Marschall Jonnie!

Die Leute aus Ihrem Dorf sind gut angekommen. Ich glaube, sie sind froh, daß sie hier sind, und uns geht's genauso. Dr. Allen hat es geschafft, den alten Mann Jimson davon abzubringen, dauernd irgend so ein Kraut zu kauen, und jetzt sieht der alte Jimson wieder putzmunter aus. Ihre Leute lassen Ihnen alle herzliche Grüße sagen. Und auch Tom Smiley läßt herzlich grüßen. Ihre Pferde sind auf dem Luftweg eingetroffen und lernen jetzt gerade Russisch (was natürlich nur ein Scherz ist). Sie sind alle wohlauf. Ich hab ein bißchen mit Blodgett gearbeitet, sie kann nun wieder ziemlich gut laufen. Bei Pferden muß man eben immer nach dem Rechten sehen. Die buddhistische Bibliothek haben wir tief unten verstaut, da ist sie in Sicherheit. Was nun den Helm betrifft ... Am liebsten würde ich Ihnen erzählen, daß mir in der Nacht, bevor Sie abgeflogen sind, ein Engel erschienen sei und mir gesagt habe, Sie müßten den Helm unbedingt tragen. Ich hab Ihren Dankesbrief bekommen und bin ganz verlegen geworden. Ich hab natürlich gar nicht so weit gedacht, daß ich Ihnen mit dem Helm das Leben retten könnte. Obwohl ich das natürlich andererseits immer tun würde. Nein, ich kann das nicht annehmen, wenn Sie mir ausdrücklich danken wollen. Ich habe keine Engelserscheinung gehabt. Ich hab ganz einfach gewußt, daß Sie sich in diesen hohen Bergen die Ohren abfrieren könnten. Der Helm, den ich Ihnen heute schicke, ist weniger auffällig. Ich hab ihn nicht mal mit einem Stern schmücken lassen. Sagen Sie Chrissie, wenn Sie ihr schreiben, ganz liebe Grüße. Ich hoffe, Sie haben jemanden, der sich um Ihre Kleidung kümmert.

Ihr Kamerad Iwan

(Colonel und Kommandant der russischen Basis – zumindest so lange, bis Sie einige Amerikaner auftreiben, die die Aufgabe übernehmen)

Der Helm sah gut aus, und er paßte. Er wies einige kleine Schrammspuren auf, die man nicht richtig wegpoliert hatte. Iwan mußte wohl ein paar Schuß darauf abgegeben haben, um ganz sicherzugehen, daß er auch wirklich schußfest war.

Es lag auch ein Päckchen mit Munition für die AK 47 dabei. Jonnie hatte ihnen den Rat gegeben, die Patronen anzubohren und etwas explosives Thermitpulver beizumischen, damit die Munition auch gegen Tolneps wirkte. Jetzt teilte man ihm mit, sie seien dabei, die Munition entsprechend nachzubehandeln, und es klappe tadellos.

Stormalong und Jonnie waren unterdessen in dem Bereich angekommen, den sie »die Meteoritenstaub-Waschanlage« nannten. Vier Psychlo-Frauen leisteten hier harte Arbeit, indem sie Pfannen mit Metallstaub in riesigen Quecksilberbottichen herumschwenkten. Zum Schutz vor der giftigen Wirkung des Quecksilbers waren sie mit Spezialkleidung ausgestattet und trugen Schutzhandschuhe.

Als Stormalong mit seinen Einsätzen zur Rohstoffgewinnung im Orbit begonnen hatte, war natürlich eines der Ziele die Ausbildung neuer Piloten gewesen. Aber wenn Jonnie ihn nicht völlig falsch einschätzte, dann war es ihm auch ein wenig darum gegangen, seine ganz persönliche Neigung zu waghalsigen fliegerischen Kunststücken zu befriedigen. Es waren ziemlich merkwürdige Materialien, die er von da oben mitbrachte. Bruchstücke von Meteoriten und vielleicht auch von Planetoiden bewegten sich in bestimmten Umlaufbahnen, und bevor sie im Laufe der Zeit ins Trudeln gerieten und in die Atmosphäre abdrifteten, wiesen sie verblüffende kristalline Erscheinungsformen auf. Jonnie hatte schon vorgehabt, die Einsätze abzubrechen, zumal ja mindestens der eine Zweck der Übung erfüllt war, nämlich die Besucher aus dem Weltraum mit Hilfe der Haftminen gehörig zu erschrecken. Aber Angus – immer darauf aus, etwas Ungewöhnliches zu finden – hatte in einer der letzten Ladungen ein paar Brocken entdeckt, die von völlig anderer chemischer Struktur waren.

Ein Komet – von außerhalb dieses Sternensystems, aus einem fernen Teil des Weltraums kommend - war vor einiger Zeit am Himmel entlanggerast. Angus hatte Jonnie erklärt, daß dieser Komet Spurenanteile jenes unbekannten Elements enthalten habe, das Terl im Zentrum seiner Bombenvorrichtung verwendet hatte. Und Angus hatte ihm sogar auf dem Analysator nachweisen können, daß sie auf dem richtigen Wege waren! Mikroskopisch feine Spuren eben jenes Elements. Wenn das Material in der Atmosphäre verglüht wäre, wie es gewöhnlich mit Meteoriten geschah, wäre das Element möglicherweise von der Hitze aufgezehrt worden. Aber so waren Teile davon in ihrer ursprünglichen Form unversehrt erhalten geblieben.

Einen Tag lang war Jonnie gedankenschwer in endlosen Kreisen herumgewandert, immer über die Frage nachgrübelnd, wie sie es herauskristallisieren könnten. Dann erinnerte er sich, daß man Gold, weil es eben schwerer als Erdreich und Gestein war, in einer Pfanne herauswaschen konnte.

Während der Arbeitsabläufe bei der Rohstoffgewinnung verbrauchten die Psychlos Quecksilber wahrhaftig tonnenweise. Also stellte man entsprechende Versuche mit Waschpfannen an und fand heraus, daß zum Beispiel Eisen, Nickel, Kupfer und die meisten anderen Elemente in pulverisierter Form - und damit leichter als Quecksilber - obenauf schwammen oder sich mit dem Quecksilber verbanden. Das unbekannte Element dagegen sank hörbar auf den Boden der Quecksilberfüllung ab. Es war von ungewöhnlich starker Konsistenz, sozusagen ein Element, dessen Molekularstruktur fest in sich selbst verankert war. Man brauchte sehr viel von diesem Metall in pulverisierter Form, um genügend reine Masse zu gewinnen.

Sie hätten natürlich für den Waschvorgang Maschinen konstruieren können, aber diesen Psychlo-Frauen konnte die Waschpfanne mit schwerem Quecksilber gar nicht groß genug sein; es schien ihnen regelrecht ein Glücksgefühl zu vermitteln, so ein unhandliches Ding herumschwenken zu können. Sie lächelten Jonnie zu, sie fühlten sich offenbar pudelwohl, und so blieb es, es sei denn, jemand hätte in sträflichem Leichtsinn mathematische Probleme zur Sprache gebracht. Dann allerdings verlor man auf der Stelle eine weibliche Psychlo. So war es ihnen mit Chirk ergangen und später noch mit einer anderen Psychlo-Frau.

Die Frauen sagten, sie warteten auf Angus, er wolle gleich zurück sein, und er kam auch wirklich im nächsten Augenblick. Sie überfielen ihn förmlich mit der Frage, ob er noch mehr von dem Zeug ausgewaschen haben müßte. Er verneinte durch Kopfschütteln und zog sich mit freundlichem Winken rasch zurück.

In seiner Werkstatt hatte Angus ein Duplikat von Terls Berylliumschachtel hergestellt, ein getreues Ebenbild – bis auf einen Punkt: Um den Effekt zu erzielen, daß die verschiedenen Elemente in der Mitte vermengt wurden, genügte es nicht, den Deckel anzuheben, sondern dieser Vermischungsprozeß wurde durch einen Zeitauslöser bewirkt. Man stellte eine bestimmte Zeit ein, und dann löste ein Kolben die Scharnierstäbe aus.

Angus hatte nicht nur einen, sondern gleich sechs solche Kästen hergestellt. Das erbsengroße Stück für die Mitte war wahrscheinlich nicht ganz so rein wie das Metall, das Terl verwendete, aber sie waren überzeugt, daß es darauf nicht unbedingt ankam. Das Gewicht war ein bißchen unterschiedlich, aber nicht sehr; bei all den erbsengroßen Stücken handelte es sich um eine Masse von ungefähr siebzig Pfund Gewicht. Angus hatte diese schweren Kernstücke nicht im Zentrum der Vorrichtung plaziert, sondern ein gutes Stück abseits bereitgelegt. Und da, wo die sechs erbsengroßen Stücke lagen, hatten sie eine Delle in die Unterlage gebeult.

»Meinen Sie nicht auch, daß etwa acht von diesen Dingern genug sein müßten?« fragte Angus. »Es sei denn, Sie wollten das ganze Universum in die Luft jagen. Mit der Ladung, die Sie eben heruntergebracht haben, können wir noch zwei von den Dingern herstellen.«

»Was bewirken diese Apparate eigentlich?« erkundigte sich Stormalong.

Jonnie sagte kopfschüttelnd: »Genau wissen wir das nicht. Aber wenn Terl so etwas herstellt und es mit dem Gesichtsausdruck tut, den ich bei ihm beobachtet habe, kann man ganz sicher sein, daß es sich um die tödlichste Waffe handelt, über die die Psychlos verfügen. Angus, auf eins müssen Sie unbedingt achten: Verwahren Sie den Kern immer gesondert auf, und lassen Sie ja nicht zu, daß irgend jemand auf diesem Planeten die Elemente miteinander vermengt! Wenn Sie mit Ihrer Arbeit fertig sind, lassen Sie die Dinger in die unterirdische Waffenkammer am Kariba-Staudamm bringen.«

Jonnie ging hinaus. Er war ziemlich guter Dinge, es hatte sich vieles zum Guten entwickelt. Die Chinesen am Kariba-Damm hatten behauptet, es gäbe Ingenieure unter ihnen, und das stimmte auch. Aber das waren nicht irgendwelche Ingenieure, sondern wahre Experten in der Verarbeitung von Holz und Steinen und bei der Konstruktion von Brücken und anderen Gebäuden. Es waren auch ein paar Kunstmaler dabei, und so kam es, daß die schalenförmige Vertiefung und die ganze Umgebung jetzt völlig verfremdet aussahen, wie ein riesiges Kunstwerk. Das Innere der Bunkeranlagen hatten sie mit selbstgefertigten Fliesen ausgestattet. Alles sah bemerkenswert sauber und ordentlich aus. Sie hatten für sich auch ein eigenes kleines Dorf errichtet, und zwar zwischen dem Luftschirm-Kabel und dem Damm, der den Stausee begrenzte. Sogar ihre Luftabwehr-Stellungen waren unter Regendächern versteckt, die wie kleine Pagoden aussahen.

Auch drüben in Amerika ging es gut voran.

Ja, er war guten Mutes, beinahe zuversichtlich. Vielleicht gab es eine Chance. Sie war klein, aber es war eine Chance.

Gewiß, es gab auch diesen mathematischen Kram ... Seit einiger Zeit schien Terl überhaupt nichts anderes mehr zu tun, als Seiten um Seiten voller unverständlicher mathematischer Formeln prüfend durchzusehen. Er hatte noch nicht damit begonnen, eine Kernkonsole zu bauen, aber er war offensichtlich damit beschäftigt, die Berechnung von Grund auf nachzuvollziehen. Die frühere Konsole war ausgebrannt. Dennoch hatte Terl sie angefordert. Man brachte ihm Trümmer und Überreste von allem möglichen Plunder, altes Zeug, das weiß Gott woher stammte, bloß nicht von der früheren Konsole – was auch gar nicht möglich war, denn die befand sich in Jonnies Besitz: hier unten in der Kraftfahrzeughalle, ein altes verbeultes Etwas, niedergebrannt bis auf einen kümmerlichen Rest. So blieb Terl nichts anderes übrig, als auch das Metallgehäuse neu anzufertigen.

Jonnie beobachtete eine Gruppe von Hocknern, die auf dem Weg in einen anderen Raum vorbeigeführt wurden. Diese Gefangenen bekämpften sich untereinander – von einer Spezies zur anderen – wie die Wildkatzen. Einer der Hockner, der größte von ihnen (ein Bursche, der für jemanden, der ohne Nase herumlief, gar nicht mal so übel aussah), zeigte ungeheures Interesse für die Fahrzeuge, die überall geparkt herumstanden. Es war ein Offizier aus einem der unteren Ränge, aber jemand, dem man durchaus ein gediegenes Bildungsniveau anmerkte. Jonnie hielt die Gruppe auf; er hatte vor, den Leuten ein paar Fragen zu stellen.

Der großgewachsene Hockner lächelte arrogant, während er die Fahrzeuge betrachtete. Dann bemerkte er Jonnie und sagte (und zwar auf Psychlo, das die Besatzungsmitglieder der Hockner normalerweise nicht beherrschten, die Offiziere allerdings doch): »Ist dir eigentlich bekannt, daß für all diese Fahrzeuge die Grundkonstruktion und die Aufbauten nicht auf Psychlo hergestellt werden?«

»Nein, das wußte ich nicht«, antwortete Jonnie.

Der Hockner ging – von der Wache nervös beobachtet – zu

einem Kleintransporter hinüber und warf einen Blick unter die Stoßstange. »Na, da haben wir's ja«, sagte er und zeigte auf die Stelle, die er inspiziert hatte.

Jonnie schaute sich das an. Da stand etwas, und zwar in einer der Schriften, die er schon auf den Geldscheinen der Galaktischen Bank gesehen hatte.

»Das ist die Duraleb-Schrift«, erklärte ihm der Hockner. »Und was du da liest, heißt »Made in Duraleb«. Die Psychlos importieren die Rohausfertigung sämtlicher Flugkörper und Panzer und Arbeitsmaschinen aus anderen Planetensystemen und von anderen Völkern. Lediglich die Innenausstattung wird dann von den Psychlos hergestellt – und natürlich die Motoren und die Kernkonsolen. Jemand anders könnte die Fahrzeuge gar nicht einsetzen, weil er nicht in der Lage wäre, den Antrieb herzustellen. Natürlich werden auf den Planeten auch andere Fahrzeuge hergestellt, die für andere Völker bestimmt sind. Aber das Flug- und Fahrgerät der Psychlos ist für alle anderen nutzlos, weil sie nicht über die Kernkonsolen verfügen. Und die werden auf Psychlo hergestellt, und nur dort.«

Jonnie dankte ihm, und der Hockner antwortete: »Brauchst mir nicht zu danken, alter Junge. Wenn du je in die Lage kommst, daß du keine Konsolen und keine Motoren mehr hast, dann stehst du, auch wenn du dir noch soviel Rohmaterial kaufen kannst, mit leeren Händen da. Das ist das ganze Geheimnis, wie die verdammten Psychlos es fertigbringen, alle nach ihrer Pfeife tanzen zu lassen! Sie haben das Monopol, und auf diese Weise würgen sie dem ganzen Universum die Kehle ab. Man kommt nicht gegen sie an. Die Hockner haben es versucht. Man kann nur dabei verlieren.«

Jonnie wußte zwar, daß diese Gefangenen, auch wenn sie sich im allgemeinen kooperativ verhielten, zu boshaften Bemerkungen neigten. Aber was der Hockner ihm eben erzählt hatte, das hatte er nun schon zu oft gehört, als daß es nur aus der Luft gegriffen sein konnte. Er wechselte das Thema und fragte: »Sag mal, seid ihr Hockner eigentlich mal in den Besitz von mathematischen Lehrbüchern der Psychlos gekommen?«

Der Hockner lachte kurz auf, es klang wie das Wiehern eines Pferdes. »Mein lieber Freund, die genialsten Köpfe des Universums haben seit dreihundertundzweitausend Jahren versucht, hinter die Mathematik der Psychlos zu kommen. Es ist unmöglich. Oh – nicht wegen ihrer Arithmetik, so ungewöhnlich ist ein Elfer-Zahlensystem nun auch wieder nicht. Es gibt sogar eine Spezies, die dreiundzwanzig verschiedene Ziffern verwendet. Nein, es liegt an ihren blödsinnigen Gleichungen. Die gehen alle nicht auf. Lehrbücher? Jeder kann sich ihre Lehrbücher besorgen. Aber das bringt ja nichts. Das Zeug ist zum Wegwerfen gerade gut genug! Alles nur Quatsch! In die Müllkippe damit! Übrigens ... würdest du bitte Anweisung geben, daß meine Leute und ich etwas zu essen bekommen? Bei den Tolneps hast du's ja auch veranlaßt.« Jonnie sagte ihm, er solle sich an MacKendrick wenden.

Er ging in den Raum, in dem die Bildwiedergabegeräte aufgestellt waren, und sah sich noch einmal den ganzen Stapel von Terls Arbeitsunterlagen an. Er fühlte sich jetzt durchaus nicht mehr so gut wie vorher.

Er besaß eine Bombe, die er gegen Psychlo richten konnte, wenn es notwendig wurde. Na, großartig! Aber er hatte nichts, womit er sie ins Ziel bringen konnte.

Hoch über ihm wurde die Streitmacht der Besucher aus dem Weltraum rasch größer und größer. Aber Terl ließ sich Zeit und bummelte vor sich hin.

Jonnie hatte einen waghalsigen Plan entwickelt, wie er sich der Kernkonsole am Teleportationszentrum drüben in Amerika bemächtigen konnte, ohne daß es Terl möglich gewesen wäre, sie im letzten Augenblick zu zerstören. Aber selbst wenn der Plan aufging und er die Konsole bekam ... Falls der Tolnep recht hatte, dann würde sie vielleicht nur einmal funktionieren und danach versagen.

Noch einmal schaute er sich Terls Gleichungen an. Nein, sie gingen wirklich nicht auf. Es gab keine logische Überleitung von einer Gleichung zur nächsten. Dennoch, letzten Endes hing das Schicksal dieses Planeten davon ab, daß er die Gleichungen auflöste.

Wer weiß, wie viele schon so dagesessen hatten wie er. Und auch in die mathematischen Lehrbücher der Psychlos und auf irgendwelche Arbeitsunterlagen gestarrt hatten, bedrückt, mit einem Gefühl der Hoffnungslosigkeit. Vielleicht hatten andere, die von anderen Spezies stammten, sich in der gleichen ausweglosen Situation befunden und sich mit dem gleichen Problem herumgeschlagen. Und am Schluß hatten sie verloren. Sie waren losgezogen. Aber wie tapfer sie auch gewesen sein mochten, es hatte ihnen nichts geholfen. Sie waren von den Psychlos vernichtet worden.

5

Terl wurde allmählich argwöhnisch.

Es waren lauter Kleinigkeiten, die zusammenkamen, aber davon eine ganze Menge.

Zunächst mal war da der Ärger mit dem Geld, und Ärger mit Geld war etwas, was Terl überhaupt nicht vertragen konnte.

Man hatte die Verträge mit ihm abgeschlossen, und Terl war davon ausgegangen, daß man ihm zu gegebener Zeit das Geld aushändigen werde. Aber weit gefehlt. Die zwei Milliarden Galaktische Währungseinheiten schienen wohlverwahrt in den Safes der Denver-Filiale der Planetarischen Bank zu liegen. Was aber schlimmer war, es sah ganz danach aus, als hätte Brown Limper Staffor eine Menge Verbindlichkeiten und Schulden bei der Planetarischen Bank. Neulich erst hatte er ein Darlehen aufgenommen, um irgendwo auf einem Hügel eine Art Burg zu bauen. Er wollte sie »Bergsdorfen« oder so ähnlich nennen.

Brown Limper Staffor hatte, damit er das Geld überhaupt bekam, als zusätzliche Sicherheit die Verträge mit Terl angeboten.

Die Direktoren der Planetarischen Bank, ein Mann namens MacAdam und ein Deutscher, waren hier im Hauptgebäude aufgetaucht und hatten einen Stapel neuer Papiere mitgebracht, die Terl unterschreiben sollte. Und solange die Papiere nicht unterschrieben waren, konnten die Galaktischen Währungseinheiten nicht ausgehändigt werden.

Daß irgendwo handfestes Beweismaterial über diese Angelegenheit herumlag, war das letzte, was Terl sich wünschte. Aber es half alles nichts. MacAdam sagte, die ursprünglichen Verträge seien nicht ordnungsgemäß beglaubigt worden, und niemand habe die Richtigkeit von Terls Unterschrift bescheinigt. Terl hatte die Papiere damals mit verstellter Schrift unterzeichnet, denn der bloße Gedanke an all dieses Beweismaterial machte ihn ganz krank. Er hätte behaupten können, daß die ersten Verträge Fälschungen seien, von denen er überhaupt nichts gewußt habe.

Diese Bankleute hatten nun brandneue, sehr solide aussehende Verträge aufgesetzt. Und darin stand dann auch noch ausdrücklich, daß Terl politischer Offizier war, zuständiger Offizier für alle Verteidigungsfragen, Sicherheitsoffizier und derzeit dienstältester und ranghöchster Angehöriger der Intergalaktischen Rohstoff Company. Was ja – auf die gegebene örtliche Situation bezogen – alles stimmte.

In den Verträgen wurde ausgeführt, daß es eine selbständig operierende irdische Tochtergesellschaft der Company nicht gebe, sondern im Vertragssinne die Company insgesamt angesprochen werden müsse. So mußte Terl für den gesamten Aufsichtsrat der Company unterschreiben. Und was er da im Namen der Intergalaktischen Rohstoff Company abzeichnete, war die Überschreibung »der Company und jedweder Interessen der Company, die verkauft, übertragen und übereignet werden konnten ...« Man konnte den Kontrakt durchaus auch so verstehen, daß es sich um den Verkauf der Intergalaktischen insgesamt handelte! Einschließlich aller Planeten, die die Company besaß! Oder man konnte ihn so lesen, daß es sich nur auf diesen Planeten und die hier vorhandenen Liegenschaften bezog. Sehr allgemein war das gefaßt.

Jedenfalls war es ganz dazu angetan, Terls Pranke vor Furcht zittern zu lassen. Wenn die Imperiale Regierung von Psychlo jemals etwas davon erfuhr, würde es tagelang dauern, bis man ihn zu Tode gequält hatte. Niemals hatte die Intergalaktische einen Teil ihres Besitzes oder ihrer Interessen veräußert, in über dreihunderttausend Jahren nicht.

Man hatte einen Schweizer Notar und Zeugen beigebracht. Der Vertrag war in Englisch, in Deutsch und in Psychlo aufgesetzt. Es gab fünfzehn Ausfertigungen davon, und alle mußten unterschrieben werden.

Keine Unterschrift, kein Geld. Alle Wut und jegliche Aufwallung von Furcht unterdrückend, hatte Terl sämtliche Ausfertigungen unterschrieben. Danach war Brown Limper dran, er unterschrieb als »Bevollmächtigter Interessenvertreter jeglicher rechtmäßig eingesetzten Regierung des Planeten, mit bindender Wirkung für alle Amtsnachfolger«. Und dann war noch ein Zusatz zu unterschreiben, durch den der Vertrag an die Planetarische Bank der Erde übergeben wurde, wobei gesagt wurde, die Bank sei berechtigt, den Vertrag »in Verwahrung zu nehmen und zu besitzen und zu verwirklichen oder als Gegenleistung für gezahlte Beträge zu übertragen«.

Voller Schrecken sah Terl, wie das Dokument von den Zeugen beglaubigt wurde, wie man Stempel darauf drückte, es mit rotem Lack und schließlich sogar mit goldenem siegelte und in wachsbeschichtete Umschläge packte. Jede der fünfzehn Ausfertigungen einzeln für sich!

Aber sie zahlten ihm das Geld aus. Sie teilten ihm mit, die Denver-Filiale der Bank werde geschlossen, so daß sie es dort nicht länger aufbewahren könnten, und deshalb müsse er es jetzt sofort entgegennehmen. Eine Regelung, gegen die Terl natürlich nichts einzuwenden hatte.

Man karrte die Geldbehälter auf einem Tieflader an und trug sie ihm ins Schlafzimmer.

Man händigte ihm die für ihn bestimmten Kopien des Vertrages aus, und er mußte noch einmal unterschreiben, für den Empfang der Vertragskopien und für das Geld. Dann gingen sie endlich, und kaum waren sie alle zur Tür hinaus, da war das erste, was er tat, die Kopien in Fetzen zu reißen und zu verbrennen und die Asche in alle Winde zu streuen. Wenn man auf Psychlo je etwas darüber erführe ...

Erst dann fühlte er sich einigermaßen beruhigt. Er setzte sich und liebkoste eine Weile streichelnd die Geldbündel. Danach wurde ihm allerdings klar, daß nun so viele Geldbehälter in seinem Schlafzimmer herumstanden, daß er nicht mal mehr ungehindert zu Bett gehen konnte.

Er rief nach den Wachen, ließ sich von ihnen zum Leichenschauhaus bringen und holte drei Särge. Er hatte den Eindruck, daß sich jetzt weniger Särge dort befänden als früher. Na schön, er hatte jedenfalls seine Särge und brachte sie ins Schlafzimmer und machte sich an die Arbeit, das Geld in die Särge umzupacken, wobei er nicht versäumte, die Bündel zu zählen.

Es war schon spät in der Nacht, und er war immer noch nicht fertig. So breitete er kurzentschlossen ein paar Decken auf einem der Särge aus und legte sich zum Schlafe nieder.

Am nächsten Tag machte er sich von neuem an die Arbeit, er stapelte das Geld weiter um. Meine Güte, er hatte überhaupt nicht geahnt, was für eine unvorstellbar große Menge Geld diese zwei Milliarden Währungseinheiten waren ... Kurz und gut, der Platz in den drei Särgen reichte nicht aus, er brauchte einen vierten.

Nichts leichter als das, er ließ sich von den Wachen aufschließen und ging zum Leichenschauhaus, um noch einen Sarg zu holen. Als er das letzte Mal hier gewesen war, hatte einer ganz dicht an der Tür gestanden. Aber der stand nun nicht mehr da. Irgend jemand machte sich irgendwie mit den Särgen zu schaffen.

Soviel war Terl schlagartig klar: Nur ein Sicherheitschef von seiner Begabung und mit seiner Erfahrung konnte dahinterkommen, was da eigentlich gespielt wurde.

Zuerst nahm er die Wachen in die Mangel. Dann befragte er einen Mann, der sich »Captunk Arf Moiphy« nannte. Und was fand er heraus? Diese Briganten, diese angeblich so zuverlässigen, erstklassig ausgebildeten Söldner, verschacherten die Särge an die Flugschüler!

Regelmäßig hatten die zur Nachtwache eingeteilten Kommandos einen schwunghaften Tauschhandel betrieben: Särge gegen Whisky. Und bei Whisky handelte es sich um irgend so ein in Schottland hergestelltes berauschendes Getränk.

Oh, Terl kam natürlich hinter die Geschichte, in allen Einzelheiten. Spätabends kam irgendein Flugschüler - nicht immer derselbe, sondern mal dieser, mal jener - mit einem offenen Eimer voll Whisky ins Camp und handelte das Gesöff gegen einen Sarg ein. Die Sache lief ganz einfach ab, der Wachposten öffnete das Leichenschauhaus, rückte einen von den Särgen heraus und nahm sich dafür den Eimer mit Whisky.

In seiner Arglosigkeit ließ Captunk Arf Moiphy ihn sogar wissen, daß die Flugschüler das Blei aus den Särgen dafür verwendeten, kleine Gußmodelle von Raumschiffen und Soldaten herzustellen; Moiphy besaß selber ein paar davon. Terl kannte die Dinger, sie gehörten zu diesem sogenannten Klepp-Spiel. Aber das alles hätte Captunk Arf Moiphy ihm besser nicht erzählen sollen! Diese Flugschüler besaßen doch wahrhaftig die Unverschämtheit, Spielsteine - ach was, sogar ganze komplette Spiele, die aus dem geschmolzenen Blei der Särge hergestellt waren, zum Verkauf anzubieten. Und es handelte sich um Särge aus dem Eigentum der Company!

Terl hatte verlangt, man solle ihm auf der Stelle Snith herschaffen, und er gab dem General strikte Anweisung, diesem Treiben ein Ende zu setzen.

Drei Tage später ließ Terl sich von einer Wache zum unterirdischen Lagerraum führen, in dem die Vorräte an verschiedenen Metallen aufbewahrt wurden, und auf dem Wege dorthin stellte er fest, daß die Abstellhalle für Fluggerät und Einsatzfahrzeuge nahezu leergeräumt war. Es gab noch ein paar Frachter und ein halbes Dutzend Kampfflugkörper, aber das war schon alles, was noch in den weiträumigen Hangars herumstand. Er war sofort zur oberirdisch gelegenen Fahrzeughalle hinaufgegangen, und die war ebenfalls nahezu leergeräumt. Gerade, daß noch ein Dutzend Tieflader und ein paar Sturmpanzer herumstanden.

Hier wurde alles geklaut, was nicht niet- und nagelfest war!

Er bekam Lars zu fassen und redete wütend auf ihn ein.

Lars meinte, es habe eben eine Menge Unfälle gegeben, und

die Flugschüler hätten nichts anderes getan, als sich aus den Hangars oder von hier oben Ersatz für die verlorenen Maschinen zu holen.

Als Terl sich gerade so in Wut gesteigert hatte, daß er Lars am liebsten in Stücke gerissen hätte, fiel ihm ein, daß er ja gar nicht mehr für das Eigentum der Company verantwortlich war. Also ließ er den Dingen ihren Lauf.

Drei Tage später hatte er eine nervtötende Auseinandersetzung mit Ker.

Vor einiger Zeit hatten sie damit begonnen, die unbrauchbar gewordenen, verschmorten Drahtleitungen der alten Teleportationsanlage wegzuräumen, und nachdem das jetzt erledigt war, kam es Terl darauf an, ganz sicherzugehen, daß die Spitzen der Maststangen in haargenau den richtigen Abständen stehen würden. Er ging also nach draußen und stellte fest ...

Also, diese Maschinisten, die Ker da draußen einsetzte, waren die schlampigsten Anfänger, die man sich vorstellen konnte, und ausgerechnet die sollten den Graben ausheben, in dem das Ionisationskabel verlegt wurde! Zur Hälfte war der Graben schon ausgehoben, aber dieser Haufen von schlecht ausgebildeten Hilfsarbeitern hatte einfach drauflos gegraben, kreuz und quer über das ganze Areal!

Und nicht nur das! Überall stolperte man über verstreutes Werkzeug, überall standen Arbeitsmaschinen herum, Kräne, Frontschaufler, Raupen – weiß der Himmel, was alles. Immer wenn eine von diesen dämlichen Kreaturen irgendwo einen Arbeitsgang erledigt hatte, ließ sie einfach die Maschine an Ort und Stelle stehen. Da drüben mußte was hochgehoben werden, also – her mit dem Kran, und nach getaner Arbeit stand der Magnetkran einfach in der Gegend rum.

Was für ein Durcheinander!

Terl stand mitten auf der Plattform. Die hell glänzende Wintersonne machte ihn wütend, und die miserable Qualität des Atemgases, das sie für ihn aufgetrieben hatten, machte ihn halb krank, und was er nun noch sah ... Er hätte gute Lust gehabt, den zwergwüchsigen Ker mit den Pranken zu packen und in der Luft zu zerreißen.

Rasend vor Wut legte Terl los: »Man sollte wirklich meinen, Sie verstünden ein bißchen mehr davon!«

Ker blieb ihm nichts schuldig. »Kann ich was dafür, wenn diese Kreaturen alle Maschinen kaputtmachen?«

»Können Sie sich nicht nach einem klaren, einfachen Plan richten?« schrie Terl ihn an.

»Kann ich was dafür, wenn diese Kreaturen nicht wissen, was eine einfache gerade Linie ist?« brüllte Ker zurück.

Ker hatte, wie Terl zugeben mußte, eigentlich völlig recht. Es brachte nichts, wenn sie herumstanden und sich gegenseitig anbrüllten. »Schauen Sie mal«, lenkte Terl ein, »es muß doch in Ihrem eigenen Interesse liegen, daß ich sicher auf Psychlo ankomme.«

»Ach, tatsächlich?« fragte Ker.

Ein Druckmittel mußte her, sagte sich Terl, irgend etwas, womit er Ker unter Druck setzen konnte. Und laut sagte er: »Ich mache Ihnen ein Angebot. Ich zahle zehntausend Währungseinheiten auf Ihr Konto bei der Galaktischen Bank ein. Sie haben doch ein Nummernkonto, und da ist bestimmt schon ein hübsches Sümmchen drauf. Ich werd noch was dazu ...«

»Brown Limper Staffor hat mir hunderttausend Irdische Währungseinheiten gezahlt, und bloß dafür, daß ich das Kabel für Sie ausbuddele, genau das Kabel, das jetzt da drüben rumliegt. Es war keine leichte Arbeit, und ich weiß nicht, ob ich den Job übernommen hätte, wenn nicht vorher die Gehaltskürzungen ...«

Terl dachte blitzschnell nach. »In Ordnung, ich werde Ihnen hunderttausend Galaktische Währungseinheiten bezahlen, wenn Sie mir helfen, die Abfeuerungsanlage zu installieren und wenn Sie ordentlich mit mir zusammenarbeiten.«

»Ich kann die doppelte Summe von Brown Limper bekommen, wenn ich es *nicht* tue«, sagte Ker.

»Stimmt das wirklich?« fragte Terl, der auf einmal ganz hellhörig wurde. Er dachte angestrengt nach. Ja, tatsächlich, dieser Brown Limper verhielt sich seit einiger Zeit ziemlich merkwürdig, ganz so, als hätte er was zu verbergen.

»Er verfolgt einen bestimmten Plan«, behauptete Ker. »Es kümmert ihn einen feuchten Kehricht, ob Sie nach Psychlo kommen oder nicht.«

»Ja – weiß er denn nicht, daß ich die Urkunden dort zur Kenntnisnahme vorlegen muß?«

»Ihn interessiert nur eins, er will einen bestimmten Mann in die Finger kriegen«, sagte Ker.

»Also, passen Sie auf«, versuchte Terl ihn zu locken. »Ich werde eine halbe Million Währungseinheiten auf Ihr Konto einzahlen, wenn Sie mir nach Kräften dabei helfen, daß ich nach Psychlo komme.«

Ker ließ sich das Angebot durch den Kopf gehen, dann antwortete er: »Wenn Sie mir neue Papiere besorgen ... und wenn Sie meine alten Personalunterlagen vernichten ... und wenn Sie mir siebenhundertfünfzigtausend Währungseinheiten aufs Konto einzahlen ... dann werde ich dafür sorgen, daß alles glatt abläuft.«

Terl wollte schon versichern, daß er einverstanden sei, als Ker fortfuhr: »Sie müssen außerdem noch dafür sorgen, daß es mit Brown Limper Staffor keine Schwierigkeiten gibt. Am besten, Sie sagen mir, wie Sie den Mann ... Sie wissen schon, von wem ich rede ... in die Falle locken wollen, damit ich Staffor in diesem Punkt beruhigen kann. Er ist es nämlich, auf den meine Arbeiter hören. Also, das kommt dann noch als Bedingung dazu, und wenn die erfüllt ist, läuft das Geschäft.«

Terl musterte Ker, von dem er wußte, wie geldgierig er war. »In Ordnung. Ich habe vor, fünfhundert Briganten, mit Bogen und vergifteten Pfeilen bewaffnet, rund um die ionisierte Zone aufzustellen. Pfeile bewirken keine gefährlichen Schwingungen während des Teleportationsvorganges, also kann man die Kreatur, falls sie hier auftaucht, damit zusammenschießen. Teilen Sie das Staffor vertraulich mit, dann können Sie mit seiner Unterstützung rechnen. Gilt der Handel nun?«

Ker lächelte vor sich hin.

Terl ging wieder ins Gebäude zurück, er war froh, daß er endlich die Atemmaske abnehmen konnte. Er nahm einen kräftigen Schluck Kerbango, den brauchte er jetzt, um seine Nerven zu beruhigen.

Dann dachte er noch einmal über das nach, was sich eben abgespielt hatte. Staffor steckte hinter dieser Geschichte. Der und kein anderer war drauf und dran, ihm den ganzen schönen Plan zu vermasseln. Aber Terl würde die Kreatur gut im Auge behalten. Er hatte Ker nichts darüber erzählt, daß er außerdem noch vorhatte, Snith und ein paar seiner Leute – ebenfalls mit vergifteten Pfeilen bewaffnet – direkt auf der Plattform zu postieren. Und schon gar nichts darüber, daß sich in seinem Besitz eine niedliche kleine Berylliumschachtel befand, mit der er Staffor einheizen würde. Der kleine Kasten würde sämtliche Spuren auslöschen, alle Ausfertigungen des Vertrages ... einfach alles.

Und er würde auch Ker auslöschen!

Wenn es soweit war, würde er, Terl, über eine Geisel verfügen, um die Kreatur gefügig zu machen.

Ja, es lief alles gut, und Terl war mit der Entwicklung durchaus zufrieden, allerdings nur so lange, bis er drei Tage später, spätabends, feststellen mußte, daß weit und breit nichts von den Wachposten zu sehen war. Er eilte ins Freie ... und da waren die Posten, da lagen sie, rings um das Leichenschauhaus verteilt, stinkbesoffen.

Es lag auf der Hand, daß Snith, nachdem Terl ihn über die früheren Vorfälle unterrichtet hatte, lediglich daran interessiert gewesen war, selber die Finger im Tauschgeschäft Whisky gegen Särge zu haben.

Na schön, mit Snith würde er abrechnen, wenn die Zeit dafür reif war.

Jetzt kam es darauf an, diesen Staffor im Auge zu behalten. Er lag mit seinem Verdacht ganz richtig. Es war Staffor, der überall intrigierte und Ränke schmiedete und sein eigenes Süppchen kochen wollte. Klar, daß er versuchen würde, sich das schöne Geld wieder unter den Nagel zu reißen.

Aber nachdem er jetzt gewarnt war, hatte Terl nicht die mindeste Sorge, daß er sie am Ende doch alle ausschmieren würde.

Er ging nach drinnen und überprüfte die Särge mit dem Geld. Er versiegelte sie, schrieb die Warnung »Getötet durch radioaktive Strahlung« darauf (so daß bestimmt niemand auf Psychlo Lust bekam, die Särge zu öffnen), und schrieb auf die Unterseite jedes einzelnen Sarges seine persönliche Markierung: ein großes »X«.

Und er würde eben doch der große Macker auf Psychlo werden, mächtig und einflußreich!

Er breitete das Bettzeug über den Särgen aus und schlief wundervoll tief mit wundervollen Träumen, in denen sich Würdenträger von königlichem Rang tief verneigten, sobald sie irgendwo auf der Straße dem Großen Terl begegneten. Und der ganze Planet samt allen belastenden Spuren war längst in Schutt und Asche gesunken.

6

Tief in den Untergeschossen im afrikanischen Camp mußte Jonnie, der im Halbdunkel vor den Bildschirmen saß, sich eingestehen, daß er ein paar Schachzüge in diesem Spiel verloren hatte.

Der Tag 92 rückte mit Windeseile näher.

Zunächst hatte er gehofft, es könnte ihm gelingen, mit Hilfe von Terls Plan eine eigene Kernkonsole zusammenzubauen und hier unten in Kariba zu installieren. Damit hätte es sich erübrigt, zu versuchen, in einem verzweifelten und wenig erfolgversprechenden Angriff die Konsole drüben in Amerika in seinen Besitz zu bringen. Jetzt sah es so aus, als läge gerade darin noch die größte Chance, obwohl man das kaum eine Chance nennen durfte. Alles hing davon ab, ob es ihm gelang, Terl daran zu hindern, diese geheimnisvolle Bombe zu benutzen. Aber dabei mußte er das geradezu aberwitzige Risiko eingehen, den Dingen bis zur Teleportationszeit am Tag 92 ihren Lauf zu lassen und dann im wirklich allerletzten Augenblick zu versuchen, durch einen tollkühnen Angriff auf den Terminal die Kernkonsole in seinen Besitz zu bringen.

Und es gab noch andere durchaus nicht erfreuliche Neuigkeiten. Wieder hatten die Besucher aus dem Weltraum zwei Überraschungsangriffe gestartet, an verschiedenen Orten, und diesmal gab es Verluste zu beklagen. Auf einen Frachtflugkörper, der leer von einem Transportauftrag zurückkam, hatten sich die Hawvins gestürzt. Sie hatten die Maschine abgeschossen, der Pilot und der Copilot waren ums Leben gekommen. Und drüben in Rußland war eine Gruppe von der Basis aus zur Jagd losgezogen, und plötzlich waren sie von oben beschossen worden. Drei Sibirier und ein Sherpa waren getötet worden, bevor es der Luftabwehr gelang, den Angreifer abzuschießen.

Auch die Verteidigungsplanung für Edinburgh war mißlungen. Sir Robert hatte vorgehabt, ein paar Kilometer Ionisationskabel ranzuschaffen und rund um Castle Rock zu installieren. Aber die Kraftwerkanlagen in Schottland stammten noch aus uralten Zeiten und waren nicht in Schuß, und man hatte dort nichts auf Psychlo-Technik umgestellt. Die frühere Psychlo-Außenstation in Cornwall bezog ihre Energieversorgung vom Gezeiten-Staudamm bei Bristol am Bristol-Kanal, und obwohl der Damm wegen des starken Wechsels von Ebbe und Flut an sich ausgezeichnet arbeitete, war er dennoch für das Vorhaben nicht geeignet, weil es nicht gelang, eine Energieleitung bis hinauf nach Edinburgh zu legen, einmal ganz davon abgesehen, daß eine solche Leitung schutzlos jedem Angriff preisgegeben gewesen wäre. Außerdem hätte schon der Transport von solchen Mengen Ionisationskabel ein ungeheures Problem dargestellt, man hätte es in mehreren Teilladungen nach Schottland bringen müssen. Kurz und gut, zum Schutze von Edinburgh stand nichts anderes zur Verfügung als herkömmliche Flugabwehrwaffen. Die Schotten, die die Stadt gerade erst für sich zurückgewonnen hatten, wollten sie um keinen Preis schon wieder verlieren. Sie war Mittelpunkt des traditionsreichen schottischen Nationalbewußtseins. Jonnies Vorschlag, die gesamte Bevölkerung nach Cornwall zu evakuieren, hatte keine Zustimmung gefunden. Zugegeben, es wäre dort ziemlich eng für so viele Leute geworden, aber irgendwann würden sie eben in Edinburgh einsehen müssen, wie die Lage tatsächlich war.

Terl schien bei seiner Arbeit nicht die geringsten Fortschritte zu machen, ganz im Gegenteil. Er verplemperte eine Menge Zeit damit, Leitungsmasten auszumessen und Drahtleitungen zu ziehen und bestimmte Markierungspunkte für die Teleportation festzulegen. Jeder einzelne Handgriff, den er tat, wurde unten in Kariba genau nachvollzogen. Sie hatten nun auch bei ihrer eigenen Anlage bereits die Masten aufgerichtet und die Leitungen gezogen. Sobald sie irgendeine neue Einzelheit erfuhren, eilte Angus zum Kariba-Staudamm und sorgte dafür, daß dort am Terminal das exakte Gegenstück installiert wurde.

Ein paar Tage lang hatte alles sehr hoffnungsvoll ausgesehen. Terl hatte einen Haufen Metall herangeschleppt und den äußeren Rahmen für die Kernkonsole gebaut, ein schweres, massives Gebilde von ungefähr einem Quadratmeter Ausmaß. Sie hatten dasselbe Gehäuse hier nachgebaut und bewahrten es jetzt in einem verschlossenen Raum auf. Da lag es – wie eine hohle Nuß – und harrte der Dinge, die da kommen mochten.

Aber nach all dieser emsigen Geschäftigkeit hatte Terl während der letzten Tage nur noch ein paar Täuschungsmanöver betrieben, und zwar lauter Manipulationen, bei denen es um Sicherungen ging. Mit einer wirklich konstruktiven Arbeit an der Kernkonsole hatte das nichts zu tun.

Zunächst hatte Terl endlose Reihen von mathematischen Formeln ausgearbeitet. Aber was hatte das schon für einen Wert, wenn niemand das Gekritzel verstehen konnte?

Und jetzt ging es um Sicherungen, simple elektrische Sicherungen. Jonnie hatte sich aus den Lagerbeständen der afrikanischen Basis alle Sorten von Sicherungen besorgt, mit denen Terl arbeitete, und nun versuchte er herauszufinden, was der Bursche eigentlich machte.

Eins hatte Jonnie schon begriffen: Ein paar von den Einzelteilen in jeder Kernkonsole waren, auch wenn sie wie wichtige Komponenten aussahen, nichts als bloßer Bluff. Es handelte sich gar nicht – so wie es den Augenschein hatte – um Widerstände oder Kondensatoren, sondern einfach nur um Sicherungen, die so hergerichtet waren, daß sie etwas anderes vortäuschten.

Und dann tat Terl etwas Merkwürdiges, etwas, wovon Jonnie noch nie gehört hatte. Unter allerlei Hantieren mit Meßgeräten machte er sich mit einer Art Sicherung zu schaffen, die – ganz im Gegensatz zur normalen Funktion einer Sicherung – gerade dann durchbrannte, wenn der Belastungswert *unterhalb* einer bestimmten Stärke lag. Bei diesem Typ Sicherung handelte es sich um eine seltsame Art von Stromkreisunterbrecher, der aus einer so unvorstellbar dünnen Faser bestand, daß man nur mit Hilfe eines Vergrößerungsglases daran arbeiten konnte.

Tja, und das schien auch schon alles zu sein, was Terl machte.

Jonnies Aufmerksamkeit wurde erheblich gesteigert, als er plötzlich feststellte, daß die Faser, mit der Terl dort hantierte, verblüffend derjenigen ähnelte, die sich in den in die Psychloköpfe hineinoperierten Silberkapseln befand.

Mit einem Schlag war der steife Nacken vergessen. Eilends lief er hinaus und holte sich eine solche Kapsel, die sie einem der toten Psychlos entnommen hatten. Ja, es war die gleiche Faser.

Eins fügte sich zum anderen. Ohne Zögern eilte er los, um MacKendrick zu suchen. Der Doktor beschäftigte sich gerade mit einem psychloischen Schädel, den er gereinigt und gebleicht hatte. All seine Arbeit galt immer noch dem Versuch, einen Weg zu finden, wie er mit seinem Operationsbesteck in so einen Schädel vordringen konnte. Nun legte er ihn vor sich auf den Tisch und wandte sich Jonnie zu, gespannt, was der ihm zu sagen hätte.

Jonnie zeigte aufgeregt auf die Silberkapsel, die er in der Hand hielt. Und während ihn vom Tisch aus die leeren Augenhöhlen des Totenschädels anstarrten, sagte er: »Das ist gar nicht irgend etwas Geheimnisvolles, sondern bloß eine Sicherung! Das Ding nimmt keine Schwingungen auf und sendet keine Funksignale aus oder so was ... ach wo, es ist nicht mehr als eine Sicherung!«

Er langte nach ein paar Aufnahmen, die das Innere eines psychloischen Schädels - und zwar das Gehirn - wiedergaben. »Schauen Sie mal! Sie haben gesagt, daß es sich bei den Nervensträngen, zwischen denen die Kapsel befestigt war, um die Impulskanäle elementaren Denkens handelt. Und ...«

Jonnie führte weiter aus, daß alles, was mit Mathematik zu tun hat, logisches Denken voraussetzt und der erste Schritt zur Vernunft ist. Ob nun ein Psychlo eine Seele habe und sein Denken von dort aus gelenkt werde oder ob er keine Seele habe, jedenfalls laufe jeder geistige Prozeß logischer Denkarbeit zwischen diesen beiden Impulskanälen ab.

Solange ein Psychlo logisch denke, fließe zwischen diesen beiden Nervensträngen beständig ein Strom, fuhr Jonnie mit seinen Erläuterungen fort. Und selbst während des Schlafes höre der Stromfluß nicht auf, wenn er natürlich dann auch sehr schwach sei.

Angenommen, es käme nun ein Wesen fremder Spezies daher ... Jeder Psychlo wisse genau, daß seine eigene Spezies und das ganze Imperium der Psychlos davon abhängt, daß die Geheimnisse psychloischer Mathematik gewahrt bleiben. Blitzschnell schalte also der Psychlo jeglichen Gedanken an Mathematik ab. Allenfalls noch eine kurze Aufwallung ... aber dann – abschalten ... Und schon war es passiert: die Sicherung brannte durch.

MacKendrick zeigte sich interessiert, aber er wandte ein: »Das erklärt trotzdem nicht, wie es zu den Selbstmorden kommt.«

»Gut ... Schauen Sie sich dieses Bild an – und dann die Sicherung. Die Silberkapsel sitzt ziemlich dicht bei der Bronzevorrichtung, die den Stromkeis zwischen Lust und Qual und handelnder Aktivität schließt. Und jetzt betrachten Sie die Faser! Wenn sie zerreißt, fallen die Enden im Innern der Kapsel herunter, und das bewirkt einen Kurzschluß in die bronzene Vorrichtung hinein.«

»Ein Psychlo«, fuhr Jonnie fort, »verspürt dann den sofortigen Drang zu töten. Kommt es bei der Silber- und der Bronzekapsel zu dem Kurzschluß, den ich eben beschrieben habe, und ist ein Psychlo genau in diesem Augenblick durch äußere Umstände daran gehindert zu töten, dann steigert sich der Drang zu töten zur Besessenheit. Er muß einfach töten, und das endet schließlich damit, daß er sich selbst umbringt!«

MacKendrick dachte eine Weile darüber nach, dann nickte er. »Aber«, wandte er dennoch ein, »das erklärt nicht das Verhalten der weiblichen Psychlos.«

Jonnie nahm eine Kapsel, die aus dem Schädel einer toten Psychlo-Frau stammte, und sah sie sich genau an. »Hier handelt es sich um einen anderen Typ Sicherung. Da Mathematik gleichbedeutend mit logischem Denken ist, würde der Versuch, sich damit zu beschäftigen, eine Konzentration des Stromflusses bewirken. Wahrscheinlich hat man ihnen von Kind an beigebracht, Frauen nicht in Mathematik zu unterrichten; es gehört zu ihrem Verhaltenskodex. Und Frauen empfinden es als ihre Bestimmung, in ihrem Denken nicht nach Logik zu streben. Wenn sie dann aber anfangen, in mathematischen Begriffen zu denken – oder wenn sie es auch nur versuchen, wird der Stromfluß zu stark, und die Sicherung brennt durch. Eine Bronzekapsel ist bei ihnen nicht vorhanden, also fallen sie lediglich in tiefe Bewußtlosigkeit. Die natürliche Verbindung in ihrem Denkvermögen geht verloren, die Kommunikation mit dem Nervensystem hört auf.«

Nach kurzem Schweigen gab Jonnie zu: »Es kann sein, daß meine Erklärung unvollkommen ist. Aber eins weiß ich genau: Hier handelt es sich um Sicherungen, und es geht um einen Stromfluß und seine Unterbrechung. Und dahinter verbirgt sich auch schon die ganze Antwort auf die Frage, wie sie ihr Imperium schützen.«

»Und darauf, warum sie sich so verrückt verhalten«, gab ihm MacKendrick recht. »Ich bin sicher, Sie haben die richtige Erklärung gefunden. Diese Dinger sind genau das, was Sie sagen.«

MacKendrick drehte den Psychlo-Schädel auf dem Tisch herum. Es war ein großes, wuchtiges, schweres Knochengebilde, ein massiver Block mit Ecken und Kanten. »Nur eins stimmt immer noch nicht.«

Jonnie war vom Vortrag seiner Theorien gerade noch so schön in Fahrt gewesen, jetzt guckte er verblüfft.

»In der Frage, wie wir die Dinger aus den Köpfen herausoperieren können, sind wir keinen Schritt weitergekommen«, sagte MacKendrick.

Jonnie legte die Aufnahmen und die Kapseln auf den Tisch, direkt neben den Schädel. Dann ging er, ohne ein Wort zu sagen, aus dem Raum.

Wirklich, es war kein Tag, aus dem man viel Hoffnung schöpfen konnte.

7

Jonnie jagte mit dem Kampfflugkörper vom Typ Mark 32 nach Nordwesten.

Der Alarm war vor etwas mehr als einer halben Stunde ausgelöst worden. Glencannon befand sich in Schwierigkeiten.

Es war der Tag 78, nur vierzehn Tage vor dem Zeitpunkt, den Terl für die Teleportation festgelegt hatte. Soweit Jonnie aus den letzten Bildbändern sehen konnte, hatte Terl noch nicht damit begonnen, das leere Gerüst der Kernkonsole auszufüllen. Es hatte eine Verzögerung in der Ablieferung der nächsten Bänder gegeben.

Und jetzt auch noch das! Glencannon war unterwegs angegriffen worden.

Die Besucher aus dem Weltraum, sechshundertvierzig Kilometer über der Erde, hatten Zuwachs bekommen. Jetzt waren es achtzehn Raumfahrzeuge, die sich da oben tummelten. Semi-Kapitän Rogodeter Snowl war zurückgekehrt und hatte vier schwere Raumgleiter mitgebracht. Mindestens einer davon schien ein Träger-Raumschiff für kleinere Angriffsflugkörper zu sein. Wahrscheinlich war von dort aus der Angriff gegen Glencannon gestartet worden.

Jonnie hatte keinen Funker dabei. Er war zufällig draußen gewesen, als der Alarm ausgelöst wurde. Er hatte Stormalong und zwei andere Piloten vorbeihasten gesehen, sich rasch eine Atemmaske gegriffen und sich in den nächsten Flugkörper gestürzt. Sämtliche Nachrichtenübermittlungen beim Flugverkehr wurden jetzt in Pali abgewickelt; Glencannon hatte einen Funker dabei – und Stormalong auch, und die beiden nahmen ihre Aufgabe auch wahr. Deshalb war Jonnie nicht darüber im Bilde, was sich überhaupt abspielte. Aus dem Singsang der Buddhisten war keinerlei Gemütsbewegung herauszuhören, nicht einmal mitten im Kampfgetümmel. Die Stimmlage der Funker verriet Jonnie also gar nichts.

Er gewann mit dem Flugkörper an Höhe und öffnete den Weitwinkel der Bildschirme. Er hatte Stormalong und die zwei anderen Flugkörper geradeaus vor sich. Glencannon hatte er mit den Beobachtungseinrichtungen noch nicht erfaßt.

Jonnie schickte einen Fernbeobachter nach oben. Drei Flugobjekte der Außerirdischen tauchten dort auf. Im hellen Tageslicht konnte er sie wegen der starken Ultraviolettstrahlung nicht so klar erkennen, wie es nachts der Fall gewesen wäre.

Handelte es sich um den Kampf-Raumgleiter der Vulcor-Klasse? Zwei von den Raumschiffen waren größer, mit einem breiter ausladenden Rumpf. Aber das dritte ... ja, das war ein Vulcor-Raumgleiter, er erkannte es deutlich an der Brücke, die wie ein Rhombus geformt war. Also der Semi-Kapitän Rogodeter Snowl persönlich.

Die drei Raumschiffe stießen nicht tiefer herunter. Offenbar kostete sie ein solches Manöver zuviel von der Solarenergie, die sie in ihren Akkumulatoren mitführten, und sie wollten wohl mit den Energiereserven möglichst schonend umgehen. Bei den beiden anderen Raumschiffen mußte es sich tatsächlich um Trägerschiffe handeln.

Richtig! Aus einem der Raumfahrzeuge wurde ein neuer Angriff gestartet.

Sechs nadelförmige Nahbereichs-Kreuzer kamen wie Pfeile heruntergeschwirrt.

Im Klartext – auf Psychlo – funkte Jonnie: »Achtung! Da oben! Sechs neue Hornissen!« Das mußte Stormalong als Warnung genügen.

Und da war Glencannon. In ungefähr dreißigtausend Meter Höhe raste er dahin, schnurgerade mit Kurs auf das Camp. Aber wo war sein Begleitschutz? Irgend jemand mußte doch Eskorte für ihn fliegen! Nichts davon zu sehen.

Vier der glitzernden Nadeln jagten hinter Glencannon her. Von Zeit zu Zeit spuckten ihre weitreichenden Strahlenwaffen Feuergarben aus.

Da kam Stormalong mit seiner Rotte herangejagt.

In geschlossener Formation kreuzten die drei Flugkörper die Bahn, auf der die Tolneps Glencannon verfolgten.

Eine Explosion! Und gleich noch ein zweiter platzender Feuerball. Und ein dritter.

Als der Rauch sich verzog, raste nur noch ein Raumfahrzeug der Tolneps am Himmel entlang.

Jonnie zog seinen Flugkörper nach oben, um die sechs Nahbereichs-Kreuzer abzufangen, die sich in die Kampfzone herunterstürzten. Auf den Bildschirmen wurden ihre Umrisse größer und größer.

Er konzentrierte sich auf den Bug des Führungsfahrzeugs. Jonnie traf den Gegner in dem Augenblick, in dem er selbst abfeuerte. Der tolnepsche Raumkreuzer wurde herumgeschleudert, und die Flammenwirkung seiner Strahlenwaffen traf in die eng geschlossene eigene Formation.

Eine Kette von Explosionen ließ Jonnies Bildschirm flackern.

Ein dumpfer Schlag ... Ein Trümmerstück von einem der tolnepschen Raumfahrzeuge hatte Jonnies Flugkörper gestreift.

Jonnie drehte in einer engen Schleife bei, als die Tolneps gegen ihn losstürmten. Er zielte auf das Heck des letzten Schiffes in der gegnerischen Formation. Er löste die Wuchtdruckwaffe aus. Aber von der wilden Flugbewegung, die er gerade ausgeführt hatte, schlingerte sein Kampfflugkörper noch so stark, daß er das Ziel verfehlte.

Vier Tolneps waren übriggeblieben.

Er jagte auf sie zu und umkreiste sie. Im Direktflug raste er auf den Raumkreuzer zu, der die Formation jetzt anführte. Um Bruchteile von Sekunden vor dem Augenblick, in dem die beiden Flugkörper kollidiert wären, löste Jonnie seine Waffen aus. Er traf den Tolnep in dem Moment, in dem er abfeuern wollte. Wie bei einem Rohrkrepierer explodierte die Strahlenmunition des Tolneps und ließ dessen Raumschiff zerbersten.

Noch drei Tolneps ... Sie flogen eine Schleife und kamen an, mitten im Formationsflug aus allen Rohren feuernd. Es war, als würde die Luft rings um Jonnie zerfetzt. Der Mark 32 bekam einen Treffer ab. Das Glas der Pilotenkanzel splitterte, das halbe Sichtfeld wurde blind.

Jonnies Waffen spuckten Feuer. Ein Tolnep! Zwei Tolneps!

Der letzte versuchte – unter pausenlosem Feuer seiner

Heckwaffen – die Flucht zu ergreifen.

Jonnie stabilisierte die Fluglage seiner Maschine. Er stellte die Waffen auf »Höchstentfernung« und »Flammenwirkung« ein. Aus allen Rohren jagten die Flammenbahnen der Strahlen wie feurige Nadeln los.

Der Raumkreuzer des Tolneps löste sich in einem zerberstenden Feuerball auf.

Wo war Glencannon?

Da vorn, immer noch mit Kurs auf das Camp, beinahe schon dort.

Ein Tolnep hatte sich ihm hinters Heck gehängt.

Stormalong und die Piloten der beiden anderen Flugkörper setzten zum Sturzflug gegen den Tolnep an.

Die Bodenwache öffnete den Luftschirm. Glencannon raste hindurch. Er war in Sicherheit.

Eine Flammengarbe traf den Tolnep, als Stormalong und die beiden anderen aus großer Entfernung das Feuer eröffneten.

Gerade in diesem Augenblick schaltete die Bodenwache den Luftschirm wieder ein. Krachend schlug der Tolnep dagegen. Und er brach durch!

Die Zeit hatte noch nicht ausgereicht, um die Ionisation der Luft stark genug aufzubauen.

Mitten in der Landezone explodierte der tolnepsche Raumkreuzer in einem gewaltigen Feuerball. Es hätte nicht viel gefehlt, und er wäre voll auf Glencannons landenden Flugkörper aufgeprallt.

Jonnie und Stormalong suchten den Himmel nach weiteren Gegnern ab. Aber da zeigte sich keiner mehr. Nur noch ein paar Rauchwolken dümpelten in der Ferne, genau dort, wo die gegnerischen Raumfahrzeuge sich in Trümmer aufgelöst hatten.

Die Bodenwache öffnete den Luftschirm erneut. Da unten war gerade eine Feuerwehrmannschaft dabei, das brenndende Raumfahrzeug der Tolneps mit Schaum einzudecken. Jonnie, Stormalong und die beiden anderen landeten ihre Flugkörper.

Glencannon saß immer noch auf seinem Pilotenplatz. Sein buddhistischer Funker redete beruhigend auf ihn ein. Glencannon weinte, seine Hände zitterten. Er war völlig mit den Nerven fertig.

»Mein Befehl lautete, daß ich unbedingt durchkommen müßte«, murmelte er immer wieder vor sich hin. Der Funker gab den anderen ein Zeichen, sie sollten sich zurückziehen, und kam dann nach draußen.

»Drüben in Amerika, in der Akademie für die Pilotenausbildung, haben sie jetzt alle Hände voll zu tun«, berichtete er Jonnie und Stormalong. »Da ist ja auch noch die Aufgabe der Luftverteidigung, um die sie sich kümmern müssen. Piloten, die Glencannon Geleitschutz geben konnten, waren einfach nicht verfügbar, und wir waren sowieso schon ein paar Tage zu spät dran. Glencannon meinte, länger dürfe er den Abflug nicht mehr hinauszögern. Ein Schweizer Pilot meldete sich freiwillig, ein guter Freund von ihm, aber als Pilot ein Neuling. Die Tolneps griffen uns an, als wir gerade die Nordküste von Afrika überflogen. Von Cornwall oder von Luxemburg waren wir zu weit weg, als daß von dort aus Hilfe möglich gewesen wäre.«

»Der Schweizer wehrte die Tolneps ab«, fuhr der Buddhist fort. »Drei von ihnen hat er abgeschossen. Aber allein konnte er es danach nicht mehr schaffen. Und Glencannon hatte strikten Befehl, in so einem Fall seinen Flug unbeirrt fortzusetzen. Also flog er weiter. Aber er wird den Gedanken nicht los, wenn er umgekehrt wäre und dem Schweizer geholfen hätte, würden die Tolneps ihn nicht erwischt haben. Der Schweizer war auf sich allein gestellt, er hatte keinen Funker dabei. Sogar er redete Glencannon zu, er solle unbedingt weiterfliegen. Die Tolneps schossen den Schweizer zusammen. Als er sich herausschleuderte und sich mit dem Tornisterfallschirm retten wollte, kamen sie dicht heran und töteten ihn, während er noch durch die Luft trudelte. Glencannon hat nur noch einen Gedanken: Er will da hinauf, er will die Raumschiffe im Orbit abschießen. Aber das wäre sein sicherer Tod. Bitte, helfen Sie mir.«

Sie schafften es schließlich, Glencannon zu beruhigen. Stormalong sagte, er wolle sich mit Sir Robert in Verbindung setzen, damit irgend etwas unternommen würde, um diese wichtige Verbindung besser abzusichern. Sir Robert habe ohnehin vor, die Akademie aus Amerika zu verlegen, und zwar nach Cornwall, ins dortige Camp. Aber bis es soweit war, müßte noch irgendwie Vorsorge getroffen werden. Die Überführung aller Flugkörper – es war eine unüberschaubare Menge gewesen – samt der dazugehörigen Ausrüstung an sichere Orte war praktisch abgeschlossen. Auch die Stämme waren an sicheren Plätzen konzentriert worden. Stormalong versprach, daß er die Kurierverbindung persönlich übernehmen werde.

Glencannon händigte die Tasche mit den Bändern aus.

Jonnies Blick ruhte auf dem Packen.

Er hoffte, daß er die Opfer wert war, die er gekostet hatte.

8

Wahrhaftig, die Bänder waren es wert!

Er hatte die Kuriertasche geöffnet und das erste Band eingelegt. Und als er auf den Bildschirm starrte, wurde ihm schon nach ein paar Minuten klar, daß in diesem Augenblick – und zwar zum ersten Mal in der langen Geschichte der Psychlos, die für andere so viele Leiden und Qualen bedeutet hatte – jemand, der kein Psychlo war, Augenzeuge bei der Konstruktion der Kernkonsole für einen Teleportationsterminal wurde.

Terl, der sich weder an einem Modell noch an einer Konstruktionszeichnung orientieren konnte, mußte wahrhaft Pionierarbeit leisten. Aber wenn er auch ansonsten ein verrückter Kerl sein mochte, bei der praktischen Arbeit leistete er Vorzügliches. Wobei natürlich hinzukam, daß sein eigenes Leben von der Qualität dieser Arbeit abhing.

Das Grundgerüst, den äußeren Kasten für die Kernkonsole, hatte er bereits fertiggestellt. Und inzwischen hatte er auch ein paar Schalterknöpfe und allerlei andere technische Teile in ein Konstruktionsstück eingepaßt, das offenbar als oberer Abschluß auf den äußeren Kasten aufgesetzt werden sollte. Das Zubehör, das er dazu brauchte, hatte er aus verschiedenen Lagerräumen geholt. Schließlich hatte er einige Bohrungen angebracht, durch die man den Aufsatz am Grundgerüst festschrauben konnte.

Gebannt hingen Jonnies Augen am Bildschirm. Er sah, wie Terl eine ungefähr quadratmetergroße Platte zur Hand nahm, eine ganz gewöhnliche schwarze Isolierplatte, wie sie bei allen Konstruktionen für elektrische Anlagen verwendet wurde. Er schnitt sie passend zurecht, so daß sie zwischen das Grundgerüst und den Aufsatz eingefügt werden konnte. Offenbar war das die Platte, auf der er nun alle Komponenten der elektrischen Anlage installieren wollte. Auch auf dieser Platte brachte er wieder Bohrungen an, sehr sorgfältig und präzise, so daß die Isolierplatte mit denselben Schrauben befestigt werden konnte, die für die Verbindung des Aufsatzes mit dem äußeren Kasten vorgesehen waren.

Er legte die Platte in das Grundgerüst, befestigte sie provisorisch und trug einen Film aus Markierungspuder auf. Dann drückte er nacheinander die einzelnen Schalterknöpfe. Durch die Puderschicht wurde eine exakte Markierung der Stellen erreicht, an denen der Kontaktstift eines Schalterknopfes die Isolierplatte berührte. Dann nahm er alles wieder auseinander und kennzeichnete die Kontaktstellen, die in der Puderschicht mühelos zu erkennen waren, dauerhaft mit einem roten Stift. An den so markierten Punkten bohrte er Löcher in die Platte und steckte kleine Metallbolzen hinein. Es war klar: Wenn er jetzt alles wieder zusammenbaute und irgendwo einen der Schalterknöpfe drückte, dann würde der Kontaktstift jeweils den entsprechenden Metallbolzen berühren.

Nun drehte Terl die Isolierplatte herum; auch auf der Unterseite waren die in die Bohrungen eingelassenen Bolzen gerade noch zu erkennen. Er kennzeichnete, welches die Ober- und welches die Unterseite war, und dann ging er ans Werk.

Ohne überhaupt erst lange auf seine Notizen und die Zettel mit den mathematischen Formeln zu sehen, brachte er auf der Unterseite der Platte verschiedene elektronische Komponenten an: Widerstände, Kondensatoren, winzige Verstärkerröhren, Relais und alle möglichen Schalter. Das Ganze sah ziemlich grob zusammengebastelt aus und hatte nicht viel Ähnlichkeit mit modernem technischem Design. Immerhin, er installierte alles paßgenau zu den Metallbolzen, einige Komponenten standen sogar in unmittelbarer Berührung damit. Drückte man also einen der Schalterknöpfe des Aufsatzes, dann berührte der Kontaktstift den Bolzen nicht nur an der Oberseite der Isolierplatte, sondern es wurde zugleich auch eine Verbindung zu den an der Unterseite angebrachten Komponenten hergestellt.

Aber etwas war sehr seltsam. Er brachte auch Sicherungen an, und zwar so, daß sie unweigerlich durchbrennen mußten, wenn die Anlage je in Betrieb genommen wurde. Und das beschränkte sich nicht auf wenige Einzelfälle, nein, überall da, wo so ein Metallbolzen durch die Isolierplatte ging, gab es eine Sicherung, die durchbrennen und den Stromkreis unterbrechen mußte. Soweit Jonnie erkennen konnte, war es völlig egal, welchen von den vielen Schalterknöpfen man drückte, jedesmal war eine Sicherung so angebracht, daß der Stromkreis sofort unterbrochen wurde. Dutzendweise hatte Terl diese Sicherungen eingebaut.

Die Funktion dessen, was Terl da zusammenbastelte, war Jonnie zwar noch nicht restlos klar, aber irgendwie hatte alles ganz sinnvoll ausgesehen. Alles – bis auf die Sicherungen. Wenn jemand einen Stromkreis aufbaute, warum in aller Welt brachte er dann überall Sicherungen an?

Die ganze Anlage war auch so schon kompliziert genug, doch nun ging Terl erst an die Feinarbeit. Er reinigte und polierte die einzelnen Komponenten und brachte Farbmarkierungen an. Und als er damit fertig war, sah das Ganze - jedenfalls für jemanden, der komplizierte elektronische Schaltungen bewunderte - wirklich großartig aus. Es schien auch beinahe sinnvoll zu sein: Man drückte hier einen Knopf, und der Stromfluß ging in diese Richtung; man drückte dort einen anderen Knopf, und der Stromfluß verlief in Gegenrichtung.

Terl war mit der Arbeit an der Isolierplatte fertig, er bewunderte gebührend, was er da zustande gebracht hatte, legte eine Pause ein und genehmigte sich einen Kerbango.

Und dann tat er das Unsinnigste, was man sich überhaupt vorstellen konnte.

Er nahm das Zuleitungskabel und schloß es mit schwungvoller Gebärde an der nächsten Steckdose an. Danach schaltete er an der Platte, die er gerade erst in mühevoller Kleinarbeit fertiggestellt hatte, sämtliche Funktionsschalter ein, und natürlich brannten prompt alle Sicherungen durch.

Überall glühte es kurz auf, es zischte und dampfte ein bißchen, und das war's!

Er hatte die ganze Anlage unbrauchbar gemacht.

Und erst jetzt fing er echt zu arbeiten an. Er zog den dicken Papierstapel, auf dem er die mathematischen Formeln und die Gleichungen ausgearbeitet hatte, näher heran. Er legte sich millimetergenaue Meßwerkzeuge bereit. Er packte Zeichengeräte aus, Dreiecke und Lineale, und reinigte alles sorgfältig. Und er spitzte eine weiße Markierfeder haarfein an.

Er drehte die Isolierplatte wieder herum, so daß die Oberseite vor ihm lag, zeichnete ein paar Bezugspunkte ein, und dann tat er zwei volle Tage lang nichts anderes, als mit akribischer Genauigkeit und unter ständiger Zuhilfenahme seiner Notizen einen Stromkreis einzuziehen. Dieser neue Stromkreis hatte keinerlei Ähnlichkeit mit jenem anderen, den er zuvor so mühevoll auf der Unterseite der Platte zusammengebastelt hatte, das heißt, abgesehen davon, daß es Terl auch hier wieder auf Paßgenauigkeit mit den Metallbolzen ankam.

Er baute Widerstände ein - und Verstärker und Kondensatoren und alle möglichen anderen elektronischen Komponenten, und das alles sehr kunstvoll mit vielen winzigen Verbindungen und Windungen und Krümmungen.

Immer wieder zog Terl seine Berechnungen zu Rate, und

dann übertrug er jeden einzelnen Meßwert auf die Platte, wobei er jede der weißen Markierungen mit einer Genauigkeit anbrachte, die durch nichts mehr zu übertreffen war. Es war eine äußerst komplizierte Prozedur, die viel Zeit in Anspruch nahm, und so entstand allmählich ein unvorstellbar fein verästelter Stromkreis. Es war klar, sobald die Anlage ans Stromnetz angeschlossen war, genügte ein Knopfdruck, um den Stromkreis auf der Oberseite der Isolierplatte zu aktivieren.

Er war auch damit fertig. Nun bestäubte er alles mit einer dünnen Schicht einer rötlichen Substanz. Man konnte die winzigen Leitungsdrähte eben noch durchschimmern sehen. Aber wenn jemand – zum Beispiel mit einem Bleistift – die aufgetragene Schicht berühren würde, dann würde das sofort seine Spuren hinterlassen.

Terl griff nach einem Brennmesser mit auffallend scharfer Klinge. Mit der einen Klingenseite konnte man Metall schneiden, was dadurch geschah, daß die natürliche Kohäsion der Moleküle zerstört und sie so voneinander getrennt wurden; mit der andern Seite der Klinge konnte man die molekulare Kohäsion erneut aufbauen und so die Metallteile wieder zusammenfügen.

Diese zweite Seite war es, die er verwendete, als er nun den Stromkreis entlangfuhr. Überall da, wo das Brennmesser an der Leitung entlanggeführt worden war, hinterließ es eine Spur in der rötlichen Substanz. Auf diese Weise konnte er jeder einzelnen Windung folgen und immer genau sehen, wo er bereits gearbeitet hatte, ohne daß er Gefahr lief, irgendwo ein Stück des Stromkreises auszulassen.

Jonnie verfolgte alles, was Terl tat, mit gespannter Aufmerksamkeit. Dann rannte er hinaus, hastete in einen der Lagerräume und holte sich ein Stück Isolierplatte und so ein Brennmesser, wie Terl es verwendet hatte.

Mit der Seite des Messers, durch die die molekulare Verbindung bewirkt wurde, ritzte er diagonal verlaufende Linien auf die Platte. Er schloß auf beiden Seiten der Platte Stromzwingen an, und zwar so, daß sie genau auf den eingeritzten Linien auflagen, und dann schaltete er den Strom ein.

Der Stromfluß wurde geschlossen!

Ein ganz normaler Vorgang: Richtete man die Moleküle einer isolierenden Masse in gerader Linie aus, dann schuf das dem Strom sozusagen einen Weg, genau wie eine Drahtleitung.

Er hatte schon öfter gesehen, daß die Psychlos, wenn sie zum Einbau von Unterbrechern diese Isolationsplatten zurechtschnitten, stets mit einer Säge ans Werk gingen. Er hatte immer gedacht, das läge nur daran, daß man mit den Messern in diesem Material nichts ausrichten könnte. Und tatsächlich war die Schneidwirkung eines solchen Messers nicht effektiv. Doch aufgrund der Ausrichtung von Molekülen entstand an den Berührungspunkten der Isolierplatte mit dem Messer elektrische Leitfähigkeit.

Jonnie ging zurück und setzte sich wieder vor den Bildschirm, um mit weitaufgerissenen Augen Terls weitere Aktivitäten zu verfolgen.

Zwei volle Tage hatte Terl gebraucht, um den Stromkreis auf der Platte aufzubringen. Endlich war er damit fertig.

Er nahm einen Lappen, schüttete irgendein chemisches Lösungsmittel darauf und wischte die Platte vollständig sauber.

Jetzt konnte man nicht mehr sehen, wo die Leitung des Stromkreises verlief. Es schien eine ganz harmlose Isolierplatte zu sein, aber – ob man ihn nun sehen konnte oder nicht – der Stromkreis war eben doch vorhanden.

Dagegen waren die deutlich sichtbaren Komponenten auf der Unterseite der Platte nichts anderes als bloßer Schwindel. Die Anlage war von vornherein nicht für einen Betrieb bestimmt gewesen. Wenn also irgend jemand so eine Platte anschaute, dann mußte er den Eindruck gewinnen, die Sicherungen wären durchgebrannt, und deshalb funktioniere hier nichts mehr. Wissenschaftler aus allen Spezies des Universums hatten wahrscheinlich Jahrhunderte damit zugebracht, den Sinn und Zweck dieser Scheinanlage zu ergründen und die Zusammenhänge mit den Regeln psychloischer Mathematik zu verstehen.

Im Augenblick hantierte Terl ganz oben links in der Ecke der Platte herum. Unglücklicherweise hatte er ein Buch offen liegen lassen, und zwar so, daß der Buchdeckel die Sicht teilweise versperrte. Jonnie konnte nicht genau erkennen, was er da machte; anscheinend ging es darum, einen Schalter zu installieren. Es war ein Schalter, der nach dem vollständigen Zusammenbau der Kernkonsole – also auch, nachdem der Aufsatz aufgeschraubt war – von außen bedient werden konnte. Jonnie bekam auf den Bändern nur soviel mit: Der Schalter mußte nach der einen oder anderen Seite umgelegt werden, und zwar jeweils für den nächsten echten Einsatz der Kernkonsole. Vor der ersten Teleportation in der einen Schalterstellung, vor dem zweiten Abfeuern in der anderen, dann wieder in der ersten, wieder in der zweiten – und so weiter. Das als Funktionsbezeichnung angebrachte Schildchen »Abblende« war eine absichtliche Irreführung. Jonnie konnte ganz genau sehen, mit welchem Bestandteil der Schalter verbunden war.

Es war ein Bestandteil, der blitzschnell einen starken Stromstoß durch die Platte jagte und dadurch den unsichtbaren Stromkreis auslöschte, wenn sich jemand unbefugt an der Anlage zu schaffen machte und den Schalter in die falsche Stellung drehte.

Aber das wichtigste konnte Jonnie eben nicht sehen: nämlich, in welcher Stellung sich der Schalter für die allererste Abfeuerung befinden mußte.

Terl baute jetzt die gesamte Anlage zusammen.

Und bei dieser Gelegenheit wurde Jonnie auch klar, warum eine Kernkonsole unbrauchbar wurde, wenn man die Schrauben löste, die ja nicht nur den Aufsatz, sondern auch die Isolierplatte mit dem Grundgerüst verbanden.

Terl zog einen starken Elektromagneten oben um den äußeren Rahmen. Dann baute er wieder eine Sicherung ein, und zwar in einer Hohlschraube, am unteren Ende, wo die Schraube durch die Isolierplatte geführt wurde.

Jonnie ging zu den Lagerräumen hinunter und holte sich eine solche Sicherung. Es handelte sich um einen bestimmten Typ, der auf magnetischen Kontakt ansprach. Solange der Stromfluß anhielt, arbeitete die Sicherung einwandfrei. In dem Augenblick, in dem der magnetische Kontakt abbrach, brannte die Sicherung durch. Daher war es notwendig, rings um das äußere Gehäuse ein magnetisches Feld aufzubauen, bevor man den Aufsatz einer Konsole abnahm.

Solange die Schraube den oberen Rand der Konsole berührte, sorgte der magnetische Oberrand dafür, daß ein zwar schwacher, aber doch stetiger Stromfluß erfolgte. Lockerte man jedoch diese Schraube, dann wurde der magnetische Fluß unterbrochen, und die Sicherung brannte durch.

Aber das war noch nicht alles: Das Durchbrennen der Sicherung aktivierte jene Komponente, die Terl zuletzt eingebaut hatte und deren einzige Funktion darin bestand, den unsichtbar auf die Platte aufgetragenen Stromkreis völlig auszulöschen.

Dennoch war es möglich, den Aufsatz einer Kernkonsole abzunehmen. Man mußte allerdings vorher durch einen geeigneten Generator in der Nähe dieser Schraube ein magnetisches Feld aufbauen, und dann würde die Sicherung nicht durchbrennen.

Ein Stromkreis, den man mit bloßem Auge nicht erkennen konnte ... zwei versteckte technische Vorrichtungen, mit denen er ungewollt ausgelöscht werden konnte ... eine nur zur Täuschung eingebaute Scheinanlage an der Unterseite der Platte ...

Und das war das ganze Geheimnis der Psychlos.

Jonnie fertigte zahlreiche Kopien von den Aufnahmen, auf

denen Terls Stromkreis zu sehen war. Aber er war ziemlich bedrückt dabei. Natürlich, es machte keine Schwierigkeiten, eine Isolierplatte zu nehmen und den Stromkreis aufzutragen. Setzte man die kleinen Bolzen an die richtige Stelle, dann würde das auch alles funktionieren. Sie konnten exakte Gegenstücke zu Terls Anlage herstellen, in beliebiger Menge.

Nur mit dem Schalter verhielt es sich anders, und das war der Grund dafür, daß Jonnie sich bedrückt fühlte. Über den Schalter wußte er zuwenig. Vor allem wußte er nicht, in welcher Stellung er für die einzelnen Teleportationsvorgänge stehen mußte.

Er sah sich die Bänder noch einmal genau an.

Nein, es war nicht zu erkennen.

Eine Weile trug er sich mit dem Gedanken, daß sie vielleicht mehrere solche Platten herstellen und die richtige Schalterstellung durch praktische Erprobung herausfinden könnten. Aber er verwarf die Idee wieder, denn er wußte nicht, was bei einer falschen Schalterstellung sonst noch alles passieren konnte.

Er versuchte, das Problem durch Zeichnungen und Berechnungen zu lösen; er schrieb ganze Stapel Papier voll.

Natürlich, sie waren noch nicht soweit, daß sie nun ohne weiteres Teleportationsmotoren herstellen konnten. Aber eventuell konnten sie eine Motorkonsole öffnen, und das ermöglichte es ihnen, den genauen Verlauf des Stromkreises festzustellen. Das heißt, sie hofften es. Aber solange sie nichts über diesen einen Schalter wußten ...

Für Jonnie stand fest, daß es keine andere Möglichkeit gab, als nach Amerika zu gehen und sich dort drüben der Kernkonsole zu bemächtigen, und sei es nur zu dem Zweck, die richtige Schalterstellung herauszufinden.

Es war ein erschreckend hohes Risiko, und das Unternehmen mochte Menschenleben kosten.

Aber für ihn gab es keinen Zweifel, es mußte sein.

9

Ohne viel Aufhebens – aber gründlich – regelte Jonnie, was vorher noch geregelt werden mußte.

Bei einem solchen Unternehmen mußte er einfach damit rechnen, daß ihm irgend etwas zustoßen konnte, und für diesen Fall wies er Angus sorgfältig in all die kniffligen und komplizierten

Details ein, die er über die Kernkonsole in Erfahrung gebracht hatte. Er fertigte für Angus Kopien seiner Vermerke und Skizzen, so daß dieser in der Lage war, eine Konsole nachzubauen und richtig mit ihr umzugehen. Und er erklärte ihm auch genau, was er mit diesem Wissen anfangen konnte.

Angus war mit Jonnies Plänen für die Amerikareise durchaus nicht einverstanden, er widersprach leidenschaftlich. Aber Jonnie machte ihm klar, daß es erst recht nicht in Frage käme, das Leben eines anderen aufs Spiel zu setzen; bei dem Unternehmen, das vor ihm lag, ging es um Kopf und Kragen. Und er war ja da drüben nicht auf sich allein gestellt. Es gab dreißig Schotten, zehn ausgebildete Maschinisten und fünfzehn Piloten, die ihn unterstützen konnten. Angus blieb bei seinem Widerspruch, aber er erreichte nichts damit. Wenn Sir Robert dagewesen wäre, hätten sie sich vielleicht zu zweit durchsetzen können. Doch Sir Robert war drüben in Amerika und kümmerte sich um die Verlegung der Akademie. So gab Angus schließlich schweren Herzens nach.

Einer von Sir Roberts schottischen Adjutanten hielt sich in Afrika auf, und Jonnie benutzte die Gelegenheit, ihn in die militärische Lage einzuweisen. Die Besucher aus dem Weltraum warteten auf irgend etwas, Jonnie wußte nicht genau, worum es sich dabei handelte, aber seinem Eindruck nach mußte es etwas damit zu tun haben, ob es ihnen hier unten auf der Erde gelang, wieder eine einsatzfähige Teleportationsanlage herzustellen - oder nicht. Aus dem aufgeregten Funkverkehr, den sie untereinander führten, wurde deutlich, daß sie das Camp in Amerika genau beobachteten, immer in der Erwartung eines bestimmten Ereignisses. Sie wußten, daß es dort Psychlos gab (vielleicht hatten sie Terl und Ker gesehen), und sie gingen offenbar davon aus, daß der amerikanische Kontinent noch unter psychloischer Kontrolle stand. Auf jeden Fall werteten sie das, was sich da drüben tat, als hochpolitische Angelegenheit. Jonnie rechnete damit, daß die Raumschiffe, die am Himmel ihre Bahn zogen, gleich nach der Abfeuerung der Teleportationsanlage einfallen würden. Deshalb mußte für den Tag 92, der in Windeseile näherrückte, rechtzeitig eine allgemeine Warnung ergehen.

Einen anderen schottischen Offizier wies Jonnie in seinen Plan ein, in aller Eile in der Gegend um Singapur eine Teleportations-Scheinanlage zu bauen. Es gab dort nordwestlich der alten, verlassenen Stadt ein Rohstoffcamp, in dem die Psychlos Zinn, Titan und Wolfram gewonnen hatten. Durch einen nahegelegenen Staudamm war die Energieversorgung gewährleistet, es gab eine Luftschirm-Anlage, ausreichende Vorratslager waren vorhanden, und einige Flugkörper standen auch bereit. Der schottische Offizier, eine Handvoll Chinesen, drei Piloten, ein Funker und ein Koordinator sollten sich dort zum Schein mit dem Aufbau eines Terminals beschäftigen. Dazu überließ ihnen Jonnie die alte ausgebrannte Konsole, sie brauchten sie nur noch frisch anzustreichen. Unter dem Schutz des Luftschirmes sollten sie den Eindruck erwecken, als wären sie eifrig mit Teleportationen beschäftigt; damit alles echt aussah, mußten auch tatsächlich Ladungen auf dem Terminal aufgeschichtet werden und dann irgendwie verschwinden. Wenn später der Flugkörper-Konvoi mit der echten Konsole von Amerika aus startete, würde Jonnie es so einrichten, daß der größte Teil des Geschwaders Kurs auf die Gegend um Singapur nahm und so etwaige Verfolger vom Transport der Kernkonsole ablenkte. Der Terminal am Kariba-Staudamm war seit langem sorgfältig getarnt, und aus dem Funkverkehr der Außerirdischen wußte man, daß sie annahmen, es handele sich wirklich um eine Tempelanlage. Jonnie machte den Offizier warnend darauf aufmerksam, daß man im Gebiet um Singapur mit einem schweren Angriff rechnen müsse. Aber der Schotte grinste nur, sammelte seine Mannschaft ein und meldete sich ab.

Jonnie unternahm einen schnellen Abstecher zum Kariba-Staudamm. Die Chinesen hatten ausgezeichnete Arbeit geleistet. Über der Plattform des Teleportations-Terminals wölbte sich ein Geflecht von Dächern, sorgfältig durch den Schirm aus ionisierter Luft geschützt. Die ganze Dachkonstruktion war durch hölzerne Bauelemente verkeilt und verankert. Durch geschwungene Giebel und vorspringende Erker sah alles sehr kunstvoll aus. Überall gab es holzgeschnitzte oder aus Ton geformte Drachen, nahezu jeder Balken war mit so einem feuerspeienden Fabelwesen geschmückt. Unter dem Luftschirm waren Bunker angelegt, alle sauber gefliest, sogar an ein kleines Hospital hatte man gedacht. Noch innerhalb der geschützten Zone, etwas weiter südlich, am Ufer des Stausees, hatten sie ihr Wohndorf aufgebaut. Das Ganze bot einen farbenprächtigen, reizvollen Anblick; es erinnerte eher an einen Garten als an eine militärische Anlage.

Dr. Allen hatte aus dem Gebiet des früheren Nairobi eine Lieferung mit einem bestimmten Pflanzensaft erhalten, er nannte das Zeug »Pyrethrum«. Es war ein sehr wirkungsvolles Mittel zur Insektenbekämpfung, und sie hatten keinen Ärger mehr mit der Tsetse-Fliege und der Schlafkrankheit, obwohl das zahlreiche Wild in den Wäldern ringsum natürlich viele Fliegen anlockte.

Am Abend hörte Jonnie die Chinesen singen, fremdartige Weisen, begleitet von Streich- und Blasinstrumenten. Er nahm einige Lieder auf Band auf und wies die Chinesen an, Lautsprecher aufzubauen und das Band, sobald der Zeitpunkt der Teleportation näherrückte, ständig abspielbereit zu halten. Es war eine Möglichkeit, die aus dem Orbit hierher gerichteten Infrarot-Horchstrahlen zu täuschen. Dieses Manöver und der Luftschirm genügten, um die Außerirdischen im Ungewissen darüber zu lassen, was sich tatsächlich hier unten abspielte.

Als Jonnie zur afrikanischen Hauptstation zurückkehrte, war der Tag 87 angebrochen. Stormalong wartete schon auf ihn, er hatte neue Bänder dabei, die unter anderem den Code für die Farbmarkierungen an den Kabel- und Drahtleitungen beim Terminal in Amerika enthielten. Sie brauchten also die Kabelverbindungen für die Inbetriebnahme der Kernkonsole nur drüben abzutrennen und hier am Kariba-Staudamm einzubauen. Er gab den Code an Angus weiter.

Da Stormalong ihm sagte, dies sei sein letzter Flug, wies Jonnie ihn umfassend in die militärische Lage ein. Er war davon überzeugt, daß die Außerirdischen mit aller Wucht angreifen würden, sobald in Amerika der erste Teleportationsvorgang stattgefunden hatte. Stormalong tat also gut daran, sich darauf vorzubereiten, die Leitung für die gesamte Luftverteidigung des Planeten zu übernehmen. Jonnie ließ auf keinen Fall zu, daß er an dem Unternehmen in Amerika teilnahm; dafür war Thor vorgesehen. Um den erforderlichen Schutz aus der Luft solle sich Dunneldeen kümmern. Und ... Sir Robert fehlte ihm, der ihm normalerweise eine solche Einweisung und die Regelung der Einzelaufträge abgenommen hätte.

Wie schon zuvor Angus, so war auch Stormalong nicht damit einverstanden, daß Jonnie nach Amerika gehen wollte. Er wies darauf hin, daß drüben inzwischen alle potentiellen Unterstützungskräfte abgezogen waren. Niemand mehr in der Akademie. Jonnie würde sich ganz auf die Männer verlassen müssen, die er bei seinem Unternehmen mitnahm. Kein Zweifel, daß jeder von ihnen wußte, was er zu tun hatte und worauf es im entscheidenden Moment ankam. Aber es wimmelte da drüben nur so von Briganten. Gleich nachdem sie die drei versteckten Recorder in der Akademie ausgebaut hatten, waren die Briganten aufgetaucht und hatten die ganze Gegend systematisch nach Beute abgesucht. Aber ohne Sir Roberts Unterstützung setzte sich auch Stormalong mit seinen Bedenken nicht durch.

Kurz danach, als Jonnie zu einem der oberen Stockwerke unterwegs war, lief ihm Ker über den Weg.

Der kleinwüchsige Psychlo verzog das Gesicht zu einem breiten Grinsen, er hielt Jonnie die Pranke hin, und Jonnie schüttelte sie kräftig. Er hatte Jonnie schon gesucht, weil er ihm diese albernen Geldscheine zeigen wollte, die neuerdings für den inneramerikanischen Zahlungsverkehr gedruckt wurden und mit denen man auch ihn bezahlt hatte. Jonnie zog ihn mit in ein leerstehendes Büro und betrachtete kopfschüttelnd die Banknote über hundert Währungseinheiten und das Bild von Brown Limper Staffor.

»Das Zeug ist völlig wertlos«, sagte Ker. »Die Briganten schmeißen nur so um sich damit!«

Ker war froh, daß er aus dem ganzen Schlamassel da drüben raus war. Er erzählte Jonnie, was sich in letzter Zeit abgespielt hatte. »Siebenhundertundfünfzigtausend Galaktische Währungseinheiten hat er mir geboten, aber das Geld seh ich natürlich nie. Er ist ein verrückter Psychlo.« Und lachend fügte er hinzu: »Kein Vergleich mit uns vernunftbegabten Halb-Menschen!«

Ker hatte auch die endgültigen Konstruktionspläne vom Terminal und seinen Einrichtungen dabei. Nichts, was Jonnie neue Erkenntnisse gebracht hätte. Alle Kabelleitungen waren genau nach Plan verlegt. Die Mannschaft, die Jonnie bei seinem Unternehmen begleiten sollte, war entsprechend diesem Plan eingewiesen und vorbereitet. Es war gut, jetzt von Ker zu erfahren, daß es bei der Konstruktion keine Abweichungen gegeben hatte.

Ker hatte allerdings bis jetzt nicht gewußt, daß Jonnie persönlich an der Aktion teilnehmen wollte. Als er es erfuhr, wurde er sehr ernst. »Dieser Terl ist wirklich ein übler Bursche, bei ihm muß man immer auf unangenehme Überraschungen gefaßt sein. Ich finde es gar nicht gut, daß du selber dabei sein willst, Jonnie.«

Jonnie antwortete ihm, das sei nun mal nötig.

»Und was willst du machen, wenn auf einmal bei der Rück-Teleportation ein psychloisches Sturmkontingent in voller Kriegsausrüstung auf der Plattform erscheint?«

»Das halte ich nicht für sehr wahrscheinlich«, meinte Jonnie. »Wir schicken ihnen nämlich ein Spezialgeschenk da rauf.«

»Hoffentlich«, sagte Ker. »Wenn die Psychlos jemals wieder auf der Erde erscheinen, geht's mir an den Kragen. Das I.B.I. würde sich ein paar Tage Zeit nehmen, mich auf die langsame Tour umzubringen.«

»Ich denke, du brauchst dir darüber keine Sorgen zu machen«, beruhigte ihn Jonnie. »Trotzdem, bleib vorsichtshalber hier in der verteidigten Zone. Die anderen Psychlos sind zwar nicht mehr da, aber wir haben ein paar gefangene Außerirdische hier. Vielleicht kannst du denen das Kartenspielen beibringen.«

Ker lachte, und dann fiel ihm plötzlich ein: »Ist übrigens auch der hier, den ihr immer »Sir Robert« nennt?«

»Wie kommst du darauf?«

»Nun, mitten während der Umzugsaktion in der Akademie haben wir ihn aus den Augen verloren. Ich wollte ein paar Dinge mit ihm klären und konnte ihn nirgendwo finden. Dunneldeen hat über Funk nach ihm gesucht, aber er ist weder in Edinburgh noch in Luxemburg oder Rußland. Darum hab ich gedacht, er müßte hier sein. Ich frage, weil er doch über alle militärischen Planungen Bescheid weiß und auch einige Details über das bevorstehende Unternehmen in Amerika kennt.«

Jonnie war außerordentlich besorgt, und es war nur gespielte Gelassenheit, als er sagte: »Sie würden ihn nie zum Reden bringen.«

»Das I.B.I. kann jeden zum Reden bringen«, widersprach Ker.

»Noch steht ja überhaupt nicht fest, daß er ihnen in die Hände gefallen ist«, sagte Jonnie.

Aber die Zweifel, die er hatte, bekamen bald zusätzliche Nahrung. Nirgendwo gab es auch nur die geringste Spur von Sir Robert. Vor kurzem hatten Luftkämpfe stattgefunden, einige Transportflugkörper waren abgeschossen worden. Ob sich Sir Robert an Bord einer dieser Maschinen befunden hatte?

Nun, Sir Robert war nur sehr oberflächlich an den Vorbereitungen dieses Unternehmens beteiligt gewesen. Es bestand kein Grund, die Pläne noch im letzten Augenblick zu ändern.

Es war der letzte Tag, den Jonnie noch im Rohstoffcamp am Victoria-See verbrachte. Er nutzte ihn, um seine persönlichen Angelegenheiten zu regeln. Er machte sich keine Illusionen über die Gefährlichkeit des Unternehmens, zu dem er aufbrechen wollte.

Er schrieb Chrissie einen Brief, der Pastor würde ihn ihr vorlesen. Er legte ihn gut sichtbar auf den Schreibtisch und vermerkte auf dem Umschlag: »Für Chrissie – falls mir etwas zustößt.«

Er hatte davon gehört, daß man zur Regelung des persönlichen Nachlasses seinen letzten Willen aufschrieb. Die Pferde und ein paar Kleidungsstücke waren alles, was er besaß. Sonst fiel ihm nichts ein, was sein Eigentum gewesen wäre. Dann dachte er darüber nach, daß Chrissie vielleicht den Besitz am Haus in Edinburgh in seinem Namen erworben hätte. So schrieb er also auf, daß er seinen Anteil am Haus und an der Einrichtung Chrissie vermachen wolle. Gleich danach fiel ihm ein, daß er ein paar Bücher besaß; die vermachte er Pattie. Aber sonst ... er wußte wirklich nichts anderes, er hatte sein Leben lang nie viel sein eigen genannt. Aber vielleicht sah es für die anderen so aus, als wären die Geschenke, die er bekommen hatte, zum Beispiel die verchromte AK 47, sein persönliches Eigentum. Auch da kam nicht viel zusammen. Dennoch, das eine oder andere ... jedenfalls machte er einen entsprechenden Zusatz: »Was sonst noch als mein rechtmäßiges Eigentum angesehen werden kann, fällt zu gleichen Teilen an ...« Und er führte die Namen der Männer auf, die ihm besonders nahegestanden hatten. Nach kurzem Nachdenken schrieb er auch Kers Namen dazu.

Er wußte, daß man solche Verfügungen unterschreiben mußte und daß die Beglaubigung durch Zeugen erforderlich war, also kümmerte er sich auch darum. Dann verschloß er das Testament in einem Umschlag und legte ihn neben den Brief an Chrissie.

So, damit war alles Notwendige geregelt. Den Abend verbrachte er damit, die Waffen und die Ausrüstung durchzusehen, noch einmal zu überprüfen, daß der Strahlenschutzanzug dicht war, daß die Reservetanks der Atemmaske gefüllt waren, daß das gute Dutzend Keulen, das er mitnehmen wollte, sich in einwandfreiem Zustand befand. Er steckte Kopien des Verkaufsvertrages, den Terl vor kurzem unterschrieben hatte, in seine Umhängetasche. Er überzeugte sich, daß der Kasten mit der Berylliumbombe für den Transport sicher verpackt war. Er überprüfte die Schneide eines Beils, mit dem er die Kabel der Konsole durchhauen wollte.

Mit dem Gefühl, daß alles gut vorbereitet war, legte er sich schlafen. Es sollte ein tiefer Schlaf werden, der letzte, bevor er nach Amerika aufbrach. Er hatte alles getan, was in seinen Kräften stand. Was nun kam, lag in Gottes Hand. Oder in den Pranken des Teufels Terl.

Ist das das Ende von Jonnie?

Werden Terls Pläne letztendlich gelingen?

Finden Sie es heraus in

KAMPF UM DIE ERDE

Teil 3

Die Vergeltung

Über den Autor
L. Ron Hubbard

L. Ron Hubbard wurde 1911 als Sohn eines amerikanischen Marineoffiziers geboren und wuchs im weiten Westen des Landes auf, wo er mit dem rauhen Leben im Freien vertraut wurde. Danach wandte er sich der See zu. Zu den Cowboys, Indianern und Bergen von Montana kamen damit die offene See, die Philosophien und die vielen Menschen des Orients, den er als junger Mann auf seinen Reisen durch den fernen Osten bereiste. Als er neunzehn Jahre alt war, hatte er bereits eine Viertelmillion Seemeilen zurückgelegt und war tausende Kilometer zu Lande unterwegs. Er zeichnete seine Erfahrungen in Tagebüchern auf und fügte Ideen für Geschichten hinzu.

L. Ron Hubbard kehrte in die Vereinigten Staaten zurück. Seine unstillbare Neugierde und Abenteuerlust veranlaßten ihn, sich als Kunstpilot zu versuchen, was ihm bald den Ruf eines verwegenen Könners einbrachte. Später wandte er sich wieder der See zu. Diesmal waren es Viermaster und Reisen in die Karibik. Von seinen Reisen zehrend, brachte er eine erstaunliche Anzahl von Geschichten hervor, von Abenteuerromanen über Western bis hin zu Detektivgeschichten. Im Jahre 1938, als er bereits als einer der meistverkauften Autoren seiner Zeit etabliert und anerkannt war, drängte Streets and Smith der Verleger von "Astounding Science Fiction" auf der Suche nach etwas Neuem L. Ron Hubbard dazu, es einmal mit Science Fiction zu versuchen. Er wehrte sich dagegen, da er nicht über "Maschinen oder Maschinerien" sondern über Menschen schreiben würde. "Das ist genau das, was wir brauchen", lautete die Antwort. Das Ergebnis davon war eine ungeheure Fülle an Geschichten von Hubbard, die die Bedeutung des Genres erweiterten und dessen Gesicht veränderten. L. Ron Hubbard gelangte damit in das Ansehen, neben Robert A. Heinlein zu den "Gründungsvätern" des großen Goldenen Zeitalters der Science Fiction zu gehören.

Damals wie heute vergleicht man ihn mit H.G. Wells und Edgar Allan Poe. Seine erstaunliche kreative Leistung von mehr als hundert Romanen und Kurzromanen, sowie mehr als zweihundert Kurzgeschichten, von denen mehr als achtundvierzig Millionen Exemplare in einem Dutzend Sprachen weltweit verkauft wurden, stellt ein Phänomen in der Verlagsgeschichte dar.

Im Jahre 1982 schrieb L. Ron Hubbard anläßlich seines goldenen Berufsjubiläums als professioneller Schriftsteller den Riesenerfolg "Kampf um die Erde", der schnell zu einem internationalen Bestseller wurde und in aller Welt mit Literaturpreisen ausgezeichnet wurde. Die deutsche Ausgabe wurde von Lesern zu eines der beliebtesten Science Fiction-Bücher des Jahres 1987 und ebenfalls 1988 gewählt.
Aber sein größtes und abschließendes Werk sollte noch kommen. Nachdem er "Kampf um die Erde" fertiggestellt hatte, machte sich L. Ron Hubbard an die Arbeit und vollbrachte etwas, das sich nur wenige Schriftsteller zutrauen, geschweige denn erreichen.

Er schrieb den zehnbändige satirischen Abenteuerroman MISSION ERDE, der schon bald zu einem Klassiker in der großen Tradition von Jonathan Swift, George Orwell und H. G. Wells avancierte und jetzt auch in Deutsch als gebundene Ausgabe erscheint.

L. Ron Hubbard legte am 24. Januar 1986 seine sterbliche Hülle ab, nachdem sich das vollständige Manuskript in den Händen des Verlegers befand und all seine andere Arbeit getan war. Er hinterließ ein Vermächtnis von unvergleichlich reicher Erzählkunst, das Sie, den Leser, erfreuen wird, so wie es seine Leser wieder und wieder im Verlaufe des vergangenen halben Jahrhunderts erfreut hat.

"Ich freue mich immer, von meinen Lesern zu hören."

L. Ron Hubbard

Dies waren die Worte L. Ron Hubbards, der zu allen Zeiten sehr daran interessiert war, von seinen Freunden und Lesern zu hören. Er machte es sich zur Regel, mit allen, die er im Lauf seiner fünfzigjährigen Karriere als professioneller Schriftsteller kennenlernte, in Kommunikation zu bleiben, und korrespondierte mit Tausenden von Fans und Freunden in aller Welt.

Der Verleger der literarischen Werke L. Ron Hubbards wünscht diese Tradition fortzusetzen, und Briefe und Kommentare von Ihnen, seinen Lesern, sowohl von alten als auch neuen, sind immer sehr willkommen.

Jede an den Direktor für Autorenangelegenheiten in NEW ERA Publications gerichtete Zuschrift erhält prompte und volle Aufmerksamkeit.

NEW ERA Publications
Deutschland GmbH
Bahnhofstraße 40
D-2153 Neu Wulmstorf